KU-451-068

KSIĘGA PRZEZNACZENIA

KSIĘGA PRZEZNACZENIA

Parinoush Saniee

Z języka angielskiego przełożyła:
Monika Popławska

WYDAWNICTWO
SONIA DRAGA

Tytuł oryginału:
SAHME MAN (ang. The Book of Fate)

Copyright © Parinoush Saniee 2003
Copyright © 2013 for the Polish edition by Wydawnictwo Sonia Draga
Copyright © 2013 for the Polish translation by Wydawnictwo Sonia Draga

Zdjęcie na okładce: David Silverman/Getty Images/Flash Press Media
Wykonanie okładki: Monika Drobnik
Zdjęcie autorki: Copyright © Wahid Saberi

Redakcja: Grzegorz Krzymianowski
Korekta: Barbara Meisner, Aneta Iwan

ISBN: 978-83-7508-725-3

Sprzedaż wysyłkowa:
www.merlin.pl
www.empik.com
www.soniadraga.pl

WYDAWNICTWO SONIA DRAGA Sp. z o. o.
Pl. Grunwaldzki 8-10, 40-127 Katowice
tel. 32 782 64 77, fax 32 253 77 28
e-mail: info@soniadraga.pl
www.soniadraga.pl
www.facebook.com/wydawnictwoSoniaDraga

Skład i łamanie:
Wydawnictwo Sonia Draga

Katowice 2013. Wydanie I

Druk:
KM Druk; Łódź

BOHATEROWIE POWIEŚCI

Ahmad	Starszy brat Masumy
Ali	Młodszy brat Masumy
Ardalan	Syn Parwany
Ardeszir	Syn Mansury
Asghar Aga	Jeden z zalotników Masumy
Atefa	Żona Masuda i córka pana Maghsoudiego
Babcia Aziz	Babka Masumy ze strony matki
Babka	Babka Masumy ze strony ojca
Bahman Chan	Mąż Mansury
Bibi	Babka Hamida ze strony ojca
Chosrow	Mąż Parwany
Ciotka Ghamar	Ciotka Masumy ze strony matki
Dariusz	Młodszy brat Parwany
Dorna	Córka Siamaka i Lili, pierwsza wnuczka Masumy
Dr Ataii	Aptekarz mieszkający w okolicy
Ehteram-Sadat	Kuzynka Masumy ze strony matki, żona Mahmuda
Faati	Młodsza siostra Masumy
Faramarz Abdollahi	Narzeczony Szirin
Farzana	Młodsza siostra Parwany
Firuza	Córka Faati, siostrzenica Masumy
Gholam-Ali	Najstarszy syn Mahmuda
Gholam-Husejn	Drugi, najmłodszy syn Mahmuda
Hadżi Aga	Mąż pani Parvin
Hamid Soltani	Mąż Masumy, działacz komunistyczny
Ladan	Narzeczona Masuda

Lala	Druga córka Parwany
Lili	Córka Parwany
Mahbuba	Kuzynka Masumy ze strony ojca
Mahmud	Najstarszy brat Masumy
Manija	Najmłodsza siostra Hamida; szwagierka Masumy
Mansura	Starsza siostra Hamida; szwagierka Masumy
Masud	Drugi syn Masumy
Masuma Sadeghi	Narratorka i główna bohaterka powieści
Mehdi	Mąż Szahrzady, jeden z przywódców organizacji komunistycznej
Mohsen Chan	Mąż Mahbuby
Monir	Najstarsza siostra Hamida; szwagierka Masumy
Mostafa Sadeghi (Aga Mostafa)	Ojciec Masumy
Nazy	Żona Saiida
Pan i Pani Ahmadi	Rodzice Parwany
Pani Parvin	Najbliższa sąsiadka rodziny Masumy
Pan Maghsoudi	Towarzysz broni Masuda z okresu wojny, a później szef i teść
Pan Motamedi	Wiceprezes agencji rządowej, w której zatrudniona jest Masuma
Pan Szirzadi	Dyrektor departamentu w agencji rządowej, w której pracuje Masuma
Pan Zargar	Kierownik działu agencji rządowej, w którym pracuje Masuma
Parwana Ahmadi	Najlepsza przyjaciółka Masumy
Sadegh Chan	Mąż Faati, szwagier Masumy
Saiid Zarei	Asystent w aptece doktora Ataiiego
Siamak	Najstarszy syn Masumy
Sohrab	Mąż Firuzy
Szahrzad (ciocia Szeri)	Przyjaciółka Hamida i jedna z przywódców organizacji komunistycznej
Szirin	Córka Masumy, jej najmłodsze dziecko

Tajba (matka)	Matka Masumy
Wuj Abbas	Wuj Masumy ze strony ojca
Wuj Assadollah	Wuj Masumy ze strony ojca
Wuj Hamid	Wuj Masumy ze strony matki
Zahra	Córka Mahmuda, jego drugie dziecko
Zari	Starsza siostra Masumy, która zmarła w wieku ośmiu lat

MIEJSCA AKCJI

Ahvaz – stolica Chuzestanu, ostanu w zachodnim Iranie,
   w pobliżu granicy z Irakiem.

Kazwin – jedno z największych miast w północnym Iranie.

Golab Darreh – miasteczko na północ od Teheranu, w paśmie
   górskim Elburs.

Kermanszah – stolica Kermanszahu, ostanu w zachodnim Iranie.

Maszad – miasto w północno-wschodnim Iranie w pobliżu
   granicy z Afganistanem i Turkmenistanem; uważane za
   święte z uwagi na znajdującą się tam świątynię imama
   Rezy.

Góra Damavand – najwyższy szczyt masywu górskiego Elburs,
   na północ od Teheranu.

Kom – miasto na południowy zachód od Teheranu, centrum
   szyickiego odłamu islamu. Uważane za święte z uwagi na
   znajdującą się tam świątynię Fatimy al-Masumy.

Rezaije – miasto w północno-zachodnim Iranie, stolica ostanu
   Azerbejdżan Zachodni.

Tebriz – stolica Azerbejdżanu Wschodniego w północnym Iranie.

Zahedan – stolica Sistanu i Beludżystanu, w pobliżu granicy
   z Pakistanem i Afganistanem.

Rozdział pierwszy

Zachowanie mojej przyjaciółki Parwany zawsze wprawiało mnie w zdumienie. Nigdy nie przejmowała się honorem ani reputacją swojego ojca. Rozmawiała głośno na ulicy, oglądała wystawy sklepowe, a czasem nawet zatrzymywała się przed nimi i wskazywała palcem różne rzeczy. Choć niejednokrotnie powtarzałam jej: „Tak nie wypada, chodźmy", ona po prostu mnie ignorowała. Raz nawet krzyknęła w moim kierunku, stojąc po drugiej stronie ulicy, a co gorsza zwróciła się do mnie po imieniu. Byłam tak zażenowana, że pragnęłam jedynie zapaść się pod ziemię. Dzięki Bogu, żaden z moich braci tego nie widział, bo kto wie, co mogłoby się wówczas wydarzyć.

Po przeprowadzce do Kom ojciec pozwolił mi kontynuować naukę. Gdy później wyjaśniłam mu, że w Teheranie dziewczęta nie noszą czadorów do szkoły i jeśli założę swój, stanę się pośmiewiskiem, przystał na to, abym okrywała się jedynie chustą. Musiałam jednak obiecać, że nie przyniosę mu wstydu zepsuciem i niewłaściwym zachowaniem. Nie wiedziałam, co miał na myśli. Jak dziewczyna może się zepsuć niczym nieświeże jedzenie? Wiedziałam jednak, jak się zachowywać, aby nie przynieść mu wstydu, nawet jeśli nie miałam na sobie czadora ani prawdziwego hidżabu. Uwielbiam wujka Abbasa! Słyszałam, jak powiedział do ojca: „Bracie! Dziewczyna musi mieć dobre wnętrze. Hidżab nie ma z tym nic wspólnego. Jeśli ma złe usposobienie, pod zasłoną czadora może zrobić mnóstwo rzeczy, które okryją jej ojca hańbą. Skoro przeprowadziłeś się do Teheranu, musisz się zachowywać jak jego mieszkańcy. Minęły już czasy, gdy dziewczęta zamykano w domach. Pozwól jej chodzić do szkoły i ubierać się jak inni, w przeciwnym razie będzie się jeszcze bardziej wyróżniać".

Wujek Abbas był bardzo mądry i rozsądny. Nic dziwnego. Mieszkał w Teheranie już od dziesięciu lat. Przyjeżdżał do Kom jedynie w przypadku śmierci jednego z członków rodziny. Babcia, świeć Panie nad jej duszą, mawiała wówczas: „Abbasie, dlaczego częściej mnie nie odwiedzasz?".

A wujek Abbas odpowiadał z tubalnym śmiechem: „Co ja na to poradzę? Powiedz krewnym, aby częściej umierali". Babcia klepała go wtedy w policzek i szczypała tak mocno, że jeszcze przez długi czas widniał na nim czerwony ślad.

Żona wujka Abbasa pochodziła z Teheranu. Gdy przyjeżdżała do Kom, zawsze nosiła czador, ale wszyscy wiedzieli, że w Teheranie nie zakładała prawdziwego hidżabu. Jej córki w ogóle nie zwracały na to uwagi, nawet gdy szły do szkoły.

Po śmierci babci jej dzieci sprzedały dom, w którym się wychowaliśmy, i każdy krewny otrzymał swoją część spadku. Wujek Abbas zwrócił się wówczas do ojca z propozycją: „Bracie, tutaj już się nie da mieszkać. Spakuj się i jedź do Teheranu. Połączymy nasze fundusze ze spadku i kupimy sklep. Wynajmę ci dom w pobliżu. Założymy spółkę. No chodź, zadbaj o własne życie. Tylko w Teheranie można zarobić".

Początkowo mój starszy brat, Mahmud, sprzeciwiał się temu pomysłowi.

– W Teheranie wiara i pobożność schodzą na manowce – mówił.

Lecz mój brat, Ahmad, był szczęśliwy.

– Tak, musimy tam jechać – nalegał. – Przecież jakoś trzeba sobie radzić.

– Ale pomyśl o dziewczynkach – ostrzegała matka. – Nie znajdą tam porządnego męża, ponieważ w Teheranie nikt nas nie zna. Cała nasza rodzina i wszyscy przyjaciele mieszkają tutaj. Masuma otrzymała już świadectwo ukończenia szóstej klasy, a potem uczyła się jeszcze przez rok. Czas, aby wyszła za mąż. A Faati w tym roku zaczyna szkołę. Bóg jeden raczy wiedzieć, co się z nią stanie w Teheranie. Mawiają, że nic dobrego nie wyrośnie z dziewczyny, która się tam wychowała.

Ali, który był wówczas w czwartej klasie, powiedział:

– Nie odważy się zrobić nic złego. Po moim trupie! Będę obserwował ją niczym jastrząb i nie pozwolę, aby zeszła na złą drogę. A potem kopnął bawiącą się na dywanie siostrę. Faati zaczęła krzyczeć, ale nikt nie zwrócił na nią uwagi. Podeszłam do niej, uścisnęłam ją i powiedziałam:

– Co za bzdury. Chcesz przez to powiedzieć, że wszystkie dziewczyny mieszkające w Teheranie są złe?

Mój brat, Ahmad, który uwielbiał to miasto, warknął:

– Ty! Zamknij się! – A następnie odwrócił się do pozostałych i stwierdził: – Problem tkwi w Masumie. Wydamy ją za mąż tutaj i dopiero potem przeprowadzimy się do Teheranu. Dzięki temu pozbędziemy się jednego problemu. Ali natomiast zajmie się pilnowaniem Faati.

Poklepał Alego po plecach i z dumą stwierdził, że chłopak jest pełen zapału i wie, co to honor, więc będzie zachowywał się odpowiedzialnie. Poczułam ucisk w sercu.

Od samego początku Ahmad nie chciał, abym kontynuowała naukę. Sam nie uczęszczał do szkoły, ponieważ wyrzucono go, gdy przez kilka lat nie mógł ukończyć ósmej klasy. Obawiał się więc, że będę lepiej wykształcona od niego.

Babcia ze strony ojca, świeć Panie nad jej duszą, także nie była zadowolona z faktu, że się uczę, i nieustannie dręczyła z tego powodu matkę. „Twoja córka nic nie umie. Jej mąż po miesiącu odeśle ją z powrotem". Do ojca natomiast mówiła: „Po co wydajesz pieniądze na tę dziewczynę? Dziewczyny są bezużyteczne. Należą do kogoś innego. Pracujesz tak ciężko i marnujesz na nią pieniądze, a i tak będziesz musiał wyłożyć o wiele więcej, aby wydać ją za mąż".

Choć Ahmad był prawie dwudziestoletnim mężczyzną, nadal nie miał stałego zajęcia. Pracował na targowisku jako chłopiec na posyłki w sklepie wujka Assadollaha, ale zawsze włóczył się po okolicy. Nie przypominał starszego o dwa lata Mahmuda, który był poważny, godny zaufania i bardzo religijny. Zawsze przestrzegał bowiem pór modlitwy oraz postu. W rezultacie wszyscy myśleli, że Mahmud jest dziesięć lat starszy od Ahmada.

Matka pragnęła, aby Mahmud ożenił się z Ehteram-Sadat, kuzynką ze strony matki, która jej zdaniem była potomkinią proroka i nosiła tytuł *sajjid*. Wiedziałam jednak, że mój brat wolał Mahbubę, kuzynkę ze strony ojca. Gdy nas odwiedzała, Mahmud rumienił się, zaczynał się jąkać i stawał w kącie, aby ją obserwować, zwłaszcza gdy z jej głowy zsuwał się czador. A Mahbuba, niech jej Bóg błogosławi, była taka radosna i roztrzepana, że zapominała o odpowiednim okryciu. Gdy babka napominała ją, aby zachowywała się przyzwoicie w obecności mężczyzn, którzy nie byli jej krewnymi, odpowiadała: „Zapomnij, babciu, traktuję ich jak braci!". A potem wybuchała głośnym śmiechem.

Zauważyłam, że po wyjściu Mahbuby Mahmud modlił się przez dwie godziny, a potem powtarzał: „Niech Bóg się zlituje nad naszymi duszami! Niech Bóg się zlituje nad naszymi duszami!". Podejrzewam, że w swoim mniemaniu dopuścił się grzechu. Tylko Bóg jeden wie jakiego.

Przed przeprowadzką do Teheranu w naszym domu dochodziło do wielu kłótni i zatargów. Wszyscy zgadzali się tylko w jednej kwestii – należało się mnie pozbyć, wydając za mąż. Można było odnieść wrażenie, że wszyscy mieszkańcy Teheranu czekali tylko na mój przyjazd, by móc mnie zdeprawować. Każdego dnia odwiedzałam świątynię Fatimy al-Masumy i błagałam ją, aby moja rodzina zabrała mnie ze sobą i pozwoliła kontynuować naukę. Płakałam z żalu, że nie jestem chłopcem lub że nie zachorowałam i nie umarłam jak Zari, moja o trzy lata starsza siostra, która w wieku ośmiu lat zmarła na błonicę.

Dzięki Bogu, moje modlitwy zostały wysłuchane i nikt nie zapukał do naszych drzwi, aby prosić o moją rękę. Po pewnym czasie ojciec załatwił wszystkie sprawy związane z wyjazdem, a wujek Abbas wynajął dla nas dom w pobliżu ulicy Gorgan. Cała rodzina czekała tylko, co się ze mną stanie. Przebywając w towarzystwie osób, które uważała za godne, matka mawiała: „Już najwyższy czas, aby Masuma wyszła za mąż". Gdy słyszałam te słowa, na mojej twarzy pojawiał się rumieniec wstydu i złości.

Na szczęście Jej Świątobliwość wstawiła się za mną i żaden z zalotników się nie pokazał. Po jakimś czasie moja rodzina skontaktowała się mężczyzną, który kiedyś starał się o moją rękę. Od tamtej pory zdążył już się ożenić i rozwieść. Był dobrze sytuowany i stosunkowo młody, ale nikt nie wiedział, dlaczego rozwiódł się z pierwszą żoną zaledwie kilka miesięcy po ślubie. Na mnie robił wrażenie człowieka wybuchowego i przerażającego. Gdy się dowiedziałam, jak straszny los mnie czeka, odrzuciłam dobre wychowanie oraz poczucie skromności i rzuciłam się do stóp ojca, wypłakując morze łez, aż w końcu zgodził się zabrać mnie do Teheranu. Ojciec miał dobre serce i wiedziałam, że bardzo mnie kocha, pomimo tego, że byłam dziewczyną. Matka opowiadała, że po śmierci Zari niepokoił się o mnie; byłam bardzo drobnej budowy, więc obawiał się, że ja także mogę umrzeć. Był przekonany, że Bóg ukarał go, zabierając Zari, ponieważ po jej urodzeniu nie okazał wdzięczności. Kto wie, może po moich narodzinach także jej nie okazał. Kochałam go jednak z całego serca. Był jedyną osobą w naszej rodzinie, która mnie rozumiała.

Gdy wracał do domu z pracy, brałam ręcznik i stawałam obok lustrzanej sadzawki. Kładł wtedy dłoń na moim ramieniu i zanurzał kilkukrotnie stopy w wodzie. Następnie mył dłonie i twarz. Podawałam mu ręcznik, a on, osuszając twarz, patrzył na mnie znad jego krawędzi swoimi jasnobrązowymi oczami, z których mogłam wyczytać, że mnie kocha i jest ze mnie zadowolony. Chciałam go pocałować, ale dorosła kobieta nie powinna całować mężczyzny, nawet jeśli jest to jej ojciec. Tak czy inaczej, ojciec zlitował się nade mną, a ja przysięgłam na wszystkie świętości, że nie zejdę na złą drogę i nie przyniosę mu wstydu.

Moja dalsza nauka w Teheranie to zupełnie inna historia. Ahmad i Mahmud byli przeciwni, a matka uważała, że kurs krawiecki byłby dużo bardziej przydatny. Jednak prośbą, błaganiem oraz łzami, którym trudno się było oprzeć, zdołałam przekonać ojca, aby się za mną wstawił i zapisał mnie do ósmej klasy.

Ahmad był tak wściekły, że ze złości miał ochotę mnie udusić. Wykorzystywał więc każdą okazję, aby mnie uderzyć. Ja jednak wiedziałam, co tak naprawdę go gnębi, więc trzymałam język za zębami. Moja szkoła znajdowała się niedaleko od domu; wystarczył piętnasto- lub dwudziestominutowy spacer. Na początku Ahmad w tajemnicy śledził mnie w drodze do szkoły, owijałam się więc ciasno czadorem, aby go nie prowokować. Natomiast Mahmud w ogóle przestał się do mnie odzywać i zupełnie mnie ignorował.

Po jakimś czasie obaj znaleźli zajęcie. Mahmud zaczął pracować na targowisku w sklepie należącym do pana Mozaffariego, a Ahmad rozpoczął praktykę w warsztacie stolarskim w dzielnicy Szemiran. Zdaniem pana Mozaffariego na Mahmuda można było liczyć, ponieważ przebywał w sklepie cały dzień. Ojciec mawiał: „Tak naprawdę to Mahmud prowadzi ten interes". Natomiast Ahmad szybko znalazł towarzystwo i zaczął wracać do domu późno w nocy. W końcu wszyscy się zorientowali, że zapach, który wokół siebie roztaczał, spowodowany był wypitym alkoholem, a ściśle mówiąc arakiem. Nikt jednak nie odezwał się ani słowem. Ojciec zwieszał głowę i nie odpowiadał na jego powitania, Mahmud odwracał się i powtarzał: „Boże, zlituj się nad nami", a matka szybko podgrzewała dla niego posiłek, tłumacząc: „Moje dziecko nabawiło się bólu zęba i alkoholem próbuje ulżyć sobie w cierpieniu". Nikt jednak nie potrafił stwierdzić, jaka dolegliwość zęba utrzymuje się przez tak długi czas. Jednym słowem matka miała w zwyczaju kryć Ahmada, ponieważ był jej ulubieńcem.

Ahmad znalazł sobie w Teheranie jeszcze jedną rozrywkę – obserwowanie z okna na piętrze domu naszej sąsiadki, pani Parvin. Pani Parvin zwykle pracowała na podwórzu przed domem i oczywiście zawsze przy tym zsuwał jej się z głowy czador. Ahmad siedział wówczas nieruchomo w oknie salonu. Raz przyłapałam ich nawet na wymianie jakichś znaków.

Tak czy inaczej, mój brat był na tyle zajęty, że zapomniał o mnie. Nawet gdy ojciec pozwolił mi założyć do szkoły jedynie chustę na głowę zamiast czadora, kłótnie i krzyki trwały tylko jeden dzień. Ahmad jednak nie zapomniał. Po prostu przestał mnie besztać i się do mnie odzywać. W jego oczach byłam uosobieniem grzechu. Nie chciał nawet na mnie spojrzeć.

Nie przejmowałam się tym jednak. Chodziłam do szkoły, dostawałam dobre stopnie i zaprzyjaźniłam się ze wszystkimi. Czego jeszcze mogłam chcieć od życia? Byłam naprawdę szczęśliwa, zwłaszcza po tym, jak Parwana została moją najlepszą przyjaciółką i obiecałyśmy sobie, że będziemy się dzielić wszystkimi tajemnicami.

Parwana Ahmadi była szczęśliwą i wesołą dziewczyną. Grała w szkolnej drużynie siatkówki, ponieważ była świetną siatkarką, ale z nauką radziła sobie nieco gorzej. Wiedziałam, że nie była zła, ale nie przestrzegała wielu reguł. Nie potrafiła bowiem odróżnić dobra od zła i nie miała pojęcia, jak zadbać o dobre imię i honor swojego ojca. Miała co prawda braci, ale się ich nie bała. Czasami nawet wdawała się z nimi w kłótnie, a gdy któryś ją uderzył, nie pozostawała mu dłużna. Parwana śmiała się ze wszystkiego i wszędzie, nawet na ulicy. Zachowywała się tak, jakby nigdy nie słyszała, że śmiejąc się, dziewczyna nie powinna pokazywać zębów ani wydawać żadnych odgłosów. Zawsze się dziwiła, gdy mówiłam, że jej zachowanie jest niewłaściwe i powinna przestać. Z malującym się na twarzy zaskoczeniem pytała: „Dlaczego?" albo przyglądała mi się, jakbym była przybyszem z innej planety. (A może rzeczywiście tak było?) Znała też nazwy wszystkich samochodów i chciała, aby jej ojciec kupił czarnego chevroleta. Nie wiedziałam, jak wygląda chevrolet, ale nie chciałam się do tego przyznać, aby nie stracić twarzy.

Pewnego dnia wskazałam na piękny nowy samochód i zapytałam:

– Parwano, czy to chevrolet, który tak ci się podoba?

Parwana spojrzała na auto, a potem na mnie i wybuchnęła śmiechem.

– Jakaś ty zabawna! – zawołała. – Pomyliłaś fiata z chevroletem.

Zaczerwieniłam się po same uszy. Umierałam ze wstydu z powodu jej śmiechu oraz własnej głupoty, przez którą moja niewiedza wyszła w końcu na jaw.

W domu Parwany znajdowały się dwa odbiorniki: radiowy i telewizyjny. W domu wujka Abbasa widziałam telewizor, ale my mieliśmy jedynie radio. Za życia babki ze strony ojca lub gdy mój brat, Mahmud, przebywał w domu, nie słuchaliśmy muzyki, ponieważ traktowano to jako grzech. Zwłaszcza jeśli piosenkę wykonywała kobieta, a melodia miała charakter optymistyczny. Choć zarówno ojciec, jak i matka byli niezwykle religijnymi ludźmi i zdawali sobie sprawę, że słuchanie muzyki jest niemoralne, nie podchodzili do tej kwestii tak rygorystycznie jak Mahmud i lubili czasami jej posłuchać. Po wyjściu Mahmuda matka zwykle włączała radio. Oczywiście nastawiała je bardzo cicho, tak aby sąsiedzi nie słyszeli. Znała nawet słowa niektórych piosenek i podśpiewywała je pod nosem w kuchni, w szczególności te wykonywane przez Pouran Shahpouri.

Pewnego dnia zauważyłam:

– Matko, znasz całkiem sporo piosenek Pouran.

Podskoczyła jak oparzona i warknęła:

– Cicho! Co ty wygadujesz? Nigdy nie mów czegoś takiego przy swoim bracie!

Po powrocie z pracy ojciec włączał radio i słuchał wiadomości nadawanych o drugiej, a potem zapominał wyłączyć odbiornik. Rozpoczynał się wówczas muzyczny program *Golha* i ojciec nieświadomie zaczynał poruszać głową w rytm muzyki. Nie obchodzi mnie, co inni mówią, jestem pewna, że ojciec uwielbiał głos Marzieh*. Gdy puszczali jej piosenki, nigdy nie mówił: „Boże, zlituj się nad nami! Wyłączcie to". Lecz gdy śpiewał Vighen**, nagle przypominał sobie o zasadach religijnych i pobożności i zaczynał krzyczeć: „Znowu ten Ormianin! Nie chcę tego słuchać!". Ja za to uwielbiałam głos Vighena. Nie wiem dlaczego, ale słysząc go, przypominał mi się wuj Hamid. Wuj różnił się od swoich braci i sióstr. Był przystojnym mężczyzną i, co było rzadkością, pachniał wodą kolońską... Gdy byłam dzieckiem, przytulał mnie i mówił do mojej matki:

– Dobra robota, siostro! Urodziłaś piękną dziewczynkę. Dzięki Bogu, nie jest podobna do swoich braci. W przeciwnym wypadku musiałabyś kupić dużą beczkę i ją zamarynować!

– Och! Co masz na myśli? – odpowiadała moja matka. – Co ci się nie podoba w moich synach? Są wystarczająco przystojni. Mają

---

* Irańska artystka wykonująca tradycyjną muzykę perską (wszystkie przypisy pochodzą od tłumacza).

** Irański aktor i piosenkarz ormiańskiego pochodzenia, który wykonywał muzykę pop.

tylko nieco oliwkową cerę, ale to nic złego. Mężczyzna nie musi być ładny. W dawnych czasach mawiano, że mężczyzna powinien być nieurodziwy i krewki! Ostatnie słowa wymawiała śpiewnym głosem, a wujek Hamid wybuchał głośnym śmiechem.

Z wyglądu podobna byłam do ojca i jego siostry. Ludzie zawsze brali mnie i Mahbubę za siostry. Ale ona była ode mnie ładniejsza. Ja miałam szczupłą budowę ciała, a ona krągłości. Moje proste włosy pomimo usilnych starań nie chciały się kręcić, a na jej głowie wiło się mnóstwo loków. Z drugiej strony Mahbuba miała lekko nierówny zgryz i zawsze powtarzała: „Ale z ciebie szczęściara. Masz takie białe i proste zęby". Obie miałyśmy jednak ciemnozielone oczy oraz jasną skórę, a gdy się uśmiechałyśmy, na naszych policzkach pojawiały się dołeczki.

Matka, tak jak reszta jej rodziny, posiadała inny typ urody. Miała oliwkową cerę, czarne oczy i falowane włosy, poza tym była nieco puszysta. Choć nikt nie dorównywał pod tym względem siostrze matki, korpulentnej ciotce Ghamar. Oczywiście moja rodzina nie była szpetna. Zwłaszcza matka. Gdy usunęła nitką owłosienie na twarzy i wydepilowała brwi, wyglądała naprawdę ładnie. Znakiem szczególnym matki był pieprzyk przy ustach. Zwykle mawiała: „W dniu, w którym wasz ojciec przyszedł prosić o moją rękę, zauważył ten pieprzyk i od razu się we mnie zakochał".

Kiedy miałam siedem lub osiem lat, wuj Hamid wyjechał z kraju. Gdy przyszedł się pożegnać, wziął mnie w ramiona i powiedział do matki: „Siostro, na miłość boską, nie wydawaj tego kwiatuszka zbyt szybko za mąż. Niech najpierw zdobędzie wykształcenie i stanie się kobietą".

Wuj Hamid był pierwszą osobą z naszej rodziny, która udała się na Zachód. Nie miałam pojęcia, jak wygląda świat za oceanem. Myślałam, że przypomina Teheran, tylko jest bardziej oddalony. Co jakiś czas wuj wysyłał listy i zdjęcia do babci Aziz. Fotografie były piękne. Nie wiem tylko, dlaczego zawsze stał na nich w ogrodzie w otoczeniu roślin, drzew i kwiatów. Po jakimś czasie otrzymaliśmy zdjęcie, na którym towarzyszyła mu blondynka bez hidżabu. Nigdy nie zapomnę tego dnia. Było późne popołudnie. Babcia Aziz przyszła do nas, ponieważ chciała, aby ojciec przeczytał jej list. Ojciec usiadł obok swojej matki na pufach na podłodze. Najpierw przeczytał list po cichu, a potem zawołał:

– Cudownie! Gratulacje! Hamid Aga się ożenił, a to zdjęcie jego żony.

Babcia Aziz zemdlała, a babka, która nigdy nie żyła z nią w najlepszych stosunkach, zakryła usta czadorem i się roześmiała. Matka złapała się za głowę. Nie wiedziała, czy ma mdleć, czy cucić babcię Aziz. Gdy ta w końcu odzyskała przytomność, wypiła sporą ilość ciepłej wody z kandyzowanym cukrem i powiedziała:

– Myślałam, że ci ludzie są grzesznikami.

– Nie! Nie są grzesznikami – odparł ojciec, wzruszając ramionami. – Przecież są wykształceni. To Ormianie.

Babcia Aziz zaczęła uderzać się dłońmi po głowie. Matka złapała ją jednak za ręce i powiedziała:

– Na miłość boską, przestań. Nie jest tak źle. Dzięki niemu nawróciła się na islam. Każdy ci powie, że muzułmanin może poślubić kobietę innej wiary, a potem ją nawrócić. Dzięki temu zyskuje wdzięczność Boga.

Babcia Aziz spojrzała na nią osowiałym wzrokiem i odparła:

– Wiem. Niektórzy prorocy i imamowie brali za żony kobiety, które nie były muzułmankami.

– No cóż, jeśli Bóg pozwoli, ich małżeństwo okaże się błogosławieństwem – roześmiał się ojciec. – Więc kiedy zaczynamy świętować? Żona z zagranicy jest świetną okazją do zabawy.

Babka zmarszczyła brwi i odparła:

– Boże broń, synowa to już nieszczęście samo w sobie. Ta na domiar złego pochodzi z innego kraju, więc nie ma pojęcia o religijnych zasadach dotyczących czystości.

Babcia Aziz wyglądała, jakby odzyskała nieco sił. Wzięła się w garść i wstając do wyjścia, odparła:

– Panna młoda jest błogosławieństwem dla domu. W przeciwieństwie do niektórych ludzi, w naszej rodzinie doceniamy synowe i nie traktujemy ich jak służące. Troszczymy się o nie i jesteśmy z nich dumni, zwłaszcza z synowej z Zachodu!

Babka nie mogła już dłużej tolerować jej przechwałek, więc odpowiedziała z drwiną w głosie:

– Tak, widziałam, jak bardzo jesteś dumna z żony Assadollaha Chana. – Po czym dodała złośliwie: – Poza tym, skąd wiadomo, czy naprawdę nawróciła się na islam? Może zrobiła z Hamida Agi grzesznika? Prawdę mówiąc, Hamid Aga nigdy nie był nadzwyczaj religijny. W przeciwnym razie nie wyjechałby do ziemi grzechu.

– Słyszysz, Mostafa Chan? – warknęła babcia Aziz. – Słyszałeś, co powiedziała?

Ojciec w końcu interweniował i położył kres kłótniom.

Babcia Aziz niezwłocznie urządziła ogromne przyjęcie i chwaliła się synową z Zachodu. Oprawiła zdjęcie w ramkę, postawiła je na kominku i pokazywała odwiedzającym ją kobietom. Lecz jeszcze tuż przed śmiercią nieustannie dopytywała matkę: „Czy żona Hamida została muzułmanką? A co jeśli Hamid stał się Ormianinem?".

Po jej śmierci przez wiele lat nie mieliśmy zbyt wiele wiadomości o wujku Hamidzie. Pewnego razu wzięłam jego zdjęcia i pokazałam koleżankom w szkole. Bardzo spodobał się Parwanie.

– Jest bardzo przystojny – powiedziała. – Miał szczęście, że wyjechał na Zachód. Szkoda, że my nie możemy tego zrobić.

Parwana znała wszystkie piosenki grane w radiu, ale najbardziej lubiła Delkash. W szkole połowa dziewcząt słuchała jej, a druga połowa uwielbiała Marzieh. Musiałam stać się fanką Delkash, ponieważ w przeciwnym wypadku Parwana przestałaby się ze mną przyjaźnić. Znała nawet zachodnich piosenkarzy. Miała w domu gramofon, na którym odtwarzali różne płyty. Pewnego dnia pokazała mi go. Wyglądał jak mała walizka z czerwonym wiekiem. Wyjaśniła mi wówczas, że to model przenośny.

Rok szkolny się jeszcze nie skończył, a ja nauczyłam się już tak wiele. Parwana zawsze pożyczała ode mnie zeszyty i notatki z lekcji; czasami uczyłyśmy się razem. Chętnie odwiedzała mnie w domu. Była bardzo miła i wyrozumiała. Nie zwracała uwagi na warunki materialne, w jakich żyliśmy.

Nasz dom był niewielki. Do drzwi wejściowych prowadziły trzy schodki. Przed budynkiem znajdował się ogród z lustrzaną sadzawką na środku. Po jednej stronie sadzawki ustawiliśmy drewnianą ławę, a po drugiej, równolegle do jej krótszego boku, posadziliśmy kwiaty na długiej rabacie. Kuchnia, w której zawsze panował półmrok, znajdowała się na końcu podwórka, poza domem. Obok była łazienka. Na zewnątrz wisiała umywalka, więc nie musieliśmy korzystać z pompy przy sadzawce, aby umyć dłonie lub twarz. Wewnątrz domu, na lewo od drzwi wejściowych, cztery stopnie prowadziły na niewielkie półpiętro, na którym znajdowały się dwa pokoje. Obok kolejne schody wiodły na piętro, gdzie znajdowały się kolejne dwa sąsiadujące ze sobą pomieszczenia. Pierwsze pełniło funkcję salonu. Z jego dwóch okien roztaczał się widok na podwórko, fragment ulicy oraz dom pani Parvin. Okna drugiego pokoju, w którym spali Ahmad i Mahmud, wychodziły na ogród przy domu stojącym za naszym.

Gdy Parwana przychodziła w odwiedziny, szłyśmy na górę i siadałyśmy w salonie. Pokój był dość skromnie umeblowany: duży czerwony dywan na podłodze, okrągły stół i sześć giętych krzeseł, w rogu pokoju duży grzejnik, a obok niego kilka puf i poduszek pod plecy. Jedyną dekorację stanowiła oprawiona w ramę makatka z wyszytym wersetem Van Yakad z Koranu. Oprócz tego na kominku matka rozłożyła haftowaną serwetkę, a na niej lustro oraz świeczniki pochodzące z jej ceremonii ślubnej. Siadałam z Parwaną na pufach i tam mogłyśmy spokojnie poszeptać, pośmiać się i pouczyć. Niestety ja pod żadnym pozorem nie mogłam odwiedzać Parwany.

– Nie waż się przestąpić progu domu tej dziewczyny – warczał Ahmad. – Po pierwsze jej brat to osioł, a po drugie to bezwstydna i rozkapryszona dziewczyna. Do diabła z nią, nawet jej matka nie nosi hidżabu.

– A kto w tym mieście w ogóle nosi hidżab? – mamrotałam pod nosem w odpowiedzi.

Pewnego dnia Parwana chciała mi pokazać czasopismo „Woman's Day". Zakradłam się więc do jej domu na pięć minut. Był niezwykle czysty i pięknie urządzony. W pokojach znajdowało się mnóstwo ładnych przedmiotów. Na wszystkich ścianach wisiały obrazy przedstawiające pejzaże oraz kobiety. W salonie stały szerokie granatowe sofy z frędzlami u dołu. W oknach, które wychodziły na ogród, wisiały jednakowe aksamitne zasłony. Jadalnia umiejscowiona była po drugiej stronie i oddzielona od salonu zasłonami. W holu stał telewizor oraz kilka foteli i sof. Znajdowały się tam też drzwi prowadzące do kuchni, łazienki i toalety. Rodzina Parwany nie musiała więc wychodzić na zewnątrz w zimowe mrozy oraz w letnie upały, aby skorzystać z tych pomieszczeń. Wszystkie sypialnie znajdowały się na piętrze. Parwana dzieliła pokój z młodszą siostrą, Farzaną.

Miały dużo szczęścia! U nas nie było tyle miejsca. Choć w teorii dom składał się z czterech pomieszczeń, tak naprawdę mieszkaliśmy wszyscy w dużym pokoju na parterze. Tam spałam z Faati i Alim, tam jadaliśmy posiłki, a w zimie rozkładaliśmy *korsi*, aby się ogrzać. Rodzice spali w pokoju obok. Stały tam duże drewniane łóżko i szafa, w której trzymaliśmy ubrania oraz osobiste drobiazgi. Każdy z nas miał też jedną półkę na książki. Ja miałam ich jednak najwięcej z całej rodziny, więc zajmowałam dwie półki.

Matka lubiła oglądać zdjęcia w „Woman's Day". Musiałyśmy jednak ukrywać czasopisma przed ojcem i Mahmudem. Zwykle czytałam dział „Na rozdrożach" oraz historie w odcinkach, a potem relacjonowałam je matce tak barwnie i obrazowo, że ogarniało ją wzruszenie, a ja ponownie zaczynałam zalewać się łzami. Uzgodniłam z Parwaną, że gdy przeczytają już z matką nowe wydanie, będą je co tydzień przekazywać nam.

Pewnego dnia powiedziałam Parwanie, że moi bracia nie pozwalają mi jej odwiedzać. Zaskoczona zapytała:

– Dlaczego?

– Ponieważ masz starszego brata.

– Dariusza? A jaki on tam starszy? Przecież jest od nas o rok młodszy.

– Mimo wszystko, jest dorosły, a moi bracia twierdzą, że takie wizyty byłyby nie na miejscu.

Wzruszyła ramionami i odparła:

– Nie rozumiem waszych zwyczajów.

Przestała jednak nalegać, abym ją odwiedzała.

Na koniec roku szkolnego otrzymałam bardzo dobre stopnie z egzaminów końcowych oraz wiele pochwał od nauczycieli. Jednak w domu nikt się tym nie przejął. Matka nie do końca rozumiała, co mówię, Mahmud warknął:

– No i co? Wydaje ci się, że tak wiele osiągnęłaś?

Natomiast ojciec skomentował to w ten sposób:

– Dlaczego nie zostałaś najlepszą uczennicą w klasie?

Wraz z nadejściem lata moje spotkania z Parwaną musiały dobiec końca. Początkowo odwiedzała mnie pod nieobecność braci. Stawałyśmy wówczas przed drzwiami wejściowymi i rozmawiałyśmy. Matce jednak się to nie podobało. Zapomniała już, że w Kom każde popołudnie spędzała w towarzystwie kobiet z okolicy, z którymi rozmawiała i jadła pestki arbuza aż do powrotu ojca z pracy. W Teheranie nie miała żadnych znajomych, a kobiety mieszkające w pobliżu lekceważyły ją i szydziły z niej, co bardzo ją denerwowało. Z czasem zapomniała o swoim zwyczaju spędzania czasu na pogaduszkach, więc i ja nie mogłam spotykać się z przyjaciółmi.

Ogólnie rzecz biorąc, matka nie była zadowolona z przeprowadzki do Teheranu.

– Nie nadajemy się do tego miasta – mówiła. – Wszyscy nasi krewni i znajomi zostali w Kom. Jestem tu sama. Skoro humorzasta żona twojego wuja nas ignoruje, czego możemy oczekiwać po obcych ludziach?

Nieustannie marudziła i narzekała, aż w końcu przekonała ojca, aby na wakacje pozwolił nam pojechać do Kom. Miałyśmy się zatrzymać u siostry matki. Słysząc to, zażartowałam:

– Wszyscy wyjeżdżają w lecie na wieś, a ty chcesz, abyśmy jechały do Kom?

Matka spojrzała na mnie i odparła:

– Szybko zapomniałaś, skąd pochodzisz. Wcześniej mieszkaliśmy tam przez cały rok i nie narzekałaś. A teraz panienka ma ochotę wyjechać na letni wypoczynek! Nie widziałam mojej biednej siostry przez cały rok, nie mam żadnych wieści o moim bracie, minęło sporo czasu, odkąd odwiedziłam groby bliskich… Zanim lato dobiegnie końca, spędzimy tydzień u każdego krewnego.

Mahmud zgodził się na nasz wyjazd do Kom, ale chciał, abyśmy zatrzymały się u siostry ojca, tak aby podczas swoich weekendowych odwiedzin mógł się widywać z Mahbubą i ciotką. – Zatrzymaj się na stałe u ciotki – powiedział. – Nie musisz odwiedzać pozostałych krewnych. W ten sposób tylko zachęcisz ich do przyjazdu do Teheranu. Zaczną nas odwiedzać i zrobi się jedno wielkie zamieszanie. (Cudownie! Jaki on gościnny!) – Zrozumiałam! – odparła matka ze złością. – Nie masz nic przeciwko odwiedzinom swojej ciotki, ale Boże broń, aby moja biedna siostra przyjechała z wizytą. (Co to za riposta! Trzepnij go w łeb i pokaż mu, gdzie jest jego miejsce!)

W końcu pojechałyśmy do Kom. Nie sprzeciwiałam się zbyt mocno wyjazdowi, ponieważ Parwana spędzała lato z rodziną w posiadłości wiejskiej dziadka w Golab Darreh.

Wróciłyśmy do Teheranu w połowie sierpnia, ponieważ Ali nie zaliczył kilku przedmiotów i musiał ponownie podejść do egzaminów końcowych. Nie wiem, dlaczego moi bracia byli tak leniwi, gdy chodziło o naukę. Mój biedny ojciec miał względem nich ogromne plany. Chciał, aby zostali lekarzami i inżynierami. Tak czy inaczej, cieszyłam się z powrotu do domu. Miałam już dość wędrownego życia, przenoszenia się z jednego domu do drugiego, przeprowadzania się od ciotki ze strony matki do wujka ze strony ojca, a następnie od ciotki ze strony ojca do wuja ze strony matki... Najbardziej nienawidziłam pobytu w domu siostry matki. Jej dom przypominał meczet. Nieustannie dopytywała nas, czy już odmówiłyśmy modlitwę, a potem narzekała, że nie zrobiłyśmy tego należycie. Bez przerwy obnosiła się też ze swoją religijnością oraz krewnymi męża, którzy nosili tytuł mułłów.

Kilka tygodni później do Teheranu wróciła Parwana z rodziną. Wraz z rozpoczęciem roku szkolnego moje życie ponownie nabrało barw. Widok przyjaciół i nauczycieli bardzo mnie ucieszył. Nie byłam już nowo przybyłą osobą bez doświadczenia. Wcześniej wszystko mnie zaskakiwało i wygłaszałam głupie komentarze, teraz pisałam lepsze i bardziej rozbudowane wypracowania, inteligencją dorównywałam mieszkankom Teheranu i mogłam wyrażać swoje zdanie. I za to wszystko byłam wdzięczna Parwanie, która była moim pierwszym i najlepszym nauczycielem. Tamtego roku odkryłam również przyjemność płynącą z lektury książek. Przekazywałyśmy sobie romanse z rąk do rąk, czytałyśmy je, wzdychając i roniąc łzy, a potem godzinami dyskutowałyśmy na ich temat.

Parwana stworzyła piękny pamiętnik. Jej kuzynka, która mogła pochwalić się ładnym charakterem pisma, umieściła tytuł na każdej stronie, a Parwana namalowała odpowiadające im rysunki. Wszystkie dziewczyny w klasie, krewni Parwany oraz kilkoro przyjaciół rodziny odpowiadało na pytania zawarte w pamiętniku. Wypowiedzi na temat ulubionego koloru lub ulubionej książki nie były zbyt zajmujące. Zainteresowanie wzbudzały odpowiedzi na pytania dotyczące cech idealnego małżonka, opinii na temat miłości i tego, czy kiedykolwiek było się zakochanym. Niektóre osoby pisały otwarcie, nie zastanawiając się, co się stanie, jeśli pamiętnik trafi w ręce dyrektora szkoły.

Ja natomiast stworzyłam pamiętnik poetycki, w którym starannym pismem zapisywałam ulubione wiersze. Czasami rysowałam obok ilustrację lub wklejałam zdjęcia wycięte przez Parwanę z zagranicznych czasopism.

W pewne słoneczne jesienne popołudnie wracałam z Parwaną ze szkoły. Poprosiła mnie, abym poszła z nią do apteki, ponieważ chciała kupić plaster. Apteka znajdowała się w połowie drogi pomiędzy szkołą a moim domem. Doktor Ataii, aptekarz, był dostojnym starszym mężczyzną, którego wszyscy znali i szanowali. Gdy weszłyśmy do środka, w aptece nikogo nie było. Parwana zawołała farmaceutę i stanęła na palcach, aby zajrzeć za ladę. Przy dolnych półkach klęczał młody mężczyzna w białym fartuchu i układał lekarstwa. Wstał i zapytał:

– Czy mogę w czymś pomóc?

– Chciałam kupić plaster – odparła Parwana.

– Oczywiście. Zaraz panią obsłużę.

Parwana szturchnęła mnie w bok i wyszeptała:

– Kto to jest? Ależ on przystojny!

Młody mężczyzna podał mojej koleżance plaster. Wyjmując z tornistra pieniądze, Parwana szepnęła do mnie:

– Hej! Popatrz na niego. Jest niesamowicie przystojny.

Spojrzałam na mężczyznę i na chwilę nasze oczy się spotkały. Przez ciało przeszedł mi dziwny dreszcz, a potem poczułam, jak moja twarz oblewa się rumieńcem, więc szybko spuściłam wzrok. Po raz pierwszy doznałam tak osobliwego uczucia. Odwróciłam się do Parwany i powiedziałam:

– Chodź, idziemy.

I wybiegłam z apteki.

Parwana dogoniła mnie i zapytała:

– Co się z tobą dzieje? Nigdy wcześniej nie widziałaś człowieka?

– Poczułam się zakłopotana – odparłam.

– Czym?

– Rzeczami, które mówiłaś o obcym mężczyźnie.

– I co z tego?

– Co z tego? To bardzo niestosowne. Myślę, że cię usłyszał.

– Wcale nie. Nic nie słyszał. A zresztą, co takiego złego powiedziałam?

– Że jest przystojny i…

– Przestań! – powiedziała Parwana. – Nawet jeśli mnie słyszał, pewnie było mu miło. Ale tak między nami, gdy przyjrzałam mu się bliżej, doszłam do wniosku, że nie jest wcale aż tak przystojny. Muszę powiedzieć ojcu, że doktor Ataii zatrudnił asystenta.

Następnego dnia byłyśmy lekko spóźnione do szkoły. Lecz gdy przechodziłyśmy obok apteki, zauważyłam, że młody mężczyzna się nam przygląda. W drodze powrotnej zajrzałyśmy przez okno. Był zajęty pracą, ale miałam wrażenie, że nas dostrzegł. Od tamtego dnia, zgodnie z niewypowiedzianą umową, widywaliśmy się rano i po południu. Tym samym znalazłyśmy nowy ekscytujący temat do rozmów. Wkrótce wieści o młodym mężczyźnie, który rozpoczął pracę w aptece, rozeszły się po szkole. Wszystkie dziewczęta o nim mówiły i wynajdywały przeróżne powody, aby zajść do apteki i w jakiś sposób zwrócić na siebie jego uwagę.

Przywykłyśmy z Parwaną do widywania go każdego dnia i mogę przysiąc, że on także czekał, aż się pojawimy na ulicy. Sprzeczałyśmy się o to, do którego aktora jest podobny, i w końcu uzgodniłyśmy, że wygląda jak Steve McQueen. Od przyjazdu do Teheranu przebyłam długą drogę. Poznałam na przykład nazwiska sławnych zagranicznych aktorów. Raz nawet zmusiłam matkę, aby poszła ze mną na seans filmowy. Film bardzo jej się spodobał. Od tamtej pory raz w tygodniu w tajemnicy przed Mahmudem chodziłyśmy do kina na rogu ulicy. Puszczali głównie indyjskie filmy, na których płakałyśmy z matką jak bobry. Parwana szybko zdobyła informacje o asystencie farmaceuty. Doktor Ataii przyjaźnił się bowiem z jej ojcem i pewnego razu powiedział:

– Saiid jest studentem na wydziale farmaceutycznym. To dobry chłopak. Pochodzi z Rezaije.

Od tamtej pory coraz częściej wymienialiśmy ze sobą spojrzenia. Parwana wymyśliła nawet dla niego przezwisko: Zatroskany Hadżi.

– Wygląda, jakby zawsze na coś czekał, jakby się martwił i kogoś szukał – wyjaśniła.

To był najlepszy rok w całym moim życiu. Wszystko toczyło się po mojej myśli. Uczyłam się ciężko, moja przyjaźń z Parwaną rozkwitała z każdym dniem i stopniowo stawałyśmy się jedną duszą w dwóch ciałach. Moje dobre samopoczucie zakłócał jedynie strach przed szeptami, które wraz ze zbliżającym się końcem roku szkolnego słyszałam w domu coraz częściej. Mogły one bowiem oznaczać koniec mojej edukacji.

– To niemożliwe – stwierdziła Parwana. – Nigdy by ci tego nie zrobili.

– Nie rozumiesz. Ich nie obchodzi, jak sobie radzę w szkole. Moja rodzina uważa, że dziewczynie trzy klasy gimnazjum w zupełności wystarczą.

– Trzy lata?! – powiedziała zaskoczona Parwana. – W dzisiejszych czasach nie wystarcza nawet dyplom ukończenia szkoły średniej. Wszystkie kobiety w mojej rodzinie idą na studia. Oczywiście te, które zdały egzaminy wstępne. Ty z pewnością je zdasz. Jesteś od nich mądrzejsza.

– Zapomnij o studiach! Chciałabym, aby pozwolili mi chociaż skończyć szkołę średnią.

– Musisz się im postawić.

To dopiero pomysł! Parwana nie miała pojęcia o mojej sytuacji rodzinnej. Mogłam postawić się matce, odpyskować jej i bronić moich racji, ale nie miałam w sobie na tyle odwagi, aby mówić bez ogródek w obecności moich braci.

Pod koniec ostatniego semestru odbyły się egzaminy końcowe i uzyskałam drugi wynik w klasie. Nasza nauczycielka literatury naprawdę mnie lubiła i gdy otrzymaliśmy karty z wynikami, powiedziała:

– Wspaniale się spisałaś! Jesteś bardzo zdolna. Jaki kierunek nauki teraz obierzesz?

– Marzę, aby studiować literaturę – odparłam.

– Wspaniale. To samo chciałam ci zaproponować.

– Niestety nie mogę, proszę pani. Moja rodzina jest przeciwko. Mówią, że dziewczynie trzy lata gimnazjum wystarczą.

Pani Bahrami zmarszczyła brwi, pokręciła głową i poszła do sekretariatu. Kilka minut później wróciła z dyrektorką szkoły. Dyrektorka wzięła moje świadectwo i powiedziała:

– Sadeghi, powiedz ojcu, aby jutro przyszedł do szkoły. Chciałabym się z nim spotkać. I przekaż mu, że jeśli nie przyjdzie, nie oddam ci świadectwa. Będziesz pamiętać?

Gdy tego samego wieczora przekazałam ojcu wiadomość od dyrektorki, był zaskoczony.

– Co zrobiłaś? – zapytał.

– Nic, przysięgam.

Następnie zwrócił się do matki:

– Żono, idź do szkoły i sprawdź, o co chodzi.

– Nie, ojcze, to nic nie da – wyjaśniłam. – Chcą spotkać się z tobą.

– Co masz na myśli? Nie pójdę przecież do szkoły dla dziewcząt!

– Dlaczego? Ojcowie innych dziewcząt tam przychodzą. Powiedzieli, że jeśli nie przyjdziesz, nie dadzą mi świadectwa.

Zmarszczył brwi. Nalałam mu herbaty i próbowałam zaskarbić sobie nieco jego przychylność.

– Ojcze, boli cię głowa? Przynieść ci tabletki?

Włożyłam mu poduszkę pod plecy i przyniosłam szklankę wody. W końcu zgodził się pójść ze mną nazajutrz do szkoły.

Gdy weszliśmy do gabinetu, dyrektorka wstała zza biurka, przywitała się z ojcem i zaproponowała, aby usiadł obok niej.

– Gratuluję, pana córka jest wyjątkowa – powiedziała. – Nie tylko osiąga bardzo dobre wyniki w nauce, ale oprócz tego zachowuje się w uprzejmy i kulturalny sposób.

Nadal stałam w drzwiach. Na słowa dyrektorki spuściłam wzrok i mimowolnie się uśmiechnęłam. Po chwili zwróciła się do mnie:

– Droga Masumo, proszę, poczekaj na zewnątrz. Chciałabym pomówić z panem Sadeghi na osobności.

Nie wiem, co mu powiedziała, ale gdy ojciec wyszedł, miał zarumienioną twarz, oczy mu błyszczały i patrzył na mnie z życzliwością i dumą.

– Chodźmy do sekretariatu – powiedział. – Zapiszemy cię na następny rok. Później nie będę miał czasu, aby to załatwić.

Myślałam, że zemdleję ze szczęścia. Idąc za nim, powtarzałam:

– Dziękuję, ojcze. Kocham cię. Obiecuję, że będę najlepsza w klasie. Będę słuchała twoich poleceń. Jeśli Bóg pozwoli, oddam za ciebie życie.

Słysząc to, roześmiał się i odparł:

– Dość już! Żałuję tylko, że twoi leniwi bracia nie mają choć odrobiny twojej pracowitości.

Parwana czekała na zewnątrz. Martwiła się o mnie do tego stopnia, że poprzedniej nocy nie zmrużyła oka. Używając znaków i gestów, zapytała, co się stało. Zrobiłam zatroskaną minę, pokręciłam głową i wzruszyłam ramionami. Odniosłam wrażenie, że od jakiegoś czasu powstrzymywała łzy, ponieważ nagle zaczęły płynąć jej po policzkach. Podbiegłam do niej, objęłam ją i powiedziałam:

– Nie! Skłamałam. Wszystko w porządku. Zostałam zapisana na następny rok.

Na podwórku szkolnym skakałyśmy i śmiałyśmy się jak szalone, ocierając jednocześnie płynące z oczu łzy.

Decyzja ojca wywołała w domu ogromne oburzenie. Pomimo tego nie ugiął się i nie zmienił zdania.

– Dyrektorka szkoły powiedziała, że Masuma jest niezwykle utalentowana i w przyszłości zostanie kimś ważnym – wyjaśnił. A ja, ogarnięta szaloną radością, nie dbałam o to, co miała do powiedzenia reszta rodziny. Nawet pełne nienawiści spojrzenia Ahmada nie budziły mojego przerażenia.

Nadeszło lato i choć oznaczało to, że ponownie muszę się na jakiś czas rozstać z Parwaną, cieszyła mnie świadomość, że spotkamy się w następnym roku szkolnym. Poza tym w Kom spędziliśmy tylko siedem dni, a Parwana co tydzień znajdowała jakąś wymówkę, aby wrócić z ojcem do Teheranu i mnie odwiedzić. Nalegała też, abym na kilka dni przyjechała do Golab Darreh. Naprawdę chciałam tam pojechać, ale wiedziałam, że moi bracia nigdy się na to nie zgodzą, więc nie poruszałam tego tematu. Parwana zaproponowała nawet, żeby jej ojciec spróbował przekonać mojego do wyjazdu. Nie chciałam jednak sprawiać ojcu dodatkowych kłopotów. Wiedziałam, że ciężko byłoby mu odmówić panu Ahmadiemu, a potem musiałby znosić kłótnie i awantury w domu. Zamiast tego, chcąc zdobyć przychylność matki, zgodziłam się wziąć udział w kursie krawieckim, bym mogła się pochwalić chociaż jednym talentem, gdy przeprowadzę się do domu męża.

Przypadek chciał, że droga do szkoły, w której odbywał się kurs, prowadziła obok apteki. Saiid szybko się zorientował, że co drugi dzień uczestniczę w zajęciach, i bez względu na wszystko stawał w drzwiach o odpowiedniej porze. Gdy od apteki dzieliła mnie przecznica, moje serce zaczynało walić jak oszalałe, a oddech przyspieszał. Próbowałam nie spoglądać w tamtym kierunku i powstrzymać rumieniec na twarzy, ale wszystko na próżno. Za każdym razem, gdy nasze oczy się spotkały, czerwieniłam się aż po same uszy. To było takie żenujące. A on witał mnie skinieniem głowy, nieśmiało i z przejęciem w oczach.

Pewnego dnia, gdy wyszłam zza rogu, nagle pojawił się przede mną. Tak się zdenerwowałam, że upuściłam linijkę krawiecką. Saiid pochylił się i podniósł ją, po czym ze wzrokiem wbitym w ziemię powiedział:

– Przepraszam, że cię wystraszyłem.

– Nic się nie stało – odparłam, złapałam linijkę i szybko odeszłam. Przez długi czas nie byłam sobą. Na wspomnienie tamtego zdarzenia oblewałam się rumieńcem i czułam w sercu przyjemne drżenie. Nie wiem dlaczego, ale byłam pewna, że on czuje to samo.

Z początkiem września i pierwszym powiewem jesiennego wiatru nasze długie oczekiwanie dobiegło końca i wróciłyśmy z Parwaną do szkoły. Nie mogłyśmy przestać rozmawiać. Musiałyśmy opowiedzieć sobie o wydarzeniach minionego lata, o wszystkich naszych przygodach, a nawet spostrzeżeniach. Ostatecznie jednak we wszystkich naszych rozmowach pojawiał się Saiid.

– Przyznaj się – poprosiła Parwana. – Ile razy byłaś w aptece pod moją nieobecność?

– Przyrzekam, że nigdy tam nie poszłam – odparłam. – Za bardzo się wstydziłam.

– Dlaczego? On nie ma pojęcia, o czym myślimy i rozmawiamy.

– Tak ci się tylko wydaje.

– Nie ma mowy, aby coś podejrzewał. Powiedział coś? Skąd wiesz, że on wie?

– Nie wiem, po prostu tak mi się zdaje.

– Możemy udawać, że nic się nie dzieje, i zająć się sobą.

Ale prawda wyglądała tak, że coś się zmieniło. Moje spotkania z Saiidem nabrały innego znaczenia oraz poważniejszego charakteru. W głębi serca czułam, że połączyła nas silna, choć głośno nienazwana więź, a ukrycie tego przed Parwaną nie było łatwe. Tydzień po rozpoczęciu roku szkolnego Parwana znalazła pierwszą wymówkę, aby pójść do apteki i zaciągnęła mnie tam ze sobą. Byłam niezwykle onieśmielona. Miałam wrażenie, że wszyscy mieszkańcy miasta mnie obserwują i wiedzą, co się dzieje w moim sercu. Gdy Saiid zauważył nas w drzwiach, zastygł w bezruchu. Parwana kilkakrotnie poprosiła go o aspirynę, ale on zachowywał się tak, jakby jej nie słyszał. W końcu doktor Ataii podszedł, przywitał się z Parwaną i zapytał o ojca. Potem zwrócił się do Saiida:

– Dlaczego stoisz, jakby cię zamurowało? Podaj tej młodej damie opakowanie aspiryny.

Gdy wyszłyśmy z apteki, cała prawda wyszła na jaw.

– Widziałaś, jak na ciebie patrzył? – zapytała zaskoczona Parwana.

Nic nie odpowiedziałam. Odwróciła się do mnie i spojrzała mi prosto w oczy.

– Dlaczego jesteś taka blada? Wyglądasz, jakbyś miała zaraz zemdleć!

– Ja? Nie! Nic mi nie jest.

W moim głosie słychać było jednak drżenie. Przez kilka minut szłyśmy w milczeniu. Parwana pogrążyła się w myślach.

– O co chodzi, Parwano? Wszystko w porządku?

Nagle wybuchła niczym petarda i głośniej niż zwykle warknęła:

– Jesteś wredna. A moja głupota dorównuje twojej przebiegłości. Dlaczego mi nie powiedziałaś?

– Czego ci nie powiedziałam? Nie mam nic do powiedzenia.

– Akurat! Coś między wami jest. Nie jestem ślepa. Powiedz prawdę, jak daleko zaszły sprawy?

– Jak możesz tak mówić?

– Przestań! Przestań zgrywać szarą myszkę. Jesteś zdolna do wszystkiego. Najpierw ta chustka na głowie, teraz romans! O, ja głupia! Przez cały ten czas myślałam, że on wystaje tam z mojego powodu. Jesteś taka przebiegła. Teraz rozumiem, dlaczego się mówi, że mieszkańcy Kom są sprytni. Nie powiedziałaś nawet mnie, swojej najlepszej przyjaciółce. Ja mówię ci o wszystkim. Zwłaszcza gdy w grę wchodzą tak istotne sprawy.

Poczułam, że strach chwyta mnie za gardło. Złapałam przyjaciółkę za rękę i zwróciłam się do niej błagalnym tonem:

– Proszę, przyrzeknij, że nikomu nie powiesz. Cicho, nie mów tak głośno na ulicy. To nie wypada. Ludzie nas usłyszą. Przysięgam na życie mojego ojca, przysięgam na Koran, nic nie ma między nami.

Lecz Parwana była niczym wzbierająca na sile powódź, z każdą kolejną minutą kipiał w niej coraz większy gniew.

– Jesteś zdrajczynią. A w moim pamiętniku pisałaś, że nie myślisz o takich sprawach, że zależy ci jedynie na nauce, że mężczyźni cię nie obchodzą i są źli, a mówienie o takich rzeczach to grzech...

– Błagam cię, przestań. Przysięgam na Koran, nic między nami nie ma.

Gdy znalazłyśmy się w pobliżu jej domu, załamałam się i zaczęłam płakać. Moje łzy niczym woda przygasiły nieco płomienie jej gniewu i po chwili Parwana nieco się uspokoiła.

– Dlaczego płaczesz? – zapytała łagodniejszym głosem. – I to na ulicy! Jestem zła, ponieważ nie rozumiem, dlaczego trzymałaś to przede mną w tajemnicy. Ja mówię ci o wszystkim.

Przyrzekłam wówczas, że zawsze byłam jej najlepszą przyjaciółką, że nie ukrywałam przed nią niczego i w przyszłości też nie będę tego robić.

Parwana towarzyszyła mi, gdy po kolei doświadczałam wszystkich stadiów miłości. Była równie podekscytowana jak ja i nieustannie pytała:

– Co teraz czujesz?

Gdy tylko widziała, że pogrążyłam się w zadumie, chciała wiedzieć, o czym myślę. A ja opowiadałam o moich fantazjach, lękach, ekscytacji, obawach o przyszłość oraz strachu przed przymusowym małżeństwem z innym mężczyzną. Zamykała wówczas oczy i mówiła:

– Och, jak poetycko! A więc tak wygląda zakochanie. Ja jednak nie jestem tak wrażliwa i uczuciowa jak ty. Niektóre rzeczy, które robią lub mówią zakochani, są dla mnie śmieszne. No i nigdy się nie rumienię. Więc skąd będę wiedzieć, że się zakochałam?

Piękne i pełne życia jesienne dni minęły równie szybko jak jesienny wiatr. Nadal nie zamieniłam z Saiidem ani słowa. Lecz teraz za każdym razem, gdy przechodziłyśmy z Parwaną obok apteki, mamrotał pod nosem powitanie. Kiedy je słyszałam, moje serce dawało nura niczym dojrzały owoc wrzucony do koszyka.

Codziennie Parwana zdobywała jakieś nowe informacje o Saiidzie. Wiedziałam, że dorastał w Rezaije, jego matka i siostry nadal tam mieszkały, a ojciec zmarł kilka lat wcześniej. Pochodził z powszechnie szanowanej rodziny, miał na nazwisko Zarei, był na trzecim roku farmakologii, odznaczał się inteligencją i pracowitością, a doktor Ataii bezgranicznie mu ufał i był zadowolony z jego pracy. Każda z tych wiadomości była niczym pieczęć umacniająca moją czystą i niewinną miłość. Miałam wrażenie, że znam go całe życie i to z nim się zestarzeję. Raz lub dwa razy w tygodniu Parwana wynajdywała jakiś pretekst, aby zaprowadzić mnie do apteki. Wymienialiśmy się wówczas ukradkowymi spojrzeniami. Jego ręce drżały, a moje policzki oblewały się rumieńcem. Parwana uważnie obserwowała każdy nasz gest. Raz nawet powiedziała:

– Zawsze się zastanawiałam, na czym polega wlepianie w kogoś wzroku. Teraz już wiem!

– Parwana! Przestań tak mówić.

– No co? Kłamię?

Rano ze szczególną uwagą układałam włosy, a chustę zakładałam w taki sposób, aby z tyłu można było pod nią dostrzec włosy. Rozpaczliwie próbowałam zakręcić kilka loków, ale moje włosy nie chciały poddać się tym zabiegom. I wtedy pewnego dnia Parwana powiedziała:

– Ty idiotko! Masz piękne włosy. Proste włosy są teraz niesłychanie modne. Nie słyszałaś, że dziewczyny w szkole używają żelazka, aby je rozprostować?

Regularnie prałam i prasowałam mundurek szkolny. Błagałam matkę, aby kupiła więcej materiału, z którego krawcowa mogłaby uszyć mi nowy strój. To, co wychodziło bowiem spod rąk matki, zawsze wyglądało nieelegancko i ponuro. Jedyne, czego się nauczyłam na kursie krawieckim, to dostrzeganie błędów w strojach wykonanych przez matkę. Na szczęście pani Parvin uszyła dla mnie stylowy mundurek, a ja w tajemnicy poprosiłam ją, aby skróciła nieco spódnicę. Mimo to nadal miałam najdłuższy mundurek w szkole. Gdy udało mi się odłożyć trochę pieniędzy, poszłam z Parwaną na zakupy. Kupiłam jedwabną chustkę na głowę w kolorze soczystej zieleni.

– Naprawdę ładnie wyglądasz – stwierdziła Parwana. – Dzięki niej twoje oczy wydają się jeszcze bardziej zielone.

Zima była surowa. Śnieg leżący na ulicach jeszcze nie zdążył stopnieć, gdy zaczynało znowu padać. Rankiem wszystko skute było lodem, więc musieliśmy uważać przy przechodzeniu przez ulicę. Codziennie ktoś upadał na lodzie i pewnego dnia przyszła kolej na mnie. Zbliżałam się do domu Parwany, gdy nagle straciłam równowagę na zamarzniętej kałuży i rozłożyłam się jak długa. Próbowałam wstać, ale czułam przenikliwy ból w kostce, który promieniował aż do pasa. Gdy tylko stawiałam stopę na ziemi, ponownie upadałam. W tym samym momencie z domu wyszła Parwana. Pojawił się również Ali, który szedł do szkoły. Pomogli mi wstać i odprowadzili mnie do domu. Matka zabandażowała mi kostkę, ale po południu zarówno ból, jak i opuchlizna znacznie się nasiliły. Gdy ojciec oraz moi starsi bracia wrócili do domu, każdy po kolei wyraził swoje zdanie.

– Zapomnijcie o tym – powiedział Ahmad. – Nic jej nie jest. Gdyby jak inne porządne dziewczęta została w domu, a nie wychodziła na trzaskający mróz, nic by się nie stało.

A potem poszedł pić.

– Zawieźmy ją do szpitala – zaproponował ojciec.

– Poczekaj – odparł Mahmud – pan Esmaiil jest dobry w składaniu połamanych kości. Mieszka w pobliżu dzielnicy Szemiran. Przyprowadzę go. Jeśli stwierdzi, że kość jest złamana, wtedy zabierzemy ją do szpitala.

Pan Esmaiil był mniej więcej w wieku ojca i znany był z nastawiania złamanych kończyn. Tamtej zimy jego interes prosperował w najlepsze. Zbadał moją stopę i nie stwierdził złamania, ale jedynie skręcenie. Następnie włożył ją do ciepłej wody i zaczął masować. Cały czas do mnie mówił i w momencie, gdy chciałam coś powiedzieć, on nagle wykręcił mi stopę. Krzyknęłam z bólu i zemdlałam. Gdy się ocknęłam, wmasowywał w moją kostkę miksturę z białka kurzego, kurkumy i tysiąca przeróżnych olejków. Potem ją zabandażował i zakazał chodzenia przez dwa tygodnie.

Cóż za katastrofa. Ze łzami w oczach powiedziałam:

– Ale ja muszę chodzić do szkoły. Niedługo zaczynają się egzaminy kończące drugi semestr.

Wiedziałam jednak, że miały się one odbyć dopiero za półtora miesiąca i że moje łzy płyną z zupełnie innego powodu.

Przez kilka dni naprawdę nie mogłam się ruszyć. Leżałam pod *korsi*, rozmyślając o Saiidzie. Rano, gdy wszyscy byli w szkole, zakładałam dłonie pod głową i z twarzą skąpaną w słabym zimowym słońcu zanurzałam się w słodkich fantazjach. Uciekałam do krainy marzeń, do cudownych dni, które miałam spędzić w towarzystwie Saiida...

Moje rozmyślania zakłócała jedynie pani Parvin, która pod przeróżnymi pretekstami odwiedzała matkę. Naprawdę jej nie lubiłam i gdy tylko słyszałam jej głos, udawałam, że śpię. Nie mam pojęcia, dlaczego matka, która nieustannie rozprawiała o wierze i przyzwoitości, zaprzyjaźniła się z tą kobietą i nie zorientowała się, że przymilne zachowanie pani Parvin powodowane było jej związkiem z Ahmadem. Cała okolica wiedziała przecież, że nie podąża ona do końca uczciwą drogą.

Po południu, gdy Faati i Ali wracali ze szkoły, spokój i cisza ulatywały z domu. Ali potrafił w pojedynkę narobić zamieszania w całej okolicy. Stał się nieposłuszny i arogancki. Starając się pójść w ślady Ahmada, odnosił się do mnie w niemal równie okrutny sposób, zwłaszcza teraz, gdy nie chodziłam do szkoły. Matka dbała o mnie, a ojciec okazywał mi troskę, co wzbudzało zazdrość mojego młodszego brata. Zachowywał się tak, jakbym podstępem pozbawiła go jego praw. Zwykle przeskakiwał *korsi*, dręczył Faati, aż ta zaczynała krzyczeć, kopał moje książki, a potem specjalnie bądź przez przypadek uderzał mnie w chorą kostkę, tak że wyłam z bólu. Pewnego dnia po długich prośbach i błaganiach udało mi się przekonać matkę, aby przeniosła moje posłanie na górę, do salonu. Tam mogłam schronić się przed Alim i trochę pouczyć.

– Będziesz musiała chodzić po schodach tam i z powrotem – próbowała odwieść mnie od tego pomysłu. – Poza tym na górze jest zimno, ponieważ duży piec jest zepsuty.

– Mniejszy mi wystarczy.

W końcu się zgodziła i mogłam przenieść się na górę. Nareszcie miałam spokój. Uczyłam się, marzyłam, pisałam w pamiętniku z wierszami, popuszczałam wodze fantazji, a pismem, które sama wymyśliłam, zapisywałam imię Saiida w różnych miejscach w zeszycie. Odnalazłam odpowiednik jego imienia w języku arabskim i wypisałam jego wszystkie formy fleksyjne: Sa'ad, Saiid, Sa'adat. Następnie wykorzystałam je w zdaniach, które musiałam zbudować w ramach pracy domowej.

***

Pewnego dnia Parwana przyszła mnie odwiedzić. W obecności mojej mamy rozmawiałyśmy o szkole oraz egzaminach, które miały rozpocząć się piątego marca, ale gdy tylko zostałyśmy same, Parwana powiedziała:

– Nie masz pojęcia, co się dzieje.

Wiedziałam, że ma wieści o Saiidzie. Uniosłam się więc na posłaniu i poprosiłam:

– Powiedz mi, co u niego. Szybko, zanim ktoś wejdzie.

– Ostatnio zyskał u mnie przydomek: Hadżi Zmartwiony. Codziennie stoi na schodach apteki, rozgląda się, a gdy zdaje sobie sprawę, że jestem sama, jego twarz tężeje i ze smutkiem malującym się na twarzy wraca do środka. Dzisiaj wykazał się odwagą i podszedł do mnie. Najpierw oblał się rumieńcem, a potem zbladł, i tak kilka razy, aż w końcu przywitał się niepewnym głosem i powiedział: „Twoja przyjaciółka już od kilku dni nie chodzi do szkoły. Martwię się. Wszystko u niej w porządku?". Zachowałam się podle, ponieważ grałam głupią: „Którą przyjaciółkę masz na myśli?". Spojrzał na mnie zaskoczony: „Tę młodą dziewczynę, która zawsze ci towarzyszy. Jej dom znajduje się na ulicy Gorgan". A więc wie nawet, gdzie mieszkasz! Jest sprytny. Pewnie nas śledził. Odpowiedziałam: „Aha, masz na myśli Masumę Sadeghi. Biedaczka upadła i skręciła kostkę. Przez dwa tygodnie nie będzie mogła chodzić do szkoły". Pobladł na twarzy, powiedział, że to straszne, a potem po prostu się odwrócił i odszedł. Chciałam zawołać, że zachował się bardzo nieuprzejmie, ale już po dwóch krokach zorientował się, że postąpił niegrzecznie. Odwrócił się w moim kierunku i powiedział: „Przekaż jej, proszę, moje pozdrowienia". Potem się pożegnał jak normalny człowiek i wrócił do apteki.

Moje serce i głos drżały.

– O mój Boże! – powiedziałam przerażona. – Powiedziałaś mu, jak się nazywam?

– Nie bądź głuptasem – odparła Parwana. – Nic się nie stało. Przecież już to wiedział, a przynajmniej znał twoje nazwisko. Możesz być pewna, że zbadał nawet historię twojej rodziny. Zakochał się na zabój. Wydaje mi się, że niedługo przyjdzie poprosić o twoją rękę.

Oszalałam z radości. Byłam tak podekscytowana, że gdy matka weszła z tacą z herbatą, spojrzała na mnie zaskoczona i zapytała:

– Co się dzieje? Jesteś taka wesoła!

– Nie! – zająknęłam się. – Nic się nie dzieje.

Parwana szybko podskoczyła i powiedziała:

– Dzisiaj oddawali nasze prace egzaminacyjne i Masuma zdobyła najlepsze stopnie.

A potem puściła do mnie oko.

– Po co to wszystko, córko? Takie umiejętności nie przydadzą się kobiecie – stwierdziła matka. – Marnujesz czas. Niedługo przeprowadzisz się do domu męża i będziesz prała pieluchy.

– Nie, matko. W najbliższym czasie nie zamierzam się nigdzie przeprowadzać. Na razie muszę zdobyć świadectwo ukończenia szkoły.

Po chwili Parwana dodała złośliwie:

– Tak, a potem zostanie panią doktorową.

Posłałam jej gniewne spojrzenie.

– Naprawdę? – odparła matka żartobliwym tonem. – Będzie kontynuowała naukę? Im dłużej chodzi do szkoły, tym bardziej arogancka się staje. To wina jej ojca. Hołubi ją, jakby była kimś wyjątkowym.

Matka wyszła z pokoju, marudząc pod nosem, a ja wybuchnęłam z Parwaną śmiechem.

– Dzięki Bogu, matka się nie zorientowała, w przeciwnym wypadku pewnie zapytałaby, od kiedy można zostać lekarzem, mając dyplom z literatury?

Wycierając z policzków łzy wywołane śmiechem, Parwana powiedziała:

– Oj, głuptasie, nie powiedziałam, że zostaniesz lekarzem, ale panią doktorową.

W tych cudownie radosnych dniach nie potrzebowałam powodu, aby się uśmiechać. Byłam tak szczęśliwa, że zupełnie zapomniałam o bólu w kostce. Po wyjściu Parwany położyłam się z powrotem na poduszkę i zaczęłam rozmyślać. Świadomość, że Saiid martwi się o mnie i za mną tęskni, napawała mnie radością. Tamtego dnia nie przeszkadzały mi nawet krzyki Ahmada, który karcił matkę za to, że pozwoliła na wizytę Parwany. Wiedziałam, że Ali nas szpiegował i zdał starszemu bratu pełny raport z odwiedzin, ale nie przejmowałam się tym.

Każdego ranka budziłam się i skacząc na jednej nodze, sprzątałam pokój. Następnie, wspierając się jedną ręką na poręczy, a drugą na lasce babki, powoli schodziłam po schodach, myłam ręce oraz twarz i zasiadałam do śniadania. Po posiłku ponownie wspinałam się z wysiłkiem po schodach. Matka nieustannie narzekała, że zachoruję na zapalenie płuc albo spadnę ze schodów, ale nikt jej nie słuchał. Za nic na świecie nie zamieniłabym nowo zdobytego poczucia prywatności. Do ogrzania pokoju wystarczał mi mały piecyk naftowy. Poza tym w sercu czułam tak ogromne ciepło, że i tak nie zwracałam uwagi na panujący w pokoju chłód.

Dwa dni później Parwana ponownie mnie odwiedziła. Usłyszałam jej głos przy drzwiach wejściowych, więc szybko podeszłam do okna. Matka przywitała ją chłodno, ale Parwana zignorowała jej ton i powiedziała:

– Przyniosłam Masumie plan egzaminów.

A potem popędziła po schodach niczym strzała, wpadła do mojego pokoju, zamknęła za sobą drzwi i oparła się o nie, gwałtownie łapiąc powietrze. Miała zaczerwienioną twarz. Nie wiedziałam, czy to z powodu zimna, czy podniecenia. Nie spuszczając z niej wzroku, wróciłam do łóżka. Nie miałam odwagi, aby zadać jakiekolwiek pytanie.

W końcu Parwana odezwała się pierwsza:

– Jesteś sprytna. Leżysz sobie w łóżku, a ja wpadam przez ciebie w tarapaty.

– Co się stało?

– Muszę złapać oddech. Po wyjściu z apteki pędziłam do ciebie jak szalona.

– Dlaczego? Co się dzieje? Powiedz mi!

– Wracałam ze szkoły z Mariam. Gdy dotarłyśmy do apteki, w drzwiach stał Saiid. Zaczął kiwać głową i dawać mi jakieś znaki.

Wiesz, jaka szczwana jest Mariam. Powiedziała: „Pan Przystojniak skinął na ciebie". „Nie – odpowiedziałam. – Czego mógłby ode mnie chcieć?". Zignorowałam go i szłam dalej. Ale on pobiegł za nami i powiedział: „Przepraszam, panno Ahmadi, czy mogłaby pani wejść na chwilę do apteki? Muszę z panią porozmawiać". Twój Zmartwiony Hadżi był czerwony jak burak. Byłam niesamowicie zdenerwowana i nie wiedziałam, co zrobić z tą wścibską Mariam. Odpowiedziałam: „A rzeczywiście, zapomniałam odebrać lekarstwa ojca. Są już gotowe?". Ale ten idiota tylko tam stał i wpatrywał się we mnie. Nie czekałam na jego odpowiedź. Szybko przeprosiłam Mariam i wyjaśniłam, że muszę odebrać leki dla taty. Następnie się pożegnałam i powiedziałam, że jutro spotkamy się w szkole. Niestety Panna Wścibska nie chciała dać za wygraną. Stwierdziła, że się nie spieszy i może pójść ze mną. Im więcej paplałam, tym bardziej robiła się podejrzliwa. W końcu stwierdziła, że też zapomniała kupić kilku rzeczy w aptece i poszła ze mną. Na szczęście Zmartwiony Hadżi nieco zmądrzał. Zapakował do torebki pudełko lekarstw oraz kopertę, w której, jak stwierdził, dołączył receptę dla mojego ojca. Szybko włożyłam torbę do plecaka, ponieważ się bałam, że Mariam może mi ją wyrwać. Przysięgam, że to do niej podobne. Wiesz, jak lubi węszyć i szpiegować. Zwłaszcza teraz, gdy wszyscy w szkole mówią o Saiidzie. Połowa dziewcząt, która chodzi tą drogą, myśli, że on stoi tam z ich powodu. Zobaczymy, jakie historie wymyślą o mnie jutro w szkole. Tak czy inaczej, Mariam stała nadal w aptece, gdy ja ruszyłam biegiem do ciebie.

– To okropne – stwierdziłam. – Teraz nabierze jeszcze większych podejrzeń.

– Przestań! Już wie, że coś się dzieje, ponieważ głupi Saiid włożył rzekomą receptę do zaklejonej koperty! Czy kiedykolwiek widziałaś, aby farmaceuta wkładał receptę do koperty? Mariam nie jest idiotką. Pożerała tę kopertę wzrokiem. Dlatego się przestraszyłam i uciekłam.

Przez kilka sekund leżałam w bezruchu. W głowie miałam mętlik, ale nagle przypomniałam sobie o kopercie i zerwałam się z posłania.

– Daj mi ten list! – powiedziałam. – Ale najpierw sprawdź, czy nikt nie stoi za drzwiami, a potem dobrze je zamknij.

Gdy odbierałam kopertę od przyjaciółki, dłonie mi się trzęsły. Na kopercie nie było żadnego napisu. Nie miałam odwagi jej otworzyć. Co mógł napisać? Poza wymamrotanym powitaniem nigdy ze sobą nie rozmawialiśmy. Parwana była równie podekscytowana jak ja. I właśnie wtedy do pokoju weszła matka. Szybko schowałam kopertę pod kołdrę, po czym obie wyprostowałyśmy się i popatrzyłyśmy na nią w milczeniu.

– Co się dzieje? – zapytała matka podejrzliwie.

– Nic! – wyjąkałam.

Lecz wzrok matki był pełen wątpliwości. Po raz kolejny Parwana mnie uratowała.

– To nic takiego – odparła. – Pani córka jest bardzo wrażliwa. Robi z igły widły. – Następnie odwróciła się do mnie i powiedziała: – No i co z tego, że nie dostałaś dobrego stopnia z angielskiego. Do diabła z tym. Twoja matka nie jest podobna do mojej. Nie będzie krzyczeć na ciebie z byle powodu. – Po czym spojrzała na matkę i dodała: – Prawda, pani Sadeghi? Nie będzie pani na nią krzyczeć?

Matka spojrzała na Parwanę zdumiona, wydęła wargi i odparła:

– Cóż mogę powiedzieć! Nic nie szkodzi, że dostałaś gorszy stopień. Tak naprawdę byłoby lepiej, gdybyś w ogóle oblała egzaminy. Wówczas wróciłabyś na kurs szycia, który jest dużo bardziej przydatny.

Następnie postawiła tacę z herbatą przed Parwaną i wyszła.

Przez kilka minut patrzyłyśmy na siebie w milczeniu, a potem wybuchnęłyśmy śmiechem.

– Dziewczyno, dlaczego jesteś taka tępa? – powiedziała Parwana. – Patrząc na twoje zachowanie, każdy z łatwością zauważy, że coś knujesz. Uważaj, bo nasz sekret zostanie odkryty.

Zrobiło mi się niedobrze z podniecenia i strachu. Ostrożnie otworzyłam białą kopertę, starając się jej nie zniszczyć. Bicie mojego serca przypominało młot uderzający o kowadło.

– No, dalej! – powiedziała Parwana ze zniecierpliwieniem. – Pospiesz się!

Otworzyłam list. Linijki nakreślone pięknym charakterem pisma tańczyły mi przed oczami. Kręciło mi się w głowie. Szybko przeczytałyśmy list, który zawierał jedynie kilka zdań. Następnie spojrzałyśmy na siebie i zaczęłyśmy pytać siebie nawzajem:

– Czytałaś to? Co napisał?

Przeczytałyśmy list jeszcze raz, tym razem spokojniej. Zaczynał się w następujący sposób:

Oby twoje ciało nigdy nie potrzebowało dotyku lekarza,
Oby twoja delikatna dusza nigdy nie doznała cierpienia.

Następnie nastąpiły zapytania dotyczące mojego samopoczucia oraz życzenia szybkiego powrotu do zdrowia.

Jak miło z jego strony. Jak pięknie. Z charakteru pisma oraz stylu wypowiedzi zorientowałam się, że jest oczytany. Parwana nie mogła zostać zbyt długo, ponieważ nie powiedziała matce, że ma zamiar mnie odwiedzić. I tak nie zwracałam na nią zbytnio uwagi. Znajdowałam się w innym świecie. Miałam wrażenie, że opuściłam swoje ciało. Byłam jedynie duchem unoszącym się w powietrzu. Widziałam nawet, jak leżę na łóżku z otwartymi oczami, szerokim uśmiechem na ustach i z listem przyciśniętym do piersi. Po raz pierwszy pożałowałam, że życzyłam sobie umrzeć zamiast Zari. Życie było cudowne. Chciałam przytulić cały wszechświat i go ucałować.

Przez cały dzień znajdowałam się w stanie uniesienia i bujałam w obłokach. Nawet nie zauważyłam, kiedy nastała noc. Co jadłam na kolację? Kto nas odwiedził? O czym rozmawialiśmy? W środku nocy zapaliłam światło i ponownie przeczytałam list, a potem jeszcze raz i jeszcze raz. Przycisnęłam go do piersi i do rana w głowie kłębiły mi się piękne fantazje. Instynkt podpowiadał mi, że coś takiego można przeżyć tylko raz w życiu, i to tylko w wieku szesnastu lat.

Następnego dnia z niecierpliwością oczekiwałam odwiedzin Parwany. Siedziałam przy oknie, wpatrując się w podwórko przed domem. Matka kursowała pomiędzy domem a kuchnią, więc widziała, co robię.

– Czego chcesz? – zapytała.

Otworzyłam okno i odparłam:

– Niczego… Nudzi mi się, więc obserwuję ulicę.

Kilka minut później usłyszałam dzwonek do drzwi. Gderając pod nosem, matka poszła otworzyć. Gdy zobaczyła Parwanę, odwróciła się i spojrzała na mnie znacząco. A więc na to czekałaś, zdawał się mówić jej wzrok.

Parwana wbiegła po schodach i rzuciła plecak na środek pokoju. Jednocześnie próbowała jedną stopą zsunąć but z drugiej.

– Wchodź... co ty wyprawiasz?

– To te cholerne sznurowane buty!

W końcu się ich pozbyła, weszła do mojego pokoju i usiadła.

– Pozwól, że jeszcze raz przeczytam ten list – powiedziała. – Nie wszystko zapamiętałam.

Podałam jej książkę, w której ukryłam list, i odparłam:

– Opowiedz, co się dzisiaj działo... Widziałaś go?

Roześmiała się i odparła:

– On pierwszy mnie wypatrzył. Stał na schodach przed apteką i tak się rozglądał, że każdy bez trudu mógł się domyślić, że na kogoś czeka. Gdy byłam już blisko, przywitał się, ale tym razem na jego twarzy nie było rumieńca. Zapytał mnie: „Jak ona się czuje? Przekazałaś mój list?". Odpowiedziałam, że czujesz się dobrze i go pozdrawiasz. Odetchnął z ulgą, ponieważ się martwił, że się na niego zdenerwujesz. Potem zaczął przestępować z nogi na nogę i zapytał: „Nie odpisała?". Odparłam, że nie wiem, ponieważ po przekazaniu listu od razu wyszłam. Co teraz zrobisz? On czeka na twoją odpowiedź.

– Uważasz, że powinnam do niego napisać? – zapytałam zdenerwowana. – Nie, tak nie wypada. Jeśli to zrobię, pomyśli, że jestem bezczelną dziewczyną.

W tym samym momencie do pokoju weszła matka:

– Ale przecież ty jesteś bezczelna – stwierdziła.

Zamarłam z przerażenia. Nie byłam pewna, jak długo słuchała naszej rozmowy. Spojrzałam na Parwanę. Na jej twarzy także malował się strach.

Matka odłożyła miskę z owocami, które dla nas kupiła, i usiadła.

– To dobrze, że w końcu zdałaś sobie z tego sprawę.

Parwana szybko się opamiętała:

– O nie, to nie jest przejaw bezczelności.

– O czym ty mówisz? – zapytała moja matka.

– Masuma poprosiła mnie, abym codziennie ją odwiedzała i powtarzała z nią lekcje. Powiedziałam o tym mojej mamie, ale Masuma się boi, że ona uzna to za przejaw bezczelności.

Matka pokręciła głową i spojrzała na nas nieufnie. Po chwili powoli wstała, wyszła i zamknęła za sobą drzwi. Pokazałam Parwanie, aby zachowała milczenie. Wiedziałam, że matka stoi za drzwiami i podsłuchuje. Zaczęłyśmy więc głośno rozmawiać o szkole, zajęciach i moich zaległościach. A potem Parwana zaczęła czytać podręcznik do arabskiego. Matka bardzo lubiła ten język i podejrzewała, że czytamy Koran. Kilka minut później usłyszałyśmy, jak schodzi ze schodów.

– Dobra, poszła – powiedziała cicho Parwana. – Szybko, zdecyduj, co chcesz zrobić.

– Nie wiem!

– W końcu będziesz musiała do niego napisać albo z nim porozmawiać. Nie możecie do końca życia porozumiewać się za pomocą gestów. Musimy się przynajmniej dowiedzieć, jakie ma zamiary. Czy myśli o małżeństwie, czy nie? Może chce nas tylko oszukać i zwieść na manowce.

Jak widać, zaczynałyśmy z Parwaną funkcjonować jak jeden organizm i mówiłyśmy o sobie w liczbie mnogiej.

– Nie potrafię – przyznałam zdenerwowana. – Nie wiem, co napisać. Lepiej ty to zrób.

– Ja? Nie wiem jak. Jesteś ode mnie dużo lepsza w pisaniu wypracowań i znasz więcej wierszy.

– Napisz to, co przyjdzie ci do głowy. Ja zrobię to samo. Potem porównamy teksty i złożymy je w jeden porządny list.

Tego samego popołudnia z rozmyślań wyrwały mnie dobiegające z podwórza wrzaski Ahmada.

– Słyszałem, że ta wulgarna dziewczyna codziennie do nas przychodzi. Po co? Przecież mówiłem ci, że nie lubię jej, jej pretensjonalnego sposobu bycia i języka. Dlaczego cały czas przebywa w naszym domu? Czego chce?

– Niczego, mój synu – odparła matka. – Dlaczego tak się denerwujesz? Przychodzi tylko do Masumy, aby przekazać jej zadanie domowe, a potem szybko wychodzi.

– Na pewno! Jeśli jeszcze raz ją tu zobaczę, wyrzucę ją kopniakiem w tyłek.

Miałam wtedy ochotę dorwać Alego i porządnie go sprać. Ten mały gnojek nas szpiegował i przekazywał wszystko starszemu bratu. Powtarzałam sobie, że Ahmad nic nie może zrobić, ale mimo wszystko ostrzegłam Parwanę, aby odwiedzała mnie jedynie pod nieobecność Alego. Cały dzień i całą noc pisałam i kreśliłam. Wcześniej tworzyłam już listy do Saiida, ale to, co miałam do przekazania, było zbyt emocjonalne i intymne jak na list w oficjalnym tonie. Poza tym poprzednie wiadomości adresowane do niego zapisywałam wymyślonymi przez siebie symbolami. Było to konieczne, ponieważ w naszym domu nie było miejsca na prywatność ani osobistą przestrzeń. Nie miałam nawet jednej szuflady dla siebie. A przecież musiałam pisać, nie mogłam przestać, potrzebowałam przelać swoje uczucia i marzenia na papier. Tylko w ten sposób byłam w stanie uporządkować myśli i zrozumieć, czego tak naprawdę pragnęłam.

Nie miałam jednak pojęcia, co napisać w liście do Saiida. Nie wiedziałam nawet, jak się do niego zwracać. Szanowny Panie? Nie, to zbyt oficjalne. Drogi przyjacielu. Nie, tak nie wypadało. A może po imieniu? To z kolei byłoby zbyt bezpośrednie. Do czwartkowego popołudnia, gdy Parwana przyszła mnie odwiedzić po szkole, nadal nie napisałam ani słowa. Moja przyjaciółka natomiast jeszcze nigdy nie była tak podekscytowana. Gdy Faati otworzyła drzwi, Parwana nawet nie poklepała jej po głowie, jak to miała w zwyczaju. Popędziła od razu po schodach, rzuciła torbę na podłogę, usiadła przy drzwiach i zaczęła mówić, jednocześnie próbując ściągnąć buty.

– Gdy wracałam ze szkoły, zawołał do mnie: „Panno Ahmadi, lekarstwa pani ojca są gotowe". Biedny ojciec. Musi trawić go poważna choroba, skoro potrzebuje tylu lekarstw. Dzięki Bogu, nie było ze mną wścibskiej Mariam. W aptece przekazał mi paczuszkę. Szybko, otwórz mój plecak. Jest na samej górze.

Miałam wrażenie, że serce zaraz wyskoczy mi z piersi. Usiadłam na podłodze i w pośpiechu otworzyłam jej plecak. Na wierzchu leżała mała paczuszka zawinięta w biały papier. Rozerwałam go. W środku znajdował się tomik poezji w wydaniu kieszonkowym, z którego wystawała koperta. Byłam zlana potem. Wzięłam list i oparłam się o ścianę. Zrobiło mi się słabo. Gdy w końcu Parwanie udało się pozbyć butów, podeszła do mnie i powiedziała:

– Nie mdlej mi tu! Najpierw przeczytaj, potem możesz tracić przytomność.

W tym samym momencie weszła Faati, przytuliła się do mnie i powiedziała:

– Mama pyta, czy panna Parwana ma ochotę na herbatę.

– Nie! Nie! – odparła Parwana. – Dziękuję bardzo. Niedługo wychodzę.

Potem odciągnęła ode mnie Faati i ucałowała ją w policzki.

– Idź już i podziękuj matce w moim imieniu. Grzeczna dziewczynka.

Jednak Faati ponownie się do mnie przytuliła. Zrozumiałam, że dostała polecenie, aby nie zostawiać nas samych. Parwana wyciągnęła z kieszeni cukierka, podała go Faati i poprosiła:

– Bądź grzeczną dziewczynką i przekaż mamie, że nie chcę herbaty. W przeciwnym razie będzie musiała sama wejść po schodach, a to niekorzystnie wpłynie na jej zdrowie. Zaczną ją boleć nogi.

Zaraz po wyjściu Faati Parwana wyrwała mi list z rąk.

– Pospiesz się, zanim ktoś inny przyjdzie – powiedziała, otworzyła kopertę i zaczęła czytać: – „Szacowna młoda damo".

Spojrzałyśmy na siebie i wybuchnęłyśmy śmiechem.

– Ależ on zabawny! – wykrzyknęła Parwana. – Kto tak się zwraca do dziewczyny?

– Pewnie nie chciał się zbytnio spoufalać, używając zwrotu „panna". Mówiąc szczerze, mam ten sam dylemat. Nie wiem, jak zacząć list.

– Teraz to nieważne. Czytaj dalej.

Nie mam jeszcze odwagi, by napisać twoje imię na papierze, choć w myślach i sercu wykrzykuję je tysiące razy dziennie. Żadne inne imię w tak idealny sposób nie pasuje do twojego oblicza. Niewinność w twoich oczach i na twarzy jest niezwykle miła dla oka. Uzależniłem się od twojego widoku. Do tego stopnia, że gdy pozbawiono mnie tego błogosławieństwa, nie wiem, co począć z moim życiem.

Moje serce
jest niczym lustro zamglone smutkiem

Tylko twój uśmiech
może je oczyścić.
Gdy cię nie widzę codziennie, czuję się zagubiony i nie wiem, co
ze sobą zrobić. Wybaw mnie od tej samotności i prześlij choć słowo lub
wiadomość, abym znów mógł się odnaleźć. Całym sercem modlę się, byś
szybko wróciła do zdrowia. Dbaj o siebie.
Saiid

Odurzone pięknem listu pogrążyłyśmy się w myślach, gdy nagle do pokoju wszedł Ali. Wsunęłam szybko książkę i list pod nogi. Rzucając gniewne spojrzenia, powiedział ostrym tonem:

– Matka pyta, czy panna Parwana zostaje na obiad.

– O, nie. Bardzo dziękuję – odparła Parwana. – Już wychodzę.

– Bardzo dobrze – powiedział niechętnie. – Ponieważ chcemy zjeść posiłek teraz. – Po tych słowach wyszedł.

Byłam zła i zażenowana. Nie wiedziałam, co powiedzieć. Parwana zauważyła, że moja rodzina odnosi się do niej chłodno, więc powiedziała:

– Przychodziłam zbyt często. Chyba mają mnie już dosyć. Kiedy wracasz do szkoły? Leżysz w łóżku od dziesięciu dni. Chyba już wystarczy?

– Niedługo oszaleję. Jestem zmęczona i znudzona. Wrócę pewnie w sobotę.

– Nic ci nie będzie?

– Czuję się znacznie lepiej. Będę ćwiczyć kostkę.

– Wtedy będziemy wolne. Przysięgam, nie mogę już spojrzeć twojej matce w oczy. Przyjdę po ciebie w sobotę rano, o wpół do ósmej.

Ucałowała mnie w oba policzki i zbiegła po schodach, nie zawiązując nawet sznurówek. Usłyszałam jeszcze, jak zwraca się do mojej matki na podwórzu:

– Przepraszam, ale musiałam dzisiaj przyjść. W sobotę mamy test i chciałam przekazać tę wiadomość Masumie, by mogła się do niego przygotować. Dzięki Bogu, jej kostka wygląda już znacznie lepiej. Przyjdę po nią w sobotę i powoli pójdziemy do szkoły.

– Nie ma takiej potrzeby – odparła matka. – Jej kostka jeszcze się nie zagoiła.

– Ale mamy test! – nalegała Parwana.

– No i co z tego. To nie jest aż tak istotne. A Ali powiedział mi, że egzaminy zaczynają się dopiero za miesiąc.

Otworzyłam okno i krzyknęłam:

– Nie, matko. Naprawdę muszę pójść. To egzamin próbny. Ocena wlicza się do właściwego egzaminu.

Matka zdenerwowana odwróciła się do mnie plecami i poszła do kuchni. Parwana spojrzała na mnie, puściła do mnie oczko i poszła do domu.

Od razu zaczęłam ćwiczyć kostkę. Gdy tylko czułam ból, kładłam nogę na poduszce. Zamiast masować kostkę jednym żółtkiem, używałam dwóch. Podwoiłam też ilość olejków. A pomiędzy tymi wszystkimi zabiegami korzystałam z każdej sposobności, aby przeczytać list, który należał teraz do moich najcenniejszych skarbów.

Nieustannie zadawałam sobie pytanie, dlaczego jego serce przypomina lustro zamglone smutkiem? Jego życie musiało być trudne. Praca, utrzymywanie matki i trzech sióstr oraz studia – połączenie tego wszystkiego na pewno wiązało się z ogromnym wysiłkiem. Może gdyby nie ciążyło na nim tyle obowiązków i gdyby jego ojciec nadal żył, Saiid już teraz poprosiłby o moją rękę? Farmaceuta powiedział, że chłopak pochodzi z szanowanej rodziny. Byłam gotowa zamieszkać z nim choćby i w zimnym i wilgotnym pokoju. Ale dlaczego napisał, że moje imię idealnie pasuje do niewinnej twarzy i charakteru? Czy przyjmowanie jego listów nie było dowodem na to, że wcale nie byłam niewinna? Czy zakochałabym się, gdybym była naprawdę niewinna? Nie mogłam jednak nic na to poradzić. Próbowałam o nim nie myśleć, próbowałam upominać serce, by nie biło tak szybko na jego widok, a twarz, by nie oblewała się rumieńcem, ale wszystko na próżno.

W sobotni ranek obudziłam się wcześniej niż zazwyczaj. Prawdę powiedziawszy, przez całą noc prawie nie zmrużyłam oka. Ubrałam się i pościeliłam łóżko, aby udowodnić wszystkim, że wróciłam już do zdrowia. Odłożyłam laskę babci, która okazała się bardzo pomocna przy chodzeniu, a następnie, przytrzymując się poręczy, zeszłam ze schodów i usiadłam do śniadania.

– Jesteś pewna, że dasz dzisiaj radę pójść do szkoły? – zapytał ojciec. – Może Mahmud zawiezie cię motorem?

Mahmud spojrzał surowo na ojca i odparł:

– Ojcze, co ty mówisz? Brakuje tylko, aby jechała bez hidżabu z mężczyzną na motorze!

– Ależ synu, Masuma okryje głowę chustą. Prawda?

– Oczywiście – odparłam. – Czy kiedykolwiek poszłam do szkoły z odkrytą głową?

– Poza tym jesteś jej bratem, a nie obcym mężczyzną – dodał ojciec.

– Boże, zlituj się nad nami! Ojcze, mam wrażenie, że po przeprowadzce do Teheranu ty także pobłądziłeś!

Przerwałam Mahmudowi i zwróciłam się do ojca:

– Nie martw się, ojcze. Parwana po mnie przyjdzie i mi pomoże. Pójdziemy do szkoły razem.

Matka wymamrotała coś pod nosem, a Ahmad, z opuchniętymi oczami po całonocnym piciu, warknął jak zwykle ze złością w głosie:

– Ha! I to jeszcze z Parwaną. Mówiłem ci, abyś z nią nie przebywała, a ty zrobiłaś z niej laskę do chodzenia?

– Dlaczego? Co ci się w niej nie podoba?

– A co jest w niej dobrego? – zapytał z szyderczym uśmiechem.

– Jest wulgarna, nieustannie się śmieje i chichocze, ma zbyt krótką spódnicę i kręci biodrami przy chodzeniu.

Oblałam się rumieńcem i odburknęłam:

– Jej spódnica wcale nie jest krótka. Parwana nosi spódnicę dłuższą niż pozostałe uczennice. Uprawia sport i nie jest jedną z tych dziewcząt, które kroczą dumnie i idą wolnym krokiem. Poza tym skąd wiesz, że kręci biodrami podczas chodzenia? Dlaczego patrzysz na córkę innego mężczyzny?

– Zamknij się, bo zaraz trzasnę cię tak, że wypadną ci zęby! Matko, widzisz, jaka ona jest bezczelna?

– Dość tego! – ryknął ojciec. – Znam pana Ahmadiego. Jest bardzo szanowanym i wykształconym mężczyzną. Wujek Abbas prosił go o pomoc, gdy wdał się w konflikt z Abolem-Ghassem Solatim o sąsiedni sklep. Nikt się nie sprzeciwia słowu pana Ahmadiego. Wszyscy mu ufają.

Twarz Ahmada przybrała kolor jaskrawoczerwony.

– Proszę bardzo! – zwrócił się do matki. – A ty się zastanawiasz, dlaczego dziewczyna stała się taka bezczelna. Nic dziwnego, skoro wszyscy zawsze biorą jej stronę.

Następnie odwrócił się do mnie i warknął:

– Idź, idź z nią, siostro. Prawdę mówiąc, dziewczyna jest uosobieniem przyzwoitości. Idź i ucz się od niej szacunku.

Traf chciał, że akurat wtedy odezwał się dzwonek do drzwi.

– Powiedz jej, że zaraz przyjdę – poprosiłam Faati.

I aby zakończyć kłótnię, założyłam szybko chustę na głowę, pożegnałam się i wyszłam, utykając.

Na ulicy poczułam na twarzy zimny wiatr i przez kilka chwil stałam, rozkoszując się świeżym powietrzem. Wokół unosił się zapach młodości, miłości i szczęścia. Wsparłam się na Parwanie. Kostka nadal mnie bolała, ale nie zwracałam na to uwagi. Starałam się opanować podniecenie i powoli w milczeniu ruszyłyśmy do szkoły. Już z daleka dostrzegłam Saiida na drugim stopniu prowadzącym do apteki. Rozglądał się. Gdy nas zobaczył, zeskoczył ze schodów i podszedł się przywitać. Przygryzłam wargę i wówczas Saiid zorientował się, że nie powinien się do nas zbliżać, więc zawrócił i stanął na schodach. Gdy dostrzegł moją zabandażowaną stopę i utykanie, w jego pełnych podekscytowania oczach pojawił się smutek. Moje serce gotowe było wyrwać się z piersi i ruszyć ku niemu. Miałam wrażenie, że nie widziałam go od wielu lat, ale jednocześnie czułam, że stał mi się bliższy od czasu naszego ostatniego spotkania. Udało mi się go poznać, wiedziałam, jakie uczucia do mnie żywi, i przez to pokochałam go jeszcze mocniej.

Gdy dotarłyśmy do apteki, Parwana powiedziała do mnie:

– Musisz być zmęczona. Zatrzymajmy się na chwilę.

Oparłam się dłonią o ścianę i dyskretnie przywitałam się z Saiidem.

– Czy kostka mocno cię boli? – zapytał cicho. – Mogę ci dać lek przeciwbólowy.

– Dziękuję. Czuję się już lepiej.

– Bądź ostrożna – wyszeptała nerwowo Parwana. – Twój brat Ali się zbliża.

Szybko się pożegnaliśmy i ruszyłyśmy z Parwaną w drogę.

***

Tamtego dnia według planu miałyśmy jedną lekcję wychowania fizycznego. Opuściłyśmy ją jednak, podobnie jak pozostałe zajęcia. Miałyśmy tyle do omówienia. Gdy wicedyrektorka wyszła na boisko szkolne, ukryłyśmy się w toalecie, a następnie usiadłyśmy za szkolnym sklepikiem. W promieniach słabego lutowego słońca jeszcze kilka razy przeczytałyśmy list od Saiida. Chwaliłyśmy jego łagodność, gotowość do okazywania współczucia, uprzejmość, charakter pisma, dobór słownictwa oraz erudycję.

– Parwana, wydaje mi się, że cierpię na chorobę serca – powiedziałam.

– Dlaczego tak uważasz?

– Ponieważ moje serce nie bije w normalny sposób. Cały czas mam palpitacje.

– Gdy go widzisz czy pod jego nieobecność?

– Na jego widok moje serce przyśpiesza tak bardzo, że aż tracę oddech.

– To nie choroba serca, kochana – odparła ze śmiechem. – To choroba miłości. Jeśli ja, osoba niezaangażowana uczuciowo, tracę nagle zapał, a serce zaczyna mi bić jak oszalałe, gdy on pojawia się przede mną, mogę sobie tylko wyobrazić, co ty musisz czuć.

– Myślisz, że po ślubie nadal będę tak samo reagować?

– Głuptas z ciebie! Jeśli rzeczywiście tak będzie, wtedy na pewno będziesz musiała się udać do kardiologa z powodu choroby serca.

– Och, ze ślubem trzeba będzie się wstrzymać przynajmniej dwa lata, zanim Saiid skończy studia. Oczywiście to nic złego. Do tego czasu zdobędę świadectwo ukończenia szkoły.

– Ale on musi jeszcze odbyć dwuletnią służbę wojskową – przypomniała Parwana. – A może ma ją już za sobą?

– Nie sądzę. Ile on ma lat? Chyba że zostanie zwolniony z tego obowiązku. Po śmierci ojca jest jedynym mężczyzną w rodzinie i to on dba o jej utrzymanie.

– Może. Ale i tak będzie musiał znaleźć pracę. Myślisz, że uda mu się utrzymać dwa domy? Ile zarabia farmaceuta?

– Nie wiem. Ale jeśli będzie trzeba, zamieszkam z jego matką i siostrami.

– Przeprowadzisz się na prowincję i zamieszkasz z teściową i szwagierkami?

– Oczywiście, że tak. Zamieszkałabym z nim w piekle, gdybym musiała. A mówią, że Rezaije to ładne i czyste miasto.

– Lepsze niż Teheran?

– Przynajmniej panuje tam lepszy klimat niż w Kom. Zapomniałaś, że tam się wychowałam?

Słodkie fantazjowanie. Jak wszystkie romantyczne szesnastolatki, dla swego wybranka, Saiida, byłam gotowa pojechać wszędzie i zrobić wszystko.

Przez większą część dnia czytałyśmy z Parwaną przygotowane przez siebie odpowiedzi na jego listy. Przejrzałyśmy nasze zapiski i próbowałyśmy złożyć z tego prawdziwy list. Moje palce jednak zgrabiały z zimna, a pisanie na kartce opartej na plecaku negatywnie wpływało na mój charakter pisma. Ostatecznie postanowiłyśmy, że przepiszę list w domu, gdy wszyscy będą spali, i następnego dnia damy go Saiidowi.

Tamten zimowy dzień był jednym z najprzyjemniejszych w moim życiu. Czułam, że świat stoi przede mną otworem. Miałam wszystko: przyjaciółkę, prawdziwą miłość, młodość, urodę oraz świetlaną przyszłość. Byłam tak szczęśliwa, że cieszyłam się nawet z bólu w kostce. Przecież gdybym jej nie skręciła, nie otrzymałabym tych pięknych listów.

Po południu niebo się zachmurzyło i zaczął padać śnieg. Ponieważ kilka godzin spędziłam na mrozie, w kostce czułam przeszywający ból i miałam problemy z chodzeniem. W drodze powrotnej do domu wspierałam się mocno na ramieniu Parwany, więc co kilka kroków musiałyśmy się zatrzymywać, aby złapać oddech. W końcu dotarłyśmy do apteki. Saiid, widząc, z jakim trudem się poruszam, podbiegł do mnie, wziął mnie pod ramię i wprowadził do środka. W aptece było ciepło i jasno, a przez wysokie zamglone okna ulica wydawała się ponura i zimna. Doktor Ataii był zajęty obsługiwaniem klientów, którzy ustawili się w kolejce przy ladzie. Wywoływał ich po kolei i omawiał przepisane leki. Wszyscy byli skupieni na nim, więc nikt nie zwracał na nas uwagi, gdy usiedliśmy na kanapie w kącie sali.

Saiid uklęknął przede mną, podniósł moją stopę i ułożył ją na niskiej ławie stojącej przy kanapie. Delikatnie przesunął dłonią po zabandażowanej kostce. Nawet przez opatrunek dotyk jego dłoni sprawił, że zadrżałam, jakbym dotknęła kabel pod napięciem. To było dziwne. On także drżał. Spojrzał na mnie życzliwie i powiedział:

– W kostce rozwinął się stan zapalny. Nie powinnaś chodzić. Odłożyłem dla ciebie trochę maści i leków przeciwbólowych. Wstał i poszedł za ladę, a ja odprowadziłam go wzrokiem. Po chwili wrócił ze szklanką wody i tabletką. Połknęłam ją i gdy oddawałam mu szklankę, wręczył mi kolejną kopertę. Nasze oczy się spotkały. Mogliśmy w nich wyczytać to, co chcieliśmy powiedzieć. Słowa były zbędne. Zapomniałam o bólu. Widziałam tylko jego. Wszyscy wokół nas zniknęli we mgle, a ich głosy stały się stłumione i niezrozumiałe. W uniesieniu uciekłam do innego świata, gdy nagle Parwana trąciła mnie łokciem.

– Co? Co się stało? – zapytałam zdezorientowana.

– Spójrz tam! – odparła. – Tam! – I unosząc brwi, wskazała w kierunku okna apteki. Odruchowo się wyprostowałam, a moje serce zaczęło walić. Przed apteką stał Ali. Przyciskał twarz do szyby i dłońmi osłaniał oczy, aby zajrzeć do środka.

– Co się dzieje? – zapytała Parwana. – Dlaczego nagle zrobiłaś się żółta niczym kurkuma?

Następnie wstała i wyszła na zewnątrz, aby zawołać mojego brata:

– Ali, Ali, chodź mi pomóc. Kostka Masumy jest w złym stanie i twoja siostra bardzo cierpi. Nie zaprowadzę jej sama do domu.

Ali spojrzał na nią i pobiegł w drugą stronę. Parwana wróciła do środka i zapytała:

– Widziałaś, jak na mnie spojrzał? Jakby chciał obciąć mi głowę.

Gdy dotarłyśmy do domu, słońce już zachodziło i zapadła niemal całkowita ciemność. Zanim zdążyłam zadzwonić do drzwi, ktoś gwałtownie je otworzył, złapał mnie za rękę i wciągnął do środka. Parwana nie zorientowała się, co się stało, i próbowała iść za mną. Moja matka rzuciła się jednak w jej kierunku, wyprowadziła ją na ulicę i krzyknęła:

– Nie chcę cię tu już więcej widzieć! Jesteś powodem wszystkich naszych kłopotów!

A potem trzasnęła drzwiami.

Stoczyłam się po schodach i wylądowałam na środku podwórka. Ali chwycił mnie za włosy i zaciągnął do domu. Myślałam tylko o Parwanie. Czułam się upokorzona.

– Puść mnie, ty idioto! – wrzasnęłam.

Matka weszła do środka i przeklinając mnie, uszczypnęła mnie naprawdę mocno w rękę.

– Co się dzieje? – krzyknęłam. – Co się stało? Czy wyście wszyscy poszaleli?

– A jak myślisz, co się stało, ulicznico! – odparła matka podniesionym tonem. – Teraz już flirtujesz z obcym mężczyzną w obecności innych?

– Z jakim obcym mężczyzną? Kostka mnie rozbolała. Farmaceuta zbadał ją i dał mi lekarstwa. To wszystko! Umierałam z bólu. Poza tym zgodnie z zasadami islamu lekarz nie jest traktowany jako obcy mężczyzna.

– Lekarz! Lekarz! Od kiedy ten sługus w aptece jest lekarzem? Myślisz, że jestem głupia i nie wiem, co ostatnio kombinowałaś?

– Na miłość boską, matko, to wszystko nieprawda.

Zauważyłam, że żyły na szyi Alego pulsowały. Kopnął mnie, a po chwili warknął ochrypłym głosem:

– Akurat! Śledziłem cię każdego dnia. Ten gamoń stoi w drzwiach i cały czas się rozgląda, czekając, aż się pojawicie. Wszyscy moi przyjaciele to wiedzą. Mówią: „Twoja siostra i jej przyjaciółka spotykają się z tym facetem".

Matka złapała się za głowę i jęknęła:

– Modlę się do Boga, aby zobaczyć cię na stole sekcyjnym w kostnicy. Widzisz, jak zhańbiłaś naszą rodzinę? Co mam powiedzieć twojemu ojcu i braciom?

A potem ponownie uszczypnęła mnie w ramię.

W tym samym momencie drzwi gwałtownie się otworzyły i wszedł Ahmad. Popatrzył na mnie przekrwionymi oczami, a dłonie zacisnął w pieści. Wszystko słyszał.

– A więc w końcu to zrobiłaś? – warknął. – Proszę bardzo, matko, radź sobie z nią sama. Od początku wiedziałem, że jeśli postawi stopę w Teheranie i będzie wystrojona chodzić po mieście z tą dziewczyną, w końcu przyniesie nam tylko wstyd. Jak spojrzysz teraz w oczy swoim przyjaciołom i sąsiadom?

– Co takiego zrobiłam? – krzyknęłam. – Przysięgam na życie ojca, prawie się przewróciłam na ulicy. Zaprowadzili mnie więc do apteki i podali leki przeciwbólowe.

Matka spojrzała na moją stopę. Była tak spuchnięta, że przypominała poduszkę. Dotknęła jej lekko, a ja zawyłam z bólu.

– Nie cackaj się z nią – warknął Ahmad. – Po skandalu, jaki wywołała, nadal chcesz ją rozpieszczać?

– Skandal? Ja wywołałam skandal? A może to ty? Co noc przychodzisz pijany i zadajesz się z zamężną kobietą.

Ahmad rzucił się na mnie i wierzchem dłoni uderzył mnie w twarz z taką siłą, że poczułam, jak usta wypełniają mi się krwią. Wpadłam w furię i zaczęłam krzyczeć:

– A może kłamię? Widziałam cię na własne oczy. Pod nieobecność jej męża zakradłeś się do ich domu. I to nie pierwszy raz.

Kolejny cios trafił mnie pod oko. Zakręciło mi się w głowie i przez chwilę myślałam, że straciłam wzrok.

– Zamknij się, dziewczyno! – wrzasnęła matka. – Miej choć trochę wstydu.

– Tylko poczekaj, aż powiem jej mężowi – odparłam wzburzona.

Matka podbiegła do mnie i zakryła mi usta dłońmi.

– Chyba powiedziałam ci, abyś się zamknęła?

Odsunęłam się od niej i pełna złości wykrzyczałam:

– Nie widzisz, że codziennie wraca do domu pijany? Dwukrotnie już trafił na komisariat policji, ponieważ groził komuś nożem. To nie są skandale, ale gdy ja w aptece zażyję lek przeciwbólowy, przynoszę rodzinie wstyd!

Po dwóch kolejnych uderzeniach zaczęło mi dzwonić w uszach. Nie potrafiłam jednak nad sobą zapanować, nie mogłam zamilknąć.

– Zamknij się. Niech Bóg ukarze cię błonicą. Różnica polega na tym, że jesteś dziewczyną! – Matka wybuchnęła płaczem, wyciągnęła ręce ku niebu i zawołała: – Boże, ratuj mnie! Do kogo mogę się zwrócić o pomoc? Dziewczyno, mam nadzieję, że będziesz cierpiała. Mam nadzieję, że rozerwą cię na kawałki.

Osunęłam się na podłogę w kącie pokoju. Ogarnęło mnie całkowite zniechęcenie, a do oczu napłynęły mi łzy. Ali i Ahmad stali na podwórzu przed domem i rozmawiali szeptem. Przerwał im płaczliwy głos matki:

– Ali, dość tego. Zamknij się.

Lecz Ali nie skończył jeszcze składać bratu raportu. Zaczęłam się zastanawiać, jak udało mu się zebrać tyle informacji.

Matka po raz kolejny warknęła na nich:

– Ali, dość tego! Idź kup chleb.

I w końcu klepnięciem w głowę skłoniła go do wyjścia.

Usłyszałam głos ojca, gdy wszedł na podwórze, oraz tradycyjną odpowiedź matki.

– Och! Już wróciłeś do domu, Aga Mostafa...

– Nikt nie robi zakupów w taką pogodę, więc postanowiłem zamknąć sklep wcześniej – odparł ojciec. – Co się stało? Wyglądasz na zdenerwowaną. Widzę, że Ahmad też jest w domu. A Mahmud?

– Nie, Mahmud jeszcze nie przyszedł. Dlatego się martwię. Zawsze wraca do domu przed tobą.

– Dziś nie wziął motocykla – wyjaśnił ojciec. – Jest duży ruch na drogach, więc pewnie nie może złapać taksówki. Wszędzie tylko śnieg i lód. Wygląda na to, że zima w tym roku tak szybko nie odejdzie... Widzę, że Ormianin też zamknął sklep wcześniej i ktoś postanowił wrócić do domu.

Ojciec rzadko odzywał się do Ahmada, a gdy rzucał złośliwe uwagi na jego temat, przybierały one formę zawoalowanej krytyki.

Siedząc nad brzegiem lustrzanej sadzawki, Ahmad odpowiedział:

– Prawdę mówiąc, nie zamknął wcześniej sklepu. Ale nie wyjdę, dopóki się nie dowiem, jak rozwiążecie wasz problem.

Ojciec oparł się o framugę drzwi i zaczął ściągać buty. Lampa w przedpokoju oświetlała jedynie część salonu. Ja leżałam na podłodze obok *korsi*, więc byłam niewidoczna. Ojciec odparł żartobliwym tonem:

– A więc zamiast zainteresować się swoimi problemami, dżentelmenem chce się zająć naszymi.

– Nie waszymi, tylko waszej nikczemnej córki.

Twarz ojca pobladła.

– Uważaj na słowa – ostrzegł syna. – Honor twojej siostry to także twój honor. Wstydź się.

– Zapomnij o tym! Ona już się postarała, aby go splamić. Przejrzyj na oczy, ojcze, i przestań mnie prześladować. Wielka kadź wypełniona hańbą uderzyła o ziemię. Wszyscy w okolicy słyszeli odgłos jej upadku oprócz ciebie, ponieważ masz watę w uszach i wolisz żyć w nieświadomości.

Ojciec zaczął drżeć. Matka z przerażeniem zaczęła błagać:

– Ahmadzie, kochanie. Ahmadzie! Niech Bóg pozwoli mi oddać za ciebie życie, niech wszystkie twoje problemy i bolączki przejdą na mnie. Nie mów takich rzeczy. Ojciec zaraz padnie trupem.

Nic się nie stało. Zabolała ją kostka i dali jej lek przeciwbólowy.

Ojciec odzyskał panowanie nad sobą i powiedział:

– Zostaw go. Chcę usłyszeć, co ma do powiedzenia.

– Może zapytasz o to swoją rozpieszczoną córkę – odparł Ahmad, wskazując w głąb pokoju.

Ojciec zaczął mnie szukać wzrokiem. Nie widział zbyt dobrze w ciemności, więc zapalił światło. Nie wiem, jak wyglądała moja twarz, ale na mój widok nagle w jego głosie pojawiło się przerażenie.

– Dobry Boże! Co oni ci zrobili? – powiedział zdumiony i podbiegł do mnie, aby pomóc mi usiąść. Następnie wyjął z kieszeni chusteczkę i wytarł mi krew z kącików ust. Jego chusteczka pachniała wodą różaną.

– Kto ci to zrobił? – zapytał.

Łzy zaczęły płynąć strumieniem z moich oczu.

– Ty podły draniu, podniosłeś rękę na kobietę? – krzyknął do Ahmada.

– No proszę – odparł Ahmad. – Teraz to ja jestem winny! Zapomnijmy o czystości i cnocie. Już i tak je straciliśmy. Co z tego, że moja siostra trafi w ręce jakiegoś faceta lub wielu mężczyzn. Od teraz to ja noszę miano łajdaka.

Nie wiem, w którym momencie do domu wrócił Mahmud. Dostrzegłam go w połowie drogi pomiędzy bramą a domem. Wyglądał na zdezorientowanego. Zainterweniowała matka. Owinęła ramiona czadorem i powiedziała:

– Dość tego! Teraz odmówcie modlitwę do proroka i jego potomków. Chcę podać obiad. Ty się odsuń. A ty weź obrus i rozłóż go w tamtym miejscu na podłodze. Faati? Faati? Gdzie jesteś, urwisie? Faati była z nami w pokoju przez cały czas, ale nikt jej nie dostrzegł. Wyszła zza sterty pościeli ustawionej w kącie pokoju i pobiegła do kuchni. Kilka minut później wróciła z talerzami i ostrożnie rozłożyła je na *korsi*.

Ojciec obejrzał rozcięcie na mojej wardze, siniak pod okiem i zakrwawiony nos, po czym zapytał:

– Kto ci to zrobił? Ahmad? Niech go szlag. – Następnie zwrócił się w kierunku podwórza i krzyknął: – Ty draniu, czy już umarłem w twoich oczach, skoro w taki sposób traktujesz moją żonę i dziecko? Nawet Szemr, który zamordował imama Husajna w Karbali, oszczędził żony i córki.

– Proszę! Proszę! A więc teraz panienka jest czysta i święta, a ja jestem gorszy niż Szemr. Ojcze, twoja córka splamiła twój honor. Może tobie na nim nie zależy, ale mnie tak. Ja nadal cieszę się dobrą reputacją wśród ludzi. Poczekaj, aż wróci Ali. Zapytaj go, co widział. Dziewczyna flirtująca z pracownikiem apteki na oczach całego świata!

– Ojcze! Ojcze, przysięgam na Boga, że on kłamie – przekonywałam błagalnym tonem. – Przysięgam na twoje życie, na grób babci. Kostka rozbolała mnie tak mocno, jak zaraz po upadku. Myślałam, że się przewrócę na ulicy, więc Parwana zaciągnęła mnie do apteki. Oparli moją nogę na ławie i podali leki przeciwbólowe. Poza tym Ali też tam był, ale gdy Parwana poprosiła go o pomoc, uciekł. A po powrocie do domu wszyscy mnie zaatakowali.

Zaczęłam płakać. Matka rozkładała talerze do obiadu. Mahmud stał oparty o półkę nade mną i obserwował całe zamieszanie z dziwnym spokojem. Ahmad wbiegł do środka, stanął w progu, złapał za framugę i krzyknął z wściekłością:

– Powiedz prawdę! Ten facet położył twoją nogę na stole, dotknął jej i głaskał. Przyznaj, że przez cały czas się uśmiechałaś. Flirtowałaś. Przyznaj, że codziennie czeka na ciebie na ulicy, wita się z tobą, nagabuje…

Nastrój Mahmuda się zmienił. Zaczął mruczeć coś pod nosem, a na jego twarzy wystąpił rumieniec. Usłyszałam jedynie:

– Niech Bóg ma nas w swojej opiece.

Ojciec odwrócił się i spojrzał na mnie z niedowierzaniem.

– Ojcze, ojcze, przysięgam na wszystkie świętości. On kłamie, oczernia mnie, ponieważ się dowiedziałam, że zakrada się do domu pani Parvin – dodałam.

W tym samym momencie Ali wszedł do domu ze świeżym chlebem i jego zapach rozniósł się po pokoju. Ahmad ponownie rzucił się w moim kierunku, ale ojciec osłonił mnie swoim ramieniem i zagroził:

– Nie podnoś na nią ręki! Rzeczy, o których mówisz, nie mogą być prawdą. Jej dyrektorka powiedziała mi, że w szkole nie ma dziewczyny równie przyzwoitej i niewinnej co Masuma.

– Akurat! – odparł Ahmad z ironią. – Ich szkoła powinna zostać uznana za szkołę niewinności.

– Zamknij się! Uważaj na słowa.

– Ojcze, on ma rację – przyznał Ali. – Sam to widziałem. Ten mężczyzna położył jej nogę na stoliku i ją masował.

– Nie, ojcze. Przysięgam. On tylko trzymał mnie za but, a moja kostka jest tak grubo zabandażowana, że niemożliwy jest żaden dotyk. Poza tym lekarza nie uznaje się za obcego mężczyznę. Prawda, ojcze? On chciał tylko wiedzieć, gdzie mnie boli.

– Tylko! – powiedział Ahmad. – I oczywiście ci wierzymy. Myślisz, że owinęłaś nas wokół małego palca. Możesz oszukać ojca, ale ja jestem sprytniejszy niż ci się wydaje.

– Zamknij się, Ahmadzie, albo dostaniesz w twarz – zagroził ojciec.

– Proszę bardzo! Na co czekasz? Ty umiesz tylko bić. Ali, dlaczego milczysz? Powtórz to, co mi powiedziałeś.

– Widziałem, jak ten łachudra codziennie czekał na nie przed apteką – opowiedział Ali. – Gdy tylko się zbliżały, witał się z nimi, a one mu odpowiadały. A potem szeptały i śmiały się do siebie.

– On kłamie. Od dziesięciu dni nie chodzę do szkoły. Dlaczego zmyślasz takie kłamstwa? Tak, zawsze gdy widzi Parwanę, wita się z nią, ponieważ zna jej ojca i przygotowuje dla niego leki. A Parwana je odbiera.

– Niech grób tej dziewczyny strawi ogień – dodała matka, uderzając się w piersi. – To wszystko jej wina.

– Więc dlaczego wpuściłaś ją do naszego domu? – warknął Ahmad. – Przecież mówiłem ci, abyś tego nie robiła.

– A co mogłam zrobić? – odparła matka. – Parwana odwiedza Masumę i razem się uczą.

Ali złapał Ahmada za ramię i wyszeptał mu coś do ucha.

– Dlaczego szepczecie? – zapytał ojciec. – Powiedzcie to na głos, tak aby wszyscy mogli was usłyszeć.

– One się nie uczą, matko – powiedział Ali. – Czytają coś innego. Pewnego dnia wszedłem do pokoju, a one szybko ukryły kartki pod nogami. Myślą chyba, że mają do czynienia z dzieckiem!

– Idź i przejrzyj książki, może coś znajdziesz – powiedział Ahmad.

– Szukałem przed jej powrotem do domu. Nic nie znalazłem. Moje serce zaczęło walić jak szalone. A co jeśli znajdą mój plecak? Wówczas wszystko stracone. Ostrożnie rozejrzałam się po pokoju. Plecak leżał na podłodze za mną. Powoli i ostrożnie wepchnęłam go pod koc ułożony na *korsi*. Chłodny głos Mahmuda przerwał kilkusekundową ciszę.

– Cokolwiek to jest, znajdziecie to w jej plecaku. Właśnie wsunęła go pod koc.

Miałam wrażenie, jakby ktoś wylał mi na głowę wiadro lodowatej wody. Nie potrafiłam wydobyć z siebie słowa. Ali zanurkował, wyciągnął mój plecak i wysypał jego zawartość na *korsi*. Nie mogłam nic zrobić. Kręciło mi się w głowie i czułam się jak sparaliżowana. Ali gwałtownie potrząsnął książkami i listy wysypały się na podłogę. Jednym susem Ahmad doskoczył do kartek, podniósł je i otworzył jeden z listów. Na jego twarzy malowała się radość. Wyglądał, jakby właśnie otrzymał najlepszą nagrodę na świecie.

Głosem drżącym z podniecenia powiedział:

– Proszę bardzo, proszę bardzo, ojcze. Posłuchaj tego. – I ironicznym tonem zaczął czytać: – „Szacowna młoda damo, nie mam jeszcze odwagi…".

Skręcało mnie ze wstydu, strachu i gniewu, a świat wokół mnie wirował. Ahmad nie był w stanie przeczytać niektórych fragmentów listu. Doszedł mniej więcej do połowy, gdy matka zapytała:

– Co to oznacza, synu?

– To oznacza, że gdy z uczuciem patrzy w jej oczy... ona jest czysta i niewinna. Akurat!

– Niech Bóg zabierze mnie do siebie! – westchnęła matka.

– A teraz posłuchaj tego. „Moje serce jest jakimś tam lustrem, tylko twój uśmiech...". Ty bezwstydna latawico! Już ja mu pokażę uśmiech, którego nigdy nie zapomni.

– Patrz, patrz, tu jest kolejny – powiedział Ali. – To jej odpowiedź.

Ahmad wyrwał mu list.

– Cudownie! Dama odpisała.

Mahmud poczerwieniał na twarzy, a żyły na jego szyi zaczęły pulsować.

– A nie mówiłem? – wrzasnął. – Nie mówiłem? Dziewczyna, która się stroi i chodzi po ulicach miasta pełnego wilków, nie pozostanie niewinna i nietknięta. Cały czas namawiałem was, abyście ją wydali za mąż, ale sprzeciwiliście się, ponieważ woleliście posłać ją do szkoły. No właśnie, do szkoły, aby mogła się nauczyć, jak pisać listy miłosne.

Nie miałam nic na swoją obronę. Nie miałam już żadnej broni. Poddałam się. Patrzyłam na ojca z przerażeniem i obawą. Jego usta drżały, a twarz pokryła się bladością. Bałam się, że zaraz straci przytomność. Popatrzył na mnie ciemnymi oczami, w których malowało się zdumienie. Wbrew moim oczekiwaniom nie dostrzegłam w nich gniewu. Zamiast niego ujrzałam głęboki żal skryty w blasku niewylanych łez.

– A więc tak mi się odwdzięczasz? – powiedział cicho. – Rzeczywiście dotrzymałaś słowa i zadbałaś o mój honor.

Jego wzrok i słowa sprawiły mi większy ból niż ciosy, które otrzymałam. Przeszyły moje serce niczym sztylet. Po moich policzkach zaczęły płynąć łzy.

– Przysięgam, nie zrobiłam nic złego – odpowiedziałam drżącym głosem.

Ojciec odwrócił się do mnie plecami i powiedział:

– Dość tego! Zamknij się!

Po czym wyszedł z domu, nie zabierając płaszcza. Zrozumiałam, co oznaczało jego wyjście. Wycofał swoje poparcie i zostawił mnie na łaskę reszty rodziny.

Ahmad nadal przeglądał listy. Wiedziałam, że nie potrafił zbyt dobrze czytać. Poza tym Saiid napisał je kursywą, co nie ułatwiało zadania. Mój brat zachowywał się jednak, jakby wszystko rozumiał, i pod maską udawanego gniewu próbował ukryć zachwyt. Kilka minut później zwrócił się do Mahmuda:

– Co zrobimy z tym skandalem? Ten drań myśli, że jesteśmy tchórzliwymi kundlami. Już ja dam mu nauczkę, którą zapamięta do końca życia. Nie poprzestanę, dopóki nie poleje się jego krew. Biegnij, Ali. Przynieś mi mój nóż. Mam prawo do jego krwi, prawda, Mahmudzie? Miał pewne zamiary wobec naszej siostry. Oto dowody. Sporządzone własnoręcznie przez niego. Pospiesz się, Ali. Nóż leży w szafce na piętrze…

– Nie, zostaw go w spokoju! – krzyknęłam przerażona. – On nie zrobił nic złego.

Ahmad się roześmiał i ze spokojem, jakiego dawno u niego nie widziałam, zwrócił się do matki:

– Widzisz, jak broni swojego kochanka? Mam również prawo do jej krwi. Prawda, Mahmudzie?

Ze łzami w oczach matka uderzyła się w pierś i zawołała:

– Boże, widzisz, jaka spotkała mnie kara? Dziewczyno, niech Bóg ześle na ciebie cierpienie. Jesteś bezwstydna. Żałuję, że nie umarłaś zamiast Zari. Widzisz, coś uczyniła?

Ali zbiegł po schodach z nożem. Ahmad wstał nonszalancko, jakby miał do załatwienia zwykłą sprawę. Wygładził dłońmi spodnie, wziął nóż i podsunął mi go przed twarz.

– Którą część jego ciała mam ci przynieść?

Po czym roześmiał się w ohydny sposób.

– Nie! Nie! – krzyknęłam. Rzuciłam mu się do stóp, objęłam go za nogi i zaczęłam błagać:

– Na miłość boską, przysięgnij na życie matki, że go nie skrzywdzisz.

Ciągnąc mnie za sobą, skierował się ku drzwiom.

– Błagam cię, proszę, nie rób tego. Postąpiłam źle. Żałuję…

Ahmad patrzył na mnie z dziką przyjemnością. Gdy dotarł do drzwi wejściowych, przez zaciśnięte zęby wysyczał przekleństwa, szarpnął nogą i uwolnił się ode mnie. Ali, który podążał za nami, mocno mnie kopnął i zepchnął ze schodów prowadzących do domu.

Wychodząc, Ahmad krzyknął:

– Przyniosę ci jego wątrobę.

A następnie zamknął za sobą drzwi z trzaskiem. Miałam połamane żebra. Nie mogłam oddychać. Ale prawdziwy ból czułam w sercu. Byłam przerażona tym, w jaki sposób Ahmad może potraktować Saiida. Siedziałam na lodzie i śniegu obok lustrzanej sadzawki i płakałam. Drżałam na całym ciele, ale nie czułam zimna. Matka nakazała Mahmudowi, aby wprowadził mnie do domu, ponieważ chciała uniknąć jeszcze większego skandalu. Mahmud nie chciał mnie jednak dotknąć. W jego oczach byłam teraz zhańbiona i nieczysta. W końcu złapał mnie za ubranie i z niesamowitą złością odciągnął od sadzawki, zaprowadził do domu i wepchnął do pokoju. Uderzyłam głową we framugę drzwi i po chwili poczułam ciepłą krew spływającą po twarzy.

– Mahmudzie, idź za Ahmadem i przypilnuj, aby nie wpakował się w kłopoty – powiedziała matka.

– Nie martw się, cokolwiek Ahmad uczyni temu facetowi, tamten na pewno na to zasłużył. Prawdę mówiąc, ją też powinniśmy zabić.

Mimo to wyszedł, a w domu ponownie zapanował spokój. Matka mamrotała coś do siebie i płakała. Ja również nie mogłam pohamować łez. Faati stała w kącie, obgryzała paznokcie i wpatrywała się we mnie. Znajdowałam się w stanie dziwnego stuporu i straciłam poczucie czasu. W pewnym momencie odgłos otwieranych drzwi wejściowych wyrwał mnie z zamyślenia. Podniosłam się ze strachu. Chichocząc ordynarnie, Ahmad wszedł do domu i pokazał mi zakrwawiony nóż.

– Proszę, przyjrzyj się uważnie. To krew twojego kochanka.

Pokój zaczął wirować, twarz Ahmada widziałam jak przez mgłę, a po chwili zrobiło mi się ciemno przed oczami. Spadałam w głęboką studnię. Dźwięki wokół mnie zmieniły się w niewyraźną, przedłużającą się kakofonię. Spadałam coraz głębiej, bez nadziei, że kiedykolwiek się zatrzymam.

Zari umierała. Jej twarz przybrała dziwny kolor. Oddychała z trudem; każdemu wdechowi towarzyszył świst. Jej klatka piersiowa i brzuch unosiły się gwałtownie. Obgryzając paznokcie, obserwowałam ją zza sterty pościeli. Głosy dochodzące z podwórza dodatkowo pogłębiły mój strach.

– Ago Mostafo, przysięgam, ona jest w złym stanie. Idź po lekarza.

– Dość już! Nie histeryzuj. Denerwujesz mojego syna. Nic jej się nie stanie. Czekam, aż napar będzie gotowy. Jeśli teraz jej go podam, poczuje się lepiej, zanim zdążysz wrócić. Idź, nie stój tak… Idź, moja droga. Bądź spokojna, dziewczyna nie umrze.

Zari trzymała mnie za rękę. Biegłyśmy przez ciemny tunel. Gonił nas Ahmad. Miał nóż. Z każdym krokiem zbliżał się do nas o kilka metrów. Miałam wrażenie, że leci. Krzyczałyśmy, lecz śmiech i głos Ahmada odbijał się od ścian tunelu.

– Krew. Krew. Popatrz, to krew.

Babka próbowała nakłonić Zari, aby wypiła napar. Matka trzymała jej głowę na kolanie i palcami ściskała jej usta. Zari była słaba i w ogóle się nie opierała. Babka podała jej płyn za pomocą łyżeczki, ale moja siostra nie mogła go połknąć. Matka dmuchnęła jej w twarz. Zari na chwilę przestała oddychać, poruszyła rękami i nogami, a gdy znowu złapała oddech, zaczęła przy tym wydawać dziwne dźwięki.

– Pani Azra powiedziała, że musimy zabrać ją do lekarza, który przyjmuje w pobliżu świątyni – zawołała matka.

– Przestań, do cholery! – odparła babka. – Lepiej ugotuj obiad. Niebawem wrócą twój mąż i synowie.

Babka siedziała pochylona nad Zari i szeptała modlitwy. Twarz Zari stała się ciemna, a z jej gardła zaczęły wydobywać się dziwne dźwięki. Wtedy babka wybiegła szybko na podwórze i krzyknęła:

– Tajbo, Tajbo, biegnij po lekarza!

Złapałam dłoń Zari i pogłaskałam ją po włosach. Jej twarz była niemal czarna. Otworzyła oczy, które wydawały się olbrzymie i pełne strachu. Białka oczu podeszły krwią. Ścisnęła moją dłoń, uniosła głowę znad poduszki i ponownie ją opuściła. Wyswobodziłam rękę z jej uścisku i schowałam się za stertą kołder i poduszek. Jej ręce i nogi się poruszały. Zakryłam uszy dłońmi i wcisnęłam twarz w poduszkę.

Na podwórzu babka kręciła w powietrzu pojemnikiem z żarzącymi się węgielkami, a dym rósł z każdą sekundą, aż w końcu wypełnił całe podwórze. Głos babki rozbrzmiewał mi w uszach: – Dziewczęta nie umierają. Dziewczęta nie umierają. Zari spała. Pogłaskałam ją po włosach i odgarnęłam je z jej twarzy. Wtedy ujrzałam Saiida. Jego głowa stoczyła się z poduszki i spadła na podłogę. Krzyknęłam, ale z mojego gardła nie wydobył się żaden dźwięk.

Koszmary, które mnie nawiedzały, nie miały końca. Co jakiś czas budził mnie własny krzyk, ale po chwili zlana potem ponownie wpadałam w głąb studni. Nie wiem, jak długo byłam w takim stanie. Pewnego dnia obudziłam się z uczuciem pieczenia w stopie. Był poranek. W pokoju unosił się zapach alkoholu. Ktoś obrócił moją twarz i powiedział:

– Obudziła się. Proszę spojrzeć. Przysięgam, że się obudziła. Patrzy na mnie.

Twarze były zamazane, ale głosy słyszałam wyraźnie.

– O imamie Mussa bin-Jafarze, ty, który zaspokajasz potrzeby innych, uratuj nas!

– Pani córka odzyskała przytomność. Trzeba ugotować rosół i wlać go jej do gardła. Minął tydzień od czasu, gdy jadła po raz ostatni. Jej żołądek jest słaby. Należy karmić ją powoli.

Zamknęłam oczy. Nie chciałam nikogo widzieć.

– Rosół za chwilę będzie gotowy. Bogu niech będą po stokroć dzięki. Przez ten cały czas zwracała wszystko, co udało mi się w nią wmusić.

– Wczoraj, gdy gorączka ustąpiła, wiedziałam, że się obudzi. Biedaczka wiele wycierpiała. Kto wie, jakie spustoszenie w jej organizmie spowodowała tak wysoka temperatura i delirium.

– Och, pani Parvin, czy widzi pani moje cierpienie? Przez ostatnie kilka dni setki razy umierałam i wracałam do życia. Z jednej strony muszę patrzeć, jak moje biedne dziecko marnieje na moich oczach, a z drugiej znosić hańbę i tolerować szyderstwa ze strony jej braci, którzy drwią ze mnie, ponieważ wydałam taką dziewczynę na świat. To wszystko trawi mnie od środka.

Nie odczuwałam bólu. Leżałam po prostu osłabiona na łóżku, nie mogąc się poruszyć. Nawet wyjęcie ręki spod koca wydawało się herkulesowym zadaniem. Miałam nadzieję, że z każdym dniem będę coraz słabsza, aż w końcu umrę. Dlaczego się obudziłam? Na tym świecie nie zostało już dla mnie nic godnego uwagi.

Gdy ponownie odzyskałam przytomność, matka położyła moją głowę na swoim kolanie i próbowała wmusić we mnie rosół. Kręciłam głową i opierałam się, a jej palce ściskały moje policzki.

– Niech Bóg pozwoli mi oddać za ciebie życie, tylko jedną łyżeczkę... Popatrz, w jakim jesteś stanie. Jedz. Niech całe twoje cierpienie i ból przejdą na mnie.

Po raz pierwszy odezwała się do mnie w ten sposób. Nigdy o mnie nie dbała. Zawsze była bardziej zajęta młodszym rodzeństwem lub starszymi braćmi, których kochała ponad życie. Ja znajdowałam się gdzieś pośrodku. Nie byłam pierworodna ani najmłodsza, nie byłam też chłopcem. Gdyby Zari nie umarła, zapewne do tej pory zupełnie by o mnie zapomnieli. Tak jak o Faati, która zwykle ukrywała się w kącie z dala od spojrzeń członków rodziny. Nigdy nie zapomnę dnia jej narodzin. Babka zemdlała, gdy usłyszała, że urodziła się dziewczynka. Jakiś czas później Faati stanęła przed kolejnym wyzwaniem. Ludzie zaczęli mówić, że jest złym omenem, ponieważ po jej urodzeniu matka dwukrotnie poroniła i w obu przypadkach płód był płci męskiej. Nie mam pojęcia, w jaki sposób matce udało się określić płeć nienarodzonych dzieci.

Rosół wylał się na pościel. Matka powiedziała coś pod nosem i wyszła z pokoju.

Otworzyłam oczy. Było późne popołudnie. Faati siedziała obok mnie i swoimi małymi rączkami odgarniała mi włosy z twarzy. Wydawała się taka niewinna i samotna. Spojrzałam na nią i dostrzegłam w niej siebie, gdy czuwałam przy Zari. Poczułam ciepło łez płynących po policzkach.

– Wiedziałam, że się obudzisz – powiedziała Faati. – Na miłość boską, nie umieraj.

Matka wróciła do pokoju. Zamknęłam oczy.

Nastał wieczór. Do mych uszu dobiegł szmer rozmowy, w której udział brała cała moja rodzina.

– Dziś rano otworzyła oczy – powiedziała matka. – Była przytomna, ale choć bardzo się starałam, nie pozwalała podać sobie ani odrobiny rosołu. Jest tak słaba, że nie może się poruszać. Nie wiem, skąd ma energię, aby ze mną walczyć. Dziś rano pani Parvin powiedziała, że nie możemy już dłużej podawać jej leków. Jeśli nie zacznie jeść, umrze.

– Moja matka miała rację – stwierdził ojciec. – Nie powinniśmy mieć córek. Nawet jeśli wydobrzeje, z powodu hańby i wstydu, które na nas ściągnęła, będzie dla nas martwa.

Nie chciałam tego dalej słuchać. Potrafiłam selekcjonować dochodzące do mnie bodźce i niczym odbiornik radiowy mogłam je wyłączyć jednym przyciskiem. Nie miałam jednak kontroli nad koszmarami. Gdy tylko zamykałam powieki, obrazy rozpoczynały swój taniec.

Powracał do mnie widok Ahmada trzymającego zakrwawiony nóż i ciągnącego za włosy Faati, malutką jak lalkę. Stałam na brzegu klifu. Ahmad popchnął Faati w moim kierunku. Próbowałam ją złapać, ale wyślizgnęła mi się z rąk i poleciała w przepaść. Spojrzałam za nią. Na dole leżały rozkładające się, zakrwawione ciała Zari i Saiida. Z koszmaru wyrwał mnie własny krzyk. Moja poduszka była przemoczona do suchej nitki, a w ustach czułam okropną suchość.

– Co się dzieje? Dasz nam się w końcu porządnie wyspać?

Wypiłam duszkiem szklankę wody.

Obudziły mnie odgłosy codziennego porannego zamieszania. Moja rodzina jadła śniadanie.

– Wczoraj w nocy znowu dostała gorączki. Miała halucynacje. Słyszeliście jej krzyki?

– Nie! – odparł Mahmud.

– Matko, pozwolisz nam zjeść choć jeden kęs w spokoju? – powiedział Ahmad z niezadowoleniem.

Jego głos był niczym sztylet, który przeszywał mi serce. Żałowałam, że nie miałam energii, aby wstać i rozerwać go na strzępy.

Nienawidziłam go. Nienawidziłam ich wszystkich. Przekręciłam się na bok i wcisnęłam twarz w poduszkę. Chciałam umrzeć i uwolnić się od tych samolubnych ludzi o sercach z kamienia.

Mimowolnie otworzyłam oczy, gdy poczułam ukłucie strzykawki. – No, w końcu się obudziłaś. Nie udawaj, że śpisz. Mam przynieść lustro, abyś mogła się w nim przejrzeć? Wyglądasz jak szkielet. Spójrz. Poszłam do cukierni Caravan i kupiłam dla ciebie herbatniki. Świetnie smakują z herbatą... Pani Sadeghi!... Masuma się obudziła i chce herbaty. Proszę przynieść porządny kubek.

Wpatrywałam się w nią w zdumieniu. Nie mogłam jej rozgryźć. Wszyscy mówili za jej plecami, że w tajemnicy przed mężem utrzymuje stosunki z mężczyznami. Uważałam ją za nieczystą kobietę, ale z jakiegoś powodu nie żywiłam do niej nienawiści, choć wydawało mi się, że powinnam. Nie dostrzegałam w niej żadnej brzydoty. Wiedziałam po prostu, że nie chcę mieć z nią do czynienia.

Do pokoju weszła matka ze szklanką wypełnioną po brzegi herbatą.

– Dzięki Bogu – powiedziała. – Chce się napić herbaty?

– Tak – odparła pani Parvin. – Napije się herbaty i zje herbatniki. Wstawaj, dziewczyno... Wstawaj.

Wsunęła dłonie pod mój tułów i uniosła mnie. Matka natomiast ułożyła za moimi plecami kilka poduszek i przystawiła mi szklankę do ust. Odwróciłam głowę i zacisnęłam usta, jakbym oszczędzała siły właśnie w tym celu.

– To się nie uda. Nie pozwoli mi. Wszystko rozleję.

– Spokojnie. Ja jej to podam. Będę przy niej siedziała, dopóki tego nie wypije. Proszę się zająć swoimi obowiązkami. Wszystko będzie w porządku.

Matka wyszła z pokoju, a na jej twarzy malowało się niezadowolenie i irytacja.

– No, bądź grzeczną dziewczynką. Nie mogę stracić twarzy. Otwórz usta i weź choć jeden łyk. Na miłość boską, to grzech pozwolić, aby taka delikatna skóra nabrała ziemistego koloru. Ostatnio tak zeszczuplałaś, że ważysz pewnie tyle co Faati. Taka piękna dziewczyna powinna żyć, a jeśli nie będziesz jadła, umrzesz...

Nie wiem, co pani Parvin dostrzegła w moich oczach lub co wyczytała ze znaczącego uśmieszku na moich ustach, ale nagle zamilkła i popatrzyła na mnie. Po chwili, niczym człowiek, który dokonał nagle wielkiego odkrycia, powiedziała:

– Aha! Tego właśnie chcesz... chcesz umrzeć. W ten sposób próbujesz odebrać sobie życie. Jestem taką idiotką! Dlaczego wcześniej na to nie wpadłam? Tak, ty chcesz umrzeć. Ale dlaczego? Przecież jesteś zakochana. Kto wie, może jednak będziecie razem. Dlaczego chcesz się zabić? Saiid będzie cierpiał...

Na dźwięk jego imienia nagle zadrżałam i otworzyłam gwałtownie oczy.

Pani Parvin spojrzała na mnie i zapytała:

– Co ci się stało? Myślisz, że cię nie kocha? Nie martw się, to dodaje miłości uroku.

Przystawiła szklankę z herbatą do moich ust. Resztkami sił złapałam ją za rękę i lekko się podniosłam.

– Proszę powiedzieć prawdę, Saiid żyje?

– Co? Oczywiście, że tak. Dlaczego myślałaś, że umarł?

– Ponieważ Ahmad...

– Co z nim?

– Ahmad dźgnął go nożem.

– No tak, ale nic mu się nie stało... Och... Straciłaś przytomność, gdy zobaczyłaś ten zakrwawiony nóż... A więc to jest przyczyna twoich koszmarów i krzyków w środku nocy? Moja sypialnia znajduje się za tą ścianą. Słyszę cię każdej nocy. Cały czas krzyczysz: „Nie, nie" albo wykrzykujesz imię Saiida. Pewnie myślałaś, że Ahmad go zabił, prawda? Daj spokój, dziecko. Ahmad nie byłby do tego zdolny. Myślisz, że można wyjść z domu, zabić kogoś i ot tak po prostu wrócić do siebie? W tym państwie obowiązuje prawo. To nie jest takie proste. Nie, kochana, bądź spokojna, tamtego wieczoru twój brat jedynie drasnął Saiida w ramię i twarz. W odpowiedniej chwili zareagowali aptekarz oraz inni właściciele sklepów. Saiid nawet nie zgłosił tego na policję. Nic mu nie jest. Następnego dnia widziałam go przed apteką.

Po tygodniu w końcu mogłam swobodnie oddychać. Zamknęłam oczy i z całego serca podziękowałam Bogu. Następnie opadłam z powrotem na łóżko, wcisnęłam twarz w poduszkę i zapłakałam.

***

Dopiero w okolicach Nowego Roku* doszłam prawie do siebie. Wyleczyłam kontuzję kostki, ale nadal byłam bardzo szczupła. Nie miałam żadnych wiadomości o szkole, a podjęcie tematu kontynuowania przeze mnie nauki było niemożliwe. Włóczyłam się po domu bez celu. Nie mogłam nawet wyjść, aby skorzystać z publicznej łaźni. Matka podgrzewała dla mnie trochę wody i kąpałam się w domu. Otaczała mnie zimna i gorzka atmosfera. Nie miałam ochoty rozmawiać. Przez większą część dnia byłam tak przygnębiona i pochłonięta swoimi myślami, że nie zdawałam sobie sprawy, co się dzieje wokół mnie. Matka bardzo uważała, aby nie wspominać przy mnie o ostatnich wydarzeniach. Jednak od czasu do czasu wymykało jej się jakieś słowo, które sprawiało, że czułam ukłucie w sercu.

Ojciec w ogóle na mnie nie patrzył. Zachowywał się, jakbym nie istniała. Rzadko też rozmawiał z pozostałymi członkami rodziny. Był smutny i podenerwowany; bardzo się postarzał. Ahmad i Mahmud robili co mogli, aby nie stawać ze mną twarzą w twarz. Rankiem w pośpiechu zjadali śniadanie i szybko wychodzili z domu. Wieczorami Ahmad wracał jeszcze później i jeszcze bardziej pijany, po czym szedł prosto do łóżka. Natomiast Mahmud zjadał coś w przelocie i wychodził do meczetu lub zaszywał się w swoim pokoju, gdzie przez większą część czasu oddawał się modlitwie. Byłam szczęśliwa, że nie muszę ich oglądać. Jednak Ali stał się niesłychanie uciążliwy. Nieustannie mnie nękał i czasami zwracał się do mnie w wulgarny sposób. Matka często go upominała, ale ja starałam się go ignorować.

Jedyną osobą, której towarzystwo ceniłam, była Faati. Spośród całej rodziny tylko ona okazywała mi przychylność. Codziennie po powrocie ze szkoły przychodziła do mnie, aby mnie pocałować, i patrzyła na mnie z dziwnym współczuciem. Dzieliła się ze mną wszystkim, co jadła. Czasami nawet odkładała pieniądze i kupowała dla mnie czekoladę. Chyba nadal się obawiała, że umrę.

Wiedziałam, że powrót do szkoły pozostawał jedynie w kwestii marzeń. Miałam jednak nadzieję, że po Nowym Roku pozwolą

---

* Obchody Nowego Roku w Iranie przypadają mniej więcej na początek wiosny.

mi chociaż uczestniczyć w kursie krawieckim. Choć bardzo tego nie lubiłam, była to jedyna sposobność na zyskanie choć niewielkiej niezależności i opuszczenie tych czterech ścian. Bardzo tęskniłam za Parwaną. Do tego stopnia, że nie wiedziałam, czy bardziej brakuje mi jej, czy Saiida. O dziwo, pomimo ostatnich wydarzeń, pomimo bólu i upokorzenia oraz złośliwych i przykrych komentarzy na temat mojego związku z Saiidem, nie żałowałam więzi, która nas połączyła. Nie miałam wyrzutów sumienia, co więcej, miłość, którą do niego żywiłam, była najczystszym i najbardziej szczerym uczuciem w moim sercu.

Po jakimś czasie pani Parvin opowiedziała mi, jak dalej potoczyły się wydarzenia i jaki wpływ miały one na rodzinę Parwany. Tego samego dnia, gdy straciłam przytomność lub dzień później Ahmad poszedł w nocy do ich domu kompletnie pijany i zaczął miotać straszne przekleństwa. Ojcu Parwany powiedział: „Pozbądź się złudzeń. Twoja córka jest szybka i rozwiązła, a do tego chciała zwieść na manowce moją siostrę". Po czym dodał tysiące innych wulgarnych słów, na myśl o których oblewałam się potem. Czy kiedykolwiek będę w stanie spojrzeć Parwanie i jej rodzinie w oczy? Jak mógł powiedzieć temu szanowanemu mężczyźnie coś tak obrzydliwego?

Brak informacji o Saiidzie doprowadzał mnie do szału. W końcu ubłagałam panią Parvin, aby zatrzymała się przy aptece i zdobyła o nim jakieś wieści. Pomimo iż Ahmad budził w niej grozę, zawsze chętnie podejmowała się takich zadań. Nigdy nie podejrzewałam, że pewnego dnia zostanie powiernikiem moich tajemnic. Nadal nie darzyłam jej sympatią, ale nie miałam się do kogo zwrócić. Ona była moim jedynym łącznikiem ze światem zewnętrznym i ku mojemu zdumieniu nikt z mojej rodziny nie miał nic przeciwko naszym spotkaniom.

Następnego dnia pani Parvin przyszła mnie odwiedzić. Matka była w kuchni. W równym stopniu przestraszona co podekscytowana zapytałam:

– Jakie pani przynosi wieści? Była pani tam?

– Tak – odparła. – Kupiłam kilka rzeczy i zapytałam aptekarza, dlaczego nie ma Saiida. Odpowiedział: „Saiid wrócił do domu.

Tutaj już nie miał czego szukać. Biedny chłopak stracił dobrą opinię i szacunek, a do tego obawiał się o swoje bezpieczeństwo. A co jeśli ktoś zaatakuje go nożem po zmroku? Zmarnowałby tutaj młodość. Poza tym i tak nie pozwoliliby mu poślubić tej dziewczyny... Wszystko przez jej szalonego brata! Na razie przerwał więc studia i wrócił do rodziny w Rezaije".

Po twarzy popłynęły mi łzy.

– Dość! – upomniała mnie pani Parvin. – Nie zaczynaj od nowa. Pamiętasz? Myślałaś, że nie żyje. Powinnaś dziękować Bogu, że go ocalił. Poczekaj jakiś czas. Gdy sytuacja się uspokoi, pewnie znowu się z tobą skontaktuje. Choć uważam, że lepiej będzie, jeśli o nim zapomnisz. Nie oddadzą cię mu. Ahmad na pewno się na to nie zgodzi... Chyba że uda ci się przekonać ojca. Tak czy inaczej, musimy zaczekać, czy się w ogóle pokaże.

Ku mojej uciesze podczas przerwy noworocznej pozwolono mi dwukrotnie opuścić dom. Za pierwszym razem udaliśmy się do publicznej łaźni, aby zgodnie z tradycją zażyć noworocznej kąpieli. Nie widziałam wówczas żywej duszy, ponieważ moja rodzina celowo zarezerwowała łaźnię na wczesną godzinę poranną. Następnie odwiedziliśmy wuja Abbasa, aby złożyć mu życzenia noworoczne. Na dworze nadal panował chłód. Tamtego roku wiosna przyszła późno, ale w powietrzu unosił się świeży zapach Nowego Roku. Pobyt poza domem sprawił mi ogromną przyjemność. Powietrze zdawało się czystsze i bardziej rześkie, dzięki czemu mogłam odetchnąć pełną piersią.

Ciotka nigdy nie dogadywała się z matką, a córki wuja nie darzyły nas sympatią. Soraja, jego najstarsza córka, stwierdziła w pewnym momencie:

– Masumo, urosłaś.

Od razu wtrąciła się ciotka:

– Ale też i schudła. Mówiąc szczerze, bałam się, że to z powodu jakiejś choroby.

– Na pewno nie! – odparła Soraja. – To dlatego, że zbyt dużo się uczy. Masumo, ojciec mówi, że ślęczysz nad książkami i jesteś najlepszą uczennicą w klasie.

Spuściłam wzrok, ponieważ nie wiedziałam, co powiedzieć. Matka pośpieszyła mi z pomocą:

– Masuma złamała nogę. Dlatego straciła tak dużo na wadze. Ale przecież wy nigdy nie interesujecie się zdrowiem innych.

– Prawdę mówiąc, chciałam z ojcem was odwiedzić – wyjaśniła Soraja. – Lecz wuj powiedział, że Masuma źle się czuje i nie chce się z nikim spotykać. Masumo, jak złamałaś nogę?

– Poślizgnęłam się na lodzie – odparłam cicho.

Aby zmienić temat, matka zwróciła się do ciotki:

– Panna Soraja zdobyła już świadectwo szkoły średniej. Dlaczego nie szukacie dla niej męża?

– Musi kontynuować naukę i iść na studia. Jeszcze za wcześnie na małżeństwo.

– Za wcześnie! Nonsens! Prawdę mówiąc, jest już zbyt późno. Podejrzewam, że teraz nie znajdziecie dla niej przyzwoitego męża.

– Szczerze powiedziawszy, zgłosiło się wielu zalotników – odparła ciotka wyzywająco. – Ale taka dziewczyna jak Soraja nie wyjdzie za byle kogo. W mojej rodzinie wszyscy są wykształceni, zarówno mężczyźni, jak i kobiety. Żyjemy inaczej niż ludzie, którzy przybyli tutaj z prowincji. Soraja chce studiować i zostać lekarzem, tak jak córki mojej siostry.

Nasze wizyty rodzinne zawsze kończyły się napiętą atmosferą oraz złośliwymi uwagami. Swoim rozdrażnieniem i ciętym językiem matka wszystkich odstraszała. Nie bez powodu siostra ojca zwykła mawiać, że matka ma język ostry jak żyletka. Zawsze zależało mi na zbudowaniu mocnej więzi z krewnymi, ale głęboko zakorzenione animozje uniemożliwiały nam zbliżenie się do siebie.

Minął Nowy Rok, a ja nadal nie opuszczałam domu. Dyskretne szepty i aluzje do podjęcia kursu krawieckiego nie przyniosły żadnego rezultatu. Ahmad i Mahmud pod żadnym pozorem nie pozwalali mi opuszczać domu. A ojciec nie interweniował. Dla niego umarłam.

Często dopadała mnie nuda. Po wypełnieniu obowiązków domowych szłam na piętro do salonu i obserwowałam fragment ulicy, który mogłam dostrzec z okna. Marzyłam, aby ujrzeć na niej Parwanę i Saiida. Ten skromny widok był moim jedynym kontaktem ze światem zewnętrznym. Lecz nawet to musiałam trzymać w tajemnicy. Gdyby moi bracia się dowiedzieli, co robię na piętrze, pewnie zamurowaliby okno. Wiedziałam już, że dom będę mogła opuścić jedynie jako żona. Tylko takie rozwiązanie zaakceptowała cała moja rodzina. Nienawidziłam każdego kąta w tym domu, ale nie chciałam zdradzić mojego ukochanego Saiida, zamieniając jedno więzienie na drugie. Byłam gotowa czekać na niego do końca życia, nawet jeśli mieliby mnie za to zaciągnąć na szubienicę.

Moja rodzina ogłosiła, iż chce mnie wydać za mąż. Wkrótce trzy kobiety i mężczyzna zapowiedzieli się na wizytę. Matka zajęta była porządkami i dekorowaniem domu. Mahmud kupił komplet wypoczynkowy obity czerwoną tapicerką, a Ahmad owoce i ciasta. Ich niespotykana współpraca mnie zaskoczyła. Niczym tonący chwytający kawałek unoszącego się na wodzie drewna gotowi byli zrobić wszystko, aby zachęcić zalotnika. Gdy zobaczyłam potencjalnego pana młodego, zdałam sobie sprawę, że rzeczywiście jest drewnem dryfującym po morzu. Był przysadzistym mężczyzną z łysiną na czubku głowy, miał około trzydziestu lat i mlaskał podczas jedzenia owoców. Pracował z Mahmudem na targowisku. Na szczęście zarówno on, jak i towarzyszące mu trzy kobiety szukali puszystej i dobrze zbudowanej żony, więc nie przypadłam im do gustu. Tamtej nocy zasnęłam szczęśliwa i spokojna. Następnego dnia matka opowiedziała o całym spotkaniu pani Parvin, nie szczędząc przy tym szczegółów i barwnych komentarzy. Jej głębokie rozczarowanie rezultatem spotkania niemal mnie rozśmieszyło.

– Jaka szkoda – powiedziała. – Biedna dziewczyna nie ma szczęścia. Ten mężczyzna jest nie tylko bogaty, ale pochodzi też z dobrej rodziny. Ponadto jest młody i nie był wcześniej żonaty. (Zabawne, mężczyzna był dwa razy starszy ode mnie, ale z punktu widzenia matki był młody… A do tego ta łysina i wielki brzuch!)

– Tak między nami, pani Parvin, nie dziwię się mu. Moja córka wygląda bardzo mizernie. Matka mężczyzny stwierdziła nawet, że Masuma powinna udać się do lekarza. Podejrzewam wręcz, że ta trzpiotka zrobiła coś, aby wyglądać jeszcze szczuplej.

– Oj, moja droga, mówisz o nim, jakby miał dwadzieścia lat – stwierdziła pani Parvin. – Widziałam ich na ulicy. Dobrze się stało, że Masuma nie przypadła im do gustu. Jest zbyt dobrą partią, aby wydać ją za tego brzuchatego karła.

– Cóż mogę powiedzieć? Wiązaliśmy z tą dziewczyną ogromne nadzieje. Już nie mówię o sobie, ale mój mąż zwykł mówić, że Masuma poślubi mężczyznę, który będzie kimś. Ale po hańbie, którą na nas sprowadziła, kto ją zechce? Będzie musiała wyjść za kogoś gorszego albo zostać drugą żoną.

– Nonsens! Pozwólcie, aby sytuacja nieco się uspokoiła. Ludzie zapomną.

– O czym zapomną? Ludzie się interesują, pytają. Siostra i matka przyzwoitego i dobrego mężczyzny nigdy nie pozwolą mu poślubić dziewczyny z feralną przeszłością, o której wie cała okolica.

– Poczekajcie – poradziła pani Parvin. – Zapomną. Dlaczego tak się śpieszycie?

– To przez jej braci. Mówią, że dopóki mieszka z nimi pod jednym dachem, nie zaznają spokoju i muszą chodzić ze spuszczoną głową. Ludzie nie zapomną... przez następne sto lat. A Mahmud chce się ożenić. Twierdzi jednak, że nie może tego zrobić, dopóki Masuma z nami mieszka. Mówi, że jej nie ufa. Obawia się, że może zwieść na manowce jego przyszłą żonę.

– Co za bzdury! – powiedziała pani Parvin z lekceważeniem. – Ta biedna dziewczyna jest niewinna niczym dziecko. Poza tym nie wydarzyło się nic poważnego. Wszystkie piękne dziewczyny w jej wieku mają adoratorów. Nie można ich wszystkich spalić na stosie tylko dlatego, że jakiś mężczyzna się w nich zakochał... Poza tym to nie była jej wina.

– Tak, znam dobrze swoją córkę. Może nie jest zbyt sumienna w odmawianiu modlitw i poszczeniu, ale jej serce należy do Boga. Przedwczoraj powiedziała: „Marzę, aby pójść na pielgrzymkę do świątyni imama Abdolazima w Kom". Wcześniej co tydzień modliła się w świątyni jej świątobliwości Masumy. I to z jaką gorliwością! Wszystkiemu winna jest ta okropna dziewczyna, Parwana. Gdyby nie ona, moja córka na pewno nie zostałaby zamieszana w tego typu historię!

– Poczekajcie jeszcze trochę. Może ten mężczyzna zechce ją poślubić i wszystko dobrze się skończy. Nie był zły, a poza tym łączy ich uczucie. Wszyscy mówią o nim w samych superlatywach. I niedługo zostanie lekarzem.

– O czym pani mówi, pani Parvin? – zapytała matka z irytacją w głosie. – Jej bracia powiedzieli, że prędzej oddadzą ją w ręce Azraela, anioła śmierci, niż pozwolą na ich ślub. Poza tym jakoś nie widzę, aby wyważał drzwi, próbując ją zdobyć. Wypełni się wola boża. Przeznaczenie każdego człowieka wypisane jest na jego czole w dniu narodzin, my nie mamy tutaj nic do powiedzenia.

– Niczego zatem nie przyśpieszajmy. Dajmy szansę przeznaczeniu.

– Ale jej bracia twierdzą, że nie są już za nią odpowiedzialni i dopóki Masuma nie wyjdzie za mąż, będą musieli nosić piętno hańby. Jak długo uda im się jeszcze utrzymać ją zamkniętą w domu? Obawiają się, że ojciec się nad nią zlituje i ulegnie jej namowom.

– Ale przecież ta biedna dziewczyna zasługuje na odrobinę litości. Jest bardzo piękna. Poczekaj, aż dojdzie do siebie, i wtedy zobaczysz, jacy mężczyźni zaczną się starać o jej rękę.

– Przysięgam, będę jej codziennie gotować kurczaka i ryż. Do tego zupę z podudzi jagnięcych, owsiankę z pszenicy i mięsa. Wyślę Alego, aby kupił dla niej na śniadanie zupę z baranich głów i nóżek. Zrobię wszystko, aby przybrała nieco na wadze. Wtedy zainteresuje się nią jakiś porządny mężczyzna.

Gdy usłyszałam te słowa, przypomniała mi się bajka z dzieciństwa. Pewnego razu potwór porwał dziewczynkę, lecz była ona zbyt szczupła, aby ją zjeść. Potwór zamknął ją więc i karmił samymi smakołykami, tak aby szybko nabrała ciała i stała się smacznym posiłkiem. W ten sam sposób moja rodzina chciała mnie utuczyć i rzucić potworowi na pożarcie.

Zostałam wystawiona na sprzedaż. Przyjmowanie mężczyzn, którzy przyszli mnie obejrzeć jako potencjalną żonę, stało się najważniejszym wydarzeniem w naszym domu. Po tym jak moi bracia i matka rozpowszechnili wiadomość, że szukają dla mnie męża, różni ludzie zaczęli pukać do naszych drzwi. Niektórzy byli tak nieodpowiedni, że nawet Ahmad i Mahmud nie chcieli ich widzieć. Co wieczór się modliłam, aby zjawił się Saiid, i przynajmniej raz w tygodniu błagałam panią Parvin, aby poszła do apteki i sprawdziła, czy nie ma o nim żadnych wiadomości. Aptekarz powiedział jej, że otrzymał od Saiida tylko jeden list, a ten, który wysłał w odpowiedzi, wrócił do niego. Najwidoczniej adres się nie zgadzał. Saiid zapadł się pod ziemię. W nocy czasami szłam do salonu, gdzie się modliłam i jednoczyłam z Bogiem. Następnie stawałam przy oknie i obserwowałam cienie tańczące na ulicy. Kilka razy dostrzegłam znajomy cień pod domem po drugiej stronie ulicy, ale gdy tylko otwierałam okno, znikał.

Jedynie sen o wspólnym życiu z Saiidem skłaniał mnie, aby wieczorem położyć się spać i zapomnieć o bólu i cierpieniu wywołanym nudą. W myślach szkicowałam mały piękny domek, meble i dekoracje w każdym pokoju. To było moje własne niebo. Wyobrażałam sobie nasze dzieci, piękne, zdrowe i szczęśliwe. W moich snach otaczały mnie wieczna miłość i szczęście. Saiid był idealnym mężem: delikatnym, łagodnym, uprzejmym, rozsądnym i inteligentnym. Nigdy się ze mną nie kłócił i nigdy mnie nie lekceważył. Och, jak bardzo go kochałam. Czy kiedykolwiek jakaś inna kobieta obdarzyła mężczyznę tak ogromną miłością jak ja Saiida? Gdyby tylko można było żyć w krainie marzeń.

Na początku czerwca, zaraz po egzaminach końcowych, rodzina Parwany wyprowadziła się z naszej okolicy. Wiedziałam, że to planowali, ale nie spodziewałam się, że wyjadą tak szybko. Później dowiedziałam się, że tak naprawdę chcieli wyjechać jeszcze wcześniej, ale postanowili poczekać na koniec roku szkolnego. Od jakiegoś czasu ojciec Parwany powtarzał, że w naszej dzielnicy nie żyje się już spokojnie. Miał rację. Miejsce to odpowiadało jedynie osobom pokroju mojego brata.

Był upalny poranek. Wiklinowe żaluzje na oknach były nadal opuszczone. Zamiatałam pokój, gdy nagle usłyszałam głos Parwany. Wybiegłam na podwórze. Przy drzwiach wejściowych stała Faati. Parwana przyszła się pożegnać. Matka dotarła jednak do drzwi przede mną i je przymknęła. Następnie wyrwała z rąk Faati kopertę, którą ta otrzymała od Parwany, oddała ją mojej przyjaciółce i powiedziała:

– Odejdź szybko. Znikaj, zanim bracia Masumy cię zobaczą i wywołają kolejny skandal. I nic już nie przynoś.

– Ale proszę pani, napisałam tylko list pożegnalny, w którym podałam nasz nowy adres – odparła Parwana drżącym głosem. – Może pani go przeczytać.

– To nie będzie konieczne! – warknęła matka.

Złapałam drzwi obiema rękami i próbowałam otworzyć je siłą, lecz matka trzymała je mocno i mnie odpychała.

– Parwana! – krzyknęłam. – Parwana!

– Na miłość boską, proszę jej tak nie krzywdzić – błagała Parwana. – Przysięgam, że nic złego nie zrobiła.

Matka zatrzasnęła jej drzwi przed nosem. Usiadłam na ziemi i się rozpłakałam. Straciłam moją opiekunkę, przyjaciółkę i powierniczkę.

Ostatnim zalotnikiem był przyjaciel Ahmada. Zawsze się zastanawiałam, w jaki sposób mój brat zagadywał tych mężczyzn; w jaki sposób powiedział przyjacielowi, że ma siostrę w wieku odpowiednim do małżeństwa? Czy musiał mnie reklamować? Czy składali sobie jakieś obietnice? A może targowali się o mnie jak dwóch kupców na bazarze? Bez względu na to, jaki był ich stosunek do mnie, na pewno nie miał nic wspólnego z szacunkiem.

Asghar Aga, rzeźnik, był podobny do Ahmada zarówno pod względem wieku, jak i nieokrzesanego sposobu bycia i osobowości. Poza tym był słabo wykształcony.

– Mężczyzna musi zarabiać na chleb siłą własnych ramion – mówił – a nie siedzieć w kącie i bazgrać po kartce jak półżywy urzędnik gryzipiórek.

– On ma pieniądze i wie, jak sprowadzić tę dziewczynę na prostą drogę – twierdził Ahmad.

Widząc moją szczupłą sylwetkę, Asghar Aga stwierdził:

– To bez znaczenia. Będę ją karmił taką ilością mięsa i tłuszczu, że za miesiąc będzie okrągła jak beczka. Bardziej martwi mnie bezczelność w jej oczach.

Jego matką była okropna starsza kobieta, która nieustannie jadła i zgadzała się z każdym słowem swojego syna. Asghar Aga został zaakceptowany przez całą moją rodzinę. Matka cieszyła się, ponieważ był młody i byłoby to jego pierwsze małżeństwo. Ahmad przyjaźnił się z nim i popierał go, ponieważ po awanturze w Jamshid Café Asghar Aga zaręczył za niego, dzięki czemu mój brat nie trafił do aresztu. Ojciec się zgodził, dowiedziawszy się, że sklep mięsny przynosił duże dochody. A Mahmud stwierdził:

– Jest dobrze. Zajmuje się handlem i będzie wiedział, jak poradzić sobie z taką dziewczyną, aby trzymała się zasad. Im szybciej sfinalizujemy sprawę, tym lepiej.

Nikt się nie przejmował tym, co ja myślę, a ja nie przyznałam się, jak wielki wstręt budziła we mnie świadomość, że miałabym zamieszkać z tym brudnym, nieokrzesanym i niedouczonym zbirem, który śmierdział surowym mięsem i łojem nawet w dniu, gdy przyszedł prosić dziewczynę o rękę.

Następnego ranka pani Parvin przybiegła do nas przerażona.

– Słyszałam, że chcecie oddać rękę Masumy rzeźnikowi, Asgharowi Adze. Na miłość boską, nie róbcie tego! Ten mężczyzna to chuligan biegający z nożem. Poza tym jest pijakiem i kobieciarzem. Znam go. Zanim się zdecydujecie, zaczerpnijcie opinii innych osób na jego temat.

– Pani Parvin, proszę przestać paplać – powiedziała matka. – Kto go zna lepiej, pani czy Ahmad? Poza tym Asghar opowiedział nam wszystko o sobie. Ahmad ma rację, mężczyźni robią wiele rzeczy przed ślubem, ale rezygnują z nich, gdy zaczynają troszczyć się o żonę i dzieci. Przysięgał na życie swojego ojca, a nawet ofiarował nam kosmyk swoich wąsów na dowód tego, że nie zgrzeszy po ślubie. Poza tym nie znajdziemy dla Masumy nikogo lepszego. On jest młody, bogaty, ma dwa sklepy mięsne oraz silny charakter. Poza tym Masuma będzie jego pierwszą żoną. Czego więcej chcieć?

Pani Parvin spojrzała na mnie z takim współczuciem i litością, jakby miała przed sobą osobę skazaną na śmierć. Następnego dnia powiedziała:

– Błagałam Ahmada, aby wszystko odwołał, ale zupełnie mnie lekceważy. (Wtedy po raz pierwszy przyznała się do utrzymywanego w tajemnicy romansu z moim bratem.) Odparł: „Nie należy jej już dłużej trzymać w domu". Ale dlaczego ty z tym nic nie zrobisz? Nie zdajesz sobie sprawy, jak straszny los cię czeka? Czy naprawdę chcesz poślubić tego zbira?

– A jakie to ma znaczenie? – powiedziałam obojętnym tonem.

– Niech robią, co chcą. Niech myślą, że wydadzą mnie za mąż. Nie wiedzą tylko, że poza Saiidem każdy inny mężczyzna będzie mógł dotknąć jedynie moich zwłok.

– Niech Bóg się nad tobą zlituje! – krzyknęła zdumiona. – Nigdy więcej tak nie mów. To grzech. Musisz pozbyć się tych myśli. Żaden mężczyzna nie zastąpi Saiida, ale nie każdy jest tak zły jak ten cham. Poczekaj, może pojawi się lepszy kandydat.

– To nie ma znaczenia – odparłam, wzruszając ramionami.

Wyszła z wyrazem niepokoju na twarzy. W drodze do wyjścia zatrzymała się przy kuchni i powiedziała coś matce. Matka złapała się za głowę i od tego momentu cała rodzina zaczęła mnie pilnować. Zabrali mi wszystkie leki i nie pozwalali dotykać żyletki ani noża, a gdy szłam na górę, zawsze ktoś mi towarzyszył. Sytuacja była komiczna. Czy oni naprawdę myśleli, że jestem na tyle głupia, aby skoczyć z okna na drugim piętrze? Miałam lepszy plan.

Rozmowy na temat ceremonii ślubnej oraz wesela zostały na jakiś czas odłożone z powodu nieobecności siostry pana młodego. Mieszkała z mężem w Kermanszah i mogła przyjechać do Teheranu dopiero za dziesięć dni.

– Nie mogę tego zrobić bez zgody mojej siostry – stwierdził Asghar Aga. – Zawdzięczam jej równie dużo co matce.

Była godzina jedenasta rano. Znajdowałam się na podwórku, gdy nagle usłyszałam, że ktoś wali do drzwi. Nie mogłam ich otwierać, więc zawołałam Faati.

– Tym razem możesz – krzyknęła matka z kuchni. – Otwórz drzwi i zobacz, kto jest taki niecierpliwy.

Ledwo otworzyłam drzwi, a już pani Parvin wparowała do środka.

– Dziewczyno, ale masz szczęście – powiedziała, niemal krzycząc. – Nie uwierzysz, jakiego wspaniałego kandydata na męża znalazłam dla ciebie. Idealny, piękny niczym bukiet kwiatów…

Wpatrywałam się w nią ze zdumieniem. Matka wyszła z kuchni i zapytała:

– Co się stało, pani Parvin?

– Moja droga – odparła – mam wspaniałe wieści. Znalazłam dla niej idealnego kandydata. Prawdziwego dżentelmena z szanowanej rodziny, dobrze wykształcony... Przysięgam, jeden kosmyk jego włosów jest wart setek takich łobuzów i chuliganów jak Asghar. Mam poprosić, aby odwiedzili was dziś po południu?

– Poczekaj chwilę! – powiedziała matka. – Powoli. Co to za rodzina? Gdzie ich znalazłaś?

– To naprawdę szlachetni ludzie. Znam ich od dziesięciu lat. Uszyłam matce i jej córkom wiele sukienek. Najstarsza córka, Monir, dawno temu wyszła za mąż za jednego z właścicieli ziemskich w Tebrizie i tam zamieszkała. Mansura, druga córka, studiowała na uniwersytecie. Dwa lata temu wyszła za mąż i teraz ma słodkiego, pulchnego chłopca. Trzecia córka nadal się uczy. To pobożni ludzie. Ojciec jest już na emeryturze. Jest właścicielem zakładu... fabryki... Nie. Jak się nazywa miejsce, gdzie drukują książki?

– A co możesz powiedzieć o samym mężczyźnie?

– Och, poczekaj, aż o nim usłyszysz. On jest cudowny. Studiował na uniwersytecie. Nie wiem, na jakim kierunku, ale pracuje w zakładzie ojca. Drukują książki. Ma około trzydziestki i jest przystojny. Podczas przymiarki stroju dla matki trochę mu się przyjrzałam. Niech Bóg go strzeże, ma ładną figurę, czarne oczy i ciemne brwi oraz lekko oliwkową cerę...

– A gdzie widzieli Masumę? – zapytała matka.

– Jeszcze jej nie widzieli. Opisałam im ją. Opowiedziałam, jaka jest cudowna, jaka ładna i jak wspaniale zajmuje się domem. Jego matce naprawdę zależy na ożenku syna. Kiedyś zapytała mnie, czy znam odpowiednie dla niego dziewczyny. A więc mam im powiedzieć, aby przyszli dziś po południu?

– Nie! Obiecaliśmy już Masumę Asgharowi Adze. W następnym tygodniu przyjeżdża jego siostra z Kermanszahu.

– Błagam! – krzyknęła pani Parvin. – Jeszcze nie podjęliście żadnych konkretnych kroków. Nie urządziliście nawet uroczystości przyjęcia zalotnika przez pannę młodą. Ludzie potrafią zmienić zdanie nawet podczas ceremonii ślubnej.

– A co z Ahmadem? Już widzę, jaką zrobi awanturę. I będzie miał ku temu powody. Poczuje się upokorzony. Przecież złożył obietnicę Asgharowi Adze i nie może się z niej tak po prostu wycofać.

– Nie martw się. Poradzę sobie z Ahmadem.

– Powinna się pani wstydzić! – upomniała ją matka. – Dlaczego mówi mi pani takie rzeczy? Oby Bóg pani wybaczył.

– Źle mnie pani zrozumiała. Ahmad jest przyjacielem Hadżiego i posłucha jego rad. Poproszę męża, aby podjął się mediacji. Proszę pomyśleć o swojej niewinnej córce. Wiem, że ten chuligan ma ciężką rękę. Po alkoholu traci głowę. Poza tym nadal ma utrzymankę. Myślicie, że ona tak łatwo z niego zrezygnuje? Nigdy!

– Kogo ma? – zapytała matka zdezorientowana. – Nie rozumiem.

– Nieważne – odparła pani Parvin. – Chodzi o to, że coś go łączy z inną kobietą.

– A więc czego chce od mojej córki?

– Chce, aby została jego żoną i urodziła mu dzieci. Ta druga nie może mieć dzieci.

– Skąd pani to wie?

– Proszę pani, ja znam takich ludzi.

– Skąd? Jak można rozpowiadać takie rzeczy? Proszę mieć choć odrobinę wstydu.

– A pani zawsze przychodzą do głowy najgorsze skojarzenia. Mój brat był podobny. Wychowałam się z tego typu mężczyzną. Na miłość boską, nie może pani pozwolić, aby ta biedna dziewczyna trafiła z deszczu pod rynnę. Proszę się zgodzić na wizytę tej rodziny. Spotkacie się, poznacie i wtedy zobaczy pani, jacy to wspaniali ludzie.

– Najpierw muszę porozmawiać z mężem i zobaczyć, co on powie. Poza tym jeśli ci ludzie są tacy wspaniali, dlaczego nie wybiorą żony ze swojego klanu?

– Szczerze powiedziawszy, nie wiem. Chyba po prostu Masuma ma szczęście. Bóg ją kocha.

Zaskoczona i sceptycznie nastawiona obserwowałam entuzjazm oraz upór pani Parvin. Nie potrafiłam rozgryźć tej kobiety. W jej postępowaniu dostrzegałam wiele sprzeczności. Nie wiem, dlaczego tak bardzo się martwiła o moją przyszłość. Podejrzewałam, że moim kosztem prowadziła własną grę.

Ojciec i matka dyskutowali całe popołudnie. Mahmud na chwilę dołączył do rozmowy, a potem stwierdził:

– Do diabła z tym. Róbcie, co chcecie. Po prostu jak najszybciej się jej pozbądźcie. Odeślijcie ją i pozwólcie nam wreszcie zaznać spokoju.

Jeszcze dziwniejsza była reakcja Ahmada. Tego dnia wrócił do domu późno, a następnego ranka, gdy matka poruszyła temat, w ogóle się nie sprzeciwiał. Po prostu wzruszył ramionami i stwierdził:

– A co ja tam wiem? Róbcie, jak uważacie.

Pani Parvin miała na niego naprawdę dziwny wpływ.

Dzień później odwiedziła nas rodzina nowego zalotnika. Ahmad nie przyszedł wówczas do domu, a Mahmud, dowiedziawszy się, że gośćmi będą same kobiety nienoszące hidżabu, w ogóle nie wszedł do salonu. Matka z ojcem dobrze się im przyjrzeli i ocenili okiem kupca. Sam zalotnik się nie pojawił. Jego matka miała na sobie czarny czador, ale siostry nie założyły okryć. Naprawdę bardzo się różnili od osób, które do tej pory nas odwiedzały.

Pani Parvin poprowadziła cały pokaz i bardzo mnie zachwalała. Gdy weszłam z tacą z herbatą, powiedziała:

– Widzicie, jaka jest ładna. Wyobraźcie sobie, jak pięknie będzie wyglądała po wyskubaniu brwi. W zeszłym tygodniu dopadło ją przeziębienie i gorączka, dlatego straciła trochę na wadze.

Zmarszczyłam się i spojrzałam na nią zaskoczona.

– Szczupła sylwetka jest obecnie bardzo modna – stwierdziła najstarsza siostra. – Kobiety zabijają się, aby schudnąć. Poza tym mój brat nienawidzi grubych kobiet.

W oczach mojej matki pojawił się błysk radości. Pani Parvin uśmiechnęła się z dumą i spojrzała na nią. Można było odnieść wrażenie, że komplement skierowany był do niej, a nie do mnie. Zgodnie z poleceniem matki podałam herbatę, a potem wyszłam do przyległego pokoju. Samowar oraz herbata zostały przyniesione na piętro, tak abym nie musiała biegać po schodach, ryzykując jakimś żenującym upadkiem. Rozmowa toczyła się wartko. Rodzina mężczyzny poinformowała, że ukończył on już studia prawnicze, ale nie otrzymał jeszcze stopnia naukowego.

– Na razie pracuje w drukarni, której współwłaścicielem jest jego ojciec. Otrzymuje niezłe wynagrodzenie i będzie w stanie utrzymać żonę i dzieci. Poza tym ma dom. Co prawda nie należy on prawnie do niego, ale do babki, której mieszkanie znajduje się na parterze. Na piętrze natomiast mieszka kochany Hamid. Młodzi mężczyźni lubią mieć swój własny kąt, a ponieważ jest jedynym synem w rodzinie, ojciec spełnia każde jego życzenie.

– A gdzie on jest? – zapytał mój ojciec. – Będziemy mieli zaszczyt go poznać?

– Mówiąc szczerze, mój syn pozostawił wszystko w rękach moich i sióstr. Powiedział nam: „Jeśli wam się spodoba i zyska waszą przychylność, to tak jakbym sam ją zaakceptował". Poza tym teraz wyjechał w podróż służbową.

– A można zapytać, kiedy wraca?

Młodsza siostra wtrąciła się do rozmowy:

– Jeśli Bóg pozwoli, w samą porę na ceremonię ślubną i wesele.

– Co? – zapytała zaskoczona matka. – A więc nie poznamy pana młodego przed ślubem? Czyż to nie dziwne? Czy on nie chciałby zobaczyć swojej przyszłej żony? Islam zezwala na krótkie spotkanie narzeczonych.

– Prawdę mówiąc, nie chodzi o to, co jest dozwolone, a co nie – powiedziała powoli najstarsza siostra, tak aby moja matka zrozumiała. – Chodzi o to, że Hamid teraz podróżuje. Widziałyśmy dziewczynę, a brat upoważnił nas do podjęcia decyzji w jego imieniu. Poza tym przyniosłyśmy zdjęcie Hamida, aby młoda dama mogła mu się przyjrzeć.

– Co?!... – krzyknęła ponownie matka. – Jak tak można? A co jeśli pan młody cierpi na jakąś dolegliwość albo ukrywa ułomność?

– Proszę pani, proszę ugryźć się w język! Mój syn jest okazem zdrowia. Boże broń, aby cierpiał na jakąś chorobę! Prawda, pani Parvin? Przecież pani go widziała.

– Tak, tak. Poznałam go. Boże, pobłogosław mu. Wszystko z nim w porządku i jest bardzo przystojny. Oczywiście patrzyłam na niego jak siostra.

Najstarsza córka wyciągnęła fotografię z torebki i podała ją pani Parvin, która z kolei pokazała ją matce.

– Widzi pani, jak łagodnie i dostojnie się prezentuje – stwierdziła pani Parvin. – Niech Bóg go pobłogosławi.

– Teraz proszę pokazać zdjęcie młodej damie – powiedziała najstarsza siostra. – Jeśli Bóg pozwoli i przypadnie jej do gustu, do następnego tygodnia możemy wszystko załatwić.

– Proszę pani – odezwał się ojciec. – Nadal nie rozumiem, skąd ten pośpiech. Dlaczego nie możemy poczekać do powrotu pani syna?

– Prawdę mówiąc, panie Sadeghi, naprawdę nie mamy czasu. Wraz z mężem w następnym tygodniu wyjeżdżamy na pielgrzymkę do Mekki i przed wyjazdem chcemy załatwić wszystkie sprawy. Hamid nie potrafi zatroszczyć się o siebie i jeśli się nie ożeni, będę się o niego martwić i nie zaznam spokoju. Podobno ludzie wyjeżdżający na pielgrzymkę nie powinni zostawiać za sobą żadnych niezałatwionych spraw. Powinni uwolnić się od wszystkich zobowiązań i obowiązków. Gdy usłyszeliśmy o państwa córce, powróżyłam sobie i wynik był pozytywny. Do tej pory wróżby nigdy aż tak nie sprzyjały żadnej dziewczynie. Zdałam sobie wówczas sprawę, że muszę sfinalizować tę sprawę przed wyjazdem, w razie gdybym nie wróciła.

– Z Bożą pomocą wrócicie zdrowi i zadowoleni.

Ze zdjęciem w ręku matka wstała i stwierdziła:

– Ma pani ogromne szczęście. Mam nadzieję, że i nam pisane będzie odwiedzić przybytek boży.

Po czym przeszła do pokoju obok i pokazała mi zdjęcie.

– Proszę, spójrz. To nie są ludzie naszego pokroju, ale wiem, że tobie przypadną do gustu.

Odepchnęłam jej dłoń.

Dyskusja potoczyła się szybko. Ojciec chyba doszedł do wniosku, że obecność przyszłego męża nie jest konieczna. To było bardzo dziwne. Wesele miało się odbyć za tydzień. Matka martwiła się tylko, jak w tak krótkim czasie zorganizuje uroczystość ślubną. Lecz z pomocą przyszła jej pani Parvin. Obiecała bowiem, że wszystkim się zajmie.

– Proszę się w ogóle nie martwić – powiedziała. – Jutro pójdziemy na zakupy. A uszycie sukni zajmie mi tylko dwa dni. Zajmę się również pozostałymi strojami.

– Ale co z wyprawą ślubną i posagiem? Oczywiście od urodzenia dziewczynek kupowałam i odkładałam potrzebne rzeczy, ale nadal wiele brakuje. Poza tym większa część posagu została w Kom. Musimy po niego pojechać.

– Proszę pani, proszę się nie martwić – odparła matka pana młodego. – Niech młodzi udadzą się do wspólnego domu. Skonsumowanie małżeństwa będziemy świętować po naszym powrocie z pielgrzymki. Do tej pory będziemy mieli czas na zorganizowanie wszystkiego, czego im trzeba. Poza tym dom Hamida jest częściowo urządzony.

Następnego dnia rodzina pana młodego poprosiła nas o zakup obrączek i zaprosiła całą naszą rodzinę do siebie na dowolny wieczór, abyśmy mogli zobaczyć ich dom oraz lepiej ich poznać. Nie mogłam uwierzyć, że wszystko potoczyło się tak szybko. Nagle usłyszałam własne słowa:

– Saiidzie, uratuj mnie! Jak mam ich powstrzymać?

Byłam wściekła na panią Parvin do tego stopnia, że miałam ochotę skręcić jej kark.

Zaraz po wyjściu rodziny pana młodego rozpoczęły się dyskusje i kłótnie.

– Nie pójdę kupować obrączki, ponieważ jego matka także będzie nieobecna – oznajmiła matka. – Masuma nie może iść jednak sama. Pani Parvin z nią pójdzie.

– Oczywiście. Poza tym musimy kupić materiał na sukienkę. Nie możesz również zapomnieć o kupnie obrączki dla pana młodego.

– Nadal nie rozumiem, dlaczego nie przyszedł się pokazać.

– Odłóż na bok podejrzenia. Znam tę rodzinę. Nie uwierzysz, jacy to mili ludzie. Podali ci swój adres, aby cię uspokoić. Możesz więc zaczerpnąć o nich informacji u sąsiadów.

– Mostafa, co zrobimy z jej wyprawką ślubną? – zapytała matka.

– Musisz pojechać z chłopcami do Kom i przywieźć zestaw obiadowy oraz kilka kompletów pościeli, które dla niej odłożyłam. Są w piwnicy twojej siostry. Ale co zrobimy z resztą potrzebnych rzeczy?

– Proszę się nie martwić – uspokajała pani Parvin. – Przecież powiedzieli, że posag nie jest istotny. Poza tym to oni ponoszą część winy, ponieważ strasznie się spieszą. Tym lepiej dla pani.

Jeśli wyprawka ślubna będzie niekompletna, pani nie będzie za to odpowiedzialna.

– Nie poślę mojej córki do domu męża goło i wesoło – warknął ojciec. – Część rzeczy mamy, a resztę kupimy w przyszłym tygodniu. Jeżeli czegoś zabraknie, dokupimy później.

Jedyną osobą, która nie brała udziału w tych rozmowach, która nigdy nie wysunęła żadnej propozycji, która nigdy nie zadała żadnego pytania i której opinia nie miała znaczenia, byłam ja. Całą noc siedziałam na łóżku przytłoczona smutkiem i lękiem. Błagałam Boga, aby odebrał mi życie i uratował przed zaaranżowanym małżeństwem. Następnego ranka czułam się bardzo źle. Udawałam, że śpię, czekając, aż wszyscy wyjdą z domu. Słyszałam, jak ojciec rozmawiał z matką. Chciał wykorzystać swoje znajomości i kontakty, aby dowiedzieć się czegoś o rodzinie pana młodego, więc postanowił, że dzisiaj nie pójdzie do pracy.

– Żono, pieniądze na obrączki zostawiłem na kominku – dodał po chwili. – Sprawdź, czy wystarczy.

Matka policzyła pieniądze i odparła:

– Tak. Wydaje mi się, że nie powinno zabraknąć.

Ojciec wyszedł z domu razem z Alim. Na szczęście od początku lata zabierał mojego brata ze sobą do pracy, dzięki czemu w domu było spokojnie i cicho. W przeciwnym wypadku nie wiem, co by się ze mną stało.

Matka weszła do pokoju i powiedziała:

– Obudź się. Musisz się przygotować do wyjścia. Pozwoliłam ci dłużej pospać, abyś miała dzisiaj więcej energii.

Usiadłam na łóżku, objęłam ramionami kolana i powiedziałam z uporem:

– Nigdzie nie idę!

Gdy w domu nie było mężczyzn, byłam odważna.

– Wstawaj i przestań się zachowywać jak rozpieszczone dziecko.

– Nigdzie nie idę.

– A żebyś wiedziała, że pójdziesz! Nie pozwolę ci zmarnować takiej okazji. Zwłaszcza teraz.

– Jakiej okazji? Czy ty w ogóle znasz tych ludzi? Tego mężczyznę? Nie chce się nawet z nami spotkać.

W tym samym momencie odezwał się dzwonek u drzwi i weszła pani Parvin, wystrojona, wesoła i zasłonięta czarnym czadorem.

– Pomyślałam, że przyjdę wcześniej na wypadek, gdybyś potrzebowała pomocy. À propos, znalazłam piękny krój sukni ślubnej. Musimy tylko znaleźć odpowiedni materiał. Chcecie go zobaczyć?

– Pani Parvin, proszę mi pomóc – błagała matka. – Moja córka znowu jest uparta. Może pani uda się nakłonić ją do wstania.

Pani Parvin zdjęła buty na wysokim obcasie, weszła do pokoju, roześmiała się, a następnie powiedziała:

– Dzień dobry, panno młoda. No dalej, wstawaj i umyj twarz. Rodzina pana młodego może zjawić się tutaj w każdej chwili, a nie chcemy, aby pomyśleli, że ich syn będzie miał leniwą żonę, prawda?

Na widok tej kobiety wezbrała we mnie złość i zaczęłam krzyczeć:

– A kim ty w ogóle jesteś? Ile płacą ci za swatanie?

Matka złapała się za głowę i krzyknęła:

– Niech Bóg cię pokarze! Zamknij się! Ta dziewczyna zapomniała chyba, co to wstyd i przez okno wyrzuciła skromność.

A potem ruszyła w moim kierunku. Pani Parvin wyciągnęła rękę i zastąpiła jej drogę.

– Nic się nie stało. Jest po prostu zdenerwowana. Proszę pozwolić mi z nią porozmawiać na osobności. Będziemy gotowe za pół godziny.

Matka wyszła z pokoju, a pani Parvin zamknęła drzwi i oparła się o nie. Czador zsunął jej się z głowy i spadł na podłogę. Patrzyła na mnie, ale nieobecnym wzrokiem, jakby widziała coś innego gdzieś w oddali. Milczenie trwało kilka minut. Wpatrywałam się w nią z ciekawością. Gdy w końcu zaczęła mówić, jej głos brzmiał obco. Brakowało pewnego specyficznego brzmienia, natomiast słychać było rozgoryczenie i przygnębienie.

– Miałam dwanaście lat, gdy mój ojciec wyrzucił żonę z domu. Byłam wówczas w szóstej klasie i nagle stałam się matką dla młodszego brata oraz trzech sióstr. Oczekiwali ode mnie tego, czego oczekuje się od prawdziwej matki. Prowadziłam dom, gotowałam, prałam, sprzątałam i opiekowałam się dziećmi. Zakres moich obowiązków nie zmienił się nawet wtedy, gdy ojciec ponownie się ożenił.

Macocha nie różniła się od innych przybranych matek. Co prawda nie krzywdziła nas ani nie głodziła, ale swoje dzieci z poprzedniego związku kochała mocniej. Może miała rację. Od wczesnego dzieciństwa mówiono mi, że przy przecinaniu mojej pępowiny wypowiedziano imię kuzyna, Amira-Husejna. Miałam zostać jego żoną. Dlatego wuj zawsze nazywał mnie swoją małą panną młodą. Nie wiem, kiedy to się zaczęło, ale odkąd sięgam pamięcią, byłam zakochana w Amirze. Po odejściu matki on był dla mnie jedynym pocieszeniem. Amir odwzajemniał moją miłość. Zawsze znajdował jakiś pretekst, by nas odwiedzić; siadał wówczas na brzegu sadzawki lustrzanej i obserwował mnie przy pracy. Mówił wtedy: „Masz takie małe ręce. Jak ci się udaje wyprać tyle ubrań?". Zawsze zostawiałam najcięższe prace na czas jego odwiedzin. Lubiłam sposób, w jaki na mnie patrzył, z troską i współczuciem. Opowiadał później wujowi i jego żonie, że mam ciężkie życie. Gdy wuj nas odwiedzał, mówił wówczas do ojca: „Mój drogi bracie, to biedne dziecko zasługuje na trochę litości. Jesteś okrutny. Czy ma cierpieć tylko dlatego, że ty i twoja żona nie mogliście się dogadać? Przestań się upierać. Idź po żonę i przyprowadź ją do domu". „Nie, bracie. Nigdy – odpowiadał mój ojciec. – Nie wymawiaj już przy mnie imienia tej latawicy. Dla pewności rozwiodłem się z nią trzy razy, aby nie było drogi powrotnej". „W takim razie coś wymyśl. To dziecko się marnuje". Przy pożegnaniu żona wuja zawsze mnie obejmowała i mocno przytulała, a ja zaczynałam płakać. Pachniała jak moja matka. Nie wiem, może po prostu zachowywałam się jak rozpieszczona dziewczyna. Tak czy inaczej, mój ojciec w końcu znalazł rozwiązanie problemu. Ożenił się z kobietą, która miała dwoje dzieci z poprzedniego małżeństwa. Nasz dom przypominał przedszkole – siedmioro dzieci w różnym wieku. Byłam najstarsza. Nie mówię, że zajmowałam się wszystkim, ale pracowałam od rana do wieczora, a mimo to nadal pozostawały obowiązki do wypełnienia, zwłaszcza że macocha bardzo przestrzegała zasad związanych z czystością. Nie darzyła sympatią mojego wujka ani jego żony, ponieważ uważała, że stanęli po stronie mojej matki. Na samym początku zabroniła odwiedzin Amira w naszym domu. Powiedziała mojemu ojcu: „To niedorzeczne, aby ten osioł cały czas do nas przychodził, przesiadywał na podwórzu i pożerał nas wzrokiem. A dziewczyna jest już wystarczająco dojrzała, aby zacząć się zakrywać". Rok później wykorzystała nas jako wymówkę, aby zerwać kontakt z rodziną wuja. Okropnie za nimi tęskniłam. Spotykałam się z nimi jedynie wtedy, gdy z całą rodziną szliśmy do ciotki, siostry ojca, w odwiedziny. Błagałam wówczas kuzynów, aby wyprosili u moich rodziców zgodę na nocowanie w domu ciotki. Aby uniknąć narzekań macochy, nocowali ze mną również bracia i siostry. Minął rok. Przy każdym spotkaniu z Amirem dostrzegałam, że urósł. Nie uwierzysz, jaki był przystojny. Miał tak długie rzęsy, że rzucały na jego oczy cień niczym parasol. Pisał dla mnie wiersze i kupował zapisy nutowe piosenek, które mi się podobały. Mawiał: „Masz piękny głos. Naucz się śpiewać tę piosenkę". Tak naprawdę nie potrafiłam za dobrze czytać ani pisać, a to, czego zdążyłam się nauczyć, gdy chodziłam jeszcze do szkoły, dawno już zapomniałam. Mówił, że będzie mnie uczył. Cóż to były za wspaniałe dni. Jednak z czasem ciotka miała już dosyć naszych wizyt i ciągłego nocowania, a jej mąż zaczynał się skarżyć na naszą obecność. Z tego powodu coraz rzadziej mogliśmy się spotykać. Po Nowym Roku błagałam rodziców, abyśmy odwiedzili wuja. Ojciec już miał się zgodzić, ale macocha stwierdziła, że nie postawi nogi w domu „tej wiedźmy". Nie wiem, dlaczego moja macocha i żona wuja tak bardzo się nie znosiły. A ja biedna znajdowałam się pośrodku tego konfliktu. Tuż po Nowym Roku widziałam ich po raz ostatni. Ciotka zaprosiła do siebie mojego ojca oraz wuja, aby mogli porozmawiać i w końcu dojść do porozumienia. Wszyscy siedzieli w salonie na piętrze. Dzieci poproszono o wyjście. Usiedliśmy więc z Amirem w pokoju na parterze. Młodsze rodzeństwo poszło bawić się do ogrodu, a moje kuzynki przygotowywały w kuchni tacę z herbatą. Byliśmy sami. Amir wziął mnie za rękę. Nagle poczułam, jak moje ciało zalewa fala gorąca. Jego dłonie były ciepłe i wilgotne. Powiedział: „Parvin, rozmawiałem z ojcem. W tym roku po otrzymaniu dyplomu przyjdziemy prosić o twoją rękę. Ojciec powiedział, że możemy się zaręczyć, zanim rozpocznę służbę wojskową". Miałam ochotę rzucić mu się w ramiona i krzyczeć z radości. Nie mogłam oddychać. „To znaczy tego lata?" – zapytałam. „Tak, jeśli zdam wszystkie egzaminy

i skończę szkołę". „Na miłość Boską, nie oblej żadnego egzaminu".
„Obiecuję. Będę się ciężko uczyć dla ciebie". Uścisnął mi dłoń, a ja
poczułam, jakby chwycił w garść moje serce. Po czym dodał: „Nie
mogę wytrzymać tej rozłąki".

Och!... Co mogę powiedzieć? Przeżywałam na nowo tę scenę i jego słowa tak wiele razy, że każda jej sekunda była dla mnie
niczym film wyświetlany w moich myślach. Siedząc w tym pokoju, przenieśliśmy się do innego świata. Nie zauważyliśmy nawet,
że wybuchła awantura. Gdy wyszliśmy do przedpokoju, mój ojciec
i macocha głośno ciskali przekleństwami, schodząc ze schodów,
a żona wuja odpowiadała na nie przechylona przez poręcz. Moja
ciotka pobiegła za ojcem i poprosiła, aby przestał się tak zachowywać, ponieważ to niestosowne. Próbowała przekonać ojca i wuja,
by odłożyli na bok różnice zdań i się pogodzili. Błagała ich, powo-
ływała się na miłość do dusz zmarłych rodziców, przypominała, że
są braćmi i powinni się wspierać. Zacytowała im również stare powiedzenie, według którego nawet jeśli bracia zjadają się nawzajem,
nigdy nie wyrzucają kości. Ojciec powoli się uspokajał, ale macocha nadal wrzeszczała: „Nie słyszałeś tego, co mówili? Co z niego
za brat?". Ciotka odparła wówczas: „Pani Aghdass, proszę przestać.
Tak się nie godzi. Nie powiedzieli nic obraźliwego. On jest starszym
bratem. Jeśli powiedział coś z obawy i troski o rodzeństwo, nie powinniście brać tego do siebie".

„Co z tego, że jest starszy! To nie daje mu prawa do mówienia wszystkiego, co mu ślina na język przyniesie. Mój mąż jest jego
bratem, a nie pachołkiem. Po co mieszają się do naszego życia? A ta
jego żona z wyłupiastymi oczami nie może znieść lepszych od siebie. Nie chcemy takich krewnych".

Następnie złapała jedno ze swoich dzieci za rękę i wybiegła
z domu. Żona wuja krzyknęła za nią: „Lepiej popatrz na siebie!
Gdybyś była przyzwoitą kobietą, twój pierwszy mąż nie wyrzucił-
by cię z domu z dwójką dzieci".

Moja słodka fantazja nie trwała nawet godzinę. Pękła i rozmy-
ła się w powietrzu niczym bańka mydlana. Macocha była zdeter-
minowana. Powiedziała, że dopilnuje, aby rodzina wuja do końca
życia żałowała, że nie wejdę do ich rodziny. Następnie stwierdziła,

że w moim wieku była już matką i nie może dłużej tolerować mnie w swoim domu, ponieważ stanowię dla niej konkurencję. Mniej więcej w tym samym czasie pojawił się Hadżi Aga i poprosił o moją rękę. Był dalekim krewnym macochy i miał już za sobą dwa małżeństwa. „Rozwiodłem się z nimi, ponieważ nie mogły zajść w ciążę" – wyjaśnił. Chciał więc poślubić młodą, zdrową dziewczynę, aby mieć pewność, że urodzi mu potomstwo. Co za idiota! Nawet na sekundę nie dopuszczał do siebie myśli, że to on mógł być źródłem problemu. Oczywiście mężczyźni nigdy nie mają żadnych ułomności ani wad, zwłaszcza ci bogaci. Hadżi był wtedy czterdziestoletnim mężczyzną, więc różnica wieku między nami wynosiła dwadzieścia pięć lat. Mój ojciec powiedział: „Ma mnóstwo pieniędzy, kilka sklepów na targu i dużo ziemi oraz nieruchomości w pobliżu Kazwin". Jednym słowem ojciec miał chrapkę na jego pieniądze. Hadżi Aga obiecał, że jeśli urodzę mu dziecko, obsypie mnie bogactwem. Gdy zabrali mnie na ceremonię ślubną, czułam się gorzej niż ty teraz.

Pani Parvin zapatrzyła się w jakiś odległy punkt i dwie łzy spłynęły jej po policzkach.

– Dlaczego nie odebrała sobie pani życia? – zapytałam.

– Myślisz, że to takie proste? Nie miałam odwagi. A ty powinnaś wybić sobie te głupie myśli z głowy. Przeznaczenie każdego z nas jest z góry przesądzone, więc po co z nim walczyć. Poza tym samobójstwo to ciężki grzech. Kto wie, może to małżeństwo okaże się dla ciebie błogosławieństwem.

Matka zaczęła walić do drzwi i krzyczeć:

– Pani Parvin! Co pani tam robi? Spóźnimy się. Dochodzi już wpół do dziesiątej.

Pani Parvin otarła łzy z twarzy i odpowiedziała:

– Proszę się nie martwić. Będziemy gotowe na czas.

A następnie podeszła i usiadła obok mnie.

– Opowiedziałam ci to wszystko, abyś wiedziała, że rozumiem, przez co przechodzisz.

– Więc dlaczego pani chce, abym też była nieszczęśliwa?

– I tak wydadzą cię za mąż. Nawet nie masz pojęcia, co Ahmad dla ciebie zaplanował. – A potem zapytała: – A tak na marginesie, dlaczego on cię tak bardzo nienawidzi?

– Ponieważ ojciec kocha mnie bardziej od niego.

Nagle zrozumiałam prawdziwość słów, które wypowiedziałam pod wpływem impulsu i bez zastanowienia. Dotąd nie dostrzegałam tego tak wyraźnie. Tak, ojciec mnie kochał. Pierwszego przejawu jego dobroci doświadczyłam w dniu śmierci Zari. Wrócił do domu z pracy i zastygł na progu. Matka płakała, a babcia czytała Koran. Lekarz pokręcił głową i wyszedł z nienawiścią i odrazą malującą się na twarzy. Gdy stanął z ojcem oko w oko, wrzasnął: „To dziecko znajdowało się na granicy życia i śmierci od przynajmniej trzech dni, a wy dopiero teraz wzywacie lekarza? Czy tak samo postąpiłby pan, gdyby na łóżku leżał pana syn, a nie niewinna dziewczynka?".

Twarz ojca była blada jak ściana. Wyglądał, jakby miał zaraz zemdleć. Podbiegłam do niego i objęłam rękami jego nogi, po czym zawołałam babkę. Ojciec usiadł na podłodze, przytulił mnie mocno, wtulił twarz w moje włosy i zaczął płakać.

– Wstawaj, synu – krzyknęła babka. – Jesteś mężczyzną. Nie powinieneś płakać jak kobieta. Co Bóg dał, Bóg zabrał. Nie należy sprzeciwiać się jego woli.

– Mówiłaś, że to nic poważnego! – wrzasnął ojciec. – Mówiłaś, że niedługo wyzdrowieje. Nie pozwoliłaś mi wezwać lekarza.

– To by nic nie zmieniło. Gdyby pisane jej było przeżyć, toby przeżyła. Nawet największy mędrzec i najlepszy lekarz nic by nie poradzili. Takie jest nasze przeznaczenie. Nie powinniśmy mieć córek.

– To jakieś bzdury! – krzyknął ojciec. – To twoja wina!

Wtedy po raz pierwszy widziałam, jak ojciec krzyczał na swoją matkę. Muszę przyznać, że mi się to spodobało. Po śmierci Zari ojciec często mnie przytulał i płakał w milczeniu. Czułam, że się wzruszył, gdy zaczynały mu drżeć ramiona. Od tamtej też pory obdarzał mnie miłością i uwagą, której poskąpił Zari. Ahmad nigdy nie zapomniał ani nie wybaczył mi tego faworyzowania. Jego rozgniewane spojrzenie zawsze za mną podążało, a gdy tylko ojciec wychodził z domu, zaczynał mnie bić. Teraz spełniło się marzenie mojego brata. Straciłam względy ojca, zawiodłam jego zaufanie i go rozczarowałam, dlatego załamany mnie opuścił. To był najlepszy moment na dokonanie zemsty.

Głos pani Parvin wyrwał mnie z zamyślenia.

– Nie masz pojęcia, co zamierzał z tobą zrobić. Nie masz pojęcia, jakim podłym i obrzydliwym jest mężczyzną. Myślę, że nikt nie przyszedłby ci z pomocą. Nie uwierzysz, jaką scenę musiałam odegrać, aby odmówił tej gnidzie i pozwolił rodzinie innego zalotnika na odwiedziny. Na samą myśl o tobie serce mi się krajało. Przypominasz mi mnie sprzed piętnastu lub dwudziestu lat. Widziałam, że twoja rodzina za wszelką cenę chce wydać cię za mąż, a po tym nieudaczniku Saiidzie przepadł ślad. Pomyślałam więc, że powinnaś przynajmniej wyjść za kogoś, kto nie zbije cię na kwaśne jabłko dzień po ślubie. Za kogoś porządnego, kogo, z bożą pomocą, z czasem polubisz. A jeśli nie, to przynajmniej mężczyzna ten pozwoli ci żyć własnym życiem.

– Tak jak pani? – odparłam ostrym i gorzkim tonem.

Spojrzała na mnie z wyrzutem.

– Nie wiem. Rób, jak chcesz. Wszyscy próbujemy odegrać się na życiu i uczynić naszą egzystencję bardziej znośną.

Nie poszłam z nimi po obrączki. Pani Parvin powiedziała rodzinie pana młodego, że jestem przeziębiona, ale zabrała mój srebrny pierścionek, aby móc kupić obrączkę we właściwym rozmiarze.

Dwa dni później ojciec, Ahmad i Mahmud pojechali do Kom i wrócili samochodem zapakowanym artykułami gospodarstwa domowego.

– Poczekajcie – powiedziała matka. – Poczekajcie. Nie wnoście tego do domu. Zawieźcie rzeczy od razu do jej nowego domu. Pani Parvin pojedzie z wami i wskaże wam drogę.

Następnie zwróciła się do mnie:

– Chodź, dziewczyno. Wstawaj i jedź zobaczyć swój nowy dom. Sprawdź, czego jeszcze brakuje, i powiedz im, gdzie mają ustawić przywiezione sprzęty. No dalej, bądź posłusznym dzieckiem i wstań.

– Nie ma potrzeby – odparłam, wzruszając ramionami. – Powiedz pani Parvin, aby pojechała. Nie zamierzam wychodzić za mąż. Wygląda na to, że ona jest bardziej podekscytowana tym faktem ode mnie.

Następnego dnia pani Parvin przyniosła suknię ślubną do przymiarki. Odmówiłam jej założenia.

– Nie ma problemu – odparła. – Mam twoje wymiary. Zrobię ją w oparciu o inne twoje ubrania. Jestem pewna, że suknia będzie dobrze leżała.

Nie wiedziałam, co robić. Nieustannie towarzyszył mi niepokój oraz podenerwowanie. Nie mogłam jeść. Nie mogłam spać. A gdy już udało mi się zasnąć na kilka godzin, męczyły mnie tak straszne koszmary, że po obudzeniu byłam bardziej zmęczona niż przed położeniem się spać. Czułam się jak człowiek skazany na śmierć, który oczekuje zbliżającej się z każdą godziną egzekucji. W końcu, choć nie przyszło mi to łatwo, postanowiłam porozmawiać z ojcem. Chciałam rzucić mu się do stóp i płakać do momentu, aż się nade mną ulituje. Jednak cała rodzina pilnowała, abyśmy nie zostawali we dwójkę sami nawet na krótką chwilę. Zauważyłam też, że i ojciec unikał mnie za wszelką cenę. W głębi serca spodziewałam się cudu. Myślałam, że z nieba wysunie się dłoń i w ostatnim momencie mnie porwie. Nic takiego się jednak nie stało.

Wszystko szło zgodnie z planem i w końcu nadszedł ten dzień. Już we wczesnych godzinach porannych otworzono drzwi wejściowe, przez które Mahmud, Ahmad i Ali przechodzili tam i z powrotem. Ustawili rząd krzeseł na podwórzu i przygotowali patery z ciastem. Oczywiście spodziewano się niewielu gości. Matka poprosiła, aby w Kom nie mówić nikomu o moim ślubie. Nie chciała, aby nasi krewni zobaczyli, jak źle się sprawy miały. Siostrze ojca powiedziano, że ślub odbędzie się kilka tygodni później. Zaproszono jedynie wuja Abbasa. Tak naprawdę był to nasz jedyny krewny obecny na ceremonii. Z wyjątkiem kilku sąsiadów, reszta gości była spokrewniona z panem młodym.

Wszyscy nalegali, abym udała się do salonu piękności, ale odmówiłam. Pani Parvin i z tym sobie poradziła. Wydepilowała mi twarz, wyskubała brwi i zakręciła włosy na wałki. Przez cały czas po twarzy płynęły mi łzy. Żona wuja Abbasa zjawiła się rano, aby pomóc, lecz matka twierdziła, że tak naprawdę przyszła na przeszpiegi.

– Och, ależ z ciebie wrażliwy mazgaj – stwierdziła żona wuja. – Na twojej twarzy prawie nie ma włosków, więc dlaczego się mażesz?

– Moje dziecko tak osłabło, że ciężko jej to znieść – wyjaśniła matka.

Pani Parvin także miała łzy w oczach. Co jakiś czas udawała, że potrzebuje nowej nitki i odwracała się, aby wytrzeć oczy. Ceremonia ślubna miała się odbyć o piątej, ponieważ o tej porze było nieco chłodniej. O czwartej przyjechała rodzina pana młodego. Choć nadal było bardzo gorąco, mężczyźni pozostali na zewnątrz i usiedli w cieniu wysokiej morwy. Kobiety natomiast poszły na piętro do salonu, gdzie rozłożono *sofreh*. Ja przebywałam w pokoju obok.

Matka wpadła do pokoju i krzyknęła z wyrzutem:

– Jeszcze się nie ubrałaś? Pospiesz się. Pan młody przyjedzie za godzinę!

Trzęsłam się na całym ciele. Rzuciłam się jej do stóp i błagałam, aby nie zmuszała mnie do tego małżeństwa.

– Nie chcę męża – prosiłam usilnie. – Nawet nie znam tego mężczyzny. Na miłość boską, nie zmuszaj mnie do tego. Przysięgam na Koran, zabiję się. Idź i odwołaj wszystko. Pozwól mi porozmawiać z ojcem. Zobaczysz, nie wypowiem słowa „tak". Zobaczysz! Albo to przerwiesz, albo przy wszystkich powiem, że nie wyrażam zgody na małżeństwo.

– Niech Bóg zabierze mnie do siebie! – westchnęła. – Milcz! Jak śmiesz tak mówić? Chcesz okryć całą rodzinę wstydem przy wszystkich tych ludziach? Tym razem brat pokroi cię na drobne kawałeczki. Ahmad od rana nosi w kieszeni nóż. Zapowiedział już, że jeśli powiesz jedno nieodpowiednie słowo, wykończy cię na miejscu. Pomyśl o reputacji biednego ojca. Umrze na atak serca.

– Nie chcę wychodzić za mąż i nie możecie mnie do tego zmusić.

– Zamknij się i nie podnoś na mnie głosu. Ludzie cię usłyszą.

Ruszyła w moim kierunku, ale zanurkowałam pod łóżko i wcisnęłam się w najdalszy kąt. Wałki spadły z moich włosów i rozsypały się po podłodze.

– Obyś sczezła! – syknęła matka. – Wyłaź stamtąd! Błagam Boga, aby pozwolił mi zobaczyć cię na stole w kostnicy. Wyłaź!

Ktoś zapukał do drzwi. To był ojciec.

– Żono, co się dzieje? – zapytał. – Pan młody przyjedzie lada chwila.
– Nic, nic – odparła matka. – Ubiera się. Poproś tylko panią
Parvin, aby szybko do nas przyszła. – A następnie warknęła: – Wyłaź, ty żałosny łobuzie. Wyłaź, zanim cię zabiję. Przestań wywoływać nowe skandale.

– Nie wyjdę za mąż. Zaklinam cię na miłość do mojego brata Mahmuda, na miłość do Ahmada, którego tak bardzo kochasz, nie zmuszaj mnie do tego małżeństwa. Powiedz im, że zmieniliśmy zdanie.

Matka nie potrafiła wczołgać się pod łóżko. Wyciągnęła jednak rękę, złapała mnie za włosy i wywlokła spod niego. W tym samym momencie weszła pani Parvin.

– Boże drogi! Co wy wyprawiacie? Wyrwiesz jej wszystkie włosy!

– Proszę spojrzeć, co ona robi – powiedziała matka zdyszana.

– Chce w ostatniej chwili okryć całą rodzinę wstydem.

Leżąc na podłodze, spojrzałam na nią z nienawiścią. Nadal trzymała kępkę moich włosów w dłoni.

Nie przypominam sobie, abym podczas ceremonii wypowiedziała słowo „tak”. Matka ściskała z całej siły moje ramię i szeptała:

– Powiedz „tak”, powiedz „tak”.

W końcu ktoś wypowiedział to słowo i rozległy się wiwaty. Mahmud oraz pozostali mężczyźni siedzieli w pokoju obok i po zaślubinach zaczęli wychwalać proroka i jego potomków. Doszło do wymiany prezentów i życzeń, ale ja byłam obojętna na wszystko. Miałam wrażenie, jakby na moje oczy spadła zasłona. Wszystko działo się niczym we mgle. Ludzkie głosy zlewały się w jednostajny i niezrozumiały zgiełk. Niczym człowiek w transie siedziałam wpatrzona w dal. Nie obchodziło mnie to, że mężczyzna siedzący obok mnie jest teraz moim mężem. Kim był? Jak wyglądał? Wszystko skończone. Saiid się nie pojawił. Moje nadzieje i marzenia prysły.

Saiidzie, co mi uczyniłeś?

Gdy się ocknęłam z otępienia, znajdowałam się w sypialni w domu mężczyzny. Siedział na krawędzi łóżka odwrócony do mnie plecami i ściągał krawat. Od razu zauważyłam, że nie jest przyzwyczajony do noszenia go i że mu przeszkadzał. Stałam w kącie pokoju i do piersi przyciskałam biały czador, w który kazano mi się ubrać przed wejściem do tego domu. Drżałam niczym liść na jesiennym wietrze. Serce podchodziło mi do gardła. Starałam się nie wydawać żadnych dźwięków, aby nie zauważył mojej obecności. W zupełnej ciszy łzy skapywały mi z twarzy na piersi. Boże, co to za tradycja? Jednego dnia chcą mnie zabić, ponieważ zamieniłam kilka słów z mężczyzną, którego znałam od dwóch lat. Wiele o nim wiedziałam, darzyłam go miłością i byłam gotowa pójść z nim na koniec świata. A następnego dnia chcą, abym weszła do łóżka obcego mężczyzny, o którym nic nie wiem i względem którego czułam jedynie lęk.

Na myśl o jego dotyku czułam dreszcze. Bałam się, że zostanę zgwałcona i nikt mnie przed tym nie ocali. W pokoju panował półmrok. Odwrócił się i spojrzał na mnie, jakby mój wzrok palił go w kark.

Zaskoczonym tonem powiedział cicho:

– Co się stało? Czego się boisz?... Mnie?

Następnie uśmiechnął się ironicznie i dodał:

– Proszę, nie patrz na mnie w ten sposób. Przypominasz jagnię wpatrujące się w rzeźnika.

Chciałam coś odpowiedzieć, ale nie mogłam wydobyć z siebie ani słowa.

– Spokojnie – powiedział. – Nie bój się. Zaraz dostaniesz zawału serca. Nie dotknę cię. Nie jestem zwierzęciem!

Moje napięte mięśnie nieco się rozluźniły. Oddech, od dawna uwięziony w płucach niczym w klatce, uspokoił się. Mężczyzna nagle wstał i moje ciało ponownie się spięło, a ja wcisnęłam się mocno w kąt pokoju.

– Posłuchaj, droga dziewczyno, mam dzisiaj do załatwienia jeszcze pewną sprawę. Muszę spotkać się z moimi przyjaciółmi. Teraz wychodzę. Przebierz się w coś wygodnego i wyśpij się. Obiecuję, że jeśli wrócę dziś wieczorem, nie przyjdę do ciebie. Przysięgam na mój honor.

Następnie podniósł buty, wyciągnął ręce w geście poddania i powiedział:

– Widzisz? Wychodzę.

***

Na dźwięk zamykanych drzwi zwinęłam się w kłębek i osunęłam na podłogę. Byłam tak wycieńczona, że nogi nie mogły już utrzymać mojego ciężaru. Miałam wrażenie, że przeniosłam górę. Siedziałam w tej pozycji, aż mój oddech wrócił do normalnego rytmu. Widziałam swoje odbicie w lustrze toaletki. Wydawało mi się zniekształcone. Czy to na pewno ja? Na potarganych włosach wisiał przekrzywiony śmieszny welon i pomimo resztek odpychająco ciężkiego makijażu moja twarz była okropnie blada. Zerwałam welon z głowy. Próbowałam rozpiąć guziki z tyłu sukienki, ale bez skutku. Pociągnęłam więc za kołnierz, aż odpadły. Chciałam zedrzeć z siebie tę sukienkę, aby zrzucić z siebie symbol absurdalnego małżeństwa. Rozejrzałam się po pokoju w poszukiwaniu czegoś wygodnego do przebrania. Na łóżku leżała jaskrawoczerwona koszula nocna z mnóstwem plis i koronek. Domyśliłam się, że została kupiona przez panią Parvin. Zauważyłam w kącie moją walizkę. Była duża i ciężka. Z trudem ją uniosłam, a następnie otworzyłam. Wyciągnęłam jedną z moich podomek i ją założyłam. Wyszłam z sypialni. Nie wiedziałam, gdzie jest łazienka. Zapaliłam wszystkie światła i otworzyłam wszystkie drzwi, aż w końcu ją odnalazłam. Wsadziłam głowę pod kran umywalki i kilka razy obmyłam twarz. Przyrządy do golenia stojące obok wyglądały obco. Mój wzrok przyciągnęła żyletka. Tak, to była moja jedyna ucieczka. Musiałam się uwolnić. Wyobraziłam sobie, jak ktoś znajduje moje pozbawione życia ciało na podłodze. Zapewne byłby to ten obcy mężczyzna. Widok moich zwłok prawdopodobnie wywoła w nim przerażenie, ale nie smutek.

Gdy matka dowie się o mojej śmierci, zacznie płakać i zawodzić. Przypomni sobie, jak złapała mnie za włosy i wyciągnęła spod łóżka, przypomni sobie, jak ją błagałam o odwołanie ślubu. Odezwą się w jej sercu wyrzuty sumienia. Poczułam jakiś nieokreślony dreszcz i przyjemność w sercu. Zastanawiałam się dalej.

A co zrobi ojciec? Oprze rękę o ścianę, oprze głowę na ramieniu i zacznie płakać. Przypomni sobie, jak bardzo go kochałam, jak bardzo pragnęłam się uczyć i wzbraniałam się przed małżeństwem. Będzie cierpiał z powodu okrucieństwa, które mi okazał, i ogarnięty żalem zapadnie na jakąś chorobę. Uśmiechałam się do lustra. Cóż za satysfakcjonująca zemsta! A jak zachowają się pozostali? Saiid. Och, Saiid będzie zdruzgotany. Będzie wrzeszczał, płakał i przeklinał siebie. Dlaczego nie wrócił na czas, aby prosić o moją rękę? Dlaczego nie porwał mnie pewnej nocy i nie pomógł w ucieczce? Do końca życia będą go nękać żal i wyrzuty sumienia. Nie chciałam, aby cierpiał, ale sam był sobie winien. Dlaczego zniknął? Dlaczego nie próbował mnie znaleźć?

Ahmad!... Ahmad nie będzie czuł smutku, ale dopadną go wyrzuty sumienia. Gdy się dowie o mojej śmierci, przez jakiś czas będzie oszołomiony. Będzie czuł wstyd. Potem pobiegnie do domu pani Parvin i przez tydzień nie będzie trzeźwiał. Od tej pory wszystkie pijackie wieczory spędzać będzie ze świadomością, że patrzę na niego krytycznym wzrokiem. Mój duch nigdy nie pozostawi go w spokoju.

Mahmud pokręci głową i powie: „Ta paskudna dziewczyna, grzesznica, musi cierpieć teraz w płomieniach". Nie będzie się w ogóle obwiniał, ale pomimo to przeczyta kilka sur z Koranu, pomodli się za mnie przez kilka piątkowych wieczorów i będzie dumny z siebie, że jest tak współczującym i wyrozumiałym bratem. Bratem, który pomimo występków siostry prosi Boga o wybaczenie dla niej i który swoją modlitwą łagodzi karę za jej grzechy.

A co z Alim? Jak on się zachowa? Zapewne ogarnie go smutek i stanie się nieco bardziej powściągliwy, ale gdy tylko przyjdą do niego koledzy z okolicy, pobiegnie z nimi się bawić i zapomni o wszystkim.

Została biedna mała Faati; tylko ona będzie mogła mnie opłakiwać bez poczucia winy. Poczuje się tak samo jak ja w chwili śmierci Zari. Poza tym czeka ją ten sam los. Szkoda, że nie będzie mnie przy niej, aby jej pomóc. Ona także poczuje się samotna i opuszczona. Pani Parvin pochwali mnie za wybranie śmierci zamiast niegodnego życia. Ogarnie ją żal na myśl, że jej zabrakło odwagi na podjęcie tego samego kroku i że zdradziła swoją prawdziwą miłość. Parwana dowie się o mojej śmierci dopiero po jakimś czasie. Będzie płakać i otaczać się pamiątkami po mnie. W jej sercu zawsze już pozostanie smutek. Och, Parwano, jak bardzo za tobą tęsknię, jak bardzo cię potrzebuję.

Rozpłakałam się. Obrazy w mojej głowie zaczęły się rozmywać. Podniosłam żyletkę i przyłożyłam ją do nadgarstka. Nie była zbyt ostra, więc musiałam mocno przycisnąć. Nie mogłam jednak tego zrobić, bałam się. Próbowałam wzbudzić w sobie na nowo wściekłość, złość i poczucie bezradności. Przypomniałam sobie rany zadane Saiidowi przez Ahmada. Zaczęłam liczyć:

– Raz, dwa, trzy.

Przycisnęłam żyletkę. Poczułam pieczenie i upuściłam ją. Wypłynęła krew. Zadowolona powiedziałam:

– Jedna załatwiona. Ale jak teraz przetnę drugi nadgarstek?

Cięcie piekło tak mocno, że nie byłam w stanie przytrzymać żyletki.

– To bez znaczenia – powiedziałam do siebie. – Po prostu zajmie to więcej czasu. W końcu i tak cała krew wypłynie przez ten jeden nadgarstek.

Ponownie zatopiłam się w marzeniach. Dzięki temu ból nie był tak dotkliwy. Spojrzałam na nadgarstek; przestał krwawić. Ucisnęłam ranę i jęknęłam z powodu straszliwego bólu. Kilka kropel krwi skapnęło do zlewu, ale krwawienie ponownie ustało. To na nic, rana była zbyt płytka. Najpewniej nie przecięłam żyły. Ponownie podniosłam żyletkę. Czułam pulsowanie w ranie. Jak mam przeciąć to samo miejsce? Szkoda, że nie ma lepszego sposobu na odebranie sobie życia, tak aby uniknąć bólu i rozlewu krwi.

Mój umysł automatycznie przyjął postawę obronną. Przypomniała mi się kobieta, która przemawiała podczas odczytów Koranu dla kobiet. Mówiła o grzechu i nieprzyzwoitości, z jaką wiązało się popełnienie samobójstwa. Twierdziła też, że Bóg nigdy nie przebaczy osobie, która sama odebrała sobie życie, i dlatego spędzi ona wieczność w ogniu piekielnym w towarzystwie węży z ognistymi jadowitymi zębami oraz oprawców chłostających spalone ludzkie ciała. Woda do picia będzie zjełczała, a ciało nieszczęśnika przebijać będą gorące włócznie. Pamiętam, że przez tydzień miałam koszmary i krzyczałam przez sen. Nie, nie chciałam iść do piekła. Ale co z moją zemstą? Jak mam sprawić, aby cierpieli? Jak mam sprawić, aby zrozumieli, jak bezwzględnie się ze mną obeszli? Doszłam do wniosku, że muszę to zrobić; inaczej postradam zmysły. Muszę ich pognębić tak, jak oni gnębili mnie. Muszą przywdziać żałobę i opłakiwać moją śmierć do końca życia. Ale czy na pewno do końca swoich dni będą mieli łzy w oczach? Jak długo opłakiwali Zari? Nie popełniła żadnego grzechu, a teraz nikt nawet nie wspomina jej imienia. Minął niespełna tydzień, gdy wszyscy razem ustalili, że Zari umarła z woli bożej, której nie należy podważać, i że na interwencję boską nie należy reagować niewdzięcznością. Doszli też do wniosku, że Bóg testuje ich oddanie i jako jego wierni słudzy powinni przejść ten sprawdzian z honorem. Bóg dał i Bóg odebrał. Ostatecznie wszyscy doszli do wniosku, że nie zrobili niczego złego i nie przyczynili się do śmierci Zari. Zrozumiałam, że po mojej śmierci będzie tak samo. Po kilku tygodniach uspokoją się i za dwa lata zapomną o mnie. Ja natomiast będę cierpieć wieczne męki i nie będę mogła im przypomnieć, jak bardzo mnie skrzywdzili. A w samym centrum całego zamieszania ci, którzy naprawdę mnie kochają i potrzebują, zostaną sami i pogrążą się w rozpaczy.

Rzuciłam żyletkę. Nie mogłam tego zrobić. Podobnie jak pani Parvin poddałam się mojemu przeznaczeniu.

Rana na moim nadgarstku przestała krwawić. Owinęłam ją chusteczką i wróciłam do sypialni. Położyłam się do łóżka, schowałam głowę pod kołdrę i zaczęłam płakać. Musiałam pogodzić się z faktem, że straciłam Saiida, że już mnie nie chciał. Podobnie jak osoba składająca do grobu kogoś bliskiego musiałam pogrzebać Saiida w najdalszym zakątku mojego serca. Stałam nad jego grobem i płakałam przez wiele godzin. Teraz musiałam go opuścić. Musiałam poczekać, aż czas przyniesie mi obojętność i zatrze jego wspomnienie w mojej pamięci. Czy taki dzień kiedyś nastąpi?

Rozdział drugi

Gdy obudziłam się z głębokiego i spokojnego snu, słońce wisiało wysoko na niebie. Rozejrzałam się wokoło zdezorientowana i zdumiona. Wszystko wokół wydawało mi się obce. Co to za miejsce? Minęło kilka sekund, zanim sobie przypomniałam, co się wydarzyło. Znajdowałam się w domu obcego mężczyzny. Zerwałam się z łóżka i rozejrzałam po pokoju. Drzwi były otwarte, a z panującej w mieszkaniu ciszy wywnioskowałam, że jestem sama. Ulżyło mi. Czułam się dziwnie; moje ciało ogarnęły osobliwe zobojętnienie i oziębłość. Wściekłość i potrzeba buntu, które od kilku miesięcy kłębiły się we mnie, zniknęły. Nie czułam smutku czy też tęsknoty za domem, w którym się wychowałam, ani za rodziną, którą musiałam opuścić. Nie czułam głębokiej więzi łączącej mnie z bliskimi ani z domem. Nie odczuwałam nawet nienawiści. Choć moje serce wydawało się zimne jak lód, biło powoli i regularnie. Zastanawiałam się, czy istnieje na świecie coś, dzięki czemu ponownie odnajdę w życiu szczęście.

Wstałam z łóżka. Pokój był większy niż mi się wydawał poprzedniego wieczora. Znajdowały się w nim łóżko i toaletka. Meble nadal pachniały lakierem. Zapewne to o ich kupnie wspominał ojciec. Moja walizka była otwarta, a ubrania leżały w nieładzie. W rogu pokoju stało kartonowe pudło. Otworzyłam je. W środku znajdowały się pościel, poszewki na poduszki, rękawice i obrusy kuchenne, ręczniki oraz inne drobiazgi, których moja rodzina nie miała czasu rozpakować.

Wyszłam z sypialni i znalazłam się w kwadratowym holu. Po drugiej stronie znajdował się kolejny pokój. Wyglądał na pomieszczenie gospodarcze. Na lewo od holu zobaczyłam duże szklane drzwi, na których widniał wzór plastra miodu. Kuchnia oraz łazienka znajdowały się na prawo. Pod ścianami stały pufy oraz poduszki pod plecy wykonane z tego samego materiału co leżący na podłodze czerwony dywan. Na jednej ścianie wisiało kilka półek pełnych książek. Obok szklanych drzwi znajdowała się kolejna półka, na której ustawiono starą cukiernicę, popiersie mężczyzny, którego nie rozpoznałam, oraz jeszcze więcej książek.

Zajrzałam do kuchni. Była dość mała. Po jednej stronie zbudowanej z cegły lady stała granatowa wiklinowa lampa, a po drugiej nowa kuchnia gazowa z dwoma palnikami; pod ladą dostrzegłam butlę z gazem. Na małym drewnianym stole piętrzyły się porcelanowe talerze i półmiski, na których widniał czerwony kwiecisty wzór. Dobrze je pamiętałam. Zostały kupione przez matkę podczas pobytu w Teheranie, dokąd udała się po wyprawkę ślubną dla Zari i dla mnie. Na środku kuchni stało kolejne kartonowe pudło. Znalazłam w nim świeżo wypolerowane miedziane garnki różnej wielkości, kilka łopatek oraz duży, ciężki miedziany ceber. Najwidoczniej moi bracia nie znaleźli odpowiedniego miejsca dla tych rzeczy.

Wszystkie nowe sprzęty należały do mnie, a reszta była własnością obcego mężczyzny. Otaczały mnie przedmioty z posagu, który przygotowywano dla mnie od dnia narodzin. Sprzęty składające się na wyposażenie kuchni oraz sypialni były symbolem najważniejszego celu mojego życia – zamążpójścia. Każda z tych rzeczy przypominała mi, czego ode mnie oczekiwano – pracy w kuchni i uległości w sypialni. Cóż za uciążliwe obowiązki. Czy podołam gotowaniu w tak zdezorganizowanej kuchni i nieprzyjemnym obowiązkom w sypialni, którą dzielę z nieznajomym?

Wszystko budziło we mnie wstręt, ale byłam zbyt wyczerpana, aby się denerwować.

Kontynuowałam poznawanie domu i otworzyłam szklane drzwi. Jeden z naszych dywanów leżał na podłodze, a na kominku ustawiono dwa kryształowe kandelabry z czerwonymi wisiorami oraz lustro z gładką ramą. Pochodziły prawdopodobnie z mojej ceremonii ślubnej, choć nie byłam w stanie ich sobie przypomnieć. W jednym z kątów stał prostokątny stół ze starym, wypłowiałym obrusem, a na nim duże brązowe radio z dwoma dużymi pokrętłami w kolorze kości, które przywoływały mi na myśl wyłupiaste oczy wpatrujące się we mnie. Obok radia stało dziwne kwadratowe pudełko. Podeszłam do stołu. Leżało na nim kilka małych i dużych kopert ze zdjęciami przedstawiającymi orkiestry. Rozpoznałam to pudełko. To był gramofon. Taki sam, jaki miała rodzina Parwany. Uniosłam wieko i przesunęłam palcami po czarnych pierścieniach płyty. Żałowałam, że nie potrafiłam go włączyć. Spojrzałam na koperty. To fascynujące – obcy mężczyzna słuchał zagranicznej muzyki. Gdyby tylko Mahmud o tym wiedział!... Książki i gramofon były jedynymi interesującymi przedmiotami w tym domu. Marzyłam, aby zostawiono mnie w spokoju w otoczeniu tych rzeczy.

Obejrzałam całe mieszkanie. Następnie otworzyłam drzwi wejściowe i znalazłam się na niewielkim tarasie. Zobaczyłam schody prowadzące na podwórze oraz na dach. Zeszłam po nich. Na środku wybrukowanego podwórza dostrzegłam okrągłą lustrzaną sadzawkę wypełnioną czystą wodą. Jej krawędzie pomalowano jakiś czas temu na niebiesko. Dwie długie rabatki znajdowały się po obu stronach sadzawki. Pośrodku jednej stała dość duża wiśnia. Nie potrafiłam jednak zidentyfikować drzewa stojącego na drugiej rabacie. Gdy nadeszła jesień, zorientowałam się, że to persymona. Wokół drzew posadzono kilka krzewów róż damasceńskich; wyglądały, jakby dawno nikt ich nie podlewał, a na ich liściach osiadł kurz. Obok muru z wysłużonej pergoli zwisała stara, zwiędnięta winorośl.

Fasadę budynku oraz mur otaczający podwórze zbudowano z czerwonej cegły. Z tego miejsca dostrzegłam okna sypialni i salonu mieszkania na piętrze. Po drugiej stronie podwórza stała toaleta podobna do tej, jaką mieliśmy w Kom. Zawsze się bałam z niej korzystać. Z podwórza kilka schodów prowadziło na parter, gdzie znajdował się rozległy taras. Okna na parterze były wysokie i osłaniały je wiklinowe rolety. Zauważyłam, że jedno z nich ma odsuniętą zasłonę. Podeszłam do niego, osłoniłam dłońmi oczy i zajrzałam do środka. W pokoju znajdował się ciemnoczerwony dywan, kilka puf oraz posłanie, które złożono i oparto o ścianę. Obok jednej z puf stał samowar oraz serwis do herbaty.

Drzwi wejściowe do mieszkania na parterze wyglądały na starsze od tych, które prowadziły do pokojów na piętrze. Poza tym znajdowała się na nich duża kłódka. Domyśliłam się, że mieszka tam babcia mężczyzny, która teraz była nieobecna, ponieważ brała zapewne udział w jakimś spotkaniu towarzyskim. Pamiętam, że na ceremonii ślubnej widziałam nieco przygarbioną starą kobietę w białym czadorze w niewielkie czarne kwiaty. Pamiętam, że wsunęła mi coś w dłoń; mogła to być złota moneta. A może rodzina mężczyzny zabrała ją do siebie na kilka dni, aby młoda para mogła pobyć sama. Młoda para!, pomyślałam z ironią, po czym wróciłam na podwórze.

Kolejne schody prowadziły w dół, do piwnicy. Drzwi do niej były zamknięte. Przez wąskie okna, które znajdowały się poniżej werandy na parterze, do piwnicy wpadało nieco światła. Zajrzałam do środka. Pomieszczenie wyglądało na zagracone i zakurzone. Na pierwszy rzut oka widać było, że od dawna nikt tam nie wchodził. Odwróciłam się, aby wejść z powrotem na schody, gdy mój wzrok ponownie spoczął na zakurzonych krzewach róży damasceńskiej. Zrobiło mi się ich żal. Obok lustrzanej sadzawki stała konewka. Napełniłam ją wodą i podlałam rośliny.

Zbliżała się pierwsza po południu i zaczynałam odczuwać głód. Poszłam do kuchni i znalazłam tam pudełko z ciastami z ceremonii ślubnej. Spróbowałam jedno, ale było bardzo suche. Poczułam ochotę na coś zimnego. W rogu kuchni stała niewielka biała lodówka, w której znajdowały się ser, masło, trochę owoców oraz kilka innych produktów. Wzięłam butelkę wody i brzoskwinię, usiadłam na kuchennym parapecie i zaczęłam jeść. Rozejrzałam się wokół; w pomieszczeniu panował okropny bałagan.

Z półki w przedpokoju wzięłam książkę, wróciłam do niepościelonego łóżka i się położyłam. Przeczytałam kilka linijek, ale po chwili nic już z tego nie pamiętałam. Nie mogłam się skoncentrować. Odłożyłam książkę na bok i próbowałam zasnąć. Bez powodzenia. W mojej głowie trwała gonitwa myśli. Co powinnam zrobić? Czy mam resztę życia spędzić z obcym mężczyzną? Gdzie on poszedł w środku nocy? Zapewne do domu rodziców. Może nawet poskarżył się na mnie. Co mam odpowiedzieć, jeśli jego matka zruga mnie za to, że wyrzuciłam jej syna z domu? Przez chwilę przekręcałam się z boku na bok, aż wszystkie rozbiegane myśli ustąpiły miejsca wspomnieniom o Saiidzie. Starałam się je odpędzić. Wiedziałam bowiem, że powinnam o nim zapomnieć. Skoro nie potrafiłam odebrać sobie życia, musiałam zachowywać się rozważnie. Tak samo zaczynała pani Parvin, a teraz bez zahamowań zdradzała męża. Nie chciałam skończyć jak ona, należało więc wyrzucić Saiida z pamięci. Jednak pamięć o nim nie dawała mi spokoju. Doszłam do wniosku, że jedynym sensownym rozwiązaniem będzie zbieranie tabletek. W ten sposób, gdy pewnego dnia życie stanie się nie do zniesienia i zejdę na drogę moralnego upadku, będę mogła w łatwy i bezbolesny sposób popełnić samobójstwo. Bóg na pewno zrozumie, że odebrałam sobie życie, aby uciec od grzechu, i dzięki temu nie wymierzy mi najcięższej kary.

Miałam wrażenie, że leżałam w łóżku przez wiele godzin i nawet udało mi się zdrzemnąć, lecz gdy spojrzałam na duży okrągły zegar na ścianie, okazało się, że jest dopiero wpół do czwartej. Co miałam robić? Ogarniało mnie coraz większe znudzenie. Zaczęłam się zastanawiać, gdzie poszedł obcy mężczyzna? Co zamierza ze mną zrobić? Najchętniej zamieszkałabym tu sama, bez konieczności kontaktowania się z nim. Miałam do dyspozycji gramofon, radio, mnóstwo książek i, co najważniejsze, mogłam cieszyć się spokojem, odosobnieniem i niezależnością. Nie miałam najmniejszej ochoty spotykać się z moją rodziną. Byłam gotowa wypełniać wszystkie domowe obowiązki i prowadzić oddzielne życie. Gdyby tylko wyraził na to zgodę.

Przypomniały mi się słowa pani Parvin: „Może z czasem go polubisz. A jeśli nie, to przynajmniej mężczyzna ten pozwoli ci żyć własnym życiem". Wzdrygnęłam się. Dobrze wiedziałam, co miała na myśli. Ale czy naprawdę należało ją za to winić? Czy mnie także uznano by za wiarołomną kobietę, gdybym postąpiła podobnie? Niewierną względem kogo? Względem czego? Co jest większą oznaką nielojalności: sypianie z obcym mężczyzną, którego nie darzę miłością i nie mam ochoty dotykać, za którego wyszłam tylko dlatego, że ktoś wypowiedział kilka formułek, a ja zostałam zmuszona do powiedzenia „tak" (a może nawet ktoś powiedział to słowo w moim imieniu), czy może miłość z ukochanym mężczyzną, który był dla mnie wszystkim, z którym planowałam wspólne życie, ale nikt nie chciał wypowiedzieć tych kilku słów w naszym imieniu? W mojej głowie kłębiły się niesamowicie dziwne myśli. Musiałam coś zrobić, musiałam się czymś zająć. W przeciwnym wypadku bałam się, że zwariuję. Włączyłam głośno radio. Chciałam zagłuszyć głos rozbrzmiewający w mojej głowie. Wróciłam do sypialni i posłałam łóżko. Złożyłam czerwoną koszulę nocną i wcisnęłam ją do kartonowego pudła stojącego w kącie. Zajrzałam do szafy; panował w niej bałagan i wiele ubrań pospadało z wieszaków. Wyjęłam wszystko na zewnątrz i zaczęłam układać swoje ubrania po jednej stronie, a ubrania mężczyzny po drugiej. Następnie uporządkowałam drobiazgi znajdujące się w szufladach toaletki oraz te stojące na blacie. Zaciągnęłam ciężki karton do pomieszczenia gospodarczego na końcu holu, w którym stało zaledwie kilka pudełek z książkami. To pomieszczenie także wysprzątałam, a potem zaniosłam tam niepotrzebne rzeczy z sypialni. Gdy w obu pokojach panował już porządek, na zewnątrz zrobiło się już ciemno. Teraz już wiedziałam, gdzie co leży.

Ponownie poczułam głód. Umyłam ręce i poszłam do kuchni. Panował tam straszny bałagan, ale nie miałam już siły sprzątać. Ugotowałam wodę i zaparzyłam herbatę. Chleb już się skończył, więc rozsmarowałam masło i ser na suchym cieście i zjadłam je, popijając herbatą. Poszłam do holu i przyjrzałam się ustawionym tam książkom. Na obwolutach widniały dziwne tytuły, których nie rozumiałam; zauważyłam kilka książek prawniczych (najwyraźniej należały do mężczyzny) oraz wiele powieści i tomików poezji – prace Akhavana Salesa, Foruq Farrochzady oraz kilku innych lubianych przeze mnie poetów.

Przypomniałam sobie o tomiku wierszy ofiarowanym mi przez Saiida. Mała książeczka z rysunkiem przedstawiającym gałązkę powoju w wazonie na okładce. Muszę pamiętać, aby przynieść ją z domu rodziców. Przejrzałam tomik zatytułowany *Uwięziona* autorstwa Foruq. Jak odważnie i śmiało przedstawiła swoje emocje. Niektóre z wersów dotknęły mnie do żywego, jakbym sama je napisała. Zaznaczyłam kilka z nich, abym później mogła je przepisać do mojego zeszytu z poezją. Zaczęłam czytać na głos:

Chciałabym odlecieć z tego ciemnego więzienia
w chwili słabości
zaśmiać się w twarz strażnikowi i rozpocząć nowe życie
obok ciebie.

Znowu upomniałam się w myślach o zachowanie choć odrobiny wstydu.

Minęła dziesiąta, gdy wybrałam z regału powieść i poszłam się położyć. Byłam wyczerpana. Tytuł książki brzmiał: *Końska mucha*. Opisano w niej okropne i przerażające wydarzenia, ale nie potrafiłam się od niej oderwać. Dzięki niej zapomniałam, że jestem sama w domu obcego mężczyzny. Nie wiem nawet, o której zasnęłam. Książka wypadła mi z rąk, a światło pozostało włączone.

Gdy się obudziłam, zbliżało się południe. W mieszkaniu nadal panowała cisza; byłam sama. Pomyślałam wówczas, jak cudownie jest mieszkać, gdy wokół panuje spokój i nikt ci nie przeszkadza. Mogę spać tak długo, jak zechcę. Wstałam, umyłam twarz, zaparzyłam herbatę i znowu zjadłam kilka ciastek. Była sobota i wszystkie sklepy były otwarte. Jeśli mężczyzna nie wróci, będę musiała wyjść i zrobić małe zakupy. Lecz co z pieniędzmi? No właśnie, a co zrobię, jeśli on nie wróci? Pewnie poszedł dzisiaj do pracy i jeżeli Bóg pozwoli, przyjdzie do domu późnym popołudniem. Omal się nie roześmiałam. „Jeżeli Bóg pozwoli". Zabrzmiało to tak, jakbym czekała na jego powrót. Czy to oznaczało, że zaczynało mi na nim zależeć?

Przypomniała mi się pewna opowieść z magazynu „Woman's Day". Młoda kobieta podobnie jak ja została zmuszona do małżeństwa. Wieczorem w dniu ślubu zwierzyła się mężowi, że nie może z nim pójść do łóżka, ponieważ kocha innego mężczyznę. Mąż obiecał, że nie będzie jej dotykał. Po kilku miesiącach kobieta zaczęła odkrywać jego zalety. Z każdym kolejnym dniem zapominała coraz bardziej o niespełnionej miłości i zakochiwała się w swoim mężu. On jednak nie chciał złamać danego słowa i nie chciał jej dotykać. Czy mój mąż byłby gotów złożyć podobną obietnicę? Byłoby wspaniale! Nic do niego nie czułam; chciałam tylko, aby wrócił do domu. Po pierwsze musiałam się zorientować, jak wyglądają sprawy między nami. Po drugie potrzebowałam pieniędzy. A po trzecie chciałam mu oświadczyć, że pod żadnym warunkiem nie wrócę do domu rodzinnego. Znalazłam tutaj azyl i spodobało mi się życie wolne od gnębienia i docinek ze strony krewnych.

Włączyłam głośno radio i zabrałam się do pracy. W kuchni spędziłam wiele godzin. Wymyłam szafki, wyłożyłam półki gazetami, a następnie poukładałam na nich naczynia i inne drobiazgi. Duże miedziane garnki ustawiłam pod ladą w pobliżu kuchenki gazowej. W pudle oprócz ręczników i obrusów znalazłam niewykorzystany materiał. Pocięłam go na różnych rozmiarów ściereczki, a ponieważ nie miałam maszyny do szycia, obrębiłam je ręcznie. Rozłożyłam jedną na stole kuchennym, a pozostałe na blacie kuchennym i szafkach. Nowy samowar, który najwidoczniej był częścią mojego posagu, postawiłam na jednej z szafek, a obok ustawiłam tacę na herbatę. Wymyłam kuchenkę gazową i lodówkę, ponieważ były bardzo zabrudzone. Następnie spędziłam sporo czasu na szorowaniu kuchennej podłogi, aż w końcu udało mi się doprowadzić ją do porządku. W moich rzeczach znalazłam kilka haftowanych obrusów. Zaniosłam je do salonu i rozłożyłam na kominku, stole, na którym stało radio i gramofon, oraz na regale z książkami. Poukładałam płyty według rozmiarów. Przez chwilę próbowałam włączyć gramofon, ale bez skutku.

Rozejrzałam się wokół. Mieszkanie wyglądało przytulniej. Podobało mi się. Nagle usłyszałam hałas dobiegający z podwórza, ale gdy wyjrzałam przez okno, nikogo nie dostrzegłam. Zauważyłam za to wysuszone rabaty kwiatowe, które wymagały podlania. Wyszłam na zewnątrz i zrobiłam to, a potem polałam wodą podwórko i schody i zabrałam się za ich mycie. Gdy wreszcie skończyłam, byłam zmęczona i spocona, a na dworze panował już mrok. Przypomniałam sobie, że w mieszkaniu znajduje się wanna. Chociaż nie było ciepłej wody, a ja nie wiedziałam, jak włączyć duży naftowy bojler stojący w rogu łazienki, kąpiel i tak była wspaniałą nagrodą. Wymyłam wannę oraz umywalkę, a potem wzięłam zimny prysznic. Umyłam szybko włosy i ciało. Założyłam podomkę w kwiatowe wzory uszytą przez panią Parvin, zebrałam włosy w kucyk i spojrzałam na swoje odbicie w lustrze. Wydawało mi się, że wyglądam inaczej. Nie byłam już dzieckiem. Miałam wrażenie, że w ciągu tych zaledwie kilku dni postarzałam się o parę lat.

Na dźwięk otwieranej furtki zamarłam. Następnie podbiegłam do okna. Na podwórku stali rodzice mężczyzny, jego młodsza siostra Manija oraz babcia Bibi. Dziewczyna trzymała babcię pod ramię i pomagała jej wejść po schodach na werandę. Ojciec szedł przodem, aby otworzyć drzwi. Usłyszałam, jak matka Hamida oddycha ciężko, wchodząc po schodach na pierwsze piętro. Czując drżenie w rękach i nogach, otworzyłam drzwi i wziąwszy głęboki oddech, przywitałam się.

– No proszę, proszę! Witaj, panno młoda. Jak się czujesz? Gdzie pan młody?

Lecz zanim zdążyłam odpowiedzieć, matka mężczyzny weszła do środka i zawołała:

– Hamid? Synu, gdzie jesteś?

Westchnęłam z ulgą. Nie wiedzieli, że wyszedł w noc poślubną i od tamtej pory nie wrócił do domu.

– Nie ma go – odparłam cicho.

– Gdzie poszedł? – zapytała jego matka.

– Powiedział, że idzie się spotkać z przyjaciółmi.

Kobieta pokręciła głową i zaczęła się rozglądać po mieszkaniu. Zajrzała w każdy kąt. Nie wiedziałam, co oznaczało jej kręcenie głową. Miałam wrażenie, że jestem w szkole i srogi nauczyciel mnie egzaminuje. Pełna obaw czekałam na werdykt. Przesunęła dłonią po haftowanym obrusie, który rozłożyłam na kominku w salonie, i zapytała:

– Ty go wyhaftowałaś?

– Nie.

Następnie weszła do sypialni i otworzyła szafę. Podobały mi się równo poukładane ubrania. Ponownie pokręciła głową. W kuchni zajrzała do szafek i obejrzała dokładnie talerze i półmiski. Podniosła jeden z nich i obróciła.

– Czy to firma Massoud?

– Tak!

Inspekcja wreszcie dobiegła końca i kobieta wróciła do przedpokoju. Usiadła na pufie i oparła się o poduszkę. Poszłam do kuchni zaparzyć herbatę. Ułożyłam kilka kawałków ciasta na półmisku i zaniosłam do przedpokoju.

– Siadaj, moje dziecko – powiedziała kobieta. – Jestem bardzo zadowolona. Pani Parvin miała rację: jesteś ładna, skrupulatna, masz doskonały gust i w zaledwie dwa dni udało ci się doprowadzić to mieszkanie do porządku. Twoja matka mówiła, że dzień lub dwa dni po ślubie będziemy musieli pomóc ci wysprzątać dom, ale jak widać, to nie będzie potrzebne. Jesteś wspaniałą gospodynią, więc jestem o ciebie spokojna. A teraz powiedz mi jeszcze raz, gdzie jest Hamid?

– Z przyjaciółmi.

– Posłuchaj mnie, żona musi być kobietą. Musi trzymać męża na krótkiej smyczy i nim kierować. Musi mieć oczy szeroko otwarte. Mój Hamid ma pewne wady i jedną z nich są jego przyjaciele. Dopilnuj, aby się od nich odciął. Powinnam cię przestrzec. Jego przyjaciele nie należą do potulnych i posłusznych. Wszyscy mówili, że jeśli znajdziemy Hamidowi żonę, która urodzi mu dzieci, straci zainteresowanie przyjaciółmi. Twoim zadaniem jest zająć jego uwagę do tego stopnia, aby nie miał czasu wychodzić z domu. Za dziewięć miesięcy powinnaś podać mu jego pierwsze dziecko, a dziewięć miesięcy później następne. Mówiąc krótko, musisz go czymś zająć, aby przestał interesować się innymi rzeczami. Zrobiłam, co w mojej mocy. Płakałam, mdlałam, modliłam się, aż w końcu udało mi się go ożenić. Teraz twoja kolej.

Nagle przejrzałam na oczy. Aha! Więc ten biedny mężczyzna także został zmuszony do wzięcia udziału w ceremonii ślubnej. Nie interesowała go żona ani życie małżeńskie. Może on też zakochał się w kimś innym? Lecz jeśli rzeczywiście tak było, dlaczego jego rodzina nie poprosiła o rękę tamtej dziewczyny? W końcu przykładali ogromną wagę do pragnień syna. On nie musiał czekać na zalotników; mógł wybrać dowolną kobietę. Jego rodzice tak bardzo pożądali tego małżeństwa, że zapewne nie sprzeciwiliby się wyborowi syna. Może mój mąż nie uznawał w ogóle instytucji małżeństwa i nie chciał się z nikim wiązać? Ale dlaczego? Przecież był w odpowiednim wieku. Czy powodem byli jedynie jego przyjaciele? Głos jego matki wyrwał mnie z zamyślenia.

– Ugotowałam ziołowy gulasz z jagnięcych goleni. Hamid go uwielbia, więc przyniosłam wam cały garnek. Wiem, że przez jakiś czas nie będziesz miała czasu przygotowywać ziół... À propos, macie ryż?

Zaskoczona tym pytaniem wzruszyłam ramionami.

– Jest w piwnicy. Co roku mąż kupuje duży zapas dla nas i przy okazji daje kilka worków Bibi i Hamidowi. Przygotuj dziś duszony ryż; będzie pasował do gulaszu. Hamid nie lubi ryżu gotowanego na parze. Jutro wyjeżdżamy i musiałam przywieźć Bibi z powrotem do domu; w przeciwnym wypadku mogłaby u nas zostać jeszcze przez kilka dni. Jest spokojną starszą kobietą. Od czasu do czasu zajrzyj do niej. Zwykle sama sobie gotuje, ale byłoby miło, gdybyś co jakiś czas wpadła do niej z czymś do jedzenia. Zyskasz w ten sposób uznanie w oczach Boga.

W tym samym momencie do mieszkania weszli Manija i jej ojciec. Wstałam, aby się przywitać. Ojciec Hamida uśmiechnął się do mnie i powiedział:

– Witaj, moja droga. Jak się masz?

Następnie zwrócił się do żony:

– Miałaś rację. Jest ładniejsza niż podczas ceremonii ślubnej.

– Spójrz tylko, jak wspaniale urządziła dom w zaledwie jeden dzień. Spójrz, jak wszystko wysprzątała i poukładała. Przekonajmy się, jaką tym razem nasz syn przygotował wymówkę.

Manija rozejrzała się wokoło i zapytała:

– Kiedy zdążyłaś zrobić to wszystko? Wczoraj pewnie spaliście cały dzień, a potem musieliście pójść na spotkanie z teściową.

– Gdzie mieliśmy iść? – zapytałam.

– Na spotkanie z teściową. Zgadza się, matko? Młoda para dzień po ślubie powinna odwiedzić matkę panny młodej?

– No, tak. Taki jest obyczaj. A nie poszliście?

– Nie – odparłam. – Nie znałam tego zwyczaju.

Wszyscy się roześmiali.

– Oczywiście Hamid nie ma pojęcia o tradycji, a skąd ta biedna dziewczyna miała o tym wiedzieć? – powiedziała jego matka. –

114

Ale skoro już wiecie, musicie pójść do twojej matki z wizytą. Na pewno czekają na was.

– Tak, przygotowali dla was podarunki – dodała Manija. – Matko, pamiętasz ten przepiękny naszyjnik z wizerunkiem Allaha, który otrzymał od ciebie Bahman Chan, gdy wraz z Mansurą przyszli na spotkanie z teściową?

– Tak, pamiętam. A tak przy okazji, moja droga, co ci przywieźć z Mekki? I niech nie przemawia przez ciebie skromność.

– Nic, dziękuję.

– Postanowiliśmy, że dalsze uroczystości ślubne urządzimy po naszym powrocie. Masz jeszcze czas do jutra, aby zastanowić się nad podarunkiem z Mekki.

– Żono, chodźmy już – powiedział ojciec. – Chłopak pewnie nie przyjdzie, a ja jestem zmęczony. Jeśli Bóg pozwoli, jutro nas odwiedzi lub pożegna nas na lotnisku. A z tobą, moja droga, pożegnamy się jutro.

Matka mężczyzny przytuliła mnie i ucałowała, po czym łamiącym się głosem powiedziała:

– Przysięgnij na swoje i jego życie, że zadbasz o niego i nie pozwolisz, aby przydarzyło mu się coś złego. Choć pod naszą nieobecność Mansura obiecała zająć się Maniją, zaglądaj do niej co jakiś czas.

Wyszli, a ja odetchnęłam z ulgą. Zebrałam szklanki po herbacie i talerzyki deserowe, a następnie zeszłam na dół w poszukiwaniu ryżu. Usłyszałam, jak Bibi woła mnie ze swojego mieszkania, więc poszłam się przywitać. Dokładnie obejrzała mnie od stóp do głów i powiedziała:

– Witaj, piękna kobieto. Jeśli Bóg pozwoli, twoje małżeństwo będzie szczęśliwe i sprowadzisz tego chłopaka na właściwą drogę.

– Przepraszam, ale czy ma pani klucz do piwnicy? – zapytałam.

– Leży na framudze drzwi, moja droga.

– Dziękuję. Zaraz przygotuję kolację.

– Dobre dziecko. Gotuj, gotuj.

– Proszę się nie trudzić staniem w kuchni. Gdy danie będzie gotowe, przyniosę też dla pani.

– Nie, moja droga, nie jadam kolacji. Ale jeśli jutro będziesz kupować chleb, kup też jeden dla mnie.

– Oczywiście!

Wtedy przypomniałam sobie, że jeśli mężczyzna nie wróci do domu, nie będę mogła kupić chleba. Zapach duszonego ryżu i świeżej potrawki ziołowej pobudził mój apetyt. Nie pamiętałam już, kiedy ostatnio jadłam prawdziwy posiłek. Kolacja była gotowa około dziesiątej wieczorem, ale mężczyzna wciąż się nie pojawił. Nie chciałam i nie mogłam na niego czekać. Rzuciłam się łapczywie na jedzenie, następnie umyłam naczynia, a resztę gulaszu, która starczyłaby jeszcze na cztery porcje, wstawiłam do lodówki. Następnie wzięłam książkę i położyłam się do łóżka. W przeciwieństwie do poprzedniej nocy tym razem zasnęłam szybko.

Obudziłam się o ósmej. Mój rytm snu powoli powracał do normy, a sypialnia nie wydawała mi się już taka obca. W nowym mieszkaniu już po krótkim czasie poczułam spokój, jakiego nigdy nie doświadczyłam w rodzinnym domu, pełnym ludzi i różnego rodzaju zagrożeń. Przez chwilę leniwie przeciągałam się na łóżku, a potem wstałam i pościeliłam je. Wyszłam z sypialni i nagle stanęłam jak wryta. Na kocu rozłożonym na podłodze obok puf spał mężczyzna. Nie słyszałam, jak wrócił poprzedniego wieczora.

Przez chwilę pozostałam w bezruchu. Spał głęboko. Okazało się, że nie był tak przysadzisty, jak mi się początkowo wydawało. Leżał teraz z przedramieniem na czole i oczach. Gęste wąsy całkowicie zasłaniały mu górną wargę oraz część dolnej. Jego włosy były kręcone i zmierzwione, a cera miała lekko oliwkowy odcień. Wydawał się wysoki. To mój mąż, powiedziałam do siebie, ale gdybym zobaczyła go na ulicy, nie rozpoznałabym go. Jakie to absurdalne. Po cichu zmyłam naczynia i włączyłam samowar. Ale co miałam zrobić w sprawie chleba? Nagle wpadł mi do głowy pewien pomysł. Założyłam czador i bezszelestnie wyszłam z mieszkania. Bibi stała przy lustrzanej sadzawce i napełniała konewki.

– Witaj, młoda żono. Czy ten leń, Hamid, jeszcze się nie obudził?

– Nie. Idę kupić chleb. Jadła już pani śniadanie?

– Nie, moja droga, ale mi się nie spieszy.

– Gdzie jest piekarnia?

– Gdy wyjdziesz na ulicę, skręć w prawo, potem na końcu ulicy skręć w lewo i po przejściu stu kroków znajdziesz się przed piekarnią.

Przez chwilę się wahałam, ale w końcu zapytałam:

– Przepraszam, czy ma pani jakieś drobne? Nie chcę budzić Hamida, a boję się, że w piekarni nie będą mieli mi wydać.

– Tak, moja droga. Pieniądze leżą na kominku.

Gdy wróciłam, Hamid nadal spał. Poszłam do kuchni i zaczęłam przygotowywać śniadanie. Kiedy się odwróciłam, aby wyjąć ser z lodówki, nagle znalazłam się twarzą w twarz z mężczyzną stojącym na progu. Odruchowo wstrzymałam oddech. Zrobił szybko krok w tył i uniósł ręce w geście poddania.

– Nie! Na miłość boską – powiedział. – Nie bój się. Czy naprawdę wyglądam jak potwór? Jestem aż taki straszny?

Zachciało mi się śmiać. Na widok mojego uśmiechu rozluźnił się i podniósł ręce wyżej, opierając je na framudze drzwi.

– Wygląda na to, że czujesz się dzisiaj lepiej – powiedział.

– Tak, dziękuję. Śniadanie będzie gotowe za kilka minut.

– Śniadanie. Super! Posprzątałaś dom. Matka chyba miała rację, mówiąc, że gdy zamieszka ze mną kobieta, w domu zapanuje ład i porządek. Mam tylko nadzieję, że będę w stanie odnaleźć swoje rzeczy. Nie przywykłem do porządku.

Następnie poszedł do łazienki. Kilka minut później zawołał:

– Hej… tutaj leżał ręcznik. Gdzie go odłożyłaś?

Zaniosłam złożony ręcznik pod drzwi łazienki. Mężczyzna wystawił głowę i zapytał:

– A jak ci w ogóle na imię?

Byłam zdumiona. On nawet nie znał mojego imienia. Przecież podczas ceremonii ślubnej wypowiadano je kilka razy. Najwidoczniej było mu to obojętne albo przez cały czas był pogrążony w myślach.

– Masuma – odparłam chłodnym tonem.

– Masuma. Masuma czy Masum?

– To bez znaczenia. Ludzie mówią do mnie Masuma.

Spojrzał badawczo na moją twarz i powiedział:

– Ładnie… Pasuje do ciebie.

Poczułam ukłucie w sercu. Saiid powiedział to samo. Tylko że on darzył mnie miłością i uczuciem; pewnego dnia powiedział mi, że powtarzał moje imię tysiąc razy dziennie. A ten mężczyzna okazywał wobec mnie obojętność. Łzy napłynęły mi do oczu. Odwróciłam się i poszłam do kuchni. Następnie zaniosłam tacę ze śniadaniem do holu i rozłożyłam obrus na podłodze. Gdy mężczyzna wszedł do pokoju, jego kręcone włosy były nadal mokre, a na szyi wisiał mu ręcznik. Jego ciemne oczy były przyjazne i wesołe. Nie czułam już strachu w jego obecności.

– Wspaniale! Jakie cudowne śniadanie! Mamy nawet świeży chleb. Kolejna zaleta małżeństwa.

Odniosłam wrażenie, że powiedział to, aby sprawić mi przyjemność. Pewnie chciał wynagrodzić mi fakt, iż nie znał mojego imienia. Usiadł po turecku, a ja postawiłam przed nim szklankę z herbatą. Rozsmarował trochę sera na kromce chleba i zapytał:

– Powiedz mi, dlaczego tak bardzo się mnie bałaś? Czy to ja jestem taki straszny, czy może przestraszyłabyś się każdego mężczyzny, który wszedłby do sypialni jako twój mąż?

– Przestraszyłabym się każdego.

A w duchu dodałam: oprócz Saiida. Gdyby to on wszedł do sypialni, rzuciłabym mu się w ramiona.

– A więc dlaczego wyszłaś za mąż? – zapytał.

– Musiałam.

– Dlaczego?

– Moja rodzina uznała, że nadszedł odpowiedni czas.

– Ale przecież jesteś jeszcze młoda. Ty także uważałaś, że już najwyższa pora wyjść za mąż?

– Nie, chciałam kontynuować naukę.

– A więc dlaczego tego nie zrobiłaś?

– Moja rodzina uważała, że dziewczynie wystarczy świadectwo ukończenia szkoły podstawowej – wyjaśniłam. – Błagałam ich tak długo, aż w końcu pozwolili mi się uczyć jeszcze kilka lat.

– A więc zmusili cię do wzięcia udziału w ceremonii ślubnej i nie pozwolili pójść do szkoły. A przecież miałaś do tego pełne prawo.

– Tak.

– Dlaczego się nie sprzeciwiłaś? Dlaczego im się nie postawiłaś? Dlaczego się nie zbuntowałaś?

Na twarz wystąpił mu rumieniec.

– Powinnaś była walczyć o swoje prawa, nawet jeśli wiązałoby się to z użyciem siły. Gdyby ludzie przestali podporządkowywać się uciskowi, na świecie nie byłoby tylu oprawców. Uległość wzmacnia fundamenty tyranii. Byłam zdumiona. On nie miał pojęcia o prawdziwym świecie. Zdusiłam śmiech i z grymasem na twarzy, w którym pewnie czaił się sarkazm, powiedziałam:

– A ty nie uległeś przymusowi?

Spojrzał na mnie zdumiony:

– Kto? Ja?

– Tak, ty. Ciebie też zmusili do zawarcia tego małżeństwa, prawda?

– Kto tak powiedział?

– Przecież to oczywiste. Nie uwierzę, jeśli powiesz, że odliczałeś minuty do naszego ślubu. Twoja biedna matka tak się napracowała, mdlała i błagała, aż w końcu się poddałeś.

– Ona ci to powiedziała? Rzeczywiście, to prawda. Masz rację, zmuszono mnie do tego. Bicie i tortury nie są jedynym środkiem przymusu; czasami ludzie używają miłości i uczucia, aby dopiąć swego. Ale godząc się na ślub, podejrzewałem, że żadna dziewczyna nie zgodzi się wyjść za mnie na takich warunkach.

Przez chwilę jedliśmy w milczeniu. Potem podniósł szklankę z herbatą, oparł się o pufę i powiedział:

– Potrafisz utrzeć komuś nosa… Podoba mi się to. Nie zmarnowałaś ani chwili.

A potem się roześmiał, a ja do niego dołączyłam.

– Wiesz, dlaczego nie chciałem żony? – zapytał.

– Nie, dlaczego?

– Ponieważ gdy mężczyzna się żeni, jego życie nie należy już do niego. Ma związane ręce i nogi, jest tak skrępowany, że nie może już myśleć o swoich ideałach ani próbować ich urzeczywistnić. Ktoś kiedyś powiedział: „Gdy mężczyzna się żeni, stoi w miejscu. Gdy rodzi się jego pierwsze dziecko, pada na kolana. Kiedy przychodzi na świat drugie dziecko, leży na plecach. A przy trzecim jest już po nim". Lub coś w tym rodzaju… Oczywiście cieszę się, że ktoś przygotowuje dla mnie śniadanie, sprząta dom, pierze moje rzeczy i o mnie dba. Ale to wynika z ludzkiego egoizmu oraz z niewłaściwego podejścia do kobiet w społeczeństwie zdominowanym przez mężczyzn. Uważam, że nie powinniśmy myśleć w ten sposób o kobietach. To one są najbardziej uciemiężoną grupą ludzi w historii i to one jako pierwsze zostały wykorzystane przez inną grupę ludzi. Od zawsze służyły jako narzędzie i do tej pory sytuacja się nie zmieniła.

Choć nie rozumiałam niektórych słów, takich jak „uciemiężony", i odniosłam wrażenie, że jego twierdzenia to cytaty z książek, poglądy mężczyzny przypadły mi do gustu. Zdanie: „Kobiety są najbardziej uciemiężoną grupą ludzi w historii"wryło mi się w pamięć.

– Czy to dlatego nie chciałeś się żenić? – zapytałam.

– Tak, nie chciałem być ograniczany i skrępowany, ponieważ z tym się wiąże tradycyjne małżeństwo. Może gdybyśmy zostali przyjaciółmi i mieli podobne poglądy, byłoby inaczej.

– Dlaczego więc nie poślubiłeś kobiety, z którą mógłbyś dzielić sposób widzenia świata?

– Dziewczyny w naszej grupie nie tak łatwo godzą się na małżeństwo. One także poświęciły się sprawie. Poza tym moja matka nienawidzi moich przyjaciół. Mówiła, że jeśli ożenię się z którąś z tych dziewczyn, ona się zabije.

– Kochałeś ją?

– Kogo?… O, nie. Źle mnie zrozumiałaś. Myślisz, że zakochałem się w kimś i moja matka była temu przeciwna. Nie! Moi rodzice nalegali, abym się ożenił, więc postanowiłem załatwić tę sprawę, biorąc za żonę dziewczynę spośród mojej grupy przyjaciół. W ten sposób nie stanęłaby mi na drodze do osiągnięcia moich celów. Niestety moja matka mnie rozgryzła.

– Z twojej grupy? Z jakiej grupy?

– To nie jest formalna organizacja – wyjaśnił. – Jesteśmy po prostu grupką ludzi, którzy się spotykają, aby podjąć działania na rzecz osób pokrzywdzonych przez los. Przecież każdy ma w swoim życiu jakieś cele i ideały, które próbuje osiągnąć. Jakie są twoje cele? W jakim kierunku zamierzasz pójść?

– Chciałam kontynuować naukę, ale teraz… Nie wiem.

– Nie mów mi, że do końca życia chcesz szorować to mieszkanie.

– Nie!

– A więc czego pragniesz? Jeśli chcesz się uczyć, do roboty. Dlaczego się poddajesz?

– Ponieważ do szkół średnich nie przyjmują mężatek ani żonatych mężczyzn – odparłam.

– A myślisz, że to jedyny sposób na zdobycie wykształcenia?

– Co masz na myśli?

– Idź do szkoły wieczorowej i zdaj testy standaryzowane. Nie każdy musi chodzić do szkoły powszechnej.

– Wiem, ale nie będziesz miał nic przeciwko temu?

– A dlaczego miałbym mieć? Mówiąc szczerze, wolałbym dzielić życie z wykształconą i inteligentną osobą. Poza tym masz do tego prawo. Nie mogę ci tego zabronić. Nie jestem strażnikiem więziennym.

Byłam zdumiona. Nie mogłam uwierzyć własnym uszom. Co to za człowiek? Nie przypominał mężczyzn, których znałam. Miałam wrażenie, jakby w moim życiu pojawiło się światełko jasne jak słońce. Byłam tak szczęśliwa, że niemal odebrało mi mowę.

– Mówisz poważnie? – zapytałam. – Jeśli pozwolisz mi pójść do szkoły...

Moja reakcja go rozbawiła, ale odparł w uprzejmy sposób:

– Oczywiście, że mówię poważnie. Masz do tego prawo i nie potrzebujesz nikomu za to dziękować. Każdy powinien mieć możliwość realizowania swoich marzeń i podążania wybraną przez siebie ścieżką. Małżeństwo nie oznacza ograniczania zainteresowań współmałżonka. Wręcz przeciwnie, należy wspierać drugą osobę. Prawda?

Pokiwałam głową z entuzjazmem. Z jego wypowiedzi zrozumiałam także, że nie powinnam ingerować w jego zainteresowania. Od tamtego dnia nasza umowa stała się niepisaną zasadą wspólnego życia. I choć dzięki niej zyskałam prawa człowieka, w ostatecznym rozrachunku nie wyszło mi to na dobre.

Tamtego dnia nie poszedł do pracy, a ja oczywiście nie zapytałam dlaczego. Postanowił, że pójdziemy na obiad do jego rodziców. Wieczorem mieli wyjechać na pielgrzymkę. Potrzebowałam chwili,

aby się przygotować do wyjścia. Nie wiedziałam, jak powinnam się ubrać. Ostatecznie zdecydowałam się na chustkę na głowę, a gdyby mój mąż miał coś przeciwko temu, byłam gotowa założyć czador. Gdy wyszłam z sypialni, Hamid wskazał na moją chustkę i zapytał:
– Co to jest? Musi zostać?
– Mój ojciec się zgodził, abym nosiła jedynie chustę, ale jeśli chcesz, założę czador.
– Och, nie! Nie! – krzyknął. – Jak dla mnie ta chustka to już za wiele. Oczywiście to zależy od ciebie. Możesz się ubierać, jak chcesz. Masz do tego prawo.

Po raz pierwszy od bardzo dawna poczułam się szczęśliwa. Odniosłam wrażenie, że mam towarzysza, na którym mogę polegać. Marzenia, które jeszcze kilka godzin wcześniej wydawały się nierealne, teraz znajdowały się w moim zasięgu. W jego obecności odczuwałam spokój. Rozmawialiśmy. Co prawda Hamid mówił więcej ode mnie i czasami jego ton wydawał się nieco książkowy, a on sam zachowywał się jak nauczyciel pouczający głupiego ucznia, ale nie miałam mu tego za złe. Był naprawdę bardzo oczytany i gdy chodziło o doświadczenie i wykształcenie, nie mogłam nawet uchodzić za jego uczennicę. Czułam wobec niego ogromny respekt.

W domu jego rodziców wszyscy zgromadzili się wokół nas. Z Tebrizu przyjechała najstarsza siostra Hamida, Monir, i jej dwaj synowie. Chłopcy byli nieco zdystansowani i izolowali się od pozostałych członków rodziny. Rozmawiali głównie ze sobą, i to po turecku. Monir bardzo się różniła od swoich sióstr i wyglądała na sporo starszą. Mnie przypominała bardziej ich ciotkę niż siostrę. Wszyscy byli zadowoleni, widząc, że się dogadujemy. Hamid nieustannie żartował z matką i siostrami i cały czas się z nimi droczył, a co dziwniejsze, całował je w policzek. Takie zachowanie wydawało mi się zabawne i zaskakujące. W moim domu rodzinnym mężczyźni rzadko rozmawiali z kobietami, nie mówiąc już o wspólnych żartach i wygłupach. Do tego wszystkiego Ardeszir, syn Mansury, zaczął raczkować. Był słodkim dzieckiem i nieustannie rzucał mi się w ramiona. Spodobała mi się atmosfera panująca w ich domu. Czułam się tam dobrze i mogłam śmiać się z całego serca.

– Dzięki Bogu, twoja żona wie, co to śmiech – powiedziała matka Hamida radosnym tonem. – Dotąd nie widzieliśmy, aby się śmiała.
– Prawdę mówiąc, wygląda dużo ładniej, gdy się uśmiecha. Robią jej się wtedy dołeczki w policzkach – dodała Mansura. – Przysięgam, na twoim miejscu cały czas bym się uśmiechała. Oblałam się rumieńcem i spuściłam wzrok.
– Widzisz, bracie – kontynuowała Mansura. – Widzisz, jaką piękną dziewczynę znaleźliśmy dla ciebie? Mógłbyś chociaż podziękować.
Hamid wybuchnął śmiechem.
– Jestem wam bardzo wdzięczny.
– Co się z wami dzieje? – powiedziała nadąsana Manija. – Dlaczego zachowujecie się, jakbyście nigdy wcześniej nie widzieli człowieka?
A następnie wyszła z salonu.
– Zostawcie ją w spokoju – poprosiła matka. – Przecież zawsze była ulubienicą brata. Jestem taka szczęśliwa. Odetchnęłam z ulgą, widząc was razem. Dziękuję Bogu po tysiąckroć. Teraz mogę spełnić obietnicę w domu bożym.
W tym samym momencie do salonu wszedł ojciec Hamida. Wstaliśmy więc, aby go powitać. Pocałował mnie w czoło i powiedział łagodnie:
– Witaj, panno młoda. Jak się czujesz? Mam nadzieję, że mój syn nie sprawia ci kłopotu.
Na mojej twarzy pojawił się rumieniec. Spuściłam wzrok i odparłam cicho:
– Nie.
– Jeśli stanie się dla ciebie ciężarem, przyjdź do mnie. Wytargam go tak mocno za uszy, że już więcej nie odważy się cię zdenerwować.
– Ojcze, proszę przestań – powiedział Hamid, śmiejąc się. – Tak często ciągnąłeś nas za uszy, że przypominamy króliki.
Gdy żegnaliśmy się z rodzicami Hamida, jego matka odciągnęła mnie na bok i powiedziała:
– Posłuchaj, kochana, od dawien dawna wiadomo, że warunki małżeństwa należy ustalić już pierwszej nocy. Bądź stanowcza, ale nie kłóć się z nim. Wykorzystaj poczucie humoru i dobroć. Znaj-

dziesz na niego sposób. W końcu jesteś kobietą. Flirtuj, kokietuj, dąsaj się i czaruj. Mówiąc krótko, nie pozwól mu wracać późno do domu, a rano wysyłaj go punktualnie do pracy. Musisz odciągnąć go od jego przyjaciół. I z pomocą bożą, zajdź szybko w ciążę. Nie pobłażaj mu. Gdy tylko będzie miał wokół siebie gromadkę dzieci, zapomni o głupstwach. Pokaż charakter.

W drodze powrotnej Hamid zapytał:

– Co powiedziała ci moja matka?

– Nic takiego. Kazała mi o ciebie dbać.

– Wiem, wiem. Masz zadbać o to, abym przestał widywać się z moimi przyjaciółmi. Prawda?

– Coś w tym rodzaju...

– A ty co odpowiedziałaś?

– A co miałam odpowiedzieć?

– Powinnaś była powiedzieć: nie jestem strażnikiem w piekle i nie chcę unieszczęśliwiać mojego męża.

– Jak miałam powiedzieć coś takiego teściowej, i to pierwszego dnia?

– Boże, broń nas przed staromodnymi kobietami! – jęknął. – One nie rozumieją koncepcji małżeństwa. Uważają, że żona jest niczym kula u nogi nieszczęsnego mężczyzny, gdy tak naprawdę małżeństwo oznacza dotrzymywanie sobie towarzystwa, współpracę, zrozumienie oraz akceptację swoich pragnień i równych praw. A może masz inne spojrzenie na tę kwestię?

– Nie. Masz całkowitą rację.

A w sercu pochwaliłam jego mądrość i bezinteresowność.

– Nie mogę znieść kobiet, które nieustannie pytają mężów, gdzie byli, z kim się spotkali i dlaczego wrócili do domu tak późno. W gronie moich przyjaciół mężczyźni i kobiety mają równe i jasno określone prawa. Nikt nie może krępować rąk ani nóg drugiej osobie ani zmuszać jej do robienia rzeczy, na które nie ma ochoty. Nie należy też zadawać dociekliwych pytań.

– Cudownie!

Zrozumiałam przesłanie jego wypowiedzi. Miałam nigdy nie pytać dlaczego, gdzie i z kim... Prawdę mówiąc, wtedy naprawdę mnie to nie interesowało. Przecież był znacznie starszy ode mnie, dużo lepiej wykształcony i bardziej doświadczony. Z pewnością wiedział lepiej, jak należy żyć. Poza tym dlaczego miało mnie obchodzić, co robił i gdzie chodził? Wystarczało mi, że wierzył w prawa kobiet i pozwolił mi kontynuować edukację oraz rozwijać zainteresowania. Do domu wróciliśmy późnym wieczorem. Bez słowa wziął poduszkę i prześcieradło i zaczął przygotowywać sobie posłanie. Poczułam się nieswojo. Świadomość, że spałam na łóżku, podczas gdy mężczyzna, który okazał mi tyle życzliwości, nocował na podłodze, wprawiała mnie w zakłopotanie. Przez chwilę się wahałam, ale w końcu powiedziałam:

– To nie w porządku. Śpij w łóżku, a ja zajmę miejsce na podłodze.

– Nie ma sprawy. Mogę spać gdziekolwiek.

– Ale ja jestem przyzwyczajona do spania na podłodze.

– Ja też.

Poszłam do sypialni i zaczęłam się zastanawiać, jak długo jeszcze będziemy tak żyć. Myśląc o Hamidzie, nie czułam żadnych miłosnych uniesień ani pożądania, ale czułam, że mam wobec niego dług wdzięczności. Uratował mnie z domu rodzinnego i okazał mi jeszcze więcej życzliwości, zezwalając na powrót do szkoły. Poza tym wstręt na myśl o jego dotyku zniknął już pierwszego dnia. Wróciłam do holu, stanęłam nad nim i powiedziałam:

– Proszę, połóż się obok mnie w łóżku.

Spojrzał na mnie badawczo. Z lekkim uśmiechem na ustach wyciągnął do mnie dłoń, a ja pomogłam mu wstać. Następnie zajął miejsce należne mojemu mężowi.

Tamtej nocy Hamid zapadł w głęboki sen, a ja przez wiele godzin płakałam i chodziłam po mieszkaniu. Nie wiedziałam, co mi dolega. Nie potrafiłam sprecyzować swoich uczuć. Ogarnął mnie chyba zwyczajny smutek.

Kilka dni później odwiedziła mnie pani Parvin. Była bardzo podekscytowana.

– Czekałam przez długi czas, aż mnie odwiedzisz, ale skoro tego nie zrobiłaś, postanowiłam sama przyjść, aby zobaczyć, jak sobie radzisz.

– Wszystko jest w porządku!

– A jaki on jest? Nie sprawia kłopotów, prawda? Powiedz mi, jak przeżyłaś pierwszą noc? W dniu ślubu byłaś w takim stanie, że byłam pewna, że dostaniesz ataku serca.

– Tak, czułam się wtedy okropnie. Ale on to zrozumiał. Widząc mój nastrój, wyszedł i pozwolił mi się w spokoju wyspać.

– Niesamowite! Ależ on kochany! – powiedziała zaskoczona.

– Dzięki Bogu. Nawet nie wiesz, jak bardzo się martwiłam. Widzisz teraz, jaki jest mądry? Gdybyś wyszła za tego rzeźnika, Asghara, Bóg jeden wie, jakby się to wszystko skończyło. A więc jesteś z niego zadowolona?

– Tak, jest bardzo miłym człowiekiem. Jego rodzina także traktuje mnie w uprzejmy sposób.

– Dzięki Bogu! Widzisz teraz, jak bardzo różni się od pozostałych zalotników.

– Zgadza się, a wszystko zawdzięczam pani. Dopiero teraz zrozumiałam, jak wielką wyświadczyła mi pani przysługę.

– Och, przestań… To nic wielkiego. Jesteś taka dobra, że od razu cię polubili, i dzięki Bogu, jest ci tutaj dobrze. Poszczęściło ci się. Niestety ja trafiłam gorzej.

– Ale przecież nie ma pani żadnych problemów z Hadżim Agą – powiedziałam. – Ten biedny człowiek nie wtrąca się w pani życie.

– Ha! Teraz się nie wtrąca, bo jest stary, schorowany i stracił wolę walki. Jednak kiedyś był prawdziwym wilkiem. W pierwszą noc zaatakował mnie i bił, a ja drżałam zapłakana. Wtedy był ważną osobistością, posiadał majątek, a do tego był zarozumiały i pewny siebie. Nadal wierzył, że jeśli kobieta nie może zajść w ciążę, to jej wina. Ciężko opisać to, co ze mną wyprawiał. Gdy słyszałam otwieranie drzwi i wiedziałam, że przyszedł do domu, zaczynałam trząść się na całym ciele. Byłam tylko dzieckiem i okropnie się go bałam. Ale gdy, dzięki Bogu, zbankrutował i stracił wszystko, a lekarze powiedzieli mu, że jest bezpłodny, powietrze uszło z niego jak z przebitego balonu. W ciągu jednej nocy postarzał się o dwadzieścia lat. Wszyscy go opuścili. Wtedy byłam już starsza i silniejsza. Miałam w sobie więcej odwagi. Mogłam mu się przeciwstawić lub odejść od niego. A teraz boi się, że także go opuszczę, więc nie wtrąca się już do mojego życia. Teraz moja kolej, aby zaszaleć. Nikt jednak nie zwróci mi młodości ani zdrowia, które mi odebrał…

Przez chwilę siedziałyśmy w milczeniu. Pokręciła głową, jakby chciała wyrzucić z niej wspomnienia, a następnie powiedziała:

– À propos, dlaczego nie odwiedziłaś rodziców?

– A dlaczego miałabym to robić? Co dobrego dla mnie uczynili?

– Słucham? Przecież są twoimi rodzicami.

– Wyrzucili mnie z domu. Nigdy więcej tam nie pójdę.

– Nie mów tak. To grzech. Czekają na ciebie.

– Nie, pani Parvin. Nie mogę. Proszę już o tym nie wspominać.

Pewnego dnia, trzy tygodnie po ślubie, usłyszałam dzwonek do drzwi. Byłam zaskoczona, ponieważ nikogo się nie spodziewałam. Pobiegłam do drzwi i zobaczyłam matkę w towarzystwie pani Parvin. Zdziwiłam się na ich widok i przywitałam je chłodno.

– Witaj! – odparła pani Parvin. – Wygląda na to, że bardzo dobrze się bawisz, skoro opuściłaś dom rodzinny i nie obejrzałaś się za siebie. Twoja matka umiera ze zgryzoty. Powiedziałam jej więc: „Chodź ze mną, a przekonasz się, że twoja córka ma się dobrze".

– Gdzie się podziewałaś, dziewczyno? – zapytała matka ze złością. – Zamartwiałam się o ciebie. Od trzech tygodni wpatrujemy się w drzwi w oczekiwaniu na ciebie. Zapomniałaś już, że masz ojca i matkę? Obowiązują przecież jakieś zwyczaje i tradycje!

– Naprawdę? – odparłam. – Jakie zwyczaje i tradycje masz na myśli?

Pani Parvin dała mi znak głową, abym milczała, a potem poprosiła:

– Może zaprosisz nas przynajmniej do środka? Ta biedna kobieta pokonała długą drogę w strasznym upale.

– Bardzo proszę – odpowiedziałam. – Wejdźcie.

Wchodząc po schodach, matka zaczęła narzekać:

– Dzień po ceremonii siedzieliśmy całą rodziną do późna w nocy, czekając na odwiedziny pary młodej. Nikt nie przyszedł. Pomyśleliśmy, że może zjawicie się następnego dnia, może w ten piątek, może w następny. W końcu doszłam do wniosku, że musiałaś umrzeć, że coś musiało się stać. Jak można opuścić dom ojca

127

i wyrzucić rodzinę z pamięci? Przecież masz ojca i matkę, którym tak wiele zawdzięczasz.

Znajdowałyśmy się w połowie holu, gdy nagle się zorientowałam, że nie mogę już tego słuchać.

– Tak wiele wam zawdzięczam? – warknęłam. – Dlaczego mam mieć wobec was dług wdzięczności? Dlatego, że mnie spłodziliście? Czy prosiłam was o to? Zrobiliście to dla własnej przyjemności, a gdy się okazało, że urodziła się dziewczynka, płakałaś, zawodziłaś i żałowałaś, że mnie powiłaś. Co takiego dla mnie zrobiłaś? Błagałam, abyś pozwoliła mi kontynuować naukę. Pozwoliłaś mi na to? Błagałam, abyś nie zmuszała mnie do małżeństwa, abym mogła jeszcze mieszkać w tym okropnym domu przez rok lub dwa. Pozwoliłaś mi na to? Ile razy mnie uderzyłaś? Ile razy byłam bliska śmierci? Ile miesięcy trzymałaś mnie w domu pod kluczem?

Matka zaczęła płakać, a pani Parvin spojrzała na mnie z przerażeniem. Lecz złość i frustracja wybuchły w moim sercu i nie potrafiłam ich stłumić.

– Od kiedy pamiętam, powtarzałaś, że życie dziewczyny należy do innych, więc szybko oddałaś mnie w obce ręce. Tak bardzo chciałaś się mnie pozbyć z domu, że nie obchodziło cię nawet, komu mnie oddajesz. Czy to nie ty wyciągnęłaś mnie spod łóżka, aby jeszcze szybciej pozbyć się mnie z domu? Czy to nie ty powiedziałaś mi, że muszę opuścić dom, tak aby Mahmud mógł się ożenić? Wyrzuciłaś mnie. Teraz należę do innych. A ty oczekujesz, że będę cię całowała po rękach? Wspaniale! Dobra robota!

– Dość, Masumo! – upomniała mnie pani Parvin. – Powinnaś się wstydzić. Spójrz, do jakiego stanu doprowadziłaś biedną matkę. Bez względu na wszystko są twoimi rodzicami, wychowali cię. Czy ojciec nie obdarzył cię miłością? Chciał dla ciebie tego, co najlepsze. Czy nie martwił się o ciebie? Widziałam też, przez co przechodziła ta kobieta, gdy zachorowałaś. Siedziała z tobą przez całe noce, aż do świtu, płacząc i modląc się za ciebie. Nigdy nie byłaś niewdzięczną dziewczyną. Wszyscy rodzice, nawet ci najgorsi, zasługują na uznanie dziecka. Czy ci się to podoba, czy nie, musisz zrozumieć, że masz wobec nich dług wdzięczności. W przeciwnym wypadku poznasz gniew Boga.

Poczułam spokój, zrzuciłam ciężar z serca. Nienawiść i złość, które dokuczały mi niczym ropiejący czyrak, powoli znikały, a łzy matki, jak balsam, ukoiły mój ból.

– Mam wobec nich dług wdzięczności? Dobrze. Spłacę go. Nie chcę, aby ktoś miał mi coś do zarzucenia. – Następnie zwróciłam się do matki: – Jeśli będziesz potrzebowała pomocy albo przysługi, możesz na mnie liczyć, ale nie spodziewaj się, że zapomnę, co mi uczyniłaś.

– Idź po nóż i odetnij dłoń, która wyciągnęła cię za włosy spod łóżka – odparła matka, płacząc jeszcze głośniej. – Przysięgam na Boga, że poczuję się lepiej. Skrócisz w ten sposób moje cierpienie. Setki razy dziennie powtarzam sobie: niech Bóg złamie ci rękę, kobieto; dlaczego biłaś to niewinne dziecko? Ale wiesz, co by się stało, córko, gdybym tego nie zrobiła? Twoi bracia pocięliby cię na drobne kawałeczki. Z jednej strony od rana Ahmad powtarzał: „Jeśli ta dziewczyna zacznie się źle zachowywać i przyniesie nam wstyd, podpalę ją". A z drugiej widziałam twojego ojca, którego serce krwawiło od tygodnia. Tylko dzięki lekom dał radę przetrwać dzień twojego ślubu. Bałam się, że dostanie zawału serca. Co miałam robić? Przysięgam, że serce mi pękało, ale nie widziałam innego wyjścia.

– To znaczy, że nie chciałaś wydać mnie za mąż?

– Chciałam. Tysiące razy dziennie modliłam się o porządnego mężczyznę, który poprosiłby o twoją rękę i wyrwał cię z tego domu. Myślisz, że nie widziałam, jaka byłaś przygnębiona i nieszczęśliwa w tym więzieniu? Z każdym dniem stawałaś się coraz szczuplejsza i smutniejsza. Za każdym razem, gdy na ciebie spojrzałam, czułam ukłucie w sercu. Modliłam się i składałam Bogu obietnice, aby znalazł dla ciebie dobrego męża i cię uwolnił. Wykańczał mnie żal, który czułam w sercu.

Dobro płynące z jej słów topiło lody mojego ślepego gniewu.

– Przestań płakać – powiedziałam, a następnie przyniosłam trzy szklanki ze schłodzonym sorbetem.

Starając się zmienić nastrój, pani Parvin powiedziała:

– Proszę, proszę! Jaki czysty i ładnie urządzony dom. À propos, spodobały ci się łóżko i toaletka? Sama je wybrałam.

– Tak, pani Parvin bardzo się wtedy napracowała – przyznała matka. – Wszyscy jesteśmy jej bardzo wdzięczni.

– Ja również.

– Och, przestańcie! Nie zawstydzajcie mnie. Jaka ciężka praca? To była przyjemność. Bez względu na to, co wybrałam, twój ojciec kupował to bez chwili wahania. Nigdy w ten sposób nie robiłam zakupów. Gdybym poprosiła go o kupno mebli szacha, pewnie by je kupił. Ojciec naprawdę bardzo cię kocha. Ahmad cały czas wrzeszczał, dlaczego narażam rodzinę na takie wydatki, ale twój ojciec chciał to dla ciebie zrobić. Cały czas powtarzał: „Wszystkie rzeczy muszą być porządne, aby w obecności rodziny jej męża mogła iść z wysoko podniesioną głową. Nie chcę, aby mówili, że nie miała odpowiedniego posagu".

– Kanapy, które zamówił dla ciebie, są już gotowe – dodała matka, nadal pociągając nosem. – Ojciec chce się dowiedzieć, kiedy może ci je dostarczyć.

Westchnęłam.

– Jak on się czuje?

– Co mogę powiedzieć? Nie jest zbyt dobrze.

Wytarła oczy rąbkiem chusty na głowie i dodała:

– O tym właśnie chciałam z tobą porozmawiać. Rozumiem, jeśli nie chcesz się ze mną widywać, ale twój ojciec umiera z tęsknoty. Nie rozmawia z nikim z rodziny i znowu zaczął palić, jednego papierosa za drugim, a do tego cały czas kaszle. Boję się o niego. Boję się, że przytrafi mu się coś złego. Odwiedź nas, dla niego. Nie chcę, abyś po jego śmierci żałowała, że się z nim nie spotkałaś.

– Boże broń! Nie kracz. Przyjdę. Przyjdę w tym tygodniu. Sprawdzę, kiedy Hamid ma czas. Jeśli nie będzie mógł, przyjdę sama.

– Nie kochana, tak nie można. Musisz wypełniać polecenia męża. Nie chcę, aby się zdenerwował.

– Nie zdenerwuje się. Nie martw się, załatwię to.

Hamid dał mi jasno do zrozumienia, że nie interesują go wizyty rodzinne, ponieważ nie ma do nich cierpliwości. Zachęcał mnie więc do zorganizowania sobie własnego życia towarzyskiego. Przygotował dla mnie nawet rozkład autobusów, naszkicował różne drogi dojazdu i wyjaśnił, kiedy najlepiej zamawiać taksówkę. Kilka dni później, w pewne sierpniowe popołudnie, ubrałam się i poszłam sama odwiedzić rodziców, ponieważ wiedziałam, że mój mąż nie wróci w najbliższym czasie do domu. Było dziwnie. Dom stał się „ich", a przestał być „mój". Czy inne kobiety równie szybko zaczynały czuć się obco w rodzinnych domach? Po raz pierwszy wyszłam sama i przejechałam tak długi dystans autobusem. Choć byłam nieco zdenerwowana, spodobało mi się to poczucie niezależności. Czułam się jak osoba dorosła. Gdy znalazłam się w dzielnicy, w której wcześniej mieszkałam, powróciły do mnie różne emocje. Na wspomnienie Saiida poczułam ukłucie w sercu, a mijając dom Parwany, zaczęłam za nią tęsknić jeszcze mocniej. Z obawy, że wybuchnę płaczem na ulicy, przyspieszyłam kroku. Jednak im bardziej zbliżałam się do domu ojca, tym większą słabość czułam w nogach. Nie chciałam spotkać się z ludźmi mieszkającymi w sąsiedztwie. Ogarnął mnie wstyd.

Łzy napłynęły mi do oczu, gdy w drzwiach przywitała mnie Faati. Rzuciła mi się w ramiona i zaczęła płakać. Błagała, abym z powrotem wprowadziła się do domu lub zabrała ją z sobą. Gdy weszłam, Ali nie ruszył się z miejsca. Wrzasnął tylko na Faati:

– Przestań się mazać! Przecież powiedziałem ci, żebyś przyniosła mi skarpety.

Zapadał zmierzch, gdy Ahmad wrócił do domu. Był pijany i znajdował się w stanie odrętwienia. Zupełnie zignorował fakt, iż minął miesiąc od naszego ostatniego spotkania. Wziął to, po co przyszedł, i znowu wyszedł. Gdy wrócił Mahmud, zmarszczył brwi, burknął coś w odpowiedzi na moje powitanie i poszedł na górę.

– Widzisz, matko, nie powinnam była przychodzić. Nawet jeśli będę was odwiedzać raz w roku, nadal będą na mnie źli.

– Nie, moje dziecko, nie chodzi o ciebie. Mahmud jest zły z innego powodu. Od tygodnia do nikogo się nie odzywa.

– Dlaczego? Co mu się stało?

– Nic nie wiesz? Tydzień lub dwa tygodnie temu ubraliśmy się elegancko, kupiliśmy ciasto, owoce i kilka metrów materiału i udaliśmy się do Kom, aby odwiedzić siostrę twojego ojca. Chcieliśmy poprosić o rękę Mahbuby w imieniu Mahmuda.

– No i co?

– Nic z tego nie wyszło. Tak widocznie miało być. Tydzień wcześniej zgodziła się wyjść za innego mężczyznę. Nie poinformowali nas o tym, ponieważ nie zaprosiliśmy ich na twój ślub. Uważam, że dobrze się stało. Nie chciałam, aby tych dwoje się pobrało... z uwagi na jędzowatą matkę dziewczyny. To Mahmud nieustannie mówił o kuzynce: Mahbuba to, Mahbuba tamto.

W moim sercu zagościło coś na kształt radości i każdą komórką ciała poczułam, co oznacza pojęcie „słodka zemsta". Ależ ty jesteś mściwa!, pomyślałam. Lecz jakiś głos w środku odpowiedział: zasłużył na to, niech cierpi.

– Twoja ciotka nieustannie przechwalała się panem młodym. Podobno to syn ajatollaha, ale studiował na uniwersytecie i ma nowoczesne podejście do świata. A potem bez końca opowiadała o jego majątku i nieruchomościach. Biedny Mahmud, tak się zdenerwował, że nawet gdyby go ktoś dźgnął nożem, nie zauważyłby tego. Miał tak czerwoną twarz, że bałam się, aby nie dostał ataku serca. A potem wygłosili kilka kąśliwych uwag o tym, jak zamierzają ozdobić dom światłami i świętować siedem dni i siedem nocy. Napomknęli też, że dziewczynę należy wydać za mąż z dumą, a nie w tajemnicy i pośpiechu, nie zapraszając przy tym najbliższej rodziny, w tym ciotki ze strony ojca...

Gdy ojciec wrócił do domu, siedziałam w pokoju. Na zewnątrz było jaśniej niż w domu, więc podeszłam do ściany i stanęłam w takim miejscu, aby mnie nie dostrzegł. Oparł się jedną ręką o framugę drzwi, założył nogę na nogę i zaczął rozwiązywać sznurówki.

– Witaj – powiedziałam cicho.

Opuścił stopę na podłogę i spojrzał w półmrok. Przez kilka sekund patrzył na mnie z uśmiechem pełnym dobroci, a potem ponownie oparł stopę na kolanie i kontynuował zdejmowanie butów.

– Cóż za niespodzianka! – odezwał się po chwili. – Przypomniałaś sobie o nas?

– Zawsze o was pamiętam.

Pokręcił głową, założył kapcie, a ja podałam mu ręcznik, jak za dawnych czasów. Spojrzał na mnie z wyrzutem w oczach i powiedział:

– Nigdy nie podejrzewałem, że możesz być tak nielojalna.

Zebrało mi się na płacz. Po tym jak ich potraktowałam, mogłam usłyszeć od niego dużo bardziej przykre rzeczy. Podczas kolacji cały czas stawiał przede mną różne potrawy i mówił niezwykle szybko. Nigdy nie widziałam, aby był tak gadatliwy. Mahmud nie zszedł na posiłek.

– Opowiadaj – powiedział ojciec ze śmiechem. – Co podajesz mężowi na śniadanie i obiad? Czy ty w ogóle potrafisz gotować? Słyszałem, że chce przyjść, aby się na ciebie poskarżyć!

– Kto? Hamid? Ten biedak nigdy się nie skarży na jedzenie. Zjada wszystko, co przed nim postawię. Powiedział mi nawet, że nie chce, abym marnowała czas na gotowanie.

– O, proszę! Więc co masz robić?

– Mówi, że muszę kontynuować naukę.

Zapadła cisza. Dostrzegłam błysk w oczach ojca, a pozostali członkowie rodziny wpatrywali się we mnie ze zdumieniem.

– A co z prowadzeniem domu? – zapytała matka.

– To proste. Mogę się uczyć i prowadzić gospodarstwo domowe. Poza tym Hamid stwierdził pewnego dnia: „Nie dbam o obiad ani o obowiązki domowe. Masz robić to, co cię interesuje; zwłaszcza jeśli chodzi o naukę. To jest najważniejsze".

– Zapomnij o tym! – powiedział Ali. – Nie przyjmą cię już do szkoły.

– Przyjmą. Rozmawiałam już z dyrekcją. Będę uczęszczała na kursy wieczorowe i mogę zdawać egzaminy standaryzowane. À propos, muszę pamiętać o zabraniu podręczników.

– Dzięki Bogu! – wykrzyknął ojciec, a matka spojrzała na niego zaskoczona.

– Gdzie są moje podręczniki?

– Włożyłam je do niebieskiej torby i wyniosłam do piwnicy – wyjaśniła matka. – Ali, synu, przynieś ją.

– A dlaczego ja? Czy ona nie ma nóg ani rąk?

Ojciec odwrócił się z niespotykaną u niego złością i z dłonią uniesioną jakby do wymierzenia policzka krzyknął:

– Cisza! Nie chcę już nigdy słyszeć, jak w ten sposób odnosisz się do siostry... Jeśli jeszcze raz popełnisz ten błąd, wybiję ci wszystkie zęby.

Wszyscy wpatrywaliśmy się w ojca. Ali, zirytowany i przestraszony, wstał i wyszedł. Faati siedziała obok mnie i po cichu się śmiała. Wyczułam jej satysfakcję. Gdy wstałam do wyjścia, ojciec odprowadził mnie do drzwi i wyszeptał do ucha:

– Odwiedzisz nas jeszcze?

Nie zdążyłam się już zapisać na letni semestr, więc zgłosiłam się na jesienny, a potem czekałam z niecierpliwością na rozpoczęcie zajęć. Miałam mnóstwo wolnego czasu i spędzałam znaczną jego część na czytaniu książek Hamida. Zaczęłam od powieści, a następnie sięgnęłam po tomiki poezji, które czytałam z uwagą. Potem zainteresowałam się rozprawami filozoficznymi, ale okazały się niezwykle nudne i trudne w odbiorze. W końcu zabrałam się za jego stare podręczniki, ponieważ nie pozostało nic innego. Jednak pomimo iż uwielbiam czytać, książki nie dały mi pełnej satysfakcji.

Hamid prawie nie bywał w domu, czasami nie wracał nawet przez kilka dni. Początkowo gotowałam obiad, rozkładałam obrus i czekałam na niego. Wiele razy w takich przypadkach zasypiałam, ale mimo to nie zmieniłam swojego postępowania. Nie znosiłam bowiem jeść w samotności.

Pewnego razu wrócił do domu około północy i znalazł mnie śpiącą na podłodze obok nakrytego do obiadu stołu. Obudził mnie i powiedział ostrym tonem:

– Nie masz nic lepszego do roboty niż gotowanie?

Lekko jeszcze zaspana i zraniona jego reakcją poszłam do łóżka, gdzie po cichu płakałam, aż w końcu usnęłam. Następnego ranka niczym wykładowca zwracający się do bandy idiotów wygłosił przydługą przemowę na temat roli kobiet w społeczeństwie, a potem z nieco udawaną złością powiedział:

– Nie zachowuj się jak niedouczona, staromodna kobieta lub wykorzystywana i zakuta w kajdany żona, która próbuje usidlić mężczyznę za pomocą niemądrej miłości i dobroci.

Poczułam się urażona i ze złości odparłam:

– Niczego nie próbowałam. Po prostu mam dość samotności i nie lubię jeść sama. Pomyślałam więc, że skoro nie wracasz do domu na obiad i pewnie nie odżywiasz się zbyt dobrze, przygotuję porządny posiłek.

– Może świadomie nie chcesz mnie usidlić, ale podświadomie taki jest twój cel. To stara sztuczka stosowana przez kobiety. Wyznają zasadę: przez żołądek do serca.

– Przestań! Kto próbuje cię usidlić? W końcu jesteśmy małżeństwem. To prawda, że nie darzymy się miłością, ale nie jesteśmy też wrogami. Z chęcią bym z tobą porozmawiała, nauczyła się czegoś i usłyszała w domu inny głos poza swoim. Mógłbyś zjadać przynajmniej jeden domowy posiłek dziennie. Poza tym twojej mamie na tym zależy. Martwi się, że źle się odżywiasz.

– Aha! Wiedziałem, że matka maczała w tym palce. Wiem, że to nie twoja wina; wypełniasz po prostu jej polecenia. Od pierwszego dnia świadomie i dobrowolnie przyrzekłaś, że nigdy nie będziesz miała zastrzeżeń co do sposobu mojego życia, moich obowiązków i ideałów. Przekaż więc matce w moim imieniu, że nie musi martwić się o moje odżywianie. Co wieczór podczas spotkania kilku mężczyzn zajmuje się przygotowaniem jedzenia; są całkiem dobrymi kucharzami.

Od tego dnia przestałam na niego czekać wieczorami. Spędzał dnie z przyjaciółmi, których nie widziałam na oczy, i w otoczeniu, o którym nie miałam pojęcia. Nie wiedziałam, kim są jego przyjaciele, skąd pochodzą i jakie wyznawali ideały, skoro byli z nich tak dumni. Wiedziałam tylko, że mieli na Hamida sto razy większy wpływ niż ja i jego rodzina.

Wraz z rozpoczęciem kursów wieczorowych moje dni zaczęły wyglądać podobnie. Przez większość czasu się uczyłam, ale w domu nadal doskwierały mi samotność i pustka, zwłaszcza jesienią, gdy szybko robiło się ciemno i zimno. Nasze wspólne życie z Hamidem opierało się na wzajemnym szacunku; nie dochodziło do żadnych kłótni ani awantur, ale brakowało też radości. Wychodziliśmy tylko w piątki, gdy Hamid wracał do domu na czas, aby odwiedzić swoich rodziców. Cieszyłam się nawet z tych krótkich wspólnych chwil.

Wiedziałam, że nie lubił, gdy okrywałam głowę chustą, zwłaszcza gdy wychodziliśmy razem. Mając więc nadzieję, że będzie zabierał mnie częściej ze sobą, schowałam wszystkie swoje chusty. Jednak spotkania z przyjaciółmi zabierały mu cały wolny czas, a ja nie odważyłam się skarżyć ani poruszać tego tematu, ponieważ wiedziałam, co wtedy powie.

Babcia Hamida, Bibi, która zajmowała mieszkanie na parterze, była moim jedynym towarzyszem. Opiekowałam się nią i przygotowywałam dla niej posiłki. Była miłą i spokojną kobietą, a jej wada słuchu była większa niż początkowo przypuszczałam. Aby z nią porozmawiać, musiałam krzyczeć tak głośno, że po chwili czułam zmęczenie i dawałam za wygraną. Codziennie pytała mnie:

– Moja droga, czy Hamid wrócił wczoraj wcześniej?

– Tak – odpowiadałam.

Ku mojemu zaskoczeniu zawsze mi wierzyła i nie pytała, dlaczego w ogóle go nie widuję. Miała problemy ze słuchem, ale zachowywała się tak, jakby również niedowidziała. Od czasu do czasu, gdy czuła przypływ energii, opowiadała mi swoją historię. Mówiła o mężu, dobrym i religijnym człowieku, po śmierci którego nawet w upalne dni czuła w sercu chłód. Mówiła o swoich dzieciach, które były zajęte własnym życiem i rzadko ją odwiedzały. Czasami opowiadała o dziecięcych wybrykach mojego teścia. Był jej pierwszym dzieckiem i ulubieńcem. Od czasu do czasu wspominała ludzi, których nie znałam, a z których większość już nie żyła. Bibi miała szczęśliwe i pomyślne życie, ale teraz odniosłam wrażenie, że czeka tylko na śmierć, choć nie była aż tak stara. Co dziwne, pozostali członkowie rodziny czekali na to samo. Co prawda nigdy nic takiego nie powiedzieli ani jej nie zaniedbywali, ale coś w ich zachowaniu sprawiało takie wrażenie.

Wskutek życia w samotności wróciłam do dawnego nawyku rozmawiania z lustrem. Kiedyś potrafiłam wiele godzin dyskutować ze swoim odbiciem. Uwielbiałam to robić, gdy byłam dzieckiem, pomimo iż moi bracia zawsze się ze mnie naśmiewali i nazywali wariatką. Po wielu staraniach udało mi się zerwać z tym nałogiem, ale tak naprawdę zawsze mnie to pociągało; udało mi się jedynie opanować przyzwyczajenie. Ponieważ nie miałam z kim rozmawiać i nie było powodu, abym nadal się kryła ze moim nawykiem, ponownie dał o sobie znać. Rozmowy z nią, lub ze mną, w zależności od tego, jak na to spojrzeć, pomagały mi uporządkować myśli.

Czasami wracałam do wspomnień i płakałam wraz ze swoją towarzyszką z lustra. Opowiadałam jej, jak bardzo tęsknię za Parwaną. Gdybym tylko mogła ją odnaleźć; miałam jej tyle do powiedzenia. Pewnego dnia w końcu postanowiłam odszukać dawną przyjaciółkę. Tylko od czego zacząć? Ponownie musiałam poprosić o pomoc panią Parvin. Podczas jednej z wizyt u rodziców wstąpiłam do niej i poprosiłam, by popytała w okolicy, czy ktoś wie, gdzie obecnie mieszka rodzina Ahmadi. Sama byłam zbyt wstydliwa, aby porozmawiać z ludźmi. Zawsze mi się wydawało, że patrzą na mnie w dziwny sposób. Pani Parvin próbowała się czegoś dowiedzieć, ale nikt nie miał żadnych informacji. Istniała też możliwość, że nie chcieli podać jej adresu rodziny Parwany, ponieważ wiedzieli o romansie pani Parvin z Ahmadem. Jedna osoba zapytała nawet, czy potrzebuje adresu, aby ten opryszek z nożem mógł złożyć rodzinie kolejną wizytę. Postanowiłam zajrzeć do mojej dawnej szkoły, ale okazało się, że nie mają już akt Parwany. Zmieniła szkołę. Przy okazji spotkałam nauczycielkę literatury. Ucieszyła się na mój widok. Gdy powiedziałam, że planuję kontynuować naukę, zaczęła mnie do tego gorąco zachęcać.

Pewnego zimnego i ponurego wieczora, gdy byłam znudzona i nie miałam nic do zrobienia, Hamid wrócił wcześniej do domu i zaszczycił mnie swoją obecnością podczas obiadu. Nie posiadałam się z radości. Na szczęście tego samego ranka odwiedziła mnie matka i przyniosła dla nas ryby.

– To ojciec je kupił, ale nie przełknie ani kęsa, dopóki się z tobą nie podzieli – powiedziała. – Przyniosłam ci więc kawałek, aby mógł w końcu zjeść w spokoju.

Włożyłam rybę do lodówki, ale nie miałam ochoty gotować jej jedynie dla siebie. Gdy się zorientowałam, że Hamid zostaje w domu na obiad, wzięłam trochę suszonych ziół i przyrządziłam ziołowy ryż jako dodatek do ryby. Po raz pierwszy przygotowywałam takie danie, ale wyszło całkiem smacznie. Mówiąc szczerze, wykorzystałam całą swoją wiedzę kulinarną, aby je przyrządzić. Zapach ryby w ziołach pobudził apetyt Hamida. Chodził po kuchni i podjadał, a ja się śmiałam i go odganiałam. Gdy danie było gotowe, poprosiłam, aby zszedł na dół i zaniósł porcję dla Bibi. Potem rozłożyłam obrus i udekorowałam go, czym tylko mogłam. Można było odnieść wrażenie, że w naszym domu odbywała się jakaś oficjalna uroczystość; podobnie zresztą jak w moim sercu. Jak łatwo było mnie uszczęśliwić. Mimo to już dawno nie czułam się tak dobrze. Po powrocie Hamid umył ręce i zasiedliśmy do obiadu. Gdy wyciągał ości z obu porcji, powiedział:

– Rybę i ryż w ziołach należy jeść palcami.

– Och, jaki wspaniały wieczór! – zareagowałam spontanicznie. – W taki zimny i ponury wieczór zwariowałabym z samotności, gdybyś nie wrócił do domu...

Przez chwilę milczał, a potem odparł:

– Nie bierz sobie tego tak bardzo do serca. Korzystaj z wolnego czasu. Musisz się przygotowywać do zajęć, a dom pełen jest książek. Przeczytaj je. Chciałbym mieć czas na czytanie.

– Ale ja je już przeczytałam. Niektóre z nich nawet dwukrotnie.

– Mówisz poważnie? Które?

– Wszystkie. Nawet twoje podręczniki.

– Żartujesz! Zrozumiałaś coś z nich?

– Niektóre były trudne w odbiorze. Prawdę mówiąc, chciałabym zadać ci kilka pytań, gdy będziesz miał czas.

– Dziwne! A co powiesz o zbiorze opowiadań?

– Och, bardzo mi się spodobały. Płaczę za każdym razem, gdy je czytam. Są przepełnione smutkiem. Tyle w nich bólu, cierpienia i tragedii.

– Opisują jedynie niewielki urywek prawdziwego życia – odparł. – By zdobyć większą władzę i bogactwo, rządy zawsze zmuszały ubogie i bezbronne masy do katorżniczej pracy, a jej owoce konsumowali uprzywilejowani. W rezultacie zwykli ludzie cierpieli z powodu niesprawiedliwości, niedoli i nędzy.

– Gdy się o tym słyszy, serce się kraje. Kiedy ta rozpacz przeminie? Co możemy zrobić?

– Stawić opór! Człowiek, który dostrzega prawdę, musi się przeciwstawić tyranii. Jeśli każdy wolny obywatel będzie walczył przeciwko niesprawiedliwości, system upadnie. To nieuniknione. W końcu uciemiężone masy na całym świecie połączą siły i wyplenią niesprawiedliwość i zdradę. Musimy utorować drogę temu zjednoczeniu i rewolucji.

Mówił tak, jakby czytał jakiś dokument, ale byłam zafascynowana. Ogarnięta podziwem dla jego słów, odruchowo wyrecytowałam wiersz:

Jeśli ty powstaniesz, jeśli ja powstanę,
wszyscy powstaną.
Jeśli ty będziesz siedział, jeśli ja będę siedzieć, kto powstanie?
Kto będzie walczył z wrogiem?

– Super! Brawo! – pochwalił mnie zaskoczony. – A jednak co nieco rozumiesz. Czasami mówisz rzeczy, których nie spodziewam się usłyszeć od osoby w twoim wieku i z twoim poziomem wykształcenia. Wydaje mi się, że jesteś gotowa, aby pokazać ci drogę, którą kroczymy.

Nie wiedziałam, czy mam potraktować jego stwierdzenie jako komplement, czy zniewagę. Nie chciałam jednak, aby coś zakłóciło ten miły wieczór, więc postanowiłam zignorować te słowa.

Po kolacji oparł się o pufę i powiedział:

– To było pyszne. Brzuch mam pełny. Już dawno nie jadłem tak dobrego obiadu. Kto wie, czym moi biedni przyjaciele musieli się dzisiaj zadowolić. Pewnie jak zwykle podano chleb z serem.

Korzystając z jego dobrego nastroju i nawiązując do tego, co przed chwilą powiedział, zaproponowałam:

– Może zaprosisz kiedyś swoich przyjaciół na obiad?

Spojrzał na mnie zamyślony. Widziałam, że rozważał odpowiedź, ale nie marszczył brwi, więc kontynuowałam:

– Jakiś czas temu mówiłeś, że każdego wieczora ktoś inny jest odpowiedzialny za przygotowanie jedzenia. Może któregoś dnia ja mogłabym zająć się posiłkami? Choć raz niech twoi przyjaciele zjedzą prawdziwy obiad.

– Prawdę mówiąc, jakiś czas temu Szahrzad powiedziała, że chciałaby cię poznać.

– Szahrzad?

– To moja przyjaciółka. Mądra, odważna i naprawdę wierzy w nasze ideały. Potrafi analizować i rozwiązywać niektóre problemy lepiej od nas wszystkich.

– To dziewczyna?

– Co masz na myśli? Przecież mówiłem, że nazywa się Szahrzad. Słyszałaś o chłopcu o tym imieniu?

– Ma męża czy jest stanu wolnego?

– Już się zaczyna... Tak, ma męża. Nie miała wyboru. Musiała wydostać się spod kontroli rodziny, aby móc poświęcić swój czas i siły dla sprawy. Niestety w tym kraju bez względu na pozycję, jaką kobieta zajmuje w społeczeństwie, nigdy nie może uwolnić się od obyczajów kulturowych oraz wynikających z nich ograniczeń i obowiązków.

– A jej mąż nie ma nic przeciwko temu, że żona przebywa cały czas z tobą i twoimi przyjaciółmi?

– Kto? Mehdi? Nie, on jest jednym z nas. To było małżeństwo wewnątrz grupy. Doszliśmy do wniosku, że to dobry pomysł, ponieważ pod wieloma względami wpłynęło to korzystnie na naszą sprawę.

Po raz pierwszy opowiadał mi o swoich przyjaciołach i ich grupie. Wiedziałam, że jakakolwiek silna lub nagła reakcja z mojej strony sprawi, że ponownie zamknie się w sobie. Musiałam być dobrym słuchaczem i milczeć, nawet jeśli to, co mówił, wydawało mi się dość dziwne.

– Ja także chętnie poznam Szahrzad – odparłam. – Na pewno jest interesującą osobą. Obiecaj, że kiedyś ich zaprosisz.

– Muszę się nad tym zastanowić. Porozmawiam o tym z nimi i wspólnie podejmiemy decyzję.

Dwa tygodnie później w końcu dostąpiłam tego zaszczytu. Postanowiono, że w następną sobotę przyjaciele Hamida przyjdą do nas na obiad; tego dnia wypadało święto państwowe. Przygotowywałam się do ich odwiedzin cały tydzień. Wyprałam zasłony i wymyłam okna. Nieustannie przestawiałam meble. Problem polegał na tym, że nie mieliśmy stołu w jadalni.

– Nieważne – stwierdził Hamid – Po co im stół w jadalni? Rozłóż obrus na podłodze. W ten sposób każdy będzie miał więcej miejsca i będzie wygodniej.

Zaprosił tylko dwunastu ludzi, swoich najbliższych przyjaciół. Nie wiedziałam, co przygotować do jedzenia. Byłam tak podekscytowana, że kilka razy prosiłam go, aby mi doradził.

– Ugotuj to, co lubisz – odparł. – To nieistotne.

– Wręcz przeciwnie, to bardzo ważne. Chcę ugotować potrawy, które lubią twoi przyjaciele. Powiedz mi, kto w czym gustuje.

– A skąd mam wiedzieć? Każdy lubi coś innego. Nie musisz przygotowywać osobnego dania dla każdego.

– No może nie dla wszystkich. Ale na przykład, co lubi jeść Szahrzad?

– Ziołowy gulasz. Mehdi uwielbia potrawkę z grochu łuskanego, a Akbar ma ochotę spróbować ziołowej ryby z ryżem, o której mu opowiadałem. A późnym popołudniem, gdy robi się chłodno, wszyscy marzą o rosole z makaronem. Jednym słowem oni lubią wszystko... Ale nie rób sobie kłopotu. Ugotuj to, co łatwo przyrządzić.

Zakupy rozpoczęłam już we wtorek. Temperatura na dworze spadła i dało się odczuć lekki wietrzyk. Kupiłam tak dużo rzeczy i wniosłam tyle ciężkich toreb po schodach, że nawet Bibi miała tego dosyć.

– Moja droga, uczta dla siedmiu królów nie wymaga takich przygotowań.

W czwartek zajęłam się wstępnym przyrządzaniem posiłków. W piątek wróciliśmy nieco wcześniej od rodziców Hamida i ponownie wzięłam się za gotowanie. Przygotowałam tyle jedzenia, że samo podgrzanie wszystkich dań zajęłoby całe przedpołudnie. Na szczęście na dworze było zimno, więc wystawiłam wszystkie garnki i rondle na taras. Gdy późnym popołudniem Hamid szykował się do wyjścia, powiedział do mnie:

– Jeśli coś mnie zatrzyma, przyjdę z chłopakami jutro około południa.

Wstałam wcześnie rano i jeszcze raz odkurzyłam całe mieszkanie, ugotowałam i przepłukałam ryż, a gdy wszystko było gotowe, wzięłam szybki prysznic. Nie myłam jednak włosów, ponieważ poprzedniego wieczora zakręciłam je na wałki. Założyłam moją najlepszą żółtą sukienkę, usta pomalowałam delikatnie pomadką, zdjęłam wałki z włosów i pozwoliłam, aby piękne loki opadły mi kaskadą na plecy. Chciałam wyglądać doskonale, aby nie przynieść Hamidowi wstydu i aby w końcu przestał mnie ukrywać w domu jak opóźnione umysłowo dziecko z nieprawego łoża.

Chciałam, aby jego przyjaciele uznali mnie za kogoś, kogo warto zaprosić do grupy.

Około południa moje serce zamarło na dźwięk dzwonka. Hamid miał klucz, ale to był sygnał, abym się przygotowała na przyjście gości. Zdjęłam szybko fartuszek i pobiegłam na schody, aby ich przywitać. Wiał zimny wiatr, ale się tym nie przejmowałam. Na szczycie schodów Hamid przedstawił mnie wszystkim. W grupie znajdowały się cztery kobiety. Resztę gości stanowili mężczyźni mniej więcej w tym samym wieku. Po wejściu do mieszkania odebrałam od nich płaszcze i kurtki, a następnie z zaciekawieniem przyjrzałam się kobietom. Nie różniły się zbyt mocno od mężczyzn. Były ubrane w spodnie i luźne swetry, które wyglądały na dość stare i nie komponowały się z resztą stroju. Patrząc na ich włosy, odnosiło się wrażenie, że im tylko zawadzają; albo zostały ostrzyżone tak krótko, że od tyłu można było wziąć kobietę za mężczyznę, albo związane były gumką recepturką. Żadna z nich nie miała na twarzy makijażu.

Choć wszyscy zachowywali się w uprzejmy sposób, poza Szahrzad nikt nie zwrócił na mnie uwagi. Tylko ona ucałowała mnie w policzki, otaksowała wzrokiem i stwierdziła:

– Piękna! Hamid, masz cudowną żonę. Nigdy nie mówiłeś, że jest taka atrakcyjna i dobrze ubrana.

Dopiero wtedy wszyscy się odwrócili i przyjrzeli mi się uważnie. Wyczułam niewidzialne dla oka sarkastyczne uśmiechy na niektórych twarzach. Choć nie doświadczyłam z ich strony żadnych nieprzyjemności, ich zachowanie sprawiało, że czułam się skrępowana, a na twarz wystąpiły mi rumieńce.

Poza tym Hamid także sprawiał wrażenie zażenowanego.

– Dość tego! – powiedział, starając się zmienić temat. – Idźcie do salonu. Zaraz podamy herbatę.

Kilka osób usiadło na sofach, a pozostali na podłodze. Niemal połowa gości zaczęła palić.

– Popielniczki! – zawołał. – Daj wszystkie popielniczki, jakie mamy.

Poszłam do kuchni i przyniosłam to, o co poprosił. Następnie wróciłam do kuchni i zaczęłam nalewać herbatę. Hamid dołączył do mnie.

– Co to za dziwaczny strój? – zapytał.

– Dlaczego dziwaczny? O co chodzi? – zapytałam zdziwiona.

– Co to za sukienka? Wyglądasz jak lalunia z Zachodu. Przebierz się w coś skromniejszego; załóż koszulę, spodnie albo spódnicę. A potem umyj twarz i zwiąż włosy.

– Ale przecież nie mam makijażu. Nałożyłam tylko trochę szminki, i to w bardzo jasnym odcieniu.

– Nie wiem, co zrobiłaś. Po prostu strasznie się wyróżniasz.

– Mam pomazać twarz węglem?

– Tak, świetny pomysł – warknął.

Do oczu napłynęły mi łzy. Nigdy nie potrafiłam przewidzieć, co mu przypadnie do gustu, a co nie. W jednej chwili poczułam się wycieńczona. Jakby w jednym momencie ogarnęło mnie zmęczenie z całego tygodnia. Przeziębienie, które złapałam kilka dni wcześniej i które do tej pory postanowiłam ignorować, nagle dało o sobie znać i zaczęło mi się kręcić w głowie. Usłyszałam głos jednego z gości:

– Co z tą herbatą?

Wzięłam się w garść i dokończyłam rozlewać herbatę. Hamid zaniósł tacę do salonu.

Poszłam do sypialni, zdjęłam sukienkę i na chwilę usiadłam na łóżku. W głowie miałam pustkę. Byłam po prostu smutna. Założyłam długą plisowaną spódnicę, w której zwykle chodziłam po domu, i wciągnęłam na siebie pierwszą lepszą koszulę, jaką znalazłam w szafie. Upięłam włosy za pomocą spinki, a bawełnianym płatkiem starłam z ust pozostałości szminki. Starałam się opanować ucisk w gardle. Obawiałam się, że jeśli spojrzę na siebie w lustrze, z oczu popłyną mi łzy. Próbowałam myśleć o czymś innym. Przypomniało mi się, że nie polałam ryżu sklarowanym masłem. Wyszłam z sypialni i natknęłam się na jedną z dziewcząt, która właśnie wychodziła z salonu. Gdy tylko mnie ujrzała, zapytała:

– Och, skąd ta zmiana stroju?

Wszyscy wyjrzeli z pokoju, aby na mnie spojrzeć. Zrobiłam się czerwona jak burak. Hamid wychylił głowę z kuchni i wyjaśnił:

– Tak będzie jej wygodniej.

Przez całą wizytę przebywałam w kuchni, gdzie miałam święty spokój. Około drugiej wszystko w końcu było gotowe, więc rozłożyłam obrus w holu. Choć zamknęłam drzwi do salonu, aby swobodnie przygotować posiłek i wyłożyć potrawy, nadal słyszałam ich głośne rozmowy. Nie rozumiałam połowy z tego, co mówili. Miałam wrażenie, że rozmawiają w jakimś obcym języku. Przez chwilę dyskutowali o jakiejś „dialektyce", powtarzając przy tym słowa „motłoch" i „masy". Nie rozumiałam, dlaczego po prostu nie powiedzą „ludzie". Obiad był gotowy. Okropnie bolały mnie plecy i czułam pieczenie w gardle. Hamid przyjrzał się potrawom na obrusie, a potem zaprosił gości na posiłek. Wszyscy byli zaskoczeni różnorodnością, barwą i zapachem dań. Nieustannie polecali sobie nawzajem różne potrawy.

– Mam nadzieję, że nie jesteś zmęczona – powiedziała Szahrzad. – Naprawdę się napracowałaś. Nam wystarczyłyby chleb z serem. Nie musiałaś zadawać sobie tyle trudu.

– Nieprawda! – wtrącił jeden z mężczyzn. – Chleb z serem jemy codziennie. Skoro odwiedziliśmy dom burżuazji, przekonajmy się, co jedzą.

Wszyscy się roześmiali, ale miałam wrażenie, że Hamidowi nie spodobała się ta uwaga. Po obiedzie wszyscy wrócili do salonu. Hamid zaniósł stertę talerzy do kuchni i z irytacją powiedział:

– Musiałaś gotować tyle jedzenia?

– Nie rozumiem. Nie smakowało ci?

– Smakowało, ale teraz do końca świata będę musiał wysłuchiwać ich docinków.

Hamid ponownie podał herbatę. Podniosłam obrus z podłogi, umyłam naczynia, odłożyłam resztki jedzenia i posprzątałam kuchnię. Minęło wpół do piątej. Nadal czułam ból w plecach i miałam wrażenie, że dostałam gorączki. Nikt o mnie nie pytał, zostałam zapomniana. Szybko zrozumiałam, że do nich nie pasuję. Czułam się jak uczennica na przyjęciu dla nauczycieli. Byliśmy w różnym wieku, nie dorównywałam im wiedzą ani doświadczeniem, nie potrafiłam dyskutować tak jak oni, nie miałam nawet na tyle odwagi, aby im przerwać i zapytać, czy podać coś do picia lub jedzenia.

Rozlałam kolejną porcję herbaty do filiżanek, przygotowałam półmisek z ptysiami i zaniosłam tacę do salonu. Ponownie wszyscy mi podziękowali, a Szahrzad dodała:

– Musisz być zmęczona. Przepraszam, że nikt nie przyszedł ci pomóc w sprzątaniu. Prawdę mówiąc, nie radzimy sobie zbyt dobrze z pracami domowymi.

– To nic takiego.

– Nic takiego? Żadne z nas nie byłoby w stanie przygotować tylu pyszności. Usiądź, proszę, obok mnie.

– Oczywiście, zaraz wrócę. Pozwól tylko, że odmówię modlitwę, zanim będzie za późno, a potem do was dołączę.

Ponownie wszyscy dziwnie na mnie spojrzeli, a Hamid zmarszczył brwi. Znowu nie wiedziałam, dlaczego moje słowa wzbudziły takie zdumienie. Między Akbarem, mężczyzną, który nazwał mojego męża burżujem, a Hamidem wyczułam lekką rywalizację i napięcie.

– Cudownie! – powiedział mężczyzna. – Istnieją jeszcze ludzie, którzy się modlą. Jestem zachwycony. Skoro zachowała pani wiarę przodków, mogłaby mi pani wyjaśnić, dlaczego odmawia pani modlitwy?

Wytrącona z równowagi i zirytowana odparłam:

– Dlaczego? Ponieważ jestem muzułmanką, a każdy muzułmanin musi się modlić. To nakaz boży.

– A w jaki sposób Bóg pani to nakazał?

– Nie tylko mnie, wszystkim. Uczynił to za pośrednictwem proroka oraz Koranu, który został mu przekazany.

– Mówi pani, że ktoś tam na górze spisał boże przykazania i rzucił je w ramiona proroka?

Z każdą minutą narastały we mnie złość i zdumienie. Odwróciłam się do Hamida i posłałam mu spojrzenie, w którym wyraziłam prośbę o pomoc, ale w jego oczach nie dostrzegłam dobroci ani współczucia, a jedynie wściekłość.

Jedna z kobiet dołączyła do rozmowy:

– A co się stanie, jeśli nie zmówisz modlitwy?

– Popełnię grzech.

– A co dzieje się z osobami, które grzeszą? Na przykład my się nie modlimy, więc według tego, co mówisz, jesteśmy grzesznikami. Co się z nami stanie?

Zacisnęłam zęby i odparłam:

– Po śmierci będziecie cierpieć i traficie do piekła.

– Aha! Piekło. Możesz opowiedzieć nam coś o tym miejscu?

Cała się trzęsłam. Wyśmiewali moją wiarę.

– W piekle jest pełno ognia – wyjąkałam.

– Pewnie jest tam też pełno węży i skorpionów?

– Tak.

Wszyscy się roześmiali. Spojrzałam błagalnie w kierunku Hamida. Potrzebowałam pomocy, ale on tylko spuścił głowę i choć nie śmiał się razem z innymi, nic też nie mówił. Akbar odwrócił się do niego i powiedział:

– Hamidzie, nie udało ci się oświecić nawet własnej żony, jak zamierzasz ocalić ludzkość przed zabobonami?

– Nie wierzę w zabobony – odparłam gniewnie.

– Ależ tak, moja droga, wierzysz. To nie twoja wina. Tak mocno wbijano ci je do głowy, że zaczęłaś w nie wierzyć. Rzeczy, o których opowiadasz i na które marnujesz czas, są tak naprawdę zabobonami. Kwestie te nie stanowią żadnej wartości dla mas, mają one jedynie uczynić cię zależną od innych. Poza tym z założenia mają wywołać w tobie strach, tak abyś była zadowolona z tego, co masz, i nie walczyła o to, czego ci brakuje. A wszystko to w nadziei, że po śmierci będziesz opływać w dostatki. Tym właśnie jest zabobon.

Kręciło mi się w głowie i chciało mi się wymiotować.

– Nie potępiaj Boga! – powiedziałam wściekłym tonem.

– Widzicie, dzieci! Widzicie, jakie robią im pranie mózgu? To nie ich wina. Te wierzenia wkłada się im do głowy od wczesnego dzieciństwa. Czeka nas ciężka droga w zwalczaniu „opium dla mas". Dlatego właśnie uważam, że musimy umieścić kampanię przeciw religii w naszym programie.

Nie mogłam już ich słuchać. Miałam wrażenie, że pokój wiruje. Wiedziałam, że jeśli zostanę z nimi minutę dłużej, zwymiotuję w salonie. Pobiegłam do toalety i zwróciłam wszystko. W trzewiach czułam okropny ucisk, a w plecach i dolnej części brzucha przeszywający ból. Poczułam na nogach wilgoć. Spojrzałam w dół. Na podłodze zobaczyłam kałużę krwi.

***

Byłam rozpalona. Pod moimi stopami płomienie wciągały mnie w dół. Próbowałam uciec, ale nie mogłam poruszyć nogami. Przerażające, ohydne czarownice dźgały mnie widłami w brzuch i wpychały do ognia. Węże z ludzkimi głowami śmiały się ze mnie. A potworne stworzenie próbowało wlać mi do gardła zjełczałą wodę. Z dzieckiem na rękach znalazłam się w pokoju, w którym szalały płomienie. Podbiegałam do różnych drzwi, ale za każdymi z nich widziałam jeszcze więcej ognistych języków. Spojrzałam na moje dziecko. Było zalane krwią.

Gdy otworzyłam oczy, ujrzałam dziwny biały pokój. Przeszedł mnie silny dreszcz i ponownie zamknęłam oczy. Zwinęłam się w kłębek i zaczęłam się trząść. Ktoś okrył mnie kocem i poczułam na czole ciepłą dłoń.

– Niebezpieczeństwo minęło, a krwotok ustał niemal całkowicie – powiedział jakiś głos. – Ale jest bardzo osłabiona. Musi nabrać sił.

Usłyszałam głos matki:

– Widzisz, Hamidzie Chan. Pozwól, aby przynajmniej na tydzień zamieszkała u nas i doszła do siebie.

W domu rodzinnym przeleżałam pięć dni. Faati latała wkoło mnie niczym motyl. Ojciec cały czas kupował dziwne produkty, które podobno posiadały właściwości odżywcze i wzmacniające. Za każdym razem, gdy otwierałam oczy, matka zmuszała mnie do jedzenia. Pani Parvin siedziała przy mnie cały dzień i opowiadała różne rzeczy, ale nie miałam ochoty z nią rozmawiać. Codziennie po południu odwiedzał mnie Hamid. Wyglądał na przybitego i zażenowanego. Nie miałam ochoty na niego patrzeć. Znowu ciężko było mi rozmawiać z ludźmi, a moje serce pogrążyło się w smutku.

Matka cały czas powtarzała:

– Moja droga, dlaczego nie powiedziałaś, że jesteś w ciąży? Dlaczego tak ciężko pracowałaś? Dlaczego nie poprosiłaś mnie o pomoc? Jak mogłaś złapać tak poważne przeziębienie? Przecież w pierwszych miesiącach ciąży należy na siebie uważać. Wszystko będzie dobrze. Nie powinnaś opłakiwać nienarodzonego dziecka. Wiesz ile razy ja poroniłam? Taka widać była wola i mądrość Boga.

Mówią, że jeśli kobieta poroni, oznacza to, że płód musiał posiadać jakiś defekt; zdrowe dziecko tak łatwo nie umiera. Powinnaś więc się cieszyć. Jeśli Bóg pozwoli, następne dzieci będą zdrowe.

W dniu, w którym miałam wrócić do domu, Hamid odebrał mnie samochodem Mansury. Zanim odjechałam, ojciec zawiesił mi na szyi naszyjnik z wisiorkiem zawierającym modlitwę Van Yakad. Tylko w ten sposób potrafił wyrazić swoją miłość. Dobrze go rozumiałam, ale nie byłam w nastroju do rozmowy ani podziękowań. Starłam jedynie łzy z oczu. Hamid przez dwa dni nie wychodził z domu i się mną opiekował. Wiedziałam, że było to dla niego ogromne poświęcenie, ale nie czułam wobec niego wdzięczności.

Odwiedziły mnie również jego matka i siostry.

– Drugą ciążę, tę, w którą zaszłam po urodzeniu Monir, też poroniłam – wyznała moja teściowa. – Ale potem urodziłam trójkę zdrowych dzieci. Nie smuć się. Masz mnóstwo czasu. Oboje jesteście młodzi.

Tak naprawdę nie wiedziałam, dlaczego wpadłam w tak głęboką depresję. Na pewno nie wywołało jej poronienie. Choć zdawałam sobie sprawę ze zmian, jakie w ostatnich kilku tygodniach zachodziły w moim ciele, i gdzieś w głębi duszy podejrzewałam, co się dzieje, nie potrafiłam przyznać przed sobą, że zostanę matką. Nie rozumiałam, co to znaczy mieć dziecko. Nadal postrzegałam siebie jako uczennicę, dla której najważniejszym obowiązkiem była nauka. Pomimo to mój smutek połączony był z bolesnymi wyrzutami sumienia. Fundamenty mojej wiary zostały zachwiane i na myśl o osobach, które do tego doprowadziły, czułam zniesmaczenie. Przeraziły mnie wątpliwości, które zalęgły się w mojej głowie. Wydawało mi się, że Bóg ukarał mnie za nie, zabierając mi dziecko.

– Dlaczego nie powiedziałaś, że jesteś w ciąży? – zapytał Hamid.

– Nie byłam pewna. Poza tym nie wiedziałam, czy ta wiadomość cię ucieszy.

– Czy posiadanie dziecka jest dla ciebie ważne?

– Nie wiem.

– Wiem, że nie chodzi tylko o dziecko. Coś jeszcze cię gryzie. Zorientowałem się podczas twoich halucynacji. Rozmawiałem na ten temat z Szahrzad i Mehdim. Tamtego dnia znalazłaś się pod ogromną presją. Byłaś fizycznie zmęczona i strasznie przeziębiona, a słowa moich przyjaciół przepełniły czarę goryczy.

Do moich oczu napłynęły łzy.

– A ty mnie nie broniłeś. Oni się ze mnie naśmiewali, szydzili, traktowali jak idiotkę, a ty stanąłeś po ich stronie.

– Nie! Uwierz mi, nikt nie chciał cię skrzywdzić ani obrazić.

Po tym wydarzeniu Szahrzad kłóciła się zaciekle ze wszystkimi, zwłaszcza z Akbarem. W rezultacie doszliśmy do wniosku, że należy wypracować właściwe podejście do prezentacji i promowania naszych ideałów. W którymś momencie Szahrzad powiedziała: „Ton używany przez was w dyskusji obraża ludzi i sprawia, że czują się niepewnie. Odstraszacie ich". Tamtego dnia Szahrzad siedziała wraz ze mną przy twoim łóżku. Nieustannie powtarzała: „To przez nas ta biedna dziewczyna tak skończyła". Wszyscy się o ciebie martwią. Akbar chce przyjść i przeprosić.

Następnego dnia odwiedzili mnie Szahrzad i Mehdi. Przynieśli ze sobą pudełko ciastek. Szahrzad usiadła obok mnie na łóżku i powiedziała:

– Cieszę się, że czujesz się lepiej. Naprawdę nas wystraszyłaś.

– Przepraszam, nie chciałam.

– Nie, nie mów tak. To my powinniśmy cię przeprosić. To nasza wina. Dyskutujemy tak ostro i zapamiętale, walcząc o nasze ideały, że zapominamy, iż ludzie nie są przyzwyczajeni do takich konfrontacji i w rezultacie ogarnia ich konsternacja. Akbar zawsze kłóci się jak osioł, ale nie chciał cię skrzywdzić. Po tym wydarzeniu był naprawdę zdenerwowany. Chciał dzisiaj przyjść, ale powiedziałam mu, aby ci się nie naprzykrzał i że na jego widok znowu ci się pogorszy.

– Nie, to nie jego wina. To ja jestem zbyt słaba. Kilka słów potrafi zachwiać moją wiarą i ideałami, przez co nie mogę się odgryźć i zripostować jak należy.

– Jesteś jeszcze młoda. Gdy byłam w twoim wieku, brakowało mi pewności siebie, aby sprzeciwić się mojemu ojcu. Z czasem dojrzejesz i zyskasz doświadczenie, a twoje przekonania zyskają solidne fundamenty i zaczną się opierać na twoich własnych spostrzeżeniach, badaniach i wiedzy, a nie na wyuczonych formułkach

149

powtarzanych przez innych jak papugi. Ale przyznam ci się do czegoś. Nie przywiązuj zbyt wielkiej wagi do tego przeintelektualizowanego gadania. Nie bierz tych facetów zbyt serio. W głębi serca nadal zachowali wiarę i w ciężkich chwilach odruchowo zwracają się do Boga i szukają jego wsparcia.

W drzwiach stał Hamid i trzymał tacę z herbatą. Gdy usłyszał naszą rozmowę, roześmiał się. Szahrzad odwróciła się, spojrzała na niego i odparła:

– Nie mam racji, Hamidzie? Powiedz szczerze. Czy udało ci się całkowicie zapomnieć o religii? Udało ci się pozbyć Boga z twoich przekonań? Nie wzywasz niekiedy jego imienia?

– Owszem, wzywam i nie wiem, w czym miałoby to przeszkadzać. Rozmawialiśmy na ten temat dzień przed waszą wizytą i dlatego Akbar zachował się w ten sposób. Nie rozumiem, dlaczego tak żarliwie sprzeciwiacie się religii. Moim zdaniem pobożni ludzie są spokojniejsi, optymistycznie nastawieni i rzadko czują się opuszczeni lub samotni.

– To znaczy, że nie wyśmiewasz moich modlitw ani wiary i nie uważasz ich za zabobony? – zapytałam.

– Nie! Czasami, gdy widzę, jak się modlisz z tak ogromnym spokojem i emocjonalną pewnością, nawet ci zazdroszczę.

– Pamiętaj tylko, aby pomodlić się również za nas – dodała Szahrzad z uśmiechem pełnym aprobaty. Pod wpływem impulsu przytuliłam ją i ucałowałam w policzki.

Od tamtej pory rzadko widywałam przyjaciół Hamida, a gdy już dochodziło do spotkania, przebiegało ono dość spokojnie. Szanowali mnie, ale nie traktowali jak członka grupy. W mojej obecności starali się nie rozmawiać na temat religii ani Boga. Widziałam, że nie czują się swobodnie w moim towarzystwie, lecz nie zależało mi już na ich widywaniu.

Co jakiś czas Szahrzad i Mehdi wpadali z przyjacielską wizytą, ale nadal nie potrafiłam nawiązać z nimi bliższej więzi. Moje uczucia względem Szahrzad były mieszaniną szacunku, uprzejmości i zazdrości. Była prawdziwą kobietą. Nawet mężczyźni liczyli się z jej zdaniem. Była dobrze wykształcona, inteligentna i elokwentna. Nikogo się nie bała i nie tylko nie musiała na nikim polegać, ale to na niej opierała się cała grupa. Co ciekawe, pomimo silnej osobowości odzywały się w niej również delikatne emocje. Gdy spotykała się z ludzką tragedią, w jej ciemnych oczach szybko pojawiały się łzy. Jej związek z Mehdim był dla mnie zagadką. Hamid powiedział mi, że pobrali się dla dobra organizacji, ale łączyło ich coś głębszego i bardziej ludzkiego. Mehdi był bardzo cichym i inteligentnym mężczyzną. Rzadko zabierał głos w dyskusjach i obnosił się ze swoją wiedzą i umiejętnościami. Niczym nauczyciel słuchający swoich uczniów podczas powtórki materiału, zwykle milczał, obserwował i się przysłuchiwał. Szybko się zorientowałam, że Szahrzad pełniła rolę jego rzecznika. Podczas dyskusji dyskretnie na niego zerkała. Kiwnięciem głowy dawał jej znak, aby kontynuowała, a jego lekko podniesione brwi sprawiały, że milkła w środku debaty. Pomyślałam, że bez miłości nie można stworzyć takiej więzi. Wiedziałam, że idealna żona dla Hamida przypominała bardziej ją niż mnie. Mimo to nie czułam urazy. Szahrzad znajdowała się poza moim zasięgiem, miałam więc wrażenie, że nie zasługuję nawet na to, aby patrzeć na nią z zazdrością. Pragnęłam jedynie być taka jak ona.

Pod koniec wiosny, podczas egzaminów końcowych w klasie dziesiątej, za sprawą osłabienia, zmęczenia i nudności zdałam sobie sprawę, że jestem w ciąży. Choć nie było to łatwe, poradziłam sobie świetnie na egzaminach i tym razem z pełną świadomością i entuzjazmem oczekiwałam narodzin dziecka. Dziecka, które pozwoli mi się wyrwać z objęć niekończącej się samotności.

Rodzina Hamida była zachwycona na wieść o ciąży i uznała to za znak, że Hamid w końcu się zmienił i ustatkował. Nie wyprowadziłam ich z błędu. Wiedziałam, że jeśli zacznę się skarżyć na jego częste nieobecności, zdradzę Hamida i mogę go na zawsze stracić, a jego rodzina uzna mnie za winną tej sytuacji. Jego matka głęboko wierzyła – i nie przepuściła żadnej okazji, aby mi o tym przypomnieć – że dobra żona może utrzymać męża w domu, blisko rodziny. Jako dowód przytaczała historię ze swojej młodości, gdy uratowała męża z sideł komunistycznej partii Tude.

***

Tamtego lata Mahmud ożenił się z kuzynką ze strony matki, Ehteram-Sadat. Nie miałam ochoty ani potrzeby, aby pomóc w przygotowaniach; na szczęście moja ciąża stanowiła idealną wymówkę. Prawda wyglądała tak, że nie darzyłam sympatią młodej pary. Matka nie posiadała się jednak ze szczęścia (co było do przewidzenia) i nieustannie wymieniała nowe zalety panny młodej, które dawały jej przewagę nad Mahbubą. Zajęła się też wszystkimi przygotowaniami, a pomagała jej w tym moja ciotka, która zastanawiała się, czy może zrezygnować z hidżabu, aby ułatwić sobie pracę.

W dniu ślubu Mahmud wyglądał, jakby miał wziąć udział w pogrzebie. Miał nachmurzoną i gburowatą minę, trzymał głowę spuszczoną i nie wymienił uprzejmości z żadnym z zaproszonych gości. Zabawa odbywała się równolegle w dwóch miejscach. Mężczyźni zbierali się w domu ojca, a kobiety u pani Parvin. Wbrew wcześniejszym ustaleniom po ślubie Mahmud nie został nawet dzień w rodzinnym domu. Wynajął dom w pobliżu targowiska i w noc poślubną panna młoda przeprowadziła się do niego.

Na ścianach i pomiędzy drzewami wisiały sznury kolorowych świateł, a przy drzwiach stały lampy. Gotowanie odbywało się na podwórzu pani Parvin, ponieważ było większe od naszego. Brakowało jedynie muzyki i śpiewu. Mahmud wraz z ojcem Ehteram-Sadat doszli do wniosku, że nikomu nie wolno wykonywać żadnych niezgodnych z religią czynności.

Siedziałam z kobietami na podwórzu pani Parvin i wachlowałam się z powodu gorąca. Kobiety wesoło rozmawiały i zajadały się owocami i ciastami. Zastanawiałam się, co robili mężczyźni. Zza płotu nie dochodziły żadne dźwięki. Co jakiś czas jakiś głos nawoływał tylko pozostałych do odmówienia modlitwy dziękczynnej do Mahometa i jego potomków. Miałam wrażenie, że wszyscy czekają na kolację, aby formalności stało się zadość i można było przerwać panującą nudę.

– Co to za wesele? – nieustannie narzekała pani Parvin. – Tak wyglądał pogrzeb mojego ojca!

Ciotka uciszała ją wówczas, marszcząc brwi:

– Niech Bóg się nad nami zlituje!

Ciotka uważała, że poza nią wszyscy ludzie na świecie są grzesznikami i nikt nie praktykuje wiary w odpowiedni sposób. Jednak jej niechęć do pani Parvin wynikała z innego powodu. W dniu ślubu nieustannie powtarzała: „Co ta latawica tutaj robi?". Gdybyśmy nie znajdowali się w domu należącym do pani Parvin, ciotka na pewno już dawno by ją wyrzuciła.

Ahmad w ogóle nie pojawił się na ślubie. Matka cały czas pytała o niego Alego, który stał przy drzwiach wejściowych, a potem uderzała jedną dłonią o wierzch drugiej i mówiła dalej:

– Widzisz! To przecież ślub waszego brata, a biedny ojciec nie ma nikogo do pomocy. Ahmad dba jedynie o tych swoich podejrzanych przyjaciół. Wydaje mu się, że świat się skończy, jeśli co wieczór z nimi nie wyjdzie.

Za sprawą słów matki pani Parvin także wylała swoje żale:

– Twoja matka ma rację. Od kiedy się wyprowadziłaś, Ahmad stał się jeszcze gorszy. Zaczął się zadawać z dziwnymi ludźmi. Niech Bóg roztoczy nad nim opiekę.

– Jest taki głupi, że dostanie to, na co zasłużył – odparłam.

– Och, nie mów tak, Masumo! Jak możesz? Może nie byłby taki, gdyby reszta z was zwracała na niego choć odrobinę uwagi.

– W jaki sposób?

– Nie wiem. Ale nie powinniście się od niego odwracać. Twój ojciec nawet na niego nie spojrzy.

Tamtego wieczora siostra ojca przyjechała na wesele sama. Zanim się pojawiła, matka co chwilę powtarzała:

– Widzisz, jaką masz nieczułą ciotkę? Nie pofatygowała się nawet na ślub swojego najstarszego bratanka.

A gdy zobaczyła ciotkę w drzwiach, wydęła usta i dodała:

– Dama zaszczyciła nas swoją obecnością.

A potem szybko czymś się zajęła i udawała, że nie zauważyła jej przybycia.

Ciotka podeszła i usiadła obok mnie, po czym wykrzyknęła:

– Och, niemal umarłam, gdy tu jechałam! Spóźniłam się dwie godziny, ponieważ zepsuł mi się samochód. Szkoda, że wesele nie odbywa się w Kom, wówczas cała rodzina mogłaby wziąć w nim udział, a ja nie musiałabym jeździć tam i z powrotem.

– Och, kochana cioteczko, nie chcieliśmy sprawiać ci kłopotu.
– Jakiego kłopotu? Jak często mój najstarszy bratanek się żeni?
Chyba mogę przejechać taki kawałek?
A potem zwróciła się do matki:
– Witaj, pani gospodyni. W końcu dotarłam, a ty tak mnie
witasz?
– A czy przyjechałaś na czas? – warknęła matka. – Zachowałaś się jak obca osoba.
– A jak się czuje Mahbuba? – zapytałam, mając nadzieję na
zmianę tematu. – Bardzo za nią tęsknię. Szkoda, że nie przyjechała.
Matka posłała mi gniewne spojrzenie.
– Mahbuba wyjechała. Prosiła, abym przeprosiła za jej nieobecność. Wczoraj udała się wraz z mężem do Syrii i Bejrutu. Boże, pobłogosław go, co za mąż. Uwielbia Mahbubę.
– A to ciekawe. Dlaczego pojechali do Syrii i Bejrutu?
– A gdzie mieli jechać? Podobno jest tam pięknie. Bejrut nazywają Paryżem Bliskiego Wschodu.
Matka odparła z rozdrażnieniem:
– Moja droga, nie każdy może wyjechać na Zachód, jak mój
brat.
– Prawdę mówiąc, oni mieli taką możliwość – odpowiedziała
ciotka. – Ale Mahbuba chciała pojechać do świętego miejsca. Miała
udać się w pielgrzymkę do Mekki, ale ponieważ spodziewa się dziecka, jej mąż postanowił, że odwiedzą świątynię Jej Świątobliwości
Zejnab, a do Mekki pojadą, jeśli Bóg pozwoli, w późniejszym czasie.
– Z tego, co wiem, przed pielgrzymką należy wywiązać się ze
wszystkich obowiązków i uporządkować swoje życie – kontynuowała wymianę zdań moja matka.
– Nie, moja droga Tajbo, to są tylko wymówki ludzi, którzy
nie mogą tam pojechać – zripostowała ciotka. – Teść Mahbuby jest
uczonym i duchownym i ma pod opieką dziesięciu seminarzystów.
Jego zdaniem, gdy ktoś może sobie pozwolić finansowo na pielgrzymkę, ma obowiązek tam pojechać.
Matka gotowała się z wściekłości niczym potrawka na ogniu.
Zawsze tak reagowała, gdy nie potrafiła się odciąć. W końcu coś
przyszło jej do głowy:

– Nie zgadzam się. Brat mojego szwagra, wuj ze strony ojca naszej panny młodej, jest dużo bardziej cenionym uczonym i twierdzi, że pielgrzymka do Mekki wiąże się z wieloma warunkami i wymaganiami. To nie takie proste. Wymagania te nie tyczą się jedynie twojej rodziny. Także wśród twoich sąsiadów – biorąc pod uwagę siedem domostw po prawej i po lewej stronie – nie powinno być ani jednej osoby, która mogłaby skorzystać na pielgrzymce do Mekki. A w twoim przypadku, no cóż, skoro syn stracił pracę...

– Jak to stracił pracę? Tysiąc ludzi ma wobec niego dług wdzięczności. Jego ojciec chciał otworzyć dla niego sklep, ale mój syn odmówił. Powiedział, że nie lubi pracować na targu i nie chce być handlarzem. Chce studiować i zostać lekarzem. Mąż Mahbuby jest dobrze wykształcony i mówi, że mój syn jest bardzo uzdolniony. Poprosił nas nawet, abyśmy dali synowi spokój aż do egzaminów wstępnych na studia.

Matka otworzyła usta, by coś powiedzieć, ale wtedy ja wtrąciłam się do rozmowy, aby zmienić temat. Bałam się, że jeśli to przekomarzanie się nie skończy, za chwilę ślub zamieni się w pole bitwy.

– A w którym miesiącu ciąży jest Mahbuba? Ma jakieś dziwne zachcianki?

– Tak było tylko podczas pierwszych dwóch miesięcy. Teraz czuje się bardzo dobrze i nie ma żadnych problemów. Lekarz pozwolił jej nawet podróżować.

– Mój lekarz mówi, abym za dużo nie chodziła i nie wolno mi się zbytnio schylać.

– Musisz go słuchać, moja droga. W pierwszych miesiącach należy bardzo uważać, zwłaszcza gdy jesteś osłabiona. Założę się, że nie opiekują się tobą odpowiednio. Na początku nie pozwalałam Mahbubie nawet się poruszyć. Codziennie gotowałam dla niej to, na co miała ochotę, i zanosiłam do jej domu. To obowiązek matki. Powiedz, przyrządzają dla ciebie zupę z ziarnami i warzywami?

Ciotka nie chciała zawrzeć rozejmu.

– Tak, ciotko – odparłam szybko. – Nieustannie przynoszą mi jedzenie, ale ja nie mam apetytu.

– Moja droga, pewnie jest niesmaczne. Przygotuję dla ciebie coś tak pysznego, że nie będziesz mogła się temu oprzeć.

Matkę ogarnęła taka wściekłość, że zrobiła się czerwona jak burak. Chciała coś powiedzieć, ale w tym samym momencie zawołała ją pani Parvin, ponieważ należało podać mężczyznom obiad. Gdy matka odeszła, odetchnęłam z ulgą. Ciotka uspokoiła się niczym wulkan, który nagle przestaje wyrzucać z siebie lawę. Zaczęła się rozglądać i skinieniem głowy odpowiadać na pozdrowienia pozostałych gości. Po chwili ponownie skupiła na mnie uwagę.

– Niech Bóg cię błogosławi, wyglądasz pięknie. Z pewnością urodzisz chłopca. A teraz powiedz mi, jesteś zadowolona z męża? Do tej pory nie poznaliśmy twojego księcia, ponieważ śpieszyliście się ze ślubem jak gospodyni, która podaje gorącą zupę z obawy, że straci ona smak. Czy rzeczywiście jest taki smakowity?

– Cóż mogę powiedzieć, ciotko? Nie jest zły. Jego rodzice wyjeżdżali wtedy do Mekki i musieliśmy się śpieszyć. Chcieli uporządkować wszystkie sprawy i pojechać na pielgrzymkę ze spokojną głową. Dlatego ślub odbył się w takim pośpiechu.

– Ale bez żadnego sprawdzenia ani pytań? Słyszałam, że nawet nie widziałaś pana młodego przed ceremonią ślubną. Czy to prawda?

– Tak, ale widziałam jego zdjęcie.

– Słucham? Moja droga, nikt nie wychodzi za fotografię. To znaczy, że poczułaś coś do niego i zrozumiałaś, że to mężczyzna twojego życia, po tym jak obejrzałaś jego zdjęcie? Nawet w Kom nie wydaje się dziewcząt za mąż w ten sposób. Teść Mahbuby jest mułłą, ale nie jakimś tam udawanym. Prawdziwym, szanowanym duchownym, który pobożnością przewyższa wszystkich mieszkańców Kom. Gdy w imieniu syna przyszedł prosić o rękę mojej córki, stwierdził, że przed podjęciem decyzji młodzi powinni ze sobą porozmawiać, aby się upewnić, że do siebie pasują. Mahbuba porozmawiała z Mohsenem Chanem na osobności przynajmniej pięć razy. Kilka razy rodzina pana młodego zaprosiła nas na obiad, a my odwdzięczyliśmy się im tym samym. I pomimo iż całe miasto zna tę rodzinę i nie było potrzeby ich sprawdzać, dla pewności popytaliśmy tu i tam. Nie oddaje się córki obcemu mężczyźnie tak po prostu, jakby to była jakaś przybłęda z ulicy.

– Nie znam się na tym, ciociu. Mówiąc szczerze, nie byłam chętna do zamążpójścia, ale moim braciom się śpieszyło.

– Jak śmieli? Czy czuli się zagrożeni przez ciebie? Od samego początku twoja matka za bardzo rozpieszczała tych chłopców. Mahmud potrafi się tylko modlić na pokaz, a jeśli chodzi o Ahmada, to Bóg jeden raczy wiedzieć, gdzie on teraz jest.

– Ależ ciociu, wcale nie jestem nieszczęśliwa. Takie było moje przeznaczenie. Hamid jest dobrym mężczyzną i dba o mnie.

– A jak wygląda wasza sytuacja finansowa?

– Radzimy sobie. Niczego nam nie brakuje.

– A czym on się zajmuje?

– Jego rodzina prowadzi drukarnię. Jego ojciec jest współwłaścicielem zakładu, a Hamid u niego pracuje.

– Kocha cię? Dobrze się razem bawicie? Wiesz, co mam na myśli?

Jej słowa dały mi do myślenia. Nigdy się nie zastanawiałam, czy kocham Hamida lub czy on kocha mnie. Oczywiście nie był mi obojętny. Ogólnie rzecz biorąc, był miłym i życzliwym mężczyzną. Nawet mój ojciec, który rzadko go widywał, darzył go sympatią. Ale nie łączyła nas miłość na miarę tej, którą poczułam do Saiida. Nasza fizyczna więź wynikała raczej z poczucia obowiązku i potrzeb fizycznych, a nie z chęci wyrażenia miłości.

– Co się stało, moja droga? Nagle się zamyśliłaś. Kochasz go czy nie?

– To dobry człowiek, ciociu. Mówi, że mogę chodzić do szkoły i robić to, na co mam ochotę. Mogę chodzić do kina, na przyjęcia, mogę się bawić. Nigdy nie ma do mnie pretensji.

– Jeśli będziesz cały czas chodzić po mieście, jak znajdziesz czas na prace domowe i gotowanie posiłków?

– Och, ciociu, mam mnóstwo czasu. Poza tym Hamid nie przywiązuje zbyt wielkiej wagi do jedzenia. Nie poskarżyłby się, nawet gdybym przez cały tydzień podawała mu jedynie chleb z serem. To naprawdę nieszkodliwy mężczyzna.

– Nieszkodliwy mężczyzna… Ktoś taki nie istnieje. Słysząc twoje opowieści, zaczynam się o ciebie martwić.

– Dlaczego?

– Posłuchaj, moja droga. Bóg jeszcze nie stworzył nieszkodliwego mężczyzny. Albo twój mąż coś kombinuje i po prostu chce cię czymś zająć, abyś mu nie przeszkadzała, albo jest w tobie szaleńczo zakochany i nie potrafi ci się sprzeciwić. Druga opcja jest mało prawdopodobna, a nawet jeśli, długo to nie potrwa. Poczekaj jakiś czas i zorientuj się, o co mu chodzi.

– Nie jestem przekonana, czy to konieczne.

– Moja droga, ja dobrze znam mężczyzn. Mąż naszej Mahbuby jest nie tylko pobożny, ale także wykształcony i wyznaje nowoczesne poglądy. Uwielbia moją córkę i nie może oderwać od niej oczu. Od kiedy dowiedział się, że jest w ciąży, rozpieszcza ją jak dziecko, ale jednocześnie pilnuje jej jak oka w głowie i sprawdza, gdzie jest, co robi i o której wraca. Tak między nami, czasami nawet bywa zazdrosny. Tak w końcu bywa w miłości. Czasem konieczna jest odrobina zazdrości. Twój mąż pewnie też bywa zazdrosny. Prawda?

Hamid zazdrosny? O mnie? Byłam pewna, że nie było w nim ani krzty zazdrości. Gdybym powiedziała mu, że chcę odejść, pewnie byłby niezmiernie uradowany. Choć cieszył się nieograniczoną wolnością i mógł chodzić gdzie i kiedy chciał, a ja nigdy nie skarżyłam się na wiecznie doskwierającą mi samotność, nadal narzekał na ograniczenia związane z życiem rodzinnym, a małżeństwo uważał za utrapienie i kulę u nogi. Może dlatego, że zajmowałam choć odrobinę jego uwagi, którą w innym wypadku mógłby spożytkować na walkę o swoje ideały. Nie, Hamid nigdy nie był o mnie zazdrosny.

Gdy myśli te miotały się w mojej głowie niczym błyskawice, w oddali przemknęła mi sylwetka Faati. Zawołałam ją szybko do siebie.

– Faati, moja kochana, posprzątaj, proszę, te talerze. Czy matka podaje obiad? Powiedz jej, że zaraz przyjdę i dodam dressing do sałatki.

Dzięki tej wymówce mogłam uwolnić się od ciotki oraz jej bezlitosnego lustra, w którym ukazała mi moje życie. Poczułam się dziwnie przygnębiona.

Wraz z nadejściem jesieni zaczęłam się czuć znacznie lepiej, a mój brzuch powoli rósł. Zapisałam się do jedenastej klasy na kursach wieczorowych. Codziennie późnym popołudniem szłam do szkoły, a rano odsuwałam zasłony, siadałam w słońcu, które wpadało do pokoju, wyciągałam nogi i uczyłam się, zajadając owocowe roladki przygotowane przez moją ciotkę. Wiedziałam, że wkrótce nie będę miała tyle czasu na naukę. Pewnego dnia Hamid wrócił do domu o dziesiątej rano. Nie mogłam uwierzyć własnym oczom. Nie było go w domu przez dwa dni. Pomyślałam, że się rozchorował. A może po prostu martwił się o mnie?

– Dlaczego jesteś w domu tak wcześnie?

Roześmiał się, a potem odparł:

– Jeśli ci to nie odpowiada, mogę sobie pójść.

– Nie... Po prostu się martwię. Dobrze się czujesz?

– Oczywiście, że tak. Dzwonili z firmy telefonicznej, aby poinformować, że przyjdą dzisiaj założyć telefon. Nie miałem jak się z tobą skontaktować, a wiedziałem, że w domu nie masz żadnych pieniędzy. Dlatego przyszedłem.

– Telefon? Naprawdę? Zainstalują nam telefon? Och, jak wspaniale!

– Nie wiedziałaś? Zapłaciłem za niego już jakiś czas temu.

– A skąd mam wiedzieć? Prawie się do mnie nie odzywasz. Ale to wspaniale. Teraz będę mogła do wszystkich dzwonić. Nie będę się już czuła taka samotna.

– Nie, pani Masumo! Tak to nie działa. Z telefonu można korzystać jedynie w wyjątkowych sytuacjach. Nie służy do głupich pogaduszek. Muszę mieć telefon, ponieważ otrzymuję ważne wiadomości. Linia musi być wolna. Będziemy raczej odbierać telefony niż je wykonywać. I pamiętaj, nikomu nie dawaj tego numeru.

– Dlaczego? Matka i ojciec nie mogą znać naszego numeru? A ja myślałam, że mój mąż kupił telefon, ponieważ się o mnie martwi. Myślałam, że skoro nie ma go całymi dniami, chce przynajmniej wiedzieć, jak się czuję, i mieć pewność, że będę mogła zadzwonić po pomoc, gdy nagle rozpocznie się poród.

– Nie złość się. Oczywiście możesz korzystać z telefonu, gdy zajdzie taka potrzeba. Nie chcę tylko, abyś rozmawiała przez cały dzień i zajmowała linię.

– A do kogo miałabym dzwonić? Nie mam żadnych przyjaciół, moi rodzice nie mają telefonu, więc aby zadzwonić, muszą chodzić do pani Parvin. Pozostają więc twoje siostry i matka.

– Nie! Nie! Nie waż się dawać im tego numeru. W przeciwnym razie będą nieustannie dzwonić i mnie kontrolować.

Telefon został zainstalowany. Moja łączność ze światem zewnętrznym, dotąd ograniczona z uwagi na zaawansowaną ciążę oraz surową zimę, została przywrócona. Codziennie rozmawiałam z panią Parvin. Często zapraszała do siebie moją matkę, abyśmy także mogły porozmawiać. A gdy moja matka była zajęta, rozmawiałam z Faati. Matka Hamida w końcu dowiedziała się o telefonie. Urażonym i zrzędliwym tonem poprosiła mnie o numer. Założyła, że to ja nie chciałam jej go podać, a ja nie mogłam wyjawić, że ukrywałam fakt posiadania telefonu na polecenie jej syna. Od tamtej pory dzwoniła dwa razy dziennie. Stopniowo zorientowałam się, w jakich porach telefonuje, i gdy miałam pewność, że to ona, czasami nie podnosiłam słuchawki. Miałam już dość ciągłego kłamania, że Hamid śpi, wyskoczył na chwilę, aby coś kupić albo myje się w łazience.

W środku mroźnej zimowej nocy poczułam pierwsze skurcze porodowe. Ogarnęły mnie lęk i przerażenie. W jaki sposób mogłam powiadomić o tym mojego męża? Miałam pustkę w głowie. Musiałam wziąć się w garść i przypomnieć sobie instrukcje przekazane przez lekarza. Należało się uspokoić, zapisać, jak często występują skurcze, i odnaleźć Hamida. Miałam jedynie numer do jego pracy i choć wiedziałam, że o tak późnej godzinie nikogo tam nie zastanę, postanowiłam zadzwonić. Nikt nie odebrał. Nie miałam jak się skontaktować z jego przyjaciółmi, ponieważ zwykle bardzo uważał, aby nie zapisywać żadnych numerów ani adresów. Starał się je zapamiętywać. Mówił, że tak jest bezpieczniej.

Miałam tylko jedno wyjście. Musiałam zadzwonić do pani Parvin. Początkowo wahałam się przed obudzeniem jej o tej godzinie, ale szybko pozbyłam się skrupułów, gdy nadszedł kolejny skurcz. Wybrałam numer. W słuchawce zabrzmiał sygnał wybierania, lecz nikt nie odebrał. Wiedziałam, że pani Parvin śpi twardo, a jej mąż miał problemy ze słuchem. Rozłączyłam się.

Była druga nad ranem. Usiadłam i wlepiłam wzrok w dużą wskazówkę zegara. Skurcze następowały teraz w równych odstępach, ale wcześniej inaczej je sobie wyobrażałam. Z każdą minutą ogarniało mnie coraz większe przerażenie. Chciałam zadzwonić do matki Hamida. Ale co miałam powiedzieć? Musiałabym przyznać, że Hamida nie ma w domu. A kilka godzin temu, gdy rozmawiałyśmy wieczorem, powiedziałam, że wrócił z pracy, ale poszedł na dół do Bibi. Jakiś czas później Hamid zadzwonił z nieznanego mi miejsca, a ja przekazałam mu, aby skontaktował się z matką i powiedział jej, że odwiedził Bibi. Jeśli zadzwonię do niej teraz, dowie się, że Hamid w ogóle nie wrócił do domu, zruga mnie i zacznie się zamartwiać o swojego syna. Odwiedzi wszystkie szpitale i zacznie szukać go po całym mieście. Jej troska o niego graniczyła z obsesją i nie pomagały żadne logiczne wyjaśnienia.

W głowie pojawiły mi się absurdalne myśli. Położyłam dłonie na dolnej części brzucha i chodziłam po pokoju tam i z powrotem. Myślałam, że zemdleję ze strachu. Gdy zbliżał się skurcz, zatrzymywałam się w miejscu i starałam się zachować ciszę. Po chwili przypomniałam sobie jednak, że nawet jeśli zacznę wrzeszczeć, nikt mnie nie usłyszy. Bibi była niemal głucha i spała twardym snem, a nawet gdyby udało mi się ją obudzić, i tak nie potrafiłaby mi pomóc. Ciotka mówiła mi, że kiedy zaczęły się skurcze Mahbuby, jej mąż tak się zdenerwował, że zaczął biegać w kółko, zapewniając ją o swojej miłości i oddaniu. Moje serce wypełniło się nienawiścią i obrzydzeniem, gdy zdałam sobie sprawę, że życie naszego dziecka i moje nie było dla Hamida nic warte.

Spojrzałam na zegar. Było wpół do czwartej. Ponownie zadzwoniłam do pani Parvin. Przez długi czas nie odkładałam telefonu, pozwalając, aby dzwonił. Na próżno. Doszłam do wniosku, że powinnam się ubrać i wyjść z domu. W końcu ktoś będzie przejeżdżał i zabierze mnie do szpitala. Dziesięć dni wcześniej przygotowałam walizkę z rzeczami swoimi i dziecka. Otworzyłam ją, wyciągnęłam wszystko w poszukiwaniu listy sporządzonej przez lekarza i Mansurę. Ponownie wszystko poskładałam i odłożyłam do walizki. Nadeszło kilka skurczów, ale teraz odstępy między nimi wydawały się nieregularne. Położyłam się na łóżku i zdałam sobie sprawę, że popełniłam błąd. Musiałam się skupić.

Spojrzałam na zegar. Była godzina czwarta dwadzieścia. Gdy kolejny raz obudził mnie przeszywający ból, było wpół do siódmej. Skurcze musiały na chwilę ustąpić, a ja zasnęłam. Denerwowałam się. Podeszłam do telefonu i wybrałam numer pani Parvin. Tym razem postanowiłam nie odkładać słuchawki, zanim ktoś nie odbierze. Sygnał wybierania odezwał się około dwunastu razy, gdy nagle po drugiej stronie odezwała się zaspana pani Parvin. Na dźwięk jej głosu, rozpłakałam się.

– Pani Parvin, proszę mi pomóc! Zaczęłam rodzić.

– O mój Boże! Jedź do szpitala. Jedź! Zaraz wyjeżdżamy.

– Jak mam to zrobić? Mam tyle rzeczy do zabrania.

– Hamida nie ma?

– Nie. Nie wrócił na noc do domu. Dzwoniłam do pani w nocy chyba ze sto razy. Jedynie dzięki woli bożej dziecko jeszcze się nie urodziło.

– Ubierz się. Zaraz u ciebie będziemy. Przyjadę z twoją matką.

Pół godziny później pani Parvin i moja matka zabrały mnie taksówką do szpitala. Pomimo wzmagającego się bólu uspokoiłam się. Lekarz w szpitalu stwierdził, że zanim dziecko się urodzi, upłynie jeszcze sporo czasu. Matka złapała moją dłoń i powiedziała:

– Gdy kobieta modli się podczas skurczów porodowych, jej modlitwa zostanie wysłuchana. Módl się do Boga, aby przebaczył ci grzechy.

Moje grzechy? A jakie grzechy popełniłam? Mój jedyny grzech polegał na tym, że kiedyś obdarzyłam mężczyznę miłością. To było moje najsłodsze wspomnienie i nie chciałam, aby ktoś wymazał mi je z pamięci.

Minęło południe, lecz nadal nie było śladu dziecka. Podano mi kilka zastrzyków, ale nie pomogły. Za każdym razem, gdy pani Parvin przychodziła do mojej sali, patrzyła na mnie z przerażeniem i chcąc przerwać milczenie, pytała:

– Ale gdzie jest Hamid Aga? Zadzwonię do jego matki. Może wiedzą, gdzie jest.

Wówczas z jękiem i łamiącym się głosem odpowiadałam:

– Proszę tego nie robić. Hamid zadzwoni do szpitala, gdy wróci do domu.

– O co w tym wszystkim chodzi? – pytała matka, szalejąc ze złości. – Przecież jego matka powinna zainteresować się synową i wnukiem. Dlaczego ta rodzina jest taka nieczuła?

Nieustanne marudzenie matki wzbudzało we mnie jeszcze większe napięcie.

O czwartej po południu zmartwienie odcisnęło piętno na twarzy matki, a zza drzwi dobiegł głos ojca.

– Gdzie się podziewa ten lekarz? Co to za bzdury? Mamy informować go o stanie pacjentki przez telefon? Powinien być przy jej łóżku!

– Gdzie są te wspaniałe położne? – zapytała matka. – Moja córka cały dzień cierpi. Zróbcie coś! Co jakiś czas mdlałam z bólu. Nie miałam już nawet siły, by jęczeć.

Pani Parvin ocierała mi pot z twarzy i powtarzała matce:

– Nie płacz. Poród zawsze jest bolesny.

– Pani nie rozumie. Byłam przy wielu porodach naszych krewnych. Jedna z moich sióstr, świeć Panie nad jej duszą, przechodziła przez to samo. Umarła podczas porodu. Gdy patrzę, jak Masuma leży i cierpi, mam wrażenie, że widzę Marzię.

Co ciekawe, pomimo bólu nadal byłam świadoma tego, co dzieje się wokół mnie. Matka cały czas opowiadała, że przypominam jej zmarłą siostrę, a ja z każdą sekundą słabłam i traciłam nadzieję na pomyślne rozwiązanie. Pomyślałam wówczas, że już po mnie.

Po godzinie piątej zjawił się Hamid. Na jego widok nagle poczułam się bezpiecznie, poczułam też przypływ sił. To naprawdę dziwne, że w trudnych chwilach najbliższym i najlepszym przyjacielem kobiety jest jej mąż, nawet jeśli zachowuje się wobec niej nieodpowiednio. Nie zauważyłam, kiedy przyjechały jego matka i siostry, ale usłyszałam zamieszanie, gdy teściowa kłóciła się z pielęgniarką.

– Ale gdzie jest lekarz? Tracimy dziecko!

Wiedziałam, że martwi się o wnuka, a nie o mnie.

Pielęgniarka, która mnie badała, odparła:

– O mój Boże, co to za wybuchy złości! Proszę pani, lekarz powiedział, że przyjdzie, gdy nadejdzie odpowiednia pora.

Dochodziła jedenasta wieczorem. Opadłam już z sił. Zabrali mnie do innej sali. Z rozmów, które odbywały się wokół mnie, zrozumiałam, że dziecko ma problemy z oddychaniem. Lekarz szybko nałożył rękawiczki i krzyczał na pielęgniarkę, która nie potrafiła znaleźć na mojej ręce żyły. A potem zapadła ciemność. Obudziłam się w czystym i jasnym pokoju. Obok mojego łóżka siedziała matka. Spała. Nie odczuwałam bólu, ale byłam niesamowicie słaba i zmęczona.

– Czy dziecko umarło? – zapytałam.

– Ugryź się w język! Urodziłaś niezwykle przystojnego chłopca. Nawet nie wiesz, jak się ucieszyłam, gdy się dowiedziałam, że to chłopiec. Rozpierała mnie duma w obecności twojej teściowej.

– Jest zdrowy?

– Tak.

Gdy następnym razem się obudziłam, w sali zobaczyłam Hamida. Zaczął się śmiać i powiedział:

– Gratulacje! Było naprawdę ciężko, prawda?

Rozpłakałam się i odparłam:

– Przechodzenie przez wszystko w pojedynkę było trudniejsze.

Położył dłoń na mojej głowie i pogłaskał mnie po włosach. Zapomniałam o całym gniewie.

– Czy dziecko jest zdrowe? – zapytałam.

– Tak, ale jest bardzo małe.

– Ile waży?

– Dwa kilogramy siedemset gramów.

– Policzyłeś jego palce u rąk i nóg? Ma wszystkie?

– Oczywiście, że tak – odparł ze śmiechem.

– To dlaczego mi go nie przyniosą?

– Ponieważ leży w inkubatorze. Poród był długi i wyczerpujący. Zamierzają go trzymać w inkubatorze, aż zacznie normalnie oddychać. Ale już teraz widzę, że jest bardzo wesoły. Cały czas rusza rączkami i nóżkami i wydaje śmieszne dźwięki.

Następnego dnia poczułam się lepiej, więc przynieśli mi syna. Biedaczek miał na całej twarzy zadrapania. Powiedzieli, że to z powodu kleszczy. Dziękowałam Bogu, że nic mu się nie stało, ale nieustannie płakał i nie chciał ssać mojej piersi. Było mi słabo ze zmęczenia.

Tamtego popołudnia w mojej sali panował straszny tłok. Odwiedzający mnie krewni nie potrafili dojść do porozumienia, do kogo dziecko jest podobne. Matka Hamida stwierdziła, że chłopiec to skóra zdjęta z ojca, a moja matka twierdziła, że przypomina moich braci.

– Jakie nadacie mu imię? – zwróciła się do Hamida moja matka.

– To oczywiste, Siamak – odparł bez zastanowienia. Następnie posłał znaczące spojrzenie swojemu ojcu, który się roześmiał i pokiwał głową z aprobatą. Byłam zdumiona. Nigdy nie rozmawialiśmy na ten temat. Nie brałam pod uwagę imienia Siamak, nie znajdowało się ono nawet na długiej liście imion, nad którymi się zastanawiałam.

– Co powiedziałeś? Siamak? Dlaczego Siamak?

– Co to za imię? Siamak? – dodała moja matka. – Dzieci powinny dostawać imiona po prorokach; dzięki temu otrzymują wiele łask. Ojciec dał jej znak, aby milczała i się nie wtrącała.

– Siamak to dobre imię – stwierdził Hamid stanowczo. – Dziecko powinno otrzymać imię po wielkim człowieku.

Matka spojrzała na mnie zdziwiona, a ja wzruszyłam ramionami na znak, że nie wiem, o kim mówił Hamid. Później odkryłam, że większość mężczyzn w jego grupie posiadało podobne imiona. Twierdzili, że otrzymali je po prawdziwych komunistach.

Po opuszczeniu szpitala przez dziesięć dni mieszkałam w domu rodziców. W tym czasie miałam nabrać sił i nauczyć się, w jaki sposób opiekować się dzieckiem.

W końcu wróciłam do domu. Mój syn był zdrowy, ale nie przestawał płakać. Nosiłam go na rękach przez całą noc, aż do świtu. Rano przesypiał kilka godzin, ale ja musiałam się wówczas zająć mnóstwem spraw i nie mogłam pozwolić sobie na odpoczynek. Pani Parvin bardzo mi pomogła. Odwiedzała mnie niemal codziennie, czasami w towarzystwie matki, i robiła zakupy, ponieważ ja nie mogłam wyjść z domu.

Hamid nie poczuwał się do żadnych obowiązków. Jedyna zmiana, jaka zaszła w jego życiu, polegała na tym, że gdy już wracał na noc do domu, brał poduszkę i koc i kładł się w salonie. A potem się skarżył, że jest niewyspany, ponieważ w domu nie ma ciszy ani spokoju. Kilka razy byłam z synkiem u lekarza. Wyjaśnił mi, że dzieci, które przyszły na świat za pomocą kleszczy i mają za sobą długi i trudny poród, często są nerwowe i rozdrażnione, choć nie dolega im nic konkretnego. Okazało się więc, że mój synek jest całkowicie zdrowy. Inny lekarz stwierdził, że syn może być głodny, ponieważ moje mleko mu nie wystarcza. Polecił mi wzbogacić jego dietę i podać mieszankę dla niemowląt.

Zmęczenie, osłabienie, brak snu, ciągły płacz dziecka, a przede wszystkim samotność sprawiły, że z dnia na dzień ogarniało mnie coraz większe przygnębienie. Nie mogłam się nikomu zwierzyć. Uważałam, że to z mojej winy Hamid nie ma ochoty przebywać w domu. Straciłam pewność siebie, unikałam ludzi, a moje dawne rozczarowania i porażki powróciły do mnie ze zdwojoną siłą.

Miałam wrażenie, że świat się dla mnie skończył i że nigdy nie uwolnię się od ciężaru tej ogromnej odpowiedzialności. Często zdarzało się tak, że płakałam razem z synem.

Hamid nie zwracał uwagi ani na mnie, ani na dziecko. Był zajęty swoimi własnymi sprawami. Minęły cztery miesiące, nim wyszłam z mieszkania, nie licząc wizyty z dzieckiem u lekarza. Matka nieustannie powtarzała:

– Wszyscy mają dzieci, ale nikt nie siedzi w domu tak jak ty.

Wraz z nadejściem wiosny, gdy mój synek podrósł, poczułam się lepiej. Miałam już dość ciągłego znużenia i przygnębienia. W końcu w piękny majowy dzień odzyskałam zdolność do podejmowania decyzji. Powiedziałam sobie, że jestem matką i mam pewne obowiązki. Muszę być silna i stanąć na własnych nogach, aby wychować syna w szczęśliwym i zdrowym otoczeniu.

Wszystko się zmieniło. Odnalazłam w sobie radość życia. Miałam wrażenie, że mój syn także odczuł zmianę, jaka we mnie zaszła. Mniej płakał, a czasem nawet się śmiał i widząc mnie, wyciągał rączki w moją stronę. Patrząc na jego uśmiech, zapomniałam o wszystkich troskach. Nadal nie przesypiałam wielu nocy, ale udało mi się do tego przyzwyczaić. Czasami siedziałam przez wiele godzin i patrzyłam na niego. Każdy jego ruch miał dla mnie szczególne znaczenie. Miałam wrażenie, że jest światem, który właśnie odkrywam. Z dnia na dzień nabierałam sił i darzyłam go coraz większym uczuciem. Macierzyńska miłość zaczęła się stopniowo sączyć do każdej komórki mojego ciała. Powtarzałam sobie, że kocham go dużo bardziej niż dnia poprzedniego, że kocham go nad życie. Ale następnego dnia miałam wrażenie, że jest mi jeszcze bliższy. Nie czułam już potrzeby mówienia do siebie. Odtąd mówiłam i śpiewałam do niego. Dużymi i inteligentnymi oczami dawał mi znać, którą piosenkę lubi, a gdy śpiewałam rytmiczną melodię, klaskał dłońmi w jej takt. Popołudniami wkładałam go do wózka i wyruszaliśmy na spacery uliczkami i dróżkami biegnącymi pod starymi drzewami. Uwielbiał nasze wyprawy.

Faati wykorzystywała każdy pretekst, aby mnie odwiedzić i wziąć Siamaka na ręce. Po zakończeniu roku szkolnego czasami nawet u mnie nocowała. Jej obecność była dla mnie ogromnym pocieszeniem. Po jakimś czasie powrócił zwyczaj piątkowych obiadów w domu moich teściów. Choć Siamak nie należał do spokojnych dzieci i nie lubił być brany na ręce przez różne osoby, rodzina Hamida go uwielbiała i pod żadnym pozorem nie pozwalała mi odwołać spotkania.

Najpiękniejsza i najdelikatniejsza więź powstała między moim ojcem a synem. W ciągu poprzednich dwóch lat ojciec odwiedził mnie najwyżej trzy razy. Lecz teraz wpadał do nas raz lub dwa razy w tygodniu po zamknięciu sklepu. Na początku starał się szukać pretekstu do wizyty. Przynosił więc mleko lub jedzenie dla dziecka. Ale wkrótce przestał potrzebować takich usprawiedliwień. Odwiedzał nas, by pobawić się chwilę z Siamakiem, a potem wracał do domu.

Dzięki Siamakowi moje życie nabrało innej barwy, innego znaczenia. Dzięki niemu nie odczuwałam już tak boleśnie nieobecności Hamida. Byłam zajęta karmieniem, kąpaniem i śpiewaniem dla niego. Nasz syn wykazał się też dużym sprytem, ponieważ nie pozwalał, abym choć na chwilę zajęła się czymś innym. Ten mały łobuziak domagał się ode mnie niepodzielnej uwagi i miłości. Nauka, szkoła i egzaminy zeszły na dalszy plan. Czas umilał nam telewizor, fascynujące urządzenie, które Siamak otrzymał w prezencie od ojca Hamida.

Pod koniec lata wybraliśmy się z teściami na urlop. Było cudownie! Spędziłam naprawdę miły tydzień. W obecności matki Hamid zachowywał się zupełnie inaczej. Na początku wymyślał tysiące wymówek, aby wymigać się od wyjazdu, ale żadna z nich nie zadziałała. Po raz pierwszy znalazłam się nad Morzem Kaspijskim. Byłam podekscytowana jak dziecko. Na widok otaczającego nas piękna, bujnej roślinności oraz ogromnych fal morskich zaparło mi dech w piersiach i oniemiałam z wrażenia. Godzinami mogłam siedzieć na plaży i rozkoszować się pięknem krajobrazu. Siamakowi także spodobał się rodzinny wyjazd i nowe otoczenie. Cały czas rzucał się w ramiona Hamida, a do mnie przychodził tylko, gdy był zmęczony lub głodny. Ściskał dłonie Hamida w swoich malutkich rączkach, a obserwujących ich dziadków ogarniała ogromna radość.

Pewnego dnia matka Hamida szepnęła do mnie rozradowana:
– Widzisz! Hamid nie będzie już mógł odwrócić się od swojego syna i zajmować się dawnymi sprawami. Jak najszybciej musisz mu urodzić drugie dziecko. Jeśli taka będzie wola boża!

Hamid kupił dla Siamaka słomkowy kapelusz, aby uchronić jego jasną skórę od słońca. Moja skóra przybrała natomiast odcień miedzi. Pewnego dnia zauważyłam, że teściowa rozmawia z Hamidem szeptem, a on nieustannie zerka w moim kierunku. Zaczęłam się wówczas zastanawiać. Już dawno przestałam nosić chusty na głowę oraz czador, ale zawsze uważałam na to, co na siebie zakładałam. Tamtego dnia miałam na sobie sukienkę z krótkim rękawem i małym dekoltem, która uszyta była z dość cienkiego materiału. Choć w porównaniu z kostiumami kąpielowymi, które miały na sobie pozostałe kobiety na plaży, sukienkę można było uznać za skromną, moim zdaniem była dość wyzywająca. Pomyślałam więc, że mają prawo mnie krytykować, ponieważ ubrałam się zbyt prowokująco.

Gdy Hamid później do mnie dołączył, zapytałam go z lękiem w głosie:
– O czym rozmawiałeś z matką?
– O niczym!
– Jak to o niczym? Mówiła o mnie. Powiedz, co takiego zrobiłam, że ją zdenerwowałam?
– Przestań! Masz naprawdę głęboko zakorzenione uprzedzenia dotyczące relacji synowej i teściowej! Ona wcale się na ciebie nie gniewa. Dlaczego jesteś taka cyniczna?

– Powiedz więc, o czym rozmawialiście.
– O niczym. Powiedziała tylko, że opalenizna dodała ci uroku.
– Naprawdę? A ty co odpowiedziałeś?
– Ja? A co miałem powiedzieć?
– Chciałabym poznać twoje zdanie na ten temat.

Obejrzał mnie od stóp do głów wnikliwym i pełnym zachwytu wzrokiem, a potem wesoło odpowiedział:

– Matka ma rację. Jesteś piękna i z każdym dniem stajesz się jeszcze piękniejsza.

Poczułam w sercu radość i mimowolnie się uśmiechnęłam. Byłam bardzo zadowolona, słysząc komplement z jego ust. Po raz pierwszy otwarcie pochwalił mój wygląd.

– Nie! – odparłam skromnie. – To zasługa słońca. Zawsze jestem taka blada. Pamiętasz, w zeszłym roku mówiłeś, że wyglądam, jakbym była chora.

– Nie chora. Po prostu wyglądałaś jak dziecko. Teraz jesteś starsza. Przybrałaś trochę na wadze, a dzięki słońcu twoja skóra nabrała pięknej barwy. Twoje oczy są jaśniejsze i błyszczące. Jednym słowem przemieniasz się w prawdziwą i piękną kobietę…

To był jeden z najlepszych tygodni w moim życiu. Wspomnienie tych ciepłych, słonecznych dni pomogło mi przetrwać zimne i ponure wieczory, które miały nadejść.

Siamak był inteligentnym, wesołym, żywym i pięknym dzieckiem. Przynajmniej w moich oczach. Słysząc moje zachwyty nad synem, Hamid śmiał się i mówił:

– Jest takie powiedzenie: istnieje tylko jedno piękne dziecko na świecie i każda matka może o tym zaświadczyć!

Siamak zaczął dość szybko chodzić i mówić, więc pojedynczymi słowami mógł już wyrażać siebie. Poza tym od dnia, gdy postawił swoje pierwsze kroki, nie potrafił już spokojnie usiedzieć w miejscu. Jeśli czegoś chciał, próbował to wymusić na osobie dorosłej, a gdy to nie skutkowało, zaczynał krzyczeć i płakać, aż postawił na swoim. Wbrew przewidywaniom mojej teściowej nawet miłość dziecka i jego potrzeby nie były w stanie przywiązać Hamida do domu i rodziny.

Rok później ponownie zaczęłam się zastanawiać nad powrotem do szkoły, ale opieka nad dzieckiem zajmowała znaczną część mojego czasu. Gdy w końcu udało mi się zdać egzaminy końcowe na przedostatnim roku, Siamak miał dwa lata. Pozostał mi więc jeden rok do otrzymania dyplomu ukończenia szkoły średniej i osiągnięcia mojego celu. Ale kilka miesięcy później z niepokojem stwierdziłam, że ponownie jestem w ciąży. Wiedziałam, że takie wieści nie ucieszą Hamida, ale nie spodziewałam się aż takiej złości i niechęci. Wściekł się, ponieważ jego zdaniem nie przykładałam zbyt wielkiej wagi do zażywania pigułek antykoncepcyjnych. Im dłużej tłumaczyłam, że pigułki są wbrew moim przekonaniom i negatywnie wpływają na moje samopoczucie, tym bardziej się denerwował.

– Nie, problemem jest twoja idiotyczna mentalność! – wrzeszczał. – Wszystkie kobiety zażywają pigułki antykoncepcyjne. Dlaczego tylko tobie jest po nich niedobrze? Dlaczego nie przyznasz, że po prostu lubisz być maszyną do rodzenia dzieci? W końcu wszystkie kobiety wybierają rodzenie jako życiową misję. Czy wydaje ci się, że rodząc co roku dziecko, zmusisz mnie do rezygnacji z walki o moje ideały?

– Przecież nie pomagałeś mi w wychowaniu syna, nie spędzałeś z nim czasu, skąd więc obawa, że teraz będziesz musiał się poświęcić? Czy kiedykolwiek w ogóle troszczyłeś się o swoją żonę i syna? Dlaczego zatem obawiasz się, że przy drugim dziecku spadnie na ciebie więcej obowiązków?

– Już sama twoja obecność jest dla mnie problemem. Duszę się przy tobie. Nie mam cierpliwości do wysłuchiwania płaczu i jęków drugiego dziecka. Musisz to załatwić, zanim będzie za późno.

– Co załatwić?

– Aborcję. Znam pewnego lekarza.

– Chcesz, abym zamordowała swoje dziecko? Dziecko podobne do Siamaka?

– Dość! – krzyknął. – Mam po dziurki w nosie tych bzdur. Jakie dziecko? Teraz to tylko kilka komórek. Płód. Mówisz o nim, jakby już raczkowało.

– Ale przecież ono istnieje. To istota ludzka posiadająca duszę.

– Gdzie usłyszałaś takie brednie? Od starych, zwapniałych matron w Kom?

– Nie zabiję własnego dziecka – odparłam z wściekłością, zalewając się łzami. – To także twoje dziecko. Jak możesz?

– Masz rację. To moja wina. Od samego początku nie powinienem był cię dotykać. Nawet jeśli zbliżę się do ciebie raz w roku, i tak zajdziesz w ciążę. Przyrzekam ci, już nigdy nie popełnię tego błędu. A ty możesz zrobić, co uznasz za stosowne. Chciałbym tylko, aby sytuacja była jasna – nie licz na mnie i nie oczekuj ode mnie zbyt wiele.

– Przecież nigdy o nic cię nie prosiłam. Czy kiedykolwiek zrobiłeś coś dla mnie? Jakimi obowiązkami cię obarczyłam, skoro spodziewasz się, że będę wymagać od ciebie więcej?

– Tak czy inaczej, najlepiej będzie, jeśli przyjmiesz, że nie istnieję.

Tym razem wiedziałam, czego się spodziewać, więc poczyniłam odpowiednie przygotowania. Pani Parvin kazała pociągnąć kabel telefoniczny do domu moich rodziców, abym mogła się z nimi skontaktować i nie musiała panikować jak przy pierwszym porodzie. Na szczęście dziecko miało przyjść na świat pod koniec lata, w trakcie wakacji. Faati zamieszkała więc u mnie na kilka tygodni przed planowanym rozwiązaniem. W razie gdybym musiała niespodziewanie jechać do szpitala, ona miała zająć się Siamakiem. Przygotowałam też rzeczy dla dziecka. Ubrania, z których wyrósł mój starszy synek, były jeszcze w dobrym stanie, więc nie musiałam zbyt wiele dokupywać.

– Czy Hamid Aga jest w domu? – nieustannie dopytywała się moja matka.

– Hamid nie pracuje o stałych godzinach. Czasami musi zostać w drukarni na noc i często wyjeżdża bez zapowiedzi w delegacje.

W przeciwieństwie do pierwszej ciąży tym razem wszystko przebiegło dobrze i według planu. Mając świadomość, że mogę polegać jedynie na sobie, szczegółowo wszystko zaplanowałam. Nie byłam zdenerwowana ani zmartwiona. Zgodnie z moimi przewidywaniami Hamida nie było przy mnie, gdy pojawiły się pierwsze skurcze. O narodzinach drugiego dziecka dowiedział się dopiero dwa dni później.

Matka była zirytowana tą sytuacją.

– To absurdalne – powiedziała. – Co prawda zwykle mężczyźni nie towarzyszą kobietom podczas porodu, ale przychodzą chociaż po wszystkim, aby okazać uczucie i troskę. Ten twój mąż naprawdę pozwala sobie na zbyt wiele. Zachowuje się, jakby nic się nie stało.

– Dlaczego się nim przejmujesz, matko? To nawet lepiej, że go tutaj nie ma. Mam na głowie tyle obowiązków i zmartwień.

W porównaniu z pierwszym porodem teraz byłam silniejsza i bardziej doświadczona. Pomimo iż rodziłam przez wiele godzin w okropnych bólach, poród przebiegał prawidłowo i przez cały czas byłam świadoma. Gdy usłyszałam płacz dziecka, poczułam się dziwnie.

– Gratulacje! – powiedział lekarz. – Ma pani pulchnego chłopczyka.

Nie potrzebowałam czasu, aby obudzić w sobie matczyną miłość. Poczułam ją w każdej komórce ciała. Tym razem dziecko nie wydawało mi się dziwną i niezwykłą istotą. Nie denerwowałam się, gdy płakał, nie panikowałam, gdy kaszlał albo kichał, nie irytowałam się, gdy nie spał w nocy. Poza tym mój drugi synek był spokojniejszy i bardziej odporny od Siamaka. Temperamenty moich dzieci były dokładnym odzwierciedleniem moich stanów emocjonalnych podczas porodu.

Po wyjściu ze szpitala udałam się do własnego domu, ponieważ tak było lepiej dla dzieci. Opiekowałam się dwoma chłopcami, z których każdy miał inne potrzeby, i od razu wzięłam się za prace domowe. Wiedziałam, że nie mogę liczyć na Hamida. W końcu znalazł wymówkę, której tak długo szukał. Obarczając mnie winą, uwolnił się od rodziny i scedował ostatnie swoje obowiązki na mnie. Poza tym zachowywał się, jakbym była mu coś winna. Rzadko wracał do domu na noc, a gdy już w nim nocował, przenosił się do innego pokoju i całkowicie ignorował mnie oraz dzieci. A ja byłam zbyt dumna, aby go o coś prosić lub formułować wobec niego jakieś żądania. Może po prostu wiedziałam, że byłaby to strata czasu.

Moim największym problemem był Siamak. Nie należał bowiem do dzieci, które szybko wybaczają matce pojawienie się w ich życiu rywala. Gdy weszłam do domu z dzieckiem na ręku, zaczął się zachowywać, jakbym się dopuściła najgorszej zdrady. Nie tylko nie podbiegł do mnie i nie przylgnął do mojej spódnicy, ale uciekł i schował się za drzwi. Podałam dziecko Faati i podeszłam do Siamaka. Wypowiadając słodkie słowa i obietnice, przytuliłam go, pocałowałam i zapewniłam o swojej miłości. Dałam mu też zabawkowy samochód, który kupiłam wcześniej, i powiedziałam, że to prezent od młodszego braciszka. Spojrzał na mnie sceptycznie i niechętnie zgodził się zobaczyć dziecko.

Jednak moja taktyka nie poskutkowała. Z każdym dniem Siamak stawał się coraz bardziej kłótliwy i drażliwy. Choć w wieku dwóch lat niemal całkowicie opanował zdolność mówienia i mógł z powodzeniem wyrażać swoje myśli, teraz rzadko kiedy się odzywał, a gdy już coś powiedział, mylił słowa lub niepoprawnie tworzył zdania. Czasami nawet się moczył. Już rok wcześniej przestał nosić pieluchy, ale teraz musiałam zmuszać go do ponownego ich zakładania.

Siamak pogrążył się w tak wielkim smutku i przygnębieniu, że gdy patrzyłam na niego, serce mi się krajało. Wydawało się, że barki trzyletniego chłopca dźwigają cały ciężar jego żalu. Nie wiedziałam, co robić. Pediatra polecił mi zaangażować Siamaka w opiekę nad młodszym bratem i unikać noszenia małego w obecności starszego dziecka. Ale jak miałam to zrobić? Nikt nie mógł zająć się Siamakiem, gdy karmiłam piersią. Poza tym gdy Siamak zbliżał się do niemowlęcia, stawał się wobec niego agresywny. Nie potrafiłam sama wypełnić pustki, którą czuł. Rozpaczliwie potrzebował ojca.

Minął miesiąc, a my nadal nie wybraliśmy imienia dla dziecka.

Pewnego dnia podczas odwiedzin moja matka zapytała:

– Czy ten twój tchórzliwy mąż zechce w końcu nadać synowi imię? Dlaczego nic z tym nie zrobisz? Biedne dziecko... Ludzie urządzają przyjęcia z okazji nadania imienia, szukają rady i korzystają z przepowiedni, aby wybrać odpowiednie imię, a was dwoje w ogóle to nie obchodzi.

– Jeszcze nie jest za późno.

– Nie jest za późno? Chłopiec skończył już miesiąc! W końcu będziecie musieli nadać mu jakieś imię. Jak długo zamierzacie zwracać się do niego „dziecko"?

– Wcale go tak nie nazywam.

– A jak się do niego zwracasz?

– Saiid! – odparłam pod wpływem impulsu.

Pani Parvin posłała mi przenikliwe spojrzenie. W jej oczach dostrzegłam troskę oraz napływające łzy. Matka, nieświadoma znaczenia tego, co właśnie powiedziałam, odparła:

– To ładne imię. Pasuje do imienia brata.

Godzinę później, gdy w sypialni karmiłam dziecko, do pokoju weszła pani Parvin, usiadła obok mnie i powiedziała:

– Nie rób tego.

– Czego?

– Nie nazywaj syna tym imieniem.

– Dlaczego? Nie podoba się pani imię Saiid?

– Nie zgrywaj głupiej. Dobrze wiesz, co mam na myśli. Dlaczego chcesz przywoływać smutne wspomnienia?

– Nie wiem. Może pragnę zwracać się do syna znajomym imieniem w domu, w którym panuje lodowata atmosfera. Nie ma pani pojęcia, jak samotnie się czuję i jak bardzo brakuje mi miłości. Gdyby w tym domu istniała choć odrobina miłości, zapomniałabym o Saiidzie.

– Jeśli to zrobisz, za każdym razem, gdy zawołasz syna, przypomni ci się Saiid, a wtedy twoje życie stanie się jeszcze trudniejsze.

– Wiem.

– A więc wybierz inne imię.

Kilka dni później skorzystałam ze sposobności i zapytałam Hamida:

– Masz zamiar uzyskać świadectwo urodzenia dla tego dziecka? Musimy nadać mu jakieś imię. Zastanawiałeś się nad tym?

– Oczywiście. Ma na imię Ruzbeh*.

Wiedziałam, kim był Ruzbeh, i bez względu na to, czy uważałam go za bohatera, czy zdrajcę, za żadne skarby nie zamierza-

---

* Jeden z liderów partii komunistycznej Tude.

łam pozwolić Hamidowi, aby nazwał tak nasze dziecko. Mój syn musiał dostać własne imię, tak by własnymi czynami mógł nadać mu znaczenie.

– Na pewno nie! Tym razem nie pozwolę, abyś nazwał nasze dziecko na cześć jednego z twoich idoli. Chcę, aby nosił imię, które będzie miało przyjemne brzmienie, a nie takie, które przypominać będzie wszystkim o zmarłej osobie albo śmierci w męczarniach.

– Zmarłej osobie? Ruzbeh był przykładem poświęcenia oraz oporu.

– No to świetnie! Nie chcę, aby mój syn był kojarzony z poświęceniem i oporem. Chcę, aby miał normalne i szczęśliwe życie.

– Ty naprawdę jesteś prosta. Nie zdajesz sobie sprawy ze znaczenia rewolucji oraz prawdziwych bohaterów, którzy podążali drogą ku wolności. Myślisz tylko o sobie.

– Na miłość boską, przestań! Nie mogę już dłużej słuchać tych twoich wyuczonych wykładów. Tak, jestem prosta i zapatrzona w siebie. Myślę tylko o sobie i moich dzieciach, ponieważ nikt inny tego nie robi. Poza tym wyrzekłeś się odpowiedzialności za to dziecko, dlaczego więc przy nadawaniu imienia nagle przypominasz sobie, że jesteś ojcem? Nie, tym razem ja podejmę decyzję. Będzie się nazywał Masud.

Siamak miał trzy lata i cztery miesiące, a Masud osiem miesięcy, gdy Hamid zniknął. Oczywiście nie od razu zorientowałam się w sytuacji.

– Jadę z kolegami na kilka tygodni do Rezaije – powiedział.

– Do Rezaije? Po co? – zapytałam. – Wstąpisz też pewnie do Tebrizu, aby odwiedzić Monir.

– Nie! Prawdę mówiąc, nie chcę, aby ktokolwiek wiedział o moim wyjeździe.

– Przecież twój ojciec się dowie, że nie ma cię w pracy.

– Wiem. Dlatego powiedziałem mu, że wyjeżdżam na spotkanie z człowiekiem, który posiada kolekcję starych książek i chce część odsprzedać, a resztę przedrukować. Poprosiłem o dziesięć dni urlopu. Do tego czasu zdążę wymyślić kolejną wymówkę.

– To znaczy, że nie wiesz, jak długo cię nie będzie?

– Nie. I nie rób zamieszania. Jeśli nam się uda, zostaniemy dłużej. Jeśli nie, wrócimy za niespełna tydzień.

– Co się dzieje? Z kim wyjeżdżasz?

– Jesteś strasznie wścibska! Przestań mnie przesłuchiwać.

– Przepraszam. Nie musisz mi mówić, gdzie jedziesz. W końcu jestem tylko twoją żoną. Dlaczego miałabym znać twoje plany?

– Przestań, nie musisz się tak oburzać. I nie wywołuj zamieszania. Jeśli ktoś będzie pytał, powiedz, że pojechałem w podróż służbową. A w obecności mojej matki zachowuj się tak, aby jej nie niepokoić. Ona nie może się zamartwiać z byle powodu.

Pierwsze dwa, trzy tygodnie minęły spokojnie. Byliśmy przyzwyczajeni do nieobecności Hamida i świetnie sobie radziliśmy sami. Zostawił mi wystarczającą sumę pieniędzy na pokrycie miesięcznych wydatków. Poza tym miałam własne oszczędności. Po upływie miesiąca jego rodzice zaczęli się niepokoić, ale starałam się ich uspokajać. Mówiłam, że dzwonił, czuje się dobrze, lecz praca zajęła więcej czasu niż zakładał. Z czasem wymyślałam kolejne kłamstwa.

Na początku czerwca nagle zrobiło się gorąco i wśród dzieci rozprzestrzeniała się choroba podobna do cholery. Pomimo starań, aby uchronić przed nią moich synów, obaj zachorowali. Gdy tylko zauważyłam, że Masud ma niewysoką gorączkę i bóle brzucha, nie czekałam na panią Parvin, aby zaopiekowała się Siamakiem, ale czym prędzej pojechałam z oboma chłopcami do lekarza. Wykupiłam przepisane lekarstwa i wróciłam do domu. W nocy stan obu chłopców się pogorszył. Zwracali każdy lek, który im podałam, a temperatura rosła im z minuty na minutę. Masud był w gorszym stanie. Dyszał jak przerażony wróbel, a jego brzuszek i klatka piersiowa unosiły się gwałtownie. Siamak miał zarumienioną twarz i nieustannie prosił mnie, abym zaniosła go do łazienki. Biegałam więc tam i z powrotem. Wkładałam im stopy do lodowatej wody, kładłam zimne ręczniki na czołach, ale nic nie skutkowało. Zauważyłam, że usta Masuda stały się sine i suche. Przypomniałam sobie wówczas ostatnią rzecz, jaką powiedział mi lekarz: „Dzieci bardzo szybko się odwadniają, a to może prowadzić do śmierci".

Jakiś głos podpowiedział mi, że jeśli zaczekam minutę dłużej, stracę synów. Spojrzałam na zegar. Dochodziło wpół do trzeciej nad ranem. Nie wiedziałam, co robić. Nie byłam w stanie myśleć racjonalnie. Obgryzałam paznokcie, a łzy spływały mi na dłonie. Moje dzieci, moje ukochane dzieci, były dla mnie wszystkim na tym świecie. Musiałam je ratować. Musiałam coś zrobić. Musiałam być silna. Zaczęłam się zastanawiać, do kogo zadzwonić. Doszłam jednak do wniosku, że bez względu na to, kogo poproszę o pomoc, będę musiała czekać na jego przyjazd, a przecież nie miałam chwili do stracenia. Wiedziałam, że na alei Takhte Jamshid znajduje się szpital dziecięcy. Musiałam się śpieszyć. Nałożyłam obu chłopcom pieluszki, zabrałam wszystkie pieniądze, które miałam, w jedną rękę wzięłam Masuda, drugą złapałam dłoń Siamaka i wyszłam z domu. Na ulicach nie było żywej duszy. Biedny mały Siamak, osłabiony gorączką, ledwo szedł. Próbowałam nieść obu chłopców, ale z powodu ciężkiej torby, w którą zapakowałam ich rzeczy, musiałam co kilka kroków się zatrzymywać i stawiać Siamaka na ziemi. Moje biedne dzieci nie miały nawet siły płakać. Odcinek drogi dzielący mój dom i róg ulicy wydawał się nie mieć końca. Siamak prawie zemdlał. Wlokłam go za ramię, a jego nogi ciągnęły się po ziemi. Powtarzałam sobie w duchu: jeśli coś się stanie moim dzieciom, zabiję się. To była jedyna świadoma myśl, jaka pojawiła się w mojej głowie.

Obok mnie zatrzymał się samochód. Bez słowa otworzyłam tylne drzwi i wsiadłam do środka. Dałam radę powiedzieć tylko:

– Szpital dziecięcy. Takhte Jamshid. Proszę się pośpieszyć, na litość boską.

Mężczyzna za kierownicą wyglądał na człowieka godnego zaufania. Spojrzał na mnie we wstecznym lusterku i zapytał:

– Co się stało?

– Dziś po południu lekko się rozchorowały. Dostały biegunki. Ale nagle ich stan się pogorszył. Mają wysoką gorączkę. Błagam, proszę się pośpieszyć.

Serce biło mi jak oszalałe i z trudem łapałam oddech. Samochód gnał po pustych ulicach.

– Dlaczego jest pani sama? – zapytał mężczyzna. – Gdzie jest ich ojciec? Nie będzie pani mogła sama umieścić dzieci w szpitalu.

– Ależ mogę. Muszę to zrobić albo je stracę.

– Chce pani powiedzieć, że nie mają ojca?

– Zgadza się, nie mają – warknęłam.

A następnie ze złości odwróciłam wzrok.

Gdy zatrzymaliśmy się przed szpitalem, mężczyzna wyskoczył z samochodu i wziął Siamaka na ręce. Ja wzięłam Masuda i wbiegliśmy do środka. Lekarz w izbie przyjęć zobaczył dzieci, zmarszczył brwi i powiedział:

– Dlaczego tak długo pani zwlekała?

A potem zabrał nieprzytomnego już Masuda z moich rąk.

– Panie doktorze – błagałam – na miłość boską, proszę coś zrobić.

– Zrobimy, co w naszej mocy – odparł. – Proszę pójść do sekretariatu i wypełnić dokumentację. Reszta w rękach Boga.

Mężczyzna, który przywiózł nas do szpitala, patrzył na mnie z taką litością, że nie byłam już w stanie pohamować łez. Usiadłam na ławce, ukryłam głowę w dłoniach i zaczęłam płakać. Spojrzałam na swoje stopy. Mój Boże! Wyszłam z domu w kapciach. Nic dziwnego, że na ulicy nieustannie się potykałam.

Aby umieścić dzieci w szpitalu, należało uiścić odpowiednią opłatę. Mężczyzna próbował dać mi swoje pieniądze, ale ich nie przyjęłam. Wręczyłam urzędnikowi całą gotówkę, którą miałam przy sobie, i obiecałam, że z samego rana zapłacę resztę. Zaspany urzędnik na początku nie był z tego faktu zadowolony, ale w końcu się zgodził. Podziękowałam mężczyźnie, który nas przywiózł, i zapewniłam go, że teraz dam już sobie sama radę. Następnie wróciłam szybko do izby przyjęć.

Na szpitalnych łóżkach moje dzieci sprawiały wrażenie małych i delikatnych. Siamak został podłączony do kroplówki, ale w przypadku Masuda nie można było znaleźć żyły. Wbijali mu igły w wielu miejscach, ale mój nieprzytomny syn nawet nie jęknął. Za każdym razem, gdy igła zatapiała się w jego ciele, miałam wrażenie, jakby ktoś przebijał mi serce sztyletem. Zakryłam usta dłonią, tak aby mój płacz nie rozpraszał lekarzy ani pielęgniarek. Zalewając się łzami, patrzyłam, jak moje ukochane dziecko umiera. Nie wiem, co takiego zrobiłam, że zwróciłam uwagę lekarza, ale polecił pielęgniarce, aby wyprowadziła mnie z pokoju. Pielęgniarka położyła mi rękę na ramieniu i uprzejmie, choć stanowczo wypchnęła mnie na zewnątrz.

– Siostro, co się dzieje? Czy straciłam syna?

– Nie, proszę pani. Zamiast się zamartwiać, proszę się modlić. Z pomocą bożą wyzdrowieje.

– Na miłość boską, proszę mi powiedzieć prawdę. Czy jego stan jest krytyczny?

– Jego stan nie jest dobry, ale jeśli uda nam się znaleźć żyłę i podłączyć go do kroplówki, jest nadzieja na poprawę.

– To znaczy, że wszyscy ci lekarze i pielęgniarki nie potrafią znaleźć u dziecka żyły?

– Proszę pani, żyły dzieci są niezwykle delikatne, a jeszcze trudniej znaleźć je, gdy dziecko trawi gorączka i tak mocno się odwodniło.

– Co mogę zrobić?

– Nic. Po prostu proszę się modlić.

Przez cały czas, z każdym uderzeniem serca, wołałam do Boga, ale nie potrafiłam ułożyć pełnego zdania ani wyrecytować jakiejkolwiek modlitwy. Potrzebowałam zaczerpnąć świeżego powietrza, chciałam popatrzeć w niebo; tylko wtedy mogłam rozmawiać z Bogiem, tylko wtedy miałam wrażenie, że stoję przed jego obliczem.

Wyszłam na zewnątrz i poczułam na twarzy chłodne poranne powietrze. Spojrzałam w górę. Niebo nadal było zasnute ciemnością. Dostrzegłam kilka gwiazd. Oparłam się o ścianę. Kolana trzęsły się pode mną. Wbiłam wzrok w horyzont i powiedziałam:

– Boże, nie wiem, po co sprowadziłeś nas na ten świat. Zawsze starałam się postępować zgodnie z twoimi nakazami, ale jeśli odbierzesz mi dzieci, nie będę miała już powodów, aby okazywać ci wdzięczność. Nie chcę bluźnić, ale okażesz wówczas niesprawiedliwość. Błagam, nie odbieraj mi ich. Oszczędź moich synów.

Nie wiedziałam, co mówię, ale wierzyłam, że mnie usłyszy i zrozumie.

Weszłam z powrotem do środka i otworzyłam drzwi do sali. Kroplówka została w końcu podłączona do stopy Masuda, ale na nodze założono gips.

– Co się stało? Ma złamaną nogę?

Lekarz roześmiał się i odparł:

– Nie, proszę pani. Założyliśmy mu gips na nogę, aby nie mógł nią poruszać.

– Jak on się czuje? Wydobrzeje?

– Czas pokaże.

Chodziłam od jednego łóżka do drugiego. Widząc, jak Masud porusza głową i słysząc cichutkie jęki Siamaka, poczułam przypływ nadziei. O wpół do dziewiątej rano moje dzieci zostały przeniesione na zwykły oddział dziecięcy.

– Bogu niech będą dzięki, nic im już nie dolega – oznajmił lekarz. – Ale musimy pilnować, aby nie odłączyli sobie kroplówek. Utrzymanie igły w ramieniu Siamaka było dużo trudniejsze. Matka, pani Parvin i Faati wpadły spanikowane do szpitala. Na widok moich synów matka wybuchnęła płaczem. Siamak zachowywał się niespokojnie i ktoś cały czas musiał trzymać jego rękę nieruchomo. Masud nadal był bardzo osłabiony. Godzinę później przyjechał ojciec. Spojrzał na Siamaka z takim smutkiem, że poczułam ukłucie w sercu. Gdy tylko Siamak zobaczył mojego ojca, wyciągnął do niego ręce i zaczął płakać. Kilka minut później pieszczoty dziadka uspokoiły go i uśpiły.

Rodzice Hamida przyjechali wraz z Mansurą i Maniją. Matka przywitała ich gniewnym spojrzeniem i cierpkimi komentarzami. Musiałam posłać jej znaczące spojrzenie, aby się uspokoiła; i tak byli wystarczająco zażenowani i zdenerwowani. Mansura, Faati, pani Parvin i Manija zaproponowały, że zostaną ze mną, ale ja poprosiłam, aby towarzyszyła mi tylko pani Parvin. Faati sama była jeszcze dzieckiem, Mansura musiała się zaopiekować synem, a z Maniją nie łączyły mnie zbyt ciepłe stosunki.

Całą noc czuwałam z panią Parvin. Ona trzymała dłoń Siamaka, a ja z głową na nogach Masuda siedziałam przy jego łóżku, oplatając go ramionami. On także po południu zrobił się niespokojny.

Po trzech trudnych i wyczerpujących dniach wróciliśmy do domu. Cała nasza trójka straciła mocno na wadze. Nie spałam przez cztery noce. Spojrzałam na swoje odbicie w lustrze. Miałam podkrążone oczy i zapadnięte policzki. Pani Parvin stwierdziła, że wyglądam jak człowiek uzależniony od opium. Razem z Faati zostały, aby mi pomóc. Wykąpałam dzieci i wzięłam długi prysznic. Chciałam zmyć z siebie całe cierpienie, ale wiedziałam, że to wspomnienie zostanie ze mną do końca życia i nigdy nie będę potrafiła wybaczyć Hamidowi jego nieobecności.

Dwa tygodnie później nasze życie wróciło prawie do normy. Siamak znowu zaczął być niegrzeczny, złośliwy i uparty. Przyzwyczaił się co prawda do obecności Masuda i pozwalał mi go przytulać, nadal jednak miałam wrażenie, że w głębi serca żywił do mnie urazę. Masud był wesoły i pocieszny. Przytulał się do wszystkich, nikogo się nie bał i z każdym dniem stawał się coraz słodszy. Obejmował mnie za szyję, całował w policzek i malutkimi ząbkami skubał moją twarz, jakby chciał mnie pożreć. Sposób, w jaki wyrażał swą miłość, był uroczy. Nawet jako bardzo małe dziecko Siamak nigdy nie okazywał mi uczuć. Pod tym względem był zawsze powściągliwy. Zastanawiałam się wówczas, jak dwoje dzieci tych samych rodziców może się od siebie tak bardzo różnić?

Nieobecność Hamida przedłużyła się do dwóch miesięcy i nadal nie miałam od niego żadnych wieści. Mając w pamięci jego słowa sprzed wyjazdu, nie martwiłam się. Jednak jego rodzice ponownie zaczęli się niepokoić. Musiałam powiedzieć im, że dzwonił, ma się dobrze, ale nie wie, kiedy wróci.

– Ale czym on się zajmuje? – zapytała jego matka ze złością w głosie. A potem odwróciła się do męża i powiedziała: – Zajrzyj do drukarni i zapytaj, gdzie go wysłali i dlaczego tak długo to trwa.

Minęły kolejne dwa tygodnie. Pewnego dnia zadzwonił jakiś mężczyzna.

– Przepraszam, że przeszkadzam, ale chciałem zapytać, czy coś pani wie o Szahrzad i Mehdim.

– Szahrzad? Nie. Kim pan jest? – zapytałam.

– Jestem jej bratem. Bardzo się martwimy. Powiedzieli nam, że jadą do Maszad na dwa tygodnie, ale od dwóch i pół miesiąca nie mamy od nich żadnych wiadomości. Moja matka odchodzi od zmysłów.

– Maszad?

– A pani słyszała coś innego?

– Nie wiem. Myślałam, że pojechali do Rezaije.

– Rezaije? A co Rezaije ma wspólnego z Maszad?
Pożałowałam swoich słów i odparłam niespokojnie:
– Musiałam coś pomylić. A od kogo ma pan ten numer?
– Proszę się nie obawiać – odparł mężczyzna. – Szahrzad dała mi go i powiedziała, że w nagłym wypadku należy dzwonić jedynie pod ten numer. Czy to dom Hamida Soltaniego?
– Tak. Ale ja także nie mam żadnych informacji.
– Jeśli będzie pani coś wiedziała, bardzo proszę zadzwonić. Moja matka się zamartwia. Nie kłopotałbym pani, gdyby nie zaszła taka konieczność.

Zaczynałam się niepokoić. Gdzie oni pojechali? Co to za miejsce, że nie mogą nawet zadzwonić do rodziny, aby ją uspokoić? Może Hamidowi nie zależało na nas, ale Szahrzad nie wydawała się tak bezmyślna i nieczuła.

Skończyły się pieniądze. Wydałam całą sumę pozostawioną mi przez Hamida oraz wszystkie moje oszczędności. Aby zapłacić za hospitalizację dzieci, musiałam pożyczyć pieniądze od ojca. Nie mogłam nic powiedzieć ojcu Hamida, ponieważ wówczas zacząłby się jeszcze bardziej martwić. Pożyczyłam nawet pewną kwotę od pani Parvin, ale te pieniądze także się skończyły.

Czy Hamid zastanawiał się, za co mamy żyć? A może coś mu się stało?

Minęły trzy miesiące. Nie byłam już w stanie uspokajać jego matki za pomocą nowych kłamstw. Z każdym mijającym dniem coraz bardziej się martwiłam. Jego matka nieustannie płakała i mówiła:

– Czuję, że przytrafiło mu się coś strasznego. W przeciwnym wypadku zadzwoniłby do mnie lub napisał.

Starała się mnie nie denerwować, ale widziałam, że obwinia mnie za tę sytuację. Nikt nie odważył się powiedzieć, że Hamid mógł zostać aresztowany.

– Zadzwońmy na policję – zaproponowała Manija.
– Nie, nie, to tylko pogorszy sytuację! – warknęłam z przerażeniem razem z ojcem Hamida. Spojrzeliśmy na siebie, a jego matka nie przestawała przeklinać podejrzanych przyjaciół syna.

– Moja droga Masumo – powiedział teść – czy masz adres lub numer telefonu do któregoś z jego przyjaciół?

– Nie – odparłam. – Wydaje mi się, że wyjechali razem. Jakiś czas temu zadzwonił jakiś mężczyzna i przedstawił się jako brat Szahrzad. On także był zaniepokojony i szukał informacji. Ale powiedział coś dziwnego – że Szahrzad i Mehdi pojechali do Maszad. Tymczasem Hamid powiedział mi, że wyjeżdżają do Rezaije.

– Może więc nie pojechali razem. Może mają różne zadania.

– Zadania?

– Och, nie wiem. Coś w tym rodzaju.

Potem jego ojciec pod jakimś pretekstem odciągnął mnie na bok i powiedział:

– Nigdy nikomu nie opowiadaj o Hamidzie.

– Ale przecież wszyscy wiedzą, że wyjechał.

– Tak, ale nie mów, że zaginął. Po prostu mów, że nadal jest w Rezaije, ponieważ sprawy służbowe zajmują więcej czasu niż przypuszczał, ale cały czas jest z tobą w kontakcie. Nigdy nie wspominaj, że się nie odzywa. To tylko wzbudzi podejrzenia. Pojadę do Rezaije i zobaczę, czego uda mi się dowiedzieć. Masz pieniądze? Czy Hamid zostawił ci wystarczającą sumę, aby pokryć wasze wydatki?

Spuściłam wzrok i odparłam:

– Nie, wszystko wydałam na pokrycie rachunku za szpital.

– Dlaczego nic nie powiedziałaś?

– Nie chciałam was denerwować. Pożyczyłam trochę pieniędzy od moich rodziców.

– Nie trzeba było. Powinnaś była mi powiedzieć. – Podał mi pieniądze i dodał: – Oddaj dług rodzinie i powiedz, że Hamid przesłał ci środki do życia.

Tydzień później ojciec Hamida wrócił zmęczony i przygnębiony z bezowocnej podróży. Wraz z mężem Monir odwiedził każde miasto w ostanie Azerbejdżan aż do granicy ze Związkiem Radzieckim, lecz nie natknęli się na ślad syna.

Wówczas naprawdę się zmartwiłam. Nigdy nie myślałam, że zniknięcie Hamida wzbudzi we mnie aż taki niepokój. Już na początku naszego małżeństwa mnie tego oduczył, ale teraz było inaczej. Jego nieobecność się przedłużała, a okoliczności wyjazdu były podejrzane.

***

Pod koniec sierpnia obudził mnie nagle dziwny odgłos. Na dworze było ciepło, więc zostawiłam okno otwarte. Słuchałam uważnie. Dźwięk dochodził z podwórza przed domem. Spojrzałam na zegar. Było dziesięć po trzeciej nad ranem. Bibi nie wychodziła z domu o tej godzinie. Byłam przerażona, ponieważ myślałam, że ktoś się do nas włamał.

Wzięłam kilka głębokich oddechów, zebrałam się na odwagę i na palcach podeszłam do okna. W bladym świetle księżyca dostrzegłam cień samochodu i trzech mężczyzn na podwórku. Nosili różne rzeczy tam i z powrotem. Próbowałam krzyczeć, ale nie mogłam wydobyć głosu z gardła. Stałam tam tylko i patrzyłam na nich. Po kilku minutach zdałam sobie sprawę, że nie wynosili nic z domu. Wręcz przeciwnie, rozładowywali bagażnik samochodu i zanosili rzeczy do piwnicy. To nie byli złodzieje. Wiedziałam, że muszę zachować spokój i ciszę.

Dziesięć minut później trzej mężczyźni zakończyli przenoszenie rzeczy z samochodu i wówczas czwarty mężczyzna wyszedł z piwnicy. Nawet w ciemnościach rozpoznałam, że to Hamid. Zachowując ciszę, wypchnęli samochód z podwórka, Hamid zamknął bramkę i wszedł po schodach. Poczułam mieszankę sprzecznych emocji. Wściekłość i złość przeplatała się we mnie z radością i uczuciem ulgi z powodu jego powrotu. Czułam się jak matka, która po odnalezieniu zaginionego dziecka najpierw wymierza mu kilka policzków, a potem bierze je mocno w ramiona i zaczyna płakać. Starał się otworzyć drzwi do naszego mieszkania tak, aby nie narobić hałasu. Byłam gotowa mu wygarnąć. Gdy tylko wszedł do środka, zapaliłam światło. Odskoczył do tyłu i spojrzał na mnie z przerażeniem.

– Nie śpisz? – zapytał po kilku sekundach.

– Ach, jaka niespodzianka. Zgubiłeś się? – powiedziałam z drwiną w głosie.

– Wspaniale! – odparł. – Jakie ciepłe powitanie.

– Spodziewałeś się przyjęcia na swoją cześć? Masz tupet! Gdzie się podziewałeś przez cały ten czas? Nawet nie zadzwoniłeś. Czy naprawdę tak trudno wysłać wiadomość, krótki list lub coś w tym rodzaju? Nie pomyślałeś, że wszyscy odchodzili od zmysłów z twojego powodu?

– Właśnie widzę, jak się o mnie martwiłaś!

– Tak, ależ ze mnie idiotka. Po co się martwić? Nie chodzi o mnie. Pomyślałeś o swojej biednej matce i ojcu? Umierali ze strachu o ciebie.

– Mówiłem ci, abyś nie robiła zamieszania i że moje zadanie może zająć więcej czasu niż przewidujemy.

– Tak, piętnaście dni może się przeciągnąć w miesiąc, ale nie w cztery miesiące. Twój biedny ojciec wszędzie cię szukał. Bałam się, że coś mu się stanie.

– Szukał mnie? Gdzie?

– Wszędzie! W szpitalach, kostnicach, na komisariatach.

– Na komisariatach? – wykrzyknął z przerażeniem.

Obudziła się we mnie chęć zemsty. Chciałam go zdenerwować.

– Tak, wraz z bratem Szahrzad oraz krewnymi twoich pozostałych przyjaciół wysłali wasze zdjęcia do gazet.

Jego twarz zrobiła się biała jak prześcieradło.

– Jesteś nienormalna! Nie mogłaś poradzić sobie chociaż z jedną rzeczą, o którą cię prosiłem?

W pośpiechu zaczął ponownie zakładać zakurzone buty.

– A ty gdzie się wybierasz? Mogę zadzwonić na policję i powiedzieć, że wróciłeś, i to nie z pustymi rękami.

Patrzył na mnie z takim przerażeniem, że chciało mi się śmiać.

– Co ty wygadujesz? Chcesz nas zabić? To miejsce nie jest już bezpieczne. Muszę powiedzieć o tym kolegom i uzgodnić z nimi, co, do cholery, mamy teraz robić.

Otworzył drzwi i już miał wyjść, gdy zaczęłam go uspokajać:

– Nie ma takiej potrzeby. Skłamałam. Nikt nie dzwonił na policję. Twój ojciec pojechał tylko do Rezaije i wrócił z pustymi rękami.

Hamid odetchnął z ulgą i odparł:

– Czyś ty oszalała? Prawie dostałem ataku serca.

– Zasłużyłeś na to… Dlaczego tylko my mamy się zamartwiać? Przygotowałam mu posłanie w salonie.

– Prześpię się u siebie – odparł. – W pokoju na tyłach.

– Tam teraz znajduje się pokój dzieci.

Ledwo zdążyłam skończyć to zdanie, a on ułożył głowę na poduszce i zasnął, nie zdejmując nawet zakurzonego ubrania.

Rozdział trzeci

Mijały miesiące. Dzieci rosły, a ich charaktery zaczynały się kształtować. Chłopcy coraz bardziej się od siebie różnili. Siamak był dumny, agresywny i złośliwy, do tego miał opory przed okazywaniem uczuć. Najdrobniejsza przeciwność losu wytrącała go z równowagi, a jakiekolwiek przeszkody usuwał siłą pięści. Masud był jego przeciwieństwem – spokojny, uprzejmy i dobroduszny. Okazywał miłość otaczającym go ludziom, przyrodzie i przedmiotom. Jego bliskość koiła mój ból wynikający z braku miłości ze strony Hamida.

Chłopcy w jakiś dziwny sposób uzupełniali się nawzajem. Siamak wydawał rozkazy, a Masud je wykonywał. Siamak marzył na jawie i wymyślał historie, a Masud w nie wierzył. Siamak żartował, a Masud się śmiał. Siamak zadawał razy, a Masud je przyjmował. Często się obawiałam, że delikatny i uczuciowy charakter Masuda przegra z wrogim i silnym charakterem Siamaka. Jednak nigdy nie potrafiłam otwarcie bronić młodszego syna. Najdrobniejszy mój gest wywoływał w Siamaku wściekłość i zazdrość, a to z kolei prowadziło do bijatyki na pięści. Jedynym sposobem na uniknięcie tych starć było odwrócenie jego uwagi za pomocą czegoś bardziej interesującego.

Z drugiej strony Siamak stanowił niezwykle twardą tarczę chroniącą Masuda przed innymi. Każdego, kto zagrażał bratu, atakował niezwykle zaciekle i zapamiętale. Nawet jeśli sam Masud błagał, aby ocalić wroga. Zazwyczaj wrogiem tym był Gholam--Ali, syn mojego brata Mahmuda, który wiekowo plasował się pomiędzy Siamakiem i Masudem. Nie wiem dlaczego, gdy tylko się spotykali, zaczynała się awantura. Hamid uważał, że w ten sposób chłopcy się bawią i komunikują ze sobą. Ale ja nie rozumiałam ani nie podzielałam tej opinii.

Choć Mahmud ożenił się trzy lata po moim ślubie, doczekał się już trójki dzieci. Pierworodny miał na imię Gholam-Ali, później urodziła się Zahra, rok młodsza od Masuda, a ostatnie dziecko, roczny chłopiec, nazywał się Gholam-Husejn. Mahmud nadal był nieprzyjemny i stronił od innych, a jego obsesyjna natura z każdym dniem przybierała na sile. Ehteram-Sadat nieustannie skarżyła się matce.

– Ostatnio stał się jeszcze bardziej roztargniony i nierozsądny – mawiała. – Kilkakrotnie powtarza modlitwę, a mimo to nadal się martwi, czy prawidłowo ją odmówił.

Moim zdaniem Mahmudowi nic nie dolegało. Miał niezwykle jasny umysł i był sprytny, gdy w grę wchodziły praca i sprawy finansowe, dlatego jego firma dobrze prosperowała. Posiadał sklep na targowisku, w którym pracował sam, a ludzie uważali go za najlepszego eksperta w kwestii dywanów. W pracy nigdy nie wykazywał braku pewności i nie zdradzał się z obsesyjnym zachowaniem, a jedynym religijnym przykazaniem, którego przestrzegał w życiu zawodowym, było przekazywanie jednej piątej dochodów na cele charytatywne. Dlatego też pod koniec miesiąca wysyłał cały utarg ojcu Ehteram, który mieszkał w Kom. Teść przekazywał niewielką część jego zarobków na jałmużnę, a resztę odsyłał Mahmudowi. Dzięki „przechodzeniu z rąk do rąk", jak zwykli to nazywać, pieniądze Mahmuda stawały się *halal*, czyli dozwolone w świetle szariatu, i mój brat nie musiał się już o nie martwić.

Ahmad jakiś czas temu oddalił się od rodziny. Najbardziej martwiła się o niego pani Parvin.

– Musimy coś zrobić – nieustannie powtarzała. – Jeśli nadal będzie tak żył, umrze.

Jego problem nie polegał już jedynie na całonocnym piciu i wywoływaniu burd na ulicy. Pani Parvin twierdziła, że zażywał również narkotyki. Jednak matka nie chciała w to wierzyć i starała się uchronić go przed piekłem i złymi przyjaciółmi za pomocą modlitwy i różnych przesądów. Ojciec natomiast już zupełnie stracił nadzieję na odzyskanie syna.

Ali stał się dorosłym mężczyzną, ale nie udało mu się zdobyć świadectwa szkoły średniej. Przez jakiś czas pracował w tym samym zakładzie stolarskim co Ahmad, ale ojciec poszedł po rozum do głowy i postanowił jak najszybciej odsunąć go od starszego brata.

– Jeśli nic nie zrobię, jego także stracimy – zwykle mawiał.

Stopniowo do Alego docierała prawda o bracie. Wcześniej widział w nim silnego i utalentowanego idola, a teraz cierpiał, patrząc, jak wiecznie pijany Ahmad pogrąża się w stuporze. Pewnego razu starszy brat spadł w końcu z piedestału, gdy w kawiarni Jamshid jeden z oprychów sprał go na kwaśne jabłko i wyrzucił na ulicę. Ahmad był wówczas tak pijany, że nie był w stanie ruszyć nawet palcem w swojej obronie. Poza tym w warsztacie stolarskim współpracownicy Alego, którzy jeszcze niedawno konkurowali ze sobą o zaszczyt zostania praktykantem Ahmada, teraz go wyśmiewali i dręczyli. W rezultacie Ali chętnie, choć pod pretekstem nacisków ze strony ojca, odszedł z zakładu Ahmada i zaczął pracować dla Mahmuda, tak aby stać się również pobożnym i zamożnym kupcem.

Faati wyrosła na skromną, nieśmiałą i spokojną dziewczynę. Ukończyła trzy klasy, a potem, jak przystało na porządną kobietę, zaczęła uczęszczać na kurs krawiecki. Trzeba przyznać, że sama nie była zbytnio zainteresowana dalszą edukacją.

Zadałam sobie wiele trudu, aby zapisać Siamaka do szkoły rok wcześniej niż przewiduje prawo. Wiedziałam, że pod względem intelektualnym był na to gotowy. Miałam nadzieję, że szkoła wpoi mu dyscyplinę, a swoją nieograniczoną energię mój syn wykorzysta podczas zabawy z rówieśnikami, dzięki czemu będzie grzeczniejszy w domu. Niestety początki nauki okazały się męczącym doświadczeniem. Na początku musiałam siedzieć w sali razem z nim i dopiero gdy czuł się swobodnie, pozwalał mi wyjść. Potem wystawałam wiele godzin na boisku szkolnym, aby widział mnie przez okno. Wiedziałam, że się bał. Problem w tym, że swój strach manifestował agresywnym zachowaniem. Na przykład w pierwszym dniu szkoły ugryzł wychowawczynię, gdy ta wzięła go za rękę, aby zaprowadzić do sali.

Kiedy Siamak dostawał ataku szału, mogłam uspokoić go tylko w jeden sposób – czyniąc siebie obiektem jego wściekłości. Trzymałam go w ramionach i wytrzymywałam uderzenia małych pięści oraz kopniaki, aż pomału zaczynał się uspokajać i płakać. Jedynie w takich momentach pozwalał mi się przytulić, głaskać i całować. Zwykle bowiem udawał, że nie potrzebuje bliskości. Widziałam jednak, jak głęboko pragnął uczucia i uwagi. Było mi go żal. Wiedziałam, że cierpi, ale nie miałam pojęcia z jakiego powodu. Kochał ojca, a jego nieobecność bardzo mu doskwierała. Tylko dlaczego nie potrafił przyzwyczaić się do tej sytuacji? Czy brak ojca mógł wywrzeć na dziecko aż tak ogromny wpływ?

Nieustannie czytałam książki psychologiczne i obserwowałam zachowanie Siamaka. Gdy Hamid był w domu, Siamak zachowywał się inaczej. Słuchał tylko ojca. Choć zwykle nie potrafił ani chwili usiedzieć spokojnie, gdy znajdował się u Hamida na kolanach, mógł godzinami słuchać jego opowieści. Dopiero po jakimś czasie zorientowałam się, że jego niechęć do zasypiania wynikała z faktu, iż czekał na pojawienie się ojca. Gdy Hamid przebywał w domu, wieczorem siadał przy łóżku Siamaka i głaskał go po głowie, a syn zasypiał szybko i spokojnie. Dlatego też nadałam mężowi przydomek „Pigułka nasenna".

Na szczęście obecność mojego ojca oraz głębokie uczucie, które łączyło dziadka z wnukiem, wynagradzało Siamakowi nieobecność Hamida. Choć Siamak nie lubił tulić się do innych, gdy ojciec przychodził z wizytą, mój syn trzymał się blisko niego i czasami siadał mu na kolanach. Ojciec podchodził do Siamaka z ogromnym spokojem i traktował go jak osobę dorosłą. W zamian mój syn słuchał go i przyjmował bez żadnego sprzeciwu wszystko, co mówił dziadek. Nie potrafił jednak spokojnie patrzeć, jak Hamid lub dziadek okazywali jakiekolwiek uczucia Masudowi. Zaakceptował fakt, iż inni, nawet ja, dzielili uwagę pomiędzy nich dwóch, czasem nawet sam okazywał młodszemu bratu trochę życzliwości, ale jednocześnie oczekiwał, że miłość ojca i dziadka będzie miał na wyłączność. Nie tolerował obecności rywala. W przypadku Hamida nie stanowiło to problemu. Nigdy bowiem nie zwracał zbytniej uwagi na Masuda. Lecz mój ojciec dość dobrze rozumiał Siamaka i bardzo się starał nie okazywać uczuć młodszemu wnukowi w obecności jego starszego brata. Takie postępowanie sprawiło, że Siamak czuł jeszcze większą wdzięczność wobec dziadka i darzył go jeszcze większą miłością.

W końcu Siamak przyzwyczaił się do szkoły, choć nie było miesiąca, abym nie została wezwana przez dyrektora z powodu bójki, w którą wdał się mój starszy syn. Mimo to gdy jego nowy porządek dnia został ustalony, mogłam ponownie zacząć myśleć o własnej edukacji. Fakt, iż nadal nie zdobyłam świadectwa ukończenia szkoły i pozostawiłam tak ważną kwestię niezałatwioną, wprawiał mnie w przygnębienie. Zaczęłam budzić się wcześnie rano, aby zająć się obowiązkami domowymi. Po wyjściu Siamaka do szkoły Masud bawił się zabawkami lub godzinami rysował kredkami, a przy ładnej pogodzie jeździł na podwórku trójkołowym rowerkiem. Ja w tym czasie siedziałam w ciszy i się uczyłam. Nie czułam wówczas potrzeby uczęszczania na zajęcia...

Gdy Siamak wracał popołudniami do domu, miałam wrażenie, że nasz dom nawiedzało trzęsienie ziemi. Odrabianie lekcji stanowiło kolejny problem. Doprowadzał mnie tym do szaleństwa. Z czasem zrozumiałam, że im więcej okazywałam mu uwagi, tym bardziej wzmacniałam jego upór. Próbowałam więc zachować cierpliwość i na niego nie naciskać. Wtedy późno wieczorem lub następnego ranka zasiadał do zadań.

Pewnego ranka, gdy byłam w domu tylko z Masudem, odwiedziła mnie pani Parvin. Sprawiała wrażenie podekscytowanej. Od razu się zorientowałam, że przyniosła jakieś wieści. Lubiła bowiem osobiście dzielić się najnowszymi wiadomościami. Zwykle nieco je ubarwiała i opisywała bardzo szczegółowo, a potem czekała na moją reakcję. Jeśli nie miała do przekazania nic zaskakującego, poprzestawała na rozmowie telefonicznej.

– A więc jakie ma pani wieści? – zapytałam.

– Wieści? A kto powiedział, że mam jakieś wieści?

– Domyśliłam się po pani minie, zachowaniu, gestach. Już na pierwszy rzut oka widać, że przyszła pani z jakąś niezwykłą wiadomością!

Usiadła podekscytowana i powiedziała:

– Tak. Nie uwierzysz. To zadziwiające... Ale najpierw podaj herbatę. Zaschło mi w gardle.

To także należało do jej rytuału. Zanim rozpoczynała opowieść, lubiła mnie torturować, a im ciekawsze było to, co miała do powiedzenia, tym bardziej ociągała się z jej wyjawieniem. Szybko wstawiłam czajnik na kuchenkę i wróciłam do niej.

– Proszę opowiadać. Herbata zaparzy się za chwilę.

– Oj, jestem okrutnie spragniona. Ledwo mogę mówić.

Zirytowana wróciłam do kuchni i przyniosłam pani Parvin szklankę wody.

– No i? Zamieniam się w słuch.

– Napijmy się najpierw herbaty.

– Ech... a może lepiej niech pani nie mówi. Nie chcę wiedzieć – odparłam z urażoną miną i z powrotem poszłam do kuchni.

Pani Parvin poszła za mną i zaczęła mnie uspokajać:

– Nie dąsaj się. Zgadnij, kogo widziałam dzisiaj rano.

Poczułam ucisk w sercu i otworzyłam szeroko oczy ze zdumienia.

– Saiida?

– Oj, daj spokój. Jeszcze ci nie przeszło? Myślałam, że przy dwójce dzieci wreszcie o nim zapomnisz.

Też tak myślałam. Poczułam zażenowanie. Jego imię po prostu wyskoczyło z moich ust. Zaczęłam się wówczas zastanawiać: czy to oznacza, że nadal zajmuje miejsce w moich myślach?

– Nieważne – odparłam. – A teraz proszę powiedzieć, kogo pani widziała?

– Matkę Parwany!

– Na miłość boską, mówi pani poważnie? Kiedy ją pani widziała?

– Wszystko w odpowiednim momencie. Woda się gotuje. Zaparz herbatę, a wtedy zdradzę ci całą resztę.

Po chwili rozpoczęła swoją opowieść.

– Dziś rano chciałam kupić buty w sklepie, który znajduje się za parkiem Sepahsalar. Przez okno sklepowe dostrzegłam kobietę, która przypominała panią Ahmadi. Na początku nie byłam pewna, czy to ona. Mówiąc szczerze, bardzo się postarzała. Kiedy ostatnio widziałaś kogoś z rodziny Parwany?

– Jakieś siedem lat temu.

– Weszłam do sklepu i przyjrzałam jej się jeszcze raz. To naprawdę była pani Ahmadi. Na początku mnie nie rozpoznała, ale pomyślałam, że powinnam z nią porozmawiać przez wzgląd na ciebie. Przywitałam się i wówczas mnie sobie przypomniała. Rozmawiałyśmy dość długo. Pytała o wszystkich mieszkańców w okolicy. – A o mnie? – zapytałam podekscytowana. – Powiem prawdę, nie wspomniała o tobie. Ale sprowadziłam rozmowę na twój temat i powiedziałam, że widuję cię regularnie, wyszłaś za mąż i zostałaś matką. Odpowiedziała wówczas: „Z całej rodziny tylko z nią warto było rozmawiać. Oczywiście mój mąż twierdzi, że ich ojciec jest dobrym, uczciwym człowiekiem, ale nigdy nie zapomnę tego, co zrobił nam jej brat. Odarł nas z honoru na oczach całej okolicy. Nikt nigdy nie odzywał się w ten sposób do mojego męża. Nawet sobie pani nie wyobraża, o jakie rzeczy oskarżał Parwanę. Mój biedny mąż omal nie zemdlał. Nie mogliśmy już chodzić z podniesionymi głowami. Dlatego tak szybko się przeprowadziliśmy. Ale Parwana oddałaby życie za tę dziewczynę. Jak ona płakała. Powtarzała tylko, że zabiją Masumę. Moja córka odwiedziła ich później kilka razy, ale matka Masumy nie pozwoliła córce na spotkanie z koleżanką. Moje biedne dziecko. Ciężko to przeżyła".

– Raz byłam przy tym, jak matka nie pozwoliła jej wejść – powiedziałam. – Ale nie wiedziałam, że Parwana próbowała się ze mną zobaczyć jeszcze kilka razy.

– Z tego, czego się dowiedziałam, wynika, że przyszła nawet zaprosić cię na swój ślub. Przyniosła zaproszenie.

– Naprawdę? Nie przekazali mi go. Mój Boże, mam dość mojej rodziny. Dlaczego mi o tym nie powiedzieli?

– Twoja matka zapewne się obawiała, że ponownie zaczniesz myśleć o tym chłopaku.

– O jakim chłopaku? Przy dwójce dzieci? – odparłam z irytacją. – Już ja im pokażę. Nadal traktują mnie jak dziecko.

– O, nie – powiedziała pani Parvin. – Wtedy jeszcze nie miałaś Masuda. Ślub odbył się jakiś czas temu. Wydaje mi się, że przed czterema laty.

– Parwana jest żoną już od czterech lat?

– Oczywiście, w przeciwnym razie uznaliby ją za starą pannę!

– Bzdury! Ile ona może mieć lat?

– Jest mniej więcej w twoim wieku, a ty jesteś mężatką od siedmiu lat.

– Ale ja zostałam do tego zmuszona. Chcieli się mnie szybko pozbyć. Ale przecież nie każdy musi przechodzić przez takie piekło. A za kogo wyszła?

– Za wnuka ciotki swojego ojca. Jej matka twierdziła, że po ukończeniu szkoły Parwana miała wielu zalotników, ale zdecydowali się na tego mężczyznę. Jest lekarzem i mieszka w Niemczech.

– Parwana mieszka teraz w Niemczech?

– Tak, przeprowadziła się tam po ślubie, ale przeważnie lato spędza z rodziną.

– Ma dzieci?

– Tak, od matki wiem, że ma trzyletnią dziewczynkę. Opowiedziałam pani Ahmadi, jak długo szukałaś Parwany i jak bardzo za nią tęsknisz. Przekazałam jej również, że twój brat przestał się awanturować i teraz stanowi zagrożenie jedynie dla siebie. W końcu udało mi się zdobyć numer telefonu matki Parwany, choć niechętnie mi go podała.

Cofnęłam się w czasie o siedem lat. Nigdy już nie doświadczyłam takiej więzi, opartej na koleżeństwie i przyjaźni, jaka połączyła mnie z Parwaną. Wiedziałam, że taką przyjaciółkę spotyka się raz w życiu.

Poczucie wstydu nie pozwalało mi zadzwonić do matki Parwany. Nie wiedziałam, co jej powiedzieć. W końcu się przemogłam i postanowiłam to zrobić. Gdy usłyszałam w słuchawce jej głos, poczułam ucisk w gardle. Zdołałam się jednak przedstawić. Wiedziałam, że mój telefon to śmiałe posunięcie, ale Parwana była moją najbliższą przyjaciółką, moją jedyną przyjaciółką. Było mi ogromnie wstyd za to, co się stało, i prosiłam o wybaczenie dla całej mojej rodziny. Powiedziałam, że chciałabym ponownie zobaczyć Parwanę, że nadal godzinami rozmawiam z nią w myślach i że nie było dnia, abym jej nie wspominała. Na koniec podałam pani Ahmadi mój numer telefonu, aby przy następnej wizycie w Iranie Parwana mogła do mnie zadzwonić.

***

Z dwoma hałaśliwymi dziećmi w domu i tysiącem obowiązków na głowie nie było łatwo przygotować się do egzaminów końcowych. Musiałam się uczyć w nocy, gdy dzieci już spały. Kiedy przed świtem Hamid wracał do domu i widział, że nadal się uczę, patrzył na mnie zaskoczony i komentował moją nieustępliwość oraz determinację. Podeszłam do egzaminów końcowych po egzaminach Siamaka. Marzenie, które dojrzewało we mnie przez wiele lat, w końcu się ziściło. Było to proste marzenie, które dziewczyny w moim wieku mogły realizować bez większych problemów, ponieważ miały do tego naturalne prawo.

Działalność Hamida stawała się coraz poważniejsza i wiązała się z coraz większym niebezpieczeństwem. Mój mąż opracował nawet plan awaryjny oraz drogi ewakuacyjne z domu. Choć nie znałam zamiarów jego grupy, wyczuwałam wokół siebie nieustanne zagrożenie. Po jego dziwnej wyprawie i długiej nieobecności organizacja stała się bardziej spójna, jej cele konkretniejsze, a praca bardziej zorganizowana. W tym samym momencie docierały do mnie informacje o wypadkach w mieście, które wydawały mi się jakoś z nimi związane. Szczerze mówiąc, nie wiedziałam zbyt wiele i nie chciałam zmieniać tego stanu rzeczy. Niewiedza czyniła moje życie znośnym i pomagała mi zapomnieć o strachu, zwłaszcza o dzieci.

O godzinie szóstej w letni poranek zadzwonił telefon. Hamid pierwszy podszedł do aparatu i podniósł słuchawkę. Powiedział tylko dwa słowa i się rozłączył. Zauważyłam, że nagle pobladł i na jego twarzy pojawiło się przerażenie. Dopiero po minucie doszedł do siebie. Patrzyłam na niego przestraszona i nie miałam odwagi pytać, co się stało. Ruszył przed siebie, spakował do plecaka kilka najpotrzebniejszych rzeczy i zabrał wszystkie pieniądze, które były w domu. Próbując zachować spokój, zapytałam cicho:

– Hamid, ktoś cię wydał?

– Tak mi się wydaje – odparł. – Nie jestem pewien, co się stało. Jeden z moich kolegów został aresztowany. Wszyscy przenoszą się w bezpieczne miejsca.

– Kogo aresztowano?

– Nie znasz go. Niedawno do nas dołączył.

– A czy on zna ciebie?

– Nie, podałem mu fałszywe imię.

– Wie, gdzie mieszkamy?

– Na szczęście nie. Nie spotykaliśmy się tutaj. Ale inni też mogą zostać aresztowani. Nie panikuj. Nic nie wiesz. Możesz przeprowadzić się do domu rodziców, jeśli uważasz, że tam będzie ci lepiej.

Dźwięk telefonu obudził Siamaka. Zmartwiony i zdziwiony chodził za Hamidem po całym domu. Wyczuwał nasz strach.

– Gdzie będziesz mieszkał? – zapytałam.

– Nie wiem. Teraz po prostu muszę uciekać. Nie mam pojęcia, gdzie wyląduję. Przez tydzień nie będę się z tobą kontaktował.

Siamak objął rękoma nogi Hamida i zaczął go błagać:

– Chcę iść z tobą!

Hamid odepchnął go od siebie i odparł:

– Jeśli przyjdą tutaj i coś znajdą, powiedz im po prostu, że to nie należy do nas. Na szczęście nie wiesz nic, co mogłoby narazić nas na jeszcze większe niebezpieczeństwo.

Siamak ponownie przywarł do ojca i zapłakał:

– Jadę z tobą!

Hamid ze złością oderwał go od nogi i powiedział do mnie:

– Zbierz swoje dzieci i zajmijcie się sobą. Jeśli potrzebujecie pieniędzy, idźcie do mojego ojca. I z nikim o tym nie rozmawiajcie.

Po jego wyjściu przez jakiś czas byłam tak oszołomiona, że nie mogłam się ruszyć. Ogarnęło mnie przerażenie, gdy zaczęłam się zastanawiać, co jeszcze jest nam pisane. Tymczasem Siamak dostał napadu wściekłości. Rzucał się na ściany i drzwi, a po chwili zobaczyłam, że ruszył w kierunku Masuda, który właśnie się obudził. Podbiegłam i wzięłam starszego syna na ręce. Próbował się wyrywać, kopiąc i bijąc mnie pięściami. Nie było sensu udawać, że nic się nie stało. Siamak był na tyle spostrzegawczym i wrażliwym dzieckiem, że potrafił wyczuć mój lęk w każdym moim oddechu.

– Posłuchaj mnie, Siamaku – wyszeptałam mu do ucha. – Musimy zachować spokój. Nie możemy ujawnić naszej tajemnicy, ponieważ w przeciwnym razie coś złego stanie się tatusiowi.

Nagle się uspokoił i powiedział:

– Czego mam nie mówić?

– Nie mów, że tatuś musiał dzisiaj wyjechać. Dopilnuj też, aby Masud się o tym nie dowiedział.

Spojrzał na mnie ze strachem i niedowierzaniem.

– Nie powinniśmy się bać. Musimy być odważni i silni. Tatuś jest bardzo silny i wie, co robić. Nie martw się, nikt go nie znajdzie. Jesteśmy jego żołnierzami. Musimy zachować spokój i nie zdradzić naszej tajemnicy. Tatuś potrzebuje naszej pomocy. Zgadzasz się ze mną?

– Tak.

– Przyrzeknijmy więc, że nie powiemy o tym nikomu i nie będziemy robić zamieszania. Dobrze?

– Dobrze.

Podejrzewałam, że nie rozumie wagi moich słów, ale to nie miało znaczenia. Młody i skłonny do snucia fantazji umysł Siamaka wypełnił luki i wyolbrzymił heroiczne aspekty tej historii według własnego widzimisię.

Nigdy więcej o tym nie rozmawialiśmy. Czasami, gdy widział, że się zamyśliłam, po cichu łapał moją dłoń i bez słowa patrzył na mnie. Próbowałam wówczas oddalić od siebie zmartwienia. Uśmiechałam się znacząco i szeptałam mu do ucha:

– Nie martw się. Jest w bezpiecznym miejscu.

Biegł wtedy po rakietkę i kontynuował grę. Kiedy indziej zaś chował się za kanapę z szybkością błyskawicy i wydawał dziwne odgłosy, strzelając pistoletem na wodę we wszystkich kierunkach. Tylko on potrafił tak szybko i gwałtownie zmienić swój nastrój i zachowanie.

Te pełne lęku dni wydawały się nie mieć końca. Bardzo się starałam postępować rozsądnie, nikomu nie mówiłam też, co się stało. W portfelu miałam niewiele pieniędzy i robiłam co mogłam, aby z tego wyżyć. Nieustannie zadawałam sobie pytania: co mu zrobią, jak go złapią? W co była zamieszana jego grupa? Co się stanie, jeśli zniszczenia, o których czytałam w gazetach, to ich sprawka? Nigdy nie odczuwałam tak dojmującego i instynktownego strachu. Na początku wydawało mi się, że ich spotkania stanowiły rodzaj intelektualnej gry, były sposobem na spędzanie wolnego czasu i przysporzenie sobie chwały, ale teraz wszystko się zmieniło. Na wspomnienie letniej nocy, gdy wnosili jakieś rzeczy do piwnicy, ogarniał mnie jeszcze większy lęk. Następnego dnia zauważyłam kłódkę na drzwiach prowadzących do pomieszczenia na tyłach piwnicy.

Kilka razy skarżyłam się Hamidowi z tego powodu, ale wówczas mówił:

– Dlaczego ciągle narzekasz? Dlaczego tak cię to interesuje? Rzadko kiedy schodzisz do piwnicy. Przecież nie zająłem miejsca należącego do ciebie.

– Ale ja się boję. Co tam jest? A jeśli to sprowadzi na nas niebezpieczeństwo?

Hamid nieustannie mnie zapewniał, że nie ma potrzeby się martwić i że przedmioty zamknięte w piwnicy nie sprowadzą na nas niebezpieczeństwa. Z drugiej strony, zanim uciekł, powiedział, że jeśli znajdą coś w domu, mam powiedzieć, że to nie należy do nas i nic o tym nie wiem. A więc jednak znajdowały się tam rzeczy, które nie powinny zostać odnalezione.

Tydzień później z lekkiego i niespokojnego snu wyrwał mnie dźwięk otwieranych drzwi wejściowych. Wybiegłam na korytarz i zapaliłam światło.

– Wyłącz to, wyłącz! – wyszeptał Hamid.

Nie był sam. Stały za nim dwie dziwnie wyglądające kobiety ciasno owinięte czadorami. Spojrzałam na ich stopy. Nosiły zdarte męskie buty. Cała trójka udała się do salonu. Po chwili wyszedł Hamid, zamknął za sobą drzwi i powiedział:

– Teraz możesz włączyć tę małą lampkę i przekazać mi nowiny.

– Nie ma żadnych nowin – odparłam. – Nic się nie stało.

– Wiem. Ale czy zauważyłaś coś podejrzanego?

– Nie…

– Wychodziłaś z domu?

– Tak, niemal każdego dnia.

– I nie miałaś wrażenia, że ktoś cię śledzi? Mamy jakichś nowych sąsiadów?

– Nie, niczego nie zauważyłam.

– Jesteś pewna?

– Nie wiem. Nie rzuciło mi się w oczy nic nadzwyczajnego.

– Dobrze. A teraz, jeśli możesz, przynieś nam coś do jedzenia. Herbatę, chleb i ser, resztki z wczorajszych posiłków, wszystko, co masz.

Postawiłam czajnik na kuchence. Choć wiedziałam, że niebezpieczeństwo nadal wisi nad nim, poczułam pewną radość. Ulżyło mi, jak zobaczyłam, że nic mu się nie stało. Gdy tylko herbata była gotowa, na tacy ułożyłam ser, masło, świeże zioła, konfiturę, którą niedawno przygotowałam, oraz cały chleb, który miałam w domu, a potem zaniosłam wszystko pod drzwi salonu. Po cichu zawołałam Hamida. Wiedziałam, że nie powinnam wchodzić. Otworzył drzwi, zabrał szybko tacę i powiedział:

– Dzięki, a teraz idź do łóżka.

Wydawało mi się, że stracił nieco na wadze, a w jego brodzie pojawiły się siwe kosmyki. Pragnęłam go pocałować. Poszłam jednak do sypialni i zamknęłam drzwi. Chciałam, aby mogli swobodnie korzystać z łazienki. Po raz kolejny dziękowałam Bogu, że zobaczyłam go żywego i w dobrym zdrowiu. Nękały mnie jednak złe przeczucia. Zatopiona w niejasnych rozmyślaniach, w końcu zasnęłam.

Obudziłam się tuż po wschodzie słońca. Przypomniało mi się, że nie mamy już chleba. Ubrałam się, umyłam twarz, poszłam do kuchni, aby włączyć samowar, po czym wróciłam do holu. Dzieci się obudziły, ale drzwi do salonu nadal były zamknięte.

Siamak poszedł za mną do kuchni i cichutko zapytał:

– Czy tatuś wrócił?

– Skąd wiesz? – zapytałam zdumiona.

– W domu jest jakoś dziwnie. Drzwi do salonu są zamknięte, a za szkłem widać cienie.

Drzwi do salonu wykonane były z matowego szkła o strukturze plastra miodu.

– Tak, mój kochany. Ale nie chce, aby ktoś się o tym dowiedział, więc nie możemy nic mówić.

– Nie przyszedł sam, prawda?

– Nie, towarzyszą mu dwaj przyjaciele.

– Dopilnuję, aby Masud się nie dowiedział.

– Dobrze, mój synu. Jesteś teraz mężczyzną, a Masud jest jeszcze mały i może zdradzić innym nasz sekret.

– Wiem. Nie pozwolę, aby zbliżył się do salonu.

Siamak stał na straży drzwi z takim uporem, że rozbudził tym ciekawość Masuda, który za wszelką cenę chciał się dowiedzieć, co się dzieje. Już miało dojść do bójki, gdy nagle z pokoju wyszedł Hamid. Masud stanął jak wryty, podczas gdy Siamak przywarł do jego nóg. Hamid przytulił i pocałował obu synów.

– Posiedź z dziećmi, a ja przygotuję śniadanie – zaproponowałam.

– Dobrze, ale najpierw się umyję. Przygotuj też coś dla naszych przyjaciół.

Gdy usiedliśmy we czwórkę do śniadania, nagle zebrało mi się na płacz.

– Dzięki Bogu – westchnęłam. – Bałam się, że już nigdy nie będziemy razem.

Hamid spojrzał na mnie z czułością:

– Jak na razie wszystko jest w porządku. Z nikim nie rozmawiałaś, prawda?

– Nie, nie powiedziałam nic nawet twoim rodzicom. Ale chłopcy byli bardzo ciekawi, co się z tobą stało. Cały czas o ciebie pytali. Pamiętaj, aby do nich zadzwonić. W przeciwnym wypadku dojdzie do czegoś, co zwykle określasz mianem „wielkiego zamieszania".

– Tatusiu – powiedział Siamak – ja też nikomu nie mówiłem. Pilnowałem również, aby Masud o niczym się nie dowiedział.

Hamid spojrzał na mnie zaskoczony. Dałam mu znać, że nie musi się o nic martwić.

– Tak, Siamak bardzo mi pomógł. Potrafi dotrzymać tajemnicy.

– Ja też mam tajemnicę – dodał Masud swoim słodkim dziecięcym głosikiem.

– Przestań – warknął Siamak. – Jesteś jeszcze dzieckiem, nic nie rozumiesz.

– Nie jestem dzieckiem i wszystko rozumiem.

– Chłopcy, cisza! – upomniał dzieci Hamid. Następnie zwrócił się do mnie: – Posłuchaj, Masumo, ugotuj coś na obiad, a potem idź do domu ojca. Zadzwonię i dam ci znać, kiedy możesz wrócić.

– Kiedy zadzwonisz?

– Na pewno dzisiaj będziesz musiała zostać u rodziców.

– Ale co mam im powiedzieć? Pomyślą, że się pokłóciliśmy.

– To nie ma znaczenia. Zachowuj się tak, jakbyś się na mnie gniewała. Ale pod żadnym pozorem nie możesz wrócić, dopóki do ciebie nie zadzwonię. Rozumiesz?

– Tak. Ale przez to wszystko w końcu wpędzisz nas w poważne kłopoty. Cały tydzień martwiłam się o ciebie. Na miłość boską, cokolwiek ukryłeś w naszym domu, pozbądź się tego. Boję się.

– Właśnie to chcę zrobić, ale musisz wyjść z domu.

– Tatusiu, pozwól mi zostać – poprosił zdenerwowany i zły Siamak.

Dałam Hamidowi znak, aby z nim porozmawiał, a sama zabrałam Masuda do kuchni. Ojciec i syn usiedli naprzeciwko siebie. Hamid mówił poważnym tonem, a Siamak uważnie go słuchał. Tamtego dnia mój sześcioipółletni syn zachowywał się jak odpowiedzialna dorosła osoba, która zdaje sobie sprawę ze swoich powinności.

Pożegnaliśmy się z Hamidem i poszliśmy do domu mojego ojca. W ciszy Siamak taszczył spokojnie ciężką torbę, którą spakowałam przed wyjściem. Zastanawiałam się, jakie myśli kłębią się w jego młodym umyśle.

W domu ojca Siamak nie chciał się bawić ani rozmawiać. Usiadł na brzegu lustrzanej sadzawki i obserwował pływające w wodzie czerwone rybki. Nie ucieszył się nawet, gdy Ehteram-Sadat przyprowadziła po południu Gholama-Alego; nie interesowało go wszczynanie bójek ani łobuzowanie.

– Co się z nim dzieje? – zapytał ojciec.

– Nic, ojcze. Staje się mężczyzną!

Spojrzałam na Siamaka i uśmiechnęłam się. Odwzajemnił moje spojrzenie oraz uśmiech.

Na jego twarzy malował się spokój. Teraz wraz z Siamakiem i Hamidem dzieliliśmy sekret, i to bardzo ważny. Łączyły nas bliskie więzi, a także fakt, że Masud był naszym dzieckiem.

Zgodnie z moimi przewidywaniami matka była zaskoczona naszą niezapowiedzianą wizytą. Przez całą drogę zastanawiałam się, co mam jej powiedzieć i jaki znaleźć pretekst, aby móc zostać na noc. Gdy weszliśmy, powiedziała:

– Dobry Boże, niech to będą dobre wieści. Co was do nas sprowadza, i to z torbą podróżną?

– Hamid zorganizował męskie spotkanie – wyjaśniłam. – Przychodzą jego przyjaciele i pracownicy drukarni. Powiedział, że wszyscy czuliby się swobodniej, gdyby mnie tam nie było. A część gości przyjeżdża z innych ostanów i zostaje na kilka dni. Hamid powiedział, że nie powinnam wracać, dopóki będą u nas mieszkać. Przyjedzie po nas po ich wyjeździe.

– Naprawdę? – zdziwiła się matka. – Nie zdawałam sobie sprawy, że Hamid Aga jest na tyle honorowym mężczyzną, że nie chce, aby jego żona przebywała w domu w obecności obcych mężczyzn!

– Gdy mężczyźni się spotykają, chcą się czuć swobodnie i móc rozmawiać na tematy, których nie mogą poruszać w obecności kobiet. Poza tym mam trochę materiału i chciałam poprosić Faati, aby uszyła dla mnie sukienkę. Nadarzyła się ku temu idealna okazja.

Mój pobyt w domu rodzinnym trwał trzy dni i dwie noce. Choć martwiłam się o Hamida, miło spędziłam tam czas. Pani Parvin uszyła dla mnie elegancką koszulę oraz spódnicę, a Faati dwie kwieciste podomki. Rozmawialiśmy i śmialiśmy się. Matka tydzień wcześniej wróciła z Kom, mogła więc podzielić się z nami mnóstwem najnowszych wiadomości o rodzinie, dawnych sąsiadach i znajomych. Dowiedziałam się, że Mahbuba miała już córkę i była w ciąży z drugim dzieckiem.

– Prawdopodobnie to także jest dziewczynka – stwierdziła matka. – Świadczy o tym wygląd i zachowanie Mahbuby. Nie uwierzysz, jacy byli zazdrośni, gdy opowiadałam o synach twoich i Mahmuda. Tym bardziej, że córka Mahbuby wygląda jak jej matka, gdy była w tym samym wieku; jest blada i niczym się nie wyróżnia.

– Oj, matko! – napomniałam ją. – W dzieciństwie Mahbuba była urocza. Pamiętasz jej blond loczki? Poza tym teraz nie przywiązuje się już takiej wagi do płci dziecka. Nie muszą więc być zazdrośni o synów moich czy Mahmuda.

– Jak to nie przywiązuje się wagi? Zawsze się tak zachowujesz. Nie doceniasz tego, co masz. Tak czy inaczej, odnosili się do mnie w bardzo arogancki sposób. Teraz, kiedy są bogaci, zachowują się tak wyniośle, że nie zdziwiłabym się, gdyby chodzące po nich wszy nazywali wyszukanymi imionami! Niemal pękli z zawiści, gdy opowiadałam o tym, jak dobrze idzie interes Mahmuda i sumach, jakie zarabia.

– Matko, przestań. Dlaczego mieliby czuć zawiść? Przecież sama powiedziałaś, że są bogaci.

– To prawda, ale nadal nie mogą na nas patrzeć. I najchętniej widzieliby nas na dnie. A tak z innej beczki, twoja ciotka mówiła, że mąż Mahbuby chciał ją zabrać w tym roku na wycieczkę na Zachód, ale Mahbuba odmówiła.

– Dlaczego? Co za idiotka!

– Wręcz przeciwnie. Dlaczego miałaby chcieć wyjeżdżać? Tam wszystko jest nieczyste. Jak miałaby odmawiać modlitwy? Powinnaś też wiedzieć, że wujek Ehteram-Sadat został aresztowany. Mahmud jest bardzo zły. Obawia się, że to wpłynie negatywnie na jego interes.

– Co? Kto go aresztował?

– Przecież to oczywiste! Tajna policja... Podobno wygłosił mowę w meczecie.

– Mówisz poważnie? Brawo! Nie wiedziałam, że ma tyle odwagi. Kiedy go zabrali?

– Kilka tygodni temu. Mówią, że rozrywają mu ciało na małe kawałki za pomocą pęsety.

Po plecach przeszedł mi dreszcz. Pomyślałam wówczas: Boże, miej litość nad Hamidem.

Późnym popołudniem trzeciego dnia mojego pobytu w domu rodzinnym Hamid przyjechał po nas żółtym citroënem 2CV. Chłopcy ucieszyli się na widok ojca oraz auta. Jak nigdy Hamid nie spieszył się z wyjściem. Usiadł z ojcem na drewnianej ławie na podwórzu, gdzie popijali herbatę i rozmawiali.

Podczas pożegnania ojciec powiedział:

– Dzięki Bogu, teraz już się nie martwię. Myślałem, że, nie daj Boże, się pokłóciliście. Niepokoiłem się. Ale muszę powiedzieć, że przez te trzy dni bardzo dobrze się bawiłem. Wasza obecność podniosła mnie na duchu.

Ojciec zwykle nie zdradzał się ze swoimi uczuciami. Dlatego jego słowa głęboko mnie poruszyły. W drodze powrotnej przekazałam Hamidowi wieści dotyczące moich krewnych, zwłaszcza wiadomość o aresztowaniu wujka Ehteram-Sadat.

– Ten cholerny SAVAK* rośnie w siłę – odparł. – Biorą się za wszystkie organizacje.

Chciałam zmienić temat, żebyśmy nie rozmawiali o tym w obecności Siamaka.

– Skąd masz samochód?

– Jakiś czas mogę z niego korzystać. Musimy wyczyścić kilka miejsc.

– Więc, proszę, zacznij od własnego domu.

– To już załatwione. Nie ma się o co martwić. Naprawdę się denerwowałem… Gdyby zrobili nalot, całą naszą rodzinę czekałaby egzekucja.

– Na miłość boską, Hamidzie! Miej litość dla naszych niewinnych dzieci.

– Zachowałem wszelkie środki ostrożności. Nasz dom to teraz przez jakiś czas jedyne bezpieczne miejsce.

Choć silnik samochodu pracował głośno, a my rozmawialiśmy szeptem, zauważyłam, że Siamak przysłuchuje się uważnie naszej rozmowie.

– Ciii! Dzieci…

Hamid odwrócił się i spojrzał na Siamaka.

– On już nie jest dzieckiem. Stał się mężczyzną. Zaopiekuje się tobą, gdy mnie nie będzie.

W oczach Siamaka dostrzegłam błysk. Rozpierała go duma.

Po powrocie do domu zeszłam do piwnicy. Na drzwiach nie było już kłódki, a w pomieszczeniu w głębi piwnicy znajdowały się jedynie zwykłe sprzęty gospodarstwa domowego. Pomyślałam wówczas, że nazajutrz rano muszę dokładnie przeszukać to miejsce, w razie gdyby nie wszystko zostało wyniesione.

Siamak nie odstępował Hamida na krok. Nie pozwolił nawet, abym go wykąpała.

---

* Irańska tajna policja.

– Jestem mężczyzną – powiedział. – Wykąpię się z tatą.
Spojrzeliśmy z Hamidem na siebie i wybuchnęliśmy śmiechem.
W końcu obaj wykąpali się po mnie i Masudzie. Ich głosy rozbrzmiewały echem w łazience. Mogłam więc usłyszeć, o czym rozmawiali. Było tak przyjemnie. Choć Hamid jak dotąd spędził z nami niewiele czasu, pomiędzy nim a Siamakiem wytworzyła się głęboka więź.

Przez kilka następnych dni Hamid był bardzo zajęty. Potem zaczął jednak spędzać większość wolnego czasu w domu. Miałam wrażenie, że nie miał się gdzie podziać, a jego przyjaciele zniknęli. Jak typowy mężczyzna dnie spędzał w pracy, a wieczory w domu. Zaczynała go jednak dopadać nuda oraz frustracja. Często wykorzystywałam tę sytuację i prosiłam go, aby zabrał chłopców do parku albo na spacer – czego nigdy nie robił. Wydaje mi się, że to były najlepsze dni w życiu naszych dzieci. Choć dla innych dzieci obecność ojca i matki oraz świadomość prowadzenia normalnego życia nie jest niczym niezwykłym ani czymś, za co należałoby być wyjątkowo wdzięcznym, dla moich synów miało to szczególną wartość. Z czasem stawałam się coraz odważniejsza. Pewnego dnia zaproponowałam nawet kilkudniowy wyjazd.
– Pojedźmy nad Morze Kaspijskie – powiedziałam. – Tak jak po urodzeniu Siamaka.
Hamid spojrzał na mnie z powagą i odparł:
– Nie możemy. Czekam na pewne wiadomości. Muszę być w domu albo w drukarni.
– Tylko na dwa dni – nalegałam. – Od dwóch miesięcy nikt się z tobą nie kontaktuje, a w przyszłym tygodniu rozpoczyna się rok szkolny. Chciałabym, aby dzieci miło wspominały to lato. Niech wyjadą na wycieczkę z rodzicami.
Chłopcy przytulili się do niego. Masud zaczął błagać o wycieczkę, choć nie wiedział, co to jest. Siamak natomiast nie odezwał się ani słowem, ale trzymał ojca za rękę i patrzył na niego oczami pełnymi nadziei. Wiedziałam, że to spojrzenie jest w stanie przełamać upór Hamida.
– Słyszałeś, że mąż Mansury kupił willę nad Morzem Kaspijskim? – przekonywałam dalej. – Mansura cały czas mi powtarza, że

poza nami cała rodzina już z niej skorzystała. Jeśli chcesz, możemy zabrać również twoich rodziców. W końcu oni także zasłużyli na odpoczynek. Zapewne marzą o krótkiej wyprawie z własnym synem. Poza tym możemy pojechać autem.

– Nie, samochód nie jest zbyt wytrzymały i nie nadaje się na drogi w Chalus.

– Więc pojedziemy drogą przez Haraz. Mówiłeś, że samochód jest nowy. Dlaczego twierdzisz, że nie jest wystarczająco wytrzymały? Będziemy jechać powoli.

Dzieci nadal błagały, ale sprawa została przesądzona, gdy Siamak pocałował dłoń ojca. Wygraliśmy.

Rodzice Hamida nie pojechali z nami, ale cieszyli się, że po tylu latach zdecydowaliśmy się na rodzinną wyprawę. Mansura wyjechała na północ już wcześniej. Rozmawiała z Hamidem przez telefon i z radością podała mu adres. W końcu wyruszyliśmy.

Gdy opuściliśmy miasto, mieliśmy wrażenie, że znaleźliśmy się w innym świecie. Dzieci były tak zafascynowane górami, dolinami i łąkami, że przez długi czas w całkowitym milczeniu siedziały przyklejone do okien. Hamid nucił piosenkę, a ja śpiewałam razem z nim. Serce przepełniała mi radość. Odmówiłam modlitwę przed podróżą i poprosiłam Boga, aby nie odbierał nam tego szczęścia i pozwolił nam być razem. Samochód z trudem wtaczał się pod strome podjazdy, ale to nie miało znaczenia. Chciałam, aby ta podróż trwała wiecznie.

W porze obiadowej zatrzymaliśmy się w malowniczym miejscu i zjedliśmy mięsne kotlety, które przygotowałam. Dzieci bawiły się w berka, a ja rozkoszowałam się ich śmiechem.

– To dziwne – powiedziałam – jak diametralnie zmieniło się zachowanie Siamaka. Zauważyłeś, jaki jest spokojny? Poza tym jest posłuszny i uprzejmy. Już nie pamiętam, kiedy ostatni raz musiałam go upomnieć. Kiedyś nie było dnia bez awantur.

– Naprawdę nie rozumiem, dlaczego tak się na niego skarżysz – przyznał Hamid. – Przy mnie jest cudownym chłopcem. Wydaje mi się, że rozumiem go lepiej od ciebie.

– Nie, kochanie. Masz okazję obserwować go tylko, gdy jesteś w domu. Pod twoją nieobecność Siamak bardzo się zmienia. Naprawdę różni się od chłopca, którego codziennie widujesz od dwóch miesięcy. Działasz na niego jak środek uspokajający.

– Och, nie mów tak! Nikt nie powinien być ode mnie zależny.

– Ale wielu ludzi jest – odparłam. – Nie możesz tego kontrolować.

– Nawet sama myśl o tym budzi we mnie niepokój.

– Zmieńmy temat. Dość o tym, cieszmy się pięknymi wspólnymi chwilami.

Mansura przygotowała dla nas przestronny pokój z widokiem na morze. Z powodu jej obecności Hamid nie mógł przenieść swojego posłania do innego pokoju, więc zmuszony był spać obok mnie. Pobyt nad morzem oraz słoneczna pogoda sprawiły nam ogromną przyjemność. Chciałam się opalić. Rozpuściłam włosy i założyłam kolorową sukienkę z dekoltem, którą niedawno sama uszyłam. Pragnęłam ponownie przyciągnąć pełne podziwu spojrzenia Hamida. Pragnęłam jego uwagi i sympatii. W trzecią noc w końcu dał za wygraną, złamał swe postanowienie sprzed roku i wziął mnie w ramiona.

Ta pamiętna podróż pozwoliła nam się do siebie zbliżyć bardziej niż kiedykolwiek wcześniej. Wiedziałam, że Hamid oczekiwał ode mnie czegoś więcej niż bycia gospodynią domową. Dużo czytałam i zaczęłam dyskutować z nim o tym, czego przez lata nauczyłam się z jego książek. Starałam się wypełnić wolne miejsce po jego przyjaciołach, dzieląc się swoimi przemyśleniami i poruszając kwestie społeczne i polityczne. Hamid powoli zaczynał doceniać moją inteligencję i dobrą pamięć oraz zdawać sobie sprawę, że ja także jestem świadoma problemów naszego państwa. Przestał mnie uważać za opóźnione w rozwoju dziecko lub niewykształconą kobietę.

Pewnego dnia, gdy wyrecytowałam fragment książki, której nie pamiętał, powiedział:

– Jaka szkoda, że nie wykorzystałaś swoich talentów i nie kontynuowałaś nauki. Może podejdziesz do egzaminów wstępnych na studia? Jestem przekonany, że zrobisz wówczas ogromne postępy.

– Nie sądzę, aby udało mi się je zdać – odparłam. – Nie znam za dobrze języka angielskiego. A poza tym co zrobię z dziećmi, jeśli dostanę się na studia?

– To samo, co zrobiłaś, gdy przygotowywałaś się do egzaminów końcowych. Poza tym chłopcy są już starsi i masz więcej czasu dla siebie. Zapisz się na kurs językowy albo nawet na kursy przygotowujące do egzaminów wstępnych. Możesz robić, co chcesz.

Po ośmiu latach w końcu poznałam smak prawdziwego życia rodzinnego i mogłam się rozkoszować każdą cudowną chwilą. Jesienią wykorzystałam fakt, iż popołudniami Hamid przebywał w domu, i zapisałam się na kurs przygotowawczy. Nie wiedziałam, jak długo utrzyma się nasza obecna sytuacja rodzinna, ale starałam się jak najwięcej czerpać z tej sytuacji. Powtarzałam sobie, że organizacja, do której należał Hamid, została rozwiązana i moja rodzina już zawsze będzie prowadziła normalne życie. Co prawda Hamid, czekając na wiadomość od przyjaciół, nadal zdradzał podenerwowanie, ale miałam nadzieję, że wkrótce się to skończy.

Nadal nic nie wiedziałam o ich grupie, więc podczas jednej z rozmów zapytałam o nią.

– Nie pytaj o moich znajomych i o to, co robiliśmy – odparł Hamid. – Nie chodzi o to, że ci nie ufam albo że nie zrozumiesz. Po prostu im mniej wiesz, tym bezpieczniej dla ciebie.

Już nigdy więcej nie interesowałam się jego przyjaciółmi.

Jesień i zima minęły spokojnie. Plan dnia Hamida stopniowo się zmieniał. Raz na tydzień lub dwa tygodnie dzwonił telefon i wówczas mój mąż znikał na jeden albo dwa dni. Wiosną zapewnił mnie, że niebezpieczeństwo minęło, żadnego z członków grupy nie można było namierzyć i prawie wszyscy przeprowadzili się w bezpieczne miejsca.

– To znaczy, że do tej pory byli bez dachu nad głową? – zapytałam.

– Nie. Uciekali. Po pierwszych aresztowaniach ujawionych zostało wiele adresów i wielu z moich przyjaciół musiało opuścić swoje domy.

– Nawet Szahrzad i Mehdi?

– Oni byli jednymi z pierwszych. Stracili dorobek całego życia. Zdążyli jedynie zabrać dokumenty i rejestry.

– Byli zamożni?

– Rodzina Szahrzad ofiarowała jej tak ogromny posag, że można było urządzić dwa domy. Oczywiście z czasem rozdała wiele rzeczy, ale nadal wiele zostało.

– Gdzie się udali, gdy opuścili dom? Co robią?

– Spokojnie! Nie zaprzątaj sobie głowy szczegółami i poważnymi tematami.

Wiosną i latem Hamid wyjechał na kilka dłuższych wypraw. Był w dobrym nastroju, a ja dokładałam starań, aby nikt się nie dowiedział o jego nieobecności. W tym czasie przygotowywałam się do egzaminów wstępnych. Mój ciężki wysiłek się opłacił. Choć przyjęcie na uczelnię bardzo uszczęśliwiło mnie i Hamida, nasze rodziny były zaskoczone, a ich reakcje bardzo zróżnicowane.

– Po co idziesz na studia? – zapytała matka. – Przecież nie zostaniesz lekarzem.

Jej zdaniem jedynym zawodem, który można było wykonywać po studiach, był zawód lekarza.

Ojciec był szczęśliwy, dumny i zdumiony.

– Twoja dyrektorka mówiła, że jesteś bardzo zdolna, ale ja wiedziałem o tym wcześniej – przyznał. – Żałuję tylko, że żaden z chłopców nie poszedł w twoje ślady.

Ali i Mahmud uznali, że nadal nie zrezygnowałam z dziecinnych wygłupów, a wszystko dlatego, że mój mąż nie potrafił mnie kontrolować. Ich zdaniem brakowało mu charakteru i poczucia honoru i nie był prawdziwym mężczyzną.

Ja szalałam ze szczęścia. Przepełniała mnie duma oraz pewność siebie. Wszystko szło po mojej myśli.

Urządziłam wielkie przyjęcie dla Maniji, która jakiś czas temu wyszła za mąż; z powodu braku czasu nie mogłam wcześniej odpowiednio uczcić młodej pary. Po wielu latach separacji nasze rodziny zebrały się razem. Oczywiście Mahmud i Ali znaleźli pretekst, aby nie wziąć udziału w przyjęciu, twierdząc, że będzie tam zbyt wiele kobiet bez hidżabu. Ehteram-Sadat przyszła jednak ze swoimi hałaśliwymi i niesfornymi dziećmi.

Byłam tak szczęśliwa, że nic nie mogło zakłócić mojej radości ani zetrzeć mi uśmiechu z twarzy.

***

Moje życie zmierzało w nowym kierunku. Zapisałam Masuda do przedszkola znajdującego się w pobliżu domu, a wieczorem wykonywałam większość obowiązków domowych, tak aby rano móc pójść na zajęcia ze spokojną głową i ze świadomością, że Hamidowi ani dzieciom niczego nie brakuje.

Zrobiło się chłodno. Gałęzie uderzały o okno w porywach jesiennego wiatru. Mżawka, która pojawiła się po południu, teraz zmieniła się w przybierający na sile śnieg z deszczem. Hamid niedawno zasnął. Pomyślałam, że zima nadeszła tak niespodziewanie. Dobrze, że wyjęłam już ciepłe rzeczy.

Dochodziła pierwsza w nocy, a ja szykowałam się do snu. Nagle dźwięk dzwonka do drzwi sprawił, że stanęłam jak wryta, a serce zaczęło mi gwałtownie walić. Poczekałam kilka sekund, mając nadzieję, że tylko się przesłyszałam, ale wtedy na środku korytarza zobaczyłam Hamida z wyrazem paniki malującym się na twarzy. Spojrzeliśmy na siebie.

Ledwo słyszalnym głosem zapytałam:

– Też to słyszałeś?

– Tak!

– Co robimy?

– Powstrzymaj ich tak długo, jak tylko dasz radę – odparł, zakładając jednocześnie spodnie na dół od piżamy. – Przejdę po dachu i ucieknę zaplanowaną drogą. Potem możesz otworzyć drzwi. Jeśli będzie wam zagrażać niebezpieczeństwo, zapal wszystkie światła.

Następnie szybko założył koszulę i kurtkę i ruszył biegiem w kierunku schodów.

– Poczekaj! Weź płaszcz, sweter, cokolwiek…

Dzwonek do drzwi nie przestawał dzwonić.

– Nie ma czasu. Uciekaj!

Gdy wychodził na dach, w ostatniej chwili rzuciłam mu sweter, który leżał w pobliżu. Starałam się uspokoić i wyglądać na zaspaną. Owinęłam się płaszczem i zeszłam po schodach na podwórko przed domem. Nie potrafiłam opanować drżenia, które ogarnęło całe moje ciało.

Osoba stojąca za drzwiami zaczęła walić w nie pięściami. Włączyłam światło na podwórzu, aby Hamid mógł nas lepiej widzieć z dachu, a następnie otworzyłam drzwi. Ktoś wtargnął do środka, wbiegł na podwórze i zamknął za sobą drzwi. Zobaczyłam kobietę w kwiecistym czadorze, który najwyraźniej nie należał do niej, ponieważ ledwo sięgał jej do kostek. Spojrzałam na nią z przerażeniem. Mokry czador zsunął jej się na ramiona.

– Szahrzad! – wydałam stłumiony okrzyk.

Podniosła szybko palec do ust, dając mi znak, abym zachowała ciszę, i wyszeptała:

– Zgaś światło. Dlaczego wy zawsze zapalacie światło? Spojrzałam na dach i spełniłam jej polecenie. Była przemoczona do suchej nitki.

– Wejdź do środka, bo się przeziębisz – powiedziałam szeptem.

– Cii! Cicho!

Stałyśmy za drzwiami, nasłuchując, czy z ulicy nie dojdą nas jakieś odgłosy. Panowała jednak cisza. Po kilku minutach Szahrzad oparła się o drzwi i osunęła na ziemię jak ktoś, z kogo nagle uszła cała energia. Czador upadł na ziemię obok niej. Złożyła ręce na kolanach i schowała w nich głowę. Z jej włosów kapała woda. Wzięłam ją pod ramię i pomogłam wstać. Nie była w stanie chodzić. Podniosłam jej czador i złapałam Szahrzad za rękę. Była zaskakująco gorąca. Weszła za mną po schodach, bezradna i słaba.

– Musisz się osuszyć – powiedziałam. – Jesteś bardzo chora, prawda?

Pokiwała głową.

– Mamy dużo gorącej wody. Weź prysznic. Przyniosę ci jakieś ubrania.

Bez słowa poszła do łazienki i przez jakiś czas stała pod prysznicem. Znalazłam kilka ubrań, które powinny na nią pasować, po czym zaniosłam pościel do salonu i przygotowałam jej posłanie na podłodze... Po wyjściu z łazienki ubrała się. Cały czas milczała i miała zagubiony wzrok zrozpaczonego dziecka.

– Na pewno jesteś głodna.

Pokręciła głową.

– Podgrzałam trochę mleka. Musisz je wypić.

W milczeniu spełniła moje polecenie. Poprowadziłam ją do salonu, gdzie zasnęła, zanim jeszcze zdążyła się wygodnie ułożyć na posłaniu. Przykryłam ją kocem, a potem wyszłam, zamykając za sobą drzwi. Nagle przypomniałam sobie o Hamidzie. Czy nadal przebywał w ukryciu? Po cichu wspięłam się po schodach na dach. Kucał pod daszkiem niewielkiej wnęki znajdującej się na szczycie schodów.

– Widziałeś, kto przyszedł? – wyszeptałam.

– Tak, Szahrzad!

– A więc dlaczego nadal tu siedzisz? Ona nie stanowi dla nas żadnego zagrożenia.

– Wręcz przeciwnie, stanowi ogromne zagrożenie. Muszę tu poczekać i zobaczyć, czy nikt jej nie śledził. Ile czasu minęło od chwili, gdy przyszła?

– Pół godziny... Nie, czterdzieści pięć minut. Gdyby była śledzona, już byśmy o tym wiedzieli, prawda?

– Niekoniecznie. Czasami czekają, aż wszyscy się zbiorą. Bez odpowiedniego przygotowania i planów nie organizują nalotów na spotkania opozycjonistów.

Znowu zaczynałam drżeć.

– A co jeśli zrobią nalot na nasz dom? Nas też aresztują?

– Nie martw się. Ty nie masz z tym nic wspólnego. Nawet jeśli cię aresztują, nic nie wiesz. Wypuszczą cię.

– Ale skąd będą wiedzieć, że o niczym nie wiem? Pewnie poddadzą mnie okropnym torturom!

– Nie myśl o takich strasznych rzeczach – odparł. – To nie takie proste. Musisz być silna. Stracisz pewność siebie, jeśli będziesz myśleć w ten sposób. Powiedz, jak ona się czuje? Co mówiła?

– Nic. Nie była w stanie mówić. Wydaje mi się, że jest bardzo chora. Chyba ma ciężką grypę.

– Szahrzad i Mehdi za bardzo rzucają się w oczy. Zostali zdekonspirowani. Ich dom sprawdzono jako pierwszy. Ukrywają się od półtora roku. Przez długi czas przeprowadzali się z jednego ostanu do drugiego, aż udało nam się znaleźć dla nich bezpieczny dom. Najwidoczniej znowu zostali zdemaskowani.

– Chcesz powiedzieć, że ta biedaczka była bezdomna przez półtora roku?

– Tak!

– Gdzie jej mąż?

– Nie wiem. Byli razem. Zapewne stało się coś, co zmusiło ich do rozdzielenia się... Może został aresztowany.

Poczułam ucisk w sercu. Od razu przyszło mi do głowy, że Mehdi znał nasz adres. Tamtej nocy Hamid czuwał na dachu domu aż do świtu, więc zaniosłam mu ciepłe ubranie i gorącą herbatę. Rankiem obudziłam dzieci nieco wcześniej, podałam śniadanie i zaprowadziłam je do szkoły i przedszkola. Po drodze rozglądałam się uważnie w poszukiwaniu czegoś podejrzanego lub niezwykłego. Zwracałam uwagę na każde spojrzenie i gest obcych ludzi, próbując dopatrzyć się w nich ukrytych zamiarów. Po odprowadzeniu dzieci zrobiłam zakupy i wróciłam do domu. Hamid zszedł na dół.

– Nie wiem, co robić – odparł. – Mam iść do drukarni czy nie?

– Powinniśmy zachowywać się normalnie i nie zwracać na siebie uwagi – powiedziałam.

– Zauważyłaś coś dziwnego na ulicy?

– Nie, wszystko wyglądało normalnie. A może to właśnie jest podejrzane? Może chcą uśpić naszą czujność?

– Przestań wymyślać – powiedział Hamid. – Musimy zaczekać i porozmawiać z Szahrzad, aby się dowiedzieć, co dokładnie się stało. Może potrzebować mojej pomocy. Nie obudzisz jej?

– Nie, ta biedna dziewczyna jest naprawdę wycieńczona i chora. Mam zadzwonić do drukarni i powiedzieć, że dziś nie przyjdziesz do pracy? Zanim Szahrzad wstanie, możesz się trochę zdrzemnąć.

– Nie, nie musisz dzwonić. W pracy przyzwyczaili się już do mojej tymczasowej nieobecności. Nigdy ich nie powiadamiam.

Szahrzad leżała w łóżku niemal nieprzytomna do pierwszej po południu. Ugotowałam duży gar zupy z rzepy i zamarynowałam mięso na kebab. Musiała nabrać sił. W porównaniu z naszym ostatnim spotkaniem miałam wrażenie, że waży dwa razy mniej. Wyszłam i kupiłam leki uspokajające, przeciwgorączkowe i syrop na kaszel. Zbliżała się pora powrotu dzieci do domu. Weszłam do pokoju, w którym leżała Szahrzad, i delikatnie położyłam dłoń na jej czole. Nadal miała gorączkę. Obudziła się przestraszona i usiadła gwałtownie na łóżku. Przez kilka sekund wpatrywała się we mnie i rozglądała wokół. Nie wiedziała, gdzie się znajduje.

– Nie obawiaj się – powiedziałam delikatnym tonem. – Spokojnie. To ja, Masuma. Jesteś bezpieczna.

Nagle wszystko sobie przypomniała. Wzięła głęboki oddech i opadła na poduszkę.

– Jesteś bardzo osłabiona – wyjaśniłam. – Usiądź. Ugotowałam zupę. Zjedz trochę, weź leki i połóż się znowu spać. Masz ciężką grypę.

Jej duże oczy przepełniał smutek, a usta drżały. Udawałam, że tego nie dostrzegam i wyszłam z pokoju. Hamid chodził tam i z powrotem po korytarzu.

– Obudziła się? – zapytał. – Muszę z nią porozmawiać.

– Poczekaj, pozwól jej najpierw dojść do siebie i coś zjeść…

Zaniosłam zupę i lekarstwa do salonu. Szahrzad usiadła na łóżku. Zdjęłam ręcznik, którym poprzedniej nocy owinęłam jej włosy. Nadal były lekko wilgotne.

– Zacznij jeść – powiedziałam. – Przyniosę grzebień lub szczotkę.

Włożyła łyżkę zupy do ust, zamknęła oczy i rozkoszowała się jej smakiem.

– Gorący posiłek! Zupa! Nawet nie wiesz, jak dawno nie miałam w ustach ciepłego jedzenia.

Poczułam ucisk w sercu i wyszłam bez słowa. Hamid tymczasem nadal chodził tam i z powrotem.

– Co się dzieje? – warknęłam. – Dlaczego tak ci się spieszy? Poczekaj kilka minut. Nie pozwolę ci z nią rozmawiać, zanim czegoś nie zje.

Wzięłam grzebień i wróciłam do salonu. Z trudnością rozczesałam jej splątane włosy.

– Setki razy chciałam je ściąć, pozbyć się ich – wyznała. – Ale nigdy nie miałam czasu.

– Co? Dlaczego chciałaś ściąć takie piękne i gęste włosy? Łysa kobieta jest szpetna.

– Kobieta! – powiedziała w zamyśleniu. – Tak, masz rację. Zapomniałam, że jestem kobietą.

Roześmiała się sarkastycznie i zjadła resztę zupy.

– Przygotowałam też kebab. Musisz jeść mięso, aby odzyskać siły.
– Nie, nie teraz. Nie miałam nic w ustach od czterdziestu ośmiu godzin, więc nie powinnam teraz przesadzać z jedzeniem. Później możesz mi przynieść jeszcze jeden talerz zupy. Hamid jest w domu?
– Tak, chce z tobą porozmawiać. Chyba nie wytrzyma już dłużej.
– Powiedz, aby wszedł. Czuję się znacznie lepiej. Wracam do życia.

Zebrałam naczynia, otworzyłam drzwi i zaprosiłam Hamida do środka. Przywitał Szahrzad z takim przejęciem, a jednocześnie tak kulturalnie i ceremonialnie, jakby rozmawiał ze swoim szefem. Wyszłam z pokoju i zamknęłam drzwi. Rozmawiali cicho przez ponad godzinę.

Gdy dzieci wróciły ze szkoły, Siamak niczym pies, który wyczuwa obcego w domu, zapytał:
– Mamo, kto przyszedł?
– Jedna z przyjaciółek ojca – odparłam. – Ale to tajemnica.
– Wiem!

A potem zaczął wszystko bacznie obserwować. Udawał, że bawi się w korytarzu tuż przy drzwiach do salonu, ale tak naprawdę wytężał słuch, mając nadzieję, że coś usłyszy. Zawołałam go do siebie:
– Idź kup kilka butelek mleka.
– Nie, nie teraz.

A potem szybko wrócił do gry w pobliżu zamkniętych drzwi.

Hamid wyszedł z salonu, włożył do kieszeni kurtki kilka kartek i zaczął nakładać buty.
– Szahrzad na razie u nas zostanie – powiedział. – Muszę wyjść. Prawdopodobnie przyjdę późno albo spędzę noc poza domem. Na pewno wrócę do jutrzejszego wieczora.

Poszłam do salonu. Szahrzad leżała na łóżku.
– Wzięłaś leki? – zapytałam.

Usiadła, a na jej twarzy dostrzegłam oznaki zażenowania.
– Proszę, wybacz mi – powiedziała. – Wiem, że się narzucam. Postaram się opuścić wasz dom tak szybko, jak to będzie możliwe.
– Proszę, przestań! Musisz wypoczywać. Czuj się jak u siebie w domu. Nie pozwolę ci odejść, zanim całkowicie nie wyzdrowiejesz.

– Obawiam się, że ściągnę na was kłopoty. Przez te wszystkie lata staraliśmy się, aby wasz dom pozostał bezpieczny, ze względu na ciebie i dzieci, ale wczoraj naraziłam was na niebezpieczeństwo. Spędziłam dwa dni, chodząc od jednej nory do drugiej, i jak na nieszczęście, pogoda się pogorszyła. Zaczął padać deszcz i śnieg. Poza tym nie za dobrze się czułam. Miałam gorączkę i z każdą godziną mój stan się pogarszał. Bałam się, że zemdleję na ulicy. Nie miałam innego wyjścia. Inaczej nie przyszłabym do was.

– Dobrze zrobiłaś. Proszę, od teraz o nic się nie martw. Śpij i odpoczywaj ze świadomością, że wszystko jest w porządku.

– Na miłość boską, przestań się do mnie zwracać w tak oficjalny sposób.

– Dobrze!

Ale nie mogłam się pohamować. Nie za bardzo wiedziałam, jak ją traktować i jak nazwać naszą znajomość. Dzieci zaglądały przez drzwi i przyglądały się Szahrzad z ciekawością. Roześmiała się, pomachała do nich i się przywitała.

– Niech Bóg wam błogosławi – powiedziała. – Twoi synowie bardzo urośli.

– Tak! Pan Siamak jest teraz w trzeciej klasie, a Masud ma pięć lat.

Podałam jej lekarstwa oraz szklankę wody.

– Myślałam, że między nimi nie ma tak dużej różnicy wieku.

– Zapisaliśmy Siamaka do szkoły o rok wcześniej. Podejdźcie, chłopcy, podejdźcie bliżej i przywitajcie się z Sza… – Nagle zauważyłam przerażenie na twarzy Szahrzad i zrozumiałam, że nie powinnam podawać jej prawdziwego imienia. Przez chwilę się wahałam, ale w końcu powiedziałam: – Chodźcie przywitać się z ciotką Szeri.

Szahrzad uniosła brwi i roześmiała się, jakby to imię ją rozbawiło.

Dzieci weszły i przywitały się z gościem. Siamak przyglądał jej się z takim zainteresowaniem, że Szahrzad zaczęła się denerwować. Spojrzała nawet na koszulę, aby się upewnić, czy ma zapięte wszystkie guziki.

– Dobrze, wystarczy – powiedziałam. – Wszyscy wychodzić. Ciocia musi odpocząć.

Za drzwiami wyjaśniłam chłopcom:

– Nie hałasujcie i nikomu nie mówcie o odwiedzinach cioci.

– Wiem! – warknął Siamak.

– Tak, synu. Ale Masud też powinien o tym wiedzieć. Rozumiesz, kochanie? To nasza tajemnica. Nie możesz nikomu powiedzieć.

– Dobrze – odparł Masud wesoło.

Kilka dni później Szahrzad niemal całkowicie wróciła do zdrowia, choć suchy kaszel nadal nie pozwalał jej spokojnie przespać nocy. Próbowałam pobudzić jej apetyt, gotując przeróżne smaczne dania, ponieważ chciałam, aby przybrała nieco na wadze. Hamid nieustannie pojawiał się i znikał. Za zamkniętymi drzwiami zdawał Szahrzad raporty, po czym wychodził z nowymi instrukcjami.

Minął tydzień. Szahrzad chodziła po domu tam i z powrotem, unikając podchodzenia do okien. Przestałam uczęszczać na zajęcia oraz prowadzać Masuda do przedszkola. Bałam się bowiem, że przez nieuwagę powie, co się dzieje w domu. Spędzał dnie na spokojnej zabawie, budowaniu domów z nowych klocków Lego, które kupił mu Hamid, oraz tworzeniu pięknych rysunków, które wykraczały poza umiejętności jego rówieśników i świadczyły o artystycznych uzdolnieniach. Pod względem emocjonalnym również przejawiał cechy charakterystyczne dla kreatywnego artysty. Przyglądał się bacznie przedmiotom i dostrzegał w nich cechy, które umykały nam wszystkim. Gdy na dworze było ładnie, godzinami potrafił zajmować się roślinami i kwiatami na podwórzu. Zasiewał też różne nasiona i, co zaskakujące, zawsze coś z nich wyrastało. Masud żył w innym świecie. Miałam wrażenie, że sprawy codzienne nie miały dla niego znaczenia. W przeciwieństwie do Siamaka szybko przebaczał i przyzwyczajał się do nowej sytuacji. Reagował również całym sobą nawet na najmniejsze oznaki życzliwości. Wyczuwał moje emocje i gdy widział, że jestem zdenerwowana, starał się mnie rozweselić słodkim buziakiem.

Pomiędzy Masudem a Szahrzad szybko wytworzyła się głęboka emocjonalna więź. Lubili spędzać razem czas. Masud pilnował jej niczym strażnik i nieustannie rysował dla niej obrazki lub budował domki. Siadał jej też na kolanach i przez długi czas swoim słodkim dziecięcym językiem snuł dziwne historie o rzeczach, które stworzył. Szahrzad śmiała się z całego serca, a ośmielony Masud kontynuował swoje opowieści. Natomiast Siamak traktował naszego gościa z szacunkiem i rezerwą. Tak samo jak ja czy Hamid. Bardzo lubiłam Szahrzad i starałam się zwracać do niej w uprzejmy i przyjacielski sposób, ale z jakiegoś powodu czułam się w jej obecności jak uczennica. W moich oczach była symbolem wiedzy, politycznej przebiegłości, odwagi i samodzielności. Cechy te sprawiły, że widziałam w niej niemal superczłowieka. Zawsze zwracała się do mnie życzliwie i swobodnie, ale ja nie potrafiłam zapomnieć, że była dwa razy inteligentniejsza i bardziej spostrzegawcza od mojego męża, a nawet wydawała mu polecenia.

Hamid i Szahrzad nieustannie rozmawiali. Ja natomiast starałam się im nie przeszkadzać ani nie okazywać ciekawości. Pewnego wieczora, gdy położyłam już dzieci spać, poszłam do sypialni i zaczęłam czytać. Hamid i Szahrzad byli chyba przekonani, że ja także zasnęłam. Usiedli bowiem w holu i zaczęli swobodnie rozmawiać.

– Mamy szczęście, że Abbas nigdy nie był w tym domu – powiedział Hamid. – Ten łajdak nie wytrzymał nawet czterdziestu ośmiu godzin.

– Od razu wiedziałam, że jest słaby – odparła Szahrzad.

– Pamiętasz, jak nieustannie narzekał podczas treningu? Było jasne jak słońce, że jego poglądy nie opierały się na mocnych fundamentach.

– Dlaczego nie powiedziałaś o tym Mehdiemu?

– Powiedziałam, ale stwierdził, że już za późno na odsunięcie go od sprawy. Abbas wiedział o wszystkim. Mehdi uważał, że powinniśmy spróbować go przekonać, ponieważ wierzył w nasze ideały. Ja jednak w głębi serca zawsze czułam niepokój.

– Tak, pamiętam – odparł Hamid. – Nawet gdy pojechaliśmy pod granicę, nie chciałaś, aby nam towarzyszył.

– Dlatego Mehdi nigdy nie przekazał mu żadnej poufnej informacji, a ja się starałam, aby poznał jak najmniej naszych towarzyszy. Sam fakt, że nic o tobie nie wie, nie zna twojego prawdziwego imienia, adresu czy pracy, jest nam bardzo na rękę.

– Tak, ale najważniejsze, że nie mieszkał w Teheranie. W przeciwnym razie pewnie w końcu wszystkiego by się domyślił.

– Gdyby ten drań wytrzymał chociaż czterdzieści osiem godzin, moglibyśmy wszystko uratować. Dzięki Bogu, najważniejsi członkowie naszej organizacji i koledzy z Teheranu nie zostali aresztowani. A ta resztka amunicji, która nam została, powinna wystarczyć. Jeśli operacja pójdzie zgodnie z planem i zakończy się sukcesem, może uda nam się przejąć broń wroga.

Poczułam dreszcz na plecach, a na czoło wystąpił mi zimny pot. W mojej głowie rodziły się kolejne pytania: co oni zamierzali zrobić? Dokąd pojechali? Mój Boże, gdzie i z kim mieszkam? Oczywiście zdawałam sobie sprawę, że byli w opozycji przeciwko reżimowi szacha, ale nie wiedziałam, że zakres ich działań aż tak się rozszerzył. Zawsze myślałam, że ograniczali się jedynie do intelektualnych debat, drukowania ulotek, pisania artykułów, biuletynów i książek oraz wygłaszania wykładów.

Gdy tamtej nocy Hamid przyszedł do sypialni, powiedziałam mu, że usłyszałam ich rozmowę. Wybuchnęłam płaczem i błagałam, aby dał sobie z tym spokój, aby miał na względzie życie własne i naszych dzieci.

– Za późno – odparł. – Nigdy nie powinienem był zakładać rodziny. Starałem się powiedzieć ci to na przeróżne sposoby, ale ty nie przyjmowałaś tego do wiadomości. Żyję dzięki moim ideałom i mam obowiązek pozostać im wierny. Nie mogę myśleć jedynie o własnych dzieciach i zapomnieć o nieszczęściu tysięcy ludzi, którzy żyją w styranizowanym kraju rządzonym przez kata. Poprzysięgliśmy sobie uratować tych ludzi i przywrócić im wolność.

– Ale to, co zamierzacie zrobić, wiąże się z ogromnym ryzykiem. Naprawdę uważacie, że garstka ludzi może przeciwstawić się armii, policji oraz tajnym służbom, że możecie ich pokonać i uratować naród? – zapytałam.

– Musimy coś zrobić, aby świat przestał postrzegać nasze państwo jako oazę spokoju i stabilności. Musimy wstrząsnąć jego fundamentami, aby obudzić masy, musimy przestać się bać i uwierzyć, że nawet tak silna władza może w końcu upaść. Wówczas ludzie zaczną się do nas przyłączać.

– Jesteś zbyt wielkim idealistą. Nie wierzę, że wasz plan się uda. Zabiją was. Hamidzie, jestem przerażona.

– Ponieważ nie masz wiary. A teraz przestań robić takie zamieszanie. Podsłuchałaś tylko jedną rozmowę. Mieliśmy setki takich planów, a żaden nigdy nie został zrealizowany. Nie niszcz spokoju własnego i dzieci z byle powodu. Idź spać i nigdy nie wspominaj o tym Szahrzad.

Po dziesięciu dniach, podczas których Hamid nieustannie roznosił wiadomości i rozkazy do nieznanych mi ludzi, podjęto decyzję, że Szahrzad pozostanie w naszym domu do odwołania i że powinniśmy powrócić do normalnego trybu życia. Musieliśmy jedynie znaleźć sposób, aby powstrzymać ludzi przed odwiedzinami.

Choć zwykle nie mieliśmy zbyt wielu gości, sporadyczne wizyty naszych rodziców, pani Parvin lub Faati mogły nastręczyć kłopotów. Postanowiliśmy regularnie zabierać Bibi i chłopców do rodziców Hamida, tak aby uniknąć ich odwiedzin. Mojej rodzinie powiedziałam natomiast, że codziennie chodzę na uniwersytet i w wolnej chwili będę wpadać do nich z wizytą. Poprosiłam ich również, aby w przypadku popołudniowych zajęć brali dzieci do siebie. Pomimo podjętych kroków zapobiegawczych czasami pojawiali się niezapowiedziani goście. W takich przypadkach Szahrzad zamykała się w salonie, a my mówiliśmy gościom, że zgubiliśmy klucz do tego pokoju.

Szahrzad zamieszkała z nami na dobre. Starała się pomagać mi w pracach domowych, ale nic nie wiedziała o prowadzeniu domu. Sama wyśmiewała się najbardziej z własnej niekompetencji. Zbliżyła się jednak do dzieci i opiekowała się Masudem z miłością i oddaniem. A popołudniami, gdy Siamak wracał ze szkoły, pomagała mojemu synowi w odrabianiu zadań domowych, przepytywała go z lekcji i robiła mu dyktanda. Tymczasem ja uczęszczałam na zajęcia i rozpoczęłam kurs nauki jazdy. Uzgodniliśmy, że jeśli nauczę się prowadzić samochód, będę mogła wykorzystać tę umiejętność w nagłych wypadkach, a to wpłynie znacząco na bezpieczeństwo dzieci. Citroën nadal stał przykryty na naszym podwórzu. Szahrzad i Hamid uważali, że nie wzbudza podejrzeń, więc mogłam nim jeździć.

Masud prawie nie odstępował Szahrzad i nieustannie coś dla niej robił. Narysował na przykład dom i obiecał jej, że gdy dorośnie, wybuduje taki dla niej, a następnie ożeni się z nią i zamieszkają razem. Szahrzad powiesiła obrazek na ścianie. Gdy szłam z Masudem na zakupy, prosił o kupienie swoich ulubionych produktów, które potem dawał Szahrzad. Przy słonecznej pogodzie chodził po podwórzu w poszukiwaniu prezentów, które później mógłby jej ofiarować. Ponieważ o tej porze roku kwiaty jeszcze nie kwitły, zwykle zrywał kilka pąków z kolczastego krzewu zimokwiatu i krwawiącymi palcami ofiarowywał je cioci Szeri, która przechowywała je niczym najcenniejsze przedmioty.

Im dłużej z nami mieszkała, tym więcej się o niej dowiadywałam. Była bardzo prostą kobietą. Choć przymiotnik „piękna" do niej nie pasował, była atrakcyjna i pełna uroku. Pewnego dnia wzięła prysznic i poprosiła, abym obcięła jej włosy na krótko.

– Może zamiast tego wysuszę je suszarką – zaproponowałam.

– Szybciej wyschną i będziesz pięknie wyglądała.

Nie protestowała. Masud obserwował uważnie, jak układam włosy Szahrzad. Uwielbiał piękno i lubił się przyglądać, jak kobiety troszczą się o swój wygląd. Nawet gdy nakładałam na usta pomadkę o jasnym odcieniu, zawsze to zauważał i prawił mi komplementy. Najbardziej jednak lubił, gdy używałam czerwonej szminki. Gdy skończyłam suszyć włosy Szahrzad, Masud podał jej czerwoną pomadkę i powiedział:

– Ciociu Szeri, pomaluj się.

Szahrzad spojrzała na mnie.

– No dalej, pomaluj usta – dodałam. – Nie mam nic przeciwko temu.

– Nie, za bardzo się wstydzę.

– Wstydzisz się? Kogo? Mnie? Masuda? Poza tym, co jest złego w malowaniu ust na czerwono?

– Nie wiem. Nic w tym złego, ale moim zdaniem to nieodpowiednie. Zbyt frywolne.

– Co za bzdury! Chcesz powiedzieć, że nigdy się nie malowałaś?

– Kiedyś, gdy byłam młodsza. I muszę przyznać, że mi się podobało, ale to było bardzo dawno temu...

Masud nadal nalegał:

– Ciociu, pomaluj usta, pomaluj. Jeśli nie wiesz, jak to się robi, sam cię pomaluję.

Wziął pomadkę i nałożył trochę na usta Szahrzad. Następnie cofnął się i spojrzał na nią, a jego oczy były pełne podziwu i radości. Klasnął w dłonie, roześmiał się i powiedział:

– Wygląda bardzo ładnie! Spójrz, jak ładnie!

A potem wpadł jej w ramiona i dał jej soczystego całusa w policzek. Wybuchnęłyśmy z Szahrzad śmiechem. Nagle ucichła, postawiła Masuda na podłogę i z rozbrajającą szczerością i niewinnością powiedziała:

– Zazdroszczę ci. Jesteś szczęśliwą kobietą.

– Zazdrościsz mi? – zapytałam zdumiona. – Naprawdę?

– Oczywiście! Chyba po raz pierwszy tak się czuję.

– Żartujesz? To ja powinnam zazdrościć tobie. Zawsze chciałam być taka jak ty. Jesteś niesamowitą kobietą: dobrze wykształconą, odważną, podejmujesz rozsądne decyzje... Wydawało mi się, że Hamid chciałby mieć właśnie taką żonę. A teraz mówisz... O, nie! Żarty sobie stroisz. To ja powinnam ci zazdrościć, ale wydaje mi się, że nie zasługuję nawet na to. Byłabym jak zwykły obywatel, który zazdrości królowej Anglii.

– Bzdury. Jestem nikim. W porównaniu ze mną prowadzisz lepsze i bardziej spełnione życie. Jesteś damą, dobrą i kochającą żoną, dobroduszną i mądrą matką, chętnie czytasz i się uczysz, i jesteś gotowa poświęcić się dla rodziny.

Z malującym się na twarzy wyrazem głębokiego smutku wstała z krzesła.

Instynktownie wyczułam, że tęskni za mężem.

– Jak się miewa pan Mehdi? – zapytałam. – Kiedy ostatnio go widziałaś?

– Dwa miesiące temu. Ostatni raz spotkałam go dwa tygodnie przed moim przybyciem do waszego domu. Ze względu na okoliczności musieliśmy uciekać osobno.

– Masz o nim jakieś wieści?

– Tak, biedny Hamid cały czas jest naszym łącznikiem.

– Może przenocuje u nas, abyście mogli się zobaczyć? Mógłby przyjechać w środku nocy.

– To zbyt ryzykowne. Gdyby tutaj przyszedł, naraziłby was na niebezpieczeństwo. Musimy być ostrożni.

Zapomniałam o rozsądku i powiedziałam:

– Hamid mówił, że wasze małżeństwo zostało zaaranżowane przez organizację, ale ja mu nie wierzę.

– Dlaczego?

– Zachowujecie się jak mąż i żona, a nie koledzy z pracy.

– Skąd wiesz?

– Jestem kobietą, potrafię rozpoznać miłość, potrafię ją wyczuć. Poza tym nie jesteś typem kobiety, która mogłaby dzielić łoże z mężczyzną, którego nie kocha.

– To prawda – przyznała. – Zawsze go kochałam.

– Poznaliście się w organizacji?... Przepraszam, jestem wścibska. Cofam pytanie.

– Nie... nic nie szkodzi. Nie mam nic przeciwko twoim pytaniom. Od wielu lat nie miałam przyjaciółki, z którą mogłabym porozmawiać. Oczywiście otaczały mnie bliskie osoby, ale przeważnie to ja słuchałam. Wygląda jednak na to, że każdy kiedyś musi się wygadać. Jesteś prawdopodobnie moim jedynym przyjacielem, kimś, z kim pierwszy raz od dawna mogę porozmawiać.

– Ja miałam tylko jedną prawdziwą przyjaciółkę, ale straciłam ją wiele lat temu.

– Najwyraźniej potrzebujemy się nawzajem; chociaż pewnie ja ciebie bardziej. Ty przynajmniej masz rodzinę, a ja nie mam nawet tego. Nie wiesz, jak bardzo brakuje mi moich bliskich, plotek, wieści o krewnych, zwykłych pogaduszek i codziennych spraw. Ile można rozmawiać o polityce i filozofii? Czasami zastanawiam się, co się dzieje w mojej rodzinie, i zdaję sobie sprawę, że zapomniałam imion niektórych dzieci moich bliskich. One pewnie też mnie nie pamiętają. Nie mam już rodziny.

– Ale przecież wy uważacie, że należycie do mas i do jednej wielkiej rodziny klasy pracującej?

Roześmiała się i odparła:

– Dużo się nauczyłaś, prawda? Mimo wszystko tęsknię za swoją rodziną. Ale o co pytałaś?

– Zapytałam, gdzie się poznaliście z Mehdim?

– Na studiach. Oczywiście Mehdi był dwa lata wyżej ode mnie. Miał niesamowite zdolności przywódcze oraz przenikliwy i analityczny umysł. Gdy się dowiedziałam, że ulotki, które rozdawano, i hasła pojawiające się na murach akademika były jego sprawką, został moim bohaterem.

– Nie interesowałaś się wówczas polityką?

– Ależ tak. Jak student uważający się za intelektualistę może się nie interesować polityką? Lewicowe poglądy oraz sprzeciw wobec reżimu były niemal oficjalnym obowiązkiem studenta. Nawet ci, którzy nie podzielali naprawdę naszych poglądów, wykorzystywali politykę, aby udawać intelektualistów. Niewielu było prawdziwych zwolenników, takich jak Mehdi. Ja też musiałam się jeszcze wiele nauczyć i wiele przeczytać. Nie wiedziałam wówczas, w co tak naprawdę wierzę. Mehdi ukształtował moje myśli i poglądy. Choć pochodził z religijnej rodziny, czytał dzieła Marksa, Engelsa i innych i świetnie je analizował.

– A więc nakłonił cię do wstąpienia do organizacji?

– W tamtych czasach nie było żadnej organizacji. Założyliśmy ją razem znacznie później. Prawdopodobnie gdyby nie Mehdi, wybrałabym inną drogę. Ale jestem pewna, że nie odeszłabym zbyt daleko od polityki.

– Jak to się stało, że zostaliście małżeństwem?

– Nasza grupa zaczęła nabierać kształtów. Pochodziłam z tradycyjnej rodziny i jak większość irańskich dziewcząt nie mogłam wychodzić, kiedy chciałam ani wracać późno do domu. Jeden z członków zasugerował, abym poślubiła kogoś z naszej grupy. Dzięki temu mogłabym poświęcić się całkowicie naszej sprawie. Mehdi się zgodził i jak prawdziwy zalotnik przyszedł do mojego domu ze swoją rodziną i poprosił o moją rękę.

– Byłaś szczęśliwa w małżeństwie?

– Cóż mogę odpowiedzieć? Prawdopodobnie pragnęłam go poślubić, ale nie chciałam, aby powodem naszego małżeństwa była działalność w organizacji. Marzyłam też o innych zaręczynach… Byłam młodą romantyczką. Naczytałam się zbyt dużo głupiej burżuazyjnej literatury.

***

O pierwszej nad ranem w mglistą i mroźną lutową noc, pomimo niebezpieczeństwa, o którym wspominali, Mehdi po cichu zakradł się do naszego domu. Właśnie zasypiałam, gdy rozbudził mnie odgłos otwieranej bramki. Hamid był spokojny, czytał książkę.

– Hamid! Słyszałeś to? Ktoś otworzył bramkę.

– Idź spać, nie przejmuj się tym.

– Co masz na myśli? Spodziewasz się kogoś?

– Tak, to Mehdi. Dałem mu klucz.

– Wcześniej mówiłeś, że to zbyt niebezpieczne.

– Zgubili jego trop jakiś czas temu. Poza tym zachowaliśmy środki bezpieczeństwa. Musi porozmawiać z Szahrzad, ponieważ nie zgadzają się w kilku kwestiach, a należy podjąć pewne decyzje. Nie mogę być już ich łącznikiem, więc zorganizowałem im spotkanie.

Chciało mi się śmiać. Co za dziwna para! Mąż i żona, dla których pretekstem do spotkania nie jest miłość ani tęsknota.

Mehdi miał wyjść z samego rana, ale tego nie zrobił. Hamid wyjaśnił mi, że nadal nie doszli do porozumienia. Roześmiałam się i zajęłam swoimi obowiązkami. Późnym popołudniem, po powrocie Hamida, cała trójka zamknęła się w salonie i dyskutowała przez wiele godzin. Policzki Szahrzad były zaróżowione i wydawała się bardziej ożywiona niż zazwyczaj. Unikała jednak mojego wzroku i niczym uczennica, której sekret został odkryty, zachowywała się, jakby nic się nie stało.

Mehdi został u nas jeszcze przez trzy dni, a czwartej nocy wyszedł równie cicho, jak się zjawił. Nie wiem, czy kiedykolwiek jeszcze spotkali się z Szahrzad, ale jestem pewna, że te kilka dni to był najsłodszy okres w ich życiu. Masud dołączył do nich i przechodził z jednych ramion do drugich, rozśmieszając ich swoim słodkim głosikiem, grami oraz sztuczkami. Przez szybę w drzwiach salonu widziałam nawet zarys Mehdiego, który chodził po salonie na czworakach z Masudem na plecach. Byłam naprawdę zdumiona. Nigdy bym nie pomyślała, że ten poważny mężczyzna, który prawie się nie uśmiecha, potrafi nawiązać tak bliską więź z dzieckiem. Za tymi drzwiami Mehdi i Szahrzad byli sobą, nie musieli udawać.

Po odejściu Mehdiego Szahrzad była przygnębiona i rozdrażniona przez kilka dni. Starała się zająć umysł czytaniem. W trakcie pobytu w naszym domu przeczytała niemal wszystkie znajdujące się w nim książki. Zwykle spała z tomem wierszy Foruq pod poduszką. Pod koniec lutego poprosiła mnie o kupienie kilku par spodni i koszulek oraz dużej torby z mocnym paskiem na ramię. Każda torba, którą zaproponowałam, była jej zdaniem zbyt mała. W końcu poddałam się i powiedziałam:

– Ty potrzebujesz plecaka, a nie torby!

– Brawo! Zgadza się. Ale nie może być zbyt wielki, abym nie zwracała na siebie uwagi. Powinien być wygodny i pomieścić wszystkie moje rzeczy.

Pomyślałam wówczas: łącznie z bronią? Od pierwszego dnia wiedziałam, że Szahrzad ma pistolet i zawsze się bałam, że dzieci mogą go znaleźć.

Szahrzad przygotowywała się do wyjazdu. Czekała tylko na wiadomość lub rozkaz. Otrzymała go w połowie marca, tuż przed Nowym Rokiem. Odłożyła stare ubrania i torbę i poprosiła, abym się ich pozbyła. Zakupioną przeze mnie odzież oraz resztę należących do niej rzeczy spakowała do nowego plecaka, a na samym dole obok pistoletu umieściła ostrożnie rysunki wykonane przez Masuda. Szahrzad opanował dziwny nastrój. Miała już dość życia w podziemiu, siedzenia w domu i przebywania cały czas w tym samym miejscu. Tęskniła za świeżym powietrzem, spacerami po ulicy i towarzystwem ludzi, ale gdy nadszedł czas wyjazdu, dopadły ją smutek i przygnębienie. Nieustannie przytulała Masuda i mówiła:

– Jak mam go zostawić?

Obejmowała go wówczas mocniej i chowała oczy pełne łez w jego włosach.

Masud wyczuwał, że Szahrzad przygotowuje się do odejścia. Co wieczór przed zaśnięciem i każdego ranka, zanim wyszedł ze mną z domu, kazał jej przyrzekać, że nie wyjedzie pod jego nieobecność. Co chwilę też pytał:

– Chcesz wyjechać? Dlaczego? Byłem niegrzeczny? Obiecuję, że już nie będę rano przychodził do twojego łóżka i cię budził… Jeśli wyjeżdżasz, weź mnie ze sobą, bo inaczej się zgubisz. Nie znasz tej okolicy.

Swoimi pytaniami i prośbami sprawiał, że Szahrzad odczuwała jeszcze większy smutek i niepewność. Zresztą nie tylko jej serce krwawiło; moje także.

W ostatnią noc, którą spędziła w naszym domu, położyła się obok Masuda i opowiadała mu różne historie. Nie potrafiła jednak powstrzymać łez. Masud, jak każde dziecko, postrzegał świat sercem. Objął więc twarz Szahrzad swoimi małymi rączkami i powiedział:

– Wiem, że gdy rano się obudzę, już cię nie będzie.

Zgodnie z planem wpół do pierwszej w nocy Szahrzad opuściła nasz dom. Od tamtego czasu nie przestaję za nią tęsknić i nie potrafię wypełnić pustki, która pozostała po jej odejściu. Przed wyjściem objęła mnie i powiedziała:

– Dziękuję za wszystko. Pozostawiam mojego Masuda pod twoją opieką. Dbaj o niego. Jest niesłychanie wrażliwy. Martwię się o jego przyszłość.

A potem zwróciła się do Hamida:

– Jesteś szczęściarzem. Doceń swoje życie. Masz wspaniałą rodzinę. Nie chcę, aby cokolwiek zburzyło spokój tego domu.

Hamid spojrzał na nią zdumiony i odparł:

– Wiesz, co mówisz? Przestań! Chodźmy, robi się późno.

Następnego dnia, gdy poszłam posprzątać salon, spod poduszki na posłaniu Szahrzad wyciągnęłam tomik poezji Foruq. W środku był ołówek. Otworzyłam książkę na zaznaczonej stronie i zobaczyłam, że Szahrzad podkreśliła na niej te oto wersy:

Która góra, który szczyt?
Dajcie mi schronienie migające światła,
jasne nieufne domy,
na których dachach skąpane w słońcu pranie
kołysze się w ramionach pachnącej sadzy.

Dajcie mi schronienie, proste poczciwe kobiety,
których miękkie palce
śledzą emocjonujące ruchy płodu pod skórą,
a zapach skóry pod rozpiętym kołnierzem
nieustannie miesza się z wonią świeżego mleka.

Łza spłynęła mi po policzku. Masud stał w progu. Ze smutkiem w oczach zapytał:

– Odeszła?

– Dzień dobry, kochanie. Prędzej czy później musiała wrócić do własnego domu.

Rzucił mi się w objęcia, oparł głowę na moim ramieniu i zapłakał. Nigdy nie zapomniał ukochanej cioci Szeri. Nawet wiele lat później, gdy wyrósł na energicznego młodego mężczyznę, mówił:

– Nadal śnię o domu, który dla niej wybudowałem, i marzę, że mieszkamy w nim razem.

Po odejściu Szahrzad zajęłam się przygotowaniami do Nowego Roku: wiosenne porządki, nowe ubrania dla dzieci, szycie nowej pościeli, wymiana zasłon w salonie. Chciałam, aby obchody Nowego Roku były dla dzieci wesołym i ekscytującym przeżyciem. Starałam się zachować wszystkie tradycje i rytuały i miałam nadzieję, że słodkie wspomnienia z dzieciństwa pozostaną z nimi na zawsze. Siamak był odpowiedzialny za podlewanie kiełków hodowanych na talerzach, Masud malował jajka, a Hamid śmiał się i mówił:

– Nie wierzę, że to robisz. Po co marnować tyle energii?

Wiedziałam jednak, że w głębi serca on także cieszył się z nadejścia Nowego Roku. Od kiedy zaczął spędzać z nami większość wolnego czasu, nie unikał już zaangażowania w codzienne życie naszej rodziny i nieświadomie wyrażał swoją radość.

Wynajęłam pomoc do wysprzątania całego domu, od dachu po piwnicę. Po pokojach rozszedł się zapach Nowego Roku.

Po raz pierwszy braliśmy udział w noworocznych wizytach jako kompletna rodzina. Uczestniczyliśmy we wszystkich uroczystościach, a trzynastego dnia wyjechaliśmy nawet z rodziną Hamida na piknik za miasto. Po obchodach Nowego Roku z nową energią i pogodą ducha zajęłam się studiami, nauką Siamaka oraz końcowymi egzaminami szkolnymi.

Hamid spędzał jeszcze więcej czasu w domu, czekając na wiadomość, która nie chciała nadejść. Był niespokojny i niecierpliwy, ale nie mógł nic zrobić. Ja nie miałam nic przeciwko jego obecności. Cieszyłam się, że przebywa z nami w domu. Wraz z końcem egzaminów i początkiem lata zaplanowałam różne rozrywki dla dzieci. Chciałam, abyśmy całe lato spędzili razem. W związku z tym, że posiadałam prawo jazdy, obiecałam chłopcom, że popołudniami będę zabierać ich do kina, parku, wesołego miasteczka lub na przyjęcia. Byli szczęśliwi, a ja poczułam się naprawdę spełniona.

Pewnego popołudnia w drodze powrotnej z parku kupiłam gazetę, chleb oraz kilka innych rzeczy do jedzenia. Hamid nadal przebywał poza domem. Odłożyłam zakupy i zaczęłam kroić chleb, który położyłam na gazecie. Powoli pojawiał się nagłówek artykułu. Odsunęłam szybko bochenek na bok. Słowa dźgały moje oczy niczym sztylety. Nie potrafiłam w pełni pojąć ich znaczenia. Stałam jak wryta, niczym rażona piorunem, i drżałam. Nie mogłam oderwać oczu od gazety. W głowie miałam mętlik, a w żołądku czułam ucisk. Dzieci zauważyły moje dziwne zachowanie i podeszły do mnie, ale nie potrafiłam zrozumieć, co mówią. W tym samym momencie do domu wpadł Hamid. Wyglądał na zrozpaczonego. Nasze oczy się spotkały. A więc to prawda... Nie było potrzeby nic mówić.

Hamid padł na kolana i zaczął walić pięściami w uda.

– Nieeee!

Następnie pochylił się i oparł czoło o podłogę.

Był w takim stanie, że zapomniałam o własnym przerażeniu. Dzieci wpatrywały się w nas ze strachem i zdumieniem. Wzięłam się w garść, wypchnęłam je za drzwi i poprosiłam, aby pobawiły się na podwórzu. Oglądając się na nas, wyszły bez słowa sprzeciwu, a ja podbiegłam do Hamida. Przytulił głowę do mojej piersi i zaczął płakać jak dziecko. Nie wiem, jak długo tak siedzieliśmy. Hamid nieustannie pytał:

– Dlaczego? Dlaczego mi nie powiedzieli? Dlaczego mnie nie powiadomili?

Po chwili wściekłość i smutek zmobilizowały go do działania. Umył twarz i wybiegł z domu jak szaleniec. Nic nie mogłam zrobić, aby go powstrzymać. Zdążyłam jedynie powiedzieć:

– Uważaj na siebie, wszyscy możecie być obserwowani. Uważaj.

Przeczytałam artykuł. W trakcie przeprowadzania operacji zbrojnej Szahrzad wraz z kilkoma innymi członkami organizacji wpadli w zasadzkę. Aby uniknąć aresztowania przez SAVAK, wszyscy popełnili samobójstwo, trzymając w dłoniach odbezpieczone granaty. Czytałam artykuł raz po raz. Miałam nadzieję, że spoglądając na niego z różnych punktów widzenia, odkryję prawdę. Jednak w dalszej części tekstu zawarto jak zwykle obelgi i oskarżenia pod adresem zdrajców oraz sabotażystów. Ukryłam gazetę, aby Siamak jej nie znalazł. W środku nocy Hamid wrócił do domu wyczerpany i zrozpaczony. Rzucił się na łóżko w ubraniu i powiedział:

– Panuje straszny chaos. Wszystkie kanały łączności zostały zerwane.

– Przecież mają twój numer telefonu. Zadzwonią, gdy zajdzie taka potrzeba.

– A więc dlaczego nie dzwonili do tej pory? Minął miesiąc od ostatniego kontaktu. Wiedziałem o operacji. Miałem wziąć w niej udział, byłem do tego szkolony. Nie rozumiem, dlaczego mnie od niej odsunięto. Gdybym tam był, nigdy by do tego nie doszło.

– Uważasz więc, że samodzielnie pokonałbyś oddział wojska i wszystkich byś uratował? Gdybyś tam był, pewnie też byś zginął.

Zaczęłam się wówczas zastanawiać, dlaczego nikt się z nim nie skontaktował? Czy to za sprawą Szahrzad? Czy odsuwając Hamida od akcji, chciała chronić jego rodzinę?

Minęły dwa lub trzy tygodnie. Hamid był podenerwowany i palił jednego papierosa za drugim. Czekał na informacje, więc przy każdym dzwonku telefonu podskakiwał jak oparzony. Zadał sobie wiele trudu, próbując wytropić Mehdiego oraz pozostałych ważnych członków organizacji, ale nie udało mu się trafić na żaden ślad. Codziennie docierały do nas doniesienia o kolejnych aresztowaniach. Hamid ponownie sprawdził różne drogi ucieczki. W drukarni przeprowadzono czystki i niektórych pracowników zwolniono. Każdy dzień obfitował w jakieś zdarzenia i incydenty. W powietrzu czuć było niebezpieczeństwo. W każdej chwili spodziewaliśmy się katastrofy lub złych wiadomości.

– Wszyscy się ukryli – powiedziałam. – Może wyjechali z miasta. Wyjedź i ty na jakiś czas i wróć, gdy sytuacja się uspokoi. Nadal nie zostałeś zdemaskowany. Możesz więc opuścić kraj.

– Nie wyjadę za granicę pod żadnym pozorem.

– To może chociaż do jakiejś niewielkiej wioski, do innego ostanu. Wyjedź gdzieś daleko, aż sytuacja wróci do normy.
   – Nie mogę oddalać się od telefonów w biurze ani w domu.
W każdym momencie mogą mnie potrzebować. Robiłam, co mogłam, aby nasze życie toczyło się zwyczaj-
nym torem, ale nic już nie było normalne. Ogarnął mnie głęboki
smutek i obawiałam się o życie Hamida. Nie potrafiłam wymazać
z pamięci twarzy Szahrzad oraz tych kilku miesięcy, które wspólnie spędziłyśmy.

Dzień po tym, jak dowiedzieliśmy się o jej śmierci, Siamak znalazł gazetę, poszedł z nią na dach i tam przeczytał artykuł. Byłam
w kuchni, gdy podszedł do mnie z bladą twarzą, ściskając mocno
gazetę.
   – Przeczytałeś? – zapytałam.
Położył głowę na moim kolanie i zapłakał.
   – Masud nie może się o tym dowiedzieć – powiedziałam.
Ale Masud wszystkiego się domyślił. Chodził smutny i milczący; często siedział po prostu w kącie pokoju. Przestał tworzyć bu-
dowle z klocków i rysować obrazki dla swojej cioci Szeri. Przestał
o nią pytać i bardzo się pilnował, aby nie wypowiadać jej imienia.
Niedługo po tym wydarzeniu zauważyłam, że rysunki mojego syna
przestały przypominać jego poprzednie obrazki; przedstawiały teraz
dziwne sceny i zdominowały je ciemne kolory. Pytałam o to Masuda,
ale nie chciał o nich opowiadać ani nic wyjaśniać. Obawiałam się,
że smutek, o którym nie potrafił ani zapomnieć, ani rozmawiać, na
stałe odciśnie piętno na jego delikatnej i radosnej osobowości. Był
stworzony do rozśmieszania, kochania i pocieszania innych, a nie
do cierpienia i rozpaczy.

Nie mogłam nic zrobić, aby uchronić moje dzieci przed bolesnymi doświadczeniami oraz gorzką rzeczywistością, której musieli
stawić czoło. To także było częścią ich dorastania.

Hamid znajdował się w jeszcze gorszym stanie niż chłopcy. Pałętał
się bez celu, czasami znikał na kilka dni, ale wracał tak samo przygnębiony, więc wiedziałam, że nie znalazł tego, czego szukał. Gdy
pewnego dnia wyszedł, przez ponad tydzień nie mieliśmy o nim

żadnych wiadomości. Nie zadzwonił nawet, aby zapytać, czy ktoś próbował się z nim skontaktować.

Nieustannie dręczył mnie niepokój. Od czasu śmierci Szahrzad nie przepadałam za gazetami, mimo to codziennie, z każdym dniem coraz wcześniej, szłam w pośpiechu do stoiska, na którym je sprzedawano, i czekałam na dostawę dzienników. Następnie z trwogą w sercu przeglądałam na ulicy wszystkie tytuły, a gdy się upewniłam, że nie przynoszą złych wieści, wracałam spokojnie do domu. Tak naprawdę nie czytałam gazet dla samych wiadomości; chciałam po prostu się upewnić, że wszystko jest w porządku.

Pod koniec lipca w końcu natrafiłam na informację, której tak się obawiałam. Szpagat, którym związany był stos gazet, jeszcze nie był przecięty, lecz dostrzegłam już duży czarny nagłówek, który sprawił, że zamarłam; ugięły się pode mną kolana i nie mogłam złapać oddechu. Nie pamiętam, jak zapłaciłam za gazetę i jak wróciłam do domu.

Chłopcy bawili się na podwórzu. Weszłam szybko po schodach i zamknęłam się w mieszkaniu. Usiadłam, opierając się plecami o drzwi, i rozłożyłam gazetę na podłodze. Miałam wrażenie, że serce zaraz wyskoczy mi z piersi. Artykuł głosił, że przywódcy organizacji terrorystycznej zostali zdziesiątkowani i nasz ukochany kraj oczyszczono ze zdrajców. Przed oczami miałam listę dziesięciu nazwisk – było wśród nich nazwisko Mehdiego. Przeczytałam listę ponownie. Nie znalazłam jednak nazwiska Hamida.

Zrobiło mi się słabo. Nie potrafiłam nazwać uczuć, które się we mnie kłębiły. Z jednej strony opłakiwałam tych, którzy stracili życie, ale z drugiej strony w moim sercu tlił się płomień nadziei. Na liście nie było nazwiska Hamida. Pomyślałam wówczas, że nadal żyje. Może ucieka. Może nie został zdemaskowany i niedługo wróci do domu. Dzięki Bogu! A może został aresztowany? Kręciło mi się w głowie. Byłam zdezorientowana. Choć nie oczekiwałam zbyt wiele po tym telefonie, zadzwoniłam do drukarni. Do końca dnia pracy została jeszcze godzina, ale nikt nie odbierał. Miałam wrażenie, że zaraz oszaleję. Żałowałam, że nie mogłam z nikim porozmawiać, nie mogłam nikogo poprosić o radę. Tak bardzo pragnęłam, aby ktoś mnie pocieszył. Powiedziałam sobie, że muszę być silna, że jeśli choć jednym słowem zdradzę się z tym, co działo się w moim sercu, mogę zniszczyć rodzinę. Na dwa dni pogrążyłam się w mroku i niepokoju. Pracowałam jak szalona, aby oderwać myśli od Hamida. Drugiej nocy stało się coś, czego podświadomie się spodziewałam. Minęła północ i właśnie kładłam się do łóżka. Nie mam pojęcia, jak udało im się tak niepostrzeżenie dostać do domu. Siamak podbiegł do mnie, ktoś rzucił mi w ramiona krzyczącego Masuda. Wówczas zobaczyłam żołnierza, którzy mierzył z karabinu do naszej skulonej na łóżku trójki. Nie wiem, jak wielu żołnierzy było wokół nas, ale miałam wrażenie, że wypełnili cały dom. Łapali i rzucali na środek pokoju wszystko, co wpadło im w ręce. Usłyszałam z dołu przerażony krzyk Bibi i jeszcze bardziej się przestraszyłam. Zawartość wszystkich komód, szafek, szaf, półek i walizek lądowała na ogromnej stercie. Nożami przecinali prześcieradła, materace i poduszki. Nie wiedziałam, czego szukają. Cały czas powtarzałam w myślach: to dobra wiadomość, Hamid zapewne nadal żyje, nie został aresztowany, dlatego przyszli... A może został aresztowany i zbierają wszystkie książki, dokumenty i listy jako dowody?... Ale kto dał im nasz adres?

Tysiące podobnych myśli przelatywały mi przez głowę. Masud przywarł do mnie i wpatrywał się w żołnierzy. Siamak siedział cicho na łóżku. Wzięłam go za rękę – była lodowato zimna i lekko drżała. Spojrzałam mu w twarz. Nie mógł oderwać wzroku od żołnierzy; śledził ich każdy ruch. W jego spojrzeniu nie dostrzegłam strachu, lecz to, co ujrzałam, sprawiło, że zadrżałam. Nigdy nie zapomnę płonącej wściekłości oraz nienawiści, które biły z oczu dziewięcioletniego chłopca. Pomyślałam o Bibi i zdałam sobie sprawę, że od jakiegoś czasu nie słyszałam jej głosu. Zastanawiałam się, czy coś jej się nie stało i czy wciąż żyje. Żołnierze kazali nam zejść z łóżka. Rozdarli materac, a następnie ponownie kazali nam na nim usiąść i się nie ruszać.

Gdy wyszli z domu, słońce wzeszło już na niebie. Wynieśli dokumenty, zapiski i książki. Masud spał od pół godziny, ale Siamak nadal siedział blady i milczący. Dopiero po jakimś czasie odważyłam się zejść z łóżka. Cały czas wydawało mi się, że jeden z żołnierzy gdzieś się ukrywa i nas obserwuje. Zajrzałam do wszystkich pokoi. Siamak nie odstępował mnie na krok. Otworzyłam drzwi i wyszłam na zewnątrz. Nie, nikogo nie było. Zbiegłam po schodach. Drzwi do sypialni Bibi były otwarte na oścież, a ona leżała w poprzek łóżka. Pomyślałam, że nie żyje. Lecz gdy podeszłam bliżej, usłyszałam jej rzężący i ciężki oddech. Oparłam jej ciało na kilku poduszkach, nalałam szklankę wody i spróbowałam wlać jej do ust odrobinę płynu. Nie musiałam już nic ukrywać. Nie musiałam się obawiać, że nasza tajemnica wyjdzie na jaw. Podniosłam słuchawkę telefonu i zadzwoniłam do ojca Hamida. Próbował zachować spokój. Zdałam sobie jednak sprawę, że to, co mu powiedziałam, wcale go nie zaskoczyło. Miałam wrażenie, że się tego spodziewał. Obeszłam dom. Wszędzie panował okropny nieład. Wydawało mi się, że nigdy nie uda mi się tego uporządkować. Mój dom był w opłakanym stanie. Przypominał spustoszony kraj po odejściu wrogiego wojska. Czy mam teraz czekać na ofiary w ludziach?, pomyślałam.

Gdy zobaczyłam ogromne sterty bibelotów w pokojach zajmowanych przez Bibi, zaczęłam się zastanawiać, gdzie udało jej się upchnąć tak wiele bezużytecznych rzeczy. Stare zasłony, haftowane obrusy z plamami, których nawet po wielu praniach nie udało się wywabić, stare dekoracyjne kawałki materiałów, małe i duże skrawki materiałów po ubraniach, które zostały uszyte, znoszone i wyrzucone wiele lat temu, powyginane i pożółkłe stare widelce, obtłuczone i popękane talerze oraz misy czekające na naprawę, do której nigdy nie doszło... Po co Bibi to wszystko trzymała? Czyżby szukała w tych przedmiotach jakiejś części swojego minionego życia?

W piwnicy panował prawdziwy chaos – połamane krzesła i stoły, puste butelki po mleku i napojach porozrzucane po podłodze, kopce ryżu, który wysypał się z rozciętych worków...

Rodzice Hamida weszli do domu i zaczęli rozglądać się z niedowierzaniem. Widząc, w jakim stanie znajduje się nasze mieszkanie, jego matka krzyknęła i wybuchnęła płaczem.

– Co się stało z moim dzieckiem? – nieustannie pytała. – Gdzie jest Hamid?

Spojrzałam na nią zdumiona. Co prawda płacz był w tej sytuacji jedną z oczywistych reakcji, ale ja byłam zimna i twarda jak lód. Mój mózg nie chciał ze mną współpracować. Nie byłam w stanie pojąć rozmiarów katastrofy. Ojciec Hamida szybko zaprowadził Bibi do samochodu i zmusił żonę, aby poszła razem z nim. Nie miałam siły pomagać, pocieszać ich ani odpowiadać na pytania. Byłam wyzuta z emocji. Wiedziałam tylko, że nie mogę siedzieć bezczynnie, więc chodziłam od pokoju do pokoju. Nie wiem, jak dużo czasu minęło pomiędzy wyjściem ojca Hamida a jego powrotem. Wziął Siamaka w ramiona i się rozpłakał. Patrzyłam na niego obojętnie. Miałam wrażenie, że dzieli nas odległość wielu mil.

Do rzeczywistości przywróciły mnie donośne i pełne przerażenia krzyki Masuda. Wbiegłam po schodach na piętro i wzięłam go na ręce. Był zlany potem i cały się trząsł.

– Już dobrze, synku – powiedziałam. – Nie bój się. Wszystko w porządku.

– Spakuj swoje rzeczy – powiedział ojciec Hamida. – Na kilka dni zatrzymasz się u nas.

– Nie, dziękuję – odparłam. – Wolę zostać tutaj.

– Nie możesz. To nierozważne.

– Nie, zostanę. Hamid może próbować się ze mną skontaktować. Może mnie potrzebować.

Pokręcił głową i powiedział stanowczo:

– Nie, moja droga. Nie ma takiej potrzeby. Spakuj rzeczy. Jeśli wolisz przenieść się do domu ojca, zawiozę cię tam. Nasz dom chyba też nie jest bezpieczny.

Zrozumiałam, że nie mówił mi wszystkiego, ale nie miałam odwagi dopytywać. Nie chciałam wiedzieć nic więcej. W całym tym chaosie i bałaganie udało mi się znaleźć dużą torbę. Zgarnęłam wszystkie ubrania chłopców znajdujące się w zasięgu wzroku i wcisnęłam je do torby, następnie spakowałam swoje rzeczy. Nie miałam siły się przebierać, narzuciłam więc czador na koszulę nocną i zeszłam z chłopcami po schodach. Ojciec Hamida zamknął za nami drzwi.

Przez całą podróż nie odezwałam się ani słowem. Ojciec Hamida rozmawiał z chłopcami i starał się odwrócić ich uwagę od tego, co zaszło w naszym domu. Gdy tylko dotarliśmy do domu mojego ojca, chłopcy wyskoczyli z samochodu i wbiegli do środka. Spojrzałam na nich – nadal mieli na sobie piżamy. Wydawali się tacy mali i bezbronni.

– Posłuchaj – powiedział teść. – Wiem, że jesteś przestraszona. Wiem, że jesteś w szoku. Zadano ci ciężki cios. Musisz być jednak silna i stawić czoło rzeczywistości. Jak długo zamierzasz jeszcze siedzieć oszołomiona, milcząca i pogrążona we własnym świecie? Twoje dzieci cię potrzebują. Musisz o nie zadbać.

W końcu z oczu popłynęły mi łzy.

– Co się stało z Hamidem? – zapytałam zapłakana.

Oparł czoło o kierownicę i nie odezwał się słowem.

– On nie żyje! Prawda? Został zabity, jak pozostali. Tak?

– Nie, on żyje. Wiemy tylko tyle.

– Kontaktował się z wami? Mów! Przysięgam, że nikomu o tym nie wspomnę. Ukrywa się w drukarni, prawda?

– Nie, dwa dni temu zrobili nalot na drukarnię. Przewrócili ją do góry nogami.

– Dlaczego nic mi nie powiedzieliście? Hamid tam był?

– Nie... Ale przebywał w pobliżu.

– A więc gdzie on jest?

– Został aresztowany.

– Nie!

Przez chwilę nie mogłam wykrztusić słowa, a potem pod wpływem impulsu powiedziałam:

– Czyli tak naprawdę już nie żyje. Dużo bardziej obawiał się aresztowania niż śmierci.

– Nie myśl tak. Nie trać nadziei. Zrobię, co w mojej mocy. Od wczoraj obdzwoniłem tysiąc osób. Spotkałem się z kilkoma wpływowymi urzędnikami i uruchomiłem znajomości. Dzisiaj mam jeszcze spotkanie z prawnikiem. Wszyscy mówią, że nie powinniśmy tracić nadziei. Jestem dobrej myśli. A ty możesz mi pomóc, pozostając ze mną w kontakcie. Na razie musimy dziękować Bogu za to, że Hamid żyje.

***

Kolejne trzy dni spędziłam w łóżku. Nie byłam chora, ale z powodu wycieńczenia nic nie mogłam zrobić. Miałam wrażenie, jakby kumulujące się we mnie od kilku miesięcy strach i lęki w połączeniu z ostatnimi wydarzeniami pozbawiły mnie całej energii i siły. Masud siadał obok mnie i głaskał po głowie. Próbował zmuszać mnie do jedzenia i doglądał niczym pielęgniarz. Tymczasem Siamak chodził wokół lustrzanej sadzawki w całkowitym milczeniu. Nie odzywał się do nikogo, nie kłócił się, nie psuł niczego i stronił od zabawy. W jego mrocznych oczach dostrzegłam niepokojący błysk, który przerażał mnie bardziej niż jego wybuchy gniewu i agresja. Przez jedną noc postarzał się o piętnaście lat, zaczął przypominać spiętego i zgorzkniałego człowieka.

Trzeciego dnia w końcu wstałam z łóżka. Nie miałam wyboru, musiałam żyć. Mahmud się dowiedział, co się stało, więc przyszedł do domu ojca z żoną i dziećmi. Ehteram-Sadat nieustannie mówiła, ale ja nie miałam cierpliwości, by jej słuchać. Mahmud w kuchni rozmawiał z matką. Wiedziałam, że przyszedł, ponieważ miał nadzieję, że dowie się czegoś więcej. Faati weszła do pokoju, postawiła tacę z herbatą na podłodze i usiadła obok mnie. W tym samym momencie usłyszałam ogłuszający, histeryczny krzyk Siamaka dobiegający z podwórza. Podbiegłam do okna. Z nienawiścią w głosie wykrzykiwał wyzwiska w kierunku Mahmuda i rzucał w niego kamieniami. A potem obrócił się, z zadziwiającą siłą pchnął biednego Gholama-Alego do sadzawki, podniósł doniczkę i roztrzaskał ją o ziemię. Nie miałam pojęcia, co go tak rozwścieczyło, ale wiedziałam, że musiał mieć jakiś powód, by tak się zachowywać. W głębi serca poczułam ulgę. Po trzech dniach w końcu dał upust swoim emocjom.

Ali podbiegł do Siamaka, krzyknął, aby się zamknął, i uniósł rękę, chcąc uderzyć go w twarz. Pociemniało mi przed oczami.

– Ani się waż! – krzyknęłam, a potem wyskoczyłam przez okno na podwórko i rzuciłam się na Alego niczym lwica broniąca młodych. – Jeśli jeszcze raz podniesiesz rękę na jednego z moich synów, rozerwę cię na strzępy! – wrzasnęłam.

Wzięłam Siamaka na ręce. Nadal drżał z wściekłości. Wszyscy wpatrywali się we mnie w ciszy i zdumieniu. Ali cofnął się o krok i powiedział:

– Chciałem tylko, aby się zamknął. Zobacz, jakiego narobił zamieszania. Zobacz, co zrobił temu biednemu chłopcu. – Wskazał wówczas na Gholama-Alego, który stał obok swojej matki i przypominał płaczącą mokrą mysz. – Słyszałaś, jakie okropieństwa wygadywał do swojego wuja?

– Jego wuj musiał go czymś rozzłościć – odparłam. – Siamak od trzech dni nie odezwał się ani słowem.

– Ten łobuz nie zasłużył na to, abym z nim rozmawiał – stwierdził Mahmud z naganą w głosie. – Nie wstyd ci brać stronę niegrzecznego chłopca zamiast brata? Ty się nigdy niczego nie nauczysz, prawda?

Gdy ojciec wrócił do domu, ponownie zapanował spokój. Była to jednak cisza, jaka następuje po burzy; cisza, podczas której można określić zakres dokonanych przez zawieruchę zniszczeń. Rodzina Mahmuda wróciła do domu. Ali siedział w swoim pokoju na piętrze, a matka płakała, ponieważ nie wiedziała, po czyjej stronie powinna stanąć – mojej czy synów. Faati krzątała się wokół mnie i pomagała mi w pakowaniu ubrań dzieci.

– Co robisz? – zapytał ojciec.

– Muszę się wyprowadzić – odparłam. – Moje dzieci nie powinny dorastać w miejscu, w którym są źle traktowane i krytykowane, zwłaszcza jeśli dopuszczają się tego ich bliscy.

– Co się stało? – warknął ojciec.

– Cóż mogę powiedzieć? – zaczęła lamentować matka. – Biedny Mahmud okazywał tylko troskę. Rozmawialiśmy w kuchni i chłopiec nas podsłuchał. Nie uwierzysz, jakie piekło nam zgotował. A potem siostra pokłóciła się z braćmi.

Ojciec zwrócił się do mnie:

– Bez względu na to, co tu zaszło, nie pozwolę ci dzisiaj wrócić do domu.

– Nie, ojcze, muszę iść. Zapisałam dzieci do szkoły, a zajęcia zaczynają się w przyszłym tygodniu. Mam jeszcze wiele spraw do załatwienia.

– Dobrze, pójdziesz, ale nie dzisiaj i nie sama.

– Faati pójdzie ze mną.

– Cudownie! Cóż za wspaniały obrońca! Powinien pójść z tobą mężczyzna. Mogą znowu zrobić nalot na dom. Dwie kobiety z dwójką małych chłopców nie powinny przebywać same. Jutro pójdziemy tam razem. Miał rację, musieliśmy przeczekać noc. Po kolacji ojciec poprosił Siamaka, aby z nim usiadł. Zaczął rozmawiać z moim synem w taki sam sposób, jak przed laty.

– A teraz powiedz mi, dziecko, co cię tak rozgniewało – zapytał cicho ojciec.

Siamak niczym magnetofon zaczął przytaczać słowa wuja, nie zdając sobie sprawy, że nieświadomie go naśladuje:

– Słyszałem, jak powiedział do babci: „Ta wesz jest wywrotowcem. Prędzej czy później go zabiją. Nigdy go nie lubiłem ani jego rodziny. Wiedziałem, że coś z nimi jest nie tak. Nie można oczekiwać nic lepszego od zalotnika, którego przedstawiła nam pani Parvin. Ile razy ci mówiłem, że trzeba było ją wydać za Hadżiego Agę..." – Siamak zamilkł na kilka sekund. – Hadżiego Agę jakiegoś tam.

– Prawdopodobnie chodziło o Hadżiego Agę Abouzariego – podpowiedział ojciec.

– Właśnie. A potem wuj Mahmud powiedział: „Ale mówiłaś, że jest za stary, że był już żonaty, nie wzięłaś jednak pod uwagę faktu, iż był pobożnym mężczyzną i posiadał sklep pełen towaru. Zamiast tego oddałaś ją w ręce bezbożnego, nic niewartego komunisty. Ten pies zasłużył sobie na to. Powinien zostać stracony".

Ojciec przytulił Siamaka i ucałował jego włosy.

– Nie słuchaj tego – powiedział spokojnie. – Są zbyt głupi, aby cokolwiek zrozumieć. Twój ojciec jest dobrym człowiekiem. Możesz być pewien, że nie zostanie stracony. Rozmawiałem dzisiaj z twoim drugim dziadkiem. Powiedział, że zatrudnił prawnika. Z pomocą bożą wszystko będzie dobrze.

Przez całą noc zastanawiałam się, jak ułożyć sobie życie bez Hamida. Co miałam zrobić z dziećmi? Jakie miałam obowiązki? Jak miałam ich chronić przed złymi językami ludzi?

Następnego ranka wróciłam do mojego spustoszonego przez milicję domu z ojcem, panią Parvin i Faati. Ojciec był zszokowany, gdy zobaczył, w jakim stanie znajdował się dom.

– Przyślę do ciebie chłopców ze sklepu, aby pomogli ci w sprzątaniu – obiecał, wychodząc. – Nawet we trzy temu nie podołacie.

Następnie wyciągnął pieniądze z kieszeni i powiedział:

– Weź to i daj znać, jeśli będziesz potrzebowała więcej.

– Nie, dziękuję – odparłam. – Nie potrzebuję teraz pieniędzy.

Jednak jego propozycja skłoniła mnie do zastanowienia się nad moją sytuacją finansową. W jaki sposób pokryję nasze wydatki? Czy do końca życia będę zależna od ojca, teścia lub innych osób? Znowu ogarnął mnie lęk. Próbowałam się uspokoić. Pocieszałam się, że drukarnia zostanie ponownie otwarta i wznowi pracę, a Hamid był przecież jej udziałowcem.

Przez trzy dni Faati, pani Parvin, Siamak, Masud, pracownicy ojca i sporadycznie matka pomagali mi w doprowadzeniu domu do porządku. Matka Hamida i jego siostry posprzątały mieszkanie Bibi, która opuściła już szpital i dochodziła do siebie w domu teściów.

Podczas robienia porządków zeszłam do piwnicy i wyrzuciłam wszystkie zalegające tam rupiecie.

– Bogu niech będą dzięki za SAVAK – zaśmiała się Faati. – Dzięki nim odkryłaś w końcu, co znajduje się w tym domu, i mogłaś zrobić generalne wiosenne porządki!

Następnego dnia zapisałam chłopców do szkoły. Biedny Masud zaczął rok szkolny w złym nastroju, lecz w przeciwieństwie do Siamaka bardzo się starał, aby nie sprawiać mi żadnych kłopotów. W pierwszym dniu szkoły widziałam w jego oczach strach przed nieznanym środowiskiem, ale się nie skarżył.

– Jesteś dobrym chłopcem i szybko nawiążesz przyjaźnie – zapewniłam go podczas pożegnania. – Jestem pewna, że twój nauczyciel bardzo cię polubi.

– Przyjedziesz po mnie? – zapytał.

– Oczywiście. Myślisz, że mogłabym zapomnieć o moim kochanym synu?

– Nie – odparł. – Po prostu boję się, że się zgubisz.

– Ja miałabym się zgubić? Nie, kochanie, dorośli się nie gubią.

– Ależ tak. Nie można ich później znaleźć. Tak było z tatą i Szahrzad.

Po raz pierwszy od śmierci Szahrzad wypowiedział jej prawdziwe imię, zamiast nazwać ją ciocią Szeri, jak zwykł mówić. Nie wiedziałam, co powiedzieć. Zaczęłam się zastanawiać, jak jego młody umysł potraktował ich zniknięcie. Wzięłam go w ramiona i powiedziałam:

– Nie, mój synu. Matki się nie gubią. Znają zapach swoich dzieci i podążają za nim. Dzięki niemu mogą odnaleźć swoje dzieci bez względu na to, gdzie się znajdują.

– A więc nie płacz pod moją nieobecność! – powiedział.

– Nie będę płakać, synku. Kiedy widziałeś, abym płakała?

– Zawsze płaczesz, gdy jesteś sama w kuchni.

Nic nie mogło się ukryć przed tym dzieckiem. Ze ściśniętym gardłem zaczęłam tłumaczyć:

– Płacz nie jest czymś złym. Czasami musimy wylać trochę łez. Dzięki temu lżej nam na sercu. Ale już nie będę.

Z czasem się okazało, że Masud nie sprawia żadnych problemów wychowawczych. Na czas odrabiał zadania domowe i uważał, aby nie przysparzać mi zmartwień. Jedyną pozostałością tamtej nocy, której nie potrafił przede mną ukryć, były jego przerażające krzyki budzące nas w środku nocy.

Minęły dwa miesiące. Na uniwersytecie wznowiono zajęcia. Jednak nauka była ostatnią rzeczą, o której mogłam myśleć. Codziennie chodziłam wraz z ojcem Hamida na spotkania z różnymi ludźmi, prosiłam, nalegałam, błagałam, wykorzystywałam znajomości i koneksje. Napisaliśmy nawet do kancelarii cesarzowej Farah, błagając, aby zaprzestano tortur i wstrzymano egzekucję. Poprosiłam również o przeniesienie go do zwykłego więzienia. Kilku wpływowych ludzi obiecało nam pomóc, ale nie byliśmy pewni, do jakiego stopnia nasze wysiłki są skuteczne i jakie zarzuty tak naprawdę ciążą na Hamidzie.

Jakiś czas później doszło do procesu, w którym ustalono, że Hamid nie brał udziału w zbrojnych operacjach. Nie został więc skazany na śmierć, lecz na piętnaście lat więzienia. W końcu otrzymaliśmy pozwolenie na przekazanie mu ubrań, jedzenia oraz listów. Co poniedziałek stawałam przed bramą więzienną z ogromną torbą wypełnioną różnymi potrawami, odzieżą, książkami i materiałami piśmienniczymi.

Większość zwracano mi już przy bramie; a co do reszty, nie miałam pewności, które z rzeczy zaakceptowanych przez strażników rzeczywiście trafiały do mojego męża.

Gdy po raz pierwszy przekazano mi jego brudną odzież do prania, uderzył mnie jej dziwny zapach – odór stęchłej krwi, infekcji i rozpaczy. Z przerażeniem oglądałam każde ubranie. Plamy krwi lub ropy doprowadzały mnie do szaleństwa. Zamykałam drzwi od łazienki, odkręcałam kran i płakałam, zagłuszana przez szum wody lejącej się do wanny. Ile wycierpiał w więzieniu? Czy nie lepiej byłoby, gdyby umarł tak jak Szahrzad i Mehdi? Czy modlił się o śmierć? Z czasem nauczyłam się oceniać, jakie odniósł obrażenia, po wyglądzie ubrań. Wiedziałam, które są poważniejsze, a które już zaleczone.

Czas mijał, lecz nic nie wskazywało na to, że drukarnia zostanie ponownie otwarta. Co miesiąc ojciec Hamida przekazywał nam pewną sumę na utrzymanie, ale jak długo to jeszcze mogło trwać? Musiałam coś zrobić. Musiałam znaleźć pracę. Przecież nie byłam dzieckiem ani osobą niepełnosprawną. Byłam kobietą odpowiedzialną za dwójkę dzieci i nie chciałam wychowywać ich, licząc na łaskę innych. Bezczynne siedzenie, jęczenie i wyciąganie ręki do ludzi uwłaczało mojej godności, godności moich dzieci, a w szczególności godności Hamida. Musieliśmy żyć z honorem i dumą; musieliśmy stanąć na nogi. Ale jak to zrobić? Jakiej pracy mogłabym się podjąć?

Na początku pomyślałam, że mogłabym zostać krawcową i wraz z Faati pracować dla pani Parvin. Choć rozpoczęłam pracę od razu, szczerze jej nienawidziłam, przede wszystkim dlatego, że codziennie musiałam chodzić do domu matki i pani Parvin, gdzie zmuszona byłam znosić obecność Alego, a czasami i Mahmuda. Do tego dochodziły nieustające komentarze matki:

– Przecież mówiłam ci, że szycie jest dla kobiety najważniejszą umiejętnością. Ale ty mnie nie słuchałaś i marnowałaś czas na naukę.

Co wieczór przeglądałam gazety pod kątem ogłoszeń o pracę i codziennie odwiedzałam różne firmy, aby starać się o posadę. Większość prywatnych przedsiębiorstw szukała sekretarek. Ojciec Hamida ostrzegł mnie przed takim zajęciem i uświadomił mi, z jakimi problemami spotyka się część pracujących kobiet. Miał rację. W niektórych biurach szefowie patrzyli na mnie pożądliwie i oceniali mnie od stóp do głów, jakby poszukiwali kochanki, a nie pracownika. W trakcie rozmów kwalifikacyjnych zdałam sobie sprawę, że posiadanie dyplomu ukończenia szkoły średniej nie wystarczy. Potrzebowałam innych kwalifikacji. Wzięłam więc udział w dwóch lekcjach pisania na maszynie. Gdy nauczyłam się podstawowych zasad, przestałam na nie uczęszczać, ponieważ nie miałam ani czasu, ani pieniędzy na opłacenie kursu. Ojciec Hamida pożyczył mi starą maszynę do pisania, dzięki czemu wieczorami mogłam ćwiczyć. Następnie przedstawił mnie swojemu znajomemu, który pracował w agencji rządowej. Gdy przyszłam na rozmowę o pracę, ujrzałam około trzydziestoletniego mężczyznę z przeszywającym, inteligentnym spojrzeniem. Podczas rozmowy przypatrywał mi się z ciekawością i próbował wyciągnąć ode mnie informacje, których nie chciałam zdradzić.

– Napisała pani, że jest mężatką. Czym zajmuje się pani mąż? Zawahałam się. Pomyślałam, że skoro rozmowę załatwił mi ojciec Hamida, mężczyzna może znać moją sytuację. Wymamrotałam, że mój mąż pracuje jako wolny strzelec i nie jest związany z żadną firmą. Ze sposobu, w jaki na mnie spojrzał oraz po sarkastycznym uśmiechu domyśliłam się, że mi nie uwierzył.

– To ja szukam pracy, więc dlaczego rozmawiamy o moim mężu? – zapytałam zaniepokojona i spięta.

– Powiedziano mi, że nie ma pani żadnych innych źródeł dochodu.

– Kto tak powiedział?

– Pan Motamedi, wiceprezes, który panią polecił.

– A gdyby okazało się, że posiadam inne źródła dochodu, nie zatrudniłby mnie pan? Przecież pan szuka sekretarki?

– Zgadza się. Ale mamy wiele kandydatek, które są lepiej wykształcone i mogą się pochwalić lepszymi kwalifikacjami od pani. Prawdę mówiąc, nie rozumiem, dlaczego pan Motamedi polecił właśnie panią, i to z ogromnym przekonaniem!

Nie wiedziałam, co powiedzieć. Ojciec Hamida ostrzegł mnie, że podczas rozmów o pracę nie mogę się przyznać, że mój mąż przebywa w więzieniu. Mimo to nie mogłam skłamać, ponieważ prędzej czy później prawda wyszłaby na jaw. Poza tym potrzebowałam pracy, a to stanowisko było dla mnie stworzone. Byłam zdesperowana i traciłam nadzieję.

– Mój mąż siedzi w więzieniu – powiedziałam ledwo słyszalnym głosem, a po moich policzkach zaczęły płynąć łzy.

– Za co? – zapytał, marszcząc brwi.

– Jest więźniem politycznym.

Mężczyzna milczał. Nie miałam odwagi się odezwać, a on nie zadawał dalszych pytań. Zaczął coś pisać i po kilku sekundach spojrzał na mnie. Sprawiał wrażenie zdenerwowanego. Podał mi karteczkę z zapiskami i powiedział:

– Proszę nikomu nie opowiadać o swoim mężu. Niech pani zaniesie tę kartkę do biura obok i da ją pani Tabrizi. Ona przedstawi pani obowiązki służbowe. Zaczyna pani od jutra.

Wiadomość o mojej nowej pracy wybuchła niczym bomba.

– Będziesz pracować w biurze? – zapytała matka, a jej oczy zdawały się wychodzić z orbit. – Jak mężczyźni?

– Tak. Między mężczyznami i kobietami nie ma już podziałów.

– Boże, zabierz mnie do siebie! Co ty wygadujesz?! Nadszedł dzień Sądu Ostatecznego! Podejrzewam, że ojciec i bracia się na to nie zgodzą.

– Oni nie mają nic do gadania – warknęłam. – Nikt nie ma prawa wtrącać się do mojego życia i życia moich dzieci. W przeszłości już wystarczająco dużo dla mnie zrobili. Teraz jestem mężatką. Przecież mój mąż nadal żyje. Tylko on i ja mamy władzę nad moim życiem. Dlatego najlepiej będzie, jeśli moi bracia nie będą się zajmować moimi sprawami.

To proste ultimatum zamknęło wszystkim usta. Wydawało mi się, że ojciec nie będzie miał nic przeciwko temu, żebym podjęła pracę, ponieważ wielokrotnie chwalił moją samodzielność oraz fakt, że nie uzależniłam się od braci.

Podjęcie pracy skutecznie podniosło mi nastrój. Dzięki niej zyskałam poczucie bezpieczeństwa oraz pewność siebie. Choć często czułam się wykończona, byłam dumna ze swojej samodzielności.

Pracowałam jako asystentka oraz kierownik biura w agencji. Robiłam wszystko: pisałam na maszynie, odbierałam telefony, wypełniałam formularze, nadzorowałam kilka rachunków bankowych, a czasami nawet tłumaczyłam listy i dokumenty. Na początku wiele rzeczy sprawiało mi trudności. Moje obowiązki przytłaczały mnie i powodowały mętlik w głowie. Lecz już dwa tygodnie później radziłam sobie z nimi znacznie lepiej. Pan Zargar, mój przełożony, cierpliwie mi wszystko wyjaśniał i monitorował moją pracę. Ale nigdy już nie zapytał mnie o moje życie prywatne ani o Hamida. Po jakimś czasie zaczęłam poprawiać gramatyczne i stylistyczne błędy w tekstach, które otrzymywałam do przepisania. W końcu studiowałam literaturę perską i w ciągu ostatnich dziesięciu lat znaczną część czasu spędziłam na czytaniu książek. Dzięki uwagom i pochwałom przełożonego zyskałam większą pewność siebie. Po pewnym czasie tłumaczył mi jedynie, co chce wyrazić w liście lub raporcie, a ja dbałam o odpowiedni dobór słów.

Lubiłam swoją pracę, ale napotkałam problem, którego nie przewidziałam – nie mogłam już co tydzień chodzić do więzienia. Ostatnie wieści o Hamidzie otrzymałam trzy tygodnie wcześniej. Martwiłam się, obiecałam więc sobie, że bez względu na wszystko w tym tygodniu muszę go odwiedzić.

Dzień wcześniej wszystko przygotowałam. Ugotowałam kilka potraw i spakowałam trochę owoców, ciast i papierosów. Następnego dnia z samego rana poszłam do więzienia. Widząc mnie, strażnik przy bramie rzucił mi nieuprzejme, sarkastyczne pytanie:

– Co się stało? Nie mogłaś spać, więc przyszłaś tutaj skoro świt? Nie przyjmę paczki tak wcześnie.

– Proszę. O ósmej muszę być w pracy.

Zaczął ze mnie drwić i mnie obrażać.

– Powinieneś się wstydzić – odparłam. – Jak możesz się tak odzywać do kobiety?

Miałam wrażenie, że tylko czekał na mój sprzeciw. Dzięki niemu zyskał pretekst, aby obrzucić mnie i mojego męża wulgarnymi obelgami. Choć spotkałam się z niejedną zniewagą i brakiem szacunku, nigdy jeszcze tak mnie nie wyzywano i nie wykrzykiwano pod moim adresem takich nieprzyzwoitości. Trzęsłam się z wściekłości. Miałam ochotę rozszarpać tego mężczyznę na strzępy, ale nie miałam odwagi powiedzieć ani słowa. Bałam się, że strażnicy przestaną przekazywać Hamidowi moje listy oraz przynoszone przeze mnie jedzenie, nawet jeśli trafiała do niego tylko niewielka jego część.

Znieważona i przygnębiona poszłam do pracy, próbując powstrzymać łzy i drżenie ust. W dłoniach nadal trzymałam torbę przygotowaną dla męża. Pan Zargar był niezwykle spostrzegawczym człowiekiem, więc od razu zauważył moją rozpacz i wezwał mnie do biura.

Gdy podawał mi list do przepisania, zapytał:

– Co się stało, pani Sadeghi? Nie wygląda pani dzisiaj dobrze.

Otarłam łzy wierzchem dłoni i wyjaśniłam, co zaszło. Pokręcił gniewnie głową i po krótkim milczeniu powiedział:

– Powinna była mi pani powiedzieć wcześniej. Czy wyobraża sobie pani, w jakim nastroju będzie pani mąż, jeśli w tym tygodniu także nie otrzyma od pani wiadomości? Proszę szybko tam iść i nie wracać, dopóki nie dostarczy mu pani wszystkiego. Od tej pory w poniedziałki będzie pani przychodziła do pracy na późniejszą godzinę, po wizycie w więzieniu. Rozumie pani?

– Tak, ale czasami muszę czekać do południa. Jak wytłumaczę swoją nieobecność w biurze? Nie mogę stracić pracy.

– Proszę się nie martwić o pracę – odparł. – Napiszę, że pani nieobecność związana jest ze sprawami służbowymi. Przynajmniej tyle mogę zrobić dla tych gotowych do poświęceń kobiet i mężczyzn.

Pan Zargar okazał mi wiele uprzejmości oraz zrozumienia. Widziałam wiele podobieństw pomiędzy nim a Masudem. Podejrzewałam więc, że mój syn wyrośnie właśnie na takiego człowieka.

***

Z czasem przyzwyczaiłam się z dziećmi do nowego trybu życia. Chłopcy starali się, jak mogli, aby nie przysparzać żadnych problemów. Codziennie rano jedliśmy wspólnie śniadanie i szykowaliśmy się do rozpoczęcia kolejnego dnia. Choć ich szkoła znajdowała się w pobliżu domu, zawoziłam ich tam tym samym citroënem 2CV. W tym ciężkim dla mnie okresie okazał się on darem z niebios. W porze obiadowej chłopcy wracali pieszo do domu, po drodze kupowali chleb, podgrzewali przygotowane przeze mnie wcześniej jedzenie i razem jedli. Jedną porcję zanosili również Bibi. Ta biedna kobieta od pobytu w szpitalu strasznie niedomagała, ale nie chciała się przeprowadzić, a to oznaczało, że nią także musieliśmy się opiekować. Każdego dnia po pracy robiłam zakupy i ją odwiedzałam. Myłam brudne naczynia, sprzątałam jej pokój i przez chwilę rozmawiałyśmy. Następnie szłam na górę i tam brałam się za prawdziwe obowiązki domowe: pranie, sprzątanie, gotowanie na następny dzień, przygotowanie kolacji dla chłopców, pomoc w rozwiązywaniu zadań domowych oraz tysiąc innych spraw, których załatwienie trwało zwykle do jedenastej lub dwunastej w nocy. Gdy wszystko było przygotowane, padałam na łóżku jak zabita i momentalnie zasypiałam. Biorąc pod uwagę natłok zajęć, nie mogłam kontynuować studiów. Straciłam już rok i wyglądało na to, że stracę jeszcze wiele następnych.

Tego samego roku naszą uwagę zaprzątnęło na chwilę inne wydarzenie. Po wielu rodzinnych kłótniach i awanturach Faati wyszła za mąż. Mahmud wyciągnął naukę z mojego małżeństwa, dlatego był zdeterminowany, aby wydać Faati za pobożnego kupca, jakim sam był. Faati, w przeciwieństwie do mnie, była potulna i łatwo dawała się zastraszyć. Nie odważyła się więc odrzucić kandydata zaproponowanego przez Mahmuda, choć tak naprawdę gardziła tym mężczyzną. Widocznie kary, jakie stosowano wobec mnie, odcisnęły na niej tak ogromne piętno, że na zawsze straciła pewność siebie i umiejętność wyrażania własnej opinii. W rezultacie to ja musiałam bronić jej praw, co wśród członków rodziny ugruntowało mój wizerunek awanturnicy.

Tym razem jednak działałam z większą rozwagą. Bez wdawania się w dyskusje z Mahmudem czy matką porozmawiałam na osobności z ojcem. Przedstawiłam mu punkt widzenia Faati i poprosiłam, aby nie doprowadzał do rozpaczy drugiej córki, wyrażając zgodę na kolejne małżeństwo z przymusu. Mahmud odkrył po jakimś czasie, że maczałam palce w decyzji podjętej przez ojca, przez co znienawidził mnie jeszcze bardziej. Tak czy inaczej, małżeństwo nie doszło do skutku. Faati wyszła za mąż za zalotnika poleconego nam przez wuja Abbasa, do którego poczuła sympatię.

Sadegh Chan, mąż Faati, był uprzejmym, przystojnym i wykształconym mężczyzną. Pochodził z kulturalnej rodziny z klasy średniej. Pracował jako księgowy w agencji rządowej. Choć nie był zamożny, a Mahmud nieustannie określał go mianem najemnika, zyskał sympatię moją oraz chłopców. Poza tym Faati była z nim szczęśliwa. Sadegh Chan dostrzegł tęsknotę moich dzieci za ojcem i wkrótce połączyła ich przyjazna więź. Często bawił się z nimi i zabierał chłopców na wycieczki.

Nasze życie wróciło mniej więcej do normy. Lubiłam swoją pracę i znalazłam w niej przyjaciół, dzięki którym przerwy na posiłek oraz wolne chwile wypełniały żarty, śmiechy i plotki. Często rozmawialiśmy o panu Szirzadim, dyrektorze jednego z działów, który nie darzył mnie sympatią i zawsze znajdował jakieś uchybienia w mojej pracy. Wszyscy mówili, że jest on wrażliwym mężczyzną i wspaniałym poetą, ale ja dostrzegałam w nim jedynie wrogość i złośliwość.

Starałam się więc, żebyśmy nie wchodzili sobie w drogę; dzięki temu nie dawałam mu pretekstu do krytykowania mojej osoby. Mimo wszystko nieustannie czynił na mój temat żartobliwe i kąśliwe uwagi, sugerując, że nie mam odpowiednich kwalifikacji do wykonywania tej pracy i że zatrudniono mnie dzięki koneksjom. Przyjaciele powtarzali mi, abym się tym nie przejmowała, ponieważ widocznie miał takie usposobienie. Wydawało mi się jednak, że wobec mnie okazuje więcej złośliwości niż w przypadku innych osób. Wiedziałam, że za moimi plecami nazywał mnie Królową Piękności pana Zargara. Z czasem więc także poczułam do niego niechęć.

– W ogóle nie wygląda na poetę – mówiłam znajomym z pracy. – Bardziej przypomina mafiosa. Poezja wymaga delikatnej duszy, a nie arogancji, agresji i złośliwości. Pewnie ktoś inny jest autorem tych wierszy. Może pan Szirzadi wsadził biednego poetę do więzienia i teraz trzyma mu nóż na gardle, zmuszając do pisania wierszy pod jego nazwiskiem? Wszyscy wybuchali wówczas śmiechem.

Wydaje mi się, że moje słowa w końcu do niego dotarły. Pewnego dnia pod pretekstem kilku niewielkich błędów typograficznych podarł dziesięciostronicowy raport i rzucił jego strzępy na moje biurko. Straciłam wówczas panowanie nad sobą i krzyknęłam:

– O co panu chodzi? Nieustannie szuka pan pretekstu, aby skrytykować moją pracę. Czy wyrządziłam panu jakąś krzywdę?

– Ha! Pani nie może mi wyrządzić nic złego – warknął. – Przejrzałem panią. Myśli pani, że jestem podobny do Zargara i Motamediego? Że może pani owinąć mnie wokół małego palca? Bardzo dobrze znam kobiety takie jak pani.

Trzęsłam się z gniewu i miałam coś odpowiedzieć, gdy wszedł pan Zargar.

– Co się tutaj dzieje? – zapytał.

– Co się dzieje? – prychnął pan Szirzadi. – Ona nie zna się na tym, co robi. Najpierw ma dwudniowe opóźnienie, a potem wręcza mi raport pełen błędów. Tak się dzieje, gdy ktoś zatrudnia kobietę bez wykształcenia tylko dlatego, że jest ładna i ma znajomości. A teraz musimy sobie radzić z konsekwencjami tej decyzji.

– Uważaj na słowa – odparł ze złością pan Zargar. – Weź się w garść. Wejdź, proszę, do mojego biura. Chcę zamienić z tobą słowo.

Po czym położył dłoń na plecach pana Szirzadiego i praktycznie wepchnął go do biura.

Ukryłam twarz w dłoniach i z całych sił starałam się nie rozpłakać. Moi przyjaciele zebrali się wokół i próbowali mnie pocieszać. Abbas-Ali, woźny z naszego piętra, który zawsze się mną opiekował, przyniósł mi szklankę gorącej wody oraz kandyzowany cukier. Po chwili wróciłam do pracy.

Godzinę później pan Szirzadi wszedł do mojego biura, stanął naprzeciwko mojego biurka i unikając mojego wzroku, z niechęcią powiedział:

– Przepraszam. Proszę mi wybaczyć.

Po czym szybko wyszedł.

Zdumiona spojrzałam na pana Zargara, który stał w przejściu.

– Co się stało? – zapytałam.

– Nic. Proszę zapomnieć o tym wydarzeniu. On już taki jest. Ma dobre serce, ale jednocześnie jest przewrażliwiony na punkcie niektórych kwestii.

– Na przykład na punkcie mojej osoby?

– Nie chodzi o panią, ale o każdego, kto jego zdaniem odbiera prawa innym.

– A komu odebrałam prawa?

– Proszę nie traktować tego poważnie – odparł pan Zargar. – Zanim panią zatrudniliśmy, pan Szirzadi zaproponował, abyśmy awansowali jednego z jego asystentów, który właśnie zdobył tytuł uniwersytecki. Proces rekrutacyjny dobiegł niemal końca, gdy polecono panią na to stanowisko. Zanim odbyła się pani rozmowa kwalifikacyjna, obiecałem Szirzadiemu, że nie będę brał pod uwagę prośby Motamediego. Zatrudniłem jednak panią i teraz pan Szirzadi uważa, że postąpiłem nieuczciwie i ze szkodą dla firmy. Jako człowiek wrażliwy nie potrafi tolerować tak zwanej „niesprawiedliwości". Od tamtej pory stał się naszym przeciwnikiem. Zresztą Motamediego też nie darzy sympatią, ponieważ posiada wrodzoną niechęć do pracowników szczebla kierowniczego i przełożonych.

– Wygląda na to, że ma rację – przyznałam. – Rzeczywiście zabrałam komuś pracę. Ale pan o tym wiedział. Dlaczego mimo wszystko pan mnie zatrudnił?

– Proszę przestać! Czyżbym teraz to ja był winny? Uznałem, że ten drugi kandydat bez problemu znajdzie inną pracę, ponieważ posiadał znakomite kwalifikacje. I rzeczywiście został zatrudniony tydzień później. Ale pani znajdowała się w innej sytuacji. Miałaby pani ogromne trudności ze zdobyciem jakiegoś stanowiska. Tak czy inaczej, chciałbym prosić panią o przebaczenie, ponieważ musiałem opowiedzieć Szirzadiemu o pani mężu. Proszę się jednak nie martwić, można mu zaufać. Między nami mówiąc, sam przez całe życie był uwikłany w politykę.

Następnego dnia pan Szirzadi przyszedł do mojego biura. Na jego bladej twarzy malował się smutek, a oczy miał spuchnięte i zaczerwienione. Przez chwilę stał przede mną i wyglądał na skrępowanego, ale po chwili powiedział:

– To silniejsze ode mnie. Mój gniew siedzi we mnie zbyt głęboko.

A następnie wyrecytował jeden ze swoich wierszy, w którym opowiadał o wściekłości, która tak mocno zakorzeniła się w jego duszy, że zamieniła go we wściekłego wilka.

– Źle panią potraktowałem – dodał. – Prawdę mówiąc, całkiem dobrze wypełnia pani swoje obowiązki. Musiałem się naszukać, aby znaleźć niedociągnięcia w pani dokumentach, podczas gdy dwuzdaniowe listy napisane przez dyrektorów i kierowników roją się od błędów.

Wkrótce pan Szirzadi stał się jednym z moich najlepszych przyjaciół i sprzymierzeńców. W przeciwieństwie do pana Zargara bardzo ciekawiła go polityczna działalność Hamida, organizacja, do której należał oraz okoliczności, w jakich został aresztowany. Jego zaangażowanie i zainteresowanie moimi opowieściami sprawiły, że otworzyłam się przed nim, choć wiedziałam, że nie powinnam była tego robić. Jednocześnie jego współczucie mieszało się z tak głębokim gniewem i nienawiścią w stosunku do reżimu, że wzbudzał we mnie przerażenie. Pewnego razu zauważyłam, że pod wpływem tego, co mówiłam, jego twarz przybrała niemal siny kolor.

– Dobrze się pan czuje? – zapytałam z troską.

– Nie – odparł. – Ale proszę się nie martwić, to dla mnie nic nowego. Nie ma pani pojęcia, co się dzieje w moim wnętrzu.

– Co ma pan na myśli? Może czuję to samo, ale nie potrafię tego zwerbalizować.

Jak zwykle zaczął recytować wiersz. Tym razem opowiadał on o mieście, które opłakuje masakrę ludności i odczuwa pragnienie zemsty porównywalne do poszczącego mężczyzny spragnionego wody w upalny dzień.

Nie! Choć zbierałam najcięższe ciosy, nigdy nie doświadczyłam tak głębokiego gniewu i smutku. Pewnego dnia zapytał mnie o noc, gdy doszło do nalotu milicji. Opowiedziałam mu więc pokrótce o tamtych wydarzeniach. Nagle stracił nad sobą kontrolę i nie zważając na nic, wykrzyczał wierszem, że plemię agresorów zamieniło to miasto w miasto dzikich psów, w którym lwów można szukać jedynie na pastwiskach.

Przerażona podbiegłam do drzwi i zamknęłam je.

– Na litość boską, ludzie pana usłyszą – powiedziałam błagalnym tonem. – Agent SAVAK pracuje na tym piętrze.

Wówczas wydawało się nam, że połowa naszych kolegów z pracy współpracuje z SAVAK-iem, więc traktowaliśmy ich z wielką ostrożnością i lękiem.

Od tamtej pory pan Szirzadi zaczął recytować mi swoje wiersze. Już jeden mógł doprowadzić do egzekucji osoby, która go napisała lub wyrecytowała. Ich treść niezwykle do mnie przemawiała i zapadała mi w pamięć. Szirzadi był jednym z ocalałych po politycznych zawirowaniach w latach pięćdziesiątych dwudziestego wieku. W rezultacie jego młody i wrażliwy charakter został spaczony, a życie nabrało gorzkiego smaku. Obserwowałam go i zastanawiałam się, czy ciężkie przeżycia z dzieciństwa i wieku młodzieńczego zawsze mają tak znaczący wpływ na ludzi. Odpowiedź znalazłam w jednym z jego wierszy opisującym nieudany zamach stanu z 1953 roku. Napisał w nim, że od tamtej pory jego oczy patrzyły na niebo jak na morze krwi, a w blasku słońca i księżyca widział błysk sztyletu.

Im lepiej poznawałam pana Szirzadiego, tym bardziej martwiłam się o Siamaka. Nadal pamiętałam gniew i nienawiść, które ujrzałam w jego oczach w noc nalotu. Czy wyrośnie na człowieka podobnego do mojego przyjaciela? Czy także odczuwać będzie odrazę i samotność zamiast nadziei, radości i piękna życia? Czy społeczne i polityczne problemy zawsze odciskają trwałe piętno na wrażliwych duszach? Mój biedny syn! Musiałam znaleźć jakieś rozwiązanie.

Lato dobiegało końca. Minął niemal rok od aresztowania Hamida. Biorąc pod uwagę wyrok sądu, mieliśmy przeżyć bez niego jeszcze czternaście lat. Musieliśmy się więc przyzwyczaić do tej sytuacji. Oczekiwanie stało się głównym celem naszego życia.

Zbliżał się termin zapisów na zajęcia na uniwersytecie. Musiałam podjąć decyzję: albo rezygnuję na zawsze z kontynuowania nauki i zabiorę swoje dawne marzenie do grobu, albo zapiszę się na zajęcia świadoma trudów, jakie przyjdzie znosić mnie i moim dzieciom. Wiedziałam, że z każdym kolejnym semestrem kursy stają się coraz trudniejsze. Wiedziałam też, iż z uwagi na mój ograniczony czas nie będę w stanie studiować bez uszczerbku dla mojej pracy. Nawet jeśli przełożeni nie będą się skarżyć, uznałam, iż nie mogę wykorzystywać okazywanych mi przez nich uprzejmości i zrozumienia. Z drugiej strony podejmując tę pracę, zrozumiałam znaczenie wyższego wykształcenia. Za każdym razem, gdy inni mną dyrygowali i zrzucali na mnie winę za swoje niedociągnięcia, i to tylko dlatego, że byli lepiej wykształceni ode mnie, czułam żal, a w moim sercu ponownie pojawiało się pragnienie ukończenia studiów. Poza tym przez najbliższych kilkanaście lat byłam zmuszona samodzielnie utrzymywać swoją rodzinę. Zastanawiałam się więc, w jaki sposób mogłam zdobyć wyższą pensję, która w przyszłości pomogłaby mi sprostać potrzebom moich dzieci. Skończenie studiów wyższych poprawiłoby znacząco moją sytuację.

Zgodnie z przewidywaniami moi bliscy uznali, że powinnam zrezygnować z dalszej nauki. Zdziwiło mnie jednak, że ojciec Hamida podzielał to zdanie.

– Dźwigasz na swych barkach zbyt wiele obowiązków – powiedział ze współczuciem. – Czy nie uważasz, że łączenie pracy z nauką to zbyt wiele?

Matka Hamida przerwała mu, jak zwykle z niepokojem w głosie:

– Od rana do późnego popołudnia jesteś w pracy, a potem będziesz musiała iść na zajęcia. Co zrobisz z chłopcami? Czy zastanawiałaś się, co się stanie z tymi biednymi dziećmi, kiedy zostaną same?

Do rozmowy wtrąciła się Manija, której przez wiele lat nie udało się zdać egzaminów wstępnych na studia i która w końcu zrezygnowała z nauki i wyszła za mąż. Teraz znajdowała się w zaawansowanej ciąży i ze zwykłym dla siebie samozadowoleniem zwróciła się do rodziców:

– Nie rozumiecie? Chodzi o współzawodnictwo! Pewnie chce dorównać Mansurze, która też studiowała.

Próbowałam się uspokoić, ale od jakiegoś czasu trudno mi było opanować nerwy. Już nie byłam nieporadną i nieobytą dziewczyną z prowincji, która bez słowa sprzeciwu przyjmowała kąśliwe uwagi pod swoim adresem i potulnie rezygnowała z własnych potrzeb i pragnień. Złość, która we mnie kipiała, pozwoliła mi się pozbyć wszelkich wątpliwości i obaw.

– Teraz muszę zastąpić moim dzieciom ojca i jakoś je utrzymać – wyjaśniłam. – Muszę znaleźć sposób na zdobycie wyższego wynagrodzenia. Moja obecna pensja nie starczy na pokrycie w przyszłości kosztów związanych z ich wychowaniem. Już teraz rosną one z dnia na dzień. Nie musicie się martwić. Wasi wnukowie nie będą cierpieć z powodu braku miłości i opieki. Pomyślałam już o wszystkim. Tak naprawdę nic jeszcze nie postanowiłam. Tego samego wieczora usiadłam razem z chłopcami i wyjaśniłam im, jak wygląda sytuacja. Słuchali mnie uważnie, gdy wymieniałam wszystkie zalety i wady powrotu na studia. Kiedy przyznałam, że moim największym zmartwieniem jest fakt, iż będę jeszcze później wracać do domu, Siamak udał, że mnie nie słucha, i zaczął się bawić samochodem, który wydawał okropne dźwięki. Zrozumiałam, że nie chce spędzać w samotności jeszcze więcej czasu. Na chwilę zamilkłam i spojrzałam na Masuda. Obserwował mnie swoimi niewinnymi oczami. Następnie wstał, zbliżył się, pogłaskał mnie po włosach i powiedział:

– Mamusiu, czy naprawdę chcesz wrócić na studia?

– Posłuchaj, kochanie, jeśli będę kontynuować naukę, wszyscy na tym zyskamy. Będzie nam ciężko, ale po jakimś czasie sytuacja się poprawi. Będę mogła więcej zarabiać i nasze życie stanie się lepsze.

– Nie o to mi chodzi… Czy naprawdę chcesz wrócić na studia?

– Tak – odparłam. – Ciężko na to pracowałam.

– Więc zrób to. Jeśli chcesz, kontynuuj naukę. Będziemy wypełniać nasze obowiązki, a gdy zrobi się ciemno, pójdziemy na dół do Bibi. Może do tego czasu wróci tato i nie będziemy musieli być sami.

Siamak rzucił zabawkowy samochód na drugi koniec pokoju i powiedział:

– Jaki głupek! Przecież tato nie przebywa w miejscu, z którego może wyjść, kiedy ma na to ochotę. Jest w więzieniu!

– Posłuchaj, kochanie – powiedziałam spokojnie. – Musimy mieć nadzieję i patrzeć optymistycznie w przyszłość. Powinniśmy być wdzięczni choćby za to, że tatuś żyje. W końcu wróci do domu.

– Co ty wygadujesz? – warknął Siamak. – Chcesz oszukać dzieciaka? Dziadek mówił, że tata musi zostać w więzieniu na następnych piętnaście lat.

– Ale wiele może się zdarzyć przez te piętnaście lat. W rzeczy samej, z każdym rokiem wyrok zostaje skrócony za dobre zachowanie.

– Tak, ale i tak pozostanie dziesięć lat. I co z tego? Gdy wyjdzie, będę dwudziestoletnim mężczyzną. Po co mi wtedy ojciec? Potrzebuję taty teraz, właśnie teraz!

Ponownie ogarnęły mnie wątpliwości. W biurze moi znajomi stwierdzili, że nie mogę stracić okazji na ukończenie studiów i zdobycie tytułu naukowego. Pan Zargar zachęcał mnie do tego, obiecując, że załatwi z szefostwem, abym mogła uczęszczać na zajęcia w godzinach pracy, pod warunkiem, że będę wywiązywać się z obowiązków w czasie wolnym.

Zbiegiem okoliczności w tym samym czasie władze więzienia w końcu rozpatrzyły pozytywnie moje wielokrotne prośby o widzenie z Hamidem. W moim sercu zagościło szczęście, ale i zdenerwowanie. Zadzwoniłam do ojca Hamida, aby go o tym poinformować. W krótkim czasie zjawił się u mnie w domu.

– Nie wspomnę o niczym żonie, a ty nie powinnaś mówić dzieciom – powiedział. – Nie wiemy, w jakim stanie znajduje się Hamid. Jeśli się okaże, że nadaje się do odwiedzin, weźmiemy ich ze sobą następnym razem.

Jego słowa wzbudziły we mnie jeszcze większy lęk. Przez całą noc śniło mi się, że Hamid wrócił do mnie połamany i zakrwawiony, by spędzić ostatnie chwile życia w moich ramionach. Następnego dnia zmęczeni i podenerwowani udaliśmy się wcześnie rano do więzienia. Nie wiem, czy okna w pokoju odwiedzin były tak brudne, czy może patrzyłam na wszystko oczami mokrymi od łez. W końcu przyprowadzili Hamida. Wbrew naszym oczekiwaniom był czysty i schludnie ubrany, włosy miał uczesane, a twarz ogoloną. Był jednak niewiarygodnie chudy i wyniszczony. Nawet jego głos brzmiał inaczej. Przez kilka minut żadne z nas nie mogło wydusić z siebie słowa. Jego ojciec doszedł do siebie jako pierwszy i zapytał o warunki panujące w więzieniu.

Hamid posłał mu srogie spojrzenie sugerujące, że zadał niewłaściwe pytanie.

– No cóż, to więzienie – odparł po chwili. – Przeżyłem tu trudne chwile. Opowiedzcie lepiej, co u was. Jak się mają dzieci? Jak mama? Najwidoczniej nie otrzymał większości moich listów. Powiedziałam mu, że chłopcy mają się dobrze i szybko rosną, że obaj należą do grupy najlepszych uczniów; Siamak poszedł teraz do klasy piątej, a Masud do pierwszej. Zapytał o moją pracę. Odpowiedziałam, że z uwagi na niego wszyscy dobrze mnie traktowali i się mną opiekowali. Nagle dostrzegłam błysk w jego oczach i zrozumiałam, że nie powinnam poruszać takich tematów. W końcu zapytał o studia, a ja opowiedziałam mu o swoich wątpliwościach. Roześmiał się wówczas i powiedział:

– Pamiętasz, jak bardzo marzyłaś o zdobyciu świadectwa ukończenia szkoły średniej? Tobie nie wystarczy nawet tytuł wyższej uczelni. Jesteś utalentowana i pracowita. Musisz się rozwijać. Jesteś w stanie zdobyć nawet tytuł doktora.

Nie miałam czasu, aby mu wytłumaczyć, z jakim ogromnym wysiłkiem będzie się wiązał mój powrót na studia i jak wiele czasu mi to zajmie. Przyznałam jedynie:

– Ciężko będzie mi pogodzić studia, pracę i opiekę nad dziećmi.

– Dasz sobie radę – odparł. – Nie jesteś już tą niezdarną dziewczyną, którą byłaś dziesięć lub jedenaście lat temu. Jesteś zdolną kobietą, która może dokonać niemożliwego. Jestem z ciebie taki dumny.

– Naprawdę? – zapytałam ze łzami w oczach. – Nie wstydzisz się już takiej żony?

– A czy kiedykolwiek się ciebie wstydziłem? Byłaś wspaniałą żoną. Z każdym dniem stawałaś się coraz lepsza. Teraz jesteś kobietą, której pragną mężczyźni. Żałuję tylko, że razem z dziećmi pozbawiliśmy cię twoich marzeń.

– Nie mów tak! Kocham was nad życie.

Tak bardzo chciałam go objąć, oprzeć głowę na jego ramieniu i się rozpłakać. Czułam teraz przypływ energii. Czułam, że jestem w stanie dokonać wszystkiego.

***

Zapisałam się na kilka kursów, które odbywały się w odpowiednich dla mnie godzinach. Rozmawiałam z panią Parvin oraz Faati, które zgodziły się pomóc mi w opiece nad chłopcami. Mąż pani Parvin chorował, ale obiecała, że zajmie się moimi synami przez jedno bądź dwa popołudnia w tygodniu. W pozostałe trzy wieczory chłopców pilnowali Sadegh Chan i Faati. Faati była w zaawansowanej ciąży i z trudem się poruszała. Przekazałam więc nasz samochód Sadeghowi, aby mógł przywozić Faati do nas lub zabierać chłopców ze sobą. Czasami brał wszystkich do kina lub na wycieczki. Tymczasem ja wykorzystywałam każdą chwilę na naukę; uczyłam się w czasie wolnym w pracy, wczesnym rankiem oraz w nocy przed pójściem spać. Często zasypiałam nad książkami. Chroniczne bóle głowy, na które cierpiałam od dzieciństwa, dokuczały mi coraz częściej, ale nie zwracałam na to uwagi. Brałam środki przeciwbólowe i szłam do pracy.

Pełniłam teraz obowiązki matki, gospodyni, pracownika biura, studentki i żony więźnia. Ostatni z powyższych obowiązków traktowałam niezwykle poważnie. Jedzenie oraz pozostałe niezbędne rzeczy, które przekazywałam Hamidowi, były przygotowywane przez członków rodziny z ogromnym nabożeństwem; przypominało to niemal religijny rytuał.

Z czasem nauczyłam się, jak sobie radzić z nawałem pracy i przyzwyczaiłam się do tego. Zrozumiałam wtedy, że możemy osiągnąć dużo więcej niż nam się wydaje. Stopniowo przyzwyczajamy się do nowego trybu życia, a nasze ciało dostosowuje się do czekających nas zadań. Czułam się jak biegacz na bieżni życia. Słowa Hamida – „jestem z ciebie dumny" – rozbrzmiewały mi w głowie niczym aplauz widzów zgromadzonych na ogromnym stadionie, dodając mi siły i zręczności.

Pewnego razu przeglądałam gazety z poprzednich dni, gdy nagle mój wzrok przykuły nekrologi. Zwykle ich nie czytam, ale tamtego dnia zwróciłam uwagę na pewne nazwisko. Nekrolog zawierał bowiem informację o pogrzebie pana Ebrahima Ahmadiego, ojca Parwany. Poczułam ukłucie w sercu. Przypomniałam sobie, jaki był dobry i jaką miał miłą twarz. Łzy napłynęły mi do oczu, a w moich myślach pojawiło się wspomnienie Parwany. Pomimo mijającego czasu nadal darzyłam ją miłością i pragnęłam się z nią zobaczyć. Po rozmowie telefonicznej, którą odbyłam z jej matką kilka lat wcześniej, nikt z rodziny Parwany nie skontaktował się ze mną, a ja byłam tak przytłoczona własnym życiem, że porzuciłam próby nawiązania ponownego kontaktu.

Musiałam pójść na pogrzeb. Była to pewnie jedyna okazja na odnalezienie Parwany. Bez względu na to, gdzie mieszkała, na pewno przyjedzie pożegnać ojca.

Wchodząc do meczetu, czułam zdenerwowanie i miałam spocone dłonie. Przyjrzałam się osobom siedzącym na miejscu dla rodziny zmarłego, ale jej nie dostrzegłam. Czy to możliwe, że nie przyjechała? W tym samym momencie dość puszysta kobieta, której blond włosy uciekły spod czarnej koronkowej chusty, uniosła wzrok i wówczas nasze oczy się spotkały. To była Parwana. Jak to możliwe, że w ciągu dwunastu czy trzynastu lat tak bardzo się zmieniła? Rzuciła mi się w ramiona i niemal przez całą ceremonię płakałyśmy razem w milczeniu. Ona opłakiwała odejście ojca, a ja wylewałam z siebie całe cierpienie, którego doświadczyłam przez te wszystkie lata. Po uroczystości pogrzebowej zaprosiła mnie do domu. Gdy większość gości wyszła, usiadłyśmy naprzeciwko siebie. Nie wiedziałyśmy, od czego zacząć rozmowę. Kiedy przyjrzałam jej się dokładniej, dostrzegłam tę samą Parwanę sprzed lat, tyle że nieco bardziej puszystą i z rozjaśnionymi włosami. Podkrążone i opuchnięte oczy były pozostałością po kilkudniowej żałobie.

– Masumo – zapytała w końcu – jesteś szczęśliwa?

Byłam zdumiona. Nie wiedziałam, co odpowiedzieć. Zawsze zaskakiwało mnie to pytanie. Gdy moje milczenie się przedłużało, pokręciła głową i powiedziała:

– Moja droga, twoje kłopoty zdają się nie mieć końca.

– Nie kieruje mną niewdzięczność – odparłam. – Po prostu nie wiem, co to jest szczęście! Ale doświadczyłam w życiu wielu błogosławieństw. Mam dzieci – dwóch zdrowych synów. A mój mąż jest dobrym człowiekiem, choć na razie go z nami nie ma. Pracuję, uczę się… Pamiętasz moje największe marzenie?

– Nie zamierzasz się poddać – skomentowała, śmiejąc się. – Świadectwo szkoły średniej wcale nie posiada aż tak wielkiej wartości. Mnie się do niczego nie przydało.

– Szkołę średnią ukończyłam już dawno temu. Teraz studiuję literaturę perską na Uniwersytecie w Teheranie.

– Mówisz poważnie? To cudownie! Naprawdę jesteś wytrwała. Zawsze odznaczałaś się inteligencją, ale nie podejrzewałam, że będąc żoną i matką, zajmiesz się studiami. To dobrze, że twój mąż nie ma nic przeciwko temu.

– Nie, on zawsze zachęcał mnie do nauki.

– To cudownie! Musi być naprawdę mądrym człowiekiem. Chciałabym go poznać.

– Tak, jeśli Bóg pozwoli, poznacie się za dziesięć lub piętnaście lat.

– Co masz na myśli? Dlaczego? Gdzie on jest?

– W więzieniu.

– Boże Wszechmogący! Co zrobił?

– Jest więźniem politycznym.

– Mówisz poważnie? W Niemczech często słyszałam rozmowy Irańczyków, członków Konfederacji albo innych przeciwników rządu, o więźniach politycznych. A więc twój mąż jest jednym z nich! Ludzie mówią, że są poddawani torturom. Czy to prawda?

– Nic takiego mi nie powiedział, ale często prałam jego zakrwawione ubrania. Ostatnio cofnięto nam zgodę na odwiedziny w więzieniu, więc teraz nie wiem, w jakim stanie się znajduje.

– A kto cię utrzymuje?

– Mówiłam ci, że pracuję.

– To znaczy, że sama się utrzymujesz?

– Utrzymanie rodziny nie jest wcale takie trudne, to samotność jest nie do zniesienia. Och, Parwano, nawet nie wiesz, jak bardzo czuję się samotna. Choć nieustannie jestem zajęta i nie mam chwili na odpoczynek, cały czas doskwiera mi samotność. Tak bardzo się cieszę, że cię odnalazłam. Naprawdę cię potrzebowałam... Ale teraz twoja kolej. Jesteś szczęśliwa? Ile masz dzieci?

– Lubię swoje życie – odparła. – Mam dwie córeczki. Lili ma osiem lat, a Lala cztery. Mam dość dobrego męża. Jest typowym mężczyzną. Poza tym przyzwyczaiłam się do życia na obczyźnie. Ale po śmierci ojca nie mogę zostawić mamy samej. Zwłaszcza że moja siostra, Farzana, ma dwójkę małych dzieci i zajęta jest własnym życiem. A na braci nie można liczyć. Chyba będziemy musieli tu wrócić. Tym bardziej że mój mąż, Chosrow, od jakiegoś czasu się nad tym zastanawia. Jeden dzień nie wystarczył nam na nadrobienie zaległości. Potrzebowałyśmy wielu dni i nocy. Postanowiłyśmy, że w piątek przyjdę do niej z chłopcami i w ten sposób będziemy mogły spędzić razem cały dzień. Było cudownie. W życiu tak dużo nie mówiłam. Na szczęście czas i odległość nie zniszczyły naszej przyjaźni. Nadal mogłyśmy rozmawiać ze sobą swobodnie i szczerze. Otwieranie się przed innymi zawsze sprawiało mi trudność, a konieczność zachowania działalności Hamida w tajemnicy sprawiła, że jeszcze bardziej obawiałam się ludzi. Teraz jednak mogłam wyjawić Parwanie moje najgłębiej skrywane sekrety. Odnalazłam przyjaciółkę i nie zamierzałam znowu jej stracić.

Na szczęście przeprowadzka Parwany do Iranu szybko doszła do skutku i po krótkim pobycie w Niemczech jej rodzina zamieszkała w Teheranie. Mąż Parwany rozpoczął pracę, a moja przyjaciółka znalazła dorywcze zajęcie w Stowarzyszeniu Irańsko-Niemieckim. Teraz miałam kolejną osobę, na której mogłam polegać. Parwana opowiedziała moją historię mężowi. Bardzo się nią przejął i z jakiegoś powodu poczuł się odpowiedzialny za mnie i moich synów. Nasze dzieci bardzo się polubiły i stały się dobrymi towarzyszami zabaw. Parwana nieustannie organizowała dla nich zajęcia; brała ich do kina, na basen albo do parku. Obecność rodziny mojej przyjaciółki nadała naszemu życiu innego znaczenia. Zaczęłam dostrzegać radość i podekscytowanie w oczach moich synów, dotąd przygnębionych, zwłaszcza że od czasu porodu Faati nie mogła spędzać z nimi tyle czasu co wcześniej, przez co zaczynali się czuć jeszcze bardziej samotni i smutni.

Minął kolejny rok. Znowu uzyskaliśmy pozwolenie na odwiedziny u Hamida, więc raz w miesiącu zabierałam chłopców na spotkanie z ojcem. Jednak po każdej takiej wizycie byli rozbici i przez tydzień wracali do siebie. Masud stawał się bardziej milczący i przygnębiony, a Siamak agresywny i rozdrażniony. Przy każdej wizycie Hamid wyglądał zaś coraz starzej. Nadal uczęszczałam na zajęcia i w każdym semestrze zdobywałam nowe zaliczenia. Zostałam też oficjalnym pracownikiem agencji i choć nadal nie posiadałam tytułu licencjata, wykonywałam bardziej specjalistyczne i złożone zadania. Pan Zargar wciąż czuwał nade mną i powierzał mi różne zadania, mając do mnie pełne zaufanie. W dalszym ciągu przyjaźniłam się z panem Szirzadim. Potrafił być nieprzyjemny i złośliwy, a czasami nawet wszczynał kłótnie i awantury, po których czuł się jeszcze gorzej. Próbowałam złagodzić nieco jego pesymistyczne podejście do świata, zapewniając go, że nikt nie chce być jego wrogiem i nie ma wobec niego ukrytych złych zamiarów. Zawsze jednak odpowiadał w następujący sposób:

– Lęku, wygnaj zaufanie z mojego umysłu, jedyną moją ukochaną jest podejrzliwość.

Pan Szirzadi nie czuł się swobodnie w żadnym stowarzyszeniu, nie chciał dołączyć do żadnej grupy zainteresowań, na każdym kroku dostrzegał ślady zdrajców i politykierów i uważał, że wszyscy wokół byli najemnikami oraz płatnymi marionetkami reżimu. Jego koledzy z pracy chętnie mu towarzyszyli, ale on zawsze trzymał się na uboczu.

Pewnego razu zapytałam go:

– Czy nie męczy pana ta samotność?

W odpowiedzi wyrecytował mi jeden ze swoich wierszy. Napisał w nim, że smutek jest jego przyjacielem, a samotność oblubienicą; jego rozpacz jest wieczna niczym słońce i bezkresna jak ocean.

Pewnego dnia pan Zargar powiedział żartem:

– Przestań! Dlaczego wszystko bierzesz tak poważnie? Świat nie jest taki zły, jak ci się wydaje. Takie problemy istnieją w każdym społeczeństwie. My także nie jesteśmy z tego zadowoleni, ale nie zamartwiamy się bez przerwy i nie wyolbrzymiamy wszystkiego.

Wówczas pan Szirzadi odpowiedział jak zwykle wierszem o braku zrozumienia.

Pewnego dnia wszczął zajadłą kłótnię z dyrektorem generalnym agencji, wybiegł z jego biura i trzasnął za sobą drzwiami. Wszyscy próbowaliśmy załagodzić sytuację.

– Odpuść trochę – powiedział ktoś. – W końcu to jest agencja rządowa, a nie dom twojej ciotki. Musimy się pogodzić z panującymi tu zwyczajami.

Pan Szirzadi wykrzyczał wówczas wierszem, że nigdy nie będzie pochylał przed nikim głowy.

– Panie Szirzadi, proszę się uspokoić – zainterweniowałam. – Nie może pan tak po prostu odejść z firmy. Musi się pan z czegoś utrzymywać.

– Nie potrafię tak dalej żyć – odparł.

– Więc co zamierza pan zrobić? – zapytałam.

– Odejdę. Muszę opuścić to miejsce…

Opuścił nie tylko agencję, ale także kraj. W dniu, w którym przyszedł odebrać ostatnie rzeczy osobiste, pożegnał się ze mną i powiedział:

– Pozdrów ode mnie swojego bohaterskiego męża.

Poprosił mnie też o wyrecytowanie Hamidowi wiersza o tym, że na szubienicę trafiają ci, którzy mówią prawdę.

Po odejściu pana Szirzadiego w agencji zapanował spokój. Nawet pan Zargar, który na pierwszy rzut oka żył z nim w przyjaźni, pod koniec nie mógł go już znieść. Mimo wszystko wspomnienie o nim, o jego głębokim smutku i cierpieniu, którego doświadczał, pozostało ze mną do końca życia. Dzięki niemu robiłam, co mogłam, aby moje dzieci nie wyrosły na tak zgorzkniałych i przygnębionych ludzi.

W domu starałam się stworzyć taką atmosferę, aby chłopcy nie zapomnieli, co to śmiech. Ogłosiłam na przykład konkurs na najlepszy żart. Każdy, kto opowiedział nieznany dotąd dowcip, otrzymywał nagrodę. Oprócz tego bawiliśmy się w odgrywanie ról i naśladowanie siebie. Chciałam, aby dzięki temu nauczyli się śmiać z samych siebie, ze swoich problemów i wad. Próbowaliśmy mówić różnymi akcentami. Zachęcałam ich do śpiewania, do głośnego słuchania radia i magnetofonu oraz do tańczenia w takt rytmicznej muzyki. Wieczorem, pomimo iż ze zmęczenia ledwo mogłam się ruszać, w coś z nimi grałam, łaskotałam ich, aż omdlewali ze śmiechu, i urządzałam bitwy na poduszki do momentu, gdy w końcu godzili się iść spać.

To było wyczerpujące, ale musiałam to robić. Musiałam tchnąć życie w ten ponury dom, musiałam wynagrodzić chłopcom moją wielogodzinną nieobecność, wnieść w ich życie radość, tak aby nigdy nie patrzyli na świat oczami pana Szirzadiego.

Wkrótce po ślubie Faati urodziła piękną dziewczynkę z błękitnymi jak niebo oczami. Nazwała ją Firuza, co oznaczało „turkus". Chłopcy ją uwielbiali, zwłaszcza Masud, który zawsze chętnie się z nią bawił.

Mąż pani Parvin zmarł, a ona odzyskała spokój i wolność. Zwłaszcza że przed śmiercią męża nakłoniła go do przepisania domu na siebie. Mimo to nigdy nie mówiła o nim dobrze i nigdy nie wybaczyła mu tego, jak ją traktował. Po śmierci męża większość czasu zaczęła spędzać z nami. Opiekowała się dziećmi, gdy musiałam zostać w pracy po godzinach, i wykonywała większość prac domowych, tak abym miała więcej czasu na odpoczynek i zabawę z chłopcami. W jakiś sposób czuła się odpowiedzialna za mój los i moją samotność, próbowała więc mi to wynagrodzić.

Za radą Mahmuda Ali poprosił o rękę córkę szanowanego kupca pracującego na targowisku. Ogłoszono oficjalne zaręczyny i rozpoczęły się przygotowania do ogromnego wesela. Miało się ono odbyć tej jesieni na sali, na której mężczyźni i kobiety obsługiwani byli osobno. Narzeczona Alego zyskała sympatię Mahmuda, więc obiecał współpracę i pomoc. Zgodził się też na idiotyczne warunki stawiane przez rodzinę panny młodej; przypominały raczej starożytne praktyki kupieckie niż ustalenia dotyczące małżeństwa.

Gdy ojciec zaczął narzekać, że nie możemy wydać tylu pieniędzy na jakieś bzdury, Mahmud odpowiedział spokojnie:

– Ta inwestycja szybko się zwróci. Poczekaj, a zobaczysz, jaki wniesie posag i jakie interesy będziemy mogli robić z jej ojcem.

Ahmad całkowicie opuścił rodzinę. Nikt nie chciał o nim rozmawiać, starano się nawet unikać wypowiadania jego imienia. Już jakiś czas wcześniej ojciec wyrzucił go z domu.

– Dzięki Bogu, on nie wie, gdzie mieszkasz – powiedział ojciec. – W przeciwnym wypadku nie dałby ci spokoju i przychodził prosić o pieniądze. Ahmad stoczył się tak szybko, że wszyscy postawili na nim krzyżyk. Tylko pani Parvin nadal się z nim widywała i w tajemnicy mi o nim opowiadała.

– Nigdy nie widziałam osoby, która z taką determinacją próbowałaby siebie zniszczyć – powiedziała. – Jaka szkoda. Był takim przystojnym mężczyzną. Gdybyś teraz go zobaczyła, pewnie byś go nie poznała. Pewnego dnia znajdą jego ciało w rynsztoku w południowej części miasta. Chłopak żyje jedynie dzięki twojej matce. Nie mów tylko o tym nikomu. Gdyby ojciec się dowiedział, miałby do niej pretensje. Ale ta biedna kobieta jest matką, a on jest jej ukochanym synem. Rankiem, po wyjściu ojca do pracy, przychodzi Ahmad, a twoja matka go karmi, przygotowuje dla niego kebab, pierze mu ubrania, a czasami nawet daje mu trochę pieniędzy. Nadal jednak nie wierzy, że Ahmad jest uzależniony od heroiny, i gdyby usłyszała to od kogoś, rozszarpałaby go na kawałki. Ta biedna kobieta ma jeszcze nadzieję, że Ahmad z tego wyjdzie.

Przewidywania pani Parvin wkrótce się sprawdziły. Jednak oprócz siebie Ahmad pociągnął na dno także ojca. Na ostatniej prostej swojego upadku mój brat zrobiłby wszystko dla pieniędzy. Gdy znalazł się nagle w potrzebie i w oczy zajrzała mu bieda, poszedł do domu ojca, aby zabrać dywan, który mógłby później sprzedać. W chwili, kiedy go zawijał, przyjechał ojciec i doszło do awantury. Słabe serce ojca nie było w stanie tego znieść. Zabrano go do szpitala, gdzie spędził kilka dni na oddziale intensywnej terapii. Jego stan wkrótce się poprawił i przeniesiono go na zwykły oddział.

Codziennie odwiedzałam go wraz z dziećmi. Siamak bardzo urósł w tamtym czasie i wyglądał przez to na starszego, więc bez problemu otrzymał przepustkę, ale Masud pomimo przeróżnych sztuczek i próśb odwiedził dziadka jedynie raz. Podczas naszych wizyt Siamak trzymał tylko dziadka za rękę i siedział obok niego w milczeniu.

Mieliśmy nadzieję, że ojciec wróci do zdrowia, ale niestety doszło do kolejnego rozległego ataku serca. Przeniesiono go więc ponownie na oddział intensywnej terapii, gdzie po dwudziestu czterech godzinach oddał się w ręce stworzyciela. Wraz z nim straciłam jedynego zwolennika w rodzinie i osobę, u której mogłam szukać schronienia. Gdy Hamid trafił do więzienia, czułam się niesłychanie samotna. Po śmierci ojca zdałam sobie sprawę, że jego obecność, nawet jeśli niebezpośrednia, dawała mi poczucie bezpieczeństwa, a w najcięższych chwilach rozświetlała moje serce. Po odejściu ojca więzy, które łączyły mnie z domem, osłabły. Przez tydzień nie potrafiłam pohamować płaczu. Później jednak instynktownie skupiłam się na bliskich. Mój płacz w porównaniu z głębokim smutkiem i milczeniem Siamaka był bez znaczenia. Mój starszy syn nie uronił ani jednej łzy; przypominał balon, który w każdej chwili może eksplodować, ponieważ nie ma w nim miejsca na choćby odrobinę więcej powietrza. Jednak matka znalazła powód do narzekań:

– Co za wstyd! Mostafa Chan okazał temu chłopcu tyle miłości, a on nie uronił ani jednej łzy, gdy składano jego dziadka do grobu. Ten chłopiec w ogóle się tym nie przejął.

Wiedziałam, że stan emocjonalny Siamaka jest znacznie gorszy niż się mogło wydawać. Pewnego dnia zostawiłam Masuda pod opieką Parwany i zabrałam Siamaka na grób mojego ojca. Uklęknęłam obok grobowca. Siamak wisiał nade mną jak ciemna i ponura chmura. Starał się odwrócić wzrok i oderwać się od czasu i miejsca, w którym się znajdował. Zaczęłam opowiadać o ojcu, o moich wspomnieniach, o jego dobroci i pustce, jaką jego śmierć pozostawiła w naszym życiu. Powoli skłoniłam Siamaka do tego, aby usiadł obok mnie. Mówiłam dalej, aż nagle chłopiec zaczął płakać i wylał wszystkie łzy, które dotąd powstrzymywał. Płakał aż do zachodu słońca. Gdy Masud wrócił do domu i zobaczył Siamaka we łzach, także się rozpłakał. Pozwoliłam im na to. Musieli pozbyć się bólu, który nagromadził się w ich małych serduszkach. Potem posadziłam ich obok siebie i zapytałam:

– Jak chcielibyście uczcić pamięć dziadka? Czego spodziewałby się po nas? Jak powinniśmy żyć, aby był z nas zadowolony?

Wtedy zrozumiałam, że muszę starać się prowadzić normalne życie, jednocześnie pielęgnując w sobie wspomnienie ojca.

***

Trzy miesiące po śmierci ojca Ahmad także zakończył życie i zgodnie z przewidywaniami pani Parvin doszło do tego w żałosnych okolicznościach. Sprzątacz znalazł go martwego na drodze w południowej części miasta. Ali pojechał zidentyfikować ciało brata. Nie zorganizowano pogrzebu. Jedynie matka z plecami przygarbionymi od żalu płakała po Ahmadzie. Choć starałam się z całych sił przywołać miłe wspomnienia o moim bracie, nie udało mi się. Miałam wyrzuty sumienia, że nie odczuwam smutku z powodu jego śmierci. Nie opłakiwałam go, ale przez długi czas, gdy tylko o nim pomyślałam, nieokreślone poczucie żalu pojawiało się w moim sercu.

Biorąc pod uwagę okoliczności, ceremonia ślubna Alego nie mogła dojść do skutku. Zamiast niej mój brat po cichu przeprowadził się z żoną do domu rodzinnego, który kilka lat wcześniej ojciec przepisał na matkę. Matka popadła w przygnębienie. Zrezygnowała z aktywnego życia i przekazała obowiązki związane z prowadzeniem domu nowej gospodyni. W ten sposób drzwi domu, który w ciężkich chwilach był moim schronieniem, zostały dla mnie na zawsze zamknięte.

Rozdział czwarty

Była połowa 1977 roku. Wyczuwałam narastające polityczne napięcie w kraju. Sposób mówienia i zachowania ludzi zmienił się w widoczny sposób. W biurach, na ulicach, a zwłaszcza na uniwersytecie ludzie rozmawiali odważniej. Warunki w więzieniu się poprawiły, a Hamid wraz z pozostałymi więźniami mógł korzystać z większej liczby udogodnień. Zniesiono też niektóre ograniczenia dotyczące przekazywania więźniom ubrań i jedzenia. Jednak w swym złamanym sercu nie odnalazłam ani krzty nadziei. Nie spodziewałam się też, że wydarzenia, które miały nastąpić, będą tak doniosłe.

Na kilka dni przed Nowym Rokiem powietrze pachniało już wiosną. Wróciłam do domu zatopiona w myślach, gdy nagle ujrzałam coś dziwnego: na środku holu leżało kilka worków ryżu, duże puszki smalcu, torby z herbatą i roślinami strączkowymi oraz kilka innych produktów żywnościowych. Byłam zdumiona. Ojciec Hamida od czasu do czasu kupował nam ryż, ale skąd pochodziły pozostałe produkty? Od czasu zamknięcia drukarni moi teściowie także przeżywali problemy finansowe.

Gdy Siamak ujrzał zaskoczenie na mojej twarzy, roześmiał się i powiedział:

– Poczekaj, aż zobaczysz najlepsze.

Po czym wręczył mi kopertę. Była otwarta i dostrzegłam w niej plik banknotów o nominale stu tumanów.

– Co to jest? – zapytałam. – Skąd to masz?

– Zgadnij.

– Tak, mamo, to konkurs – dodał radośnie Masud. – Musisz zgadnąć.

– Czy to wasz dziadek zadał sobie tyle trudu?

– Nie! – odparł Siamak.

I obaj zaczęli się śmiać.

– Czy Parwana przyniosła to wszystko?

– Nie.

Znowu śmiech.

– Pani Parvin? Faati?

– No co ty! – odparł Siamak. – Nigdy nie zgadniesz. Mam ci powiedzieć?

– Tak! Kto to przysłał?

– Wuj Ali. Ale miałem ci przekazać, że wszystko pochodzi od wuja Mahmuda.

Byłam zdumiona.

– Dlaczego? Po co? – zapytałam. – Czy przyśniło mu się jakieś proroctwo?

Wzięłam telefon i wybrałam numer do domu matki. Nie wiedziała, o czym mówię.

– Chcę porozmawiać z Alim – powiedziałam. – Muszę się dowiedzieć, co się dzieje.

Gdy Ali podszedł do telefonu, zapytałam:

– O co chodzi, Ali Aga? Dokarmiasz ubogich?

– Proszę cię, siostro, to mój obowiązek.

– Jaki obowiązek? Nigdy cię o nic nie prosiłam.

– Ponieważ masz łaskawe i szlachetne serce. Ale ja muszę wypełnić moje zobowiązania.

– Dziękuję, drogi Ali – odparłam. – Moje dzieci niczego jednak nie potrzebują. Proszę, przyjedź zaraz i zabierz te rzeczy.

– I co mam z nimi zrobić? – zapytał Ali.

– Nie wiem. Zrobisz, co chcesz. Daj je potrzebującym.

– Siostro, ja nie mam z tym nic wspólnego. To twój brat Mahmud przysłał jedzenie. Porozmawiaj z nim. Nie zrobił tego tylko dla ciebie. Innych ludzi też obdarował. Ja tylko pełniłem rolę dostawcy.

– Co ty powiesz? A więc to jałmużna od dżentelmena? Ze wszystkich niewyobrażalnych… A może on oszalał?

– Co to za język, siostro? A my myśleliśmy, że spełniamy dobry uczynek!

– Już wystarczająco dużo dobra mi wyświadczyliście. Dziękuję bardzo. Przyjedź, proszę, jak najszybciej i zabierz to wszystko.
– Zrobię to, ale tylko jeśli mój brat, Mahmud, mnie o to poprosi. Musisz sama z nim porozmawiać.
– Oczywiście – odparłam. – Właśnie zamierzam to zrobić.
Zadzwoniłam do domu Mahmuda. Do tej pory na palcach jednej ręki mogłabym zliczyć przypadki, gdy telefonowałam do niego do domu. Odebrał Gholam-Ali i po miłym powitaniu oddał słuchawkę ojcu.
– Witaj, siostro! Co za niespodzianka. Co sprawiło, że w końcu o nas pomyślałaś?
– Właśnie o to samo chciałam zapytać ciebie – odparłam sarkastycznym tonem. – Co cię skłoniło do tak hojnego gestu? Przysłałeś nam jałmużnę?!
– Proszę cię, siostro. To nie jałmużna, te rzeczy ci się należą. Twój mąż przebywa w więzieniu, ponieważ walczył za wolność przeciwko tym bezbożnikom. My, którzy nie mamy sił, by stawić opór i przetrwać pobyt w więzieniu oraz tortury, jesteśmy zobowiązani przynajmniej zaopiekować się rodzinami tych dzielnych ludzi.
– Ale mój drogi bracie, Hamid przebywa w więzieniu od czterech lat. Dzięki Bogu, udało mi się przetrwać ten czas bez niczyjej pomocy i mam nadzieję, że nadal będę w stanie sama utrzymać rodzinę.
– Masz rację, siostro – odparł. – Wstyd mi, że przespaliśmy ten czas. Nie mieliśmy o niczym pojęcia, byliśmy nieświadomi. Musisz nam wybaczyć.
– Nie o to chodzi, bracie. Sama dam sobie radę w życiu. Nie chcę, aby moje dzieci wychowywały się dzięki jałmużnie. Proszę, przyślij kogoś, aby zabrał te rzeczy...
– Siostro, to mój obowiązek. Jesteś naszą ukochaną siostrą, a Hamid naszą dumą.
– Ależ, bracie, Hamid jest tym samym buntownikiem, który twoim zdaniem jeszcze niedawno zasługiwał na egzekucję.
– Powstrzymaj się od złośliwych uwag, siostro. Nadal żywisz do mnie urazę, prawda?... Przecież już przyznałem, że nie byłem tego świadomy. Uważam, że każdy mężczyzna, który walczy z sys-

temem opartym na tyranii, jest godny uznania, bez względu na to, czy jest muzułmaninem, czy niewiernym.

– Bardzo dziękuję, bracie – odparłam stanowczym tonem. – Nie potrzebuję jednak jedzenia. Proszę, przyślij kogoś, aby zabrał to wszystko.

– Oddaj jedzenie sąsiadom – warknął z oburzeniem. – Nie mam kogo tam posłać.

A potem się rozłączył.

W ciągu kolejnych kilku miesięcy zachodzące zmiany stały się jeszcze bardziej widoczne. Żaden z moich współpracowników nie powinien był wiedzieć, że mój mąż jest więźniem politycznym, mimo to niemal każdy miał tego świadomość. Wcześniej byłam traktowana z rezerwą, a koledzy starali się nie zaglądać zbyt często do mojego biura. Teraz jednak wszelkie środki ostrożności i ograniczenia zniknęły. Ludzie nie bali się ze mną rozmawiać, a grupa moich znajomych szybko rosła. Ponadto współpracownicy nie skarżyli się już na moją częstą nieobecność oraz czas, który spędzałam na nauce.

Wkrótce zaszła kolejna diametralna zmiana. Członkowie mojej rodziny, przyjaciele na studiach i koledzy z pracy zaczęli otwarcie dyskutować o moim życiu i sytuacji, w jakiej się znajdowałam. Dopytywali się o zdrowie Hamida, wyrażali współczucie i troskę, a nawet chwalili mojego męża. Podczas spotkań towarzyskich często proszono mnie, abym usiadła na środku sali, gdzie znajdowałam się w centrum uwagi. Choć nie czułam się swobodnie w takich sytuacjach, dla Siamaka był to powód do dumy. Szczęśliwy opowiadał otwarcie o swoim ojcu i odpowiadał na pytania dotyczące aresztowania Hamida oraz nocy, podczas której doszło do rewizji naszego mieszkania. Rzecz jasna, z uwagi na jego młody wiek i wybujałą fantazję, często ubarwiał swoje opowieści.

Niecałe dwa tygodnie po rozpoczęciu roku szkolnego wezwano mnie do szkoły Siamaka. Spodziewałam się, że ponownie wszczął bójkę i pobił kolegę z klasy. Jednak gdy weszłam do sekretariatu, zrozumiałam, że poproszono mnie tam z innego powodu. Powitała mnie grupa nauczycieli i pracowników administracyjnych, po czym zamknięto za mną drzwi, aby ani dyrektor, ani pozostali pracownicy nie dowiedzieli się o moim przyjściu. Najwidoczniej nie ufali im. Następnie zaczęli pytać o Hamida, o polityczną sytuację w kraju, zachodzące zmiany oraz o rewolucję. Byłam zdumiona. Zachowywali się, jakbym była źródłem wiedzy na temat sekretnych planów powstania. Odpowiadałam na ich pytania dotyczące Hamida oraz jego aresztowania, ale gdy rozmowa schodziła na inne tematy, mówiłam: – Nie wiem. Nic na ten temat nie wiem.

W końcu zorientowałam się, że Siamak opowiadał o swoim ojcu, o ruchu rewolucyjnym oraz naszym zaangażowaniu z taką przesadą, że zwolennicy zmian chcieli zweryfikować jego opowieści oraz nawiązać bezpośredni kontakt z głównymi działaczami organizacji opozycyjnej.

– Oczywiście jaki ojciec, taki syn – powiedział jeden z nauczycieli ze łzami w oczach. – Nie wyobraża sobie pani, jak pięknie i z jaką pasją Siamak o nim opowiada.

– Co dokładnie wam mówił? – zapytałam, ponieważ chciałam się dowiedzieć, co mój syn naopowiadał obcym ludziom o swoim ojcu.

– Jak osoba dorosła, niczym orator, stanął odważnie przed nami i powiedział: „Mój ojciec walczy o wolność ludzi uciśnionych. Wielu z jego przyjaciół umarło za sprawę, a on sam od wielu lat przebywa w więzieniu. Wytrzymał tortury i nie pisnął ani słowa".

W drodze powrotnej targały mną sprzeczne emocje. Byłam szczęśliwa, że Siamak podkreślał swój autorytet, skoncentrował na sobie uwagę i czuł dumę. Z drugiej jednak strony niepokoiła mnie jego skłonność do tworzenia bohaterów i ich wielbienia. Był trudnym dzieckiem, a teraz rozpoczął się dla niego niełatwy i delikatny okres dorastania. Martwiłam się, jak poradzi sobie z pochwałami i aprobatą po tak długim czasie znoszenia zniewag i upokorzeń. Czy jego jeszcze niedojrzały charakter będzie w stanie poradzić sobie z gwałtownymi wzlotami i upadkami? Zastanawiałam się również, dlaczego potrzebował tak dużo uwagi, aprobaty i miłości, pomimo iż robiłam, co mogłam, aby mu je okazywać.

Szacunek i podziw ze strony osób z naszego otoczenia z dnia na dzień stawały się coraz bardziej widoczne. Miałam jednak wrażenie, że zamieszanie wokół nas było przesadne i nieszczere. Zastanawiałam się nawet, czy nie wynika ono wyłącznie z ciekawości. Tak czy inaczej, z czasem sytuacja stawała się coraz trudniejsza i coraz bardziej męcząca. Zdarzało się, że czułam się jak hipokrytka, a do tego gnębiły mnie wyrzuty sumienia. Pytałam wówczas siebie: a może wykorzystuję sytuację, w której się znalazłam, i oszukuję ludzi? Nieustannie wyjaśniałam zainteresowanym, że nie wiem nic o przekonaniach mojego męża i jego ideałach i tłumaczyłam, że nigdy z nim nie współpracowałam. Ale nikt nie chciał znać prawdy. W pracy i na uniwersytecie podczas każdej dyskusji na tematy polityczne ludzie wskazywali na mnie, a w przypadku głosowania wybierali mnie na swoją przedstawicielkę. Za każdym razem, gdy wyjaśniałam, że nie wiem zbyt wiele i nie mam żadnych znajomości wśród opozycjonistów, interpretowali moje słowa jako przejaw wrodzonej skromności. Jedyną osobą, której stosunek do mnie się nie zmienił, był pan Zargar. Przypatrywał się jednak uważnie zmianom, jakie wokół mnie zachodziły.

W dniu, gdy pracownicy postanowili zawiązać Komitet Rewolucyjny i wyrazić swoje poparcie dla rosnących niepokojów wśród mas, jeden z pracowników, który jeszcze niedawno wymieniał ze mną jedynie zwroty grzecznościowe, wygłosił potoczystą przemowę wychwalającą mój rewolucyjny charakter, moją troskę o ludzi oraz zamiłowanie do wolności, a następnie zgłosił mnie jako kandydatkę na pierwszego członka. Wstałam i z pewnością siebie, której nabrałam w ciągu ostatnich lat dzięki codziennym trudom, podziękowałam mówcy, rewidując jednocześnie jego stwierdzenia na mój temat.

– Nigdy nie byłam zwolenniczką rewolucji – przyznałam szczerze. – Życie postawiło mnie na drodze mężczyzny, który posiadał sprecyzowane poglądy polityczne, lecz gdy po raz pierwszy stanęłam twarzą w twarz z fundamentami jego światopoglądu i przekonań, zemdlałam.

Wszyscy się roześmiali, a kilku ludzi zaczęło nawet bić brawo.

– Proszę mi wierzyć – powiedziałam. – Mówię prawdę. Dlatego właśnie mąż nigdy nie angażował mnie w swoją działalność. Całym sercem modlę się o jego uwolnienie, ale gdy idzie o ideologię i walkę polityczną, jestem do niczego.

Mężczyzna, który zaproponował moją kandydaturę, krzyknął w proteście:

– Ale przecież tyle wycierpiałaś, twój mąż spędził wiele lat w więzieniu, a ty sama utrzymujesz rodzinę i wychowujesz dzieci. Czy to nie dowód na to, że podzielasz jego poglądy?

– Nie! Tak samo zachowałabym się, gdyby mój mąż trafił do więzienia za kradzież. Moje postępowanie to dowód na to, że jako kobieta i matka mam obowiązek zatroszczyć się o siebie i moje dzieci.

Wybuchła wrzawa. W oczach pana Zargara wyczytałam jednak aprobatę i dzięki temu wiedziałam, że dobrze zrobiłam. Pomimo mojego sprzeciwu pracownicy zrobili ze mnie bohaterkę ze względu na moją pokorę i szczerość. W rezultacie i tak zostałam wybrana do Komitetu Rewolucyjnego.

Podekscytowanie związane z rewolucją rosło i zataczało coraz większe kręgi. Codziennie serce wypełniało mi się nowymi pokładami nadziei. Czy to możliwe, aby idee, za które Szahrzad i jej podobni oddali życie, za które Hamid znosił przez tyle lat tortury i trudy więzienia, mogły się urzeczywistnić?

Po raz pierwszy znalazłam się z braćmi po tej samej stronie. Po raz pierwszy chcieliśmy tego samego, rozumieliśmy się i czuliśmy łączące nas więzi rodzinne. Zachowywali się jak na braci przystało, wspierając mnie i moich synów. Doszło nawet do tego, że Mahmud traktował moich synów na równi ze swoimi dziećmi i obdarowywał ich wszystkich po równo.

Ze łzami w oczach matka dziękowała Bogu za zmianę w naszych relacjach:

– Szkoda, że ojciec nie widzi waszej miłości. Zawsze się martwił: „Gdy umrę, moje dzieci będą spotykały się raz w roku, a najbardziej samotna będzie moja córka, której bracia nie chcą podać pomocnej dłoni". Szkoda, że nie widzi, jak ci sami bracia gotowi są teraz oddać życie za swoją siostrę.

Dzięki znajomościom Mahmud zyskał dostęp do najnowszych informacji i plotek. Przynosił ulotki i nagrania, Ali je powielał, a ja roznosiłam w pracy i na uniwersytecie. Tymczasem Siamak i jego przyjaciele wykrzykiwali na ulicach różne hasła, a Masud tworzył przedstawiające demonstracje rysunki, na których widniał napis: WOLNOŚĆ. Wraz z początkiem lata zaczęliśmy brać udział w spotkaniach, wykładach oraz protestach przeciwko reżimowi szacha. Nie zastanawiałam się, jaka grupa czy partia organizuje te akcje. Jakie to miało znaczenie? Byliśmy razem i pragnęliśmy tego samego. Z każdym mijającym dniem czułam, że zbliżam się pomału do Hamida. Zaczęłam wierzyć, że posiadanie kompletnej rodziny oraz ojca dla moich dzieci nie było już niedoścignionym marzeniem. Z całego serca cieszyłam się, że Hamid żyje. Na widok jego umęczonej twarzy nie zastanawiałam się już, czy byłoby lepiej, gdyby umarł razem z przyjaciółmi, zamiast znosić wieloletnie tortury. Zaczęłam wierzyć, że nie cierpiał na darmo i że wkrótce zbierze owoce swoich działań. Marzenia przyjaciół Hamida stawały się rzeczywistością. Ludzie się przebudzili i wykrzykiwali na ulicy, że nie chcą żyć pod władzą tyrana. Gdy Hamid rozmawiał z przyjaciółmi, snując wizje takich czasów, ich opowieści wydawały się naciągane, idealistyczne i nierealne.

Rewolucja przybierała na sile, a ja zorientowałam się, że stopniowo tracę kontrolę nad moimi dziećmi. Zbliżyły się bowiem bardzo do swojego wuja. Z niespotykanym oddaniem, które wydawało mi się naprawdę dziwne, Mahmud zabierał chłopców na debaty i odczyty. Siamak był zachwycony i z radością towarzyszył wujowi. Masud jednak po jakimś czasie zaczął się od nich dystansować i wymyślać przeróżne wymówki, aby im nie towarzyszyć.

– Nie lubię tego – odparł tylko, gdy zapytałam o powód takiego zachowania.

Kiedy poprosiłam o bardziej szczegółową odpowiedź, dodał:

– Czuję się tam zażenowany.

Nie rozumiałam, czego miałby się wstydzić, ale postanowiłam, że nie będę go więcej naciskać.

Z drugiej strony Siamak z dnia na dzień okazywał coraz więcej entuzjazmu. Miał dobry nastrój i przestał sprawiać w domu problemy. Miałam wrażenie, że wylewa z siebie całą złość i frustrację, wykrzykując hasła na ulicach. Po jakimś czasie narzucił sobie niezwykłą dyscyplinę w kwestii przestrzegania praktyk religijnych. Zawsze miał problemy z porannym wstawaniem, ale teraz nie pomijał żadnej porannej modlitwy. Nie wiedziałam, czy zmiany, jakie w nim zachodzą, są powodem do radości czy troski. Niektóre z jego nowych przyzwyczajeń, takie jak wyłączanie radia, gdy nadawano muzykę, lub nieoglądanie telewizji, przypomniały mi fanatyczne zachowanie Mahmuda sprzed wielu lat.

Mniej więcej w połowie sierpnia Mahmud ogłosił, że chce urządzić wielką uroczystość na cześć ojca. Choć minął już miesiąc od pierwszej rocznicy jego śmierci, nikt się nie sprzeciwił. Uczczenie pamięci tego wspaniałego mężczyzny oraz ofiarowanie jałmużny dla upamiętnienia jego czystej duszy zawsze spotykały się z dobrym przyjęciem. Z uwagi na wprowadzenie stanu wojennego oraz godziny policyjnej postanowiliśmy, że najlepszym rozwiązaniem będzie zorganizowanie uroczystości w piątkowe południe. Zabraliśmy się więc wszyscy za gotowanie i przygotowania do ceremonii. Liczba gości rosła z minuty na minutę. W głębi serca wychwalałam Mahmuda za to, że odważył się zorganizować uroczystość w tak burzliwych czasach.

W piątek od samego rana wszyscy ciężko pracowaliśmy w domu Mahmuda. Ehteram-Sadat z każdym dniem stawała się coraz grubsza, więc chodząc tam i z powrotem, ciężko sapała. Obierałam ziemniaki, gdy nagle usiadła obok mnie.

– Zadałaś sobie wiele trudu – powiedziałam. – Dziękuję. Jesteśmy ci bardzo wdzięczni.

– Och, nie ma za co – odparła. – Najwyższy już czas, aby uczcić pamięć twojego ojca. Poza tym, biorąc pod uwagę okoliczności, to idealny pretekst, aby zebrać się razem.

– A jak się miewa ostatnio mój brat, droga Ehteram? Odpukać, ale wydaje mi się, że między wami jest już lepiej.

– Na szczęście kłopoty mamy już za sobą. Prawie nie widuję Mahmuda, więc nie mamy okazji się kłócić. Gdy przychodzi do domu, jest tak zmęczony i zajęty, że zostawia mnie i dzieci w spokoju i na nic się nie skarży.

– A czy wciąż ma te swoje natręctwa? – zapytałam. – Czy dokonując ablucji, nadal mawia: „To nie wystarcza, to nie wystarcza, muszę to zrobić jeszcze raz"?

– Odpukać, jest znacznie lepiej. Jest tak zajęty, że nie ma czasu na ciągłe mycie rąk i nóg oraz na powtarzanie ablucji. Wiesz, ta rewolucja całkowicie go odmieniła. Jakby stanowiła lekarstwo na jego bolączki. Pewnego razu powiedział mi: „Według ajatollaha znajduję się na czele rewolucji, a to w oczach Boga niewiele różni się od dżihadu, obsypie mnie więc wieloma błogosławieństwami". Teraz jednak ma obsesję na punkcie rewolucji.

Przemowy rozpoczęły się po posiłku. Znajdowaliśmy się w pokoju na tyłach domu, więc nie wszystko do nas docierało. Z obawy, że głosy będzie można usłyszeć na ulicy, zrezygnowaliśmy z mikrofonów. W salonie i jadalni znajdowało się mnóstwo ludzi, pozostali stali pod oknami na podwórzu. Po kilku przemowach na temat rewolucji, tyranii rządu oraz naszego obowiązku obalenia obecnego reżimu, głos zabrał wuj Ehteram-Sadat. W tamtym okresie był sławnym mułłą, który z powodu otwartego wyrażania swoich opinii spędził kilka miesięcy w więzieniu i był uznawany za bohatera. Najpierw mówił o zaletach mojego ojca, a potem dodał:

– Ta czcigodna rodzina od wielu lat walczy o wiarę i kraj, za co jej członkowie nieraz już cierpieli. W roku 1963, po wydarzeniach z piątego czerwca i aresztowaniu ajatollaha Chomeiniego, zostali zmuszeni do opuszczenia domu. Wyemigrowali z Kom, ponieważ ich życie znajdowało się w niebezpieczeństwie. Nie obyło się bez ofiar śmiertelnych; ich syn został zamordowany, a zięć nadal przebywa w więzieniu i Bóg jeden raczy wiedzieć, jakim poddają go torturom…

Przez kilka sekund nie wiedziałam, co się dzieje. Nie rozumiałam, o kim on mówi. Szturchnęłam Ehteram-Sadat i zapytałam ją:

– Kogo on miał na myśli?

– Twojego męża, oczywiście!

– Ale gdy mówił o młodym człowieku, którego zamordowano…

– Miał na myśli Ahmada.

– Naszego Ahmada? – wykrzyknęłam.

– Oczywiście! Nie zastanawiało cię to, że zginął w niewyjaśnionych okolicznościach, na środku ulicy?… A wiadomość o jego śmierci dotarła do nas trzy dni później. Gdy Ali poszedł do kostnicy, aby zidentyfikować ciało, zauważył ślady napaści i bicia.

– Pewnie wszczął bójkę z powodu narkotyków.

– Nie mów takich rzeczy o zmarłym!

– A kto nagadał twojemu wujkowi tych bzdur o naszej przeprowadzce z Kom?

– Nie wiedziałaś? To po wydarzeniach z piątego czerwca twoja rodzina musiała się przeprowadzić. Ojciec i Mahmud znajdowali się w śmiertelnym niebezpieczeństwie. Pewnie byłaś zbyt młoda, aby to pamiętać.

– Wręcz przeciwnie, pamiętam to bardzo dokładnie – odparłam zirytowana. – Przeprowadziliśmy się do Teheranu w 1961 roku. Jak Mahmud mógł tak okłamać twojego wuja i wykorzystać ludzką pasję i podekscytowanie?

Następne przemówienie dotyczyło samego Mahmuda. Wynikało z niego, że był nieodrodnym synem ojca, poświęcił bowiem podobno całe swoje życie i majątek na rzecz rewolucji, nie bacząc na trud i konieczne ofiary... Wspierał też rzekomo finansowo rodziny dziesiątek więźniów politycznych i opiekował się nimi niczym ojciec, a najważniejszą z nich była rodzina jego własnej siostry. Miał zdjąć z jej barków ciężar życia i nie pozwolił, aby czegoś zabrakło jej rodzinie ani by czuła się samotnie.

W tym samym momencie wuj Ehteram-Sadat dał znak Siamakowi. Mój syn, siedzący dotychczas wśród ludzi, podniósł się i podszedł do niego. Odniosłam wrażenie, że Siamak został przeszkolony i wiedział dokładnie, kiedy wstać, by odegrać swoją rolę. Mułła pogłaskał Siamaka po głowie i powiedział:

– To niewinne dziecko jest synem jednego z muzułmańskich bojowników, który przebywa od wielu lat w więzieniu. Przestępcza dłoń reżimu osierociła tego chłopca oraz setki mu podobnych. Dzięki Bogu, ten chłopiec ma dobrego i gotowego do poświęceń wuja, pana Mahmuda Sadeghiego, który zajął puste miejsce po jego ojcu. W przeciwnym wypadku Bóg jeden raczy wiedzieć, co stałoby się z tą biedną rodziną...

Zrobiło mi się niedobrze. Miałam wrażenie, że kołnierzyk mnie dusi. Odruchowo za niego pociągnęłam, a wtedy guzik na górze odpadł i potoczył się po podłodze. Wstałam z tak wściekłym wyrazem twarzy, że matka i Ehteram-Sadat się zaniepokoiły. Szwagierka pociągnęła mnie za czador i powiedziała:

– Masumo, siadaj. Miej wzgląd na duszę ojca, siadaj. To niestosowne.

Mahmud siedział za mułłą, zwrócony twarzą do tłumu. Gdy na mnie spojrzał, na jego twarzy pojawił się niepokój. Chciałam krzyczeć, ale nie mogłam wydobyć z siebie głosu. Z miną wyrażającą lęk i zaskoczenie Siamak, który do tej pory stał przy duchownym, podszedł do mnie. Złapałam go za ramię i warknęłam:

– Czy ty nie masz wstydu?

Matka zaczęła klepać się po policzkach i wołać:

– Niech Bóg mnie zabierze! Dziewczyno, nie zawstydzaj nas.

Spojrzałam na Mahmuda z odrazą. Chciałam mu powiedzieć wiele rzeczy, ale nagle rozpoczęła się recytacja elegii i wszyscy wstali i zaczęli bić się w piersi. Przedarłam się przez tłum i wyszłam z domu, ściskając dłoń Siamaka. Masud trzymał brzeg mojego czadora i biegł za nami. Miałam ochotę stłuc Siamaka na kwaśne jabłko. Otworzyłam drzwi i wepchnęłam go do środka. Cały czas pytał mnie:

– Co ty wyprawiasz? Co się stało?

– Zamknij się!

Mój ton był tak ostry i przepełniony gniewem, że przez całą drogę do domu chłopcy nie pisnęli ani słowa. Ich milczenie dało mi czas do namysłu. Zaczęłam się zastanawiać, co ten biedny chłopiec zrobił? Ile w tym wszystkim było jego winy?

Gdy dotarliśmy do domu, przeklinałam na czym świat stoi. Przeklinałam Mahmuda, Alego i Ehteram, a potem usiadłam i się rozpłakałam. Siamak siedział naprzeciwko i wyglądał na zawstydzonego. Masud przyniósł mi szklankę wody i ze łzami w oczach poprosił, abym ją wypiła, by poczuć się lepiej. Powoli zaczynałam się uspokajać.

– Nie wiem, dlaczego tak się złościsz – powiedział Siamak. – Cokolwiek zrobiłem, przepraszam.

– To znaczy, że nie wiesz, o co mi chodzi? Jak możesz nie wiedzieć? Powiedz, co ty właściwie robisz podczas tych wszystkich uroczystości, na które zabiera cię Mahmud? Czy pokazują cię zgromadzonym tam ludziom?

– Tak! – odparł z dumą. – Wszyscy wypowiadają się w samych superlatywach o tacie.

Westchnęłam ciężko. Nie wiedziałam, co powiedzieć mojemu synowi. Starałam się zachować spokój i go nie przestraszyć.

– Posłuchaj, Siamaku, radziliśmy sobie bez ojca przez cztery lata i nigdy nikogo nie potrzebowaliśmy, zwłaszcza wuja Mahmuda. Robiłam, co mogłam, aby wychować cię na człowieka, który wie, co to uczciwość, i nie oczekuje litości ani jałmużny. Nie chciałam, aby ktokolwiek widział w was ubogie sieroty. Jak dotąd udawało nam się stać na własnych nogach. Na pewno doświadczyliśmy pewnych trudności, ale zachowaliśmy dumę i honor. Nie zhańbiliśmy również waszego ojca. A teraz ten dziwak, Mahmud, wykorzystuje cię, wystawiając na pokaz niczym marionetkę. Chce, aby ludzie ci współczuli i mówili, jakiego masz wspaniałego wujka. Zastanawiałeś się w ogóle, dlaczego przez ostatnie siedem bądź osiem miesięcy Mahmud tak nagle się nami zainteresował, podczas gdy przez te wszystkie lata nie zapytał nawet, jak nam się powodzi? Posłuchaj, synu, musisz mieć się na baczności. Nie pozwól, aby ktoś wykorzystywał ciebie oraz twoje uczucia. Gdyby twój ojciec się dowiedział, że Mahmud posługuje się tobą i nim dla osiągnięcia własnych korzyści, bardzo by się zdenerwował. Do tej pory nie zgadzał się z Mahmudem w ani jednej kwestii. Nie chciałby też, aby jego rodzina i on sam stali się narzędziem w rękach Mahmuda i jemu podobnych.

Wówczas nie wiedziałam jeszcze, jakie Mahmud ma zamiary, ale nie pozwoliłam już chłopcom towarzyszyć mu w różnych uroczystościach i przestałam odpowiadać na jego telefony.

Nadszedł październik. Szkoły i uniwersytety często zamykano. Pozostał mi tylko jeden semestr do zakończenia na pozór niekończących się studiów licencjackich, ale na uczelni coraz częściej dochodziło do strajków lub demonstracji i w rezultacie zajęcia były odwoływane.

Chodziłam na zebrania polityczne i słuchałam wystąpień. Chciałam się przekonać, czy istnieje szansa na ocalenie Hamida.

Czasami patrzyłam optymistycznie w przyszłość i widziałam ją w jasnych barwach. Innym razem dopadało mnie takie przygnębienie, że miałam wrażenie, iż wpadłam do głębokiej studni.

Gdy tylko podnosiły się głosy w obronie politycznych więźniów, znajdowałam się na pierwszej linii, a po obu moich bokach piąstki chłopców machały niczym dwie małe flagi. Kłębiło się we mnie uczucie bólu, złości i przygnębienia. Krzyczałam więc: „Uwolnić więźniów politycznych!". Do oczu napływały mi łzy, ale serce stawało się lżejsze. Gdy patrzałam na tłumy maszerujące wokół, ogarniało mnie podekscytowanie. Chciałam wziąć każdego z tych ludzi w ramiona i go ucałować. Chyba po raz pierwszy, ale i po raz ostatni, poczułam coś takiego w stosunku do moich rodaków. Miałam wrażenie, że są moimi dziećmi, moim ojcem, moją matką, braćmi i siostrami.

Wkrótce pojawiły się pogłoski o uwolnieniu więźniów politycznych. Mówiono, że niektórzy opuszczą więzienia dwudziestego szóstego października, ponieważ wówczas przypadają urodziny szacha. W moim sercu ponownie zakwitła nadzieja, ale starałam się nie dawać tym doniesieniom zbyt wielkiej wiary. Chciałam bowiem uniknąć kolejnego rozczarowania. Ojciec Hamida dołożył wszelkich starań, aby uwolnić syna. Zbierał coraz więcej listów polecających i wysyłał je do władz. Pracowaliśmy ramię w ramię i informowaliśmy się nawzajem o postępach. Obowiązki, jakie złożył na moje barki, przyjęłam z oddaniem i pasją.

Dzięki znajomościom dowiedzieliśmy się w końcu, że planowano ułaskawić tysiąc więźniów. Musieliśmy jedynie dopilnować, aby nazwisko Hamida znalazło się na tej liście.

– A może to kolejna gra polityczna mająca na celu uspokojenie ludzi? – zapytałam z wahaniem teścia.

– Nie! – odparł. – Biorąc pod uwagę napiętą sytuację w kraju, rząd nie może sobie pozwolić na takie zagrania. Muszą przynajmniej wypuścić grupę znanych więźniów, tak aby ludzie zobaczyli ich na własne oczy i się uspokoili. W przeciwnym wypadku sytuacja jeszcze się zaogni. Nie trać nadziei, dziewczyno. Nie trać nadziei.

Mnie jednak nadzieja przerażała. Jeśli Hamid nie znalazłby się w grupie ułaskawionych więźniów, załamałabym się. Jeszcze bardziej martwiłam się o dzieci. Obawiałam się, że po pełnym nadziei wyczekiwaniu nie będą w stanie znieść porażki i rozczarowania. Starałam się, jak mogłam, by te informacje do nich nie docierały, ale na ulicach pogłoski wylewały się z każdego zakamarka, niczym przybierająca na sile fala. Siamak wracał do domu podekscytowany, z rumieńcami na twarzy i przekazywał mi najnowsze wieści. Starałam się odpowiadać mu spokojnie:

– Nie, mój synu, to tylko propaganda mająca na celu uspokojenie nastrojów społecznych. Na razie to jedynie pogłoski. Jeśli Bóg pozwoli i rewolucja dojdzie do skutku, sami otworzymy więzienne bramy i przyprowadzimy ojca do domu.

Ojciec Hamida pochwalał moje podejście i przyjął podobną taktykę względem żony.

Im bardziej zbliżaliśmy się do dwudziestego szóstego października, tym większa ogarniała mnie niecierpliwość.

Pod wpływem impulsu zaczęłam kupować rzeczy dla Hamida. Nie potrafiłam już bowiem pohamować wyobraźni i w myślach przygotowywałam plany, co będziemy robić po jego uwolnieniu. Jednak na kilka dni przed urodzinami szacha, po wielu spotkaniach i rozmowach, ojciec Hamida przyszedł do mnie przybity i wyczerpany. Odczekał chwilę, aż chłopcy zajęli się sobą, po czym oznajmił:

– Lista jest już niemal kompletna. Podobno nie ma na niej nazwiska Hamida. Oczywiście zapewniono mnie, że jeśli sytuacja w kraju się nie zmieni, wkrótce i jego wypuszczą. Istnieją jednak niewielkie szanse, że już teraz wyjdzie na wolność. Na liście znajdują się bowiem głównie więźniowie skazani za przewinienia religijne.

– Wiedziałam – odparłam, czując ucisk w gardle. Gdyby dopisywało mi szczęście, moje życie wyglądałoby inaczej.

W mgnieniu oka nadzieja ustąpiła miejsca rozpaczy i ze łzami w oczach poczułam, jak znowu bramy mojego serca się zamykają. Ojciec Hamida wyszedł. Ukrywanie głębokiego smutku i rozczarowania przed dziećmi było trudne.

Masud nieustannie przy mnie stał i pytał:

– Co się stało? Boli cię głowa?

– Wydarzyło się coś nowego? – pytał Siamak.

Powtarzałam sobie: bądź silna, musisz jeszcze trochę poczekać. Ale miałam wrażenie, że ściany domu zbliżają się do mnie i chcą mnie zmiażdżyć. Nie mogłam wytrzymać w tym smutnym i samotnym domu. Wzięłam dzieci za ręce i wyszłam na zewnątrz. Przed meczetem zebrało się mnóstwo ludzi, którzy wykrzykiwali różne hasła. Ruszyłam w ich kierunku. Zobaczyłam morze głów na placu przed świątynią. Weszliśmy w tłum. Nie wiedziałam, co się stało, i nie rozumiałam, co ci ludzie wykrzykiwali. Dla mnie nie miało to żadnego znaczenia. Ja miałam własne hasła. Wściekła i bliska płaczu wrzasnęłam:

– Uwolnić więźniów politycznych!

Nie wiem, co takiego było w moim głosie, ale po chwili to samo zaczęli krzyczeć pozostali.

Kilka dni później przypadało święto państwowe. Czekałam na świt, miałam już dość przewracania się z boku na bok. Wiedziałam, że nie powinnam wychodzić tego dnia z domu, ponieważ środki bezpieczeństwa będą zaostrzone. Nie potrafiłam jednak uspokoić zszarganych nerwów. Musiałam się czymś zająć. Jak zwykle zbawienne okazały się obowiązki domowe. Chciałam pozbyć się całej energii i wszystkich lęków dzięki ciężkiej, niewymagającej myślenia pracy. Zmieniłam pościel, ściągnęłam zasłony i włożyłam je do pralki. Wymyłam okna i zamiotłam pokoje. Nie miałam cierpliwości do dzieci, więc poprosiłam, aby poszły pobawić się na podwórku. Szybko jednak zrozumiałam, że Siamak szykuje się do wyjścia z domu. Krzyknęłam, aby wrócili do mieszkania, i wysłałam ich do łazienki, by wzięli kąpiel. Następnie wymyłam kuchnię. Nie miałam ochoty na gotowanie. Wystarczyło nam to, co zostało z wczorajszego posiłku; Bibi ostatnio bardzo osłabła i jadła tak mało, że bez względu na to, co przyrządziłam, ona i tak zadowalała się miseczką jogurtu i kromką chleba. W podłym humorze nakarmiłam dzieci i pozmywałam naczynia. Nie pozostało nic więcej do zrobienia. Mogłam jeszcze pozamiatać i posprzątać podwórze, ale padałam ze zmęczenia. Właśnie tego potrzebowałam.

Powlekłam się pod prysznic, odkręciłam wodę i się rozpłakałam. To było jedyne miejsce w domu, w którym mogłam swobodnie wylewać łzy.

***

Gdy wyszłam z łazienki, zbliżała się czwarta po południu. Miałam nadal mokre włosy, ale się tym nie przejmowałam. Położyłam poduszkę na podłodze przed telewizorem i się położyłam. Chłopcy bawili się obok mnie. Miałam właśnie zasnąć, gdy nagle zobaczyłam, jak drzwi się otwierają i do domu wchodzi Hamid. Zamknęłam mocno oczy, aby nie przerywać tego słodkiego snu, ale wciąż słyszałam rozbrzmiewające głosy. Ostrożnie uniosłam powieki. Chłopcy patrzyli zdumieni na chudego mężczyznę z siwymi włosami i wąsami. Zamarłam. Czy to był sen? Rozradowany, choć łamiący się głos mojego teścia wyrwał całą naszą trójkę z osłupienia.

– Tu jesteście! – powiedział. – Przyprowadziłem ci męża. Chłopcy, co z wami? Podejdźcie tutaj. Tata wrócił.

Gdy wzięłam Hamida w ramiona, zdałam sobie sprawę, że nie był dużo większy od Siamaka. Oczywiście w ciągu kilku ostatnich lat wielokrotnie go widziałam podczas odwiedzin, ale nigdy nie wydawał się tak wychudzony i wyniszczony. Może to za sprawą ubrań, które wisiały na jego wymizerowanym ciele, wyglądał tak nędznie. Przypominał chłopca, który założył strój ojca. Wszystko było przynajmniej dwa rozmiary za duże. Ściągnięte paskiem spodnie marszczyły się wokół talii, a dolna krawędź rękawów marynarki sięgała mu palców. Uklęknął i przytulił chłopców. Uwiesiłam się na nich, próbując objąć moich trzech ukochanych mężczyzn. Wszyscy płakaliśmy, dzieląc się bólem, którego doświadczyliśmy.

Ocierając łzy, ojciec Hamida powiedział:

– Dość tego! Wstawać. Hamid jest bardzo zmęczony i schorowany. Odebrałem go z więziennego szpitala. Musi odpocząć. Pójdę po jego matkę.

Podeszłam do teścia, przytuliłam go i pocałowałam, a potem oparłam mu głowę na ramieniu. Nadal cała we łzach, bez przerwy powtarzałam:

– Dziękuję, dziękuję…

Ten starszy człowiek okazał się niezwykle dobry, mądry i troskliwy. Wziął na siebie trudy i lęki ostatnich kilku dni.

Hamid miał gorączkę.

– Pomogę ci się rozebrać, a potem położysz się do łóżka – zaproponowałam.

– Nie – odparł. – Najpierw chcę się wykąpać.

– Masz rację. Powinieneś zmyć z siebie brud i smutek więzienia, abyś mógł spokojnie zasnąć. Na szczęście dzisiaj mieliśmy naftę, więc bojler był włączony od rana.

Pomogłam mu się rozebrać. Był tak słaby, że ledwo trzymał się na nogach. Wydawał się maleć w oczach z każdą częścią garderoby, którą z niego ściągałam. Gdy stanął przede mną nagi, byłam przerażona widokiem wychudłego ciała i rozciągniętej na kościach skóry pokrytej bliznami. Posadziłam go na krześle i zdjęłam mu skarpetki. Widząc cienką, obtartą skórę oraz straszny stan jego stóp, straciłam panowanie nad sobą. Objęłam rękami jego nogi, położyłam mu głowę na kolanach i zaczęłam płakać. Co oni mu zrobili? Czy kiedykolwiek mój mąż wróci do zdrowia, a jego życie do normalności?

Wykąpałam go i pomogłam mu założyć nowy podkoszulek, bieliznę i piżamę, które kupiłam w przypływie nadziei. Choć ubrania były na niego zbyt duże, nie wisiały na nim tak jak garnitur.

Powoli położył się na łóżku. Miałam wrażenie, że delektuje się każdą sekundą. Nakryłam go kołdrą i kocem. Hamid położył głowę na poduszce, zamknął oczy i powiedział z głębokim westchnieniem:

– Czy naprawdę śpię we własnym łóżku? Przez te wszystkie lata codziennie marzyłem o tym łóżku, o tym domu, o tej chwili. Nie mogę uwierzyć, że moje marzenia się spełniły. Co za przyjemność!

Chłopcy obserwowali ojca i każdy jego ruch przyjmowali z miłością i podziwem. W ich zachowaniu można było jednak zauważyć również niewielką niechęć i rezerwę. Zawołał ich do siebie. Usiedli obok łóżka i zaczęli rozmawiać z ojcem. Zaparzyłam herbatę i posłałam Siamaka do cukierni na rogu, aby kupił jakieś ciasto i opiekany chleb. Przygotowałam świeży sok z pomarańczy i podgrzałam zupę z poprzedniego dnia. Nieustannie podawałam Hamidowi coś do jedzenia. W końcu się roześmiał i powiedział:

– Moja droga, poczekaj. Nie mogę zbyt dużo jeść. Nie jestem do tego przyzwyczajony. Muszę jeść małymi porcjami.

Godzinę później przyjechały teściowa i szwagierki. Matka Hamida szalała z radości. Latała wokół niego jak motyl i zwracała się do niego czule, jednocześnie zalewając się łzami. Hamid nie miał nawet siły otrzeć własnych oczu. Mówił tylko:

– Matko, przestań. Na miłość boską, uspokój się.

Ale ona nie przestawała obsypywać go pocałunkami, aż jej chaotyczne słowa przeszły w szloch. Potem oparła się o ścianę, osunęła na podłogę i wbiła tępy wzrok w przestrzeń. Gdy na nią spojrzałam, zobaczyłam kobietę ze zmierzwionymi włosami i bladą twarzą, która z trudem łapała oddech. Manija nagle objęła matkę i krzyknęła:

– Przynieś gorącą wodę i cukier. Szybko!

Pobiegłam do kuchni i zabrałam stamtąd szklankę ciepłej wody i kandyzowany cukier. Następnie napoiłam teściową za pomocą łyżeczki. Mansura natomiast opryskała jej twarz zimną wodą. Matka Hamida zadrżała i wybuchnęła płaczem. Rozejrzałam się w poszukiwaniu chłopców. Stali za drzwiami, a ich załzawione oczy podążały tam i z powrotem, od ojca do babki.

Powoli podniecenie wywołane powrotem Hamida przygasało. Teściowa odmówiła wyjścia z sypialni, ale obiecała, że przestanie płakać. Ustawiła krzesło w nogach łóżka i usiadła na nim, wlepiając oczy w syna. Co jakiś czas wycierała tylko łzę spływającą jej po policzku.

Ojciec Hamida wyszedł na korytarz i usiadł razem z Bibi, która odmawiała po cichu modlitwę. Wyciągnął nogi i oparł strudzoną głowę na poduszce. Podejrzewałam, że miał za sobą bardzo męczący dzień. Zaniosłam mu herbatę, położyłam dłoń na jego dłoni i powiedziałam:

– Dziękuję. To był pracowity dzień. Musisz być wykończony.

– Gdyby tylko wysiłki i zmęczenie zawsze prowadziły do tak szczęśliwego zakończenia – odparł.

Słyszałam, jak Mansura pocieszała matkę:

– Na miłość boską, przestań. Powinnaś się cieszyć. Dlaczego siedzisz przygnębiona, zalewając się łzami?

– Ależ ja się cieszę, córko. Nawet nie wiesz, jak bardzo. Myślałam, że nie dożyję chwili, gdy ponownie zobaczę w domu mojego jedynego syna.

– Więc dlaczego ciągle płaczesz i łamiesz mu tym serce?

– Tylko spójrz, co ci bandyci z nim zrobili – jęknęła. – Spójrz, jaki jest słaby i wychudzony. Spójrz, jak się postarzał. – A potem zwróciła się do Hamida: – Niech Bóg pozwoli mi oddać za ciebie życie. Bardzo cię skrzywdzili? Bili cię?

– Nie, matko – odparł Hamid głosem pełnym niepokoju. – Po prostu nie smakowało mi jedzenie. A potem się przeziębiłem i poważnie rozchorowałem. To wszystko.

Wśród panującego zamieszania zadzwoniła do mnie matka, ponieważ nie odzywałam się do niej od kilku dni. Była zdumiona, gdy powiedziałam jej, że mój mąż wrócił do domu. Minęło niecałe pół godziny, gdy cała moja rodzina pojawiła się u nas z kwiatami i ciastami. Matka i Faati rozpłakały się na widok Hamida. A Mahmud, puszczając w niepamięć wszystko to, co się między nami wydarzyło, ucałował Hamida w policzki, przytulił chłopców, z radością pogratulował wszystkim, a następnie przejął kontrolę nad sytuacją.

– Ehteram-Sadat, przygotuj tacę z filiżankami i zaparz duże ilości herbaty – nakazał. – Niedługo przyjdzie mnóstwo gości. Ali, otwórz drzwi do salonu i ustaw krzesła i stoliki wzdłuż ścian. Ktoś powinien przygotować też patery z owocami i ciastem.

– Ale my się nikogo nie spodziewamy – odparłam zaskoczona.

– Nikomu nie mówiliśmy o powrocie Hamida.

– Nie musiałaś nikomu mówić – wyjaśnił Mahmud. – Lista uwolnionych więźniów została opublikowana. Ludzie się dowiedzą i zaczną przychodzić.

W tym momencie zorientowałam się, że mój brat coś kombinuje, więc powiedziałam ze złością w głosie:

– Posłuchaj, bracie, Hamid nie czuje się dobrze i potrzebuje odpoczynku. Sam widzisz, że ma wysoką gorączkę i problemy z oddychaniem. Nie waż się zapraszać kogokolwiek.

– Nie będę, ale oni i tak przyjdą.

– Nie wpuszczę nikogo do domu – warknęłam. – Uprzedzam cię teraz, abyś się później nie denerwował.

Z Mahmuda nagle uszło powietrze. Wpatrywał się we mnie w milczeniu. Nagle, jakby sobie o czymś przypomniał, zapytał:

– To znaczy, że nie zadzwonisz nawet po lekarza, aby zbadał tego biedaka?

– Zadzwonię. Ale gdzie ja dzisiaj znajdę lekarza? Przecież jest święto.

– Ja znam jednego – odparł. – Zadzwonię do niego i poproszę o wizytę.

Wykonał kilka telefonów i po godzinie zjawił się lekarz w towarzystwie dwóch mężczyzn. Jeden z nich trzymał duży aparat. Posłałam Mahmudowi groźne spojrzenie. Lekarz poprosił wszystkich o wyjście z sypialni i zaczął badać Hamida. Tymczasem fotograf robił zdjęcia bliznom na jego ciele.

Lekarz zdiagnozował u mojego męża przewlekłe zapalenie płuc. Wypisał kilka recept i polecił Hamidowi przyjmować lekarstwa i zastrzyki o odpowiednich porach. Poradził mi również, abym stopniowo zwiększała porcje posiłków. Przed wyjściem zrobił Hamidowi dwa zastrzyki i zostawił kilka tabletek. Miały wystarczyć do następnego dnia, do czasu aż wykupimy przepisane przez niego lekarstwa. Mahmud podał recepty Alemu i kazał mu zrealizować je z samego rana, a potem mi je przynieść.

W tym samym momencie wszyscy przypomnieli sobie o stanie wojennym i godzinie policyjnej. Szybko zebrali swoje rzeczy i wyszli. Matka Hamida nie chciała opuszczać syna, ale mąż siłą zaprowadził ją do wyjścia, obiecując, że przywiezie ją następnego ranka.

Gdy zostaliśmy sami, błaganiem i prośbami przekonałam Hamida do wypicia szklanki mleka. Następnie podałam chłopcom lekką kolację. Byłam tak wykończona, że nie miałam nawet sił, aby pozbierać porozrzucane po całym domu brudne naczynia. Zawlokłam się do łóżka i położyłam obok Hamida. Lekarz podał mu środek uspokajający, więc od jakiegoś czasu już spał. Przez chwilę przyglądałam się szczupłej twarzy męża i rozkoszowałam jego obecnością. Następnie odwróciłam się i spojrzałam na niebo za oknem, dziękując Bogu całym sercem za powrót Hamida. Poprosiłam przy okazji, aby pomógł mu wydobrzeć. Zasnęłam, zanim zdążyłam dokończyć modlitwę.

Rozdział piąty

Tydzień później stan Hamida się poprawił. Gorączka ustąpiła i mógł już jeść większe porcje. Nadal jednak musiał przejść długą drogę, aby wrócić do pełni zdrowia. Dręczył go kaszel, który nasilał się w nocy, i doskwierało mu ogólne osłabienie organizmu – wynik czterech lat niewłaściwego odżywiania oraz nieleczonych chorób. Jednak powoli zaczynałam zdawać sobie sprawę, że nie na tym polegał prawdziwy problem Hamida. Dużo bardziej ucierpiała jego psychika. Dopadła go depresja, nie chciał z nikim rozmawiać i widywać się z przyjaciółmi, nie odpowiadał także na pytania. Nie interesowały go też sensacyjne doniesienia na temat ostatnich wydarzeń.

– Czy jego depresja i obojętność wobec otaczającego świata to normalny objaw? – zapytałam lekarza. – Czy każdy po wyjściu z więzienia tak się zachowuje?

– Do pewnego stopnia tak, ale jego stan jest poważny – odparł lekarz. – Oczywiście wszyscy byli więźniowie z różnym nasileniem doświadczają niechęci do zgromadzeń, mają trudności z przystosowaniem się do normalnego życia rodzinnego i czują się wyobcowani. Lecz niespodziewane uwolnienie Hamida, rewolucja, która zawsze była jego marzeniem i celem oraz życie na łonie rodziny, która tak ciepło go przyjęła, powinny go uszczęśliwić i stać się źródłem nowej życiowej pasji. Dla takich osób jak Hamid najważniejszy jest spokój, wówczas ich stan emocjonalny będzie współgrał z kondycją fizyczną.

– Ale muszę mobilizować i skłaniać Hamida do wykonania nawet najprostszych codziennych czynności.

Nie rozumiałam przyczyny depresji męża. Początkowo przypisywałam jego milczenie chorobie, ale teraz czuł się już lepiej. Pomyślałam wówczas, że może nasze rodziny nie dawały mu wystarczająco dużo przestrzeni i czasu, aby mógł przyzwyczaić się do nowego życia. Wokół nas przebywało zawsze tak wielu ludzi, że trudno nam było znaleźć choćby pół godziny na swobodną rozmowę. Nasz dom przypominał karawanseraj*, przez który przetaczały się tabuny ludzi. Na domiar złego dzień po uwolnieniu syna matka Hamida przyniosła do nas wieczorem swoje rzeczy i została z nami. A potem Monir, najstarsza siostra Hamida, przyjechała z dziećmi z Tebrizu. Choć wszyscy pomagali w prowadzeniu domu, nie mogliśmy z Hamidem znieść tego tłoku.

Wiedziałam, że w dużym stopniu winę za to zamieszanie ponosi Mahmud. Zachowywał się, jakby odkrył jakiegoś dziwoląga i codziennie przychodził z nową grupą widzów. Aby powstrzymać moje narzekania, wziął na siebie odpowiedzialność za przygotowanie posiłków i nieustannie przysyłał nam jedzenie, którego nadmiar miałam oddawać potrzebującym. Byłam zaskoczona jego szczodrością i tym, że lekką ręką wydawał tak duże sumy. Nie wiedziałam, jakie kłamstwa rozpowszechniał, ale miałam wrażenie, iż przypisywał sobie zasługi uwolnienia Hamida. Założę się, że gdyby mógł, z radością codziennie rozbierałby mojego męża, aby móc pokazać widowni jego blizny.

Polityka zawsze stanowiła popularny temat rozmów w naszym domu. Po jakimś czasie Hamida zaczęli odwiedzać niektórzy dawni przyjaciele, a także nowi zwolennicy opozycji. Przyprowadzali ze sobą pełnych entuzjazmu młodych uczniów, którzy chcieli na własne oczy zobaczyć bohatera i posłuchać, jak opowiada on o historii organizacji oraz o towarzyszach, którzy stracili życie. Hamid jednak unikał tych spotkań i szukał wymówek, aby nie brać w nich udziału. W towarzystwie tych osób był zawsze bardziej milczący i przygnębiony. Jego postawa mnie dziwiła, ponieważ inaczej reagował na przyjaciół Mahmuda i pozostałych ludzi, którzy przychodzili go odwiedzić.

Pewnego dnia zjawił się lekarz, aby zbadać Hamida. Zapytał mnie wówczas:

– Dlaczego w waszym domu zawsze jest tak tłoczno? Przecież mówiłem, że pacjent musi odpoczywać.

---

* Miejsce postoju karawany; dom zajezdny w środkowej i wschodniej Azji.

Przed wyjściem zwrócił się do mnie ponownie, tym razem na tyle głośno, aby wszyscy go słyszeli:

– Już pierwszego dnia mówiłem pani, że pacjent wymaga spokoju, czystego powietrza, ciszy i odpoczynku, aby wydobrzeć. Niestety ten dom przypomina raczej stadion sportowy. Nic dziwnego, że w porównaniu z pierwszym dniem jego stan emocjonalny się pogorszył. Jeśli nadal tak to będzie wyglądać, zrzeknę się odpowiedzialności za jego zdrowie.

Wszyscy patrzyli na niego zdumieni.

– Co mamy robić, panie doktorze? – zapytała matka Hamida.

– Jeśli nie możecie zamknąć drzwi do domu, proponuję, aby przenieść chorego w inne miejsce.

– Tak, drogi doktorze, od samego początku chciałam zabrać go do siebie – odparła. – Mój dom jest większy, nie ma w nim takich tłumów.

– Nie, proszę pani – wyjaśnił lekarz. – Miałem na myśli spokojne miejsce, w którym pacjent mógłby być sam na sam z żoną i dziećmi.

Słysząc jego słowa, poczułam ogromną radość. Powiedział to, czego w głębi serca pragnęłam. Odwiedzający po kolei oferowali mi pomoc. Wkrótce jednak wszyscy wyszli wcześniej niż zwykle. Mansura poczekała, aż dom opustoszeje, i wtedy zwróciła się do mnie z propozycją.

– Lekarz ma rację. Nawet ja zaczynam tutaj wariować. A co dopiero ma powiedzieć ten biedak, który spędził cztery lata w odosobnieniu i ciszy. Wydaje mi się, że najlepszym rozwiązaniem dla was będzie wyjazd nad Morze Kaspijskie. Tam Hamid będzie mógł dojść do siebie. Nikt nie używa w tej chwili naszej willi. Nikomu nie zdradzimy, dokąd pojechaliście.

Nie posiadałam się ze szczęścia. To było najlepsze wyjście. Poza tym uwielbiałam przebywać nad morzem. Biorąc pod uwagę fakt, iż na mocy uchwały rządowej szkoły zostały zamknięte, a z powodu zamieszek odwołano zajęcia na uniwersytecie, nic nie trzymało nas w mieście i mogliśmy spędzić trochę czasu na północy.

***

Piękna, tętniąca życiem nadmorska jesień przywitała nas promieniami słonecznymi, błękitnym niebem oraz morzem, które co sekundę przybierało inną barwę. Chłodna bryza przynosiła na brzeg słony zapach morza, a słońce zachęcało do przebywania na plaży. Stanęliśmy we czwórkę na tarasie willi. Poleciłam dzieciom, aby wzięły głęboki oddech, i powiedziałam, że wraz z tym powietrzem wstępuje w nie nowe życie. Spojrzałam wówczas na Hamida. Lecz on nie dostrzegał tego piękna, nie słyszał moich słów, nie czuł zapachu morza ani morskiej bryzy na twarzy. Z wyrazem smutku i obojętności wszedł z powrotem do domku. Nie możesz się poddać, upomniałam siebie. Wierzyłam, że znaleźliśmy się w odpowiednim miejscu i mieliśmy wystarczająco dużo czasu, aby pomóc Hamidowi. Jeśli nie byłam w stanie tego zrobić, nie zasługiwałam na miano jego żony i na błogosławieństwo, którym Bóg mnie obdarował.

Zaplanowałam dla nas różne atrakcje. W słoneczne dni, a w tamtym roku ich nie brakowało, szukałam pretekstów, aby wyciągnąć Hamida na spacer po pięknej piaszczystej plaży lub lesie. Czasami szliśmy aż do głównej drogi, robiliśmy zakupy i wracaliśmy do willi. Hamid szedł za mną zatopiony w myślach i nie odzywał się do mnie ani słowem. Albo nie słyszał moich pytań, albo odpowiadał na nie kiwnięciem głowy lub zwykłym „tak" bądź „nie". Nie zważałam jednak na to i opowiadałam o wydarzeniach, które miały miejsce pod jego nieobecność, o pięknie natury oraz o naszym życiu. Bawiłam się z dziećmi, śpiewałam piosenki, śmiałam się. Czasami siedziałam jak zahipnotyzowana, patrząc na krajobraz przypominający obraz na płótnie – tak cudowny, że aż nierzeczywisty. Z euforią w sercu wychwalałam otaczające mnie piękno. W takich chwilach Hamid wpatrywał się we mnie ze zdumieniem. Był humorzasty i apatyczny. Przestałam kupować gazety i wyłączyłam radio oraz telewizor. Każda nowa informacja zdawała się denerwować go jeszcze bardziej. Po tak długim życiu w lęku i stresie i dla mnie odcięcie się od wiadomości było czymś przyjemnym i odprężającym.

Zauważyłam jednak, że dzieci także nie sprawiały wrażenia szczęśliwych ani radosnych.

– Pozbawiliśmy je dzieciństwa – powiedziałam Hamidowi. – Dużo wycierpiały, ale nie jest jeszcze za późno. Możemy im to wynagrodzić.

Hamid wzruszył ramionami i popatrzył w inną stronę. Obserwował okolicę z taką obojętnością, że zaczęłam się zastanawiać, czy nie stał się przypadkiem daltonistą. Wraz z dziećmi wymyśliłam grę w kolory. Polegała ona na tym, że należało znaleźć barwę, której brakowało w naszym otoczeniu. Często dochodziło do sprzeczek, więc wyznaczyliśmy Hamida na sędziego. Zapytany o opinię rozglądał się apatycznie i wyrażał swoje zdanie. Powtarzałam w duchu, że jestem bardziej uparta od niego. Zastanawiałam się także, jak długo jeszcze będzie się opierał i trzymał nas na dystans. Wychodziliśmy na coraz dłuższe spacery. Hamid nie męczył się już tak szybko. Nabrał siły oraz wagi. Nieustannie mówiłam do niego, starając się, aby w moim głosie nie słychać było frustracji ani rozczarowania, aż w końcu powoli zaczął się otwierać. Czasami, gdy czułam, że chce coś powiedzieć, zamieniałam się w słuch, by nie popsuć nastroju.

Minął tydzień naszego pobytu nad morzem. Pewnego pięknego i słonecznego październikowego dnia przygotowałam rodzinny piknik. Gdy znaleźliśmy już odpowiednie miejsce, rozłożyliśmy koce na wzgórzu, z którego roztaczał się zachwycający widok. Po jednej stronie morze i niebo mieniły się wszystkimi odcieniami błękitu, stapiając się ze sobą daleko na horyzoncie. Po drugiej stronie natomiast gęsty las sięgał nieba, ukazując wszystkie spotykane w przyrodzie barwy. Chłodna jesienna bryza wprawiała kolorowe gałęzie w ruch, a chłód na policzkach działał na nas ożywczo i krzepiąco.

Dzieci zajęły się zabawą. Wpatrzony w horyzont Hamid siedział na kocu. Jego twarz nabrała kolorów. Podałam mu filiżankę świeżo zaparzonej herbaty, a potem sama utkwiłam wzrok w jakimś odległym punkcie.

– Czy coś się stało? – zapytał.

– Nie. Tylko się zastanawiam.

– Nad czym?

– Nieważne. To nie są przyjemne myśli.

– Powiedz!

– Ale obiecasz, że się nie zdenerwujesz?

– Obiecuję. Co ci przyszło do głowy?

Cieszyłam się, że zainteresował się moimi zmartwieniami.

– Wcześniej myślałam, że byłoby lepiej dla ciebie, gdybyś także umarł – wyjaśniłam.

W jego oczach pojawił się błysk.

– Naprawdę? A więc myślimy podobnie.

– Nie! Wtedy byłam przekonana, że nigdy do nas nie wrócisz i będziesz umierał powoli i w cierpieniu. Gdybyś poległ ze swoimi przyjaciółmi, byłaby to szybka śmierć. Nie musiałbyś cierpieć.

– Ja też cały czas o tym myślę – przyznał. – Cierpię, ponieważ nie zasługiwałem na tak honorową śmierć.

– Ale teraz cieszę się, że nadal żyjesz. Często myślę o Szahrzad i jestem jej wdzięczna za to, że pozwoliła ci dla nas żyć.

Odwrócił się i ponownie wlepił wzrok w horyzont.

– Przez cztery lata zastanawiałem się, dlaczego tak mnie potraktowali – powiedział zamyślonym głosem. – W jaki sposób ich zdradziłem? Dlaczego mnie nie poinformowali? Czy nie zasłużyłem chociaż na jakąś wiadomość? Pod koniec przerwali nawet moje kanały łączności. Długo przygotowywałem się do tej misji. Może gdyby nie stracili do mnie zaufania…

Napływające łzy nie pozwoliły mu kontynuować.

Bałam się, że najmniejszy mój gest może zamknąć to małe okienko, które się właśnie otworzyło. Pozwoliłam mu przez chwilę popłakać. Gdy się uspokoił, zabrałam głos:

– Nie odwrócili się od ciebie. Byłeś ich przyjacielem, byłeś im bliski.

– To prawda. To byli moi jedyni przyjaciele. Byli dla mnie całym światem. Byłem gotowy poświęcić dla nich wszystko; nawet rodzinę. Nigdy niczego im nie odmówiłem. Ale oni mnie odtrącili. Odepchnęli niczym zdrajcę, szumowinę, i to w chwili, gdy najbardziej mnie potrzebowali. Jak mam teraz chodzić z podniesioną głową? Ludzie zaczną pytać, dlaczego nie zginąłem razem z nimi. Może pomyślą, że byłem kapusiem i ich zdradziłem? Od kiedy wróciłem do domu, wszyscy patrzą na mnie podejrzliwie i niepewnie.

– Nie! Nie, mój kochany, mylisz się. Twoi przyjaciele kochali cię najbardziej na świecie, nawet bardziej niż siebie samych. Choć potrzebowali cię, narazili siebie na większe niebezpieczeństwo, by cię chronić.

– Bzdury. Umowa między nami była inna. Priorytetem było osiągnięcie celu, który sobie wyznaczyliśmy. Wyszkolono nas, abyśmy walczyli i umierali za sprawę. Nie było miejsca na takie brednie. W naszym gronie odsuwano jedynie zdrajców i ludzie niegodnych zaufania. I właśnie to mnie spotkało.

– Och, Hamidzie, było inaczej. Mój kochany, jesteś w błędzie. Wiem o pewnych rzeczach, których ty nie jesteś świadom. Szahrzad zrobiła to dla nas. Ona przede wszystkim była kobietą, która tęskniła za spokojnym życiem rodzinnym, mężem i dziećmi. Pamiętasz, jak ogromną miłością obdarzyła Masuda? Nasz syn wypełnił pustkę w jej sercu. Jako kobieta, jako przyszywana matka nie mogła pozbawić Masuda ojca, nie mogła uczynić z niego sieroty. Pomimo iż wierzyła w walkę o wolność, pomimo iż jej celem było dobro wszystkich dzieci, gdy doświadczyła uczuć macierzyńskich, jak każda matka zrobiła wyjątek dla własnego dziecka. Jak każda matka na pierwszym miejscu postawiła dobro swojego dziecka i to jego marzenia stały się dla niej najważniejsze. To był konkretny cel, a nie abstrakcyjne hasło dotyczące szczęścia dzieci na całym świecie. Nawet najczystsze dusze przeżywają takie rozterki, gdy zostają rodzicami. Kobieta nie potrafi obdarzyć takim samym współczuciem własnego dziecka i umierającego z głodu w Biafrze dziecka, którego nigdy nie poznała. Szahrzad stała się matką podczas tych czterech czy pięciu miesięcy, które z nami spędziła. Dlatego nie chciała unieszczęśliwiać swojego syna i pozbawiać go ojca.

Hamid przez chwilę patrzył na mnie zdumiony, a potem odparł:

– Mylisz się. Szahrzad była silna, ona była wojowniczką. Wierzyła w wielkie ideały. Nie możesz porównywać jej do zwyczajnej kobiety, nawet do siebie.

– Mój drogi, można być silną wojowniczką oraz kobietą. Te dwie sprawy wcale się nie wykluczają.

Przez chwilę siedzieliśmy w milczeniu.

– Szahrzad wyznaczyła sobie wielkie cele. Ona…

– Tak, ale nadal była kobietą. Z ogromnym wzruszeniem opowiadała mi o uczuciach i ukrytych emocjach kobiety, która cierpi, ponieważ nie mogła doświadczyć tego, co inne kobiety. Mówiła o rzeczach, o których wcześniej nie mogła wspomnieć. Pewnego dnia wyznała nawet, że mi zazdrości. Uwierzysz w to? Ona zazdrościła mnie! Myślałam, że żartuje. Odpowiedziałam jej wówczas, że to ja powinnam być zazdrosna. Była przecież ideałem, podczas gdy ja harowałam w domu jak kobiety sto lat temu, a w oczach mojego męża byłam symbolem opresji. Wiesz, co usłyszałam w odpowiedzi? Hamid pokręcił głową.

– Wyrecytowała wiersz Foruq.

– Który? Pamiętasz go?

Zaczęłam recytować:

Która góra, który szczyt?

Cóż od ciebie otrzymałam,
ty, który mówisz prostymi zwodniczymi słowami,
ty, który wyrzekłeś się ciała i pożądania?
Gdybym we włosy swe wpięła kwiat,
czy wówczas kusiłabym bardziej niż
ta iluzja,
niż ta śmierdząca papierowa korona na mojej głowie?

Która góra, który szczyt?
Dajcie mi schronienie migające światła,
jasne, nieufne domy,
na których dachach skąpane w słońcu pranie
kołysze się w ramionach pachnącej sadzy.
Dajcie mi schronienie, proste poczciwe kobiety,
których miękkie palce
śledzą emocjonujące ruchy płodu pod skórą,
a zapach skóry pod rozpiętym kołnierzem
nieustannie miesza się z wonią świeżego mleka.

– Pamiętasz noc, gdy odeszła? – zapytałam. – Przytuliła Masuda do piersi, całowała go, napawała się jego zapachem i płakała. Przed wyjściem powiedziała mi: „Bez względu na wszystko musisz chronić swoją rodzinę i wychować dzieci w bezpiecznym i szczęśliwym domu. Masud jest bardzo wrażliwym dzieckiem. Potrzebuje ojca i matki. Jest bardzo delikatny". Wówczas nie pojęłam w pełni znaczenia jej słów. Dopiero po jakimś czasie zrozumiałam, że ciągle nalegając, abym chroniła rodzinę, nie dawała mi rad. Jej słowa świadczyły o rozgrywającym się w jej sercu konflikcie.

– Ciężko mi w to uwierzyć – przyznał Hamid. – Osoba, którą opisujesz, w ogóle nie przypomina Szahrzad. Chcesz powiedzieć, że podążała tą drogą wbrew swojej woli? Że nie wierzyła w naszą sprawę? Ale przecież nikt jej do tego nie zmuszał. Mogła odejść i nikt nie miałby jej tego za złe.

– Hamidzie, dlaczego nie możesz tego zrozumieć? To tylko jedno z wielu jej obliczy – ukryte, z którego istnienia wcześniej nie zdawała sobie sprawy. Dowodem na to, że było prawdziwe, nawet jeśli trwało to tylko chwilę, jest uratowanie ci życia. Nie brałeś udziału w tej misji, ponieważ chciała cię chronić. A odcięcie cię od informacji miało z kolei zabezpieczyć ich na wypadek, gdybyś został aresztowany. Nie wiem, jak udało jej się przekonać pozostałych, ale dopięła swego.

Na twarzy Hamida pojawiła się mieszanka uczuć: zwątpienia, zaskoczenia i nadziei. Pomimo iż nie całkiem przyjął do wiadomości moje słowa, po czterech latach zaczął rozważać inne powody, dla których jego przyjaciele odsunęli go od stojącego przed nimi zadania. Nadzieja, jaką w nim obudziłam, nawet jeśli słaba, przerwała jego milczenie. Od tamtego dnia rozmawialiśmy bez przerwy. Dyskutowaliśmy o naszym związku oraz sytuacji, w jakiej się znaleźliśmy. Analizowaliśmy nasze charaktery oraz wpływ, jaki na nasze zachowanie miał fakt, iż przez długi czas prowadziliśmy podwójne życie. Jedna po drugiej znikały zadry w naszych sercach i za każdym razem zyskiwaliśmy szansę na wolność, szczęście i ucieczkę od frustracji. Poza tym w Hamidzie zaczynała pomału kiełkować pewność siebie; cecha, którą, jak mu się wydawało, utracił bezpowrotnie.

Czasami w trakcie rozmowy patrzył na mnie zaskoczony i mówił:

– Ale się zmieniłaś! Jesteś taka dojrzała i oczytana. Mówisz jak filozof albo psycholog. Czy to tych kilka lat spędzonych na uniwersytecie tak cię zmieniło?

– Nie! – odpowiadałam z dumą, której nie miałam ochoty ukrywać. – To trudy życia wymusiły na mnie zmiany. Musiałam dojrzeć. Musiałam wszystko zrozumieć, aby wybrać odpowiednią drogę. Byłam odpowiedzialna za życie moich dzieci. Nie mogłam popełnić błędu. Na szczęście udało mi się temu podołać dzięki twoim książkom, zajęciom na uczelni oraz pracy.

Po dwóch tygodniach Hamid odzyskał energię i nabrał lepszego humoru. Zaczynał przypominać dawnego siebie. Wraz z poprawą stanu psychicznego jego organizm także powracał do zdrowia. Moi spostrzegawczy synowie szybko zauważyli zmiany zachodzące w ojcu i starali się do niego zbliżyć. Zauroczeni i podekscytowani stale go obserwowali, wypełniali jego polecenia i śmiali się razem z nim. A dźwięk ten nadawał mojemu życiu blasku.

Wraz z powrotem do zdrowia oraz chęci do życia obudziły się w Hamidzie również inne pragnienia i potrzeby. Po długim okresie wstrzemięźliwości i przygnębienia nasze wspólne noce stały się niezwykle namiętne.

Rodzice Hamida oraz Mansura odwiedzili nas na dwa dni. Byli jednocześnie zdumieni i szczęśliwi, widząc drastyczne zmiany, jakie zaszły w zachowaniu syna.

– A nie mówiłam, że wyjazd będzie najlepszym rozwiązaniem? – powiedziała Mansura.

Matka Hamida nie posiadała się z radości. Nie odstępowała syna na krok, przytłaczała go wyrazami miłości i dziękowała mi za jego powrót do zdrowia. Jej zachowanie było tak wzruszające, że pomimo niezwykle radosnego nastroju miałam ochotę się rozpłakać.

Przez cały ich dwudniowy pobyt było zimno i padało. Siedzieliśmy więc przy kominku i rozmawialiśmy. Bahman, mąż Mansury, opowiadał nam najnowsze dowcipy o szachu i premierze Azharim, którymi rozśmieszał Hamida do łez. Choć wszyscy byli przekonani, że Hamid wrócił już do siebie, postanowiłam przedłużyć nasz pobyt o kolejny tydzień bądź dwa, zwłaszcza po tym, jak matka Hamida poinformowała mnie w tajemnicy, że Bibi nie czuje się zbyt dobrze, a kilku znajomych aktywistów nieustannie szuka Hamida. Bahman zaproponował, że zostawią nam swój samochód, a sami wrócą taksówką, byśmy mogli podróżować wzdłuż wybrzeża i zwiedzić położone na nim miasta. Niestety niedobory w produkcji benzyny sprawiły, że ciężko było ją zdobyć. Kolejne piękne dwa tygodnie spędziliśmy na północy kraju. Kupiliśmy dla chłopców piłkę do siatkówki i codziennie Hamid rozgrywał z nimi mecze. Poza tym biegał razem z nimi i ćwiczył. Chłopcy nigdy nie doświadczyli tak bliskiej więzi z ojcem, więc teraz dziękowali za to jemu i Bogu. Wielbili Hamida, jakby był ich idolem. Rysunki Masuda często przedstawiały czteroosobową rodzinę podczas pikniku, zabawy lub spaceru wśród kwiatów bądź w ogrodzie. Na niebie świeciło słońce i uśmiechało się do szczęśliwej rodziny. Chłód oraz powściągliwość, które do tej pory charakteryzowały relacje ojca z synami, zniknęły. Rozmawiali z nim o swoich przyjaciołach, szkole oraz nauczycielach. Siamak chwalił się swoją działalnością na rzecz rewolucji, opowiadał o miejscach, w które zabierał go wuj Mahmud oraz o rzeczach, które tam słyszał. Opowieści syna wprawiały Hamida w zdziwienie i zadumę.

Pewnego dnia zmęczony zabawą z chłopcami usiadł na kocu obok mnie i poprosił o filiżankę herbaty.

– Nasze dzieci mają mnóstwo energii – powiedział. – Nigdy się nie męczą.

– Co o nich myślisz? – zapytałam.

– Są cudowne. Nigdy nie przypuszczałem, że tak mocno je pokocham. Widzę w nich moje dzieciństwo i młodość.

– Pamiętasz, jak kiedyś nie znosiłeś dzieci? Pamiętasz, co zrobiłeś, gdy poinformowałam cię, że jestem w ciąży z Masudem?

– Nie, co zrobiłem?

Chciało mi się śmiać. Nie pamiętał nawet, że mnie opuścił. Ale to nie był odpowiedni czas na wylewanie żalów i przywoływanie gorzkich wspomnień.

– Nieważne – odparłam.

– Nie, powiedz mi – nalegał Hamid.

– Zrzekłeś się jakiejkolwiek odpowiedzialności.

– Wiesz dobrze, że problemu nie stanowiły dzieci, po prostu nie byłem pewien, co zrobić z własnym życiem i przyszłością. Cały czas myślałem, że mam przed sobą tylko rok życia. W tamtych okolicznościach posiadanie dzieci było bardzo nierozsądnym posunięciem. Powiedz szczerze, czy nie wydaje ci się, że gdybyś nie miała dzieci i związanych z nimi obowiązków, nie cierpiałabyś aż tak bardzo?

– Gdyby nie chłopcy, nie miałabym powodu, aby żyć i walczyć – odparłam. – To oni motywowali mnie do działania i sprawiali, że byłam w stanie temu podołać.

– Jesteś dziwną kobietą. Tak czy inaczej, teraz jestem szczęśliwy, że ich mam, i jestem ci ogromnie wdzięczny. Sytuacja się zmieniła. Czeka ich wspaniała przyszłość i już się o nich nie martwię.

Słowa Hamida były dla mnie błogosławieństwem. Uśmiechnęłam się i zapytałam:

– Naprawdę? A więc posiadanie dzieci nie stanowi już dla ciebie problemu i cię nie przeraża?

Podniósł się nagle i odpowiedział:

– Och, nie! Na miłość boską, Masumo, co chcesz przez to powiedzieć?

– Nie martw się – odparłam ze śmiechem. – Jeszcze za wcześnie, aby coś stwierdzić. Ale nie wykluczam ciąży. Nadal mogę mieć dzieci i jak wiesz, nie zażywałam pigułek antykoncepcyjnych. Ale żarty na bok, jeśli ponownie zajdę w ciążę, czy będziesz tak samo przerażony i zmartwiony jak poprzednio?

Przez chwilę się zastanawiał, a potem odparł:

– Nie. Oczywiście nie chcę mieć już więcej dzieci, ale nie jestem tak negatywnie nastawiony jak kiedyś.

Zakończyliśmy rozmowę na tematy osobiste i zaczęliśmy dyskutować na tematy związane z polityką i problemami społecznymi. Nadal nie do końca rozumiał, co się wydarzyło podczas jego pobytu w więzieniu, jakie wydarzenia doprowadziły do jego uwolnienia i dlaczego w ludziach zaszły takie zmiany. Opowiadałam mu o studentach, o moich kolegach z pracy oraz o wszystkim tym, co się stało pod jego nieobecność. Mówiłam również o moich doświadczeniach, o tym, jak ludzie na mnie reagowali i jak ostatnio zmieniło się ich podejście do mnie. Opowiedziałam o panu Zargarze, który zatrudnił mnie wyłącznie dlatego, że mój mąż był więźniem politycznym, o panu Szirzadim, który był buntownikiem z natury i z powodu ucisku politycznego oraz społecznego zmienił się w istotę pełną nienawiści i podejrzliwości. Opowiedziałam również o Mahmudzie, który w swoim mniemaniu oddałby życie i wszystkie dobra doczesne za rewolucję.

– Mahmud to dopiero zjawisko! – przyznał Hamid. – Nigdy bym nie pomyślał, że któregoś dnia postawimy choćby krok w tym samym kierunku.

Gdy wróciliśmy do Teheranu, okazało się, że zakończyła się już siedmiodniowa uroczystość pogrzebowa Bibi. Rodzice Hamida uznali, że lepiej nie informować nas o jej śmierci. Tak naprawdę jednak obawiali się, że tłumy i najazd rodziny oraz przyjaciół okażą się zbyt stresujące i męczące dla Hamida.

Biedna Bibi, jej śmierć nikim nie wstrząsnęła ani nie wprawiła żadnego serca w drżenie. Tak naprawdę umarła wiele lat wcześniej. Jej odejście nie wywołało nawet uczucia smutku, które towarzyszy zwykle śmierci obcej osoby. Bledło bowiem w porównaniu ze śmiercią młodych ludzi i aktywistów, którzy w tamtym okresie ginęli dziesiątkami.

Drzwi i okna mieszkania na dole zostały zamknięte. Księga życia Bibi, niegdyś radosna i ekscytująca, teraz dobiegła końca.

Po powrocie do Teheranu Hamid wrócił do życia, jakie prowadził wiele lat wcześniej. Nie wiadomo skąd pojawiały się książki i ulotki, a z każdym kolejnym dniem kręciło się wokół niego coraz więcej osób. Ci, którzy znali go wcześniej, zrobili z niego bohatera dla młodszego pokolenia: były więzień polityczny i jedyny ocalały spośród założycieli ruchu, którzy poświęcili życie dla rewolucji. Wykrzykiwali hasła na jego cześć, wychwalali jego wyższość moralną i okrzyknęli go przywódcą. Dzięki temu Hamid nie tylko odzyskiwał utraconą pewność siebie, ale stopniowo czuł coraz większą dumę. Przemawiał do nich jak przywódca i nauczał o sposobach i środkach oporu.

Tydzień po naszym powrocie poszedł do drukarni z grupą oddanych uczniów. Wyłamali plomby i zamki i wykorzystując sprzęt, który jeszcze tam pozostał, założyli niewielki zakład poligraficzny.

Choć był skromnie wyposażony, nadawał się do powielania biuletynów, broszur i ulotek.

Niczym wierny pies Siamak nie odstępował ojca na krok i wykonywał jego polecenia. Był dumny z tego, że jest synem bohatera i podczas każdego zebrania chciał siedzieć obok niego. Natomiast Masud nie znosił znajdować się w centrum uwagi, więc zaczął się od nich oddalać. Najczęściej zostawał ze mną i zajmował się rysowaniem demonstracji ulicznych. Na jego pracach nigdy nie dochodziło do aktów przemocy ani rozlewu krwi, nie widać było rannych.

W dziewiątym i dziesiątym dniu Muharramu, upamiętniającego męczeństwo imama Husejna, w naszym domu zebrał się tłum ludzi i wszyscy wzięliśmy udział w zaplanowanych na ten dzień demonstracjach. Rodzice Hamida wrócili wcześniej do domu, a on sam w otoczeniu przyjaciół odłączył się od nas. Siostra Hamida, Faati, jej mąż, Sadegh Aga, i ja staraliśmy się nie rozdzielać. Wykrzykiwaliśmy hasła tak długo, aż zdarliśmy sobie gardła. Widząc, jak ludzie dają upust złości i frustracji, poczułam radość i podekscytowanie. Nadal jednak nie mogłam pozbyć się lęku i obaw, które powoli mnie ogarniały. Po raz pierwszy Hamid zobaczył na własne oczy, jak wielką popularnością cieszyła się rewolucja.

Zgodnie z moimi przewidywaniami wywarło to na nim ogromne wrażenie. Rzucił się bowiem bez opamiętania w wir wydarzeń.

Kilka tygodni później zauważyłam zachodzące w moim organizmie zmiany. Szybciej się męczyłam, a rano czułam lekkie mdłości. W głębi serca byłam szczęśliwa. Powtarzałam sobie, że teraz jesteśmy prawdziwą rodziną i moje trzecie dziecko urodzi się w innych okolicznościach. Poza tym urocza mała dziewczynka mogła wnieść wiele ciepła do rodziny. A Hamid jak dotąd nie doświadczył radości związanej z pielęgnacją niemowlęcia.

Mimo to na początku nie miałam odwagi mu powiedzieć, że jestem w ciąży. Gdy w końcu się odważyłam, roześmiał się i powiedział:

– Wiedziałem, że znowu wpakujesz nas w kłopoty. Ale nie jest źle. To dziecko jest kolejnym owocem rewolucji. W końcu potrzebujemy więcej rąk do pracy.

***

Ekscytujące dni rewolucji były bogate w wydarzenia. Wszyscy byliśmy bardzo zajęci. Nasz dom tętnił życiem i panował w nim tłok, podobnie jak w domu Mahmuda. Jednak to nasze mieszkanie stało się miejscem spotkań politycznych aktywistów. Choć nadal istniało pewne niebezpieczeństwo z tym związane i obowiązywał zakaz zgromadzeń, Hamid się tym nie przejmował.

– Nie ośmielą się nam przeszkodzić. Jeśli znowu mnie aresztują, stanę się legendą. Nie podejmą takiego ryzyka.

Co noc wchodziliśmy na dach i razem z innymi ludźmi, którzy także stali na dachach swoich domów, skandowaliśmy: „Bóg jest wielki!". Wykorzystując drogę ucieczki, którą wiele lat temu opracował Hamid, mogliśmy odwiedzać domy sąsiadów i do późna w nocy rozmawiać i wymieniać się poglądami. Każdy, młody czy stary, uważał się za politycznego eksperta. Wyjazd szacha z kraju zwiększył powszechny entuzjazm.

Co jakiś czas zbieraliśmy się w domu Mahmuda, aby posłuchać najnowszych wieści. Współpraca Hamida i Mahmuda układała się dość dobrze; traktowali się po przyjacielsku. Nie wdawali się w polityczne dyskusje, ale wymieniali się informacjami na temat swojej działalności, dawali sobie nawzajem rady, a Hamid dzielił się z Mahmudem i jego przyjaciółmi wiedzą na temat zbrojnego oporu i partyzantki. Czasami ich rozmowy ciągnęły się aż do świtu.

Wraz ze zbliżającym się dniem powrotu ajatollaha Chomeiniego do Iranu współpraca pomiędzy różnymi politycznymi frakcjami i ugrupowaniami stopniowo się zacieśniała. Ludzie zapomnieli wówczas o dzielących ich antagonizmach, a wiele zerwanych więzi na nowo odbudowano. Na przykład ponownie nawiązaliśmy kontakt z wujem ze strony matki, który od dwudziestu pięciu lat mieszkał w Niemczech. Jak wszyscy Irańczycy żyjący na obczyźnie był bardzo podekscytowany obecną sytuacją w kraju i starał się być na bieżąco, utrzymując regularny kontakt telefoniczny z Mahmudem. Z kolei mój brat kontaktował się z mężem mojej kuzynki, Mahbuby, wymieniając się z nim informacjami o wydarzeniach w Teheranie i Kom. Czasami miałam wrażenie, że w ogóle nie znam Mahmuda.

Stał się niezwykle hojny i nie żałował pieniędzy na sprawy związane z rewolucją. Często się zastanawiałam, czy to ten sam Mahmud, którego pamiętam z dzieciństwa. Mój syn, trzynastoletni już Siamak, rósł szybko i u boku ojca wypełniał swoje obowiązki niczym dorosły mężczyzna. Rzadko go widywałam i często nie wiedziałam nawet, co jadł na obiad lub kolację. Widziałam jednak, że nigdy nie był bardziej szczęśliwy. Obowiązkiem Masuda było wypisywanie haseł na murach. Czasami kreślił je swoim pięknym charakterem pisma na kartkach papieru, a gdy miał czas, ozdabiał je nawet różnymi wzorami. Codziennie biegał po ulicach miasta z grupą dzieci. Pomimo grożącego im niebezpieczeństwa nie potrafiłam ich powstrzymać. W końcu postanowiłam przyłączyć się do nich w charakterze czujki. Stawałam wówczas na rogu ulicy i pilnowałam, aby mogli bezpiecznie wypisać hasła. A potem poprawiałam błędy ortograficzne, które popełnili. Dzięki temu mogłam mieć oko na syna i działać wraz z nim na rzecz rewolucji. Masud czerpał ogromną radość z faktu, iż mając matkę za wspólnika, robi coś nielegalnego.

Jedyny smutek, który ciążył mi na sercu, wynikał z zerwania kontaktów z Parwaną. Tym razem rozdzieliła nas nie odległość geograficzna, ale różnice poglądów politycznych. Choć podczas pobytu Hamida w więzieniu okazała mi wiele dobroci, opiekowała się moimi dziećmi i często nas odwiedzała, to po uwolnieniu mojego męża nasze więzi się rozluźniły.

Rodzina Parwany, a także ona sama popierała szacha i uważała rewolucjonistów za łobuzów i zbirów. Za każdym razem, gdy się widywałyśmy, nasze rozmowy i kłótnie wzmacniały tylko dzielące nas różnice. Czasami bezwiednie jedna mówiła coś, by urazić drugą, i rozstawałyśmy się tuż przed wybuchem kolejnej kłótni. Z czasem przestałyśmy odczuwać chęć, by się kontaktować, i to do tego stopnia, że nawet nie wiedziałam, kiedy wraz z rodziną spakowała dobytek i ponownie opuściła kraj. Mój zapał wywołany rewolucją kłócił się ze smutkiem, który odczuwałam z powodu ponownej utraty Parwany. Nie potrafiłam o tym zapomnieć.

***

Słodkie i emocjonujące początki rewolucji minęły szybko niczym wiatr. Radość i podniecenie sięgnęły zenitu po południu jedenastego lutego, wraz z upadkiem rządu tymczasowego. Rewolucjoniści zajęli budynki rządowe, telewizję i stacje radiowe. W telewizji nadano hymn narodowy, a gospodarz programu dla dzieci wyrecytował wiersz Foruq, który zaczynał się następująco: „Śniłam, że ktoś się zbliża...". Byłam w siódmym niebie. Z hymnem na ustach chodziliśmy od domu do domu, wpadaliśmy sobie w objęcia, częstowaliśmy się słodyczami i składaliśmy sobie wzajemnie gratulacje. Czuliśmy się wolni. Czuliśmy się swobodnie. Czuliśmy się tak, jakby z naszych barków spadł ogromny ciężar.

Szkoły wkrótce ponownie zostały otwarte, a firmy wznowiły działalność, jednak życie nadal było chaotyczne i daleko mu było do normalności. Wróciłam do swoich obowiązków, lecz pracownicy agencji spędzali dnie na kłótniach. Niektórzy uważali, że wszyscy powinniśmy się zapisać do nowo utworzonej Islamskiej Partii Republikańskiej, aby pokazać poparcie dla rewolucji. Inni natomiast sądzili, że nie ma takiej potrzeby, skoro minęły już czasy przymusowego wstępowania do Rastakhiz, partii szacha.

W całym tym zamieszaniu znalazłam się w centrum uwagi. Wszyscy mi gratulowali, jakbym w pojedynkę przeprowadziła rewolucję. Wszyscy też chcieli poznać Hamida. Pewnego dnia mój mąż wracał z drukarni i przyszedł po mnie do pracy. Moi współpracownicy wciągnęli go do biura i powitali jak bohatera. Hamid pomimo częstych publicznych wystąpień był człowiekiem nieśmiałym i takie niespodziewane sytuacje bardzo go stresowały. Powiedział kilka słów, rozdał materiały wydrukowane przez jego organizację i odpowiedział na parę pytań.

Moi koledzy z pracy i przyjaciele uznali Hamida za przystojnego, troskliwego i uroczego mężczyznę. Gdy gratulowali mi takiego męża, moje serce wzbierało dumą.

.

Rozdział szósty

Żyliśmy z poczuciem zwycięstwa i rozkoszowaliśmy się każdą chwilą nowo zdobytej wolności. Na chodnikach tłoczyli się handlarze oferujący książki i ulotki, za których posiadanie jeszcze niedawno można było zapłacić życiem. Dostępne były różnego rodzaju gazety i czasopisma. Rozmawialiśmy swobodnie o wszystkim, nie baliśmy się ani tajnej policji, ani nikogo innego. Jednak tyrania, w której przyszło nam żyć, nie pozwoliła nam w odpowiedni sposób korzystać z wolności. Nie wiedzieliśmy, jak dyskutować, nie byliśmy przyzwyczajeni do wysłuchiwania osób prezentujących inny punkt widzenia, nie potrafiliśmy zaakceptować odmiennych poglądów ani opinii. W rezultacie raj na ziemi po rewolucji nie trwał nawet miesiąc i skończył się dużo wcześniej niż przypuszczaliśmy.

Różnice zdań i osobiste upodobania, wcześniej skrywane pod zasłoną poczucia solidarności, które wynikało z posiadania wspólnego wroga, z każdym dniem ujawniały się z coraz większą siłą. Walka o własne przekonania szybko doprowadziła do tego, że ludzie zaczęli opowiadać się po jednej ze stron, oskarżając przy tym tę drugą o działanie na szkodę narodu i religii. Codziennie pojawiała się nowa frakcja polityczna, która stawała w opozycji do już istniejących grup. Tego roku wszystkie odwiedziny i zgromadzenia wynikające z tradycji noworocznej odbywały się pośród zażartych kłótni, a nawet bijatyk.

I w mojej rodzinie doszło do brzemiennego w skutkach spotkania, gdy z okazji Nowego Roku poszliśmy odwiedzić bliskich w domu Mahmuda. Wymiana zdań pomiędzy moim mężem a bratem przemieniła się w awanturę.

– Ludzie pragną islamu. To dlatego wywołali tę rewolucję – stwierdził Mahmud. – Dlatego też rząd powinien być rządem islamistycznym.

– A, rozumiem! – odparł Hamid. – A mógłbyś mi wyjaśnić, co tak naprawdę oznacza termin „rząd islamistyczny"?

– Wprowadzenie w życie wszystkich założeń islamu.

– Masz na myśli powrót do czasów sprzed czterystu lat?! – krzyknął Hamid.

– Zasady islamu to zasady dane nam przez Boga – zripostował Mahmud. – W związku z tym się nie starzeją, są zawsze aktualne.

– W takim razie wyjaśnij mi, proszę, które z zasad islamu dotyczą ekonomii państwa? A które odnoszą się do praw jednostki? – zapytał Hamid. – Podejrzewam, że chciałbyś powrotu do czasów haremów, podróżowania na wielbłądach oraz obcinania dłoni i rąk!

– Ta zasada także pochodzi od Boga – warknął Mahmud. – Gdyby złodziei karano obcięciem dłoni, nie byłoby ich tak wielu. To samo tyczy się zdrajców i oszustów. Ale czy taki bezbożny człowiek jak ty może mieć jakiekolwiek pojęcie o przykazaniach boskich? Trzeba posiadać odpowiednią wiedzę.

Kłótnia doprowadziła do wymiany obelg. Nie mogli się wzajemnie znieść. Hamid mówił o prawach człowieka, wolności, przejęciu własności, podziale dóbr oraz o rządzie składającym się z komitetów, Mahmud natomiast nazwał go bezbożnikiem, wiarołomcą oraz niewiernym, którego należałoby skazać na egzekucję. Oskarżył nawet mojego męża o bycie zdrajcą i szpiegiem. W odpowiedzi Hamid określił Mahmuda mianem apodyktycznego, ograniczonego tradycjonalisty.

Ehteram-Sadat, jej dzieci oraz Ali wraz z żoną poparli Mahmuda. Ja natomiast, widząc samotną walkę Hamida, poczułam się w obowiązku, by stanąć po jego stronie, i pospieszyłam mu z pomocą. Faati i jej mąż byli niezdecydowani i nie wiedzieli, za kim się opowiedzieć. Po pewnym czasie zaś matka zaczęła wyglądać na zdesperowaną, ponieważ nie miała pojęcia, o czym rozmawiamy. Ona pragnęła jedynie spokoju.

Co gorsza w centrum całej kłótni znajdował się Siamak, który zdezorientowany i zdumiony nie wiedział, kto ma rację. Nadal miał świeżo w pamięci religijne nauki Mahmuda sprzed kilku miesięcy. Z drugiej strony znajdował się teraz w intelektualnym i politycznym świecie ojca. Do tamtego dnia Siamak nie rozumiał dokładnie głęboko zakorzenionego konfliktu pomiędzy ojcem a wujem. Gdy współpracowali przed rewolucją, ich sprzeczne przekonania zlały się w jedno w głowie mojego syna. Ale teraz się pogubił i widząc kłótnię tych dwóch mężczyzn, został pozbawiony złudzeń. Siamak stracił zapał i chęć przebywania w ich towarzystwie, ponownie stał się rozdrażniony i kłótliwy. Pewnego dnia po długiej kłótni położył głowę na mojej piersi i rozpłakał się jak mały chłopiec. Starałam się go pocieszyć, więc zapytałam, co go dręczy.

– Wszystko! – odparł, nadal płacząc. – Czy to prawda, że tato nie wierzy w Boga? Że jest wrogiem pana Chomeiniego? Czy wuj Mahmud naprawdę uważa, że tato oraz jego przyjaciele powinni zostać straceni?

Nie wiedziałam, co odpowiedzieć.

Nasze codzienne życie zaczęło przypominać to sprzed wielu lat. Hamid znowu zapomniał o domu i rodzinie. Nieustannie podróżował po kraju, a pozostały czas poświęcał na pisanie artykułów i wystąpień oraz publikowanie gazet, czasopism i biuletynów. Choć nie miał nic przeciwko zabieraniu ze sobą syna, Siamak nie miał już ochoty pomagać ojcu.

Szkoły, uniwersytety i zakłady zostały ponownie otwarte, więc ludzie zajęli się własnym życiem. Lecz wszędzie dochodziło do kłótni o przekonania i zasady. Na uniwersytecie każda grupa, która jako pierwsza znalazła się w sali, zajmowała ją, wywieszała na drzwiach swoją nazwę i zaczynała dystrybucję biuletynów oraz ulotek. Takie postępowanie nie dotyczyło wyłącznie studentów; nawet wykładowcy podzielili się na frakcje i walczyli między sobą. Na ścianach i drzwiach wisiały sprzeczne hasła oraz materiały, które miały zdyskredytować przeciwnika, takie jak zdjęcia studentów lub profesorów odbierających nagrody z rąk szacha lub cesarzowej Farah.

Nie pamiętam, jak przebiegały wówczas zajęcia na uczelni i jak udało nam się zdać egzaminy końcowe. Wszystko przesłaniały walki ideologiczne. Osoby, które jeszcze niedawno żyły w przyjaźni, teraz potrafiły zatłuc się na śmierć, a gdy przeciwnik zostawał pokonany, a nawet tracił życie, zwycięzca świętował i uznawał swoje poczynania za wielki sukces organizacji, do której należał.

Cieszyłam się, że był to ostatni mój semestr na uczelni.

– Ależ z ciebie przykładna studentka! – śmiał się ze mnie Hamid. – Tak bardzo polubiłaś studiowanie, że nie masz ochoty kończyć.

– Wstydziłbyś się! – mówiłam. – Mogłam skończyć studia w trzy i pół roku, ale przez ciebie musiałam z nich zrezygnować. A gdy wróciłam, byłam w stanie zdobyć jedynie kilka zaliczeń na semestr, ponieważ musiałam pracować i opiekować się dziećmi. Mimo to osiągnęłam bardzo wysoką średnią. Na pewno przyjmą mnie na studia uzupełniające.

Niestety z powodu zamieszania panującego na uniwersytecie, zwolnień wielu profesorów oraz regularnego odwoływania zajęć ponownie nie udało mi się uzyskać tytułu licencjata i kilka zaliczeń musiałam przełożyć na kolejny semestr.

W pracy sytuacja wyglądała podobnie. Każdego dnia nowe osoby obwoływano dawnymi agentami SAVAK, a wokoło szerzyły się szokujące oskarżenia i pomówienia. Oczyszczenie społeczeństwa z antyrewolucyjnych elementów stało się jednym z punktów programu wszystkich grup politycznych. Jak można się było spodziewać, każda z nich oskarżała o antyrewolucyjne poglądy pozostałe.

W naszym domu pojawiała się gazeta mudżahedinów, którą Siamak przynosił ze szkoły.

W połowie września 1979 roku na świat przyszła nasza córka. Tym razem Hamid był przy narodzinach dziecka. Gdy po porodzie przeniesiono mnie na oddział położniczy, roześmiał się, mówiąc:

– To dziecko jest do ciebie najbardziej podobne!

– Naprawdę? Dlaczego tak twierdzisz? Myślałam, że ma nieco oliwkową cerę.

– Teraz jest bardziej czerwona niż oliwkowa, ale ma dołeczki na policzkach. Jest słodka. Nazwiemy ją Szahrzad, dobrze?

– Nie! – odparłam. – Przecież uzgodniliśmy, że w przeciwieństwie do Szahrzad powinna mieć długie i szczęśliwe życie. Dostanie imię, które będzie do niej pasować.

– A twoim zdaniem jakie imię pasuje do tej małej dziewczynki?

– Szirin.

Biorąc pod uwagę fakt, iż Szirin miała być moim ostatnim dzieckiem, chciałam się nacieszyć każdą minutą jej niemowlęctwa, które, jak dobrze wiedziałam, miało szybko minąć. Siamak nie zwracał zbyt wielkiej uwagi na nowego członka rodziny. Natomiast Masud nie zdradzał żadnych oznak zazdrości i przypatrywał się naszemu małemu cudowi, mówiąc:

– Jest taka malutka, ale ma wszystko! Popatrz, jakie ma małe paluszki! A jej nozdrza przypominają małe zera.

Śmiał się też z jej uszu oraz małej kępki włosów na czubku głowy. Codziennie po szkole Masud siadał obok siostry, rozmawiał z nią lub się z nią bawił. Wydawało się, że Szirin odwzajemnia miłość brata. Gdy tylko go widziała, zaczynała się śmiać i machać rączkami i nóżkami. A kiedy podrosła, lubiła się rzucać w moje i jego ramiona.

Szirin była zdrową dziewczynką. Pod względem cech emocjonalnych stanowiła połączenie Siamaka i Masuda. Z jednej strony była dobra i wesoła jak młodszy brat, a z drugiej złośliwa i niespokojna jak starszy. Po mnie odziedziczyła usta i policzki, a po Hamidzie skórę w odcieniu pszenicy oraz duże ciemne oczy. Opieka nad Szirin zajmowała mi tak wiele czasu, że nie zwracałam uwagi na częste nieobecności męża. Przestałam też brać udział w jego działalności politycznej. Zaniedbywałam nawet Siamaka. Jak zwykle w szkole radził sobie dobrze i miał dobre oceny, ale nie wiedziałam, czym jeszcze się zajmuje.

Po trzech miesiącach urlopu macierzyńskiego zdecydowałam się jeszcze na rok niepłatnego urlopu wychowawczego. Chciałam wychować córkę w spokojnej i miłej atmosferze, zdobyć tytuł licencjata i ewentualnie przygotować się do egzaminów wstępnych na studia uzupełniające.

Poza kręgiem rodzinnym Szirin zyskała kolejnego wiernego fana w osobie pani Parvin, która w tamtym czasie już nie pracowała i czuła się bardzo samotna. Ludzie przestali bowiem zamawiać ubrania na miarę, więc nie miała prawie żadnych klientów. Zarabiała na życie, wynajmując dwa pokoje znajdujące się na końcu podwórza, i dzięki temu nie musiała się martwić o brak chętnych.

Większość wolnego czasu pani Parvin spędzała ze mną, a gdy zapisałam się na semestr zimowy, z radością zgodziła się zająć Szirin pod moją nieobecność.

Na uniwersytecie nadal panował zamęt. Byłam zrozpaczona, gdy pewnego dnia grupa studentów wyrzuciła wielokrotnie odznaczanego i niezwykle szanowanego wykładowcę przez bramę uniwersytecką, dając mu jeszcze kopniaka w tyłek, ponieważ jego książka została nagrodzona przez szacha. Co gorsza kilku innych profesorów przyglądało się temu zajściu z uśmiechem na ustach, kiwając głową z aprobatą. Gdy opowiedziałam o tym Hamidowi, pokręcił głową i powiedział:

– Podczas rewolucji nie ma miejsca na jałowe współczucie. Wyplenienie elementów antyrewolucyjnych to jeden z filarów rewolucji, ale niestety ci ludzie nie wiedzą, jak przeprowadzić je w odpowiedni sposób, i zachowują się nieodpowiedzialnie. Po każdej rewolucji ulicami płynęły rzeki krwi, a ludność musiała pomścić setki lat życia w tyranii. Ale tutaj nic takiego się nie dzieje.

– Jak to nic się nie dzieje? – wykrzyknęłam. – Przecież niedawno opublikowano w gazetach zdjęcia członków byłego rządu, których stracono.

– Ta garstka ludzi? Gdyby przyszłe władze nie pozbyły się choćby tej niewielkiej grupy, na nich także padłoby podejrzenie.

– Nie mów tak, Hamidzie. Przerażasz mnie. Dla mnie nawet taka liczba ofiar jest zbyt duża.

– Podchodzisz do sprawy zbyt emocjonalnie – odparł. – Problem polega na tym, że nasz naród nie zna zasad rewolucji.

Z czasem niepokoje oraz konflikty na tle politycznym i społecznym nasiliły się do tego stopnia, że uniwersytet został oficjalnie zamknięty. W kraju zapanował chaos. Krążyły nawet pogłoski o wojnie domowej oraz secesji kilku prowincji, w tym Kurdystanu.

Hamid często wyjeżdżał. Tym razem nie było go w domu ponad miesiąc. W trakcie jego nieobecności nie mieliśmy od niego żadnych wiadomości. Ponownie zaczęłam się martwić, ale teraz nie miałam już dawnej cierpliwości i tolerancji. Postanowiłam, że po jego powrocie przeprowadzę z nim poważną rozmowę.

Po sześciu tygodniach wrócił wyczerpany i zaniedbany. Poszedł prosto do łóżka i spał przez dwanaście godzin. Następnego dnia hałas bawiących się dzieci w końcu go obudził. Wykąpał się, zjadł porządny posiłek, a potem wypoczęty i zadowolony usiadł przy kuchennym stole i zaczął żartować z chłopcami. Myłam naczynia, gdy nagle Hamid zapytał zaskoczony:

– Czy ty przytyłaś?

– Nie. Wręcz przeciwnie. Przez ostatnie kilka miesięcy straciłam nieco na wadze.

– W takim razie wcześniej musiałaś przytyć.

Miałam ochotę czymś w niego rzucić. Zapomniał, że kilka miesięcy wcześniej urodziłam dziecko; dlatego nie zapytał nawet o naszą córkę. W tym samym momencie Szirin zaczęła płakać. Odwróciłam się do Hamida i zapytałam ze złością:

– Już sobie szanowny pan przypomniał? Ma pan jeszcze jedno dziecko!

Duma nie pozwalała mu się przyznać, że zapomniał o istnieniu Szirin. Wziął ją na ręce i powiedział:

– Ależ ona urosła! Jest taka pulchna i słodka!

Masud zaczął wyliczać talenty i umiejętności młodszej siostry. Opowiadał o jej śmiechu, dwóch pierwszych ząbkach, o tym, jak zaczęła raczkować i jak mocno łapała go za palec. Chwalił ją też za to, że rozpoznaje wszystkich członków rodziny.

– Długo mnie z wami nie było – przyznał Hamid. – Musiała się bardzo zmienić w tak krótkim czasie?

– Prawdę mówiąc – odparłam – ząbkowała jeszcze przed twoim wyjazdem. Potrafiła też wiele rzeczy, ale ciebie nigdy nie było, więc tego nie zauważałeś.

Hamid został w domu tego wieczora. Około godziny dziesiątej zadzwonił dzwonek do drzwi. Mój mąż zerwał się nagle na nogi, złapał kurtkę i pobiegł na dach. Cofnęłam się w czasie o kilka lat. Nic się nie zmieniło. Zrobiło mi się niedobrze.

Nie pamiętam, kto wówczas przyszedł. Ktokolwiek to był, nie stanowił żadnego zagrożenia, ale po tym wydarzeniu zarówno ja, jak i Hamid byliśmy wstrząśnięci. Patrzyłam na niego rozgoryczona. Szirin zasnęła. Chłopcy cieszyli się z obecności ojca w domu i nie chcieli spać, ale nakazałam im pójść do swojego pokoju. Hamid wyciągnął z kieszeni niewielką książkę i poszedł do sypialni.

– Hamidzie, usiądź, proszę – powiedziałam stanowczym tonem. – Muszę z tobą porozmawiać.

– Ech! – odparł zniecierpliwiony. – Czy musimy rozmawiać dzisiaj?

– Tak, musimy. Obawiam się, że jutro może nie nadejść.

– Och, jak poważnie i poetycko to zabrzmiało!

– Możesz sobie mówić, co chcesz, i się ze mnie naśmiewać, ale i tak powiem to, co zamierzałam. Posłuchaj, przez te wszystkie lata znosiłam różne niedogodności i nigdy cię o nic nie prosiłam. Szanowałam twoje poglądy i ideały, choć sama ich nie podzielałam. Cierpliwie znosiłam samotność, strach, lęk i twoje wyjazdy. Zawsze stawiałam twoje potrzeby na pierwszym miejscu. Przeżyłam rewizje w środku nocy, przeżyłam drastyczne zmiany, jakie zachodziły w moim życiu, przeżyłam też lata obelg i poniżania za bramą więzienia. Sama ponosiłam trudy związane z wychowaniem naszych dzieci i ich utrzymaniem.

– A więc o co ci chodzi? Nie pozwalasz mi iść spać, ponieważ chcesz, abym ci podziękował? Dobrze, dziękuję. Kobieto, jesteś niesamowita.

– Nie zachowuj się jak rozpieszczone dziecko – warknęłam. – Nie zależy mi na twoich podziękowaniach. Chcę ci powiedzieć, że nie jestem już siedemnastoletnią dziewczyną, która podziwia twój heroizm i cieszy się z bohaterskich czynów męża. A ty nie jesteś już zdrowym trzydziestolatkiem, który może walczyć tak jak kiedyś. Mówiłeś, że jeśli reżim szacha upadnie, jeśli rewolucja zwycięży i ludzie dostaną to, czego pragną, wrócisz do normalnego życia i razem w spokoju i szczęściu wychowamy nasze dzieci. Pomyśl o nich. One cię potrzebują. Zerwij z tym wszystkim. Nie mam już do tego cierpliwości i sił. Twój główny cel został osiągnięty, urzeczywistniłeś swoje marzenia i spełniłeś obowiązek wobec kraju. Resztę pracy pozostaw młodym. Choć raz w życiu postaw swoje dzieci na pierwszym miejscu. Chłopcy potrzebują ojca. Nie potrafię już cię zastąpić. Pamiętasz miesiąc, który spędziliśmy nad Morzem Kaspijskim? Pamiętasz, jacy byli szczęśliwi i energiczni? Pamiętasz, jak z tobą rozmawiali i dzielili się swoimi przemyśleniami? Teraz nie mam pojęcia, czym zajmuje się Siamak i z kim się zadaje. Zaczął dorastać, a to trudny i niebezpieczny okres. Musisz poświęcić mu więcej czasu i mieć na niego oko. Poza tym musimy zaplanować ich przyszłość. Wydatki związane z dziećmi rosną z dnia na dzień, a przy takiej inflacji nie dam rady utrzymać ich w pojedynkę. Czy ty w ogóle zdajesz sobie sprawę, w jaki sposób udało nam się przeżyć ten rok? Przecież przebywam na bezpłatnym urlopie. Uwierz mi, nawet te marne pieniądze, które odłożyłam na czarną godzinę, już się skończyły. Jak długo jeszcze twój ojciec będzie musiał nas utrzymywać?

– Pieniądze, które otrzymujesz od niego co miesiąc, to moje wynagrodzenie – odparł Hamid.

– Jakie wynagrodzenie? Dlaczego się oszukujesz? Ile według ciebie wynoszą zyski drukarni, że mogą sobie pozwolić na opłacanie leniwego pracownika, który nigdy nie pojawia się w pracy?

– W czym leży problem? – zapytał. – Potrzebujesz więcej pieniędzy? Powiem, aby zwiększyli mi pensję. Czy wtedy będziesz zadowolona?

– Dlaczego nie możesz zrozumieć, o co mi chodzi? Z całego moje wywodu zrozumiałeś jedynie fragment dotyczący pieniędzy?

– Reszta to bzdury – stwierdził. – Twój problem polega na tym, że nie masz w życiu żadnych ideałów. Czy swoim materialistycznym umysłem jesteś w stanie pojąć, co to znaczy służyć ludziom?

– Nie zaczynaj zarzucać mnie swoimi hasłami. Jeśli tak naprawdę zależy ci na narodzie i potrzebujących, pojedźmy do odległych zakątków kraju i pracujmy jako nauczyciele, pracujmy dla ludzi i nauczmy ich czegoś. Kupimy kawałek ziemi i zostaniemy rolnikami albo zrobimy coś, co według ciebie będzie służyć ludziom. Nawet jeśli będzie brakować nam pieniędzy, nie będę narzekać. Chcę tylko, abyśmy byli razem. Chcę, aby moje dzieci miały ojca. Przysięgam, zamieszkam w miejscu, które wybierzesz. Pragnę tylko się wyrwać z tej wojny nerwów, nieustannego poczucia strachu i lęku. Proszę, choć raz w życiu podejmij decyzję, mając na względzie dobro swojej rodziny i dzieci.

– Skończyłaś już? – zapytał zdenerwowany. – Czy naprawdę jesteś taka naiwna i oderwana od rzeczywistości? Naprawdę uważasz, że po przejściu ciężkiego szkolenia, po tym, co wycierpiałem, po latach spędzonych w więzieniu oddam wszystko w ręce innych ludzi i przeprowadzę się do zapomnianej przez Boga dziury, aby uprawiać fasolę z jakimiś chłopami? Teraz, gdy w końcu jesteśmy tak blisko osiągnięcia naszego celu? Moim zadaniem jest ustanowienie demokratycznego rządu. Kto powiedział, że rewolucja zakończyła się sukcesem? Nadal mamy przed sobą długą drogę. Muszę przywrócić wolność wszystkim narodom. Kiedy w końcu to zrozumiesz?

– A powiedz mi, czym jest demokratyczny rząd? – zapytałam.

– Czy to nie rząd wybrany przez ludzi? Skoro tak, to przecież ludzie właśnie go wybrali. Problem w tym, że nie możesz pogodzić się z faktem, że ci, za których nadstawiałeś karku, zagłosowali na rząd islamistyczny. A więc z kim dokładnie chcesz wojować?

– Proszę cię… Jakie wybory? Zdobyli głosy dzięki niedoinformowanym ludziom mającym bzika na punkcie rewolucji, ludziom, którzy nie wiedzieli, co ich tak naprawdę czeka.

– Tak czy inaczej, wybrali ten rząd i nie wycofali swoich głosów ani poparcia. Nie jesteś ich adwokatem ani przedstawicielem. Musisz uszanować ich decyzję, nawet jeśli nie zgadza się ona z twoimi przekonaniami.

– A więc powinienem siedzieć spokojnie i czekać, aż wszystko legnie w gruzach? – zapytał. – Jestem myślicielem politycznym, wiem, jak powinno się rządzić krajem, a teraz, gdy fundamenty zostały przygotowane, musimy dokończyć nasze dzieło. I dlatego nie cofnę się przed walką ani cierpieniem.

– Walką? A z kim będziesz walczył? Nie ma już szacha. Chcesz walczyć z republikańskim rządem? Dobrze. Ogłoś swoje zamiary i za cztery lata poddaj je pod głosowanie. Jeśli masz rację, ludzie na pewno cię poprą.

– Nie oszukuj się. Przecież islamiści na to nie pozwolą. Poza tym, o jakich ludziach mówisz? Ludzie, którzy w przeważającej części są analfabetami i drżą przed Bogiem i prorokiem, oddadzą wszystko, co mają, religijnym fanatykom.

– Analfabeci czy nie, to są obywatele naszego kraju i wyrazili swoją opinię w wyborach – powtórzyłam. – Ale ty chcesz narzucić im własny styl rządzenia.

– Tak! Jeśli zajdzie taka konieczność, to właśnie zrobię. A gdy ludzie zrozumieją, co działa na ich korzyść i komu zależy na ich dobru, przyłączą się do nas.

– A co z tymi, którzy tego nie zrobią, którzy mają inne poglądy? – zapytałam. – W naszym kraju istnieją teraz setki grup politycznych i frakcji i wszystkie z nich wierzą, że mają rację. Żadna z nich nie przyjmie twojego stylu rządzenia. Co z nimi zrobisz?

– Jedynie źli ludzie i zdrajcy nie myślą o dobru ludu i mu się sprzeciwiają. Należy się ich pozbyć.

– To znaczy, że chcesz ich zabić?

– Tak, jeśli zajdzie taka potrzeba.

– Szach też tak robił. Dlaczego wtedy krzyczeliście, że to tyran? Jaka byłam głupia! Kiedyś miałam o tobie dobre zdanie i pokładałam w tobie nadzieje! Nie zdawałam sobie sprawy, że po walce na rzecz ludu, zapewnieniach o miłości do narodu i nauczaniu o prawach człowieka mój mąż zechce zostać katem! Jesteś tak zaślepiony swoimi fantazjami, że naprawdę wierzysz, iż religijni fanatycy będą spokojnie siedzieć i czekać, aż zbierzesz siły i wywołasz kolejną rewolucję, a potem wyrżniesz ich wszystkich. Marzenia ściętej głowy! Oni cię zabiją! Nie popełnią błędu szacha. A biorąc pod uwagę twoje zamiary, będą mieli rację.

– I właśnie takie traktowanie człowieka będzie wyrazem ich faszystowskich tendencji – spierał się Hamid. – Dlatego musimy mieć broń i być silni.

– Tobie także nie są obce skłonności faszystowskie – warknęłam. – Nawet jeśli twoja organizacja obejmie rządy, jeśli nie zamordujecie więcej ludzi od nich, na pewno będzie sporo ofiar.

– Dość! – krzyknął Hamid. – Nigdy nie rozumiałaś rewolucji.

– Nie, i teraz też jej nie rozumiem. Chcę jedynie chronić moją rodzinę.

– Jesteś okropną egocentryczką.

Kłótnia z Hamidem nie miała sensu. Zatoczyliśmy koło i znaleźliśmy się w miejscu, w którym byliśmy wiele lat wcześniej. Wszystko zaczynało się od początku, ale tym razem miałam dość, byłam zbyt zmęczona, a on był jeszcze bardziej arogancki i nieświadomy konsekwencji swoich działań. Walczyłam ze sobą przez kilka dni, zastanawiając się nad swoim życiem i przyszłością. W końcu doszłam do wniosku, że wiążąc nadzieję z Hamidem, postąpię głupio i nierozsądnie. Mogłam liczyć jedynie na siebie. W przeciwnym wypadku nie będę w stanie utrzymać rodziny.

Postanowiłam zrezygnować z urlopu wychowawczego. Pani Parvin zgodziła się codziennie do nas przychodzić i zaopiekować się Szirin.

Pan Zargar był zdumiony, widząc mnie z powrotem w pracy.

– Chyba byłoby lepiej, gdyby pani została w domu z córką i poczekała, aż sytuacja nieco się uspokoi – stwierdził.

– Już mnie nie potrzebujecie? A może stało się coś, o czym nie wiem? – odparłam.

– Nie, nic szczególnego się nie wydarzyło. Nadal pani potrzebujemy. Po prostu nakaz noszenia przez kobiety chust na głowę oraz czystki wśród pracowników agencji wywołały pewne niepokoje.

– Dla mnie to nie ma znaczenia. Przez większą część życia nosiłam na głowie chusty i czador.

Jeszcze tego samego dnia zrozumiałam w pełni znaczenie słów pana Zargara. Po swobodnej atmosferze z początkowego okresu rewolucji nie było już śladu. Podobnie jak w całym kraju, i w agencji pracownicy stworzyli różne frakcje, które pozostawały ze sobą w konflikcie. Niektórzy współpracownicy unikali kontaktu ze mną. Za każdym razem, gdy wchodziłam do pokoju, dyskusje nagle cichły i bez żadnego powodu ktoś rzucał złośliwe uwagi. Inni próbowali w tajemnicy wciągnąć mnie do rozmowy. Traktowali mnie, jakbym była przywódcą frakcji lewicowej i dopytywali o różne kwestie. Komitet Rewolucyjny, którego byłam pierwszym członkiem, został rozwiązany, a w jego miejsce powstały inne komitety. Najważniejszym z nich był Komitet Czystości Przekonań, który najwyraźniej trzymał los wszystkich w swoich rękach.

– Przecież w zeszłym roku zdemaskowano i zwolniono wszystkich agentów SAVAK-u, prawda? – zapytałam pana Zargara. – Więc dlaczego członkowie tego komitetu tak często zwołują spotkania i rozpuszczają tak wiele plotek?

Pan Zargar zaśmiał się gorzko i odparł:

– Zrozumie pani po kilku dniach pracy. Ludzie, których znaliśmy od wielu lat, z dnia na dzień stali się zagorzałymi muzułmanami. Zapuścili brody, cały dzień noszą różańce muzułmańskie, nieustannie odmawiają modlitwy, a jednocześnie próbują wyrównać rachunki, zwolnić kilka osób i odnieść korzyści, gdzie się tylko da. Trudno już odróżnić oportunistów od rewolucjonistów. Wydaje mi się, że są dużo bardziej niebezpieczni dla rewolucji niż ludzie, którzy otwarcie się jej sprzeciwiają i stanęli po stronie opozycji. A tak przy okazji, proszę pamiętać o wzięciu udziału w południowych modlitwach, bo w przeciwnym wypadku będzie po pani.

– Dobrze pan wie, że jestem religijną osobą i nigdy nie przestałam się modlić. Ale odmawianie modlitwy w tej agencji, której nawet budynek został bezprawnie zawłaszczony, w dodatku przed tymi ludźmi, tylko po to, by udowodnić moją religijność, nie wchodzi w grę. Poza tym nigdy nie potrafiłam się modlić w tłumie, w obecności innych osób.

– Lepiej odrzucić takie wątpliwości – ostrzegł mnie pan Zargar. – Musi pani wziąć udział w tej modlitwie. Wielu ludzi czeka, aby to zobaczyć.

Codziennie na tablicy ogłoszeń wywieszano listę z nazwiskami ludzi, którzy mieli zostać usunięci z agencji. Każdego więc dnia z drżącym sercem patrzyliśmy na tablicę, na której ważyły się nasze losy. Gdy nie znajdowaliśmy na niej naszych nazwisk, oddychaliśmy z ulgą i uznawaliśmy, że to będzie dobry dzień.

W dniu, w którym wybuchła wojna pomiędzy Iranem i Irakiem, usłyszeliśmy odgłos bombardowania i pobiegliśmy na dach. Nikt nie wiedział, co się dzieje. Niektórzy mówili, że ataku dokonali przeciwnicy rewolucji, inni twierdzili, że doszło do zamachu stanu. Obawiałam się o dzieci, więc szybko wróciłam do domu.

Od tamtego dnia międzynarodowy konflikt dodatkowo skomplikował nasze życie. Musieliśmy stawić czoło nocnym przerwom w dostawach prądu, brakom w zaopatrzeniu, niedoborom oleju napędowego oraz innych paliw akurat wtedy, gdy zima przybierała na sile, a ja miałam w domu niemowlę. Do tego w nocy nawiedzały mnie koszmary pełne obrazów wojny. Wszystko to osłabiło moje morale.

Okna w pokoju chłopców zasłoniłam czarnym materiałem, a w nocy, gdy odłączano prąd i co jakiś czas dochodziło do nalotów bombowych, siedzieliśmy przy świecach i słuchaliśmy przerażających odgłosów dobiegających z oddali. Obecność Hamida dodałaby nam otuchy, lecz podobnie jak poprzednio, i teraz w trudnych dla nas chwilach nie było go przy nas. Nie wiedziałam, gdzie jest, ale nie miałam już sił, aby się o niego martwić.

Niedobór i reglamentacja paliwa doprowadziły do zakłóceń w transporcie publicznym. Pani Parvin często miała trudności ze złapaniem taksówki albo autobusu, aby przyjechać do nas rano, dlatego zmuszona była pokonywać część drogi pieszo.

Pewnego dnia nie zdążyła na czas, więc przyjechałam do pracy spóźniona. Gdy tylko weszłam do budynku, zdałam sobie sprawę, że wydarzyło się coś niecodziennego. Strażnik przy drzwiach odwrócił się ode mnie. Nie tylko się ze mną nie przywitał, ale nie odpowiedział nawet na moje powitanie. Kilku kierowców pracujących dla agencji siedziało w wartowni i mi się przyglądało. Gdy szłam korytarzem, wszyscy, którzy mnie mijali, szybko odwracali głowy i udawali, że mnie nie widzą. Weszłam do swojego biura i zamarłam. Pokój został przewrócony do góry nogami. Zawartość wszystkich szuflad wysypano na biurko i wszędzie leżały porozrzucane kartki. Poczułam, że zaczynają mi drżeć kolana. Strach, złość i upokorzenie paliły mnie od wewnątrz.

Głos pana Zargara wyrwał mnie z zadumy.

– Przykro mi, pani Sadeghi – powiedział. – Czy mogłaby pani przyjść do mojego biura?

Oszołomiona i milcząca podążałam za nim jak robot. Poprosił, abym usiadła, więc opadłam na krzesło. Mówił przez chwilę, ale ja nie słyszałam ani słowa. A potem wręczył mi list. Wzięłam go i zapytałam, co to jest.

– To wiadomość z centrali Komitetu Czystości Przekonań – odparł. – Myślałem… Została pani zwolniona…

Patrzyłam na niego. Powstrzymywane łzy paliły mi oczy, a w mojej głowie kłębiły się tysiące myśli.

– Dlaczego? – zapytałam łamiącym się głosem.

– Została pani oskarżona o sympatyzowanie z komunistami, o powiązania z antyrewolucyjnymi grupami i propagowanie ich przekonań.

– Przecież ja nie sympatyzuję z żadnym ugrupowaniem politycznym i żadnego nie propagowałam! Niemal rok byłam na urlopie wychowawczym.

– Ale pani mąż...

– Co jego działalność ma wspólnego ze mną? Mówiłam wielokrotnie, że nie podzielam jego poglądów. Nie powinnam być karana za jego przewinienia.

– To prawda – przyznał pan Zargar. – Oczywiście zawsze można odwołać się od oskarżenia. Ale oni twierdzą, że dysponują dowodami oraz zeznaniami kilku osób.

– Jakimi dowodami? Co ludzie zeznali? Co ja takiego zrobiłam?

– Mówią, że w lutym 1979 roku przyprowadziła pani do biura swego męża, aby mógł propagować komunistyczną ideologię. Mówią, że organizowała pani panele dyskusyjne oraz rozpowszechniała gazety o tematyce antyrewolucyjnej.

– Ależ on przyszedł tylko po to, by odprowadzić mnie do domu. To moi koledzy wciągnęli go do biura! I to siłą!

– Wiem, wiem. Pamiętam. Informuję tylko panią o postawionych przez nich zarzutach. Może pani drogą oficjalną odwołać się od tej decyzji. Ale mówiąc szczerze, zarówno pani, jak i pani mąż znajdujecie się w niebezpieczeństwie. A gdzie on w ogóle przebywa?

– Nie wiem. Wyjechał tydzień temu i od tej pory nie miałam od niego żadnych wieści.

Zmęczona i osłabiona wróciłam do biura, aby zabrać swoje rzeczy. Łzy napływały mi do oczu, ale nie pozwoliłam sobie na płacz. Nie chciałam, aby któryś z moich przeciwników widział mój smutek. Abbas-Ali, woźny na naszym piętrze, wśliznął się do mojego biura z tacą z herbatą. Zachowywał się tak, jakby wszedł na zakazany teren. Przez kilka sekund patrzył smutno na mnie i na mój pokój, a potem wyszeptał:

– Pani Sadeghi, nawet pani nie wie, jaki jestem zły. Przysięgam na życie moich dzieci, nie powiedziałem nic, co mogłoby pani zaszkodzić. Pani zawsze okazywała mi dobro i życzliwość. Wszyscy są naprawdę poruszeni.

Roześmiałam się gorzko i odparłam:

– Tak, widzę to po ich zachowaniu oraz fałszywych zeznaniach. Ludzie, z którymi pracowałam przez siedem lat, spiskowali przeciwko mnie z taką wprawą, że teraz nikt nie chce na mnie patrzeć.

– Nie, pani Sadeghi, to nie tak. Wszyscy są przerażeni. Nie uwierzy pani, jakie sfingowane zarzuty przedstawiono pani przyjaciołom, pani Sadati i panu Kananiemu. Mówi się, że oni także zostaną zwolnieni.

– Nie sądzę, aby do tego doszło. Przesadza pan. A nawet jeśli stracą pracę, to nie z powodu przyjaźni ze mną. Chodzi o dawne pretensje i zawiść.

Podniosłam torebkę wypchaną moimi rzeczami, wzięłam teczkę z osobistymi dokumentami i skierowałam się do wyjścia.

– Proszę pani, na miłość boską, proszę nie mieć do mnie żalu – powiedział Abbas-Ali. – Proszę mi wybaczyć.

Chodziłam po ulicach do południa. Stopniowo złość i uczucie poniżenia ustąpiły miejsca lękowi; o przyszłość, o Hamida i dzieci oraz o pieniądze. Przy nieustannie rosnącej inflacji nie wiedziałam, jak sobie poradzę bez źródła dochodu. Przez ostatnie dwa miesiące drukarnia nie przyniosła żadnych zysków, więc ojciec Hamida nie był w stanie wysupłać pieniędzy na wypłatę dla syna.

Wkrótce dopadł mnie okropny ból głowy i z trudem dotarłam do domu.

– Dlaczego tak wcześnie wróciłaś? – zapytała zaskoczona pani Parvin. – Przecież rano się spóźniłaś. Jeśli nadal będziesz tak postępować, zwolnią cię.

– Właśnie to zrobili!

– Co? Mówisz poważnie? Niech Bóg zabierze mnie do siebie! To przeze mnie.

– Nie – odparłam. – Oni nie zwalniają ludzi za spóźnienia, za niewypełnianie obowiązków, nękanie innych, brak kompetencji, kradzież, lubieżne zachowanie, rozwiązłość, nieuczciwość czy głupotę. Zwalniają takich jak ja. Ludzi, którzy pracują jak muły, którzy znają się na swojej pracy i muszą utrzymać dzieci. Ich zdaniem miałam nieczyste zamiary, więc musieli mnie zwolnić, aby oczyścić agencję.

Przez kilka dni nie czułam się zbyt dobrze. Cierpiałam z powodu silnego bólu głowy i nie mogłam spać. Udało mi się zasnąć zaledwie na kilka godzin, ale tylko dzięki tabletkom nasennym, które otrzymałam od pani Parvin. Hamid wrócił z Kurdystanu, lecz w domu pojawił się zaledwie kilka razy. Powiedział, że mają mnóstwo pracy i noce spędza w drukarni. Nie miałam nawet okazji poinformować go, że zostałam zwolniona z pracy.

Wieści, które dochodziły do mnie na temat Hamida i jego organizacji, były coraz bardziej niepokojące i z każdym dniem ogarniał mnie coraz większy lęk. Wkrótce powtórzył się koszmar, którego doświadczyłam już w przeszłości.

W środku nocy siły rządowe wdarły się do naszego domu. Z wymiany zdań pomiędzy żołnierzami zorientowałam się, że w tym samym czasie przeprowadzono nalot na drukarnię i że Hamid oraz jego towarzysze zostali aresztowani.

Te same zniewagi, to samo przerażenie, ta sama nienawiść. Miałam wrażenie, jakby ktoś zmusił mnie po raz drugi do obejrzenia starego, okropnego filmu. Ciekawskie ręce i oczy, których wspomnienie nadal wywoływało we mnie dreszcz obrzydzenia, ponownie przeszukiwały najbardziej osobiste zakątki mojego życia. Znowu czułam ten sam chłód, którego doświadczyłam wiele lat temu; znowu czułam się naga. Tym razem jednak gniew Siamaka nie skrywał się tylko w jego wzroku. Był teraz porywczym piętnastolatkiem, którego aż skręcało ze złości, a ja się bałam, że werbalnie lub fizycznie da upust swojej wściekłości. Ściskałam go więc za rękę i błagałam szeptem, aby zachował spokój i się nie odzywał, ponieważ w przeciwnym wypadku może dodatkowo pogorszyć sytuację. Tymczasem Masud, blady jak ściana, obserwował całe zajście, trzymając w ramionach Szirin; nie starał się nawet jej uspokajać.

Wszystko zaczęło się od początku. Następnego dnia, wczesnym rankiem zadzwoniłam do Mansury i poprosiłam, aby bardzo spokojnie opowiedziała swojemu ojcu, co się stało. Czy rodzice Hamida mieli wystarczająco wiele sił, aby ponownie przejść przez tak ciężką próbę? Godzinę później zadzwonił teść. Gdy usłyszałam jego zbolały głos, poczułam ukłucie w sercu.

– Ojcze – powiedziałam – musimy jeszcze raz go uratować, ale nie wiem, od czego zacząć. Czy znasz kogoś, kto mógłby go odnaleźć?

– Nie wiem – odparł. – Rozejrzę się.

W domu panował kompletny chaos. Wszyscy byliśmy wyczerpani nerwowo i na granicy wytrzymałości psychicznej. Siamak ryczał jak lew, uderzał pięściami w ściany i kopał drzwi, przeklinając na czym świat stoi. Masud chował się za sofę i udawał, że śpi. Wiedziałam, że płacze, ale nie chciałam, aby ktoś mu przeszkadzał. Szirin, która zwykle była spokojnym dzieckiem, wyczuła napięcie panujące w domu i nieustannie płakała. A ja, roztrzęsiona i zdezorientowana, odpędzałam od siebie przerażające myśli.

Z jednej strony przeklinałam Hamida i obwiniałam go za to, że po raz kolejny zniszczył nam życie. Z drugiej zastanawiałam się, czy nadal praktykowano torturowanie więźniów. Snułam domysły, w jakim znajduje się stanie. Mówił mi kiedyś, że w ciągu czterdziestu ośmiu godzin zadają więźniowi najbardziej dotkliwy ból. Czy uda mu się przetrwać ten czas? Jego stopy dopiero niedawno wydobrzały. O co tak naprawdę go oskarżano? Czy będzie musiał stanąć przed Sądem Rewolucyjnym?

Miałam ochotę krzyczeć. Musiałam pobyć w samotności. Poszłam więc do sypialni i zamknęłam za sobą drzwi. Zakryłam uszy dłońmi, aby nie słyszeć dzieci, i pozwoliłam popłynąć łzom. Spojrzałam na swoje odbicie w lustrze. Byłam blada, przerażona, bezsilna i zdezorientowana. Co miałam robić? Co mogłam zrobić? Chciałam uciec. Gdyby nie dzieci, zniknęłabym w górach lub na pustyni. Ale kto się nimi zajmie? Byłam niczym kapitan tonącego statku, na którego pasażerowie patrzyli oczami pełnymi nadziei. Prawda wyglądała jednak tak, że znajdowałam się w gorszym stanie niż mój okręt. Potrzebowałam szalupy, w której mogłabym uciec w jakieś odległe miejsce. Nie miałam już sił, aby nieść ciężar takiej odpowiedzialności.

Płacz Szirin stawał się coraz głośniejszy i powoli zmieniał się w przejmujący wrzask. Instynktownie wstałam i otarłam łzy. Nie miałam wyboru. Dzieci mnie potrzebowały. Ten statek znalazł się w centrum sztormu i miał tylko jednego kapitana – mnie. Podniosłam słuchawkę telefonu i zadzwoniłam do pani Parvin. Szybko wyjaśniłam, co się stało, a potem poprosiłam, aby nie wychodziła z domu i poczekała na mnie i na Szirin. Gdy odkładałam słuchawkę, pani Parvin nadal rozpaczliwie krzyczała. Szirin w końcu uspokoiła się w ramionach Masuda. Wiedziałam, że mój młodszy syn nie może patrzeć, jak siostra płacze, i w końcu przestanie udawać, że śpi. Siamak siedział przy kuchennym stole. Miał zaczerwienioną twarz, zaciśnięte szczęki i pięści, a na jego czole dostrzegłam pulsujące i nabrzmiałe żyły.

Usiadłam obok niego i powiedziałam:

– Posłuchaj, synu, jeśli chcesz krzyczeć, krzycz. Krzycz, ile chcesz, i wyrzuć to z siebie.

– Przyszli i przewrócili nasze życie do góry nogami, aresztowali tatę, a my siedzieliśmy jak idioci i patrzyliśmy, jak robią, co im się żywnie podoba! – krzyknął.

– A co według ciebie mogliśmy zrobić? No co? Mieliśmy ich powstrzymać?

Uderzył pięścią w stół. Na dłoni pojawiła mu się krew. Wzięłam jego ręce w swoje i mocno je przytrzymałam. Zaczął wykrzykiwać nieprzyzwoite słowa. Poczekałam, aż się uspokoi.

– Wiesz, Siamaku – zaczęłam – gdy byłeś małym chłopcem, wdawałeś się ze wszystkimi w bójki. Byłeś bardzo niepokorny. Zwykle trzymałam cię w ramionach, a ty kopałeś mnie i biłeś pięściami, aż ulatywała z ciebie cała złość. Jeśli teraz cię to uspokoi, możesz do mnie podejść.

Wzięłam go w ramiona. Był znacznie wyższy i silniejszy ode mnie, więc z łatwością mógł się wyrwać. Ale tego nie zrobił. Położył mi głowę na ramieniu i zaczął płakać. Kilka minut później powiedział:

– Mamo, masz szczęście, jesteś taka spokojna i silna!

Roześmiałam się i pomyślałam, że nie będę go wyprowadzać z błędu…

Masud przyglądał się nam ze łzami w oczach. Szirin zasnęła na jego rękach. Dałam mu znak, aby ją położył i podszedł do mnie.

Objęłam go i we trójkę wylewaliśmy łzy, które nas zjednoczyły i dodały nam sił. Po kilku minutach odsunęłam się i powiedziałam:

– Chłopcy, nie możemy marnować czasu. Płacz nie pomoże waszemu ojcu. Musimy wymyślić jakiś plan. Jesteście gotowi?

– Oczywiście! – odpowiedzieli obaj.

– W takim razie spakujcie szybko trochę rzeczy. Przez kilka dni zamieszkacie u babci, a pani Parvin zajmie się Szirin.

– Co zamierzasz zrobić? – zapytał Masud.

– Muszę pójść do domu dziadka, aby się dowiedzieć, dokąd zabrano waszego ojca. Może uda nam się zdobyć jakieś informacje na jego temat. Będziemy musieli trochę poszukać, istnieją setki komitetów rządowych i departamentów wojskowych.

– Pójdę z tobą – zaproponował Siamak.

– Nie, musisz zaopiekować się bratem i siostrą. Pod nieobecność ojca to ty jesteś odpowiedzialny za rodzinę.

– Przede wszystkim nie pójdę do domu babci, bo żona wuja Alego się zdenerwuje. Uznała, że musi się okrywać w mojej obecności, więc będę wysłuchiwał ciągłego narzekania i marudzenia. Po drugie, pani Parvin zajmie się Szirin, a Masud jest już dużym chłopcem i nie potrzebuje niańki.

Miał rację, ale nie wiedziałam, jak wyglądała nasza sytuacja, i obawiałam się, że jego młody i porywczy charakter nie zniesie tego, z czym możemy się spotkać.

– Posłuchaj, synu, masz też inne obowiązki. Musisz sprowadzić pomoc. Opowiedz wujkowi Alemu, co się stało, i dowiedz się, czy ma jakieś znajomości w komitetach. Słyszałam, że jego szwagier wstąpił do Gwardii Rewolucyjnej. Jeśli zajdzie taka konieczność, porozmawiaj z nim. Ale pamiętaj, nie mów nic, co mogłoby dodatkowo pogorszyć sytuację twego ojca.

– Oczywiście – odparł Siamak. – Nie jestem dzieckiem. Wiem, co powiedzieć.

– Dobrze. W takim razie pójdziesz do domu cioci Faati i porozmawiasz z Sadeghem Agą. Może zna ludzi, którzy będą mogli nam pomóc. Jeśli chcesz, możesz u niego zostać. Przede wszystkim musimy się dowiedzieć, dokąd zabrano waszego ojca. Później powiem ci, co dalej.

– Mam nic nie mówić wujowi Mahmudowi? – zapytał Siamak. – Wiesz, że on mógłby nam pomóc. Mówią, że stoi na czele komitetów.

– Nie. Po kłótni między nim a twoim ojcem nie sądzę, aby chciał nam pomóc. Tym zajmiemy się później. Odwiedzę cię, gdy tylko będę mogła. Jutro nie musisz iść do szkoły. Mam nadzieję, że do soboty uda nam się czegoś dowiedzieć.

Nic się jednak nie wyjaśniło. Wręcz przeciwnie, sytuacja dodatkowo się skomplikowała. Przez następne dwa dni wraz z ojcem Hamida odwiedzaliśmy wszystkich przyjaciół i znajomych, ale nasze starania okazały się daremne. Większość osób, które wcześniej piastowały wpływowe stanowiska, opuściła kraj, a pozostali albo stracili pracę, albo uciekali przed władzą.

– Sytuacja się zmieniła – stwierdził ojciec Hamida. – Nie mamy już znajomości.

Nie mieliśmy wyjścia, sami musieliśmy odnaleźć Hamida. Komendanci policji oraz dowódcy wydziałów twierdzili, że nie mieli z tym aresztowaniem nic wspólnego i nie posiadają żadnych informacji na ten temat. Kierowali nas więc do różnych rządowych komitetów. Tam zapytano nas o zarzuty przeciwko Hamidowi. Nie wiedzieliśmy, co odpowiedzieć. Drżąc z przerażenia, odparłam po cichu, że wydaje mi się, iż zarzuty dotyczą komunistycznych przekonań męża... Nikt nie poczuwał się do obowiązku, aby udzielić nam odpowiedzi. A może to ze względów bezpieczeństwa nie chciano nam powiedzieć, gdzie przetrzymywano Hamida.

Dwa dni później, padając ze zmęczenia, poszłam do domu matki, mając nadzieję, że znajdę tam pomoc i wsparcie. Spotkałam tam Faati z dziećmi, którzy przyszli, ponieważ bardzo się martwili.

– Mogłaś przynajmniej zadzwonić – powiedział podenerwowany Siamak.

– Nie, kochanie, nie mogłam. Nie masz pojęcia, przez co musiałam przejść. Byliśmy chyba w tysiącu różnych miejsc. Dopiero wczoraj wieczorem wróciliśmy do domu dziadka. Musiałam tam zostać, ponieważ dziś o wpół do ósmej mieliśmy kolejne spotkanie. Rozmawiałeś z babcią, prawda?

– Tak, ale chciałem się dowiedzieć, co udało ci się z dziadkiem ustalić.

– Możesz być pewien, że gdy tylko będę miała jakieś dobre wieści, będziesz pierwszą osobą, którą o tym poinformuję. A teraz spakuj się. Wracamy do domu.

Następnie zwróciłam się do Alego:

– Ali, ty i Mahmud znacie wielu ludzi w komitetach. Czy mógłbyś się dowiedzieć, gdzie przetrzymują Hamida?

– Szczerze mówiąc, siostro, lepiej zapomnij o Mahmudzie. Nie można przy nim nawet wypowiadać imienia Hamida. A jeśli o mnie chodzi, nie mogę otwarcie zadawać pytań. W końcu twój mąż jest komunistą i nim się obejrzę, mnie także postawią tysiące zarzutów. Mogę jednak dyskretnie popytać.

Byłam rozczarowana i chciałam mu coś odpowiedzieć, ale się powstrzymałam. Pomimo wszystko potrzebowałam go.

– Sadegh skontaktuje się ze swoimi znajomymi – powiedziała Faati. – Nie zadręczaj się tak. Nic nie możesz zrobić. A dlaczego chcesz wrócić do domu?

– Muszę – odparłam. – Nie uwierzysz, w jakim stanie znajduje się moje mieszkanie. Muszę je doprowadzić do porządku. Poza tym chłopcy w sobotę wracają do szkoły.

– Może zostawisz z nami Szirin – zaproponowała. – Chcesz pozałatwiać swoje sprawy, a ona będzie ci tylko zawadzała. Wiesz, jak Firuza ją uwielbia. Bawi się z nią, jakby była lalką.

Firuza miała pięć lat i była piękna i słodka niczym kwiat. Miałam jednak na względzie fakt, że Faati była w czwartym miesiącu ciąży z drugim dzieckiem.

– Nie, kochana – odpowiedziałam. – W twoim stanie nie możesz zajmować się małym dzieckiem, a ja będę się czuła lepiej, mając dzieci przy sobie. Gdyby tylko pani Parvin mogła…

Pani Parvin niezwykle czule opiekowała się Szirin przez te dwa dni i teraz z żalem przyjęła informację o moim powrocie do domu. Na moje słowa podskoczyła i powiedziała:

– Oczywiście, że z tobą pójdę!

– Nie ma pani żadnych pilnych obowiązków? – zapytałam. – Nie chcę pani wykorzystywać.

– Jakich obowiązków? Dzięki Bogu, nie mam męża ani innych zobowiązań, poza tym teraz nikt nie zamawia ubrań szytych na miarę. Mogę zostać z tobą przez tydzień, dopóki nie uporządkujesz swoich spraw.

– Pani Parvin, kocham panią! Co ja bym bez pani zrobiła? Jak ja się odwdzięczę za pani dobroć?

Cały piątek spędziłyśmy na sprzątaniu domu.

– Gdy za pierwszym razem przewrócili mi dom do góry nogami, mój świętej pamięci ojciec przysłał kilku ludzi do pomocy – powiedziałam do pani Parvin. – Proszę zobaczyć, jaka teraz jestem samotna. Tak bardzo tęsknię za ojcem, tak bardzo go potrzebuję.

Głos mi się załamał. Nie wiedziałam, że Masud nas obserwuje. Nagle podbiegł do mnie, wziął mnie za rękę i powiedział:

– Ale masz nas! My ci pomożemy. Na miłość boską, nie smuć się!

Zmierzwiłam jego piękne włosy, spojrzałam w pełne dobroci oczy i odparłam:

– Wiem, kochanie. Dopóki was mam, nie ogarnie mnie smutek.

Tym razem policjanci nie wtargnęli do pokoju Bibi i piwnicy, która była niemal pusta. Dzięki temu miałyśmy do posprzątania jedynie pokoje na piętrze. Późnym popołudniem dom wydawał się prawie uporządkowany. Wysłałam chłopców do kąpieli, zmusiłam ich do odrobienia zaległych zadań domowych i poprosiłam, aby przygotowali się na jutro do szkoły. Siamak był jednak niespokojny. Nie chciał się uczyć i nieustannie mnie denerwował. Wiedziałam, że miał powód, aby czuć się nieswojo, ale nie miałam już sił tego tolerować.

W końcu kazałam chłopcom usiąść i powiedziałam stanowczym tonem:

– Widzicie, że mam mnóstwo pracy, wiecie, ile mam zmartwień i problemów, rozumiecie też, iloma sprawami muszę się jednocześnie zająć. Myślicie, że mam jeszcze dużo siły? Jeśli mi nie pomożecie i będziecie sprawiać dodatkowe problemy, załamię się. A najlepszą pomocą będzie odrobienie zadań domowych, tak abym miała o jedno zmartwienie mniej. Pomożecie mi czy nie?

Masud od razu złożył obietnicę, natomiast Siamak nieco się wahał.

W sobotę ponownie udałam się do kilku rządowych komitetów. Patrząc na ojca Hamida, miałam wrażenie, że postarzał się o kilka lat. Wydawał się też uginać pod ciężarem cierpienia. Było mi go żal, więc przekonałam go, aby mi nie towarzyszył. Tamtego dnia także nic nie załatwiłam. Nikt nie chciał udzielić mi żadnej konkretnej odpowiedzi. Zrozumiałam, że nie mam wyjścia i muszę zwrócić się o pomoc do Mahmuda. Czułabym się swobodniej, rozmawiając z nim przez telefon, ale wiedziałam, że jeśli zadzwonię, jego bliscy – zgodnie z poleceniem Mahmuda – poinformują mnie, że nie ma go w domu. Niechętnie ruszyłam w kierunku ulicy, na której mieszkał, a gdy tam dotarłam, stanęłam na rogu i czekałam. W końcu zobaczyłam, jak wraca z pracy i wchodzi do domu. Zadzwoniłam do drzwi i weszłam. Ehteram-Sadat powitała mnie chłodno. Gholam-Ali zobaczył mnie na podwórzu i krzyknął wesoło:

– Witaj, ciociu!

Nagle jednak przypomniał sobie, że nie powinien okazywać mi uprzejmości, więc zmarszczył brwi i odszedł.

– Wiem, że nie przyszłaś zapytać o moje zdrowie – powiedziała Ehteram-Sadat. – Jeśli chciałaś się zobaczyć z Mahmudem, niestety nie ma go w domu. Nie jestem nawet pewna, czy dzisiaj wróci.

– Powiedz mu, aby przyszedł – odpowiedziałam. – Wiem, że jest w domu, i chcę z nim porozmawiać. Widziałam, jak tutaj wchodził.

– Co? – odpowiedziała z udawanym zdumieniem. – Kiedy wchodził? Nie widziałam go.

– Najwidoczniej nie wiesz, co się dzieje w twoim domu. Powiedz mu, że zajmę mu tylko dwie minuty.

Ehteram-Sadat zrobiła nadąsaną minę, owinęła czadorem swoje pulchne ciało i odeszła, zrzędząc pod nosem. Nie byłam na nią zła, ponieważ wiedziałam, że wykonywała tylko polecenia męża. Kilka minut później wróciła i oznajmiła:

– Mahmud odmawia teraz modlitwę, a wiesz, ile czasu mu to zajmuje.

– Nie szkodzi, zaczekam. Jeśli będę musiała, będę siedzieć do jutra.

Po pewnym czasie Mahmud w końcu wyszedł i z rozdrażnieniem malującym się na twarzy wymamrotał pod nosem powitanie.

Każda komórka mojego ciała buntowała się przeciwko przebywaniu w tym domu. Łamiącym się głosem powiedziałam:

– Mahmudzie, jesteś moim starszym bratem. Nie mam nikogo innego. Ojciec polecił ci się mną opiekować. Wspomnij na swoją miłość rodzicielską i nie pozwól, aby moje dzieci zostały sierotami. Pomóż mi.

– To nie moja sprawa – burknął. – Przecież nie mam na to żadnego wpływu.

– Wuj Ehteram-Sadat ma znajomości w Sądzie Rewolucyjnym oraz w rządowych komitetach. Załatw mi tylko spotkanie. Chcę się jedynie dowiedzieć, gdzie jest Hamid i w jakim jest stanie. Zaprowadź mnie, proszę, do wuja Ehteram.

– Mówisz poważnie? Chcesz, abym się przyznał, że ten bezbożnik jest moim krewnym? Mam go oczyścić z zarzutów? O nie, moja droga, mój honor zbyt wiele dla mnie znaczy, aby w ten sposób go splamić.

– Nie musisz nic mówić – mówiłam błagalnym tonem. – Sama z nim porozmawiam. Nie chodzi mi o wypuszczenie ani ułaskawienie Hamida. Mogą go nawet skazać na dożywocie. Nie chcę tylko, aby go torturowali... aby doszło do egzekucji...

Nagle się rozpłakałam.

Z wyrazem triumfu na twarzy Mahmud uśmiechnął się z wyższością, pokręcił głową i powiedział:

– Miło, że przypominasz sobie o nas, gdy masz problemy. Do tej pory mułłowie byli źli, konserwatyści byli źli, nie było Boga ani proroka, prawda?

– Przestań, bracie. Kiedy powiedziałam, że nie ma Boga ani proroka? Do dzisiaj nie opuściłam żadnej modlitwy. Poza tym w przeważającej większości mułłowie są bardziej otwarci i oświeceni niż ludzie twojego pokroju. Czy to czasem nie ty chwaliłeś się wszem i wobec, że twój szwagier jest rewolucjonistą i więźniem politycznym, którego poddawano torturom? Bez względu na wszystko Hamid jest ojcem moich dzieci. Chyba mam prawo wiedzieć, gdzie jest przetrzymywany i w jakim jest stanie? Zważ na miłość rodzicielską i mi pomóż.

– Wstań, siostro. Wstań i weź się w garść. Myślisz, że to takie proste? Twój mąż wzniecił bunt przeciwko Bogu i islamowi. Jest ateistą. Twój książę chce, aby wszyscy zostawili go w spokoju, tak aby mógł w spokoju dokonywać spustoszenia i niszczyć kraj i wiarę? Porozmawiajmy szczerze. Czy gdyby on doszedł do władzy, pozostawiłby choć jednego z nas przy życiu? Jeśli kochasz swoje dzieci, powiesz mi prawdę... I co? Dlaczego nagle zamilkłaś? Nie, moja droga, źle to sobie wymyśliłaś. Bóg zezwala na przelanie krwi tego mężczyzny. Poświęciłem islamowi całe życie, a ty teraz oczekujesz, że pójdę do Hadżiego Agi i zmuszę go, aby popełnił grzech z uwagi na niewiernego, który odwrócił się do Boga plecami? Nie, nigdy czegoś takiego nie uczynię. Hadżi Aga także się nie zgodzi na to, aby człowiek działający na szkodę Boga i islamu uniknął kary. Nawet gdyby cały świat go błagał, nadal postąpiłby właściwie. Myślałaś, że to wciąż czasy szacha i uratujesz tego mężczyznę, pociągając za kilka sznurków? Nie, moja droga, teraz liczą się jedynie prawda i prawość, liczy się wiara i ten, kto ma siłę, aby wybaczać.

Odniosłam wrażenie, że ktoś wali mnie młotkiem po głowie. Czułam pieczenie pod powiekami i gotowałam się z wściekłości. Przeklęłam siebie za to, że zdecydowałam się pójść do Mahmuda. Dlaczego poprosiłam o pomoc tego hipokrytę, który nie ma pojęcia o Bogu? Zaciskając zęby, owinęłam się czadorem, stanęłam z bratem twarzą w twarz i wrzasnęłam:

– Powiedz to! Powiedz: „Wykorzystałem go, jak tylko mogłem, i teraz nie jest mi już potrzebny. Nie potrzebuję już towarzysza, sam chcę sobie napchać kabzę". Ty bałwanie! Bóg cierpi, widząc sługi twojego pokroju!

A potem wybiegłam, przeklinając ten dom. Czułam drżenie w każdej komórce ciała.

Dopiero po dwóch tygodniach udało nam się dowiedzieć, że Hamid przebywa w więzieniu Evin. Codziennie nakładałam czador i sama bądź w towarzystwie teściów szłam tam, starając się o spotkanie z władzami więzienia lub innymi osobami, które mogłyby mi udzielić wiarygodnych informacji. Wina Hamida była niepodważalna. Posiadali tak wiele fotografii oraz przemówień i artykułów jego autorstwa, że nie było mowy, by temu zaprzeczać. Nie wiem, czy odbyła się jakaś rozprawa, a nawet jeśli, to kiedy do niej doszło.

Niecałe półtora miesiąca po aresztowaniu mojego męża, podczas jednej z wizyt, zaprowadzono mnie i ojca Hamida do jakiegoś pomieszczenia.

– Chyba w końcu zezwolili nam na odwiedziny – wyszeptałam. Z podekscytowaniem oczekiwaliśmy, co się wydarzy. Kilka minut później pojawił się strażnik z paczką w rękach. Położył ją na stole i oznajmił:

– To jego rzeczy osobiste.

Patrzyłam na niego zdumiona. Nie rozumiałam, co miał na myśli. A potem warknął:

– Przecież jesteście rodziną Hamida Soltaniego, prawda? Został stracony przedwczoraj, a to są jego rzeczy.

Miałam wrażenie, że podłączono mnie do prądu. Nie mogłam opanować drżenia. Spojrzałam na ojca Hamida; blady jak ściana i z dłońmi przyciśniętymi do klatki piersiowej zgarbił się i opadł na krzesło. Chciałam do niego podejść, ale nogi odmówiły mi posłuszeństwa. Zakręciło mi się w głowie i wtedy wszystko odpłynęło w nicość.

Ryk syreny karetki sprawił, że oprzytomniałam. Otworzyłam oczy. Ojciec Hamida trafił na oddział intensywnej terapii, a ja na izbę przyjęć. Musiałam powiadomić rodzinę. Przypomniałam sobie numer telefonu do Faati i Mansury i podałam go pielęgniarce.

Ojciec Hamida został poddany dalszej hospitalizacji, ale mnie wypisano, więc na noc mogłam wrócić do domu. Nie mogłam spojrzeć dzieciom w oczy. Nie wiedziałam, ile już wiedzą i jak przekazać im tę straszną wiadomość. Nie miałam sił otworzyć ust ani nawet płakać. Dostałam tak wiele leków uspokajających, że wkrótce zapadłam w ponury i gorzki sen.

Dopiero po trzech dniach doszłam do siebie i pohamowałam histerię, która mną zawładnęła. W tym samym czasie ojciec Hamida w końcu przegrał walkę ze śmiercią i osiągnął wieczny spokój i wolność. Zdołałam tylko powiedzieć: „Ależ on ma szczęście. Może w końcu odpocząć od zmartwień".

Zazdrościłam mu bardziej niż komukolwiek na świecie.

***

Rodzina postanowiła połączyć uroczystości pogrzebowe ojca i syna, więc mogliśmy bez obaw opłakiwać Hamida. Gdy patrzyłam na smutne twarze moich synów, ich zapuchnięte oczy i drobne sylwetki ubrane w czerń, pękało mi serce. Z mojej rodziny przyszły jedynie matka i Faati. Przez większą część ceremonii wspominałam moje życie z Hamidem. W tamtym momencie chciałam jedynie pamiętać nasz miesięczny pobyt nad Morzem Kaspijskim.

Na czas siedmiodniowej żałoby zamieszkaliśmy w domu mojej teściowej. Nie pamiętałam nawet, gdzie w tym czasie była Szirin. Co chwilę zagadywałam o to Faati, ale nie słuchałam już odpowiedzi i godzinę później ponownie zadawałam to samo pytanie.

Stan matki Hamida był tak poważny, że zdaniem Faati mogła nie przeżyć tego załamania. Nie przestawała mówić, a każde jej słowo doprowadzało obecnych do łez. Byłam zdumiona, że jest w stanie tyle powiedzieć. Gdy mnie spotykała tragedia, zawsze siedziałam w milczeniu, pogrążałam się w ponurych myślach i wpatrywałam się w jeden punkt. Czasami przytulała moich synów i mówiła, że pachną jak ich ojciec. Innym razem odpychała ich i krzyczała:

– Skoro nie ma Hamida, oni nie są mi już potrzebni!

Co jakiś czas opłakiwała też męża:

– Gdyby Aga Morteza tu był, łatwiej byłoby mi to znieść.

Po chwili jednak dodawała, że dziękuje Bogu za śmierć męża, ponieważ przynajmniej on nie musi przeżywać tej tragedii.

Wiedziałam, że moi synowie bardzo cierpią i że panująca w tym domu atmosfera niedługo ich wykończy. Poprosiłam więc Sadegha Agę, męża Faati, aby ich zabrał. Siamak tylko czekał, aby się stamtąd wyrwać, ale Masud przywarł do mnie i powiedział:

– Boję się, że jeśli cię opuszczę, będziesz płakać i stanie ci się coś złego.

Obiecałam mu, że będę o siebie dbała i dopilnuję, aby nic mi się nie stało. Gdy dzieci wyjechały, poczułam, jakby moje serce znowu otworzyło się na żałobę. W ich obecności nie mogłam płakać, lecz teraz z oczu popłynęły mi strugi łez, a z piersi wyrwał się szloch.

Po powrocie do domu nie mogłam już rozpaczać i marnować czasu. Borykałam się ze zbyt poważnymi problemami, aby przedłużać żałobę. Moje życie było pasmem klęsk. Dzieci miały zaległości w nauce, a egzaminy końcowe zbliżały się wielkimi krokami. Przede wszystkim zaś nie miałam pracy ani źródła dochodu. Przez ostatnie kilka miesięcy żyliśmy dzięki pomocy ojca Hamida, ale on także odszedł. Musiałam coś wymyślić. Musiałam znaleźć pracę. Głowę zaprzątały mi też inne problemy. Pewnego dnia, odpoczywając w jednym z pokoi w domu teściowej, podsłuchałam cichą rozmowę wuja i ciotki Hamida. Dowiedziałam się z niej, że dziadek Hamida zapisał dom, w którym mieszkaliśmy, wszystkim swoim dzieciom. Z szacunku dla babki i ojca Hamida, który ją utrzymywał i sprawował nad nią opiekę, wujowie i ciotki Hamida nigdy nie podejmowali tematu swojego udziału w spadku. Ale po śmierci Bibi i swojego brata nie mieli już skrupułów, aby się o niego upomnieć. Kilka dni później usłyszałam, jak szwagier Hamida, mąż Monir, tłumaczył pozostałym członkom rodziny:

– Zgodnie z prawem, gdy syn umiera przed ojcem, jego rodzina nie ma prawa do żadnego spadku. Możecie zapytać każdego…

Czułam się dziwnie, gdy pośród panującego wokół zamieszania słyszałam rozmowy, które miały zadecydować o moim życiu.

Mimo wszystko zagrożenie, które wyczułam, sprawiło, że zakończyłam żałobę szybciej niż przypuszczałam, a mój żal po stracie Hamida minął. Samotne i ponure noce wypełniał mi teraz straszliwy lęk. Nie mogłam spać ani usiedzieć na miejscu. Włóczyłam się po domu zatopiona w myślach, a czasem mówiłam do siebie jak obłąkana. Wszyscy zamknęli przede mną drzwi. Jak miałam uchronić dzieci przed szalejącym wokół sztormem i zapewnić im bezpieczne schronienie bez Hamida, bez ojca, bez domu i spadku, a jedynie z piętnem na czole, dzięki któremu wszyscy mogli się dowiedzieć, że jestem wdową po straconym komuniście?

– Ojcze, gdzie jesteś? Twoje przewidywania się sprawdziły. Twoja córka jest sama na świecie. Tak bardzo cię teraz potrzebuję!

Pewnej nocy, gdy znowu włóczyłam się po domu niczym lunatyczka, z otępienia wyrwał mnie dzwonek telefonu. Byłam zdumiona, że ktoś dzwoni o tak późnej porze. Podniosłam słuchawkę.

– Masumo, czy to ty? – zapytał dobiegający z daleka głos. – Och, moja droga. Czy to prawda, że Hamid… że Hamid nie żyje?

– Parwana? Gdzie jesteś? Jak się dowiedziałaś? – zapytałam, a łzy zaczęły spływać mi po policzkach.

– Czy to prawda? Wiadomość o jego egzekucji usłyszałam w jednej z irańskich stacji radiowych.

– Tak, to prawda – odparłam. – Nie żyją Hamid i jego ojciec.

– Jak to? A co się stało z jego ojcem?

– Miał zawał serca – wyjaśniłam. – Zmarł z żalu.

– Och, moja droga, musisz czuć się taka samotna. Czy twoi bracia ci pomagają?

– Akurat! Nie zbliżają się do mnie ani na krok. Nie przyszli na pogrzeb, nie złożyli mi nawet zwykłych kondolencji.

– Przynajmniej masz pracę, więc nie potrzebujesz niczyjej pomocy.

– O jakiej pracy mówisz? Przeprowadzono czystki.

– Co masz na myśli? Co to są czystki?

– To oznacza, że mnie zwolniono.

– Dlaczego? Z dwójką dzieci?... Co ty teraz zrobisz?

– Trójką.

– Trójką? Kiedy urodziłaś trzecie? Ile czasu minęło od naszej ostatniej rozmowy?

– Bardzo dużo... Dwa i pół roku. Moja córka ma teraz osiemnaście miesięcy.

– Boże, mam nadzieję, że zapłacą za wyrządzone ci krzywdy – powiedziała Parwana. – Pamiętasz, jak ich popierałaś? Twierdziłaś wtedy, że jesteśmy zarozumiali i amoralni, że oszukujemy ludzi, że jesteśmy zdrajcami, że w kraju muszą zajść drastyczne zmiany, a ludzie muszą odzyskać prawa i to, co prawnie do nich należy... A teraz spójrz na siebie! Jeśli potrzebujesz pieniędzy i pomocy, powiedz! Dobrze?

Smutek i łzy nie pozwoliły mi powiedzieć ani słowa.

– Co się dzieje? – zapytała. – Dlaczego milczysz? Powiedz coś.

Nagle przypomniał mi się fragment wiersza.

– „Nie obawiam się drwin wrogów, lecz nie każ mi znosić litości przyjaciela".

Parwana zamilkła na kilka sekund, po czym odparła:

– Przykro mi, Masumo. Wybacz mi. Naprawdę nie potrafię się powstrzymać. Znasz mnie. Mówię, co myślę. Jest mi niezmiernie przykro z twojego powodu i po prostu nie wiem, co powiedzieć. Myślałam, że osiągnęłaś to, czego pragnęłaś, że wiedziesz szczęśliwe życie. Nigdy bym się nie spodziewała takiego rozwoju wydarzeń. Wiesz, jak bardzo cię kocham. Jesteś mi bliższa niż siostra. Jeśli nie będziemy się o siebie troszczyć, to kto będzie? Przysięgnij na życie dzieci, że powiesz mi, jeśli będziesz czegoś potrzebować. – Dziękuję, przysięgam – odparłam. – Już słysząc twój głos, czuję się lepiej. Na razie najbardziej potrzebuję pewności siebie, a twój głos pomaga mi ją odzyskać. Chcę jedynie, abyśmy pozostały w kontakcie.

Zastanawiałam się, jaką pracę mogłabym podjąć, i znowu pomyślałam o szyciu. Co prawda nienawidziłam tego, ale miałam wrażenie, że to zajęcie zostało zapisane w księdze mojego przeznaczenia. Pani Parvin obiecała mi pomóc, ale niestety sama nie miała prawie żadnych klientów. Wiedziałam, że żadna agencja rządowa mnie nie zatrudni, a komisje kwalifikacyjne w prywatnych firmach i organizacjach, które współpracowały z rządem lub pracowały na jego zlecenie, nigdy nie wezmą mnie pod uwagę jako potencjalnego pracownika. Zaczęłam więc szukać zatrudnienia w niewielkich firmach prywatnych, ale to także nie przyniosło rezultatów. Sytuacja ekonomiczna w kraju była niekorzystna i nikt nie przyjmował nowych pracowników. Zastanawiałam się nawet nad robieniem korniszonów oraz innych przetworów, które mogłabym później sprzedawać do sklepów spożywczych. Myślałam też o pieczeniu ciast i ciasteczek na zamówienie lub przyrządzaniu innych potraw. Tylko jak się do tego zabrać? Nie miałam przecież żadnego doświadczenia.

Pewnego dnia zadzwonił pan Zargar. W jego głosie wyczułam niezwykłe dla niego podenerwowanie. Właśnie dowiedział się o śmierci Hamida. Złożył mi kondolencje i zapytał, czy wraz z kilkoma znajomymi z pracy może mnie odwiedzić i przekazać wyrazy współczucia. Następnego dnia zjawił się w towarzystwie pięciorga moich dawnych współpracowników. Na ich widok poczułam jeszcze większy żal i się rozpłakałam. Kobiety płakały razem ze mną. Na twarzy pana Zargara pojawił się rumieniec, jego usta drżały, ale starał się na nas nie patrzeć. Gdy się uspokoiłyśmy, powiedział:

– Wie pani, kto wczoraj do mnie zadzwonił, aby wyrazić ubolewanie w związku z zaistniałą sytuacją?

– Nie! Kto?

– Pan Szirzadi. Dzwonił z Ameryki. Prawdę mówiąc, to on przekazał mi tę wiadomość.

– A więc nadal tam mieszka? – zapytałam. – Myślałam, że po rewolucji wrócił.

– Tak było. Ale nie uwierzy pani, w jakim był stanie. Nigdy nie widziałem kogoś tak podekscytowanego i szczęśliwego. Wyglądał o kilka lat młodziej.

– Dlaczego znowu wyjechał?

– Nie wiem. Zapytałem go nawet, dlaczego opuszcza kraj, skoro jego marzenie się spełniło. Odpowiedział: „Marzyłem jedynie o śmierci nadziei lub nadziei na śmierć".

– Powinien był pan zatrzymać go w agencji – powiedziałam.

– Proszę zapomnieć o agencji! – odparł pan Zargar. – Teraz próbują się pozbyć nawet mnie!

– Nie słyszała pani? – zapytała pani Molavi. – Rozpoczęli dochodzenie przeciwko panu Zargarowi.

– Jakie dochodzenie? – zapytałam. – Co pan zrobił?

– To samo co pani – wyjaśnił pan Zargar.

– Ale nie mogą przecież nic panu zarzucić!

– Dlaczego nie? – zapytał pan Mohammadi. – Uważają, że pan Zargar jest do szpiku kości zepsuty przez stary reżim. Jednym słowem jest aroganckim i skorumpowanym oszustem!

Wszyscy się roześmiali.

– Nie zasłużyłem na takie pochlebstwa! – odparł pan Zargar.

Chciało mi się śmiać. Zarzut dotyczący zamożnego życia pod rządami szacha pomału stawał się komplementem.

– Przez jakiś czas dręczyli mnie, ponieważ mój wuj był odnoszącym sukcesy prawnikiem, który studiował za granicą i miał żonę cudzoziemkę – wyjaśnił pan Zargar. – Pamięta pani zapewne, że dyrektor agencji nie mógł znieść mojego widoku. Próbował więc wykorzystać te informacje, aby się mnie pozbyć. Ale ten plan spalił na panewce.

Następnie zapytał:

– Co pani teraz porabia?

– Nic! Nie mam pieniędzy i nieustannie szukam pracy.

Jeszcze tego samego wieczora otrzymałam telefon od pana Zargara.

– Nie chciałem o tym wspominać przy pozostałych, ale jeśli naprawdę potrzebuje pani pracy, możliwe, że będę w stanie załatwić dla pani jakieś tymczasowe zajęcie.

– Oczywiście, że potrzebuję pracy! Nawet pan sobie nie wyobraża, w jak trudnym znalazłam się położeniu.

Opowiedziałam mu o problemach, z którymi się borykałam.

– Na razie mamy kilka artykułów i książkę, które należy zredagować i przepisać na maszynie – wyjaśnił. – Jeśli uda się pani załatwić maszynę do pisania, może pani pracować nad tym w domu. Wynagrodzenie nie będzie zbyt wysokie, ale powinno wystarczyć.

– Bóg wyznaczył pana na mojego anioła stróża! Ale jak mam pracować dla agencji? Jeśli się o tym dowiedzą, znajdzie się pan w tarapatach.

– Nie muszą wiedzieć – odparł. – Zawrzemy umowę pod innym nazwiskiem i sam będę dostarczał pani materiały. Nie będzie musiała pani tam przychodzić.

– Naprawdę nie wiem, co powiedzieć i jak mam panu dziękować.

– Nie musi mi pani dziękować. Wspaniale wykonuje pani swoją pracę i niewiele osób tak dobrze posługuje się językiem perskim. Proszę tylko znaleźć maszynę do pisania. Jutro po południu przyniosę dokumenty.

Rozpierała mnie radość, ale skąd miałam wziąć maszynę do pisania? Ta, którą otrzymałam od ojca Hamida, by ćwiczyć, była bardzo stara. I właśnie wtedy zadzwoniła Mansura. Spośród wszystkich sióstr Hamida ona była najmilsza i najrozsądniejsza. Opowiedziałam jej o propozycji pana Zargara.

– Zapytam Bahmana – odparła. – Mają chyba nieużywaną maszynę w pracy i chyba będą mogli ci ją pożyczyć.

Gdy odłożyłam słuchawkę, poczułam ulgę i szczęście. Podziękowałam Bogu za tak dobry dzień.

Zaczęłam pracować w domu. Przepisywałam i redagowałam teksty, a czasami zajmowałam się szyciem. Pani Parvin była moją towarzyszką, asystentką i partnerką. Przychodziła do mnie niemal codziennie, aby zająć się Szirin albo pomóc mi przy szyciu. Z każdej kwoty, którą zarobiła, skrupulatnie odliczała moją część. Byłam jednak pewna, że otrzymywałam od niej więcej niż mi się należało. Pani Parvin była nadal piękna i energiczna. Nie mogłam uwierzyć, że od śmierci Ahmada nie miała nikogo u swego boku. Za każdym razem, gdy wspominała o moim bracie, do oczu nadal napływały jej łzy. Nie przejmowałam się tym, co inni mówili na jej temat. Była szlachetną i przemiłą kobietą, która pomogła mi bardziej niż moja własna rodzina. Odznaczała się również niezwykłą hojnością i bez wahania poświęcała własne dobro i wygodę na rzecz innych.

Faati także robiła, co tylko mogła, aby mi pomóc. Lecz przy dwójce małych dzieci i skromnych zarobkach męża sama miała tysiące własnych problemów. W tamtych czasach każdy borykał się z jakimiś trudnościami. Jedynymi osobami w moim otoczeniu, które prowadziły dostatnie życie i nieustannie się bogaciły, byli Mahmud i Ali. Dowiedziałam się, że pracowali w sklepie ojca, który teraz należał do matki. Otrzymywali subsydiowane towary od rządu i sprzedawali je na wolnym rynku za kilkakrotnie wyższą cenę.

Matka osiągnęła już sędziwy wiek i była zmęczona radzeniem sobie z własnymi problemami. Rzadko ją widywałam, a gdy już szłam do niej w odwiedziny, starałam się przyjść w takich godzinach, aby nie trafić na braci. Unikałam również spotkań towarzyskich i rodzinnych. Jednak pewnego dnia matka zadzwoniła do mnie, aby obwieścić mi radosną nowinę – po wieloletnich staraniach żona Alego w końcu zaszła w ciążę. Aby uczcić to wydarzenie i podziękować za błogosławieństwo, matka postanowiła wydać kolację dla upamiętnienia imama Abbasa. Poprosiła mnie więc, abym do nich dołączyła.

– Gratulacje! – powiedziałam. – Proszę, przekaż najlepsze życzenia żonie Alego, ale wiesz przecież, że nie przyjdę na kolację.

– Nie mów tak – odpowiedziała. – Musisz przyjść. To kolacja dla upamiętnienia imama Abbasa. Jak możesz odmówić? Wiesz, że to będzie zły omen. Chcesz, aby w twoim życiu pojawiło się jeszcze więcej smutku?

– Nie, matko. Po prostu nie chcę ich oglądać.

– Więc ich zignoruj. Przyjdź na kolację i się pomódl. Bóg ci dopomoże.

– Mówiąc szczerze, czuję ogromną potrzebę wzięcia udziału w religijnej uroczystości lub w pielgrzymce, ponieważ chciałabym się wypłakać i oczyścić serce. Nie mam jednak ochoty patrzeć na moich niegodziwych braci.

– Na miłość boską, przestań mówić takie rzeczy – upomniała mnie matka. – Bez względu na wszystko, nadal są twoimi braćmi. Poza tym, co takiego zrobił ci Ali? Sama widziałam, ile czasu spędził, wydzwaniając w różne miejsca, aby ci pomóc.

Nie zamierzała dać za wygraną:

– W takim razie przyjdź ze względu na mnie. Wiesz, ile już czasu minęło od naszego ostatniego spotkania? Widujesz się z panią Parvin, ale mnie nie odwiedzasz. Czy zrozumiesz w końcu, że nie będę żyła wiecznie?

I wtedy wybuchnęła płaczem. Przestała dopiero wtedy, gdy zgodziłam się przyjść.

Podczas uroczystości z moich oczu nieustannie płynęły łzy. Prosiłam Boga o siłę, abym potrafiła unieść ciężar mojego życia i modliłam się za swoje dzieci oraz ich przyszłość. Obok mnie płakały i modliły się pani Parvin i Faati. Ehteram-Sadat, obwieszona złotą biżuterią, siedziała na środku pokoju i unikała patrzenia na mnie. Matka recytowała po cichu modlitwy i przesuwała koraliki różańca*. Żona Alego, dumna i rozradowana, siedziała obok swojej matki nieruchomo z obawy, aby nie poronić. Nieustannie prosiła o różne potrawy i natychmiast je otrzymywała.

Po wyjściu gości zaczęłyśmy sprzątać. Gdy skończyłyśmy, Sadegh Aga, który do tej pory zajmował się dziećmi, przyszedł po Faati i po mnie. Matka ucałowała dzieci, posadziła je na podwórzu i podała im zupę. W tym momencie przyjechał Mahmud i Ehteram-Sadat wytoczyła się z domu niczym wielka piłka. Matka nie pozwoliła im jednak odejść. Przyniosła Mahmudowi zupę i zaczęli szeptać między sobą. Wiedziałam, że rozmawiali o mnie, ale byłam tak rozżalona i zła na

---

* Chodzi o *tasbih*, różaniec muzułmański lub islamski.

brata, że nie miałam ochoty, aby ktoś nas godził, pomimo iż zdawałam sobie sprawę, że pewnego dnia będę go potrzebować. Ponadto nie chciałam, aby moi synowie byli świadkami kłótni pomiędzy nami. Zawołałam Siamaka i Masuda.

– Siamaku, zanieś torbę siostry do samochodu i zaczekaj tam na mnie. Masudzie, ty weźmiesz Szirin.

– A ty gdzie się wybierasz? – zapytała matka. – Dzieci dopiero przyjechały i jeszcze nie zjadły do końca zupy.

– Matko, muszę wracać do domu, mam dużo pracy.

Jeszcze raz zawołałam Siamaka. Podbiegł do okna, w którym stałam, i wziął ode mnie torbę.

– Mamo, wiedziałaś, że wujek Mahmud kupił nowy samochód? – zapytał. – Obejrzymy go, zanim przyjdziesz.

I zawołał Gholama-Alego, aby mu towarzyszył.

– Mamo, sama weź Szirin – poprosił Masud. – Pójdę z nimi.

Po czym wszyscy wybiegli na ulicę.

Matka bardzo dobrze zaplanowała nasze pojednanie; odniosłam wrażenie, że Mahmud także się do tego przygotował.

– Powiedziałaś mi, abym nie czynił zła i był lojalny – powiedział do matki. – Ale ja zrzekłem się swoich praw, przymknąłem oczy na wszystkie obelgi, ponieważ prorok powiedział, że muzułmanin powinien wybaczać. Nie mogę jednak zapomnieć o uczciwości i sprawiedliwości względem wiary, proroka i Boga.

Byłam zdenerwowana, ale znając Mahmuda, jego słowa równie dobrze można było zinterpretować jako przeprosiny.

– Córko, pozwól tutaj na minutkę – zawołała mnie matka.

Założyłam sweter, ponieważ pomimo ładnej marcowej pogody powietrze nadal było chłodne. Wzięłam Szirin na ręce i niechętnie wyszłam na podwórze. W tym samym momencie usłyszeliśmy dobiegające z ulicy wrzaski chłopców, a Gholam-Husejn, najmłodszy syn Mahmuda, przybiegł do nas z krzykiem:

– Chodźcie szybko, Siamak i Gholam-Ali się biją.

– Tato, pospiesz się! On zabije mojego brata – wrzasnęła córka Mahmuda, biegnąc ze łzami w oczach.

Ali, Mahmud i Sadegh Aga wybiegli na ulicę. Odłożyłam Szirin, złapałam czador wiszący na ogrodzeniu, owinęłam nim głowę i ruszyłam za nimi. Przecisnęłam się przez tłum dzieci z sąsiedztwa, które zbiegły się z powodu zamieszania. Ali przyparł Siamaka do muru i obrzucał go przekleństwami, a Mahmud wymierzał mu mocne policzki. Z własnego doświadczenia wiedziałam, że mój brat ma ciężką rękę, więc czułam każde jego uderzenie całą sobą. Owładnięta gniewem krzyknęłam:

– Puść go!

Po czym wskoczyłam między nich. Mój czador opadł na ziemię, gdy stanęłam pomiędzy Siamakiem i Mahmudem i zaczęłam wymachiwać pięściami w kierunku twarzy brata. Sięgałam jednak tylko jego ramion. Chciałam rozszarpać go na kawałki. Po raz drugi już dopuścił się przemocy fizycznej wobec moich dzieci. Mahmudowi i Alemu wydawało się, że mogą robić, co im się podoba, tylko dlatego, że moje dzieci nie miały ojca, który mógłby ich bronić.

Sadegh Aga odciągnął moich braci, ale ja nadal jak wartowniczka broniłam Siamaka z zaciśniętymi pięściami. Dopiero wówczas dostrzegłam Gholama-Alego, który siedział na krawężniku i płakał. Jego matka masowała mu plecy i syczącym głosem rzucała przekleństwa. Biedny chłopiec nie mógł swobodnie oddychać, ponieważ uderzył plecami o betonowy krawężnik po tym, jak Siamak popchnął go na ziemię. Bardzo się tym przejęłam i odruchowo zapytałam:

– Kochanie, wszystko w porządku?

– Zostawcie mnie w spokoju! – wrzasnął z wściekłością Gholam-Ali. – Ty i ten twój szurnięty syn!

Mahmud przysunął twarz do mojej i z rysami zniekształconymi przez gniew warknął:

– Zapamiętaj moje słowa: on też w końcu zawiśnie na szubienicy. Ci chłopcy są potomkami bezbożnego łotra. Skończą jak ojciec. Myślisz, że podczas jego egzekucji nadal będziesz zaciskać pięści?

Wrzeszcząc z wściekłości, wepchnęłam dzieci do zdezelowanego samochodu. Przez całą drogę do domu płakałam i przeklinałam. Przeklinałam siebie za to, że zdecydowałam się tam pójść, przeklinałam chłopców za to, że atakowali innych jak szaleni, przeklinałam moją matkę, Mahmuda i Alego. Jechałam, nie zważając na przepisy, nieustannie ocierając łzy wierzchem dłoni. W domu ze złości zaczęłam chodzić po mieszkaniu tam i z powrotem, a dzieci obserwowały mnie ze strachem w oczach.

Gdy nieco się uspokoiłam, zwróciłam się do Siamaka:

– Nie masz wstydu? Jak długo jeszcze będziesz rzucał się na ludzi niczym wściekły pies? W zeszłym miesiącu skończyłeś szesnaście lat. Kiedy w końcu zaczniesz zachowywać się jak człowiek? A gdyby coś mu się stało? Gdyby uderzył głową w krawężnik? Co wtedy byśmy zrobili? Zamknęliby cię w więzieniu do końca życia albo powiesili!

Wybuchnęłam płaczem.

– Przepraszam, mamo – odparł Siamak. – Naprawdę przepraszam. Przysięgam na Boga, że nie chciałem wszczynać bójki. Ale nie słyszałaś rzeczy, które wygadywali. Najpierw zaczęli chwalić się samochodem i naśmiewać się z naszego, a potem powiedzieli, że powinniśmy doświadczać jeszcze większej biedy i dotkliwszych nieszczęść, ponieważ nie jesteśmy muzułmanami i nie wierzymy w Boga. Nic wówczas nie powiedziałem. Zignorowałem ich. Prawda, Masud?... Ale oni nie przestawali i zaczęli mówić okropne rzeczy o tacie. A potem odegrali scenę jego egzekucji. Gholam-Husejn wystawił język i przechylił głowę na bok, a wtedy wszyscy się roześmiali. Powiedzieli też, że nie pochowano taty na muzułmańskim cmentarzu, tylko rzucono jego ciało psom, ponieważ był kundlem... Nie wiem, co się wtedy stało. Straciłem nad sobą kontrolę. Uderzyłem go. Gholam-Ali podszedł, aby mnie powstrzymać, więc go pchnąłem, a on upadł i uderzył plecami o krawężnik... Mamo, czy to oznacza, że bez względu na to, co mówią inni, mam stać bezczynnie jak jakiś tchórz? Gdybym go nie uderzył, umarłbym dzisiaj z gniewu. Nie widziałaś, jak szydzili z ojca.

Zaczął płakać. Przyglądałam mu się przez chwilę. Sama wiele razy miałam ochotę przyłożyć Gholamowi-Husejnowi. Ta myśl mnie rozbawiła.

– Tak między nami, nieźle dałeś mu popalić! – powiedziałam. – Ten biedny chłopiec nie mógł oddychać. Wydaje mi się, że złamał żebro.

Chłopcy zdali sobie sprawę, że rozumiem ich sytuację i nie obarczam ich zbyt wielką odpowiedzialnością za to, co się stało. Siamak otarł łzy i się zaśmiał:

– A ty jak się postawiłaś!

– Przecież cię bili!

– Nieważne. Spoliczkowanie Gholama-Husejna było warte jeszcze dziesięciu razów od wuja Mahmuda.

Roześmialiśmy się. Masud wyskoczył na środek pokoju i zaczął mnie naśladować.

– Gdy zobaczyłem, jak mama wpada na ulicę w czadorze, pomyślałem, że to Zorro! Chociaż jest niska, ustawiała gardę niczym Muhammad Ali, ale wystarczyłoby, żeby wuj Mahmud lekko dmuchnął, a poleciałaby na dachy sąsiednich domów. Najzabawniejsze jest jednak to, że wszyscy się ciebie bali, mamo, a ze zdumienia szczęki im poopadały!

Masud w tak zabawny sposób opisywał tę scenę, że tarzaliśmy się ze śmiechu po podłodze.

Było cudownie. Nadal pamiętaliśmy, co to śmiech.

Zbliżał się Nowy Rok, ale nie miałam ochoty nic przygotowywać. Cieszyłam się tylko, że ten przeklęty rok wreszcie się kończył. W odpowiedzi na list Parwany napisałam: „Nie wyobrażasz sobie, jak ciężki był to czas. Każdy dzień przynosił kolejną katastrofę".

Wskutek nalegań pani Parvin uszyłam dzieciom kilka nowych ubrań. Jednak nasze skromne świętowanie Nowego Roku nie obejmowało wiosennych porządków ani przygotowania tradycyjnego stołu *haft sin*. Matka Hamida nalegała, abyśmy przenieśli uroczystości do jej domu. Wyjaśniła, że to pierwszy Nowy Rok po odejściu Hamida i jego ojca, więc odwiedzą ją wszyscy znajomi. Ja jednak nie miałam do tego cierpliwości.

Dopiero radosne okrzyki sąsiadów uzmysłowiły mi, że zaczął się Nowy Rok. W domu boleśnie odczuwaliśmy nieobecność Hamida. Spędziłam z nim siedem uroczystości noworocznych. Nawet jeśli nie było go ze mną, zawsze miałam wrażenie, że mi towarzyszy. Teraz jednak czułam się samotna i bezbronna.

Masud przyglądał się fotografii ojca. Siamak siedział w swoim pokoju za zamkniętymi drzwiami i nie chciał wyjść. A Szirin chodziła po domu.

Zamknęłam drzwi do mojej sypialni i zaczęłam płakać.

W pewnym momencie usłyszałam głosy Faati, Sadegha Agi oraz ich dzieci. Przyszli nas odwiedzić w nowych strojach i narobili sporo hałasu. Moja siostra była zaskoczona, że jesteśmy w tak ponurych nastrojach. Poszła ze mną do kuchni i powiedziała:

– Siostro, dziwię ci się! Ze względu na dzieci powinnaś była chociaż ustawić stół *haft sin*. Gdy powiedziałaś, że nie pójdziesz do domu teściowej, myślałam, że chcesz oszczędzić dzieciom smutku i uniknąć ponownego wybuchu rozpaczy. Ale teraz widzę, że jesteś gorsza od nich. Idź się ubrać. Co było, minęło. Mam nadzieję, że nadchodzący rok okaże się dla ciebie bardziej szczęśliwy i wynagrodzi ci całe dotychczasowe cierpienie.

– Wątpię – westchnęłam.

Rozmowy o opuszczeniu domu i jego sprzedaży rozpoczęły się po obchodach Nowego Roku. Matka Hamida i Mahbuba stanowczo się temu sprzeciwiały, ale ciotki i wujowie doszli do wniosku, że nadszedł czas wystawić go na sprzedaż. Rynek nieruchomości po rewolucji trochę ucierpiał z powodu zapowiedzi konfiskat majątków i przenoszenia praw własności, ale ostatnio sytuacja się poprawiła i ceny nieco podskoczyły. Rodzinie Hamida zależało na jak najszybszej sprzedaży domu, w razie gdyby rynek ponownie się załamał albo rząd zdecydował się przejąć nad nim kontrolę.

Gdy otrzymałam oficjalne zawiadomienie o ich postanowieniu, odpowiedziałam, że nie wyprowadzę się przed końcem roku szkolnego i dopiero wtedy zacznę rozpatrywać inne możliwości. Tylko jak one wyglądały? Z trudem udawało mi się ubrać i wykarmić dzieci; jak miałam jeszcze opłacić czynsz?

Matka Hamida i jego siostry także się martwiły. Na początku zaproponowały, abyśmy zamieszkali w domu rodzinnym mojego zmarłego męża. Wiedziałam jednak, że teściowa nie zniesie hałaśliwych dzieci biegających po domu, a ja nie chciałam ich ograniczać i dodatkowo unieszczęśliwiać.

W końcu wuj Hamida wyszedł z propozycją, że wyremontują dla mnie i dla dzieci dwa pokoje oraz zniszczony garaż znajdujące się na końcu ogrodu. W ten sposób matka Hamida będzie mieszkała osobno, a jednocześnie jej córki nie będą się już musiały martwić, że nie ma nikogo w pobliżu. Biorąc pod uwagę fakt, iż ani ja, ani moje dzieci nie mieliśmy żadnych praw do spadku po ojcu Hamida, byłam bardzo wdzięczna za tę propozycję.

Wraz z zakończeniem roku szkolnego remont w domu mojej teściowej niemal dobiegł końca. Jednak podejrzane zachowanie Siamaka zaprzątało moją uwagę do tego stopnia, że nie potrafiłam skupić się na przeprowadzce. Swoim postępowaniem rozbudził na nowo moje dawne obawy. Popołudniami wracał do domu później niż zazwyczaj, nieustannie kłócił się o kwestie polityczne i skłaniał się ku pewnym ugrupowaniom politycznym. Nie mogłam tego tolerować. Starałam się trzymać politykę z dala od naszego życia, aby uchronić dzieci przed kolejnymi koszmarami. I może właśnie dlatego Siamaka coraz bardziej interesował ten temat.

Na pogrzebie Hamida poznałam kilku nowych przyjaciół; przyszli, aby pomóc. Chociaż sprawiali wrażenie dobrych, porządnych mężczyzn, nie podobało mi się to, że nieustannie między sobą szeptali. Wydawało mi się bowiem, że mają mnóstwo tajemnic. Z czasem zaczęli przychodzić coraz częściej do naszego domu. Chciałam, aby Siamak miał porządnych kolegów, dzięki którym mógłby wyjść ze swojej skorupy, ale wobec nich miałam mieszane uczucia. Nieustannie w moich uszach rozbrzmiewały słowa teściowej: „To przyjaciele zniszczyli Hamida".

Wkrótce dowiedziałam się, że Siamak stał się żarliwym mudżahedinem. Podczas każdego spotkania stał z zaciśniętymi pięściami i bronił ich poczynań. Przynosił do domu wydawane przez nich gazety i ulotki, doprowadzając mnie tym do szaleństwa. Nasze rozmowy o polityce zawsze kończyły się kłótnią i co gorsza nie tylko nie rozumieliśmy się przez nie lepiej, ale doprowadziły do tego, że jeszcze bardziej oddalaliśmy się od siebie. Pewnego dnia usiedliśmy razem i starając się z całych sił zachować spokój, opowiedziałam mu o ojcu i tym, jak polityka zniszczyła nasze życie. Opowiadałam o trudnościach, z jakimi zmagali się Hamid oraz jego przyjaciele, o ich cierpieniu, które okazało się daremne. Poprosiłam go wówczas, aby obiecał, że nie obierze tej samej drogi.

Głosem dorosłego już mężczyzny odparł:

– O czym ty mówisz, mamo! To niemożliwe. Wszyscy zajmują się polityką. W mojej klasie każdy uczeń należy do jakiegoś ugrupowania politycznego. Większość z nich to mudżahedini i są naprawdę dobrymi ludźmi. Wierzą w Boga, modlą się i walczą o wolność.

– Innymi słowy, znajdują się gdzieś pomiędzy twoim ojcem a wujem, ale powtarzają błędy popełnione przez obu.

– Wcale nie! Oni są inni. Lubię ich. Są moimi przyjaciółmi i mnie wspierają. Nie rozumiesz – jeśli nie przystanę do nich, będę sam.

– Nie rozumiem, dlaczego zawsze musisz czepiać się innych – warknęłam.

Najeżył się i spojrzał na mnie ze złością. Wiedziałam, że popełniłam błąd. Ściszyłam głos, pozwoliłam, aby łzy spłynęły mi po policzkach, i powiedziałam:

– Przepraszam. Nie chciałam. Po prostu nie mogę znieść, że w tym domu znowu uprawia się politykę.

A potem zaczęłam go błagać, aby się w to nie angażował.

W efekcie Siamak obiecał mi, że nigdy oficjalnie nie dołączy do żadnego ugrupowania politycznego ani organizacji, ale zaznaczył, że nadal będzie zwolennikiem lub – jak sam to ujął – „sympatykiem" mudżahedinów.

Ponieważ Sadegh Aga dobrze dogadywał się z Siamakiem, poprosiłam go, aby z nim porozmawiał i miał na niego oko. Ale sytuacja się pogarszała. Dowiedziałam się bowiem, że Siamak sprzedawał na ulicy gazetę mudżahedinów. Poza tym pogorszyły się jego oceny w szkole i ledwo udało mu się przebrnąć przez egzaminy końcowe. Jeszcze zanim ogłoszono ostateczne oceny, wiedziałam, że nie zaliczył kilku przedmiotów.

Pewnego dnia Sadegh Aga zadzwonił, aby poinformować mnie, że nazajutrz zaplanowano dużą demonstrację organizowaną przez mudżahedinów. Od samego rana pilnowałam Siamaka jak oka w głowie. Założył dżinsy i tenisówki i pod pretekstem zakupów chciał wyjść z domu. Zamiast niego wysłałam Masuda. Z upływem czasu Siamak stawał się coraz bardziej niespokojny. Wyszedł na podwórko i przez chwilę krzątał się przy roślinach, a potem podniósł szlauch i zaczął podlewać ogródek, kątem oka obserwując dom. Udawałam, że jestem czymś zajęta w piwnicy, ale przyglądałam mu się zza wiklinowej rolety. Odłożył szlauch i powoli zaczął skradać się na palcach w kierunku bramy. Wbiegłam po schodach prowadzących na podwórze, dopadłam do wyjścia jako pierwsza i rozkładając ramiona, zasłoniłam je.

– Dość tego! – wrzasnął. – Chcę iść. Przestań mnie traktować jak dziecko. Mam tego po dziurki w nosie!

– Dzisiaj nie wyjdziesz z domu, chyba że po moim trupie! – krzyknęłam.

Siamak zrobił krok w moim kierunku. Masud z nieustraszonym wyrazem twarzy przybiegł mi na ratunek i stanął między nami. Złość, która kipiała w Siamaku, a której nie mógł wyładować na mnie, skupiła się na Masudzie. Zaczął go bić i kopać, jednocześnie sycząc przez zaciśnięte zęby:

– Spadaj, ty tchórzu. Kim ty jesteś? Nie wtrącaj się, ty mizerne ścierwo.

Masud próbował go przekonywać, ale Siamak nie przestawał wrzeszczeć.

– Zamknij się! To nie twoja sprawa!

A potem uderzył brata tak mocno w twarz, że ten stracił równowagę.

– Myślałam, że mój najstarszy syn będzie moją podporą – zapłakałam. – Myślałam, że zajmie puste miejsce po ojcu. Ale teraz widzę, że pomimo moich usilnych próśb, by dziś pozostał w domu, bez wahania wybrał grupę obcych mu osób zamiast mnie.

– Dlaczego nie mogę iść? – warknął.

– Ponieważ cię kocham i nie chcę cię stracić tak, jak straciłam twojego ojca.

– Dlaczego nie powstrzymałaś ojca, skoro był komunistą?

– Ponieważ nie byłam dla niego odpowiednim przeciwnikiem. Robiłam, co mogłam, ale on był ode mnie silniejszy. Ty jesteś moim dzieckiem. Jeśli nie mam wystarczająco dużo siły, aby cię powstrzymać, to równie dobrze mogę umrzeć.

Siamak wskazał na Masuda i krzyknął:

– Jeśli mnie nie puścisz, zabiję go.

– Nie, zamiast niego zabij mnie. Umrę, jeśli coś ci się stanie, więc sam możesz mnie zabić.

W jego oczach dostrzegłam łzy wściekłości. Przez chwilę patrzył na mnie gniewnie, a potem ruszył w kierunku domu. Zrzucił buty i usiadł ze skrzyżowanymi nogami na drewnianej ławce stojącej przed dawnym mieszkaniem Bibi. Piętnaście minut później powiedziałam do Szirin:

– Idź do brata i daj mu buziaka. Jest bardzo zdenerwowany.

Szirin pobiegła do niego, wspięła się na ławkę i zaczęła się przytulać do Siamaka. On jednak odtrącił jej dłoń i warknął:

– Zostaw mnie w spokoju!

Podeszłam do nich, postawiłam Szirin na ziemię i powiedziałam:

– Mój synu, rozumiem, że bycie członkiem ugrupowania politycznego i pragnienie heroicznych czynów może wydawać się ekscytujące. Marzenia o ratowaniu narodu i ludzkości dają ogromną satysfakcję. Ale czy wiesz, co się za nimi kryje i do czego mogą doprowadzić? Co chcesz zmieniać? Dlaczego jesteś gotów poświęcić własne życie? Czy chcesz to zrobić, aby jedna grupa ludzi wymordowała inną grupę ludzi, a potem przejęła władzę i napchała sobie kieszenie? Tego chcesz?

– Nie! – odparł. – Nie rozumiesz. Nic nie wiesz o tej organizacji. Pragną przywrócić sprawiedliwość.

– Mój drogi, wszyscy tak mówią. Czy kiedykolwiek słyszałeś, aby ktoś zainteresowany przejęciem władzy nie obiecywał ludziom sprawiedliwości? Problem w tym, że w ich mniemaniu sprawiedliwość można osiągnąć tylko wtedy, gdy przy władzy znajdzie się ich ugrupowanie, a jeśli ktoś inny stanie im na drodze, bez wahania wyślą go do piekła.

– Mamo, czy przeczytałaś choć jedną wydaną przez nich książkę? – zapytał Siamak. – Czy słyszałaś choć jedno wystąpienie?

– Nie, kochanie. Wystarczy mi, że ty czytasz ich książki i słuchasz ich wystąpień. Uważasz, że mają rację?

– Oczywiście! A gdybyś się nimi zainteresowała, zrozumiałabyś dlaczego.

– A co z innymi ugrupowaniami i organizacjami? Ich książki też czytałeś? Ich wystąpień też słuchałeś?

– Nie czułem takiej potrzeby. Wiem, jakie poglądy głoszą.

– Ale przecież to nie w porządku – przekonywałam. – Nie możesz twierdzić, że tak szybko odnalazłeś właściwą drogę i jesteś gotów poświęcić dla niej życie. Może inne ugrupowania propagują lepszy program polityczny? Ilu opiniom i ideologiom się przyglądałeś, zanim podjąłeś decyzję? Czy przeczytałeś choć jedną książkę z biblioteczki ojca?

– Nie, jego droga była błędna. Oni byli ateistami, a może nawet sprzeciwiali się religii.

– Mimo wszystko on także wierzył, że odnalazł najlepszy sposób na uratowanie ludzkości i przywrócenie sprawiedliwości. A decyzję tę podjął po wielu latach nauki i zgłębiania tego problemu. A ty, choć nie posiadasz nawet jednej setnej jego wiedzy, twierdzisz, że przez całe życie się mylił i zginął, ponieważ podążał niewłaściwą drogą. Może i masz rację. Ja też tak uważam. Ale zastanów się nad tym. Jeśli pomimo bogatego doświadczenia popełnił tak brzemienny w skutkach błąd, może ty też go popełniasz? Nie znasz nawet nazw różnych szkół filozofii i myśli politycznej. Zastanów się, synu. Życie to najcenniejsza rzecz, jaką posiadasz. Nie możesz nim ryzykować, ponieważ już go nie odzyskasz.

– Nic nie wiesz o tej organizacji, a krytykujesz ją bez żadnego powodu – uparcie twierdził Siamak. – Uważasz, że chcą nas oszukać.

– Masz rację. Nic o nich nie wiem. Ale wiem jedno: jeśli ktoś wykorzystuje emocje niewinnych, niedoświadczonych młodych ludzi dla własnej korzyści, nie jest to uczciwa i przyzwoita osoba. Zbyt wiele dla mnie znaczysz, więc nie zrezygnuję z ciebie tak łatwo tylko po to, by jakiś człowiek mógł zdobyć władzę.

Nadal jestem dumna z wytrwałości i determinacji, którymi się wtedy wykazałam. Późnym popołudniem dotarły do nas wieści o zatrzymanych i zabitych, a potem zapanował chaos. Każdego dnia Siamak dowiadywał się o kolejnych aresztowaniach swoich przyjaciół. Przywódcy mudżahedinów uciekli i się ukryli, ale młodzi członkowie zostali zdziesiątkowani.

Codziennie po południu ogłaszano w telewizji nazwiska oraz wiek osób, na których wykonano egzekucję. Wraz z synem słuchałam przerażona niekończącej się listy. Gdy padało nazwisko osoby, którą Siamak znał, ryczał niczym tygrys zamknięty w klatce. Zastanawiałam się, jak muszą się czuć rodzice tych młodych chłopców i dziewcząt, gdy nazwiska ich dzieci wyczytywane są w telewizji. Jednocześnie dziękowałam Bogu, że tamtego dnia udało mi się powstrzymać Siamaka przed wyjściem na ulicę.

Ludzie różnie reagowali na zaistniałą sytuację. Niektórzy byli w szoku, inni okazywali obojętność lub zdenerwowanie. Byli i tacy, którzy się cieszyli. Ciężko mi było uwierzyć, że w jeszcze niedawno zjednoczonym społeczeństwie pojawiły się teraz tak diametralne różnice.

Pewnego dnia wpadłam na byłego kolegę z pracy, który bardzo zaangażował się w politykę. Spojrzał na mnie i powiedział:

– Co się dzieje, pani Sadeghi? Wygląda pani, jakby stało się coś okropnego.

– A pana nie martwią ostatnie wydarzenia i doniesienia, które codziennie do nas docierają? – zapytałam zaskoczona.

– Nie! Uważam, że tak właśnie powinno być.

Na początku lata przenieśliśmy się do mieszkania przy domu teściowej. Wyprowadzka z domu, w którym mieszkałam przez siedemnaście lat, nie była łatwa. Każda cegła w tym budynku niosła ze sobą jakąś historię i pozwalała mi cofnąć się myślami w przeszłość. Z czasem nawet najtrudniejsze wspomnienia wydają się słodkie. Nadal nazywaliśmy salon „pokojem Szahrzad", a mieszkanie na parterze „domem Bibi". Do tej pory zapach Hamida unosił się w każdym kącie, a ja znajdowałam jego rzeczy w różnych zakamarkach domu. To tutaj spędziłam najlepszy okres życia.

W myślach upominałam się, by zachować rozsądek. Nie miałam wyboru. Zaczęłam się pakować. Część rzeczy sprzedałam, część wyrzuciłam, a jeszcze inne oddałam.

– Zatrzymaj dobre meble – radziła Faati. – Może wkrótce przeprowadzisz się do większego domu. Nie żal ci pozbywać się wszystkich sof? Kupiłaś je w pierwszym roku rewolucji, pamiętasz?

– Wtedy miałam tyle nadziei. Myślałam, że moje życie będzie cudowne. A teraz sofy nie są mi do niczego potrzebne. Nigdy, przynajmniej nie w najbliższej przyszłości, nie będę miała większego domu, a nowe pokoje są bardzo małe. Poza tym myślisz, że będę urządzać przyjęcia? Postanowiłam zabrać tylko podstawowe sprzęty. Nasz nowy dom składał się z dwóch połączonych pomieszczeń oraz z garażu, który został przerobiony na salon i kuchnię. Łazienka i toaleta przylegały do budynku, ale wejścia do nich znajdowały się na zewnątrz. Chłopcy zajęli jeden z pokoi, a Szirin ze mną drugi. W sypialniach ustawiliśmy biurka chłopców, moje biurko, maszynę do pisania i do szycia, a w salonie kilka małych sof, ławę i telewizor. Wszystkie trzy pokoje miały dostęp do dużego ogrodu z lustrzaną sadzawką na środku. Dom teściowej znajdował się na przeciwległym końcu ogrodu.

Po wyniesieniu wszystkich rzeczy z naszego starego domu przeszłam się po pokojach, dotknęłam dłońmi ścian, które były świadkami mojego życia, i pożegnałam się z nimi. Weszłam na dach i odtworzyłam drogę ucieczki Hamida aż do sąsiedniego domu. Podlałam stare drzewa na podwórzu i przez zakurzone okna zajrzałam do mieszkania Bibi. Kiedyś ten cichy dom tętnił życiem. Otarłam łzy i z ciężkim sercem zamknęłam drzwi, żegnając się z pewnym rozdziałem mojego życia, ze szczęściem i młodością. A potem ruszyłam przed siebie.

Rozdział siódmy

Dzieci były bardzo smutne z powodu przeprowadzki, a chaos i zamieszanie wprawiły je w nerwowy nastrój. Wyrażały swoje niezadowolenie, uparcie odmawiając pomocy i współpracy. Siamak leżał na swoim łóżku na krzywo ułożonym materacu, zasłaniając ręką oczy, a Masud kucał na podwórzu przy ścianie z brodą opartą na kolanach i kawałkiem gipsu, który pozostał po remoncie, malował linie na brukowanej ścieżce. Na szczęście pani Parvin zajęła się Szirin, więc nie musiałam się dodatkowo martwić o córkę.

Nie miałam siły, aby samodzielnie wykonać wszystkie prace, ale nie potrafiłam zmusić chłopców do pomocy. Sądząc po ich milczeniu, najmniejsza błahostka mogła wywołać napady złości i awanturę. Poszłam do jednego z pokojów, wzięłam głęboki oddech i powstrzymałam napływające łzy. Starałam się uspokoić i znaleźć w sobie pokłady energii, które pozwoliłyby mi opanować sytuację. Następnie zaparzyłam herbatę i udałam się do piekarni na rogu, w której właśnie rozpoczął się popołudniowy wypiek chleba. Kupiłam dwa perskie placki i po cichu weszłam do domu. W ogrodzie rozłożyłam dywan, a na nim herbatę, chleb, masło, ser i misę z owocami. Następnie zawołałam chłopców na posiłek. Wiedziałam, że są głodni. Tamtego dnia zjedli jedynie po kanapce o godzinie jedenastej, przed opuszczeniem starego domu. Musiałam na nich chwilę poczekać, ale zapach świeżego chleba i ogórków, które obierałam, pobudził ich apetyt i niczym dwa dzikie koty podeszli ostrożnie do dywanu i zaczęli jeść.

Gdy byłam już pewna, że po smacznym i pożywnym posiłku humory im się poprawiły, powiedziałam:

– Posłuchajcie mnie, chłopcy. Wyprowadzka z domu, w którym spędziłam swoją młodość i najlepsze dni mojego życia, była dla mnie jeszcze trudniejsza niż dla was. Ale nie mamy innego wyjścia. Życie toczy się dalej. Obaj jesteście młodzi i dopiero wchodzicie w dorosłość. Pewnego dnia wybudujecie domy, które będą dużo większe i piękniejsze niż ten.

– Oni nie mieli prawa zabierać nam domu – stwierdził ze złością Siamak. – Nie mieli prawa!

– Ależ mieli – odparłam spokojnie. – Uzgodnili, że nie sprzedadzą go, dopóki będzie żyła ich matka. Po jej śmierci musieli podzielić spadek między siebie.

– Żaden z nich nigdy nawet nie odwiedził Bibi! To my się nią opiekowaliśmy.

– Dlatego że mieszkaliśmy w jej domu. Mieliśmy obowiązek jej pomagać.

– Poza tym nie uwzględniono nas przy podziale spadku – dodał Siamak ze złością. – Wszyscy coś otrzymali oprócz nas.

– No cóż, takie jest prawo. Gdy syn umiera przed ojcem, jego rodzina nic nie dziedziczy.

– Dlaczego prawo zawsze działa na naszą niekorzyść? – zapytał Masud.

– Dlaczego tak bardzo zależy ci na spadku? – zapytałam. – I kto ci to wszystko powiedział?

– Myślisz, że jesteśmy głupi? – zapytał Siamak. – Od pogrzebu taty słyszeliśmy o tym tysiące razy.

– Niczego nie potrzebujemy – stwierdziłam. – Na razie mieszkamy w domu dziadka. Widzicie, ile pieniędzy włożyli w remont naszych pokoi? Co za różnica, czy oficjalnie to nasza własność, czy nie? Nie płacimy czynszu i to się liczy. Dorośniecie i wybudujecie sobie domy. Nie chciałabym, aby moje dzieci myślały o pieniądzach i spadkach jak jakieś sępy.

– Oni zabrali nam to, co prawnie należało do nas – odparł Siamak.

– To znaczy, że chcesz mieszkać w tamtym starym domu? – zapytałam, wskazując na drugi koniec ogrodu. – Mam wobec was dużo poważniejsze plany. Wkrótce pójdziecie na studia i rozpoczniecie pracę. Zostaniecie lekarzami lub inżynierami. Postawicie wówczas piękne domy! Duże, nowoczesne, ślicznie umeblowane. Nawet się nie obejrzycie za tą starą ruiną. A ja, jak każda miłująca tradycję kobieta, będę chodzić od domu do domu w poszukiwaniu wspaniałych żon dla moich synów. Znajdę dla was przepiękne dziewczyny. Będę się chwalić swoimi synami, mówiąc, że są lekarzami lub inżynierami, że są wysocy i przystojni, mają piękne samochody i domy przypominające pałace. Dziewczęta będą mdlały na lewo i prawo.

Chłopcy uśmiechali się od ucha do ucha, słysząc moją przesadzoną opowieść.

– No, Siamaku Ago, wolisz blondynki czy brunetki? – kontynuowałam.

– Brunetki.

– A ty, Masudzie, wolisz dziewczyny, które mają jasną czy oliwkową cerę?

– Chcę jedynie, aby miała niebieskie oczy, reszta nie ma znaczenia.

– Niebieskie jak oczy Firuzy? – zapytałam.

Siamak się roześmiał i powiedział:

– Ty nicponiu, właśnie odkryłeś wszystkie swoje karty!

– Dlaczego? Co takiego powiedziałem? Oczy mamy czasem też nabierają niebieskiego odcienia.

– Bzdury! Oczy mamy są zielone.

– Poza tym Firuza jest dla mnie jak siostra – odparł Masud wstydliwie.

– Ma rację – zażartowałam. – Teraz jest dla niego jak siostra, ale gdy dorośnie, może stać się żoną.

– Mamo! Nie mów tak! A ty, Siamaku, przestań się śmiać z byle powodu.

Przytuliłam go i powiedziałam:

– Ale wam urządzę ślub!

Nasza rozmowa mnie także poprawiła humor.

– Jak według was powinniśmy urządzić dom?

– Dom? – zażartował Siamak. – Mówisz tak, jakby to rzeczywiście był prawdziwy dom.

– Ależ jest. Nieważne, jak przestronne jest miejsce, w którym mieszkasz, ale jak je urządzisz. Niektórzy mieszkają w budzie lub w wilgotnej piwnicy, ale potrafią je tak urządzić, że pod względem wygody i wyglądu biją na głowę tysiące innych miejsc. Wygląd domu odzwierciedla styl jego mieszkańców, ich gusta i osobowość.

– Ale te pokoje są takie małe.

– Nieprawda. Mamy dwie sypialnie i salon oraz ten piękny, rozległy ogród, który przez pół roku będzie dla nas dodatkową przestrzenią mieszkalną. Możemy posadzić w nim kwiaty i rośliny, pomalować lustrzaną sadzawkę i wpuścić do niej złote rybki. Codziennie po południu będziemy włączać fontannę i siedzieć tam, rozkoszując się pięknym widokiem. Co wy na to? Nastawienie dzieci uległo zmianie. W miejsce smutku i rozczarowania, które towarzyszyły im jeszcze godzinę wcześniej, w ich oczach pojawiło się podekscytowanie. Musiałam wykorzystać tę okazję.

– No, panowie, wstawać. Większa sypialnia jest wasza. Urządźcie i udekorujcie ją po swojemu. Nowa farba wygląda nieźle, prawda? Ja zamieszkam z Szirin w mniejszej sypialni. Wnieście, proszę, ciężkie meble, a ja zajmę się resztą. Okrągły stół i krzesła postawimy w ogrodzie. Masud, ogród zostawiam w twoich rękach. Gdy się zadomowimy, obejrzyj go i zdecyduj, jakie kwiaty kupić i czego potrzebujemy do jego urządzenia. A ty, Siamaku Chanie, musisz zamontować antenę na dachu i pociągnąć kabel telefoniczny z domu babci. Poza tym razem z Masudem zawiesicie karnisze na zasłony. A tak przy okazji, nie możemy zapomnieć o wyczyszczeniu drewnianego łóżka Bibi. Przyniesiemy je tutaj i postawimy w ogrodzie. Będzie ładnie wyglądało. Zarzucimy na nie dywan i możemy spać na zewnątrz. Będzie miło, co?

Dzieci były podekscytowane i zaczęły prześcigać się w nowych propozycjach.

– Musimy kupić inne zasłony do naszej sypialni – stwierdził Masud. – Te, które mieliśmy w starym domu, były zbyt ciemne i grube.

– Masz rację. Pójdziemy razem i wybierzemy materiał z wzorem kwiatowym, z którego uszyję też pasującą narzutę na łóżka. Obiecuję, że wasz pokój będzie jasny i elegancki.

W ten sposób dzieci zaakceptowały nasz nowy dom i przyzwyczaiły się do nowego życia. Tydzień później mieszkanie było prawie urządzone, a po miesiącu mieliśmy już kwitnący ogród pełen kwiatów, piękną i błyszczącą sadzawkę lustrzaną oraz pokoje z wesołymi zasłonami i dekoracjami. Pani Parvin bardzo się ucieszyła, że udało nam się zadomowić. Stwierdziła też, że teraz łatwiej jest jej do nas dotrzeć. Nasza obecność wpłynęła także pozytywnie na samopoczucie matki Hamida, która przyznała, że dzięki nam jest spokojniejsza. Gdy włączano syreny przeciwlotnicze i odcinano prąd, biegliśmy do jej domu, aby nie była sama. Dzieci szybko przyzwyczaiły się do warunków wojennych i uznały je za nieodzowną część życia. Podczas bombardowań i ataków rakietowych, gdy musieliśmy przebywać w ciemności, Szirin śpiewała piosenki przy naszym akompaniamencie. Dzięki temu nie myśleliśmy o bombardowaniu. Jedynie babcia zawsze siedziała wpatrzona z przerażeniem w sufit.

Pan Zargar odwiedzał nas regularnie i przynosił dla mnie zlecenia. Zostaliśmy przyjaciółmi. Często zwierzaliśmy się sobie, a ja wysłuchiwałam jego rad dotyczących wychowania chłopców. On także czuł się samotnie. Wraz z rozpoczęciem wojny jego żona i córka wróciły do Francji.

Pewnego dnia powiedział:

– Otrzymałem list od pana Szirzadiego.

– Co napisał? – zapytałam. – Dobrze się miewa?

– Chyba nie. Mam wrażenie, że jest bardzo samotny i przygnębiony. Obawiam się, że pobyt z dala od ojczyzny wpędzi go w depresję. Ostatnio jego wiersze przypominają chwytające za serce listy z emigracji. Odpisałem mu tylko: „Masz szczęście, że prowadzisz spokojne życie". Nie uwierzy pani, co odpisał.

– Słucham.

– W przeciwieństwie do pani, mam problemy z zapamiętywaniem poezji. Napisał bardzo długi i pełen cierpienia wiersz, w którym opisał swoje uczucia związane z życiem na obczyźnie.

– Ma pan rację – odparłam. – Pan Szirzadi nie poradzi sobie z samotnością i depresją.

Moje przewidywania sprawdziły się zbyt szybko i nasz zrozpaczony przyjaciel odnalazł wieczny spokój. Spokój, którego prawdopodobnie nigdy nie zaznał na ziemi. Wzięłam udział w zorganizowanych przez jego rodzinę uroczystościach pogrzebowych. Mówiono o nim w samych superlatywach, ale poezja pana Szirzadiego, podobnie jak za jego życia, nadal spowita była zasłoną milczenia.

Pan Zargar zarekomendował mnie w kilku wydawnictwach i w efekcie zaczęłam otrzymywać zlecenia z różnych źródeł. W końcu znalazł też dla mnie stałą pracę w czasopiśmie, dzięki czemu zyskałam regularne źródło dochodów. Nie zarabiałam zbyt wiele, ale braki finansowe uzupełniałam dodatkowymi zleceniami.

Zapisałam dzieci do szkoły w pobliżu domu. Początkowo szły tam nadąsane i nieszczęśliwe, ponieważ ciężko znosiły rozłąkę z przyjaciółmi. Lecz po upływie miesiąca prawie nie wspominali już o poprzedniej szkole. Siamak poznał dużo nowych znajomych, a miły i uprzejmy Masud szybko zyskał sympatię kolegów i nauczycieli. Szirin skończyła trzy lata, była bardzo wesoła i słodka. Tańczyła, bawiła się z braćmi i buzia jej się przy tym nie zamykała. Chciałam zapisać ją do pobliskiego przedszkola, ale pani Parvin nie chciała o tym słyszeć.

– Masz za dużo pieniędzy? – upominała mnie. – Pracujesz w biurze czasopisma albo siedzisz w domu i przepisujesz teksty na maszynie, czytasz, piszesz i szyjesz. A teraz chcesz napchać tymi ciężko zarobionymi pieniędzmi kieszenie tych ludzi? Nie, ja na to nie pozwolę. Przecież jeszcze nie umarłam.

Powoli przyzwyczajałam się do nowego trybu życia. Pomimo iż wojna nadal trwała i docierające do nas wiadomości budziły przerażenie, byłam tak pochłonięta swoimi sprawami, że tak naprawdę przypominałam sobie o niej, gdy włączano syreny przeciwlotnicze. Ale nawet wtedy nie czułam zbyt wielkiego strachu, ponieważ byliśmy razem. Zawsze myślałam, że nie miałabym nic przeciwko, gdybyśmy umarli wspólnie, w jednym miejscu.

Na szczęście chłopcy jeszcze nie osiągnęli wieku poborowego i nie musieli służyć w wojsku. Byłam pewna, że do tego czasu konflikt się zakończy. W końcu, ile jeszcze mogło to potrwać? Cieszyłam się, że moi synowie nie należeli do mężczyzn, którzy marzyli, aby znaleźć się na froncie.

Zaczęłam wierzyć, że mam już za sobą ciężkie chwile i w końcu będę mogła wieść normalne życie i wychowywać dzieci we względnym spokoju.

Minęło kilka miesięcy. Rząd nadal walczył z wywrotowcami i ugrupowaniami opozycyjnymi. Morderstwa i zamachy były na porządku dziennym. Aktywiści polityczni zeszli do podziemia, przywódcy różnych stronnictw uciekli, wojna trwała nadal, a ja ponownie zaczynałam się martwić o moich synów i ich przyszłość. Nie spuszczałam więc z nich oka.

Odniosłam wrażenie, że moje rozmowy w połączeniu z ostatnimi wydarzeniami odniosły zamierzony skutek i Siamak zerwał kontakty z zaprzyjaźnionymi mudżahedinami; przynajmniej tak mi się wydawało. Wraz z nadejściem wiosny moje obawy nieco zmalały. Chłopcy byli zajęci przygotowaniami do końcowych egzaminów, a ja dałam im do zrozumienia, że muszą zacząć się też przygotowywać do wstępnych egzaminów na studia. Chciałam, by szkoła i nauka zajęły ich do tego stopnia, aby nie mieli czasu myśleć o niczym innym.

Pewnej wiosennej nocy przepisywałam wcześniej zredagowany przez siebie dokument. Szirin spała, a światło w pokoju chłopców nadal było zapalone. Nagle usłyszałam dzwonek, po którym nastąpiło łomotanie do drzwi. Zamarłam. Siamak wybiegł z pokoju i spojrzeliśmy na siebie zdumieni. Masud wyszedł zaspany z sypialni. Dźwięk dzwonka nie ustawał. Cała nasza trójka podeszła do drzwi. Odsunęłam chłopców do tyłu i ostrożnie je uchyliłam. Ktoś je pchnął, pokazał mi jakąś kartkę, następnie odsunął mnie na bok i do środka wtargnęło kilku członków Gwardii Rewolucyjnej. Siamak wybiegł z domu i zaczął uciekać w kierunku domu babci. Dwóch strażników ruszyło za nim w pogoń. Po chwili złapali go i obalili na ziemię na środku ogrodu.

– Zostawcie go! – krzyknęłam.

Zaczęłam biec w jego kierunku, ale jakaś ręka wciągnęła mnie z powrotem do domu.

Cały czas krzyczałam:

– Co się dzieje? Co on takiego zrobił?

Jeden z członków Gwardii Rewolucyjnej, który wyglądał na starszego od pozostałych, zwrócił się do Masuda:

– Owiń matkę czadorem.

Nie mogłam się uspokoić. Widziałam cień Siamaka siedzącego w ogrodzie. Boże drogi, co oni zrobią mojemu ukochanemu synowi? Wyobraziłam sobie, jak go torturują. Zaczęłam wrzeszczeć, a potem zemdlałam. Gdy się ocknęłam, Masud polewał mi twarz wodą, a mężczyźni zabierali ze sobą Siamaka.

– Nie pozwolę wam wziąć mojego syna! – krzyknęłam i pobiegłam za nimi. – Dokąd go prowadzicie? Powiedzcie mi! Starszy strażnik spojrzał na mnie ze współczuciem i gdy pozostali odeszli na odpowiednią odległość, wyszeptał:

– Zabieramy go do więzienia Evin. Proszę się nie martwić, nie skrzywdzą go. Proszę przyjść w następnym tygodniu i zapytać o Ezatollaha Haj-Husejna. Sam przekażę pani informacje o synu.

– Zabij mnie, ale, proszę, nie krzywdź moich dzieci – błagałam. – Na litość boską, miej na względzie miłość do swoich dzieci! Pokręcił głową ze współczuciem i wyszedł. Biegłam za nimi razem z Masudem aż do końca ulicy. Sąsiedzi obserwowali wszystko zza zaciągniętych zasłon. Gdy samochód Gwardii Rewolucyjnej skręcił na rogu, upadłam na środku ulicy. Masud zaciągnął mnie z powrotem do domu. Przed oczami miałam jedynie bladą twarz Siamaka i jego przerażone oczy. Nie mogłam znieść wspomnienia jego drżącego głosu, gdy krzyczał: „Mamo! Mamo, na miłość boską, zrób coś!".

Całą noc męczyły mnie konwulsje. Nie potrafiłam się pogodzić z aresztowaniem syna. Miał zaledwie siedemnaście lat. Jego największą zbrodnią była zapewne sprzedaż gazet mudżahedinów na rogu jakiejś ulicy. Od jakiegoś czasu już się z nimi nie kontaktował. Dlaczego więc po niego przyszli?

Następnego ranka zdołałam jakoś zwlec się z łóżka. Nie miałam do kogo zwrócić się o pomoc, ale nie mogłam siedzieć bezczynnie i patrzeć, jak ktoś rujnuje przyszłość moich dzieci. Moje życie przypominało powtórki w telewizji, z tym tylko wyjątkiem, że wydarzenia nieco się zmieniały i za każdym kolejnym razem coraz gorzej je znosiłam. Ubrałam się. Masud zasnął na kanapie, zapomniawszy się rozebrać. Delikatnie go obudziłam i powiedziałam:

– Nie chcę, abyś dzisiaj szedł do szkoły. Poczekaj, aż przyjdzie pani Parvin, żeby zająć się Szirin. Następnie zadzwoń do cioci Faati i opowiedz jej o wszystkim.

– Gdzie idziesz o tak wczesnej porze? – zapytał nadal zaspany. – Która godzina?

– Piąta. Idę do domu Mahmuda, aby spotkać się z nim, zanim wyjdzie do pracy.

– Nie, mamo! Nie idź tam.

– Nie mam wyboru. Życie mojego syna znajduje się w niebezpieczeństwie, a Mahmud ma znajomości. Nie wiem, jak go do tego przekonam, ale musi mnie zaprowadzić do wuja Ehteram-Sadat.

– Nie, mamo. Na miłość boską, nie idź tam. On ci nie pomoże. Zapomniałaś już o tym, co się stało ostatnim razem?

– Nie, kochanie, nie zapomniałam. Ale tym razem jest inaczej. Hamid był dla niego obcym człowiekiem, ale Siamak jest jego krewnym, jego siostrzeńcem.

– Mamo, nie wiesz wszystkiego.

– Czego nie wiem? Czego mi nie powiedzieliście?

– Nie chciałem ci mówić, ale wczoraj po południu widziałem strażnika z Gwardii Rewolucyjnej na rogu ulicy.

– I co z tego?

– Nie był sam. Rozmawiał z wujem Mahmudem i obaj patrzyli na nasz dom.

Zakręciło mi się w głowie. Czy Mahmud zdradził Siamaka, swojego siostrzeńca? To niemożliwe. Wybiegłam z domu. Nie mam pojęcia, jak dotarłam do domu Mahmuda. Zaczęłam walić do drzwi jak obłąkana. Gholam-Husejn i Mahmud otworzyli drzwi przerażeni. Gholam-Ali był nieobecny, ponieważ zaciągnął się do wojska i od jakiegoś czasu przebywał na froncie. Mahmud nadal miał na sobie piżamę.

– Ty kundlu, przyprowadziłeś Gwardię Rewolucyjną do mojego domu? – krzyczałam. – Przyprowadziłeś agentów, aby aresztowali mojego syna?

Spojrzał na mnie chłodno. Spodziewałam się, że wszystkiego się wyprze, że się zdenerwuje i poczuje urażony moimi oskarżeniami. On jednak z tym samym chłodem w głosie odparł:

– Przecież twój syn jest mudżahedinem, prawda?

– Nie! Mój syn jest za młody, aby stać po którejkolwiek ze stron. Nigdy nie był członkiem żadnej organizacji.

– Tak ci się tylko wydaje, siostro… Masz klapki na oczach. Sam widziałem, jak sprzedawał gazety na ulicy.

– To wszystko? Dlatego wysłałeś go do więzienia?

– To był mój religijny obowiązek – odpowiedział. – Nie słyszałaś, jakich zdrad i morderstw się dopuszczają? Nie zamierzam stracić wiary ani życia po śmierci dla twojego syna. Zrobiłbym to samo, gdyby chodziło o mojego syna.

– Ale Siamak jest niewinny. Nie jest mudżahedinem!

– To nie moja sprawa. Miałem tylko obowiązek powiadomić władze. Reszta leży w rękach Islamskiego Sądu. Jeśli rzeczywiście jest niewinny, wypuszczą go.

– Tak po prostu? A jeśli popełnią błąd? A jeśli moje dziecko straci życie z powodu pomyłki? Będziesz potrafił żyć z czymś takim na sumieniu?

– A dlaczego miałbym się tym martwić? Jeśli popełnią błąd, to wina będzie leżeć po ich stronie. Poza tym nawet jeśli do tego dojdzie, nie będzie tragedii. Zostanie ogłoszony męczennikiem, trafi do nieba, a jego dusza na zawsze będzie mi wdzięczna, że uratowałem go przed powtórzeniem błędów ojca. Ci ludzie zdradzają nasz kraj i naszą religię.

Jedynie gniew utrzymywał mnie jeszcze na nogach.

– Nie ma większego zdrajcy od ciebie! – wrzasnęłam. – To tacy jak ty niszczą islam. Kiedy ajatollah wydał taką fatwę? Robisz coś nieprzyzwoitego dla własnej korzyści, a zasłaniasz się wiarą i religią.

Naplułam mu w twarz i wyszłam. Dopadł mnie przeszywający ból głowy.

Musiałam dwukrotnie zatrzymać samochód, aby zwymiotować gorzką żółcią. Poszłam do domu matki. Ali właśnie wychodził do pracy. Złapałam go za ramię i błagałam o pomoc, błagałam, aby skontaktował mnie z kimś, kto ma jakieś znajomości, aby poprosił o pomoc swojego teścia. Pokręcił głową i odpowiedział:

– Siostro, przysięgam, że jestem zdruzgotany. Siamak wyrósł w moich ramionach. Kochałem go...

– Kochałem? – krzyknęłam. – Mówisz, jakby już nie żył!

– Nie, nie to miałem na myśli. Po prostu nikt ci nie pomoże, nikt nie może nic zrobić. Ponieważ został uznany za mudżahedina, wszyscy się od niego odwrócą. Ci szubrawcy zabili wiele osób. Rozumiesz?

Weszłam do pokoju matki, osunęłam się na podłogę i zaczęłam walić głową w ścianę, jęcząc:

– Proszę bardzo, oto twoi ukochani synowie gotowi zabić siostrzeńca, siedemnastoletniego chłopca. A ty mi mówisz, abym nie brała tego do serca, że łączą nas więzy krwi.

W tym samym momencie przyjechali Faati oraz Sadegh Aga z dzieckiem. Podnieśli mnie z podłogi i pomogli wrócić do domu. Faati cały czas płakała, a Sadegh Aga podgryzał wąsy.

– Mówiąc szczerze, martwię się o Sadegha – wyszeptała Faati. – A co jeśli jego także oskarżą o bycie mudżahedinem? Kilka razy wdał się w kłótnię z Mahmudem i Alim na tematy polityczne.

Łzy płynęły jej po twarzy.

– Sadeghu, jedźmy do Evin – poprosiłam. – Może uda nam się czegoś dowiedzieć.

Pojechaliśmy więc do więzienia, ale na próżno. Poprosiłam o spotkanie z Ezatollahem Haj-Husejnem, ale powiedziano mi, że tego dnia nie ma go w pracy. Przerażeni i zdezorientowani wróciliśmy do domu. Faati i pani Parvin próbowały wmusić we mnie coś do jedzenia, ale nie mogłam nic przełknąć. Nie mogłam opędzić się od myśli, co będzie jadł Siamak. Płakałam i zastanawiałam się, co powinnam zrobić i do kogo się zwrócić o pomoc.

Nagle Faati krzyknęła:

– Mahbuba!

– Mahbuba?

– Tak! Teść naszej kuzynki Mahbuby jest duchownym. Mówią, że to ważna osobistość, a ciotka twierdziła, że jest bardzo dobrym i uprzejmym człowiekiem.

– Masz rację!

Czułam się jak tonący chwytający się dryfującego drewna. W moim sercu pojawił się promyk nadziei. Wstałam.

– Gdzie się wybierasz? – zapytała Faati.

– Muszę jechać do Kom.

– Poczekaj. Pojedziemy z tobą. Ale jutro.

– Jutro będzie za późno! Pojadę sama.

– Nie możesz! – wykrzyknęła.

– Dlaczego? Wiem przecież, gdzie mieszka ciotka. Jej adres chyba się nie zmienił, prawda?

– Nie, ale nie możesz jechać sama.

Masud zaczął się ubierać i powiedział:

– Nie pojedzie sama. Będę jej towarzyszył.

– Ale trwa rok szkolny… Już dzisiaj opuściłeś lekcje.

– Kogo w takiej sytuacji obchodzi szkoła? Nie pozwolę, aby pojechała sama. Koniec kropka. Teraz ja jestem głową rodziny.

Zostawiłam Szirin pod opieką pani Parvin i ruszyliśmy w drogę. Masud opiekował się mną jak dzieckiem. W autobusie starał się siedzieć prosto, abym mogła oprzeć głowę na jego ramieniu i zasnąć. Zmusił mnie do zjedzenia kilku herbatników i wypicia kilku łyków wody. Po dotarciu na miejsce poprowadził mnie i złapał taksówkę. Kiedy znaleźliśmy się pod domem ciotki, było już ciemno.

Ciotka zdziwiła się, widząc nas o tak późnej porze, ale gdy spojrzała na moją twarz, zawołała:

– Boże zlituj się nad nami! Co się stało?

Wybuchnęłam płaczem i odpowiedziałam:

– Ciociu, pomóż mi. Teraz mogę jeszcze stracić syna.

Pół godziny później przyjechali moja kuzynka, Mahbuba, i jej mąż, Mohsen. Mahbuba była nadal wesołą kobietą, tylko nieco pulchniejszą i dojrzalszą. Jej mąż był przystojnym mężczyzną i sprawiał wrażenie inteligentnego i troskliwego. Już na pierwszy rzut oka widać było łączącą ich miłość oraz uczuciową więź. Wstrząsały mną spazmy płaczu, ale opowiedziałam, co się wydarzyło. Mąż Mahbuby starał się mnie pocieszyć.

– To niemożliwe, aby aresztowano go w oparciu o tak słabe dowody – powiedział. Obiecał też, że nazajutrz zaprowadzi mnie do swojego ojca i udzieli mi wszelkiej pomocy. W końcu nieco się uspokoiłam. Ciotka wmusiła we mnie lekką kolację, Mahbuba podała mi środek uspokajający i po dwudziestu czterech godzinach zapadłam w głęboki, choć niespokojny sen.

Teść mojej kuzynki okazał się ujmującym i pełnym współczucia mężczyzną. Wzruszył go mój żal i próbował dodać mi otuchy. Wykonał kilka telefonów, zapisał kilka nazwisk i informacji, które następnie przekazał Mohsenowi. Następnie poprosił go, aby towarzyszył mi w drodze powrotnej do Teheranu. W czasie podróży nieustannie się modliłam i błagałam Boga o pomoc. Zaraz po przyjeździe Mohsen zaczął się kontaktować z różnymi ludźmi, aż w końcu udało mu się załatwić spotkanie w więzieniu Evin. Miało do niego dojść następnego dnia.

Kiedy znaleźliśmy się na miejscu, strażnik wymienił uprzejmości z Mohsenem, po czym powiedział:

– To pewne, że jest sympatykiem mudżahedinów, ale nie udało się jeszcze znaleźć niepodważalnych dowodów przeciwko niemu. Uwolnimy go, gdy tylko oficjalne procedury zostaną zakończone.

Następnie poprosił Mohsena o przekazanie pozdrowień ojca.

Słowa strażnika trzymały mnie przy życiu przez dziesięć ponurych i bolesnych miesięcy. Przez ten czas co noc budziłam się z krzykiem, ponieważ śniło mi się, że Siamakowi związano nogi i chłostano go w podeszwy stóp, aż odrywająca się od nich skóra zaczynała przyklejać się do bata.

O ile dobrze pamiętam, tydzień po aresztowaniu Siamaka spojrzałam na swoje odbicie w lustrze. Wyglądałam staro, mizernie i ponuro. Najdziwniejsze było pasemko siwych włosów, które nagle pojawiło się po prawej stronie mojej głowy. Po egzekucji Hamida dostrzegłam we włosach pojedyncze nitki siwych włosów, ale to było coś nowego.

Nieustannie kontaktowałam się z Mahbubą i za jej pośrednictwem z jej mężem i teściem. Wzięłam udział w spotkaniu w więzieniu Evin, które zostało zorganizowane dla rodziców więźniów. Zapytałam wówczas o Siamaka. Urzędnik dobrze wiedział, o kogo chodzi.

– Proszę się nie martwić – powiedział. – Zostanie uwolniony.

Przepełniała mnie radość, ale wtedy przypomniałam sobie słowa jednej z matek, które usłyszałam podczas spotkania.

– Gdy mówią: „zostanie uwolniony", mają na myśli, że „będzie stracony".

Przerażenie i nadzieja mnie dobijały. Starałam się jak najwięcej pracować, aby nie mieć czasu na myślenie.

***

Doniesienia o ponownym otwarciu uniwersytetów okazały się prawdziwe. Poszłam więc zapisać się na kilka zajęć, które musiałam zaliczyć, aby w końcu osiągnąć to, na co tak ciężko pracowałam. Pracownik sekretariatu zmarszczył brwi i z niespotykanym spokojem powiedział:

– Pani nie może się zapisać.

– Ale ja już wcześniej studiowałam! – wyjaśniłam. – Potrzebuję kilku zaliczeń, aby otrzymać tytuł naukowy. Prawdę mówiąc, już uczęszczałam na te zajęcia, ale muszę jeszcze podejść do egzaminów końcowych.

– Nie – odparł. – Została pani zwolniona z pracy z powodu czystek i straciła pani część przywilejów.

– Dlaczego?

– Nie wie pani? – zapytał z ironią w głosie. – Jest pani wdową po komuniście, który został stracony, i matką zdrajcy oraz wywrotowca.

– I jestem dumna z nich obu – odparłam z gniewem.

– Może sobie pani być dumna, ale nie będzie pani uczęszczać na zajęcia ani nie otrzyma tytułu naukowego na islamskim uniwersytecie.

– Wie pan, jak ciężko pracowałam na ten tytuł? Gdyby uniwersytety nie zostały zamknięte, już kilka lat temu mogłam go uzyskać.

Wzruszył ramionami.

Rozmawiałam z kilkoma innymi pracownikami sekretariatu, ale na próżno. Z poczuciem porażki opuściłam budynek uczelni. Moje wysiłki poszły na marne.

Luty dobiegał końca. Świeciło delikatne słońce, ustąpiło przenikliwe zimno, a w powietrzu unosił się chłodny zapach wiosny. Sadegh Chan zabrał mój samochód do mechanika, więc do pracy poszłam pieszo. Byłam niezwykle przygnębiona i starałam się znaleźć sobie jakieś zajęcie. Około drugiej po południu zadzwoniła Faati.

– Przyjdź do nas po pracy – powiedziała. – Sadegh odebrał samochód z garażu i pojedzie po dzieci…

– Nie jestem w nastroju – odparłam. – Pójdę prosto do domu.

– Nie, musisz przyjść – nalegała moja siostra. – Chcę z tobą porozmawiać.

– Czy coś się stało?

– Nie. Dzwoniła Mahbuba. Są w Teheranie. Zaprosiłam ich do nas. Możliwe, że mają jakieś wiadomości.

Po rozmowie z Faati zaczęłam się zastanawiać. Jej głos wydawał się jakiś inny. Ogarnął mnie niepokój. W ostatniej chwili na moim biurku wylądował projekt, więc zabrałam się do pracy. Nie potrafiłam się jednak skoncentrować. Zadzwoniłam do domu.

– Proszę przygotować Szirin – poprosiłam panią Parvin. – Przyjedzie po nią Sadegh Aga.

Roześmiała się i powiedziała:

– On już tu jest. Czekał na Masuda, który właśnie wszedł. Jadą razem do domu Faati. A ty kiedy przyjedziesz?

– Zaraz po pracy. – A po chwili dodałam: – Proszę powiedzieć mi prawdę, czy coś się stało?

– Nie wiem! Ale gdyby tak było, Sadegh Aga zapewne by mi powiedział. Moja droga, nie zamartwiaj się z byle powodu. Niepotrzebnie się tak dręczysz.

Gdy tylko wykonałam powierzone mi zadanie, wyszłam z biura i podjechałam taksówką do domu Faati. Otworzyła drzwi. Przyjrzałam się jej badawczo.

– Witaj, siostro – powiedziała. – Dlaczego tak na mnie patrzysz?

– Powiedz prawdę, Faati. Co się stało?

– Nie rozumiem. Czy coś musi się stać, abyś mogła nas odwiedzić?

Firuza podbiegła do mnie tanecznym krokiem i wpadła mi w ramiona. Przybiegła również Szirin. Spojrzałam na Masuda. Stał nieporuszony i wydawał się spokojny i pogrążony w myślach. Weszłam do środka.

– Co się dzieje? – zapytałam go po cichu.

– Nie mam pojęcia – odparł. – Dopiero przyjechaliśmy. Zachowują się dziwnie. Cały czas szepczą między sobą.

– Faati! – krzyknęłam. – Co się stało? Powiedz mi. Zaraz zwariuję!

– Na miłość boską, uspokój się. To dobre wieści.

– Chodzi o Siamaka?

– Tak, słyszałam, że zamierzają go wypuścić przed Nowym Rokiem.

– A może nawet wcześniej – dodał Sadegh Aga.

– Kto tak powiedział? Gdzie o tym usłyszeliście?

– Uspokój się – powtórzyła Faati. – Usiądź, a ja podam ci herbatę. Masud złapał mnie za rękę. Sadegh Aga śmiał się i bawił z dziećmi.

– Sadeghu Aga, na miłość boską, powiedz mi dokładnie, co słyszałeś.

– Mówiąc szczerze, nie wiem zbyt wiele. Faati ma więcej informacji.

– Od kogo je uzyskała? Od Mahbuby?

– Tak, wydaje mi się, że rozmawiała z kuzynką.

W pokoju zjawiła się Faati, niosąc tacę z herbatą, a obok niej w podskokach szła Firuza z talerzem ciastek.

– Faati, miej na względzie miłość do swoich dzieci, usiądź i opowiedz mi dokładnie to, co usłyszałaś od Mahbuby.

– Powiedziała mi, że wszystko już załatwione. Siamak zostanie wkrótce uwolniony.

– To znaczy kiedy? – zapytałam.

– Może w tym tygodniu.

– O mój Boże! – krzyknęłam. – Czy to możliwe?

Opadłam na oparcie sofy. Faati była dobrze przygotowana. Szybko podała mi buteleczkę z kroplami nitrogliceryny oraz szklankę wody. Zażyłam leki i odczekałam chwilę, by się uspokoić. Następnie wstałam i skierowałam się w stronę wyjścia.

– Gdzie ty idziesz? – zapytała Faati.

– Muszę posprzątać jego pokój. Jeśli mój syn jutro wróci do domu, wszystko musi być przygotowane. Przede mną mnóstwo pracy.

– Siadaj – powiedziała cicho. – Dlaczego nie potrafisz usiedzieć w jednym miejscu? Mówiąc szczerze, Mahbuba powiedziała, że może wrócić dzisiaj wieczorem.

Opadłam na kanapę.

– Jak to?

– Mahbuba i Mohsen pojechali do Evin na wypadek, gdyby dzisiaj go wypuścili. Musisz się opanować. Mogą przyjechać w każdej chwili. Zachowaj spokój.

Zniecierpliwiona i podekscytowana pytałam co kilka minut:
– Co się stało? Kiedy w końcu przyjadą?
Nagle usłyszałam krzyk Masuda:
– Siamak!
Ujrzałam wtedy, jak mój syn wchodzi do pokoju.
Moje serce nie było w stanie pomieścić tak ogromnej radości i podniecenia. Myślałam, że zaraz wyskoczy mi z piersi. Przytuliłam mocno Siamaka. Był szczuplejszy i wyższy niż podczas naszego ostatniego spotkania. Brakowało mi tchu. Ktoś pokropił mi twarz wodą. Znowu trzymałam mojego syna w ramionach. Dotknęłam jego twarzy, oczu, dłoni. Czy to naprawdę mój ukochany Siamak?
Masud trzymał Siamaka w objęciach i przez godzinę płakał. Jak temu dobremu i wrażliwemu chłopcu, który dzielnie wziął na siebie codzienne obowiązki i podtrzymywał we mnie nadzieję, udało się przez tak długi czas powstrzymać tyle łez?
Szirin była równie podekscytowana i śmiała się z powstałego zamieszania. Na początku zachowywała się nieco powściągliwie, ale w końcu wskoczyła w ramiona Siamaka.
Noc minęła pod znakiem niewysłowionej radości, wesołego podniecenia i szaleństw.
– Muszę zobaczyć twoje stopy – powiedziałam.
– Przestań, mamo – roześmiał się Siamak. – Nie bądź niemądra!
Najpierw zadzwoniłam do teścia Mahbuby. Płakałam i dziękowałam mu za powrót syna, obsypując go pochwałami.
– Nie zrobiłem zbyt wiele – odparł.
– Ależ tak. Zwrócił mi pan syna.
Przez następne dwa dni nasz dom odwiedziły tłumy krewnych. Mansura i Manija opiekowały się matką, która z każdym dniem stawała się coraz słabsza, bardziej roztargniona i zdezorientowana. Myliła na przykład Siamaka z Hamidem.
Tak często układałam się z Bogiem i złożyłam mu tyle obietnic, że nie wiedziałam, od czego zacząć. Odsunęłam na bok wszystkie obowiązki i udaliśmy się we czwórkę na pielgrzymkę do świątyni imama Rezy w Maszadzie. Stamtąd pojechaliśmy do Kom, aby podziękować ciotce, Mahbubie, jej mężowi oraz teściowi, który okazał się moim aniołem stróżem.

To były słodkie i szczęśliwe dni. Wracałam do życia. Z dziećmi u mego boku nic nie mogło popsuć mi nastroju.

Siamak miał wkrótce skończyć osiemnaście lat. Opuścił rok szkoły, ale ponieważ rozpoczął naukę wcześniej niż jego rówieśnicy, nie miał zaległości. Musiał zapisać się ponownie do szkoły, ale ze względu na pobyt w więzieniu nie chcieli go przyjąć. Zawsze miałam nadzieję, że moje dzieci zdobędą wyższe wykształcenie, ale teraz musiałam pogodzić się z faktem, że mój syn nie otrzyma nawet świadectwa ukończenia szkoły średniej.

Siamak bardzo przeżył ten fakt. Chodził podenerwowany i niespokojny. Bezczynne siedzenie w domu bez poczucia celu nie było rozsądnym rozwiązaniem. Zwłaszcza że kilku dawnych przyjaciół ponownie zaczęło go odwiedzać. Choć nie wydawał się nimi zbytnio zainteresowany, ich obecność budziła moje obawy.

Siamak postanowił znaleźć pracę. Widział, jak ciężko pracuję i jak skromnie żyjemy, więc postanowił pomóc. Tylko czym mógłby się zająć? Nie posiadał oszczędności, aby założyć niewielką firmę, ani wykształcenia. Natomiast wojna z Irakiem trwała nadal i zbliżała się do nas wielkimi krokami. Borykałam się z tymi myślami i zmartwieniami, gdy pewnego dnia odwiedziła mnie Mansura. Podzieliłam się z nią swoimi obawami.

– Właśnie w tej sprawie chciałam się z tobą zobaczyć – powiedziała. – Siamak musi kontynuować naukę. Wśród młodego pokolenia naszej rodziny wszyscy studiują. To niedopuszczalne, aby Siamak nie zdobył nawet świadectwa szkoły średniej.

– Zajęłam się tym – powiedziałam. – Może uczęszczać do szkoły wieczorowej i podejść do egzaminów z wiedzy ogólnej. Ale on mówi, że chce pracować. Stwierdził, że jeśli nie może iść na studia, nie ma sensu zdobywać świadectwa szkoły średniej. Z nim czy bez niego i tak będzie musiał pracować, więc równie dobrze może zacząć teraz.

– Masumo, wpadłam na inny pomysł – powiedziała Mansura. – Nie wiem, jak zareagujesz na moją propozycję, ale, proszę, niech to pozostanie między nami.

– Oczywiście! – odparłam zaskoczona. – O co chodzi?

– Wiesz, że mój Ardeszir ukończył szkołę średnią w zeszłym roku. Musi teraz odbyć służbę wojskową, a ta wojna zdaje się nie mieć końca. Nie pozwolę, aby wysłali mojego syna na front. Poza tym on zawsze miał raczej tchórzliwą naturę. Jest tak przerażony, że jeśli nie zabije go kula, na pewno umrze ze strachu. Postanowiliśmy wywieźć go z kraju.

– Wywieźć z kraju? Jak? Wszyscy, którzy muszą odbyć służbę wojskową, mają zakaz opuszczania Iranu.

– I na tym polega problem – stwierdziła Mansura. – Musi przekroczyć granicę nielegalnie. Znaleźliśmy człowieka, który za dwieście pięćdziesiąt tysięcy tumanów wywozi dzieci za granicę. Myślałam o wysłaniu twojego i mojego syna razem. Będą się opiekować sobą nawzajem. Co o tym myślisz?

– To dobry pomysł – odparłam. – Ale muszę zebrać pieniądze.

– Tym się nie martw – powiedziała. – Jeśli ci zabraknie, pomożemy ci. Ważne jest, aby pojechali razem. Siamak potrafi zadbać o siebie, ale Ardeszir będzie potrzebował pomocy. Jeśli się dowie, że nie będzie sam, chętniej zgodzi się na wyjazd. A my nie będziemy się tak zamartwiać.

– Ale gdzie pojadą? – zapytałam.

– Mogą udać się w wiele miejsc. Każde państwo przyjmuje uchodźców. Przez jakiś czas będą otrzymywać stypendium i będą mogli kontynuować naukę – wyjaśniła. – Ale powiedz mi, czym naprawdę się martwisz? Pieniędzmi?

– Nie. Dla dobra dziecka jestem gotowa sprzedać wszystko, co mam, i się zapożyczyć. Ale muszę mieć pewność, że ten wyjazd wyjdzie mu na dobre. Daj mi tydzień na zastanowienie, a ja to z nim przedyskutuję.

Przez dwa dni rozmyślałam nad tym, co zrobić. Czy to rozważne oddawać chłopca w wieku Siamaka pod opiekę przemytnikowi? Jak bardzo niebezpieczne było nielegalne przekroczenie granicy? Będzie musiał żyć sam na drugim krańcu świata. Do kogo się zwróci, jeśli będzie potrzebował pomocy? Musiałam zasięgnąć rady. W zaufaniu przedstawiłam sytuację Sadeghowi.

– Mówiąc szczerze, nie wiem, co ci doradzić – odparł. – Wszystko niesie ze sobą ryzyko, a to rzeczywiście jest niebezpieczne przedsięwzięcie. Nie mam pojęcia o życiu na Zachodzie, ale znam wielu ludzi, którzy szukali schronienia w różnych krajach. Kilku z nich musiało wrócić. Następnego dnia pan Zargar przyniósł mi kolejne zlecenie. Studiował kiedyś na Zachodzie, więc był odpowiednią osobą do udzielania rad w tej sytuacji.

– Oczywiście nie mam żadnego doświadczenia w nielegalnym przekraczaniu granicy, nie wiem więc, na ile jest to niebezpieczne – stwierdził. – Ale coraz więcej osób podejmuje to ryzyko. Jeśli Siamak otrzyma status uchodźcy, a jako były więzień polityczny może na to liczyć, nie będzie miał żadnych trudności finansowych, a jeśli będzie miał motywację, zdobędzie najlepsze wykształcenie. Jedynym problemem jest samotność i życie na obczyźnie. Wiele osób w jego wieku dopada depresja, wiele cierpi z powodu poważnych problemów emocjonalnych. W rezultacie nie tylko nie mogą studiować, ale nie potrafią prowadzić normalnego życia. Nie chcę pani straszyć, ale wśród młodych uchodźców odsetek samobójstw jest bardzo wysoki. Może go pani wysłać, ale pod warunkiem, że znacie naprawdę zaufaną osobę, która się nim zaopiekuje i będzie miała na niego oko. Jednym słowem potrzebuje pani osoby, która w pewnym sensie zastąpi mu matkę.

Jedynym człowiekiem mieszkającym za granicą, do którego miałam zaufanie, była Parwana. Z obawy, że telefon w naszym domu może być na podsłuchu, poszłam do Mansury i stamtąd zadzwoniłam do mojej dawnej przyjaciółki. Kiedy wyjaśniłam jej sytuację, Parwana odparła:

– Oczywiście, że to zrobię. Nawet nie wiesz, jak bardzo się o niego martwiłam. Wyślij go do mnie wszelkimi możliwymi sposobami, a ja obiecuję, że się nim zaopiekuję, jakby był moim własnym synem.

Jej szczerość i zapał nieco mnie uspokoiły. Doszłam do wniosku, że nadszedł czas porozmawiać z Siamakiem. Nie miałam pojęcia, jak zareaguje.

Szirin spała. Ostrożnie otworzyłam drzwi do pokoju chłopców i weszłam do środka. Siamak leżał na łóżku i wpatrywał się w sufit. Masud siedział przy biurku i się uczył. Usiadłam na łóżku młodszego syna i powiedziałam:

– Muszę z wami porozmawiać.

Siamak się zerwał, a Masud odwrócił się do mnie i zapytał:

– Co się stało?

– Nic! Zastanawiałam się nad przyszłością Siamaka i musimy podjąć pewną decyzję.

– Jaką decyzję? – zapytał Siamak sarkastycznym tonem. – Czy my w ogóle mamy prawo podejmować jakieś decyzje? Możemy jedynie przytakiwać temu, co oni mówią.

– Nie, mój drogi, nie zawsze tak jest. Przez cały tydzień zastanawiałam się nad wysłaniem cię do Europy.

– Ha! Marzycielka! – wykrzyknął. – Skąd weźmiesz pieniądze? Wiesz, ile to kosztuje? Przynajmniej dwieście tysięcy tumanów dla przemytnika i drugie tyle na życie do czasu przyznania statusu uchodźcy.

– Brawo! Jakiś ty zorientowany! – przyznałam. – Skąd to wszystko wiesz?

– Sprawdziłem to dokładnie. Wiesz, ilu moich przyjaciół opuściło już kraj?

– Nie! Dlaczego mi o tym nie powiedziałeś?

– O czym? Wiedziałem, że cię na to nie stać, więc po co miałem psuć ci humor.

– Pieniądze nie mają znaczenia – odparłam. – Jeśli wyjazd ma ci pomóc, zdobędę je. Powiedz mi tylko, czy chcesz jechać.

– Oczywiście, że chcę!

– A co zamierzasz tam robić?

– Studiować. Tutaj nie przyjmą mnie na uniwersytet. W tym kraju nie mam żadnej przyszłości.

– Nie będziesz za nami tęsknił? – zapytałam.

– Będę, i to bardzo, ale ile mogę jeszcze siedzieć i patrzeć, jak piszesz na maszynie i szyjesz?

– Będziesz musiał opuścić kraj nielegalnie – wyjaśniłam. – To bardzo niebezpieczne. Jesteś gotowy podjąć takie ryzyko?

– Równie niebezpieczne jest odbycie służby wojskowej i trafienie na front, prawda?

Miał rację. Za rok Siamak zostałby wzięty do wojska, a wojna nie zmierzała ku końcowi.

– Istnieje jednak kilka warunków i musisz obiecać, że je spełnisz i dotrzymasz słowa.

– Dobrze. O co chodzi? – zapytał.

– Po pierwsze musisz mi przyrzec, że nie zbliżysz się do irańskich ugrupowań politycznych ani podobnych organizacji. Nie możesz się dać w to wciągnąć. Po drugie zdobędziesz jak najwyższy tytuł naukowy i zostaniesz dobrze wykształconym i szanowanym mężczyzną. Po trzecie nie zapomnisz o nas i gdy tylko będziesz mógł, pomożesz bratu i siostrze.

– Nie musisz mnie prosić, abym złożył takie obietnice – odparł Siamak. – Właśnie to zamierzam zrobić.

– Wszyscy tak mówią, ale potem zapominają o swoich deklaracjach.

– Jak mógłbym zapomnieć o waszej trójce? Jesteście całym moim życiem. Mam nadzieję, że pewnego dnia będę mógł odwdzięczyć ci się za miłość i ciężką pracę. Możesz być pewna, że będę się pilnie uczył i trzymał się z dala od polityki. Mówiąc szczerze, mam już dość tych wszystkich politycznych ugrupowań i przeróżnych frakcji.

Przez wiele godzin rozmawialiśmy o tym, w jaki sposób Siamak opuści kraj i jak zorganizować odpowiednią sumę. Mój najstarszy syn wrócił do żywych. Z jednej strony był podekscytowany i pełen nadziei, a z drugiej zmartwiony i zdenerwowany. Sprzedałam dwa dywany z naszego domu i złotą biżuterię, która jeszcze mi pozostała. Sprzedałam nawet obrączkę oraz małą złotą bransoletę Szirin. Pożyczyłam też pewną sumę od pani Parvin. Nadal jednak miałam za mało pieniędzy. Pan Zargar zawsze się mną opiekował i rozumiał moje problemy, jeszcze zanim je wypowiedziałam. Pewnego dnia zjawił się z pięćdziesięcioma tysiącami tumanów i stwierdził, że to moje zaległe wynagrodzenie.

– Ale przecież nie należało mi się aż tyle pieniędzy! – powiedziałam.

– Trochę dorzuciłem.

– To znaczy ile? Muszę wiedzieć, ile jestem panu winna.

– Niewiele – odparł. – Rozliczę to i odejmę tę kwotę od pani przyszłego wynagrodzenia.

Po upływie tygodnia wręczyłam Mansurze dwieście pięćdziesiąt tysięcy tumanów i oznajmiłam, że jesteśmy gotowi.

Spojrzała na mnie zaskoczona i zapytała:

– Skąd masz te pieniądze? Odłożyłam dla ciebie sto tysięcy tumanów.

– Wielkie dzięki, ale sama dałam sobie radę.

– A co z pieniędzmi, których będą potrzebować na przeżycie kilku miesięcy w Pakistanie? Jesteś w stanie pokryć te koszty?

– Nie, ale coś wymyślę.

– Nie musisz – stwierdziła Mansura. – Pieniądze są już odłożone.

– Dobrze – odparłam. – Ale z czasem spłacę dług.

– Nie musisz. To twoje pieniądze, część spadku, która należała się twoim dzieciom. Gdyby Hamid zmarł tydzień później, połowa tego domu i reszty majątku byłaby wasza.

– Gdyby Hamid nie zginął, twój ojciec nadal by żył.

Nawiązanie kontaktu z przemytnikiem, młodym, chudym i ciemnoskórym mężczyzną, ubranym w tradycyjny dla swojego ostanu strój, to już inna historia. Posługiwał się pseudonimem „pani Mahin" i rozmawiał jedynie z osobą, która o nią poprosiła. Powiedział, że chłopcy w każdej chwili powinni być gotowi do wyjazdu do Zahedanu, miasta w południowo-wschodnim Iranie. Wyjaśnił nam, że przebierze chłopców w owcze skóry i wśród stada owiec i przy pomocy kilku przyjaciół przeprowadzi ich bezpiecznie przez granicę do Pakistanu, a następnie zaprowadzi do siedziby Organizacji Narodów Zjednoczonych w Islamabadzie.

Byłam przerażona, ale starałam się nie okazywać trwogi w obecności Siamaka. Mój syn czuł się jak nieustraszony poszukiwacz przygód, więc dla niego takie doświadczenie nie było straszne, lecz ekscytujące.

W nocy otrzymaliśmy informację od przemytnika i chłopcy wyjechali do Zahedanu z Bahmanem, mężem Mansury. Żegnając się z Siamakiem, miałam wrażenie, jakbym traciła jedną kończynę. Nie wiedziałam, czy dobrze postępuję. W moim sercu kłóciły się ze sobą smutek z powodu rozłąki oraz przerażenie związane z ryzykiem, które niosła za sobą próba ucieczki. Tamtą noc spędziłam na dywaniku do modlitwy. Modliłam się i płakałam, powierzając los syna w ręce Boga.

Minęły trzy dni wypełnione strachem i obawą, aż w końcu otrzymaliśmy wiadomość, że chłopcy bezpiecznie przekroczyli granicę. Dziesięć dni później rozmawiałam z Siamakiem. Znajdował się w Islamabadzie. Jego głos wydawał się bardzo smutny i odległy. Poczułam wówczas ból rozstania. Masud okropnie tęsknił za Siamakiem, a mój płacz co noc dodatkowo go przygnębiał. Mansura znajdowała się w dużo gorszym stanie. Nigdy nie przeżyła rozłąki z synem, nawet jednodniowej, więc teraz była niepocieszona. Nieustannie jej powtarzałam:

– Musimy być silne! W naszych czasach, aby uratować dziecko i zapewnić mu odpowiednią przyszłość, my, matki, cierpimy z żalu i tęsknoty. Oto cena, jaką musimy zapłacić. W przeciwnym wypadku nie zasługujemy na miano dobrych matek.

Cztery miesiące później Parwana zadzwoniła z Niemiec i przekazała telefon Siamakowi. Krzyknęłam z radości. Dotarł na miejsce. Parwana obiecała, że się nim zajmie, ale najpierw Siamak musiał spędzić kilka miesięcy w obozie dla uchodźców. W przeciwieństwie do pozostałych, którzy zmarnowali ten czas na bezczynne czekanie, Siamak zaczął uczyć się języka niemieckiego i dzięki temu został szybko przyjęty do szkoły średniej, a następnie na studia. Studiował inżynierię mechaniczną i nigdy nie zapomniał o danej mi obietnicy.

Parwana zabierała go na wakacje z rodziną i sumiennie informowała mnie o postępach mojego syna. Rozpierały mnie szczęście i duma. Czułam, że wypełniłam jedną trzecią moich zobowiązań wobec dzieci. Pracowałam z ogromnym zapałem i z czasem spłaciłam długi. Masud opiekował się mną troskliwie. Studiował i jednocześnie pełnił rolę głowy rodziny, a dzięki miłości, którą mnie obdarzył, moje serce wzbierało szczęściem i nadzieją. Jeśli chodzi o Szirin, jej wesołość, wygłupy i słodkie słówka wypełniały nasz dom radością i serdeczną atmosferą. Odnalazłam spokój, nawet jeśli miał on trwać tylko przez chwilę. Wokół nas nadal bowiem piętrzyły się problemy, a wyniszczająca wojna z Irakiem wydawała się nie mieć końca.

Gdy przypomniałam sobie, jak się śmiać, pan Zargar oświadczył mi się ze wzrokiem wbitym w stolik. Choć wiedziałam, że kilka lat temu jego córka i francuska żona wyjechały z Iranu, nie zdawałam sobie sprawy, że jest rozwiedziony. Był mądrym i wykształconym mężczyzną, odpowiednim pod każdym względem. Życie z nim mogło rozwiązać wiele dręczących mnie emocjonalnych oraz materialnych problemów. Sama też nie byłam wobec niego obojętna. Zawsze darzyłam go sympatią i podziwiałam jako mężczyznę, bliskiego przyjaciela i towarzysza, więc z łatwością mogłam otworzyć przed nim serce. Zastanawiałam się, czy mógłby obdarzyć mnie miłością i uczuciem, których Hamid nie mógł mi zapewnić.

Po śmierci mojego męża pan Zargar był trzecim mężczyzną, który poprosił mnie o rękę. W przypadku poprzednich dwóch odmówiłam bez chwili wahania. Lecz gdy oświadczył mi się pan Zargar, nie wiedziałam, co robić. Zarówno z logicznego, jak i emocjonalnego punktu widzenia poślubienie go wydawało się właściwe, ale od jakiegoś czasu zauważyłam, że Masud obserwuje mnie bardzo uważnie, a przy tym jest niespokojny i podenerwowany.

Pewnego dnia bez żadnego wstępu zapytał:

– Mamo, nikogo nie potrzebujemy, prawda? Cokolwiek potrzebujesz, powiedz mi, a ja to załatwię. Powiedz też panu Zargarowi, aby tak często nie przychodził. Nie mogę go znieść.

Zrozumiałam wówczas, że nie mogę zburzyć nowo osiągniętego spokoju w naszym życiu ani stracić z oczu moich dzieci. Uważałam, iż moim obowiązkiem jest poświęcić się im całkowicie i to ja powinnam zastąpić im ojca, a nie obca osoba. Obecność pana Zargara w moim życiu sprawiłaby mi niesłychaną przyjemność, ale wiedziałam, że godząc się na to małżeństwo, spowodowałabym, że moje dzieci, a zwłaszcza synowie, czuliby niezadowolenie i zażenowanie.

Kilka dni później odrzuciłam oświadczyny pana Zargara. Wyraziłam przy tym głęboki żal, ale też nadzieję, że nie zerwie łączącej nas przyjaźni.

Rozdział ósmy

Wydarzenia w moim życiu zwykle rozgrywały się w taki sposób, że w okresie przejściowym zawsze miałam szansę odetchnąć i przygotować się na to, co miało nadejść. Im dłuższy był okres spokoju, tym bardziej przeżywałam następny incydent. Mając to na uwadze, nawet gdy powodziło mi się bardzo dobrze, dręczyły mnie ukryte obawy o przyszłość. Wraz z wyjazdem Siamaka pozbyłam się największego zmartwienia. Choć okropnie za nim tęskniłam i czasami chęć zobaczenia go wydawała mi się nie do zniesienia, nigdy nie żałowałam wysłania go za granicę ani nie pragnęłam jego powrotu. Rozmawiałam z jego zdjęciem i tworzyłam długie listy, w których opisywałam wszystko to, co działo się w naszym życiu. Masud okazywał tyle wrażliwości i dobroci, że nie tylko nie sprawiał żadnych problemów, ale często je rozwiązywał. Trudny i burzliwy okres dojrzewania przeszedł cierpliwie i spokojnie. Tkwiło w nim głębokie poczucie odpowiedzialności za mnie i za Szirin i w efekcie brał na siebie większość codziennych zadań. Musiałam jedynie uważać, aby nie wykorzystywać zbytnio jego dobroci i uczynności oraz nie oczekiwać od tego młodego mężczyzny więcej niż był w stanie zrobić.

Masud zwykle stawał za mną i masując mi kark, mówił:

– Boję się, że się rozchorujesz, jeśli będziesz nadal tak ciężko pracowała. Idź do łóżka i odpocznij.

– Nie martw się, kochanie – odpowiadałam wówczas. – Nikt się jeszcze nie rozchorował od ciężkiej pracy. Zmęczenie znika po dobrze przespanej nocy i weekendowym odpoczynku. To bezczynność oraz niepotrzebne myśli i obawy mogą źle wpłynąć na człowieka. Praca jest sensem życia.

Masud był nie tylko moim synem, ale także partnerem, przyjacielem i doradcą. Rozmawialiśmy o wszystkim i razem podejmowaliśmy decyzje. Miał rację, nie potrzebowaliśmy nikogo więcej. Martwiłam się jedynie, że gdy dorośnie, ludzie będą wykorzystywać jego dobroć i chęć niesienia pomocy. Nawet Szirin wiedziała, że pocałunkiem, płaczem lub prośbą może nakłonić go do zrobienia wszystkiego.

Masud zachowywał się wobec młodszej siostry jak odpowiedzialny ojciec. Sam zapisał ją do szkoły, rozmawiał z nauczycielami, codziennie odprowadzał ją na lekcje i kupował potrzebne rzeczy. A podczas nalotów brał ją na ręce i chował pod schodami. Z ogromną radością patrzyłam na łączącą ich więź, ale w przeciwieństwie do innych matek nie czułam radości, widząc, że moje dzieci dorastają. Mówiąc szczerze, ta świadomość mnie przerażała, a moje obawy się pogłębiały wraz z przedłużającą się wojną.

Co roku powtarzałam sobie, że skończy się ona już wkrótce, zanim Masud osiągnie wiek poborowy i będzie musiał odbyć służbę wojskową. Niestety walki trwały nadal. Doniesienia o dzieciach przyjaciół czy sąsiadów, które poniosły męczeńską śmierć, przerażały mnie jeszcze bardziej, a gdy się dowiedziałam, że Gholam-Ali, syn Mahmuda, zginął na froncie, pękło mi serce. Nigdy nie zapomnę dnia, gdy spotkałam go po raz ostatni. Byłam zdumiona, kiedy zobaczyłam go na progu naszego domu. Nie widziałam go przez wiele lat. Nie wiem, czy to za sprawą munduru, czy dziwnego błysku w oczach, ale wyglądał na znacznie starszego. Nie przypominał Gholama-Alego, którego dawniej znałam.

– Czy coś się stało? – przywitałam go zaskoczona.

– Czy coś się musiało stać, abym mógł was odwiedzić? – zapytał z wyrzutem.

– Nie, mój drogi, zawsze jesteś tu mile widziany. Jestem po prostu zaskoczona, ponieważ odwiedzasz nas po raz pierwszy. Proszę, wejdź.

Gholam-Ali wydawał się skrępowany. Nalałam mu filiżankę herbaty i zaczęłam mimochodem wypytywać o jego rodzinę. Nie wspomniałam jednak ani słowem o mundurze ani o tym, że dobrowolnie zaciągnął się do wojska i został wysłany na front. Wydaje mi się, że bałam się o tym mówić. Wojna naznaczona była krwią, bólem i śmiercią. Gdy w końcu zamilkłam, zwrócił się do mnie:

– Ciociu, przyszedłem prosić cię o wybaczenie.

– Za co? Co zrobiłeś albo masz zamiar zrobić?

– Wiesz, że brałem udział w walkach. Teraz jestem na przepustce, ale wkrótce tam wracam. Tam trwa wojna i z wolą bożą zostanę męczennikiem. A jeśli dostąpię tego zaszczytu, potrzebuję twojego przebaczenia za to, w jaki sposób moja rodzina i ja traktowaliśmy ciebie i twoich synów.

– Boże broń! Nie mów takich rzeczy. Jesteś jeszcze młody. Mam nadzieję, że Bóg nigdy nie dopuści, aby stało ci się coś złego.

– Ale to nie będzie nic złego, potraktuję to jak błogosławieństwo. To moje największe marzenie.

– Nie mów tak – zbeształam go. – Pomyśl o swojej biednej matce. Gdyby słyszała twoje słowa, byłaby zdruzgotana... Naprawdę nie rozumiem, dlaczego pozwoliła ci zaciągnąć się do wojska. Wiesz przecież, że zgoda i poparcie rodziców jest najważniejsze.

– Tak, wiem. Ale ja mam jej poparcie. Na początku cały czas płakała. Później jednak zabrałem ją do hotelu, w którym zakwaterowano niektórych rannych, i powiedziałem: „Spójrz, jak wróg niszczy ludzkie życie. Moim obowiązkiem jest bronić islamu, mojego kraju i narodu. Czy naprawdę chcesz mnie powstrzymać przed wypełnieniem mojego religijnego obowiązku?". Matka jest bardzo pobożna. Wydaje mi się, że jej wiara jest dużo silniejsza niż wiara ojca. Odparła: „Kim jestem, abym miała kwestionować wolę bożą? To co zadowala Jego, zadowala również mnie".

– Wspaniale, mój drogi, ale możesz poczekać do ukończenia szkoły. Z pomocą bożą wojna dobiegnie wówczas końca i będziesz mógł zorganizować sobie wygodne życie.

– Jak mój ojciec? – odparł z ironią. – To masz na myśli, prawda?

– No, tak. A co w tym złego?

– Ty wiesz najlepiej. Nie tego chcę! Wojna to co innego. Tylko tam czuję się blisko Boga. Nie masz pojęcia, jak to jest. Wszyscy jesteśmy gotowi oddać życie, wszystkich nas łączy ten sam cel. Nikt nie mówi o pieniądzach i statusie, nikt się nie przechwala, nikt nie szuka większego zysku. To konkurs religijności i wyrzeczeń. Chłopaki się prześcigają, aby stanąć na pierwszej linii. Tam jest prawdziwa wiara, bez hipokryzji i oszustwa. Właśnie na wojnie spotkałem prawdziwych muzułmanów, którzy nie cenią dóbr doczesnych i materialnych. Dzięki nim zaznałem spokoju. Jestem blisko Boga. Spuściłam wzrok i zaczęłam się zastanawiać nad pełnymi głębokiej wiary słowami pochodzącymi od młodego mężczyzny, który odnalazł prawdę. Smutny głos Gholama-Alego przerwał ciszę:

– Gdy popołudniami odwiedzałem sklep ojca, jego postępowanie mnie niepokoiło. Zacząłem się wtedy nad wszystkim zastanawiać. Nie widziałaś naszego nowego domu, prawda?

– Nie, ale słyszałam, że jest duży i piękny.

– Tak, jest duży – przyznał. – Jest ogromny. Można się w nim zgubić. Ale, ciociu, to wywłaszczona nieruchomość – ukradziona, rozumiesz? Ojciec cały czas mówi o wierze i religijności. Nie wiem więc, jak może tam mieszkać. Nieustannie powtarzam mu: „Ojcze, przejęcie tego domu nie zostało religijnie usankcjonowane; jego prawowity właściciel nie wyraził na to zgody". Lecz w odpowiedzi słyszę: „Do diabła z jego właścicielem, był oszustem i złodziejem, a po rewolucji uciekł. Martwisz się, że Panu Złodziejowi to się nie spodoba?". Słowa i czyny ojca wprawiają mnie w zakłopotanie. Muszę uciec. Nie chcę skończyć jak on. Pragnę być prawdziwym muzułmaninem.

Zaprosiłam go na kolację. Gdy odmawiał wieczorną modlitwę, czystość jego wiary i przekonań przyprawiły mnie o dreszcze. Podczas pożegnania wyszeptał do mnie:

– Módl się, proszę, abym został męczennikiem.

Życzenie Gholama-Alego wkrótce się spełniło, a ja jeszcze przez długi czas go opłakiwałam. Nie potrafiłam się jednak zmusić, aby pójść do domu Mahmuda i złożyć kondolencje. Matka była na mnie zła. Twierdziła, że mam serce z kamienia i jestem pamiętliwa jak wielbłąd. Nie mogłam jednak przekroczyć progu tego domu.

Kilka miesięcy później spotkałam Ehteram-Sadat u matki. Wyglądała na przybitą. Poza tym bardzo się postarzała; zauważyłam, że skóra na jej twarzy i szyi straciła elastyczność i obwisła. Na jej widok się rozpłakałam. Przytuliłam ją, ale nie wiedziałam, co powiedzieć matce, która straciła dziecko.

Wymamrotałam więc tradycyjne kondolencje. Delikatnie mnie odepchnęła i odparła:

– Nie ma potrzeby składać mi kondolencji! Powinnaś mi raczej pogratulować. Mój syn stał się męczennikiem.

Byłam zdumiona. Spojrzałam na nią z niedowierzaniem i wierzchem dłoni otarłam łzy. W jaki sposób powinnam pogratulować kobiecie, która straciła dziecko?

Gdy wyszła, zapytałam matkę:

– Czy ona naprawdę nie cierpi z powodu śmierci syna?

– Nie mów tak! – upomniała mnie matka. – Nie masz pojęcia, jak bardzo to przeżywa. W ten sposób się pociesza. Jest niezwykle pobożną kobietą i tylko tak może znieść ból.

– Pewnie masz rację co do Ehteram, ale jestem pewna, że Mahmud wykorzystał jak mógł męczeńską śmierć syna...

– Boże uchowaj! Co ty wygadujesz, dziewczyno? Stracili syna, a ty robisz sobie dowcipy za ich plecami?

– Po prostu znam Mahmuda – odparłam. – Nie mów, że nie skorzystał na śmierci syna. To niemożliwe. Jak myślisz, skąd bierze pieniądze?

– Jest kupcem. Dlaczego jesteś o niego taka zazdrosna? Każdy ma to, na co zasłużył.

– Przestań, dobrze wiesz, że uczciwie zarobione pieniądze nie leją się tak szerokim strumieniem. Przecież wuj Abbas też jest kupcem, prawda? Poza tym swój biznes założył trzydzieści lat przed Mahmudem. Jak to możliwe, że on nadal ma jeden sklep, a Ali, który dopiero zaczyna, zgarnia kokosy? Słyszałam, że zamówił dom wart kilka milionów tumanów.

– Teraz czepiasz się Alego? Niektórzy ludzie, Bogu niech będą dzięki, są jak moi synowie, mądrzy i pobożni, a Bóg takim sprzyja. Inni, tak jak ty, mają pecha. Taka jest wola boża i nie powinnaś żywić do nich urazy.

Pomimo iż często odwiedzałam panią Parvin, która mieszkała obok, przez długi czas nie pukałam do drzwi domu rodzinnego. Może matka miała rację i przemawiała przeze mnie zazdrość. Nie mogłam jednak zaakceptować faktu, iż w czasach, gdy ludzie cierpieli z powodu wojny i ubóstwa, moi bracia z każdym dniem gromadzili coraz większy majątek. Nie! To było niemoralne i nieludzkie. Ich postępowanie było grzeszne.

Przeżyłam ten spokojny okres we względnym ubóstwie. Poza tym pracowałam ciężko i martwiłam się o przyszłość.

Rok po wyjeździe Siamaka odeszła matka Hamida. Zmarła na raka, który rozprzestrzenił się błyskawicznie. Wyczuwałam jej pragnienie śmierci; wydawało mi się nawet, że swoim nastawieniem przyspieszała rozwój choroby. Pomimo krytycznego stanu zdrowia nie zapomniała o nas w swoim testamencie i kazała przysiąc córkom, że nie pozbawią nas domu. Wiedziałam, że Mansura walnie się do tego przyczyniła, a później robiła co w jej mocy, aby dotrzymać obietnicy danej matce, nawet jeśli oznaczało to przeciwstawienie się swoim siostrom.

Mąż Mansury był inżynierem, szybko wyburzył więc stary dom, a na jego miejscu postawił czteropiętrową kamienicę. Dołożył przy tym wszelkich starań, aby ominąć naszą część ogrodu, tak abyśmy nie musieli się przeprowadzać na czas budowy. Przez dwa lata mieszkaliśmy więc pośród brudu, kurzu i hałasu, aż w końcu piękny budynek został ukończony. Na dwóch pierwszych piętrach znajdowały się dwa mieszkania o powierzchni stu metrów kwadratowych. Na trzecim zaś piętrze wybudowano jedno duże lokum, do którego wprowadziła się Mansura z rodziną. Jedno z mieszkań na parterze przypadło nam, a w drugim mąż Mansury urządził swoje biuro. Manija otrzymała mieszkania na pierwszym piętrze. W jednym zamieszkała, a drugie wynajęła.

Gdy Siamak dowiedział się, że dostaliśmy mieszkanie, powiedział z irytacją:

– Powinni dać ci też drugie, abyś mogła je wynająć i w ten sposób trochę dorobić. To i tak stanowiłoby połowę tego, co nam się prawnie należy.

– Mój drogi chłopcze – odparłam ze śmiechem – nadal się nie poddajesz? To bardzo ładnie z ich strony, że ofiarowali nam to mieszkanie. Przecież nie musieli tego robić. Spójrz na to z tej strony: teraz mamy piękny nowy dom, i to za darmo. Powinniśmy być szczęśliwi i wdzięczni.

Nasze mieszkanie zostało ukończone jako pierwsze, więc mogliśmy się do niego wprowadzić. Następnie wykonano remont pozostałej części ogrodu. Przeprowadzka sprawiła nam ogromną radość, ponieważ każdy otrzymał osobną sypialnię. Szirin była złą współlokatorką, z zadowoleniem przyjęłam więc fakt, iż uwolniłam się od zabaw, gier i bałaganu. Moja córka natomiast nie musiała już znosić mojego ciągłego sprzątania i nieustannych narzekań. Masud był zachwycony nową przestronną i piękną sypialnią, nadal jednak uważał Siamaka za swojego współlokatora.

Czas płynął szybko. Masud uczył się w ostatniej klasie szkoły średniej, a wojna nadal trwała. Co roku po egzaminach końcowych, które zdawał śpiewająco, moje obawy się nasilały.

– Gdzie się tak spieszysz? – narzekałam. – Możesz trochę zwolnić i uzyskać świadectwo ukończenia szkoły za rok lub dwa.

– Sugerujesz mi, abym oblał egzaminy? – zapytał.

– Co w tym złego? Chcę, abyś został w szkole, dopóki wojna się nie skończy.

– O Boże, nie ma mowy! Muszę szybko skończyć szkołę i trochę cię odciążyć. Chcę pracować. Nie musisz się martwić o służbę wojskową. Obiecuję, że dostanę się na studia, więc minie kilka lat, zanim otrzymam wezwanie.

Jak miałam mu powiedzieć, że nie przejdzie uniwersyteckiego procesu rekrutacyjnego? Masud ukończył szkołę z wyróżnieniem i dniami i nocami przygotowywał się do wstępnych egzaminów na studia. Zdawał sobie wówczas sprawę, że z uwagi na naszą historię rodzinną miał nikłe szanse na przyjęcie. Aby mnie pocieszyć i prawdopodobnie poprawić swoje nastawienie, mawiał:

– Przecież nie mam przeszłości politycznej, a w szkole wszyscy mnie chwalili. Na pewno mi pomogą.

Niestety jego starania okazały się daremne. Podanie zostało odrzucone z powodu działalności politycznej członków rodziny. Gdy Masud się o tym dowiedział, rozpłakał się, a potem zaczął walić pięściami w stół i wyrzucać książki przez okno. A ja, widząc, iż moje nadzieje na jego świetlaną przyszłość prysły, płakałam razem z nim.

Myślałam tylko o tym, jak uchronić go przed wojną. Za kilka miesięcy będzie musiał zgłosić się do wojska. Podczas rozmowy telefonicznej z Siamakiem i Parwaną oboje stwierdzili, że bez względu na wszystko muszę wysłać Masuda do Niemiec. Nie mogłam go jednak przekonać do tego pomysłu.

– Nie mogę zostawić ciebie i Szirin – stwierdził. – Poza tym skąd weźmiemy pieniądze? Dopiero niedawno uregulowałaś długi, które zaciągnęłaś na wyjazd Siamaka.

– Pieniądze nie mają znaczenia. Znajdę sposób. Musimy tylko znaleźć kogoś godnego zaufania.

A to nie było łatwe. Miałam jedynie numer telefonu oraz pseudonim „pani Mahin". Zadzwoniłam więc; odebrał mężczyzna, który twierdził, że jest panią Mahin. Nie mówił jednak z tym samym akcentem co mężczyzna, z którym rozmawiałam kilka lat wcześniej. Następnie zaczął zadawać dziwne pytania i nagle zdałam sobie sprawę, że wpadłam w pułapkę, więc szybko się rozłączyłam.

Poprosiłam o pomoc męża Mansury. Kilka dni później poinformował mnie, że przemytnicy, którzy przeprowadzili Siamaka i Ardeszira przez granicę, zostali aresztowani, a na granicach wprowadzono zaostrzoną kontrolę. Od innych osób słyszałam opowieści o chłopcach, których aresztowano podczas próby opuszczenia kraju oraz o szmuglerach, którzy po wzięciu pieniędzy porzucali chłopców w górach lub na pustyni.

– Dlaczego rozpaczasz? – pytał Ali złośliwie. – Czy twój syn jest lepszy od pozostałych dzieci? Podobnie jak Gholam-Ali wszyscy chłopcy mają obowiązek walczyć za kraj.

– To ludzie twojego pokroju powinni walczyć na froncie, ponieważ korzystają z dobrodziejstw państwa – odpowiedziałam. – My wszystko straciliśmy, nie mamy żadnych praw. Ty masz pieniądze, wysoki status i wygodne życie, podczas gdy mój utalentowany syn nie ma prawa do dalszej edukacji i pracy. Jego podania odrzuca każda komisja kwalifikacyjna z powodu przekonań politycznych krewnych, których tak na dobrą sprawę nie podziela. Powiedz mi więc, proszę, przez wzgląd na jaką religię musi umierać za ten kraj?

Wówczas moim jedynym celem była ochrona syna, niestety nie miałam pojęcia, co robić. Nie potrafiłam znaleźć bezpiecznego i skutecznego sposobu na wysłanie go za granicę. Na dodatek Masud nie chciał mi pomóc i nieustannie się ze mną kłócił.

– Dlaczego tak panikujesz? – zapytał. – Dwa lata służby wojskowej to nie tak długo. Każdy ma obowiązek ją odbyć, więc i ja to zrobię. Potem będę mógł otrzymać paszport i legalnie wyjechać z kraju. Nie mogłam jednak tego zaakceptować.

– Nasz kraj znajduje się w stanie wojny! To nie żarty. Co zrobię, jeśli coś ci się stanie?

– A kto powiedział, że każdy, kto trafi na front, umiera? Wielu chłopaków wraca w jednym kawałku. Przecież wszędzie grozi nam niebezpieczeństwo. Wydaje ci się, że nielegalna ucieczka z kraju jest mniej ryzykowna?

– Ale wielu chłopców zginęło. Zapomniałeś już o Gholamie-Alim?

– Proszę cię, matko, nie komplikuj sytuacji. Wiem, że śmierć Gholama-Alego cię przeraziła. Obiecuję ci, że przeżyję. Poza tym zanim otrzymam wezwanie i ukończę szkolenie, wojna pewnie się skończy. Kiedy stałaś się takim tchórzem? Jesteś jedyną znaną mi kobietą, która nie boi się syren ani nalotów bombowych. Mawiałaś kiedyś: „Szansa, że nasz dom zostanie zbombardowany, jest porównywalna z ryzykiem utraty życia w wypadku samochodowym, a przecież to nie spędza nam snu z powiek".

– Gdy mam obok siebie Szirin i ciebie, niczego się nie boję – wyjaśniłam. – Ale nawet sobie nie wyobrażasz, jak wielkie ogarnia mnie przerażenie, gdy zaczynają wyć syreny, a ja jestem z dala od was. Jeśli wyślą mnie na front razem z tobą, nie będę się tak zamartwiała.

– Na pewno! Co za bzdury. Mam im powiedzieć, że nigdzie się nie ruszam bez mamy? Że chcę do mamusi?

Nasze kłótnie zawsze kończyły się żartami, śmiechem i pocałunkiem w policzek.

W końcu nadszedł dzień, w którym Masud wraz z tysiącami innych młodych mężczyzn wyjechał na szkolenie wojskowe. Starałam się zachować optymistyczne nastawienie. Dnie i noce spędzałam na dywaniku do modlitwy, wznosząc w błagalnym geście ręce do Boga, aby szybko zakończył wojnę i pozwolił mojemu synowi wrócić do domu.

Konflikt zbrojny stanowił część naszego życia już od siedmiu lat, ale do tej pory nigdy nie odczuwałam takiego przerażenia. Codziennie byłam świadkiem procesji pogrzebowych na cześć męczenników. Zaczęłam się nawet zastanawiać, czy liczba ofiar i rannych nagle wzrosła, czy może zawsze było ich tak wiele. Gdziekolwiek poszłam, spotykałam matki, które znajdowały się w tej samej sytuacji co ja. Potrafiłam instynktownie je rozpoznać. Pogodziwszy się z losem, łamiącym głosem i ze strachem w oczach pocieszałyśmy się nawzajem, chociaż zdawałyśmy sobie sprawę, że się oszukujemy.

Masud zakończył szkolenie. Niestety cud się nie wydarzył i wojna trwała nadal. Moje starania, aby przydzielić go do oddziału stacjonującego w bezpieczniejszym miejscu, okazały się nieskuteczne. Pewnego dnia wzięłam więc Szirin za małą rączkę i poszłyśmy odprowadzić Masuda na dworzec. W mundurze sprawiał wrażenie starszego, a w jego pełnych dobroci oczach dostrzegłam lęk. Nie potrafiłam pohamować łez.

– Mamo, proszę – powiedział. – Musisz się opanować, musisz zadbać o Szirin. Spójrz, jaka silna jest matka Faramarza. Popatrz, jak spokojnie pozostali rodzice żegnają swoich synów.

Rozejrzałam się wokół. Ja widziałam jednak płaczące matki, choć żadna z nich nie uroniła ani łzy.

– Nie martw się, kochanie – powiedziałam. – Poradzę sobie. Za godzinę się uspokoję, a po kilku dniach przywyknę do twojej nieobecności.

Masud pocałował Szirin i starał się ją rozśmieszyć. Następnie wyszeptał do mnie:

– Obiecaj, że gdy wrócę, nadal będziesz taka piękna, zdrowa i silna.

– A ty obiecaj mi, że wrócisz cały i zdrów.

Nie spuszczałam z niego wzroku aż do końca, a gdy pociąg ruszył, zaczęłam odruchowo biec. Pragnęłam, aby widok jego twarzy wyrył się w mojej pamięci.

Dopiero po tygodniu pogodziłam się z nieobecnością Masuda, ale nigdy do niej nie przywykłam. Tęskniłam za nim i martwiłam się z powodu niebezpieczeństw, jakie mu groziły. Poza tym codziennie odczuwałam jego brak. Dopiero po jego wyjeździe zorientowałam się, jak wspaniałym był partnerem i jak ogromny ciężar zdjął z moich barków. Zaczęłam się wówczas zastanawiać, jak szybko dochodzi do głosu nasza egoistyczna natura i w efekcie zaczynamy uznawać czyjąś pomoc za oczywistość, zapominając o hojności tej osoby. Teraz, gdy sama musiałam się o wszystko zatroszczyć, zaczęłam doceniać wysiłki Masuda. Na dodatek przy wypełnianiu jego obowiązków moje serce jeszcze bardziej krwawiło z tęsknoty.

– Byłam zdruzgotana, gdy stracono Hamida – zwierzyłam się Faati. – Ale prawda jest taka, że jego śmierć nie wpłynęła na moją codzienność, ponieważ mój mąż nigdy nie zajmował się obowiązkami domowymi. Pogrążyliśmy się w żałobie, ponieważ straciliśmy ukochaną osobę, ale po kilku dniach wróciliśmy do normalnego życia. Odejście mężczyzny, który pomaga w domu i bierze udział w życiu rodzinnym, jest dużo bardziej dotkliwe i trudniej się z nim pogodzić.

Po trzech miesiącach przyzwyczaiłyśmy się do życia bez Masuda. Szirin zawsze była wesołą dziewczyną, teraz jednak nie śmiała się już tak często i przynajmniej raz w nocy budziła się z płaczem. Ja odnajdywałam spokój jedynie w modlitwie. Godzinami siedziałam na dywaniku modlitewnym, zapominając o sobie i o ludziach wokół mnie. Czasem nawet nie zwracałam uwagi na to, że Szirin nie jadła jeszcze obiadu albo że zasnęła nad podręcznikami przed telewizorem.

Masud dzwonił do nas, kiedy tylko mógł. Za każdym razem, gdy z nim rozmawiałam, uspokajałam się na dwadzieścia cztery godziny, lecz później strach ponownie dawał o sobie znać, jakby był toczącym się z góry kamieniem, który nabiera prędkości i siły z każdą minutą. Gdy minęły dwa tygodnie bez żadnych wiadomości od niego, zaczęłam się zamartwiać i obdzwaniać rodziców jego przyjaciół, których wraz z nim wysłano na front.

– Moja droga, jest zbyt wcześnie, aby się martwić – powiedziała spokojnie matka Faramarza. – Syn panią rozpieścił. Przecież nie pojechali w odwiedziny do ciotki, skąd mogliby dzwonić do domu, kiedy przyjdzie im na to ochota. Czasami kierują ich w takie rejony, w których przez wiele tygodni nie mają dostępu do wody, a co dopiero do telefonu. Proszę poczekać przynajmniej miesiąc.

Miesiąc bez wiadomości od ukochanej osoby, która znajduje się pod gradem kul, to udręka – ale czekałam. Próbowałam zająć się pracą, lecz mój mózg odmówił współpracy i nie potrafiłam się skoncentrować.

Minęły dwa miesiące i w końcu postanowiłam dowiedzieć się czegoś w jednym z departamentów wojskowych. Powinnam była zrobić to wcześniej, ale obawiałam się odpowiedzi, którą mogłam otrzymać. Na drżących nogach stanęłam przed budynkiem. Nie miałam wyboru, musiałam wejść do środka. Skierowano mnie do dużego, zatłoczonego pomieszczenia. Mężczyźni i kobiety o bladych twarzach i przekrwionych oczach stali w rzędzie w oczekiwaniu na swoją kolej, aby się dowiedzieć, gdzie i w jaki sposób ich dzieci zaginęły.

Gdy usiadłam przed biurkiem urzędnika, kolana mi się trzęsły, a dźwięk walącego serca tak głośno rozbrzmiewał mi w uszach, że nic poza nim nie słyszałam. Przez wieczność, jak mi się wydawało, urzędnik przeglądał notes, a potem zapytał:

– Jakie związki łączą panią z szeregowcem Masudem Soltanim?

Kilka razy otworzyłam, a potem zamknęłam usta, aż w końcu udało mi się wyjaśnić, że jestem jego matką. Odniosłam wrażenie, że moja odpowiedź nie przypadła mu do gustu. Zmarszczył bowiem brwi, spuścił wzrok i ponownie zaczął przeglądać notatki. A następnie z udawaną uprzejmością i szacunkiem zapytał:

– Czy pani jest sama? Czy żyje pani z jego ojcem?

Czułam, że serce zaraz wyskoczy mi z gardła. Przełknęłam z trudem ślinę, starając się powstrzymać łzy i zmienionym głosem odparłam:

– Nie! On nie ma ojca. Cokolwiek się stało, proszę mi powiedzieć! – Miałam ochotę krzyczeć. – O co chodzi? Proszę mi powiedzieć, co się stało!

– Nic się nie stało, proszę pani. Proszę się nie martwić i zachować spokój.

– Gdzie jest mój syn? Dlaczego nie miałam od niego tak długo żadnych wiadomości?

– Nie wiem.

– Nie wie pan? – krzyknęłam. – Co to oznacza? Wysłaliście go tam, a teraz mi pan mówi, że nie wiecie, gdzie jest?

– Proszę posłuchać, droga matko, prawda jest taka, że w tamtym regionie doszło do wzmożonych walk i tereny przygraniczne przechodziły z rąk do rąk. Nadal nie posiadamy dokładnych informacji o losach naszych oddziałów, ale już się tym zajęliśmy.

– Nie rozumiem. Skoro odzyskaliście to terytorium, pewnie odnaleźliście tam różne... rzeczy.

Nie mogłam się zmusić do wymówienia słowa „ciała", ale urzędnik wiedział, co miałam na myśli.

– Nie, droga matko, jak dotąd nie odnaleziono ciała z identyfikatorem pani syna. Nie mam więcej informacji.

– A kiedy będziecie wiedzieć więcej?

– Nie potrafię tego stwierdzić. Na razie przeszukujemy teren. Jest zbyt wcześnie, aby coś powiedzieć.

Kilkoro mężczyzn i kobiet czekających w kolejce na podobne wiadomości pomogło mi się podnieść z fotela. Pewna kobieta poprosiła osobę stojącą przed nią o zajęcie jej miejsca, po czym pomogła mi dojść do drzwi. Rząd osób przypominał kolejki ciągnące się przed sklepami po reglamentowane jedzenie i artykuły użytku codziennego.

Nie wiem, jak dotarłam do domu. Gdy otworzyłam drzwi mieszkania, okazało się, że Szirin jeszcze nie wróciła ze szkoły. Zaczęłam chodzić po domu i wykrzykiwać imiona synów. Mój głos odbijał się echem od ścian. Siamak! Masud! Powtarzałam ich imiona coraz głośniej, jakby się gdzieś schowali, a moje nawoływania miały sprawić, że się do mnie odezwą. Otworzyłam ich szafę. Powąchałam stare ubrania synów i przycisnęłam je do piersi. Nic więcej nie pamiętam.

Szirin mnie znalazła i zawołała ciotki. Sprowadziły lekarza, który podał mi zastrzyk z lekiem uspokajającym. Zapadłam w sen pełen ponurych koszmarów.

Sadegh Chan i Bahman nadal próbowali się czegoś dowiedzieć. Tydzień później powiedzieli, że nazwisko Masuda znajduje się na liście żołnierzy zaginionych w akcji. Nie rozumiałam, co to oznacza. Czy zamienił się w dym i rozpłynął się w powietrzu? Czy mój dzielny syn zniknął i nic po nim nie zostało, jakby nigdy nie istniał? Nie, to nielogiczne. Musiałam coś zrobić.

Przypomniał mi się wówczas mój kolega z pracy, którego siostrzeniec zaginął na polu walki, a miesiąc później odnalazł się w szpitalu. Nie mogłam siedzieć bezczynnie i czekać na działania urzędników. Całą noc biłam się z myślami i gdy rano wstałam, wiedziałam już, co zrobię. Przez pół godziny stałam pod prysznicem, aby dojść do siebie po lekach uspokajających i tabletkach nasennych. Następnie się ubrałam i spojrzałam na swoje odbicie w lustrze. Miałam coraz więcej siwych włosów. Pani Parvin dotrzymywała mi towarzystwa w tych trudnych dla mnie dniach i gdy mnie zobaczyła, zapytała zaskoczona:

– Co się dzieje? Gdzie się wybierasz?

– Idę szukać Masuda.

– Nie możesz iść sama! Nie pozwolą samotnej kobiecie zbliżyć się do strefy działań wojennych.

– Ale mogę przeszukać pobliskie szpitale.

– Poczekaj! – zawołała. – Zadzwonię do Faati. Może Sadegh Aga zwolni się z pracy i pojedzie z tobą.

– Nie. Ten biedny mężczyzna nie może zaniedbywać pracy i życia rodzinnego tylko dlatego, że jest moim szwagrem.

– A więc poproś Alego albo Mahmuda – nalegała. – Przecież są twoimi braćmi. Nie zostawią cię samej.

Roześmiałam się gorzko i odparłam:

– Przecież pani wie, że to nieprawda. W najtrudniejszych chwilach traktowali mnie gorzej niż obcy ludzie. Poza tym muszę pojechać sama. W ten sposób będę mogła spokojnie poszukać mojego niewinnego dziecka. Jeśli ktoś będzie mi towarzyszył, będę musiała wrócić do domu wcześniej.

Pojechałam pociągiem do Ahvaz. Większość pasażerów stanowili żołnierze. Dzieliłam przedział z parą, która także szukała swojego syna. Oni jednak wiedzieli, że ich dziecko zostało ranne i przebywa w miejscowym szpitalu.

Wiosna w Ahvaz bardziej przypominała upalne lato. Po ośmiu latach dopiero tam ujrzałam prawdziwe oblicze wojny. Tragedię, cierpienie, zniszczenia i chaos. Twarze ludzi wokół pozbawione były uśmiechu. Wszędzie panowało zamieszanie spowodowane bieganiną ludzi, jednak podobnie jak w przypadku grabarzy i żałobników ich ruchy i miny pozbawione były radości i zapału, a w oczach dostrzec można było ciągły strach i ukryty lęk. Każda osoba, z którą rozmawiałam, kogoś opłakiwała. Chodziłam od jednego szpitala do drugiego razem z państwem Farahani, których poznałam w pociągu. Odnaleźli syna. Został ranny w twarz. Scena ponownego spotkania rodziców z synem rozdarła mi serce. Pomyślałam wówczas, że jeśli Masud odniósł podobne obrażenia, i tak bez problemu go rozpoznam. Nie miało dla mnie znaczenia, czy został kaleką, czy stracił rękę lub nogę. Pragnęłam jedynie, aby żył i abym mogła wziąć go w ramiona. Widok tak wielu rannych, okaleczonych i niepełnosprawnych młodych mężczyzn doprowadzał do szaleństwa. Serce mi krwawiło, gdy myślałam o ich matkach. Zaczęłam się też zastanawiać, kto jest za to odpowiedzialny? Jak możemy żyć w takiej nieświadomości, myśląc, że wojna składa się jedynie z nalotów bombowych? Nigdy nie pojmowaliśmy ogromu nieszczęść z nią związanych.

Szukałam wszędzie, pukałam do drzwi różnych agencji wojskowych i departamentów, aż w końcu spotkałam żołnierza, który widział Masuda w nocy, gdy miała miejsce operacja wojskowa. Rany tego młodego człowieka się goiły i niedługo miał zostać przetransportowany do Teheranu. Starał się dodać mi otuchy uśmiechem i powiedział:

– Widziałem Masuda, posuwaliśmy się razem naprzód. Szedł kilka kroków przede mną, gdy nagle doszło do eksplozji. Straciłem wówczas przytomność. Nie wiem, co się stało z pozostałymi, ale słyszałem, że większość ofiar i męczenników z naszego dywizjonu została zidentyfikowana.

Moje poszukiwania okazały się daremne. Nikt nie wiedział, co się stało z moim synem. Zwrot „zaginiony w akcji" nieustannie kołatał mi się po głowie niczym odgłos walenia młota pneumatycznego. W drodze powrotnej do Teheranu ciężar bólu, który nosiłam na swych barkach, wydawał się po tysiąckroć trudniejszy do udźwignięcia. Oszołomiona wróciłam do domu i zaraz po wejściu do mieszkania udałam się do pokoju Masuda, jakbym sobie przypomniała, że miałam tam coś do zrobienia. Przejrzałam jego rzeczy. Zauważyłam z przerażeniem, że część jego koszul jest pognieciona! Zaczęłam je prasować, jakby od tego zależało życie mojego syna. Całą uwagę skupiłam na niewidzialnych załamaniach na jego ubraniach. Za każdym razem, gdy podnosiłam je pod światło, nadal wydawały mi się pogniecione, więc musiałam prasować dalej... Mansura cały czas coś do mnie mówiła, ale jedynie niewielka część mojej świadomości zdawała sobie sprawę z jej obecności. I nagle usłyszałam, jak mówi:

– Faati, jest jeszcze gorzej. Ona zaczyna wariować. Od dwóch godzin prasuje tę samą koszulę. Byłoby lepiej, gdyby powiedzieli jej, że zginął męczeńską śmiercią. Wówczas mogłaby go przynajmniej opłakiwać.

Przebiegłam przez pokój niczym dziki pies i wrzasnęłam:

– Nie! Jeśli powiedzą mi, że on nie żyje, zabiję się. Żyję tylko dzięki nadziei, że nie zginął.

Sama jednak czułam, że jestem bliska postradania zmysłów. Często łapałam się na głośnej rozmowie z Bogiem. Moje relacje z nim nieco się pogorszyły. Prawdę mówiąc, pomiędzy bezlitosną siłą sprawczą a człowiekiem, który został pokonany i utracił chęć życia, pojawiła się wrogość. Czułam się jak ktoś przegrany, kto nie ma już nadziei na zbawienie i w ostatnich chwilach swojej egzystencji znalazł odwagę, aby powiedzieć wszystko, co mu leży na sercu. Moje słowa pozbawione były szacunku. Postrzegałam Boga jako idola, który domaga się ofiary, a ja muszę złożyć jedno z moich dzieci na jego ołtarzu. Musiałam wybrać między nimi. Czasami w miejsce Masuda składałam w ofierze Szirin lub Siamaka, lecz potem, czując wyrzuty sumienia i głęboką nienawiść do siebie, ponownie zaczynałam rozpaczać; zastanawiałam się, co by pomyślały o mnie moje dzieci, gdyby się dowiedziały, że byłam gotowa poświęcić jedno z nich dla dobra drugiego.

Nie byłam w stanie nic zrobić. Pani Parvin siłą zmuszała mnie do brania kąpieli. Matka i Ehteram-Sadat pocieszały mnie i opowiadały o honorze i zaszczytach, których dostępowali męczennicy. Matka starała się również wpoić mi strach przed Bogiem.

– Powinnaś radować się jego zadowoleniem – mawiała. – Każdy z nas ma jakieś przeznaczenie. Jeśli taka jest jego wola, musisz to zaakceptować.

Słysząc jej słowa, wpadałam w szał i zaczynałam krzyczeć:

– Dlaczego akurat mnie zgotował taki los? Nie chcę tak żyć! Czy mało już wycierpiałam? Chodziłam od więzienia do więzienia, spierałam krew z ubrań moich bliskich, opłakiwałam ich śmierć, pracowałam dzień i noc i wychowywałam dzieci pomimo tysiąca przeciwności losu. Na co to wszystko? Tylko po to?

– Nie mów w ten sposób! – płakała Ehteram-Sadat. – Bóg poddaje cię próbie.

– Jak długo jeszcze będę musiała zdawać jego egzaminy? Boże, dlaczego nieustannie mnie sprawdzasz? Chcesz udowodnić swoją moc tak żałosnej istocie jak ja? Nie chcę być poddawana twoim sprawdzianom. Chcę po prostu odnaleźć dziecko. Oddaj mi syna i wystaw ocenę niedostateczną!

– Niech Bóg cię oszczędzi! – upomniała mnie Ehteram-Sadat.

– Nie prowokuj gniewu bożego. Myślisz, że jesteś jedyna? Wszystkie matki, każda kobieta, która ma syna w wieku Masuda, znajduje się w tej samej sytuacji. Niektóre nawet przeżyły śmierć czterech bądź pięciu synów. Pomyśl o nich i przestań okazywać taką niewdzięczność.

– Myślisz, że na widok cierpienia innych składam Bogu podziękowania? – krzyknęłam. – Moje serce wtedy krwawi. Moje serce krwawi z twojego powodu. Moje serce krwawi, ponieważ straciłam dziewiętnastoletniego syna i nie mam nawet jego zwłok, które mogłabym wziąć w ramiona…

Zaczynałam się godzić ze śmiercią Masuda. Podczas rozmowy z Ehteram-Sadat po raz pierwszy wspomniałam o jego zwłokach. Jednak takie kłótnie i wymiany zdań pogarszały tylko moje samopoczucie. Straciłam rachubę dni i miesięcy. Garściami zażywałam leki uspokajające i miotałam się pomiędzy snem a jawą.

Pewnego ranka obudziłam się z taką suchością w gardle, że miałam wrażenie, iż zaraz się uduszę. Poszłam do kuchni, a tam natknęłam się na Szirin, która myła naczynia. Byłam zdumiona. Nie lubiłam, gdy wykonywała prace domowe swoimi malutkimi rączkami.

– Szirin, dlaczego nie jesteś w szkole? – zapytałam.

Spojrzała na mnie z pełnym wyrzutu uśmiechem i odparła:

– Mamo, od miesiąca trwają wakacje. Szkoła jest zamknięta!

Stanęłam jak wryta. Gdzie ja się podziewałam?

– A co z egzaminami? Zdawałaś egzaminy końcowe?

– Tak! – odpowiedziała z urazą w głosie. – To było dawno temu. Nie pamiętasz?

Nie, nie pamiętałam. Nie pamiętałam też, kiedy stała się tak szczupła, ponura i smutna. Zachowałam się egoistycznie. Przez tyle miesięcy topiłam się we własnym smutku, zapominając o istnieniu córki. Zapomniałam, że ta mała dziewczynka zapewne cierpiała na równi ze mną. Wzięłam ją w ramiona. Miałam wrażenie, że od dawna czekała na tę chwilę. Próbowała jeszcze mocniej wtulić się we mnie. Obie wybuchnęłyśmy płaczem.

– Wybacz mi, kochanie – powiedziałam. – Wybacz mi. Nie miałam prawa o tobie zapominać.

Widząc smutek, pragnienie miłości i bezradność Szirin, otrząsnęłam się z apatii i odrętwienia. Miałam jeszcze jedno dziecko, dla którego musiałam żyć.

Zrozpaczona i samotna wróciłam do normalnego życia. Zostawałam dłużej w biurze i zmuszałam się do cięższej pracy, w domu nie mogłam się bowiem na niczym skupić. Postanowiłam, że nie będę płakać w obecności Szirin. Moja córka potrzebowała normalnego życia, potrzebowała zabawy i radości. Ta dziewięcioletnia dziewczynka już i tak wiele wycierpiała. Poprosiłam Mansurę, aby zabrała ją ze sobą do willi nad Morzem Kaspijskim. Szirin nie chciała jednak zostawiać mnie samej, więc pojechałam z nimi.

Willa wyglądała tak samo jak dziesięć lat wcześniej, a widok północnego wybrzeża, równie pięknego jak poprzednio, przeniósł mnie do najszczęśliwszych dni mojego życia. W uszach rozbrzmiewały mi głosy chłopców bawiących się na plaży. Czułam na sobie pełen podziwu wzrok Hamida. Mogłam wówczas godzinami obserwować, jak bawił się z dziećmi. Raz nawet podniosłam piłkę i im ją odrzuciłam. Piękne wspomnienia zakłócił nagle natrętny dźwięk. Boże, jak szybko minął ten czas. W ciągu tych kilku dni poznałam radość rodzinnego życia. Reszta wypełniona była bólem i cierpieniem.

Wszystko wokół wywoływało wspomnienia. Czasami odruchowo rozkładałam ramiona, aby przytulić moją rodzinę. Nagle wracałam do rzeczywistości, z przerażeniem rozglądałam się wokół i zastanawiałam się, czy ktoś mnie widział. Pewnego wieczora, gdy siedziałam na plaży zatopiona w myślach, poczułam na ramieniu dłoń Hamida. Jego obecność wydawała mi się taka naturalna. Wyszeptałam wówczas:

– Och, Hamidzie, jestem taka zmęczona.

Ścisnął moje ramię, ja oparłam policzek na jego dłoni, a on delikatnie głaskał mnie po włosach.

Głos Mansury wyrwał mnie z zamyślenia:

– Gdzie się podziewałaś? Od godziny wszędzie cię szukam!

Nadal czułam ciepło dłoni Hamida na ramieniu. Zaczęłam się zastanawiać, dlaczego ta fantazja wydawała mi się tak prawdziwa? Jeśli szaleństwo oznacza oderwanie się od rzeczywistości, właśnie zbliżałam się do tego punktu. Było mi tak przyjemnie. Mogłam się temu poddać i resztę życia spędzić w słodkiej iluzji, czując wolność, jaką zapewnia niepoczytalność. To pragnienie zaprowadziło mnie na krawędź urwiska. Jedynie Szirin i poczucie obowiązku wobec niej powstrzymały mnie przed skokiem.

Wiedziałam, że muszę wrócić do domu. Przestraszyłam się bowiem, że te marzenia mogą mnie pokonać. Trzeciego dnia spakowałam rzeczy i wróciłam do Teheranu.

Pewnego ciepłego sierpniowego dnia, o drugiej po południu, wszyscy pracownicy biura zaczęli biegać, krzyczeć z radości i gratulować sobie nawzajem. Alipur otworzył drzwi do mojego biura i krzyknął:

– Wojna się skończyła!

Nie ruszyłam się z krzesła. Ile bym dała, aby przekazali mi tę wiadomość rok wcześniej?

Od dłuższego czasu nie dopytywałam się o Masuda w departamencie wojskowym. Choć traktowano mnie z największym szacunkiem, ponieważ byłam matką żołnierza zaginionego w akcji, uprzejmość urzędników była dla mnie równie bolesna co obelgi, których wysłuchiwałam za bramami więziennymi jako matka mudżahedina i żona komunisty. Nie mogłam tego znieść.

***

Od zakończenia wojny minął ponad miesiąc. Szkoły pozostały jeszcze zamknięte. O jedenastej rano drzwi do mojego biura nagle się otworzyły i do środka wpadły Szirin i Mansura. Podskoczyłam z przerażeniem, ale bałam się zapytać, co się stało. Szirin rzuciła mi się w ramiona i zaczęła płakać. Mansura stała, wpatrując się we mnie, a łzy płynęły jej po policzkach.

– Masumo! – zawołała. – On żyje! On żyje!

Opadłam na krzesło, odchyliłam do tyłu głowę i zamknęłam oczy. Jeśli to sen, to nigdy nie chcę się obudzić. Szirin biła mnie po twarzy swoimi małymi rączkami.

– Mamo, obudź się – mówiła błagalnym tonem. – Na miłość boską, obudź się.

Otworzyłam oczy. Szirin roześmiała się i powiedziała:

– Dzwonili z kwatery głównej. Sama z nimi rozmawiałam. Powiedzieli, że nazwisko Masuda znajduje się na liście jeńców wojennych ogłoszonej przez Organizację Narodów Zjednoczonych.

– Jesteś pewna? – zapytałam. – Może źle go zrozumiałaś? Muszę tam pojechać.

– Nie musisz – odparła Mansura. – Gdy Szirin przyszła do mnie roztrzęsiona, sama tam zadzwoniłam. Dane Masuda naprawdę znajdują się na tej liście. Powiedzieli, że wkrótce dojdzie do wymiany jeńców i twój syn wróci do domu.

Nie pamiętam, jak zareagowałam na tę wiadomość. Możliwe, że zaczęłam tańczyć jak szalona i przyklęknęłam na podłodze, oddając się modlitwie. Na szczęście Mansura wypchnęła wszystkich z biura, aby nie widzieli, że zachowuję się jak wariatka. Musiałam udać się w jakieś święte miejsce. Musiałam prosić Boga o wybaczenie za moje bluźnierstwa. Bałam się, że w przeciwnym wypadku szczęście przecieknie mi przez palce jak woda. Najbliższym świętym miejscem, jakie przyszło Mansurze do głowy, była świątynia Saleha.

Gdy do niej dotarłam, przywarłam do ogrodzenia otaczającego grób i zaczęłam powtarzać:

– Boże, myliłam się, wybacz mi. Boże, jesteś wielki, miłosierny, musisz mi wybaczyć. Obiecuję nadrobić wszystkie modlitwy, które zaniedbałam. Dam jałmużnę ubogim…

Gdy teraz wspominam te lata, zdaję sobie sprawę, że wówczas naprawdę postradałam zmysły. Rozmawiałam z Bogiem jak dziecko ze swoim rówieśnikiem. Określiłam zasady gry i pilnowałam, aby żadne z nas ich nie złamało. Codziennie się modliłam, aby się ode mnie nie odwrócił. Jak kochanek, który po długiej rozłące pogodził się ze swoją ukochaną, byłam zarówno szczęśliwa, jak i przestraszona. Nieustannie wznosiłam do niego błagania w nadziei, że zapomni o mojej niewdzięczności i zrozumie okoliczności, w których się wtedy znalazłam.

Znowu odżyłam. Radość powróciła do mojego domu. Śmiech Szirin ponownie rozbrzmiewał w naszych murach. Moja córeczka biegała, bawiła się, zarzucała mi ręce na szyję i całowała mnie.

Wiedziałam, że życie jeńca wojennego jest ciężkie i wyczerpujące, wiedziałam, że Masud cierpi, ale wiedziałam również, że to minie. Liczył się jedynie fakt, że żyje. Codziennie czekałam na uwolnienie syna. Nieustannie sprzątałam dom i układałam jego ubrania. Mijały miesiące, a każdy kolejny stawał się trudniejszy od poprzedniego, ale nadzieja, że ponownie ujrzę Masuda, trzymała mnie przy życiu.

W końcu pewnego letniego wieczora przywieziono mojego syna do domu. Jakiś czas wcześniej okoliczne ulice przystrojono światłami i transparentami z gratulacjami z okazji powrotu do domu, a nasz skąpany w kwiatach, słodyczach i owocowych sokach dom wypełnił się zapachem życia. W naszym mieszkaniu tłoczyło się mnóstwo ludzi. Wielu z nich nie znałam. Ucieszyłam się na widok kuzynki Mahbuby i jej męża. Gdy zobaczyłam, że przyjechał również jej teść, miałam ochotę ucałować mu dłoń. Dla mnie był bowiem uosobieniem pobożności i miłości.

Pani Parvin zajęła się przygotowaniem przyjęcia. Mansura, Faati, Manija i Firuza, która wyrosła na piękną młodą dziewczynę, przez kilka dni przyrządzały dania i dekorowały dom. Dzień przed przyjazdem Masuda Faati spojrzała na mnie i powiedziała:

– Siostro, ufarbuj włosy. Jeśli chłopak zobaczy cię w takim stanie, zemdleje!

Przyznałam jej rację. Zgodziłabym się wówczas na wszystko. Faati ufarbowała mi włosy i wyskubała brwi. Firuza przyglądała się tym zabiegom z rozbawieniem:

– Zachowujecie się, jakby ciocia wychodziła za mąż! Wygląda pięknie jak panna młoda.

– Tak, kochana, okoliczności są podobne. Chociaż dzisiejsza uroczystość jest bardziej radosna. Jestem szczęśliwsza niż w dniu ślubu.

Założyłam piękną zieloną sukienkę, ponieważ był to ulubiony kolor Masuda. Szirin miała na sobie różową sukienkę, którą niedawno dla niej kupiłam. Wczesnym popołudniem byłyśmy już gotowe i oczekiwałyśmy na przybycie Masuda. Matka przyjechała z Alim i jego rodziną. Przybyła też Ehteram-Sadat. Wyglądała na wstrząśniętą. Jej utajony żal pogłębiał się z czasem. Starałam się unikać jej wzroku. Do pewnego stopnia wstydziłam się, że moje dziecko przeżyło, a jej nie.

– Dlaczego przyprowadziłaś Ehteram? – zapytałam matki.

– Chciała przyjść. Coś się stało?

– Zawiść w jej oczach mnie peszy.

– Co za bzdury! Nie ma w nich żadnej zawiści. To matka męczennika. Jej status jest znacznie wyższy niż twój. Bóg darzy ją wielkim szacunkiem. Naprawdę myślisz, że może być o ciebie zazdrosna? Nie, moja droga, ona jest naprawdę bardzo szczęśliwa, nie musisz się o nią martwić.

Może matka miała rację, może rzeczywiście wiara Ehteram-Sadat była tak głęboka, że pozwalała jej przetrwać te trudne doświadczenia. Starałam się o niej nie myśleć, ale nadal unikałam jej wzroku.

Szirin co chwilę włączała mały piecyk do palenia dzikiej ruty, ale cały czas się wyłączał.

Minęła dziewiąta, a ja traciłam już cierpliwość, gdy w końcu podjechał samochód z przyczepą kempingową. Pomimo zażycia wielu środków uspokajających oraz czasu, jaki miałam, aby się przygotować na tę chwilę, zaczęłam drżeć na całym ciele i zemdlałam. Jak cudownie było otworzyć oczy i znaleźć się w ramionach Masuda.

Mój syn urósł, ale był bardzo szczupły i blady. W jego oczach dostrzegłam też coś obcego. Trudne doświadczenia sprawiły, że dojrzał. Kulał i często skarżył się na ból. Z jego zachowania, bezsenności i koszmarów, które go dręczyły, gdy w końcu udało mu się zasnąć, zrozumiałam, jak wiele wycierpiał. Nie lubił jednak o tym mówić. Ranny i ledwo żywy został pojmany przez Irakijczyków, a następnie przeszedł leczenie w kilku szpitalach. Nadal dokuczały mu niezagojone rany oraz ból tak dotkliwy, że wywoływał gorączkę. Lekarz stwierdził, że utykaniu można zaradzić dzięki skomplikowanej operacji. Gdy odzyskał siły, poddał się więc zabiegowi, który na szczęście zakończył się sukcesem. Pielęgnowałam go i skakałam wokół niego, jakbym miała pod opieką małe dziecko. Ceniłam każdą spędzoną z nim chwilę. Potrafiłam obserwować go we śnie; jego przystojna twarz wyglądała wówczas jak twarz chłopca. Nadałam mu przydomek „Dar od Boga", ponieważ Bóg naprawdę mi go ofiarował.

Masud powoli wracał do pełni fizycznych sił, ale pod względem emocjonalnym nie był już tym samym energicznym i żywiołowym młodym mężczyzną co kiedyś. Nie rysował już ani nie szkicował. Nie miał żadnych planów na przyszłość. Czasami odwiedzali go przyjaciele, towarzysze broni lub żołnierze, z którymi dzielił celę, ale zajmowali jego uwagę tylko na chwilę. Po jakimś czasie ponownie milczał i się wycofywał. Poprosiłam przyjaciół syna – byli wśród nich mężczyźni w różnym wieku – aby nie zostawiali go samego. Postanowiłam porozmawiać o depresji Masuda z panem Maghsoudim, który z czasem zaczął odgrywać istotną rolę w życiu mojego syna. Miał około pięćdziesięciu lat, dobrotliwy wyraz twarzy i sprawiał wrażenie obytego w świecie. Masud bardzo go szanował.

– Proszę się nie martwić – mówił pan Maghsoudi. – Wszyscy przechodziliśmy mniej więcej przez to samo. Poza tym pani syn został ciężko ranny. Z czasem dojdzie do siebie. Musi zacząć pracować.

– Ale on jest bardzo zdolny i inteligentny – wyjaśniłam. – Chciałabym, aby studiował.

– Oczywiście. Jako weteran dostanie się na studia.

Byłam w siódmym niebie. Zebrałam książki Masuda i powiedziałam mu:

– Rekonwalescencja dobiegła końca. Musisz zaplanować swoją przyszłość i dokończyć to, co pozostało niedokończone. Najważniejsze jest wykształcenie. Zaczynaj od dzisiaj.

– Nie, mamo, dla mnie jest już za późno – odparł cichym głosem. – Mój mózg już nie funkcjonuje tak jak kiedyś, poza tym nie mam już cierpliwości do nauki i przygotowań do egzaminów wstępnych. Na pewno nie zostanę przyjęty.

– Nie, mój drogi. Możesz skorzystać z przywilejów, które pozwalają weteranom studiować.

– Co masz na myśli? – zapytał. – Jeśli nie wykażę się odpowiednim poziomem wiedzy, nie będzie miało znaczenia, czy jestem weteranem, czy nie. Po prostu mnie nie przyjmą.

– Ale jeśli się zaczniesz uczyć, będziesz miał większe szanse od pozostałych – przekonywałam. – Poza tym wszystkim weteranom wojennym przyznano prawo do uzyskania stopnia naukowego.

– Czyli jednym słowem pozwolili mi pozbawić innych ich praw. Nie, nie chcę tego.

– Odbierzesz to, co ci się prawnie należy. Skorzystasz z przywileju, który odebrano ci niesprawiedliwie cztery lata temu.

– A więc tylko dlatego, że oni pozbawili mnie moich praw, teraz mam postąpić tak samo względem innej osoby? – zapytał.

– Bez względu na to, czy to właściwe, czy nie, takie obecnie panują zasady. Nie mów mi, że przyzwyczaiłeś się do świata, w którym prawo zawsze jest przeciwko tobie. Mój drogi, czasem może ono działać na twoją korzyść. Walczyłeś i cierpiałeś dla tych ludzi i tego kraju. Teraz chcą ci się za to odwdzięczyć. Nie powinieneś więc z tego rezygnować.

Nasze pozornie niekończące się wymiany zdań zakończyły się ostatecznie moim zwycięstwem. W znaczący sposób przyczyniła się do tego Firuza. Uczęszczała do ostatniej klasy szkoły średniej i codziennie przychodziła do nas z podręcznikami, ponieważ chciała, aby Masud pomógł jej w odrabianiu zadań domowych. Tym samym zmuszała również jego do nauki. Za sprawą jej miłej i pięknej twarzy na obliczu Masuda dostrzegłam ponownie radość życia. Razem się uczyli, rozmawiali i śmiali. Czasami nalegałam, aby odłożyli książki i poszli się gdzieś zabawić.

Masud złożył podanie na wydział architektury i został przyjęty. Na wieść o tym ucałowałam go i mu pogratulowałam.

– Tak między nami, nie miałem do tego prawa – powiedział ze śmiechem – ale jestem bardzo szczęśliwy!

Kolejnym problemem Masuda było znalezienie pracy.

– To żenujące, aby facet w moim wieku nadal znajdował się na utrzymaniu matki – mawiał często. Kilka razy wspomniał nawet o rezygnacji ze studiów. Ponownie zwróciłam się do pana Maghsoudiego, ponieważ piastował on ważne stanowisko w ministerstwie.

– Oczywiście, że znajdzie się dla niego praca – powiedział z przekonaniem. – I wcale nie musi ona kolidować z jego studiami. Masud bez problemu zdał odpowiednie egzaminy, przeszedł pozytywnie proces rekrutacyjny i rozmowy kwalifikacyjne. Były one jednak formalnością, ponieważ już wcześniej został zatrudniony. Piętno, które do tej pory nosiliśmy, nagle poszło w zapomnienie. Teraz mój syn był kimś ważnym. A ja jako matka weterana wojennego wszędzie spotykałam się z wyrazami szacunku i propozycjami pracy oraz pomocy materialnej, które czasami musiałam odrzucać.

Bawiła mnie ta drastyczna zmiana naszego położenia. Żyliśmy w dziwnym świecie. Okazało się bowiem, że ani ludzki gniew, ani dobro na dłuższą metę nie miały znaczenia.

Rozdział dziewiąty

Prowadziłam spokojne życie, a dni mijały utartym rytmem. Moje dzieci cieszyły się dobrym zdrowiem i odnosiły sukcesy w nauce i życiu zawodowym. Poza tym nie mieliśmy kłopotów finansowych. Zarabiałam dość dobrze, a Masud otrzymywał pensję wyższą od przeciętnego wynagrodzenia. Jako weteran otrzymał również pewną sumę na zakup samochodu i domu. Siamak zakończył już studia i pracował. Nieustannie też oferował nam pomoc.

Po zakończeniu wojny Parwana zaczęła regularnie przyjeżdżać do Iranu. Podczas każdego naszego spotkania dystans, który z czasem pojawił się między nami, znikał i mogłyśmy swobodnie wrócić do okresu naszej młodości. Parwana nadal była wesołą i zabawną osobą. Przy niej niemal mdlałam ze śmiechu. Nigdy nie zapomnę jej tego, co dla mnie uczyniła. Od dziesięciu lat opiekowała się moim synem jak kochająca matka; do tej pory Siamak spędzał wakacje z jej rodziną. Parwana regularnie opowiadała mi ze szczegółami o jego życiu, a ja wówczas zamykałam oczy i w myślach nadrabiałam stracony czas z moim synem. Tęsknota za nim była jedynym problemem, który czasem sprawiał, że pojawiały się nade mną ciemne chmury.

Od dwóch lat Siamak nalegał, abym odwiedziła go w Niemczech. Ale moje obawy o Masuda i opieka nad wciąż małą Szirin powstrzymywały mnie przed wyjazdem. W końcu jednak nie mogłam dłużej znieść tęsknoty i postanowiłam do niego pojechać. Byłam niesłychanie zdenerwowana. Im bardziej zbliżała się data wyjazdu, tym większy ogarniał mnie niepokój. Byłam zdumiona, gdy się zorientowałam, że wytrzymałam dziesięć lat z dala od mojego syna. Kłopoty życiowe zajęły mnie do tego stopnia, że przez wiele dni nie spoglądałam nawet na jego zdjęcie.

Hamid mawiał: „Nieuzasadnione napięcie i melancholia są charakterystyczne dla burżuazji... Gdy twój żołądek jest pełny i nie martwisz się nieszczęściem innych, te miałkie emocje wychodzą na światło dzienne". Możliwe, że miał rację, ale zawsze odczuwałam ból spowodowany rozłąką z Siamakiem, a ponieważ nie mogłam nic na to poradzić, stłumiłam te emocje i nawet przed sobą nie przyznawałam się, jak rozpaczliwie chciałam go zobaczyć. Teraz, gdy w moim życiu panował względny spokój, miałam prawo, aby zatęsknić za synem.

Gdy żegnałam się z rodziną, Szirin spojrzała na mnie zmartwiona i z typową dla siebie zuchwałością powiedziała:

– Nie jestem zła, że wyjeżdżasz. Złoszczę się, ponieważ nie przyznali mi wizy.

Była czternastoletnią mądralą, pewną naszej miłości, więc bez namysłu mówiła wszystko, co tylko przyszło jej do głowy. Pomimo jej sprzeciwu pozostawiłam ją pod opieką Masuda, Faati, Mansury i Firuzy i poleciałam do Niemiec.

Wyszłam z odprawy celnej na lotnisku we Frankfurcie i rozejrzałam się osłupiała ze zdumienia. Podszedł do mnie przystojny młody mężczyzna. Spojrzałam na jego twarz. Jedynie oczy i uśmiech wydały mi się znajome. Zmierzwione loki na czole przywiodły mi na myśl Hamida. Pomimo zdjęć Siamaka, które rozstawiłam w całym domu, nadal spodziewałam się zobaczyć niedojrzałego chłopca z chudą szyją. Teraz jednak był wysokim, dostojnym mężczyzną, który stał z rozpostartymi ramionami. Oparłam głowę na jego piersi, a on mocno mnie przytulił. Poczułam ogromną przyjemność, mogąc jak dziecko wtulić się w syna. Głową ledwo sięgałam mu do ramion. Wciągnęłam w nozdrza jego zapach i zapłakałam z radości.

Dopiero po chwili zauważyłam piękną młodą dziewczynę, która cały czas robiła nam zdjęcia. Siamak przedstawił mi swoją towarzyszkę. Nie mogłam uwierzyć, że to Lili, córka Parwany. Przytuliłam ją i powiedziałam:

– Jesteś dorosła. Wyrosłaś na piękną dziewczynę. Widziałam twoje zdjęcia, ale one nie oddają w pełni twojej urody.

Słysząc moje słowa, roześmiała się szczerze.

Wsiedliśmy do samochodu Siamaka.

– Najpierw pojedziemy do domu Lili – wyjaśnił mój syn. – Ciotka Parwana przygotowała dla nas obiad. Dzisiaj wieczorem lub, jeśli wolisz, jutro, pojedziemy do miasta, w którym mieszkam. To dwie godziny drogi.

– Brawo! – powiedziałam. – Nie zapomniałeś perskiego i w twoim głosie nie słychać obcego akcentu.

– Jak mogłem zapomnieć? W Niemczech mieszka pełno Irańczyków. Poza tym ciotka Parwana nie chce ze mną rozmawiać w innym języku. Jest jeszcze bardziej nieugięta w stosunku do swoich dzieci. Prawda, Lili?

W drodze do domu Parwany zdałam sobie sprawę, że między Lili i Siamakiem istnieje coś, co wykracza poza przyjaźń i więzy rodzinne.

Dom Parwany był piękny i przytulny. Powitała nas z wielką radością. Chosrow, jej mąż, postarzał się bardziej niż się spodziewałam. Doszłam do wniosku, że to normalne. W końcu ostatni raz widziałam go czternaście lat temu. Pewnie to samo mógłby powiedzieć o mnie. Ich dzieci dorosły. Lala mówiła po persku z mocnym akcentem, a urodzony w Niemczech Ardalan rozumiał nas, ale nie potrafił się posługiwać ojczystym językiem.

Parwana nalegała, abyśmy spędzili noc u niej, ale postanowiliśmy, że pojedziemy do domu Siamaka i w następny weekend ponownie ją odwiedzimy. Pragnęłam spędzić przynajmniej tydzień z moim synem, aby móc go lepiej poznać. Bóg jeden wie, o ilu rzeczach musieliśmy porozmawiać. Jednak gdy znaleźliśmy się wreszcie sami, nie wiedziałam, co powiedzieć, od czego zacząć i jak przekroczyć tę przepaść, która powstała między nami podczas wielu lat rozłąki. Na początku Siamak wypytywał mnie o członków rodziny, a ja odpowiadałam, że czują się dobrze i przesyłają pozdrowienia. A potem zapytałam:

– Czy tutaj pogoda jest zawsze taka ładna? Nie uwierzysz, jak gorąco jest teraz w Teheranie…

Dopiero po dwudziestu czterech godzinach lody zostały przełamane i zaczęliśmy rozmawiać na bardziej intymne tematy. Na szczęście był weekend, więc mieliśmy dla siebie mnóstwo czasu. Siamak opowiadał o trudnościach, z jakimi musiał się zmierzyć po opuszczeniu domu, o niebezpieczeństwach, które mu groziły podczas przekraczania granicy, o życiu w obozie dla uchodźców, o początkach studiów i w końcu o swojej pracy.

Ja natomiast opowiedziałam mu o Masudzie, o tym, ile wycierpiał, o dniach, kiedy byłam przekonana, że zginął oraz o jego powrocie. Opowiadałam o Szirin, jej figlach i psotach, przez co przypominała bardziej jego niż Masuda. Rozmowom nie było końca.

W poniedziałek Siamak poszedł do pracy, a ja wybrałam się na spacer po okolicy. Byłam zdumiona tym, jak wielki i piękny jest świat. Chciało mi się śmiać, ponieważ wówczas zrozumiałam, jak często wydaje nam się, że to my znajdujemy się w centrum wszechświata. Nauczyłam się robić zakupy. Codziennie gotowałam obiad i czekałam na powrót Siamaka z pracy, a on co wieczór zabierał mnie w jakieś miejsce. Nieustannie rozmawialiśmy, ale nie poruszaliśmy tematów politycznych. Tak długo przebywał poza granicami kraju, że nic nie wiedział o nowej rzeczywistości Iranu oraz prawdziwych problemach dręczących Irańczyków. Nawet słownictwo i zwroty, którymi się posługiwał, były przestarzałe i przypominały mi wczesny etap rewolucji. Wyrażane przez niego opinie czasami mnie nawet śmieszyły.

Pewnego dnia zdenerwował się i zapytał:

– Dlaczego się ze mnie śmiejesz?

– Kochanie, nie śmieję się z ciebie. Po prostu niektóre z twoich poglądów są nieco dziwne.

– Jak to dziwne?

– Przypominają komentarze, które można usłyszeć w zagranicznych stacjach radiowych – wyjaśniłam.

– W zagranicznych stacjach radiowych?

– Tak, stacje radiowe, które nadają poza granicami państwa. Zwłaszcza te znajdujące się w rękach ugrupowań opozycyjnych. Podobnie jak ty mieszają prawdziwe i fałszywe wiadomości i posługują się zwrotami, które były popularne wiele lat temu. Każde dziecko od razu może się zorientować, że nadają z zagranicy. Czasami ich komentarze są komiczne i oczywiście irytujące. A tak przy okazji, nadal sympatyzujesz z mudżahedinami?

– Nie! – odparł. – Mówiąc szczerze, nie potrafię zaakceptować ani pojąć rzeczy, które wyprawiają.

– Na przykład?

– Połączenia sił z armią iracką i walki przeciwko oddziałom irańskim. Czasami się zastanawiam, co by się stało, gdybym został z nimi i spotkał się na polu bitwy twarzą w twarz z Masudem. To powtarzający się koszmar, który wyrywa mnie w środku nocy ze snu.

– Dzięki Bogu, zmądrzałeś – stwierdziłam.

– Nie do końca. Ostatnio często myślę o ojcu. Był wspaniałym człowiekiem, prawda? Powinniśmy być z niego dumni. W Niemczech wiele osób podziela jego poglądy. Dzięki nim poznałem nowe fakty z życia ojca. Bardzo chcą cię poznać i posłuchać, co masz do powiedzenia na jego temat.

Spojrzałam na niego nieufnie. Dawne dylematy nadal dręczyły jego duszę. Nie chciałam niszczyć obrazu ojca w jego pamięci i ograbiać go z poczucia dumy, ale potrzeba akceptacji i uzależnienie od innych były przejawem niedojrzałości.

– Posłuchaj, Siamaku, nie mam cierpliwości do tego typu widowisk – odparłam. – Wiesz, że nie podzielałam poglądów twojego ojca. Był miłym i porządnym człowiekiem, ale miał swoje wady i słabości. Największą z nich był ograniczony punkt widzenia. Dla niego i osób wyznających te same przekonania świat podzielony był na dwie części. Albo byłeś z nimi, albo przeciwko nim, a wszystko, co miało związek z ich oponentami, było złe. Nawet w kwestii sztuki uznawali jedynie tych artystów, którzy zgadzali się z ich wizją świata; wszyscy pozostali byli idiotami. Gdy mówiłam, że podoba mi się piosenkarka lub poeta, twój ojciec odpowiadał, że to zwolennicy szacha albo antykomunistów, więc ich dzieła są do niczego. Przez niego miałam wyrzuty sumienia, gdy jakaś piosenka lub wiersz przypadły mi do gustu! Poza tym jego przyjaciele z ugrupowania nie mieli żadnych osobistych przekonań ani indywidualnych preferencji. Pamiętasz dzień, w którym umarł ajatollah Taleghani? Nasi sąsiedzi, państwo Dehghani, zwolennicy frakcji lewicowej, nieustannie przychodzili i dzwonili do nas, ponieważ nie wiedzieli, jak mają zareagować na śmierć ajatollaha, przed śmiercią potępił on bowiem ludzi, którzy wzniecili bunt w Kurdystanie. Przez cały dzień ganiali za przywódcami ugrupowań lewicowych, aby się dowiedzieć, czy powinni go opłakiwać, czy nie. W końcu przyszły wytyczne, w których stwierdzono, że ajatollah był zwolennikiem narodu i jego śmierć powinna skłonić wszystkich do żałoby. Pani Dehghani nagle wybuchnęła płaczem i pogrążyła się w głębokim smutku! Pamiętasz?

– Nie! – odparł Siamak.

– Ale ja pamiętam. Chcę, abyś opierał się na własnych poglądach i przekonaniach, abyś czytając i ucząc się, potrafił odróżnić dobro od zła, a dopiero potem podejmował decyzje i wyciągał wnioski. Jeśli będziesz podążał za czystą ideologią, znajdziesz się w pułapce, nabierzesz uprzedzeń wobec ludzi i będziesz miał problemy z indywidualnym myśleniem. W rezultacie staniesz się ograniczonym fanatykiem. Chętnie właśnie to przekażę twoim przyjaciołom. Mogę też wymienić błędy twojego ojca.

– Mamo, co ty mówisz? – zapytał poirytowany. – Musimy pielęgnować pamięć o nim. Był bohaterem!

– Mam już dość heroizmu – odparłam. – A moje wspomnienia są tak cierpkie, że nie chcę ich przywoływać. Poza tym powinieneś o tym zapomnieć i zacząć myśleć o swojej przyszłości. Masz przed sobą całe życie, dlaczego chcesz pogrążać się w historii?

Nie jestem pewna, do jakiego stopnia Siamak zaakceptował moje słowa i czy miały one na niego jakiś wpływ, ale żadne z nas nie podjęło już tematu związanego z polityką.

Zapytałam syna o Parwanę i jej rodzinę, ponieważ chciałam się dowiedzieć czegoś więcej o sekrecie, który skrywał w sercu. W końcu się przede mną otworzył.

– Lili jest bardzo miła i mądra – powiedział. – Studiuje zarządzanie. W tym roku kończy studia i rozpoczyna pracę.

– Kochasz ją? – zapytałam.

– Tak! Skąd wiedziałaś?

Roześmiałam się i odparłam:

– Zorientowałam się na lotnisku. Matki szybko zauważają takie rzeczy.

– Chcemy się zaręczyć, ale mamy pewne problemy.

– To znaczy?

– Problemem jest jej rodzina. Oczywiście ciocia Parwana jest cudowna. Była dla mnie jak matka i wiem, że mnie kocha. Ale w tym przypadku bierze stronę męża.

– A co mówi Chosrow?

– Nie wiem. Nie popiera naszego związku i stawia nam dziwne warunki i ograniczenia. On nadal myśli jak irańscy mężczyźni sto lat temu. Nigdy byś nie zgadła, że tutaj studiował i mieszka od wielu lat.

– Co dokładnie mówi? – zapytałam.

– Poinformowaliśmy go o naszych zamiarach, a on odpowiedział: „Nie, nie możecie!".

– To wszystko? Nie martw się, porozmawiam z nimi i dowiem się, w czym tkwi problem.

Parwana nie miała żadnych obiekcji. Wręcz przeciwnie, bardzo się cieszyła ze związku Siamaka i Lili.

– Siamak to niemal mój syn – odparła. – Jest Irańczykiem, mówi w naszym języku i dobrze się rozumiemy. Zawsze się obawiałam, że moje dzieci zwiążą się z Niemcami, z którymi nie będę potrafiła nawiązać kontaktu. O Siamaku wiem wszystko. Wiem nawet, kim byli jego przodkowie. Jest inteligentny, dobrze się uczył, a teraz odnosi sukcesy. Ma przed sobą świetlaną przyszłość. Najważniejsze jednak, że połączyła ich miłość.

– W czym więc tkwi problem? – zapytałam. – Wiem, że Chosrow Chan nie zgadza się z tobą.

– Wręcz przeciwnie. Niestety nasz sposób myślenia różni się od sposobu myślenia naszych dzieci. My nadal jesteśmy Irańczykami i nie możemy zaakceptować pewnych rzeczy. Jednak nasze dzieci dorastały tutaj i nie rozumieją naszego punktu widzenia. Na przykład cały czas mówią o długim okresie narzeczeństwa.

– Parwana, dziwię ci się! Nawet jeśli chcą być zaręczeni przez rok, co w tym złego? Teraz w Iranie często się to zdarza. Może chcą się lepiej poznać, może chcą odłożyć trochę pieniędzy przed ślubem, a może po prostu chcą dać sobie więcej czasu.

– Jesteś taka łatwowierna! – wykrzyknęła. – Wiesz, co dla nich oznaczają długie zaręczyny? To nieformalne małżeństwo. Podobnie jak część rówieśników chcą zamieszkać razem. A ich definicja „długich zaręczyn" to przynajmniej pięć lat, po których zdecydują, czy nadal chcą być razem. Jeśli tak będzie, zawrą oficjalny związek małżeński. W przeciwnym wypadku się rozejdą. I nie przeszkadza im fakt, że w międzyczasie może urodzić się dziecko. Uzgodnili już, że jeśli się rozejdą, jedno z nich się nim zajmie!

Moje oczy rozszerzyły się z niedowierzania.

– Nie! – zająknęłam się. – Nie sądzę, aby to właśnie mieli na myśli, mówiąc o długich zaręczynach.

– Ależ tak, moja droga. Codziennie wieczorem Lili i Chosrow kłócą się o to. Szczerze powiedziawszy, mój mąż nigdy nie będzie w stanie tego zaakceptować. I nie sądzę, abyś tego od niego oczekiwała.

– Oczywiście, że nie! – krzyknęłam osłupiała. – Jak oni mogą? Gdyby tylko Mahmud i reszta się o tym dowiedziała! Teraz rozumiem, dlaczego Chosrow Chan zachowywał się w tak chłodny i powściągliwy sposób. Biedny mężczyzna! Jestem zdumiona postępowaniem Siamaka. Chyba zapomniał, skąd pochodzi. Czy naprawdę stał się człowiekiem z Zachodu? W Iranie zwykła rozmowa chłopca z dziewczyną nadal może doprowadzić do rozlewu krwi, a ten dżentelmen chce mieszkać z czyjąś córką przez pięć lat bez ślubu? Co to za niedorzeczność!

Tamtego wieczoru rozmawialiśmy wszyscy do wczesnych godzin porannych. Siamak i Lili próbowali nas przekonać, że lepsze poznanie drugiej osoby przed ślubem ma sens i że kawałek papieru nie przedstawia żadnej wartości. My natomiast staraliśmy się dowieść im, jak istotna jest rola pełnej rodziny, jak ważne są zawarcie małżeństwa i szacunek dla więzów rodzinnych. W końcu ustaliliśmy, że przez wzgląd na nas nasze dzieci zgodzą się na „nieistotną i idiotyczną instytucję małżeństwa", a jeśli dojdą do wniosku, że do siebie już nie pasują, wniosą pozew o rozwód. Postanowiliśmy również, że powinni się pobrać jeszcze podczas mojego pobytu, gdy tylko przygotują dom i będą gotowi do rozpoczęcia wspólnego życia.

– Jestem ci bardzo wdzięczny! – stwierdził Chosrow. – Zdjęłaś mi z barków ogromny ciężar.

– To naprawdę dziwny świat – odparłam. – Nadal nie potrafię tego pojąć.

***

Ślub Lili i Siamaka dodał uroku mojej podróży. Byłam wniebowzięta, widząc, że moja synowa jest miła, inteligentna i urocza, a na dodatek jest córką Parwany. Tak dobrze się bawiłam, że nie miałam ochoty wracać do domu.

Na zawsze zachowam w pamięci cudowne wspomnienia z pobytu w Niemczech. A najwspanialszymi pamiątkami stamtąd stały się zdjęcia, które potem przyozdobiły ściany, półki i stoły w naszym domu.

Dobre lata szybko mijają. Nim się zorientowałam, Szirin znalazła się w ostatniej klasie szkoły średniej, a Masud kończył już studia. Był niezwykle zajęty przygotowaniem końcowego projektu i pracy magisterskiej, a na dodatek ciążyło na nim wiele obowiązków zawodowych. Jednak jego ostatnio milczący sposób bycia nie miał z tym nic wspólnego. Gnębił go jakiś problem. Widziałam, że chce ze mną porozmawiać, ale coś go powstrzymywało. Byłam zdumiona, zawsze potrafiliśmy otwarcie i swobodnie rozmawiać. Mimo to pozostawiłam go z jego wątpliwościami. W końcu pewnej nocy, gdy Szirin poszła na przyjęcie urodzinowe koleżanki, usiadł obok mnie i powiedział:

– Mamo, czy bardzo byś się zdenerwowała, gdybym się wyprowadził i zamieszkał gdzieś indziej?

Poczułam ukłucie w sercu. Co się stało, że chciał nas zostawić? Starając się zachować spokój, odparłam:

– Każde dziecko musi pewnego dnia opuścić rodziców. Wszystko zależy od przyczyny wyprowadzki.

– Powiedzmy, że chodzi o małżeństwo.

– Małżeństwo? Chcesz się ożenić? – zapytałam zaskoczona. – Kochanie, to cudowne. Moje marzenie się ziściło.

Prawdę mówiąc, dużo myślałam o małżeństwie Masuda. Od wielu lat marzyłam, że poślubi Firuzę. Darzyli się sympatią i od dzieciństwa byli sobie bliscy.

– Dzięki Bogu – odparł Masud. – Bałem się, że się nie zgodzisz.

– Dlaczego miałabym się nie zgodzić? Gratulacje! A teraz powiedz mi, kiedy mamy zorganizować ceremonię ślubną.

– Spokojnie, mamo! Najpierw muszę poprosić o jej rękę i przekonać się, czy zgodzi się zostać moją żoną.

– Bzdury! – wykrzyknęłam. – Oczywiście, że się zgodzi. Gdzie znajdzie lepszego kandydata? Jej rodzice pokochali cię, jeszcze gdy byłeś małym chłopcem. Kilka razy robili aluzje do tego, że jeszcze się nie oświadczyłeś. Biedna Firuza była najgorsza z nich wszystkich. Nie udało jej się ukryć przede mną tego sekretu. Zawsze widziałam to w jej oczach. Och, ta dziewczyna jest kochana! Będzie piękną panną młodą.

Masud patrzył na mnie zaskoczony.

– Firuza? O czym ty mówisz? Ona jest dla mnie jak siostra, podobnie jak Szirin.

Byłam zdumiona. Jak mogłam tak bardzo się mylić? Łącząca ich więź, znaczące spojrzenia, długie godziny zwierzania się z tajemnic – czy to wszystko wynikało jedynie z braterskiego uczucia? Zganiłam się za zbyt pochopne wyciąganie wniosków.

– A więc kto to jest? – zapytałam, starając się z całych sił zachować spokój.

Jednak mimo starań w moim głosie nadal dało się wyczuć chłód.

– Kuzynka Miny, Ladan – odparł Masud. – Ma dwadzieścia cztery lata i jest piękna. Pochodzi z szanowanej rodziny. Jej ojciec przed przejściem na emeryturę pracował w Ministerstwie Sportu.

– Oczywiście, że ich znam. Jak długo to już trwa, łobuzie? Dlaczego nigdy nie wspomniałeś o niej ani słowem?

Zaczęłam się śmiać. Chciałam zatrzeć negatywne wrażenie wywołane moim nieprzyjemnym tonem. Tak samo jak w czasach, gdy był małym dzieckiem, mój śmiech rozweselił go i skłonił do mówienia.

– Poznałem ją przed trzema miesiącami, ale dopiero miesiąc temu wyznaliśmy sobie miłość.

– Znasz ją dopiero od trzech miesięcy, a już zdecydowałeś się na ślub? Jesteś w gorącej wodzie kąpany.

– Mamo, dlaczego tak mówisz? Niektórzy mężczyźni proszą dziewczynę o rękę, chociaż nie widzieli jej na oczy.

– Tak. Ale są dwa rodzaje małżeństwa, mój synu. Pierwszy oparty jest na logice i konkretnych warunkach, a drugi na miłości. W pierwszym przypadku, w przypadku tradycyjnego małżeństwa, dochodzi do przedstawienia zalotników i następuje oficjalna prośba o rękę dziewczyny. Bierze się wówczas pod uwagę sytuację obu stron, rodziny określają swoje oczekiwania, starsi rozważają warunki, składane są różne obietnice i dopiero gdy zachodzi pewność, że oczekiwania obu stron są zbieżne, angażuje się w to młodych. Spotykają się kilka razy i jeśli poczują do siebie sympatię, pobierają się z nadzieją, że z czasem się pokochają. Jednak w małżeństwie opartym na miłości między dwójką ludzi rozwija się głębokie uczucie i nie zważają oni na nic innego. Miłość sprawia, że przymykają oko na niedociągnięcia w ich związku i dostosowują się do sytuacji. Jeśli napotykają opór ze strony rodziny, biorą na siebie odpowiedzialność i stawiają czoło swoim krewnym, a potem pobierają się wbrew wszelkim racjonalnym argumentom. Wydaje mi się, że twój plan odpowiada drugiemu modelowi. W tym przypadku powinniście dobrze się poznać, aby mieć pewność, że wasza miłość jest silna i na tyle trwała, aby zrekompensować pewne różnice, jakie się mogą pojawić między wami, i uodpornić was na dezaprobatę ze strony innych ludzi. Nie uważasz, że trzy miesiące to zbyt krótki czas, by rozwinąć tak głęboką więź i pokochać kogoś prawdziwą miłością?

– Przepraszam, mamo, ale znowu filozofujesz – odparł Masud zniecierpliwionym tonem. – Chciałbym, aby moje małżeństwo było połączeniem tych dwóch modeli, które opisałaś. Dlaczego nie możemy się kochać i jednocześnie pobrać w tradycyjny sposób? Wydaje mi się, że ty po prostu nic nie wiesz o miłości. Nawet dwa czy trzy dni po swoim ślubie nie miałaś szansy przyjrzeć się dobrze swojemu mężowi. Dlatego uważam, że nie możesz w wiarygodny sposób ocenić łączącego nas uczucia. Ladan mówi: „Miłość jest jak jabłko, które spada ci na kolana. To się dzieje w ułamku sekundy". Widzisz, jak ona pięknie interpretuje to pojęcie? Jest niesłychanie wrażliwa i piękna. Musisz ją poznać.

Poczułam ukłucie w sercu. Chciałam mu powiedzieć, że był czas, gdy oddałabym życie za mojego ukochanego. Ale się powstrzymałam i zamiast tego stwierdziłam:

– Co wiem o miłości? A co ty wiesz o mnie? Jak pisała Foruq: „Wszystkie moje rany zostały zadane przez miłość".

– Ale nigdy nam o tym nie opowiadałaś.

– I teraz też nie opowiem. Wiedz tylko, że nie tylko ty znasz pojęcie miłości.

– Więc co według ciebie powinniśmy zrobić?

– Nic. Musicie dać sobie czas, sprawdzić swoje uczucie i pozwolić mu ostygnąć.

– Nie mamy czasu – odparł Masud. – Zgłosił się już zalotnik, który poprosił o rękę Ladan. Jej rodzice mogą lada dzień wydać ją za mąż. A wówczas na zawsze zostaniemy rozdzieleni!

– To także jest test – powiedziałam. – Jeśli naprawdę cię kocha, nie pozwoli, aby zmuszono ją do małżeństwa.

– Nie znasz jej sytuacji. Rodzina wywiera na nią presję. Ty najlepiej powinnaś to rozumieć.

– Mój drogi, to wykształcona i inteligentna dziewczyna, a z tego, co mi powiedziałeś, jej rodzice to rozsądni ludzie. Bardzo różnią się od twoich dziadków sprzed trzydziestu lat. Jeśli powie im, że nie chce wychodzić za mąż już teraz, zrozumieją ją i nie będą jej do tego zmuszać. Świat się zmienił.

– Co się zmieniło? – spierał się Masud. – W naszej kulturze nic się nie zmieniło. Rodziny nadal uważają, że jedynym celem kobiety jest małżeństwo i nie ma nic złego w wydawaniu jej za mąż wbrew jej woli. Prawdę mówiąc, rodzice Ladan myśleli już o jej ślubie, gdy miała osiemnaście lat, ale się im sprzeciwiła.

– Więc może się sprzeciwiać jeszcze przez rok – odparłam cierpliwie.

– Mamo! Dlaczego jesteś taka stronnicza? Dlaczego po prostu nie powiesz, że nie chcesz, abym ją poślubił?

– Bo tak nie jest. Nawet nie poznałam tej dziewczyny. Może być wspaniałą osobą. Chcę cię tylko przekonać, abyś poczekał.

– Nie mamy na to czasu!

– Dobrze – odparłam poirytowana. – A więc może powiesz mi, co według ciebie powinnam zrobić?

Podniósł się gwałtownie i położył przede mną kawałek papieru.

– To jest ich numer telefonu. Zadzwoń do nich natychmiast i umów się pojutrze na wizytę.

Byłam zdezorientowana. Z jednej strony upomniałam się za to, że nie zrobiłam tego, o co prosił. Z drugiej jednak strony, zaczęłam się zastanawiać, czy w moim sercu nie zagnieździła się niechęć do dziewczyny, której nigdy wcześniej nie spotkałam. Przypomniała mi się wówczas moja matka. Gdy Mahmud powiedział, że chce poślubić Mahbubę, zaczęła się ociągać i odwlekać wizytę. Poza tym po raz pierwszy mój syn tak żarliwie o coś mnie poprosił. Nie powinnam mu odmawiać. Wiedziałam jednak, że wyraz rozczarowania na twarzach Firuzy, Faati i Sadegha Chana będzie mnie prześladował do końca życia. Zadamy im straszny cios!

– Jesteś pewien, że nie chcesz się nad tym dłużej zastanowić? – zapytałam.

– Nie, mamo, jej ojciec powiedział, że jeśli jest inny kandydat, powinien zgłosić się do końca tygodnia, w przeciwnym wypadku Ladan wyjdzie za mężczyznę, którego dla niej wybrali.

Nie miałam wyboru. Podniosłam słuchawkę i wybrałam numer. Od razu się zorientowali, kim jestem. Najwidoczniej czekali na mój telefon.

Masud był szczęśliwy. Zachowywał się tak, jakby z ramion spadł mu ogromny ciężar. Nie odstępował mnie na krok.

– No chodź, kupimy na jutro ciasta – mówił. – Jest już późno!

Nie byłam w nastroju do zakupów, a poza tym nie skończyłam jeszcze pracy, ale wiedziałam, że jeśli odmówię, odbierze to jako kolejny objaw mojej dezaprobaty. Nie chciałam go unieszczęśliwiać. W samochodzie Masud nieustannie mówił, ale ja myślałam jedynie o Firuzie i Faati. Przecież to obecność kuzynki przywróciła go do życia i obudziła w nim na nowo zainteresowanie edukacją. A więc co się stało? Jak mogłam się tak pomylić? Wydawało mi się, że tak dobrze znam mojego syna.

Dzięki swej wrodzonej spostrzegawczości i figlarności Szirin szybko dostrzegła niezwykły nastrój Masuda.

– Co się dzieje? – zapytała. – Ten facet skacze z radości!

– Nic się nie dzieje – odpowiedziałam. – Opowiedz o przyjęciu urodzinowym. Dobrze się bawiłaś?

– Było wspaniale. Słuchaliśmy muzyki i tańczyliśmy. A tak przy okazji, muszę wszystkich do nas zaprosić i urządzić urodziny. Odwiedziłam już domy moich przyjaciół, ale nigdy sama nie zorganizowałam przyjęcia. Może w przyszłym miesiącu?

– Ale przecież ty masz urodziny w lecie! – zauważyłam.

– To nie ma znaczenia. Potrzebuję jedynie pretekstu. W naszym domu i tak nigdy nie urządzamy imprez towarzyskich, więc równie dobrze ja mogę to zrobić.

– Może jednak coś się wydarzy i zaprosisz przyjaciół na ślub – powiedziałam.

Z szeroko otwartymi oczami Szirin odwróciła się i spojrzała na Masuda.

– Ślub? Czyj ślub?

– Mój – odparł Masud. – Ślub twojego brata. Ucieszyłabyś się, gdybym się ożenił?

– Ty? Chcesz się żenić? Nie, prawdę mówiąc, pewnie bym się nie ucieszyła – odpowiedziała szczerze. – Ale to chyba będzie zależało od tego, kim jest twoja wybranka.

– Nie znamy jej – powiedziałam. – Spotkali się jakiś czas temu i połączyło ich uczucie.

– Nie mów, że chodzi o tę bezczelną dziewczynę, która cały czas do nas wydzwania – warknęła Szirin. – To ona, prawda? Wiedziałam, że coś się święci. Mamo, to ona jest tym utrapieńcem, który dzwoni i się rozłącza.

Na twarzy Masuda wystąpił rumieniec.

– Co znaczy „utrapieniec"? – zapytał. – Ona jest nieśmiała. Gdy ktoś inny odbiera telefon, Ladan czuje się skrępowana i odkłada słuchawkę.

– Nieśmiała? – kpiła Szirin. – Czasami się odzywa. Pyta bezwstydnie: „Czy Masud Chan jest w domu?", a gdy proszę, aby się przedstawiła, z fałszywą skromnością odpowiada, że zadzwoni później. Sprawia wrażenie niezwykle zarozumiałej.

– Dość tego! – krzyknął Masud.

A następnie odwrócił się do mnie i powiedział:

– A tak przy okazji, powinniśmy zamówić na jutro kwiaty. Pamiętaj też, aby założyć coś eleganckiego...

Spojrzałam na niego zaskoczona.

– Mówisz, jakbyś robił to już setki razy! Bardzo dobrze znasz te zwyczaje.

– Nie za bardzo – odparł. – To Ladan powiedziała mi, co powinniśmy zrobić, by zadowolić jej rodziców.

– Ja też idę! – oznajmiła Szirin.

– Nie – odparłam. – Będziesz mogła pójść przy okazji następnych odwiedzin.

– Dlaczego? Muszę ją zobaczyć. Jestem szwagierką i też muszę ją zaakceptować!

– Nie, jeśli szwagierka jest podlotkiem – odparł Masud.

– Nie jestem podlotkiem! Mam osiemnaście lat. Mamo, mogłabyś zwrócić mu uwagę?

– Masudzie – zaczęłam – a co takiego złego się stanie, jeśli pójdzie z nami? Zwykle to matka i siostra zalotnika idą prosić o rękę dziewczyny. I przestań nazywać ją podlotkiem. Gdy byłam w jej wieku, miałam już dziecko.

– Nie, mamo, nie teraz, to nierozważne. Może pójść następnym razem.

Szirin stroiła fochy i płakała, ale Masud nie zmienił zdania. Najwidoczniej otrzymał rozkazy z góry i niesubordynacja nie wchodziła w grę.

Kosz kwiatów był tak ogromny, że nie zmieścił się do samochodu. W końcu udało nam się wsadzić go do bagażnika, ale musieliśmy pozostawić otwartą klapę.

– Musiałeś kupować taki wielki kosz kwiatów? – zapytałam.

– Ladan powiedziała, abym przyniósł największy bukiet, jaki zdołam, żeby wyróżniał się spośród pozostałych.

– Co za głupota!

Ich dom był stary i ogromny. W pokojach stały antyki oraz wszystkie rodzaje chińskich wazonów, jakie dotąd widziałam w sklepach lub na targowiskach. Klasyczne sofy i krzesła z wysokimi nóżkami i złotymi podłokietnikami w kształcie liści obito tkaniną w czerwone, żółte i pomarańczowe wzory. Na ścianach wisiały repliki starych obrazów w ciężkich, bogato zdobionych złotych ramach, a w oknach zawieszono czerwone zasłony z frędzlami i złotą podszewką... Dom przypominał bardziej hotel lub restaurację niż przytulne i wygodne miejsce do zamieszkania.

Matka Ladan była mniej więcej w moim wieku, miała tlenione włosy i mocny makijaż na twarzy. Chodziła w sandałach na wysokim obcasie, nie nosiła pończoch i odpalała jednego papierosa od drugiego. Ojciec dziewczyny był dostojnie wyglądającym mężczyzną z włosami przyprószonymi siwizną i fajką w kąciku ust. Nieustannie opowiadał o swojej rodzinie, jej dawnym prestiżu i statusie, o znanych krewnych i zagranicznych podróżach. Podczas spotkania głównie słuchałam. Czułam, że czekają, aż poruszę istotniejszy temat, który był powodem naszych odwiedzin, ale miałam wrażenie, że jest na to jeszcze zbyt wcześnie. Na razie ograniczyliśmy się do krótkiego zapoznania i rozmowy na ogólne tematy. Gdy poprosiłam o możliwość skorzystania z łazienki, matka Ladan nalegała, aby zaprowadzić mnie do części domu, gdzie znajdowały się prywatne pokoje i łazienki. Chciała, abym obejrzała pozostałą część posiadłości. Nawet w pokoju dziennym wszystkie fotele były obite jaskrawymi materiałami i nigdzie nie dostrzegłam wygodnego krzesła. Pragnąc okazać uprzejmość, powiedziałam:

– Macie państwo piękny dom.

– Chciałaby pani obejrzeć pozostałe pokoje? – zapytała z przejęciem.

– Nie, dziękuję. Nie chcę się narzucać.

– Nic nie szkodzi. Proszę ze mną.

I trzymając rękę na moich plecach, niemal popchnęła mnie w kierunku sypialni. Choć bardzo mi się to nie spodobało, połączenie ciekawości i złośliwości sprawiło, że poszłam za nią. We wszystkich pokojach wisiały drogie i ciężkie zasłony ozdobione wstążkami i frędzlami. Pozostała część wystroju charakteryzowała się podobnym bogato zdobionym stylem.

– Dlaczego nic nie powiedziałaś? – żalił się Masud w drodze powrotnej do domu.

– A co miałam powiedzieć? To było dopiero pierwsze spotkanie.

Odwrócił się ode mnie i do końca podróży milczał.

Gdy wróciliśmy do domu, Szirin nadal nie odzywała się do Masuda. Zwróciła się więc do mnie:

– Opowiedz wszystko ze szczegółami! Co się działo w kamiennym zamku?

– Nic specjalnego – odparłam.

Jako że już wcześniej była zła z powodu odsunięcia jej od wizyty, rzuciła:

– Dobrze, nic mi nie mów! Jestem dla was obcym człowiekiem. Nie, ja nawet nie jestem istotą ludzką. Myślicie, że jestem dzieckiem, szpiegiem. Wszystko przede mną ukrywacie.

– Nie, kochanie. To nieprawda – odrzekłam pocieszającym tonem. – Pozwól, że się przebiorę i opowiem ci o wizycie.

Poszła za mną do sypialni i usiadła po turecku na łóżku.

– No to mów!

– Zadawaj pytania, a ja będę na nie odpowiadać – zaproponowałam, zdejmując sukienkę.

– Jak wygląda ta dziewczyna?

Choć z całych sił starałam się znaleźć w niej coś charakterystycznego, co rzucałoby się w oczy, nic nie przyszło mi do głowy.

– Jest niezbyt wysoka – odparłam z wahaniem. – Nieco niższa ode mnie, ale znacznie cięższa.

– To znaczy, że jest gruba?

– Nie, po prostu puszysta. Ja jestem chuda. Ktoś cięższy ode mnie niekoniecznie musi być gruby.

– A co z resztą?

– Wydaje mi się, że ma jasną cerę. Ale miała na twarzy grubą warstwę makijażu, a pokój nie był zbyt dobrze oświetlony, więc ciężko powiedzieć. Poza tym, o ile dobrze pamiętam, ma brązowe oczy i włosy zafarbowane na jasny brąz, prawie blond.

– Aha! A co miała na sobie?

– Obcisłą czarną spódniczkę nad kolano oraz marynarkę w czarne, różowe i fioletowe wzory.

– Proste włosy?

– Chyba nie. Zakręciła je, ale moim zdaniem miała na głowie trochę za dużo loków.

– Super! – wykrzyknęła Szirin. – Co za uwodzicielka! A co powiesz o jej kochanych rodzicach?

– Nie mów tak, to nieładnie. Wydają się przyzwoitymi ludźmi. Jej matka jest mniej więcej w moim wieku. Ona także miała na twarzy grubą warstwę makijażu. Ale ubrana była bardzo elegancko.

A ich dom pełen jest pięknej porcelany, antyków, zasłon z frędzlami i mebli w klasycznych kolorach.

– Mój brat, który po wojnie stał się tak zagorzałym fanatykiem religijnym, że wpadał w szał, gdy nakładałam nawet najlżejszy makijaż, i nieustannie się skarżył, że chusta zsuwa mi się z włosów, teraz chce poślubić taką dziewczynę? A co na to jego przyjaciele z ugrupowania Hezbollah?

– Mówiąc szczerze, ja też tego nie rozumiem – przyznałam. – Wszystko wywróciło się do góry nogami.

– Ale pomimo tego polubiłaś ją?

– Cóż mogę powiedzieć?

Nagle zauważyłam Masuda, który opierał się o drzwi. Patrzył na mnie wzrokiem pełnym wyrzutu i cierpienia. Pokręcił głową i bez słowa poszedł do swojego pokoju.

Z każdym kolejnym spotkaniem głębokie różnice dzielące nasze dwie rodziny stawały się coraz bardziej widoczne. Widziałam też, jak bardzo Masud i Ladan do siebie nie pasują. Jednak mój syn zdawał się tego nie zauważać. Był tak zadurzony, że nie dostrzegał prawdy. Bał się ze mną rozmawiać, a ja milczałam. Poruszaliśmy ten temat jedynie podczas ustalania szczegółów następnych spotkań. Powstrzymując się od komentarzy i wygłaszania opinii, towarzyszyłam mu podczas tych wizyt i przysłuchiwałam się rozmowom.

Dowiedziałam się, że dla starszej córki rodzice Ladan zażądali stu złotych monet w ramach daru ślubnego od męża, ale ich zięć obiecał podwoić tę kwotę... Dowiedziałam się też, gdzie rodzina zakupiła obrączki dla kuzynki Ladan ze strony matki, która niedawno wyszła za mąż, ile zapłacili za sukienkę ślubną i jaki kamień szlachetny zdobił komplet biżuterii, którą założyła kuzynka ze strony ojca podczas tej uroczystości.

Oczywiście zdawałam sobie sprawę, że nie wszystkie ich opowieści były prawdziwe. Czasami nawet nawzajem sobie przeczyli.

– Ale macie szczęście – powiedziałam pewnego dnia z czystej złośliwości. – W ciągu kilku ostatnich tygodni byliście na przynajmniej dziesięciu weselach!

Zamilkli wówczas i spojrzeli po sobie. Widziałam, że rodzina Ladan zaczyna mieć dość. Zaczęli się nawet sprzeczać, czy lepiej urządzić ślub w lecie, czy jesienią.

Nie wiedziałam, co robić. Im bardziej się starałam, tym trudniej mi było wykrzesać w sobie sympatię do tej dziewczyny. Zrozumiałam też, że nie dam rady nawiązać normalnej więzi z tymi płytkimi ludźmi, których interesowały jedynie pieniądze, ubrania, fryzury i makijaż. Mimo to nie chciałam rozmawiać na ten temat z Masudem. Obawiałam się, że jakikolwiek komentarz lub spostrzeżenie z mojej strony odbierze jako przejaw niechęci i sprzeciwu. Doszłam więc do wniosku, że sam będzie musiał dostrzec dzielące ich różnice.

W końcu pod presją Ladan Masud poruszył kwestię zaręczyn. Z urazą i chłodem, jakich nigdy dotąd nie słyszałam w jego głosie, powiedział:

– Mamo, ile jeszcze będziesz ciągnąć tę grę?

– Jaką grę?

– Odmawiasz rozmowy na temat mojego związku z Ladan i naszych planów.

– Co chcesz ode mnie usłyszeć?

– Twoją opinię!

– Ale mnie bardziej interesuje twoje zdanie – odparłam. – Wydaje mi się, że poznałeś już rodzinę Ladan. Co o nich sądzisz?

– A co mnie obchodzi jej rodzina? – odparł. – To ją kocham.

– Każdy dorasta w jakiejś rodzinie, z którą łączy go pochodzenie i sposób wychowania.

– A co jest złego w ich pochodzeniu? Mają wielką klasę.

Zawahałam się przez chwilę. Nigdy dotąd Masud nie posługiwał się takim słownictwem.

– Co masz na myśli, mówiąc, że mają klasę? Jacy ludzie twoim zdaniem mają klasę?

– Nie wiem! – odpowiedział poirytowany. – Co to za pytanie? Przecież to szanowani ludzie.

– Dlaczego tak uważasz? Ponieważ mają w domu mnóstwo antyków? Ponieważ zamiast brać pod uwagę wygodę i piękno, otaczają się jedynie drogimi przedmiotami? Ponieważ nieustannie rozmawia-

ją o ubraniach i kolorach włosów? A może dlatego, że zawsze mówią o innych za ich plecami i mają obsesję na punkcie rywalizacji?
– Ale przecież ty też kochasz piękne rzeczy – stwierdził Masud.
– Zawsze narzekasz, że moja koszula nie pasuje do spodni, a zanim kupisz jakiś mebel, musisz odwiedzić setki sklepów.
– Mój drogi, docenianie piękna i starania o ładny wystrój domu dowodzą wielkiej miłości do życia. Nie mam nic przeciwko temu. Sposób życia każdego z nas jest odbiciem naszego smaku, sposobu myślenia i kultury.
– A więc na widok ich domu doszłaś do wniosku, że z ich sposobem myślenia i kulturą jest coś nie tak?
– A ty nie?
– Nie!
– Czy widziałeś w tym domu chociaż jeden niewielki regał na książki? Czy widziałeś kiedykolwiek, aby ktoś z tej rodziny coś czytał? Czy kiedykolwiek rozmawiali na temat pracy naukowej, dzieła sztuki lub antyku bez wspominania ceny?
– To bzdury! Nie wszyscy wystawiają książki na pokaz. A dlaczego w ogóle interesują cię ich książki?
– Ponieważ chciałabym zobaczyć, jaki mają światopogląd.
– Chyba żartujesz! W naszym domu można znaleźć książkę na temat wszystkich możliwych grup religijnych, politycznych i filozoficznych. Kto by się domyślił, jaki mamy światopogląd?
– Ktoś, kto jest myślicielem i intelektualistą.
– W jaki sposób?
– Na regale komunisty znajdziesz książki na temat ideologii, od najprostszych do bardziej zaawansowanych: powieści autorstwa Maksyma Gorkiego oraz innych rosyjskich pisarzy, prace Romana Rolanda i jemu podobnych. Na takim regale znajdziesz niewiele książek poświęconych innym filozofiom i ideologiom. Półka intelektualisty, który nie wierzy w komunizm, zawiera dzieła poświęcone teorii komunizmu, ale są one przeczytane jedynie do połowy. Pozostałe pozycje komunista określiłby mianem „książek burżuazyjnych"… Posiadanie dzieł autorstwa Alego Szariatiego w swojej bibliotece nie świadczy wcale o zamiłowaniu do islamu, ponieważ po rewolucji wszyscy kupowali jego książki. Ale regały żarliwych

muzułmanów pełne są modlitewników, rozpraw na temat islamskiej teorii i filozofii oraz kodeksów postępowania religijnego. U nacjonalistów znajdziesz natomiast biografie polityków oraz książki na temat historii Iranu. Ponadto każda dobrze wykształcona osoba posiada książki ze swojej dziedziny zainteresowań.

– Ale dlaczego tak bardzo ci zależy, aby poznać ich sympatie polityczne i zainteresowania intelektualne?

– Ponieważ ugrupowania polityczne i ich przekonania miały wpływ na całe moje życie. Tym razem chcę wiedzieć, z kim mam do czynienia.

– Ale przecież jesteś przeciwna polityce i nieustannie każesz nam obiecywać, że nie będziemy się w nią mieszać – stwierdził Masud.

– Tak, ale czy kiedykolwiek odciągałam cię od czytania lub nauki? Jak każda inteligentna osoba musisz poznać różne szkoły myślenia, abyś mógł odróżnić dobro od zła i nie stał się narzędziem w rękach tych, którzy pragną zdobyć władzę. Czy Ladan kiedykolwiek opowiadała ci o przeczytanej książce, czy dyskutowaliście o jej przekonaniach i poglądach? Jesteś utalentowanym artystą. Czy macie podobne zdanie na temat sztuki? Czy może odmienne? A przede wszystkim interesuje mnie, jak zamierzasz pogodzić swoje przekonania religijne, które pogłębiłeś w niewoli, z zachowaniem jej rodziny. Oni wyznają islam jedynie podczas kolacji upamiętniającej imama Abolfazla która w ich wydaniu przypomina wesele. To zwolennicy szacha czekający na powrót swojego księcia w koronie. Lecz ich oczekiwanie nie wynika z przekonań politycznych, a z faktu, że za jego panowania można było pić alkohol i nosić bikini na plaży. Przecież my jesteśmy zupełnie inni. O czym więc mamy z nimi rozmawiać? Mój drogi Masudzie, nic cię z tą dziewczyną nie łączy. Ona nie będzie się nawet ubierała tak, jakbyś sobie tego życzył. Przed każdym waszym wyjściem z domu będzie dochodziło do awantur.

– Nie martw się – odrzekł. – Obiecała mi, że jeśli ją poproszę, założy nawet czador.

– A ty jej uwierzyłeś? Nawet jeśli, to i tak nie będzie w porządku. Osoba z silnym charakterem i własnymi przekonaniami i zasadami nie powinna być tak niezdecydowana.

– A więc teraz ta biedna dziewczyna jest niezdecydowana? – warknął. – Powiedziała to tylko dlatego, że jest we mnie zakochana. Nie, matko, szukasz wymówek. Uważasz, że wszyscy są źli, oprócz nas.

– Nie, mój drogi, nigdy tak nie twierdziłam. Jestem pewna, że to bardzo dobrzy ludzie. Może nawet lepsi od nas. Ale bardzo się od nas różnią.

– Nie, to tylko wymówka.

– Poprosiłeś mnie o opinię, więc ci ją przedstawiłam. Chodzi o twoje życie, twoją przyszłość, a wiesz, że dla mnie to jest najważniejsze.

– Mamo, ja ją kocham. Gdy słyszę jej głos lub śmiech, coś się ze mną dzieje. Nigdy nie spotkałem równie kobiecej istoty. Ona jest inna.

Byłam zdumiona. Tak, miał rację. Jak mogłam tego nie dostrzec? Masud był zafascynowany tą dziewczyną, ponieważ była inna od pozostałych kobiet, które spotkał. Obnosiła się z kobiecością, którą inne kobiety zawsze starały się ukryć. Mówiąc szczerze, w jej zachowaniu, w każdym jej ruchu, nawet w głosie, gdy rozmawiała przez telefon, wyczuć można było pewną kokieterię. Była ponętna i urzekająca. Jednym słowem była kusicielką. Nic dziwnego, że wywarła na moim synu tak ogromne wrażenie, skoro po raz pierwszy miał do czynienia z tak zmysłową dziewczyną. Lecz jak miałam mu uprzytomnić, że pociąg, który odczuwał, nie wynikał z miłości i nie stanowił dobrego fundamentu do zbudowania wspólnego życia? W takiej sytuacji żadne słowa ani argumenty nie odniosłyby skutku. Wręcz przeciwnie, Masud stałby się jeszcze bardziej uparty i zawzięty.

– Marzę, aby moje dzieci były szczęśliwe – powiedziałam. – Moim zdaniem o szczęściu decyduje życie w małżeństwie pełnym miłości i zrozumienia. Szanuję twoje uczucia i spełnię twoje życzenia, nawet jeśli będę miała odmienne zdanie. Ale pod jednym warunkiem – okres narzeczeństwa musi trwać rok. Poznacie się wówczas lepiej, ponieważ będziecie mogli częściej się widywać. W tym czasie odłożymy trochę pieniędzy i przygotujemy się na ślub, który zaspokoi ich żądania. A jak widzisz, nie są one takie małe.

Pomimo początkowego sprzeciwu rodzina Ladan w końcu zgodziła się na długie zaręczyny. Byłam przekonana, że ich obawy nie wynikały z moich przekonań religijnych. Chcieli po prostu mieć pewność, że dojdzie do ślubu. Postanowili urządzić ogromne przyjęcie zaręczynowe, tak aby ich wielka rodzina mogła poznać przyszłego pana młodego. Przyjęcie zaplanowano na następny tydzień. Nie mogłam już dłużej ukrywać zaręczyn Masuda. Musiałam poinformować o nich moją rodzinę. Ale jak miałam przekazać tę wieść Faati, Firuzie i Sadeghowi Adze?

Pewnego ranka poszłam odwiedzić Faati i zaczęłam opowiadać o przeznaczeniu i woli bożej. Słuchała mnie przez chwilę, a potem spojrzała na mnie i z podejrzliwością w głosie zapytała:

– Siostro, co się dzieje? Co próbujesz mi powiedzieć?

– Zawsze marzyłam, że pewnego dnia przyjdę do ciebie, aby poprosić o rękę Firuzy w imieniu Masuda. Ale Bóg chyba nie chce, aby do tego doszło.

Twarz Faati spochmurniała.

– Miałam przeczucie, że coś się dzieje. A teraz powiedz mi, czy to Bóg, czy może ty jesteś temu przeciwna?

– Jak możesz tak mówić? Kocham Firuzę jak własną córkę. Marzyłam, że zostanie żoną Masuda i byłam przekonana, że sprawa jest już przesądzona. Nie wiem, dlaczego ten chłopak nagle stracił głowę dla innej dziewczyny i się zakochał. Uparcie twierdzi, że jej pragnie, i zmusił mnie, abym poprosiła o jej rękę. Niedługo dojdzie do zaręczyn.

Zauważyłam cień Firuzy. Stała w bezruchu w progu, trzymając tacę z herbatą. Faati podbiegła do niej i przejęła tacę. Firuza patrzyła na mnie wzrokiem, w którym mogłam wyczytać pytanie: dlaczego? Na jej twarzy dostrzegłam rozczarowanie i smutek. Powoli jednak pojawiały się na niej złość i poczucie zniewagi. A potem odwróciła się i pobiegła do swojego pokoju.

– Od dziecka Firuza słyszała, jak powtarzałaś, że należy do Masuda – powiedziała Faati ze złością w głosie. – Zawsze tak świetnie się rozumieli. Nie powiesz mi, że Masud nie darzył jej sympatią.

– Oczywiście, że tak, i to bardzo. Nic się w tej kwestii nie zmieniło. Ale twierdzi, że jego uczucia mają charakter platoniczny.

Faati się roześmiała i wyszła z salonu. Wiedziałam, że chciała mi jeszcze wiele powiedzieć, ale z szacunku dla mnie ugryzła się w język. Poszłam za nią do kuchni.

– Moja droga, masz prawo się denerwować – powiedziałam. – Sama tracę już rozum z powodu tej sprawy. Udało mi się jedynie opóźnić ten absurdalny ślub. Zaręczyny będą trwać rok i mam nadzieję, że w tym czasie chłopak w końcu przejrzy na oczy.

– No cóż, zakochał się i miejmy nadzieję, że będzie żył szczęśliwie. Nie powinnaś się zachowywać jak wredna teściowa. Jeszcze nie doszło do zaręczyn, a ty już masz nadzieję, że się rozstaną.

– Ale Faati, nie wiesz wszystkiego – westchnęłam. – Gdyby łączyła ich choć jedna rzecz, nie czułabym się tak strasznie. Oni tak bardzo się od siebie różnią. Nie twierdzę, że to zła dziewczyna, ale ona nie jest dla nas. Sama wkrótce się przekonasz. Prawdę mówiąc, byłabym wdzięczna za twoją opinię. Może źle ją oceniłam, ponieważ od samego początku nie spodobał mi się ten pomysł. Ale jestem uprzejma. Nic nie mówię. Natomiast Szirin nie chce nawet na nią patrzeć. Jeśli Masud pozna kiedyś opinię siostry, nigdy się do nas nie odezwie i stracimy go na zawsze.

– Ta dziewczyna musi mieć jakieś zalety, skoro Masud tak bardzo jej pragnie – zauważyła Faati. – W końcu to jemu ma się ona podobać, a nie nam.

– Chcesz, abym porozmawiała z Firuzą? – zapytałam. – Nawet sobie nie wyobrażasz, jak jest mi przykro z jej powodu.

Faati wzruszyła ramionami i odpowiedziała:

– Podejrzewam, że nie ma teraz ochoty na rozmowę.

– Trudno. Najwyżej wyrzuci mnie z pokoju.

Zapukałam cicho i uchyliłam drzwi. Firuza leżała na łóżku. Jej niebieskie oczy były zaczerwienione, a policzki mokre od łez. Odwróciła się do mnie plecami, aby ukryć przede mną twarz. Poczułam ukłucie w sercu. Nie mogłam patrzeć, jak ta słodka dziewczyna płacze. Usiadłam na krawędzi łóżka i ją pogłaskałam.

– Masud na ciebie nie zasługuje – powiedziałam. – Zapamiętaj moje słowa, jeszcze tego pożałuje. On najbardziej na tym straci. Nie mam pojęcia, dlaczego po tak wielkim cierpieniu i trudnościach, jakich doświadczył, Bóg nie chce dla niego spokojnego i szczęśliwego życia. Miałam nadzieję, że to ty stworzysz mu takie życie. Szkoda, że na to nie zasłużył.

Jej delikatne ramiona drżały, ale nadal milczała. Znałam ból zawodu miłosnego. Wstałam i wróciłam do domu. Ogarnęło mnie zmęczenie i przygnębienie.

Z naszej rodziny w przyjęciu zaręczynowym udział wzięli: matka, Faati, Sadegh Chan, ciotki Masuda i pani Parvin. Masud, niesłychanie przystojny i ubrany w elegancki garnitur oraz krawat, stał obok Ladan, która właśnie wróciła z salonu fryzjerskiego. Miała na sobie koronkową sukienkę i koronkowe kwiaty we włosach.

– Cudownie! – drwiła Szirin. – Spójrz na pana młodego. O ile pamiętam, nienawidził krawatów, ponieważ przypominały mu smycz. Co się stało? Tak łatwo dał ją sobie założyć? Och, szkoda, że nie widzą go koledzy z ministerstwa!

Starałam się wyglądać na szczęśliwą i podekscytowaną, ale tak naprawdę nie czułam się zbyt dobrze. Zaczęłam sobie wyobrażać wesele Masuda. Zawsze myślałam, że to będzie najpiękniejsza noc w moim życiu. A tymczasem… Szirin zachowywała się bardzo opryskliwie i narzekała na wszystko. Za każdym razem, gdy ktoś gratulował narzeczonym i życzył im szczęścia, ona odwracała się i mówiła: „Fuj". Cały czas upominałam ją, aby przez wzgląd na Masuda przestała, ale nie zważała na moje uwagi. Gdy rodzina Ladan zaczęła nalegać, aby siostra pana młodego wykonała tak zwany „taniec z nożem" i podała Ladan nóż do tortu podczas tańca, Szirin odmówiła i z oburzeniem odparła:

– Nienawidzę tych przestarzałych zwyczajów.

Masud posyłał nam gniewne spojrzenia, a ja nie wiedziałam, co robić.

Niecałe trzy miesiące po przyjęciu zaręczynowym Firuza wyszła za mąż. Okazało się, że byłam ostatnią osobą, której powiedziano o zbliżającym się ślubie. Wiedziałam, że miała wielu zalotników, ale nie sądziłam, że tak szybko któregoś wybierze. Spotkałam się z nią.

– Moja droga, po co ten pośpiech? – zapytałam. – Daj sobie trochę czasu, aby móc polubić kogoś ze spokojnym sercem i otwartym umysłem, kogoś, kto doceni taki skarb jak ty.

– Nie, ciociu – odparła z gorzkim śmiechem. – Nigdy już się tak nie zakocham. Pozwoliłam rodzicom wybrać najlepszego ich zdaniem kandydata. Oczywiście nie czuję do Sohraba niechęci. To dobry i rozsądny mężczyzna. Z czasem zapomnę o przeszłości i obdarzę go uczuciem.

– Oczywiście – powiedziałam. Ale w myślach dodałam: ale płomień w twoim sercu nigdy nie zgaśnie. – Mimo to uważam, że powinnaś poczekać przynajmniej rok. Wydaje mi się, że zaręczyny Masuda zostaną zerwane. Już teraz dochodzi do sprzeczek.

– Nie, ciociu. Nawet gdyby sam Masud padł mi do stóp, zerwał zaręczyny i poprosił mnie o rękę, odrzuciłabym go. W moim sercu coś pękło, już nie patrzę na niego z uwielbieniem. Nie potrafiłabym wrócić do tego, co było wcześniej.

– Masz rację. Przepraszam za moje słowa. Naprawdę nie chciałam sprawić ci przykrości. Ale nawet nie podejrzewasz, jak bardzo chciałabym, abyś została moją synową.

– Proszę cię, ciociu, dosyć! Żałuję, że to powiedziałaś. To właśnie przez takie słowa jestem nieszczęśliwa. Od dzieciństwa uważałam siebie za twoją synową i żonę Masuda. A teraz czuję się jak żona, którą mąż zdradził na jej oczach, pomimo iż tak naprawdę Masud nie zrobił nic złego. Nie mieliśmy wobec siebie żadnych zobowiązań. A on ma prawo decydować o swojej przyszłości i wybrać kobietę, którą kocha. To ty stworzyłaś iluzję, w której żyłam.

Na szczęście Sohrab był dobrym, inteligentnym, dobrze wykształconym i przystojnym mężczyzną. Pochodził z kulturalnej rodziny i studiował we Francji. Miesiąc po ślubie młoda para wyjechała do Paryża. Wraz z Faati i resztą rodziny pożegnaliśmy ich z żalem i mokrymi od łez oczami, życząc im nieustającego szczęścia.

Zaręczyny Ladan i Masuda trwały jedynie siedem miesięcy. Masud zachował się jak ktoś nagle wybudzony z głębokiego snu.

– Nie mamy o czym rozmawiać! – powiedział. – Ja godzinami opowiadam o architekturze, sztuce, religii i kulturze, a Ladan, choć na początku wyrażała zainteresowanie tymi tematami, teraz w ogóle nie chce tego słuchać. Potrafi myśleć jedynie o ubraniach, fryzurach i makijażu. Nie interesuje się żadną dyscypliną sportową. Nie podejrzewasz nawet, jak płytkie są jej przemyślenia i poglądy. Słuchała mnie jedynie, gdy poruszałem temat pieniędzy. To byli dziwni ludzie. Byli gotowi odmówić sobie jedzenia, znieść każdą zniewagę i się zadłużyć, aby tylko pokazać się na przyjęciu w ubraniu, w którym nikt ich jeszcze nie widział. Zdecydowanie inaczej niż my rozumieli to, co się kryje pod pojęciami poważania i reputacji.

W końcu odetchnęłam z ulgą. Ubolewałam jedynie nad utratą kochanej Firuzy, zwłaszcza że już teraz wyczuwałam żal Masuda. Wydaje mi się, że jej małżeństwo było pierwszym z serii ciosów, które w końcu pozwoliły mu przejrzeć na oczy, ale było już za późno.

Masud ponownie pogrążył się w pracy, jego przyjaźń z Szirin została odbudowana, a w naszym domu zagościły na powrót spokój i ciepło rodzinne. Nadal miał jednak wyrzuty sumienia z powodu przykrości, jaką mi sprawił, i chciał w jakiś sposób naprawić swoje błędy.

Pewnego dnia wrócił do domu i oświadczył podekscytowanym tonem:

– Mam dobrą wiadomość! Twój problem został rozwiązany.

– Mój problem? Ja nie mam żadnego problemu! – odparłam.

– Chodzi mi o twoje studia. Wiem, jak zawsze marzyłaś o zdobyciu tytułu licencjata i kontynuowaniu studiów. Nigdy nie zapomnę twojego wyrazu twarzy, gdy zostałaś wydalona z uczelni. Rozmawiałem z kilkoma osobami, między innymi z dziekanem wydziału literatury. Razem służyliśmy w wojsku. Zgodził się, abyś zdobyła brakujące zaliczenia. Następnie będziesz mogła zdawać na studia magisterskie. A znając cię, zapewne zdobędziesz też tytuł doktorski.

Zaczęłam bić się z myślami. Doszłam do wniosku, że ten kawałek papieru przestał się dla mnie liczyć.

– Kiedyś miałam koleżankę w grupie o imieniu Mahnaz – zaczęłam. – Miała ulubione powiedzenie; zapisała je ładnym charakterem pisma na kartce papieru, którą powiesiła na ścianie. „Wszystko, czego pragnęłam, osiągnęłam, gdy przestałam tego pragnąć".

– Co? Czy to znaczy, że nie interesuje cię już zdobycie stopnia naukowego?

– Nie, kochanie, przykro mi, że straciłeś tyle czasu.

– Ale dlaczego?

– Przez wiele lat nie pozwalali mi kontynuować studiów. Najmniejszą stratą z tego powodu był dla mnie brak możliwości uzyskania wyższej pensji w czasach, w których naprawdę potrzebowałam pieniędzy. A teraz, po tysiącu próśb i po pociąganiu za sznurki, zgodzili się wyświadczyć mi przysługę!... Nie, nie chcę tego. Dziś jestem znana i szanowana za swą wiedzę i doświadczenie, a za pracę redaktora otrzymuję takie samo wynagrodzenie jak osoba z doktoratem. Nikt nie pyta mnie już o tytuły naukowe. Na samo ich wspomnienie chce mi się śmiać. Poza tym teraz rozdają stopnie i tytuły na lewo i prawo, więc straciły dla mnie wartość. Chciałam osiągnąć coś sama, a nie wskutek litości innych ludzi.

W tym samym roku Szirin została przyjęta na uniwersytet. Studiowała socjologię. Byłam szczęśliwa i dumna, że wszystkie moje dzieci zdobędą wyższe wykształcenie. Szirin szybko znalazła nowych przyjaciół. Ponieważ chciałam obserwować jej życie towarzyskie z pewnej odległości, zachęcałam ją do organizowania spotkań w naszym domu. W ten sposób czułam się bezpieczniej. Z czasem poznałam jej przyjaciół, a nasze mieszkanie stało się dla nich miejscem, w którym spotykali się regularnie, by dyskutować. Choć ich obecność przeszkadzała mi w pracy, rozpraszała mnie i zakłócała spokój, a do tego musiałam więcej gotować i sprzątać, cieszyłam się z ich odwiedzin i bez mrugnięcia okiem wykonywałam swoje obowiązki.

Dwa lata później na świat przyszła pierwsza wnuczka moja i Parwany. Pojechałam do Niemiec, aby być przy narodzinach tej pięknej i cudownej dziewczynki, którą Siamak i Lili nazwali Dorną. Razem z Parwaną skakałyśmy wokół niej i nie mogłyśmy dojść do porozumienia, do kogo dziewczynka jest bardziej podobna. Choć stałam się już babcią, szczęście i radość, które odczuwałam, odjęły mi lat i dodały energii. Czułam się lepiej niż przez ostatnią dekadę.

Gdy Dorna skończyła dwa miesiące, z ciężkim sercem musiałam ją opuścić i wrócić do Iranu na Nowy Rok. Nie chciałam zostawiać Szirin i Masuda samych.

Po powrocie do domu szybko się zorientowałam, że coś się wydarzyło. Wśród przyjaciół Szirin pojawił się młody mężczyzna, którego wcześniej nie widziałam. Córka przedstawiła mi go – nazywał się Faramarz Abdollahi i studiował na uniwersytecie. Powitałam go słowami:

– Witaj w zagrodzie wielkich socjologów, dasz sobie z nimi radę?

Roześmiał się i odpowiedział:

– Z ogromnym trudem!

Spojrzałam na niego z ciekawością.

– Och, Faramarzu, naśmiewasz się z nas? – Szirin upomniała go z fałszywą skromnością.

– Oczywiście, że nie, moja pani! Jesteś koroną, którą z dumą nosimy.

Szirin się roześmiała, a ja wszystkiego się domyśliłam.

Po wyjściu przyjaciół Szirin zapytała mnie, co sądzę o jej znajomych.

– Większość z nich już znam i od naszego ostatniego spotkania za bardzo się nie zmienili – odparłam.

– Ale co myślisz o tych, których dotąd nie spotkałaś?

– Ta wysoka dziewczyna, która siedziała na sofie, jest nowa, prawda?

– Tak. Ma na imię Negin, a chłopak obok niej to jej narzeczony. To naprawdę ciekawi ludzie. W przyszłym miesiącu się pobierają. Wszyscy jesteśmy zaproszeni na ślub.

– Wspaniale, pasują do siebie.

– A co powiesz o pozostałych? – nalegała Szirin.

– Jakich pozostałych? Kto jeszcze jest nowy w grupie twoich znajomych?

Wiedziałam, że wszystkie jej pytania miały w zawoalowany sposób wyciągnąć ode mnie opinię na temat Faramarza, ale drażnienie się z nią sprawiało mi przyjemność.

W końcu miała dość i warknęła:

– To znaczy, że nie zauważyłaś tak dużego mężczyzny?

– Wszyscy są wysocy. Którego masz na myśli?

– Faramarza! – odpowiedziała poirytowana. – Bardzo cię chwalił. Mówił: „Twoja mama jest taka piękna. Musiała wyglądać nieziemsko, gdy była młodsza".

Roześmiałam się.

– Cóż za cudowny mężczyzna!

– To wszystko? Tylko tyle masz do powiedzenia na jego temat?

– Jak mam wyrobić sobie zdanie o kimś, z kim zamieniłam ledwo dwa słowa? Może mi o nim opowiesz, a ja zdecyduję, czy jego charakter jest równie atrakcyjny co wygląd.

– Co mam ci powiedzieć?

– To, co o nim wiesz. Mów nawet o rzeczach, które wydają ci się nieistotne.

– Jest drugi z trójki rodzeństwa. Ma dwadzieścia siedem lat i jest bardzo dobrze wykształcony. Jego matka jest nauczycielką, a ojciec inżynierem budownictwa lądowego i przeważnie podróżuje. Faramarz pracuje w firmie ojca.

– Ale przecież ta praca nie ma związku z jego studiami – zauważyłam. – Myślałam, że jest z wydziału socjologii.

– Nie! Mówiłam ci, studiuje na wydziale technologii.

– Co w takim razie robi w waszej grupie? Gdzie go spotkałaś?

– To najlepszy przyjaciel Sorusza, narzeczonego Negin. Zawsze można ich spotkać razem, więc często go widywaliśmy. Oficjalnie dołączył do naszej grupy mniej więcej w tym samym czasie, gdy ty wyjechałaś do Niemiec.

– Dobrze. Opowiadaj dalej.

– Co jeszcze chcesz wiedzieć?

– Na razie przedstawiłaś mi jedynie ogólne informacje na jego temat. Opowiedz o charakterze tego chłopca.

– A skąd mam wiedzieć, jaki ma charakter?

– Co masz na myśli? – zapytałam. – Zostałaś jego przyjaciółką, ponieważ jest drugim z trójki rodzeństwa, jego matka jest nauczycielką, ojciec inżynierem, a on studiuje na wydziale technologii?

– Mamo, jesteś niemożliwa. Ciężko się z tobą rozmawia! Mówisz, jakby to był mój chłopak.

– Może nim zostanie, ale tym się nie martwię. Na razie bardziej mnie interesuje, jakim jest człowiekiem.

– Nie martwisz się? – zapytała zaskoczona. – To znaczy, że nie miałabyś nic przeciwko, abyśmy się do siebie zbliżyli?

– Posłuchaj, wkrótce będziesz miała dwadzieścia jeden lat i staniesz się dorosła. Ufam ci i wierzę, że dobrze cię wychowałam. Wiem, że nie brakuje ci w życiu miłości, więc nie zwiodą cię pierwsze lepsze czułe słówka. Znasz swoje prawa i nie pozwolisz, aby ktokolwiek je naruszył, przestrzegasz norm religijnych i społecznych, jesteś mądra i rozsądna i potrafisz przewidywać konsekwencje swoich działań. Wiem, że nie ulegniesz zachciankom i impulsom.

– Naprawdę? Tak mnie postrzegasz? – zapytała.

– Oczywiście! Czasami myślisz i podejmujesz decyzje w bardziej racjonalny sposób niż ja, potrafisz też lepiej ode mnie kontrolować własne emocje.

– Mówisz poważnie?

– Dlaczego w siebie wątpisz? Może żywisz do niego tak silne uczucia, że obawiasz się, iż mogą one zaburzyć twój osąd? – zapytałam.

– O, tak! Nie masz pojęcia, jak bardzo się tego boję.

– To dobrze. To dowód na to, że twój mózg funkcjonuje prawidłowo.

– Szczerze mówiąc, nie wiem, co robić.

– A musisz coś robić?

– A nie?

– Nie. Musisz się jedynie uczyć, zaplanować przyszłość i poznać siebie i jego nieco lepiej.

– Ale nie potrafię przestać o nim myśleć – przyznała Szirin. – Chciałabym go częściej widywać, spędzać z nim więcej czasu...

– Spotykasz go przecież na uniwersytecie i możesz go zapraszać do nas, kiedy będziesz miała na to ochotę. Oczywiście tylko w mojej obecności. Ja także chciałabym go poznać.

– Nie martwisz się, że mogę... No nie wiem... że mogę posunąć się za daleko?

– Nie – odparłam. – Ufam ci bardziej niż własnym oczom. Poza tym jeśli dziewczyna chce się posunąć za daleko, zrobi to nawet wtedy, gdy zostanie zakuta w łańcuchy i kajdany. Ważne są wewnętrzne zasady, a ty je posiadasz.

– Dziękuję, mamo, ulżyło mi. Możesz być pewna, że będę się kontrolować.

Pewnego dnia, już po obchodach Nowego Roku, gdy Szirin przebywała poza domem, Masud usiadł obok mnie i powiedział:

– Mamo, muszę podjąć poważną decyzję dotyczącą mojej przyszłości.

– Prawdę mówiąc, sama chciałam z tobą porozmawiać na ten temat. Ale chcę, abyś wiedział, że nie wierzę w tradycyjny sposób wybierania żony. Chciałabym, żebyś znalazł dziewczynę, która ci się spodoba, która będzie do ciebie pasować i którą dobrze poznasz. Miałam nadzieję, że spotkasz kogoś takiego na studiach lub w pracy.

– Ostatnim razem popełniłem tak wielki błąd, że teraz się boję. Wydaje mi się też, że nigdy już tak mocno się nie zakocham. Istnieje jednak praktyczne i rozsądne rozwiązanie tego problemu. Jeśli uznasz je za odpowiednie, chciałbym z niego skorzystać. Niemal wszyscy moi przyjaciele żyją w związkach małżeńskich, a ja jestem sam.

Na wspomnienie o Firuzie poczułam ukłucie w sercu. Westchnęłam i odparłam:

– Opowiedz mi, co masz na myśli.

– Pan Maghsoudi ma dwudziestopięcioletnią córkę, która jest studentką. Wielokrotnie dawał mi do zrozumienia, że chętnie widziałby mnie w roli swojego zięcia.

– Pan Maghsoudi jest wspaniałym mężczyzną i jestem przekonana, że ma cudowną rodzinę – odparłam. – Istnieje jednak problem.

– Jaki?

– Jest zastępcą dyrektora ministerstwa. To posada z nadania politycznego.

– Przestań, mamo! Posuwasz się za daleko. Nie mów mi, że się boisz, że zostanie wtrącony do więzienia i stracony!

– Oczywiście, że się boję. Polityka i gierki polityczne mnie przerażają. Tego właśnie się obawiałam, gdy zacząłeś tam pracować, i dlatego chciałam, abyś obiecał, że nigdy nie przyjmiesz posady z nadania politycznego.

– Gdyby wszyscy ludzie myśleli podobnie do ciebie, kto rządziłby krajem? – zapytał Masud. – Przepraszam, ale uważam, że powinnaś pójść do psychologa!

Pomimo moich obaw Masud poprosił o rękę córkę swojego szefa. Gdy szykowałyśmy się z Szirin do wizyty u pana Maghsoudiego, Masud zwrócił się do nas:

– Mogę was prosić o przysługę? Czy z szacunku do pana Maghsoudiego mogłybyście założyć czadory?

Straciłam panowanie nad sobą i warknęłam:

– Posłuchaj, kochanie, zapomniałeś, że jesteśmy ludźmi? Że myślimy samodzielnie i mamy własne zasady i przekonania, że nie możemy nieustannie stawać się kimś, kim nie jesteśmy? Wiesz, ile razy musiałam zmienić sposób ubierania przez wzgląd na mężczyzn i ich pojęcie stosownego ubioru? W Kom nosiłam czador, w Teheranie chustę na głowę, gdy wyszłam za twojego ojca, okazało się, że on nie chce, abym nosiła hidżab. Następnie nadeszła rewolucja i musiałam założyć i chustę, i czador, a gdy planowałeś poślubić pannę Ladan, chciałeś, abym była elegancka i modna. Wtedy nie przeszkadzałaby ci nawet sukienka z dekoltem, a teraz, gdy chcesz wziąć za żonę córkę szefa, prosisz, abym założyła czador! Nie, synu. Może nie byłam w stanie sprzeciwić się w życiu wielu ludziom, ale z pewnością mogę postawić się mojemu synowi. I chcę ci powiedzieć, że jako kobieta w średnim wieku, która doświadczyła w życiu zarówno dobra, jak i zła, potrafię samodzielnie myśleć i dobrać dla siebie odpowiedni strój. Pójdziemy tam ubrani normalnie i nie będziemy udawać tylko dlatego, aby ich zadowolić.

Atefa była pobożną, dostojną, a przede wszystkim rozsądną dziewczyną. Miała jasną cerę i duże orzechowe oczy. Jej matka, która nawet w obecności mojej i Szirin pozostawała w pełnym hidżabie, była doskonałą gospodynią. Natomiast pan Maghsoudi, u którego nadal miałam dług wdzięczności, był jak zwykle miły i uprzejmy. Przybrał nieco na wadze, jego włosy przyprószyła siwizna i zauważyłam, że nieustannie przesuwał koraliki modlitewne. Od chwili naszego przyjazdu pogrążył się z Masudem w rozmowie na tematy zawodowe, przez co zupełnie zapomnieli, że spotkaliśmy się z innego powodu.

Choć atmosfera w ich domu przypominała mi nieco tę panującą w domu Mahmuda, nie odczuwałam do tej rodziny niechęci. Ich wiara i pobożność wpłynęły na mnie kojąco. Nie miałam też złych przeczuć co do tego małżeństwa ani nie widziałam wysłanników piekieł zwiastujących katastrofę. Wyczułam natomiast unoszące się wokół anioły miłości i bliskości. W przeciwieństwie do domu Mahmuda tutaj śmiech i radość nie były grzechem. Przyjęto nas tak dobrze, że Szirin, która z uwagi na swojego wuja nie przepadała za bardzo religijnymi rodzinami, szybko poczuła sympatię do Atefy i zaczęła z nią rozmawiać. Wszystko załatwiono szybko i bez trudu.

Już w połowie wiosny bawiliśmy się na ślubie Masuda i Atefy. Choć Masud kilka lat wcześniej skorzystał z dodatków finansowych oferowanych przez ministerstwo i kupił ładne mieszkanie, pan Maghsoudi nalegał, aby młoda para zajęła pierwsze piętro ich domu. Znajdowało się tam mieszkanie, które rodzice panny młodej zostawili dla córki.

Starałam się zachować uśmiech na twarzy, gdy Masud pakował swoje rzeczy. Pomagałam mu i dla zabawy się z nim droczyłam. Ale gdy opuścił nasz dom, usiadłam na łóżku w pustym pokoju i wbiłam wzrok w ścianę. Nagle zdałam sobie sprawę, że nasze mieszkanie straciło duszę i serce wypełniło mi się smutkiem. Pomyślałam wówczas: pisklęta wylatują z gniazda. Niedługo będzie ono puste. Po raz pierwszy obawiałam się przyszłości i samotności, która mnie czekała.

Po powrocie do domu Szirin uchyliła drzwi do sypialni Masuda i zapytała:

– Już się wyprowadził? W mieszkaniu jest tak pusto.

– Tak, dzieci zawsze odchodzą – odparłam. – Ale to najlepszy rodzaj rozstania. Dzięki Bogu, mój syn żyje i ma się dobrze. W końcu doczekałam się jego ślubu.

– Mamo, tak między nami, teraz naprawdę jesteśmy same – zauważyła Szirin.

– Zgadza się, ale nadal mamy siebie, a zanim ty też się wyprowadzisz, minie kilka lat.

– Kilka lat! – wykrzyknęła.

– Chyba nie myślisz o wychodzeniu za mąż przed ukończeniem studiów, prawda?

Zacisnęła wargi i wzruszyła ramionami.

– Kto wie? Może wyjdę za mąż za kilka miesięcy.

– Co? Nie pozwalam! – powiedziałam stanowczym tonem. – Po co się spieszyć? Nie powinnaś nawet o tym myśleć przed zdobyciem dyplomu.

– Ale mogą zajść pewne okoliczności...

– Jakie okoliczności? Nie pozwól, aby ktoś cię do tego namówił. Studiuj spokojnie, podejmij pracę i stań na własnych nogach, tak abyś nigdy nie czuła się zastraszona, nie miała związanych rąk i nie była zmuszona godzić się na każde upokorzenie. Dopiero wtedy możesz pomyśleć o małżeństwie. Zawsze zdążysz wyjść za mąż. Ale gdy do tego dojdzie, do końca życia będziesz już odpowiedzialna za dom i rodzinę. Teraz, gdy jesteś młoda i wolna, możesz pozwolić sobie na beztroskę. Te dni szybko miną i nigdy nie wrócą. Dlaczego chcesz, żeby najlepszy okres w twoim życiu tak szybko dobiegł końca?

Masud odwiedzał mnie regularnie i mówił:

– Dość tego, nie powinnaś już pracować. Osiągnęłaś wiek, w którym należy odpoczywać.

– Ale, synu, ja lubię moją pracę. Teraz traktuję ją bardziej jak hobby. Bez pracy będę się czuła bezużyteczna.

Nadal jednak nie dawał za wygraną. Nie mam pojęcia, jak udało mu się ustalić historię mojego zatrudnienia i załatwić mi emeryturę. Oczywiście cieszyłam się z regularnego dochodu, ale nie potrafiłam zrezygnować z pracy i nadal zajmowałam się kilkoma projektami. Do tego Masud dawał mi więcej pieniędzy niż potrzebowałam.

Zarabiał bardzo dobrze, ale nie był zadowolony ze swojego zajęcia. Ja także nie chciałam, aby nadal pracował w agencji rządowej.

Nieustannie mu powtarzałam:

– Jesteś artystą, architektem, dlaczego wciąż tkwisz na posadzie rządowej i zmuszasz się do robienia skomplikowanych i męczących rzeczy? Awanse w takich miejscach są zwodnicze. W momencie, gdy odejdą stamtąd ludzie, z którymi jesteś związany, upadniesz prosto na twarz. Powinieneś pracować w zawodzie, do którego zostałeś naprawdę stworzony. Dlaczego wy, religijni i głęboko wierzący ludzie, jesteście tak nieodpowiedzialni i fałszywi, gdy w grę wchodzi status i pozycja społeczna? Wierzycie, że zasługujecie na każdą pracę?

– Mamo, wiesz, jaki masz problem? Zbyt wiele razy się sparzyłaś. Ale nie martw się, naprawdę nie mam cierpliwości do całej tej biurokracji. Wraz z kilkoma przyjaciółmi planuję założyć firmę. W ministerstwie pozostanę tylko do momentu, gdy wypełnię wszystkie swoje zobowiązania. Ale gdy firma będzie gotowa do działania, odejdę.

Pomimo moich starań, aby unikać tego tematu, kilka miesięcy później musiałam się poddać i przedyskutować plany zamążpójścia Szirin. Faramarz zdobył tytuł licencjata i szykował się do wyjazdu do Kanady. Planowali pobrać się zanim opuści kraj, tak aby mógł również ubiegać się o wizę dla Szirin. Nie chciałam, aby córka rezygnowała ze studiów, ale oboje zapewnili mnie, że rozpatrzenie podania o pozwolenie na wyjazd zajmie rok, a to da jej mnóstwo czasu na zakończenie studiów.

Myśląc o rozłące z Szirin, cierpiałam, ale moja córka była tak szczęśliwa i podekscytowana, że nie pozwoliłam sobie na pokazanie najmniejszych oznak smutku. Urządziliśmy ceremonię ślubną i niedługo potem Faramarz wyjechał. Miał wrócić, gdy Szirin otrzyma pozwolenie na wyjazd i ukończy studia. Wtedy planowaliśmy urządzić prawdziwe wesele, po którym młoda para miała razem wyjechać.

Wydawało mi się, że pomimo trudności sprostałam obowiązkom rodzicielskim. Moje dzieci dobrze się uczyły, usamodzielniły się i odnosiły sukcesy. Czułam jednak, że moje życie jest puste i bezcelowe; podobne uczucie towarzyszyło mi tuż po zakończeniu egzaminów końcowych w szkole średniej. Miałam wrażenie, że nie pozostało mi nic do zrobienia. Dziękowałam Bogu z całego serca i prosiłam go, aby nie odebrał mojego nastawienia jako objawu niewdzięczności. Pocieszałam się również, że minie jeszcze trochę czasu, zanim zostanę sama. Szirin miała się przecież wyprowadzić dopiero za rok. Mimo to nie potrafiłam ignorować ciemnych chmur starości i samotności, które zawisły nade mną.

Rozdział dziesiąty

Im bardziej zbliżał się dzień wyjazdu Szirin do Kanady, tym większe ogarniały mnie obawy i przygnębienie. Próbowałam nie przywiązywać się tak do dzieci, ponieważ nie chciałam się ich uczepić jak stara, wścibska matka, o którą trzeba się nieustannie martwić. Starałam się cieszyć życiem towarzyskim, rozszerzyć krąg znajomych, aby znaleźć nowy sposób na spędzanie wolnego czasu, którego z każdym miesiącem miałam coraz więcej. Jednak znalezienie nowych przyjaciół w moim wieku nie było łatwe. Z rodziną także nie łączyły mnie zbyt bliskie relacje. Matka była w podeszłym wieku i mieszkała z Mahmudem. Nie chciała zatrzymać się u nas nawet na kilka dni, a ja nie odwiedzałam jej, ponieważ nie miałam ochoty przebywać w domu brata. W rezultacie rzadko się widywałyśmy. Pani Parvin także się postarzała i nie była tak energiczna i aktywna jak kiedyś. Nadal jednak była jedyną osobą, na którą mogłam liczyć w potrzebie.

Jeśli chodzi o Faati, to od ślubu i wyjazdu Firuzy stała się smutna i poważna. Oddaliłyśmy się od siebie. Widziałam, że w jakiś sposób obwinia nas za ból rozłąki po wyjeździe swojego dziecka. Regularnie spotykałam się z koleżankami z byłego miejsca pracy, a czasami widywałam się z panem Zargarem. Ożenił się ponownie kilka miesięcy wcześniej i sprawiał wrażenie szczęśliwego.

Moje zmartwienia znikały jedynie podczas przyjazdów Parwany do Teheranu. Rozmawiałyśmy i śmiałyśmy się, powracając do szczęśliwych lat dzieciństwa. Ponieważ w tamtym okresie matka Parwany zachorowała, moja przyjaciółka spędzała więcej czasu w Iranie.

– Po wyjeździe Szirin musisz wynająć mieszkanie i pojechać do każdego dziecka z kilkumiesięczną wizytą – zaproponowała.

– Na pewno nie! Nie chcę stracić niezależności i szacunku do samej siebie. Nie mam też zamiaru wtrącać się w życie moich dzieci. Kilka pokoleń pod jednym dachem to nie jest dobre i praktyczne rozwiązanie.

– Wtrącać się? Powinny się cieszyć z twoich odwiedzin i okazać ci wdzięczność! – próbowała mnie przekonać. – Powinny ci wynagrodzić trud, który podjęłaś przez wzgląd na nich.

– Nie mów tak! Mam wrażenie, jakbym słuchała mojej babci. Mawiała: „Wychowywanie chłopców to jak smażenie bakłażana, potrzeba wiele oleju, ale potem zwracają ten olej z naddatkiem". Nie mam takich oczekiwań wobec moich dzieci. Zrobiłam to dla siebie, to był mój obowiązek. Nie mają wobec mnie żadnego długu wdzięczności. Poza tym naprawdę cenię swoją niezależność.

– Do czego ci ona potrzebna? – zapytała. – Aby siedzieć w domu, podczas gdy twoje dzieci w spokoju i z czystym sumieniem będą o tobie zapominać?

– To niedorzeczne – odparłam. – Wszystkie rewolucje na świecie zostały wzniecone w imię niezależności. A ty chcesz, abym zrezygnowała ze swojej.

– Masumo, czas tak błyskawicznie zleciał, a dzieci szybko dorosły! – zauważyła Parwana. – To były piękne dni. Chciałabym, aby wróciły.

– Nie! – wykrzyknęłam. – Nie tęsknię za ani jedną godziną z przeszłości. Dzięki Bogu, te czasy już minęły. Mam tylko nadzieję, że następne lata miną równie szybko.

Rozpoczęło się upalne lato. Szykowałam posag Szirin i wraz z Parwaną często chodziłyśmy na zakupy lub znajdowałyśmy inny pretekst, aby razem spędzić dzień. W jedno z najbardziej upalnych popołudni położyłam się, aby odpocząć, gdy nagle bezlitosny dźwięk dzwonka wyrwał mnie ze snu. Podeszłam do domofonu i zapytałam:

– Kto tam?

– To ja. Szybko, otwórz drzwi.

– Parwano? Co się stało? Miałyśmy się spotkać później.

– Otworzysz w końcu drzwi czy mam je wyważyć?! – krzyknęła.

Wpuściłam przyjaciółkę do środka. W ciągu kilku sekund weszła po schodach na piętro. Miała zarumienioną twarz, a na czole i górnej wardze pojawiły się jej kropelki potu.

– Co się stało? – zapytałam.

– Wejdź do środka, wchodź!

Zdumiona cofnęłam się do mieszkania. Parwana zerwała z głowy chustkę, zrzuciła okrycie wierzchnie i opadła na sofę.

– Wody, zimnej wody! – poprosiła, dysząc.

Podałam jej szybko szklankę wody.

– Później podam ci sorbet – dodałam. – Ale najpierw powiedz mi, co się stało. Dobijasz mnie, każąc mi czekać!

– Zgadnij, kogo dzisiaj widziałam?!

Miałam wrażenie, że moje serce spadło na podłogę niczym kamień, a ja pozostałam z pustą wyrwą w jego miejscu. Wiedziałam, o kim mówi. Jej zachowanie i stan, w jakim się znajdowała, sprawiły, że cofnęłam się do dnia sprzed trzydziestu trzech lat.

– Saiid! – powiedziałam urywanym głosem.

– Ty kokietko! Skąd wiedziałaś?

Ponownie zachowywałyśmy się jak dwie nastoletnie dziewczyny szepczące w pokoju na piętrze w domu ojca. Moje serce waliło tak samo mocno, a Parwana była równie podekscytowana i niespokojna.

– Opowiadaj! Gdzie go spotkałaś? Jak on się ma? Jak wygląda?

– Spokojnie! Wszystko po kolei. Poszłam do apteki po leki dla mamy. Aptekarz mnie zna. Miał gościa. Obaj stali za ladą, ale nie mogłam dostrzec twarzy mężczyzny, ponieważ był odwrócony do mnie tyłem. Jego głos wydawał mi się jednak znajomy, a ponieważ miał dość ładne włosy i figurę, byłam ciekawa jego twarzy. Asystent farmaceuty podał mi lekarstwa, ale nie mogłam wyjść bez rzucenia okiem na tego mężczyznę. Podeszłam więc do lady i się przywitałam: „Witam, panie doktorze. Mam nadzieję, że dobrze pan się czuje. Ile tabletek na sen można zażyć jednego dnia?". Wyobrażasz sobie?! Co za głupie pytanie. Ale dzięki niemu jego gość się odwrócił i spojrzał na mnie zaskoczony. Och, Masumo, to był on! Nawet sobie nie wyobrażasz, co poczułam. Byłam taka podenerwowana.

– Rozpoznał cię?

– Tak, niech mu Bóg błogosławi! Jest taki inteligentny. Poznał mnie po tylu latach, pomimo chusty na głowie, okrycia wierzchniego i przefarbowanych włosów! Oczywiście na początku się wahał, ale szybko zdjęłam okulary przeciwsłoneczne i uśmiechnęłam się do niego, aby mógł mi się lepiej przyjrzeć.

– Rozmawiałaś z nim?

– Oczywiście! Myślisz, że nadal boję się twoich braci?

– Jak on teraz wygląda? Bardzo się zestarzał?

– Włosy na skroniach ma zupełnie białe, a reszta przyprószona jest siwizną. Miał też na nosie binokle. Wcześniej nie nosił okularów, prawda?

– Nie.

– Oczywiście na jego twarzy widać upływ czasu, ale nie zmienił się za bardzo – odparła Parwana. – Mam wrażenie, że zwłaszcza jego oczy zachowały ten sam wyraz.

– Co powiedział?

– To co zwykle się mówi, spotykając dawnego znajomego. Zapytał o mojego ojca. Odpowiedziałam, że ojciec zmarł dawno temu. Złożył mi więc kondolencje. Gdy skończył, zapytałam bezczelnie: „A gdzie obecnie mieszkasz? Czym się zajmujesz?". Odpowiedział, że przez pewien czas był w Ameryce. „A więc już nie mieszkasz w Iranie?" – zapytałam. „Mieszkam – odparł. – Kilka lat temu wróciłem i podjąłem tu pracę". Nie wiedziałam, w jaki sposób dowiedzieć się, czy jest żonaty i ma dzieci, więc zapytałam: „A jak się miewa twoja rodzina?". Wydawał się zaskoczony, więc szybko dodałam: „Miałam na myśli twoją matkę i siostry". „Niestety matka zmarła jakieś dwadzieścia lat temu. Moje siostry wyszły za mąż i założyły własne rodziny. Teraz, gdy wróciłem do Iranu i jestem sam, mogę częściej je odwiedzać". Nadstawiłam uszu. To była najlepsza okazja, zapytałam więc: „Sam?". „Tak – odparł – moja rodzina pozostała w Ameryce. Nic nie mogłem na to poradzić. Dzieci się tam wychowały i przywykły do tego życia. A moja żona nie chciała ich zostawić". Zdobyłam wiele informacji i doszłam do wniosku, że zadawanie dalszych pytań będzie nieuprzejme, powiedziałam więc: „Cieszę się z naszego spotkania. Proszę, weź mój numer telefonu. Jeśli będziesz miał czas, chętnie się z tobą spotkam".

– Nie wspomniał o mnie? – powiedziałam zaniepokojona.

– Poczekaj! Gdy zapisywał mój numer telefonu, zapytał: „Jak się miewa twoja przyjaciółka? Nadal utrzymujecie ze sobą kontakt?". Z trudem opanowałam podekscytowanie. Odpowiedziałam, że się widujemy i ty też chętnie się z nim zobaczysz. Zaproponowałam, by zadzwonił dziś po południu, abyśmy mogli umówić się na spotkanie. Gdy to usłyszał, w jego oczach pojawił się błysk. Zapytał nawet, czy nie będziesz miała nic przeciwko temu. Chyba nadal boi się twoich braci! Odpowiedziałam, że na pewno się ucieszysz, a potem niezwłocznie się pożegnałam i przyjechałam do ciebie tak szybko, jak tylko mogłam. Tylko dzięki łasce bożej nie spowodowałam żadnego wypadku. Co o tym sądzisz?

W mojej głowie kłębiły się tysiące myśli. I to dosłownie. Nie chciały się zatrzymać, abym mogła się zorientować, jaki jest mój pogląd na tę sprawę…

– Hej… Gdzieś ty odleciała? – zapytała Parwana. – Co mam mu powiedzieć, gdy zadzwoni dziś po południu? Pasuje ci jutro spotkanie?

– Spotkanie? Gdzie?

– U mnie albo u ciebie. Dowiedz się tylko, jakie plany ma Szirin.

– Jaki jutro dzień?

– Poniedziałek.

– Nie mam pojęcia, co zamierza robić.

– To bez znaczenia. Możemy spotkać się u mnie w domu. Matka będzie spała i niczego nie zauważy.

– Ale dlaczego mamy coś planować? Zapomnij o tym.

– Nie bądź mięczakiem! – upomniała mnie Parwana. – Nie chcesz się z nim spotkać? Pomimo tego, co kiedyś zaszło, nadal jest twoim dawnym przyjacielem. Przecież nie robimy nic złego!

– No, nie wiem – odparłam. – Jestem tak zdezorientowana, że nie potrafię racjonalnie myśleć.

– To nic nowego! Czy kiedykolwiek nie byłaś zdezorientowana?

– Mój mózg się wyłączył, a dłonie i kolana mi drżą.

– Proszę cię. Przestań się zachowywać jak szesnastolatka.

– Właśnie o to chodzi – powiedziałam. – Już nie mam szesnastu lat. Ten biedny mężczyzna przerazi się na mój widok.

– Co za bzdury! Nie tylko my się zestarzałyśmy. On też już nie jest młodzieniaszkiem. Poza tym, według Chosrowa, jesteś jak perski dywan: im starsza, tym lepsza.

– Przestań! Obie wiemy, że mamy na karku sporo lat.

– Tak, ale najważniejsze jest, aby inni się o tym nie dowiedzieli. A my nie możemy zdradzić tego sekretu.

– Myślisz, że ludzie są ślepi? Przecież na pierwszy rzut oka widać, jak bardzo się zmieniłyśmy. Ja już nie mam ochoty patrzeć na swoje odbicie w lustrze.

– Dość tego! Mówisz, jakbyśmy miały dziewięćdziesiąt lat, gdy tak naprawdę mamy czterdzieści osiem! – upomniała mnie Parwana.

– Nie, moja droga, nie oszukuj się. Mamy pięćdziesiąt trzy lata.

– Brawo! Wspaniale! – zażartowała. – Z twoim matematycznym talentem dziwię się, że nie zostałaś kolejnym Einsteinem.

W tym samym momencie weszła Szirin. Niczym dwójka niegrzecznych dzieci przestałyśmy się kłócić i szybko się uspokoiłyśmy. Szirin ucałowała Parwanę w policzki i nie zwracając na nas zbytniej uwagi, poszła do swojego pokoju. Spojrzałyśmy na siebie i obie wybuchnęłyśmy śmiechem.

– Pamiętasz, jak chowałyśmy listy, gdy tylko Ali wchodził do pokoju? – zapytałam.

Parwana spojrzała na zegarek i krzyknęła:

– O mój Boże! Spójrz, która godzina. Obiecałam matce, że wyjdę jedynie na piętnaście minut. Pewnie umiera ze strachu o mnie. Dzisiaj już cię nie odwiedzę – poinformowała mnie, zakładając wierzchnie okrycie. – Jeśli on zadzwoni, zaproszę go jutro do siebie na szóstą. Tak będzie bezpieczniej. Ty jednak powinnaś przyjść wcześniej... Skontaktuję się jeszcze z tobą.

Poszłam do sypialni i usiadłam przed toaletką. Przyjrzałam się z bliska mojej twarzy i próbowałam odnaleźć w niej pozostałości po szesnastoletniej dziewczynie. Dokładnie obejrzałam zmarszczki wokół oczu, które pogłębiały się wraz uśmiechem. Od moich nozdrzy do ust biegły dwie głębokie linie. Piękne, okrągłe dołeczki na policzkach pojawiające się podczas uśmiechu, które zdaniem pani Parvin miały głębokość cala, zamieniły się w dwie długie bruzdy biegnące równolegle do linii wokół ust. Niegdyś gładka i rozświe-

tlona skóra ziała teraz bladością i straciła elastyczność, a na policzkach dostrzegłam kilka niewielkich krostek. Skóra na powiekach mi
zwiotczała, a cienie pod oczami nie pozwalały dostrzec w nich blasku. Bujne rudawobrązowe włosy, które kiedyś opadały mi kaskadą
na plecy i sięgały do pasa, teraz były krótkie, cienkie i zmierzwione.
Poza tym pomimo regularnego farbowania siwe odrosty nadal były
widoczne. Nawet wyraz moich oczu się zmienił. Nie, nie byłam już
piękną dziewczyną, w której Saiid się zakochał. Skonsternowana
siedziałam i szukałam siebie w lustrzanym odbiciu, gdy nagle głos
Szirin wyrwał mnie z zadumy:

– Co się stało, mamo? Od godziny wpatrujesz się jak zaczaro-
wana w swoją twarz! Nigdy nie widziałam, abyś tak chętnie patrzyła
na swoje odbicie w lustrze.

– Chętnie? Wręcz przeciwnie! Mam ochotę wytłuc wszystkie
lustra świata.

– Dlaczego? Jak mawiają: stłucz siebie, ponieważ bicie luster
przynosi pecha. Co tam widzisz?

– Widzę siebie i swoją starość.

– Ale przecież nigdy się tym nie przejmowałaś – zauważyła. – W przeciwieństwie do większości kobiet bez oporów mówisz
o swoim wieku.

– Tak, ale czasami coś, na przykład fotografia, sprawia, że co-
fasz się w czasie. Spoglądasz w lustro i nagle zdajesz sobie sprawę,
jak bardzo różnisz się od obrazu siebie, jaki masz w głowie. To takie
okrutne. Masz wrażenie, jakbyś spadała w przepaść.

– Przecież zawsze mówiłaś, że każdy wiek ma swój urok.

– Zgadza się, ale piękno młodości to coś wyjątkowego.

– Wszyscy moi znajomi mówią: „Twoja mama jest prawdziwą
damą, ma w sobie tyle gracji”.

– Moja droga Szirin, moja babcia była dobrą kobietą. Nie miała serca, aby opisać dziewczynę jako brzydką. Zamiast tego używa-
ła przymiotnika „przyjemna”. Podobnie jest z twoimi przyjaciółmi.
Nie chcą powiedzieć: „Twoja matka to wrak kobiety”, więc opisują
mnie jako „kobietę z gracją”.

– Mamo, przecież zwykle tak nie uważasz – powiedziała Szirin.

– Dla mnie zawsze jesteś najpiękniejsza. Gdy byłam małą dziewczynką, chciałam wyglądać tak jak ty. Byłam zazdrosna. Jeszcze kilka lat temu ludzie częściej przyglądali się tobie niż mnie. Było mi przykro, że moje oczy nie mają tego samego koloru co twoje, a moja skóra nie jest tak jasna i gładka.

– Bzdury! Jesteś dużo piękniejsza ode mnie. Miałam zawsze bladą cerę, i to do tego stopnia, że ludzie brali moją bladość za objaw choroby. Ty masz żywe oczy, skórę w pięknym odcieniu pszenicy i dołeczki w policzkach.

– A co sprawiło, że zaczęłaś wspominać młodość? – zapytała.

– To przychodzi z czasem. Dla ludzi w moim wieku przeszłość nabiera innych barw. Nawet złe chwile wydają się miłe. Gdy jesteśmy młodzi, myślimy o przyszłości, o tym, co się stanie w przyszłym roku, zastanawiamy się, gdzie będziemy za pięć lat, i chcemy, aby czas szybko minął. Ale gdy ktoś ma tyle lat co ja, nie wypatruje już przyszłości. Po dotarciu na szczyt zaczynamy spoglądać za siebie.

Parwana zadzwoniła późnym popołudniem i poinformowała mnie, że umówiła się z Saiidem na szóstą następnego dnia. Przez całą noc nie mogłam ochłonąć z podniecenia. Próbowałam przekonać siebie samą, że zarówno dla mnie, jak i dla Saiida najlepiej będzie, jeśli się nie spotkamy. Powinniśmy zachować wspomnienia z okresu, gdy byliśmy młodzi i piękni. Pamiętam, że kiedyś, gdy zakładałam piękną sukienkę i podziwiałam swoje odbicie w lustrze, marzyłam, że natknę się na niego na przyjęciu, ślubie lub ulicy. Zawsze miałam nadzieję, że jeśli kiedykolwiek ponownie się spotkamy, to będę wówczas w kwiecie wieku.

Następnego dnia wczesnym rankiem zadzwoniła Parwana.

– Jak się czujesz? Ja przez całą noc nie zmrużyłam oka.

– Jesteśmy do siebie takie podobne – odparłam ze śmiechem.

Następnie Parwana zaczęła wydawać mi szybkie polecenia.

– Najpierw ufarbuj włosy.

– Niedawno je farbowałam.

– Nieważne. Zrób to jeszcze raz. Odrosty nie przyjęły zbyt dobrze koloru. Następnie weź gorącą kąpiel. Potem napełnij dużą miskę zimną wodą, wrzuć do niej mnóstwo kostek lodu i zanurz w niej twarz.

– Utopię się.

– Nie, głuptasie! Zanurzaj twarz kilka razy. A potem nałóż kremy, które przywiozłam ci z Niemiec. Ten zielony to maseczka ogórkowa. Rozsmaruj ją na twarzy i zrelaksuj się przez dwadzieścia minut. Następnie zmyj ją i wmasuj ten żółty krem. Przyjdź do mnie o piątej, abym mogła cię przygotować i nałożyć ci makijaż.

– Przygotować? Nie jestem panną młodą!

– Kto wie, może się nią staniesz – odparła.

– Powinnaś się wstydzić! W moim wieku?

– Znowu poruszamy temat wieku? Jeśli jeszcze raz o tym wspomnisz, klnę się na Boga, dostaniesz ode mnie w dziób.

– Co mam założyć? – zapytałam.

– Tę szarą sukienkę, którą kupiłyśmy w Niemczech.

– Nie, to sukienka wieczorowa. Nie nadaje się.

– Masz rację. Załóż więc ten beżowy kostium. Albo nie! Różową koszulę z koronkowym kołnierzem w jaśniejszym odcieniu.

– Dzięki – odparłam. – Sama coś wymyślę.

Choć nigdy nie miałam cierpliwości do strojenia się, wypełniłam polecenia Parwany. Gdy leżałam z zieloną maseczką na twarzy, do pokoju weszła Szirin.

– Co się dzieje? – zapytała zaskoczona. – Dzisiaj naprawdę sobie dogadzasz.

– Nic się nie dzieje – powiedziałam swobodnym tonem. – Parwana nalegała, abym wypróbowała tę maseczkę, i pomyślałam, że dzisiaj mogę to zrobić.

Wzruszyła ramionami i opuściła pokój.

O wpół do czwartej zaczęłam się szykować do wyjścia. Dokładnie wysuszyłam włosy, które wcześniej nakręciłam na wałki. Jeden po drugim zakładałam różne stroje. Spojrzałam na siebie w dużym lustrze i pomyślałam, że w tamtych czasach ważyłam przynajmniej dziesięć kilogramów mniej... O dziwo, gdy byłam chuda, moja twarz wydawała się pulchna, a teraz, gdy przytyłam, policzki sprawiały wrażenie zapadniętych.

W każdym stroju, który zakładałam, coś mi nie pasowało. Wkrótce na łóżku urosła góra koszul, spódnic i sukienek. Szirin oparła się o framugę drzwi i zapytała:

– Gdzie wychodzisz?

– Idę odwiedzić Parwanę.

– Robisz takie zamieszanie z powodu cioci Parwany?

– Spotkała kilku naszych dawnych znajomych i zaprosiła ich do siebie. Nie chcę wyglądać brzydko i staro.

– Aha! – wykrzyknęła. – A więc rywalizacja z czasów młodości trwa nadal.

– Nie, nie chodzi o rywalizację. To po prostu dziwne uczucie. Spotkanie po tak długim czasie będzie jak patrzenie w lustro po ponad trzydziestu latach. Chciałabym, abyśmy nadal mogli dostrzec w sobie jakąś cząstkę osób z czasów młodości. W przeciwnym wypadku będziemy dla siebie jedynie grupą nieznajomych.

– O ilu osobach mówimy?

– Jakich osobach?

– Ile osób gościć będzie ciocia Parwana?!

Jej pytanie wytrąciło mnie z równowagi. Nigdy nie umiałam dobrze kłamać.

– Parwana spotkała starą przyjaciółkę – wymamrotałam – a ona ma przyprowadzić ze sobą innych. Więc nie wiem, czy będzie tylko jedna osoba, czy dziesięć.

– Nigdy nie opowiadałaś o swoich dawnych przyjaciołach. Jak ona ma na imię? – zapytała Szirin.

– Oczywiście, że miałam przyjaciół i koleżanki z klasy, ale nigdy nie łączyły mnie z nimi tak bliskie relacje jak z Parwaną.

– Interesujące – powiedziała zamyślona. – Nie potrafię sobie wyobrazić, jak będą wyglądali moi przyjaciele za trzydzieści lat. Tylko pomyśl! Będziemy grupką zramolałych staruchów.

Zignorowałam jej wypowiedź. Zaczęłam się zastanawiać nad wymówką, gdyby chciała mi towarzyszyć. Jednak swoim zwyczajem Szirin wolała spędzać czas z rówieśnikami lub pozostać sama w domu niż spotykać się ze „zramolałymi staruchami". W końcu zdecydowałam się na czekoladowobrązową lnianą sukienkę z dopasowaną talią oraz brązowe sandały na wysokim obcasie.

Do domu Parwany dotarłam po wpół do szóstej. Obejrzała mnie od stóp do głów i stwierdziła:

– Nie jest źle. A teraz chodź, a ja zajmę się resztą.

– Nie chcę wyglądać jak wystrojona lalka. Wyglądam, jak wyglądam. W końcu mam za sobą naprawdę niezwykłe życie.

– Jesteś piękna, taka jaka jesteś – przyznała Parwana. – Dodam jedynie odrobinę czekoladowego cienia do powiek, podkreślę oczy kreską i tuszem do rzęs. Powinnaś też nałożyć na usta pomadkę. Więcej nie trzeba. Dzięki Bogu, twoja skóra jest nadal tak gładka jak tafla lustra.

– Tak, popękanego.

– Ale tych pęknięć nie widać. Poza tym on ma słaby wzrok. Możemy nawet usiąść w słabo oświetlonym miejscu, a wtedy nic nie zauważy.

– Przestań! – upomniałam ją. – Mówisz, jakbyś chciała opchnąć komuś uszkodzony towar! Usiądziemy na zewnątrz, w ogrodzie.

Dokładnie o szóstej obie podskoczyłyśmy na dźwięk dzwonka do drzwi.

– Klnę się na życie matki, pewnie stał przed drzwiami przez ostatnie dziesięć minut, aby zadzwonić do drzwi punktualnie – powiedziała Parwana. – Jest jeszcze bardziej zdenerwowany od nas.

Wcisnęła przycisk otwierający drzwi wejściowe i wyszła na ogród. W połowie drogi zatrzymała się i spojrzała do tyłu. Ja nadal nie ruszyłam się z miejsca. Dała mi znak ręką, abym do niej dołączyła, ale nie mogłam zrobić kroku. Przez okno patrzyłam, jak Parwana prowadzi Saiida do stołu znajdującego się w ogrodzie. Miał na sobie szary garnitur. Lekko przytył, a jego włosy przyprószone były siwizną. Nie mogłam jednak dostrzec jego twarzy. Kilka minut później wróciła Parwana i warknęła na mnie:

– Dlaczego nadal tu stoisz? Chyba nie chcesz wyjść z herbatą na tacy, jak jakaś przyszła żona!

– Przestań! – powiedziałam błagalnym tonem. – Serce zaraz wyskoczy mi z piersi. Nogi odmówiły mi posłuszeństwa i nie mogłam za tobą pójść.

– Oj, moje biedne dziecko! A może teraz zaszczycisz nas swoją obecnością?

– Nie… czekaj!

– O co chodzi? Zapytał, czy jesteś, a ja odpowiedziałam, że tak. To niegrzeczne, chodź. Przestań się zachowywać jak czternastolatka.

– Poczekaj… Muszę się doprowadzić do porządku.

– Ughh! Co ja mam mu powiedzieć? Że dama zemdlała?! On tam siedzi sam. To nieładnie z naszej strony.

– Powiedz, że rozmawiam z twoją matką i zaraz zejdę. O mój Boże! Nawet się z nią nie przywitałam!

Po tych słowach pobiegłam do sypialni matki Parwany... Nigdy bym nie podejrzewała, że w moim wieku będę tak spanikowana. Zawsze postrzegałam siebie jako rozsądną i spokojną osobę, która doświadczyła wzlotów i upadków. Przez te wszystkie lata wielu mężczyzn wyrażało zainteresowanie moją osobą, ale od lat młodzieńczych nie czułam się tak zdenerwowana i wytrącona z równowagi.

– Moja droga Masumo, kto przyszedł? – zapytała pani Ahmadi.

– Jedna z przyjaciółek Parwany.

– Znasz ją?

– Tak, tak, spotkałam ją w Niemczech.

W tym samym momencie Parwana zawołała:

– Masumo, kochanie, dołącz do nas. Przyszedł Saiid Chan.

Spojrzałam na swoje odbicie w lustrze i przeczesałam palcami włosy. Wydaje mi się, że pani Ahmadi nadal mówiła, gdy wychodziłam z jej sypialni. Wiedziałam, że nie powinnam się zastanawiać. Wybiegłam do ogrodu i próbując opanować drżenie głosu, powiedziałam:

– Witaj!

Saiid poderwał się z krzesła, wyprostował się i spojrzał na mnie. Po kilku sekundach doszedł do siebie i odpowiedział cicho:

– Witaj!

Wymieniliśmy kilka grzecznościowych zwrotów i po chwili zdenerwowanie ustąpiło. Parwana weszła do domu, aby zaparzyć herbatę, a ja usiadłam naprzeciwko Saiida. Nie wiedzieliśmy, co powiedzieć. Na jego twarzy widać było upływ czasu, ale nadal miał te same ujmujące brązowe oczy, które wyryły mi się w pamięci. Jednym słowem wydawał się pewniejszy siebie i bardziej atrakcyjny. Miałam nadzieję, że tak samo myśli o mnie. Po chwili dołączyła do nas Parwana i kontynuowaliśmy rozmowę na ogólne tematy.

Wraz z upływającymi minutami spotkania zbliżaliśmy się do siebie, więc poprosiłyśmy Saiida, aby opowiedział nam o tym, co robił i gdzie był przez te wszystkie lata.

– Pod warunkiem, że wy odwdzięczycie się tym samym… – odparł.

– Ja nie mam o czym opowiadać – przyznała Parwana. – Moje życie było bardzo zwyczajne. Po ukończeniu szkoły wyszłam za mąż, urodziłam dzieci i przeprowadziłam się do Niemiec. Mam dwie córki i syna. Nadal mieszkam w Niemczech, ale często przyjeżdżam do Iranu z powodu choroby mamy. Gdy tylko jej stan się poprawi, zabieram ją ze sobą. To wszystko. Jak widzisz, w moim życiu nie wydarzyło się nic ciekawego ani ekscytującego.

A potem wskazała na mnie i dodała:

– W przeciwieństwie do niej.

Saiid zwrócił się do mnie:

– A więc opowiadaj.

Spojrzałam błagalnie na Parwanę.

– Na miłość boską, ani słowa! – powiedziała. Następnie zwróciła się do Saiida: – Historia jej życia nadawałaby się na książkę. Jeśli teraz zacznie opowiadać, skończy pewnie po północy. Poza tym ja już o wszystkim wiem, więc słuchanie całej historii po raz drugi będzie dla mnie nużące. Może lepiej ty nam o sobie opowiedz.

– Ukończyłem studia nieco później niż zakładałem – wyjaśnił. – Zwolniono mnie ze służby wojskowej, ponieważ mój ojciec umarł, a ja jako jego jedyny syn zostałem uznany za głowę rodziny. Po studiach wróciłem do Rezaije i z pomocą wujostwa otworzyłem aptekę. Dobrze nam się powodziło, wartość nieruchomości należących do ojca wzrosła, pomogłem siostrom wyjść za mąż, a potem sprzedałem aptekę i wróciłem z matką do Teheranu. Kilku moich dawnych znajomych ze studiów postanowiło założyć firmę importującą leki, więc dołączyłem do spółki. Nasz interes się rozwijał, a po jakimś czasie zaczęliśmy produkować kosmetyki oraz suplementy diety. Matka nalegała na ślub. W końcu się poddałem i ożeniłem się z Nazy, siostrą jednego z moich wspólników, która właśnie ukończyła szkołę średnią. Urodziły się nam bliźnięta, para rozrabiaków. Ich wychowanie wymagało tak wiele wysiłku, że postanowiłem, iż nie chcę mieć więcej dzieci. Po rewolucji zapanował chaos i przyszłość naszej firmy stanęła pod znakiem zapytania. Gdy wybuchła wojna, nasza sytuacja stała się jeszcze bardziej niepewna. Cała rodzina Nazy wyjeżdżała wówczas za granicę, więc ona także doszła do wniosku, że powinniśmy opuścić kraj. Granice były zamknięte, ale ona nalegała, żeby przedostać się przez nie nielegalnie. Opierałem się przez dwa lata, aż sytuacja uległa poprawie. W tym samym jednak czasie moja matka ciężko zachorowała. Wydaje mi się, że świadomość mojego niechybnego wyjazdu z Iranu przyspieszyła jej śmierć. Wpadłem w okropną depresję. Sprzedałem cały majątek. Jedyną mądrą decyzją było zatrzymanie udziałów w firmie. Najpierw pojechaliśmy do Austrii, gdzie mieszkał jeden z braci Nazy. Zatrzymaliśmy się u niego, dopóki nie zdobyliśmy odpowiednich dokumentów, aby wyjechać do Stanów Zjednoczonych. Zaczynanie wszystkiego od początku było niezwykle trudne. Mimo to zostaliśmy tam i rozpoczęliśmy nowe życie. Dzieci były szczęśliwe. Już po kilku latach nabrały amerykańskich nawyków. Nazy chciała popracować nad angielskim, więc zabroniła nam rozmawiać w domu po persku. W rezultacie chłopcy niemal całkowicie zapomnieli ojczysty język. Pracowałem od rana do wieczora. Prowadziliśmy dostatnie życie. Miałem wszystko poza szczęściem. Tęskniłem za siostrami, przyjaciółmi, Teheranem i Rezaije. Nazy miała wokół siebie rodzinę i znajomych, a dzieci bawiły się z przyjaciółmi ze szkoły i z sąsiedztwa. Żyły w świecie, którego ja nigdy nie poznałem i o którym nie miałem pojęcia. Czułem się samotny i wyobcowany.

Gdy wojna dobiegła końca, usłyszałem, że sytuacja w kraju uległa poprawie i wielu ludzi wracało. Ja także postanowiłem to zrobić. Nasza spółka nadal działała na rynku, a gospodarka znajdowała się w dość dobrym stanie. Wróciłem do pracy. Czułem się znacznie lepiej; znowu byłem w dobrym nastroju. Po jakimś czasie kupiłem mieszkanie i pojechałem po Nazy, ale ona nie chciała wracać. Znalazła idealną wymówkę – dzieci… W sumie miała rację. Nie należało odrywać ich od kultury, w której się wychowali. W końcu postanowiliśmy, że pozostanę w Iranie, ponieważ tutaj mogę więcej zarobić, a Nazy będzie mieszkać z chłopcami do czasu, aż dorosną. Tak właśnie wygląda nasze życie od sześciu bądź siedmiu lat. Dzieci już dorosły i wyprowadziły się do innych stanów, ale Nazy nie ma zamiaru wracać do Iranu. Raz w roku jadę odwiedzić ich na kilka miesięcy… a pozostały czas wypełniony jest samotnością i pracą. Wiem, że takie życie nie jest dobre, ale nie zrobiłem nic, aby je zmienić.

Parwana kopała mnie pod stołem i patrzyła na Saiida z szelmowskim uśmiechem, który ledwo potrafiła ukryć. Dobrze go znałam. Było mi jednak żal Saiida. Zawsze miałam nadzieję, że przynajmniej on zazna w życiu szczęścia, ale okazało się, że był jeszcze bardziej samotny ode mnie.

– Teraz twoja kolej – powiedział, patrząc na mnie.

Opowiedziałam mu o szybkim ślubie z Hamidem, jego dobrym charakterze, działalności politycznej, latach spędzonych w więzieniu i egzekucji. Następnie o pracy, studiach i o tym, jak wiele wycierpiałam z powodu dzieci. Opowiedziałam mu o tym, co zdarzyło się u mnie ostatnio – o dzieciach, które się ustatkowały oraz o moim życiu, w którym w końcu zapanował spokój. Rozmawialiśmy jak trzej przyjaciele, którzy spotkali się po wielu latach. Zapomnieliśmy o mijającym czasie.

Rozmowę przerwał nam dzwonek telefonu. Parwana poszła odebrać. Po kilku sekundach zawołała:

– To Szirin. Mówi, że już dziesiąta!

– Gdzie jesteś, mamo? – zapytała moja córka ze złością w głosie. – Wygląda na to, że dobrze się bawisz. Martwiłam się.

– Dobrze, że chociaż raz to ty się o mnie martwisz – odparłam. – Zagadaliśmy się i straciliśmy poczucie czasu.

Gdy zbieraliśmy się do wyjścia, Saiid zaproponował:

– Odwiozę cię do domu.

– Nie, ona przyjechała swoim samochodem – odpowiedziała Parwana z tradycyjnym dla siebie tupetem. – Możecie rozmawiać tylko w mojej obecności.

Saiid się roześmiał, a ja popatrzyłam na Parwanę spode łba.

– O co chodzi? Dlaczego tak na mnie patrzysz? – zapytała. – Chcę po prostu wiedzieć, o czym rozmawiacie... Widzisz, Saiidzie Chan? Ona się wcale nie zmieniła. Gdy byłyśmy dziewczynami, zawsze mówiła: „Nie mów tego, bo to niegrzeczne; nie rób tamtego, tak nie wypada". Pięćdziesiąt lat później robi to samo.

– Dość, Parwano! – upomniałam przyjaciółkę. – Przestań gadać takie bzdury.

– Mówię tylko, co myślę. Przysięgam na Boga, jeśli dowiem się, że rozmawialiście za moimi plecami, zemszczę się. Nie możecie o mnie zapomnieć.

Saiid nadal się śmiał. Zagryzłam wargę i odpowiedziałam:

– Oczywiście, że nie zapomnimy o tobie...

– Więc może od razu zaplanujemy nasze następne spotkanie? Nie mówcie, że nie chcecie się znowu spotkać.

Aby zakończyć tę dyskusję, powiedziałam:

– Następnym razem zapraszam do mnie.

– O, to świetny pomysł – stwierdziła Parwana. – Kiedy?

– W środę rano. Szirin wychodzi na zajęcia o dziesiątej i wraca dopiero późnym popołudniem. Zjemy razem obiad.

Parwana klasnęła w dłonie i powiedziała radosnym tonem:

– Świetnie! Poproszę Farzanę, aby zaopiekowała się matką. Czy środa ci pasuje, Saiidzie Chan?

– Nie chcę sprawiać kłopotu – powiedział.

– To żaden kłopot – odparłam. – Będzie mi bardzo miło, jeśli przyjdziesz.

Szybko zapisał mój adres i numer telefonu, a potem się rozeszliśmy, mając w planach kolejne spotkanie za dwa dni.

Wróciłam do domu. Nie zdążyłam się jeszcze przebrać, gdy zadzwonił telefon. Śmiejąc się jak szalona, Parwana powiedziała:

– Gratulacje! Ten facet nie ma żony!

– Oczywiście, że ma. Nie słuchałaś jego długiej opowieści?

– Jego opowieść opisywała rozłąkę, a nie małżeństwo. Nie rozumiesz?

– Biedny mężczyzna... Jesteś wredna. Jeśli Bóg pozwoli, żona wróci do niego, a ich małżeństwo trafi na właściwe tory.

– Przestań! Po tylu latach nadal nie wiem, czy jesteś taka głupia, czy tylko udajesz.

– Moja droga, oni są oficjalnie małżeństwem – obstawałam przy swoim. – Nie ogłosili separacji i nie słyszałam ani słowa o rozwodzie. Jak możesz tak pochopnie oceniać związki innych?

– A jaka jest definicja separacji? – Parwana nie dawała za wygraną. – Czy dochodzi do niej jedynie po podpisaniu kawałka papieru? Nie, moja droga. Biorąc pod uwagę łączące ich więzi emocjonalne, miejsce zamieszkania oraz kwestie dotyczące stylu życia, od siedmiu lat żyją w separacji. Rusz głową, myślisz, że żyjąc w tak otwartym społeczeństwie, jego żona siedzi sama i wypłakuje oczy za mężczyzną, dla którego nie raczy nawet przyjechać na chwilę do Iranu? Myślisz, że przez siedem lat ten dżentelmen żył w celibacie jak Jezus Chrystus, napawając się jedynie wspomnieniami swojej ukochanej?

– Jeśli rzeczywiście tak wygląda ich sytuacja, dlaczego oficjalnie nie ogłoszą separacji? – zapytałam.

– A dlaczego mieliby to robić? Ta kobieta jest bardzo sprytna. Ma muła, który pracuje, zarabia mnóstwo pieniędzy i wysyła je żonie. Poza tym to muł bezproblemowy... Nie potrzebuje obiadu ani kolacji, nie trzeba mu prać ani prasować ubrań. Musiałaby być idiotką, aby wypuścić z rąk kurę znoszącą złote jajka. A jeśli chodzi o niego, to albo nie miał ochoty poślubić innej kobiety, albo ma majątek za granicą, który w przypadku rozwodu zostałby podzielony na pół. Jak widać, dotąd nie czuł takiej potrzeby.

– Mój Boże, co się dzieje w twojej głowie!

– Widziałam tysiące podobnych przypadków – przyznała Parwana. – Może sytuacja Saiida i jego żony jest wyjątkowa, ale mają coś wspólnego z pozostałymi znanymi mi parami: nigdy nie staną się dla siebie ponownie mężem i żoną. Tego możesz być pewna.

Przygotowywałam się na środowe spotkanie z młodzieńczą energią, którą, jak mi się wydawało, już utraciłam. Posprzątałam mieszkanie, przyrządziłam obiad i zajęłam się sobą. Spędziliśmy we trójkę cudowny dzień. Później doszło do kolejnych spotkań, które z czasem stały się ważną częścią mojego życia.

Znowu poczułam się młoda. Zaczęłam o siebie dbać, nakładać makijaż, kupiłam nowe sukienki. Czasami nawet zakradałam się do szafy Szirin i pożyczałam jej ubrania. Świat nabrał dla mnie innych barw. Miałam nowy cel w życiu. Pracowałam i wszystkie obowiązki wypełniałam z pasją i zaangażowaniem. Nie czułam się już samotna, stara, bezużyteczna i zapomniana. Wyglądałam też młodziej. Zmarszczki wokół moich oczu przestały być tak widoczne. Bruzdy wokół ust nieco się spłyciły. Cera wyglądała na bardziej świeżą i promienną. W moim sercu pojawiło się miłe uczucie wyczekiwania. Dzwonek telefonu nabrał dla mnie innego znaczenia. Podnosząc słuchawkę, instynktownie ściszałam głos i odpowiadałam pojedynczymi słowami. Unikałam też ciekawskich spojrzeń Szirin. Miałam świadomość, że zauważyła zmiany, jakie we mnie zaszły, ale nie wiedziała, co je wywołało.

Tydzień po pierwszym spotkaniu stwierdziła:

– Mamo, odkąd odnalazłaś dawnych przyjaciół, jesteś w znacznie lepszym nastroju.

Innym razem zażartowała:

– Mamo, twoje zachowanie jest naprawdę podejrzane.

– Co masz na myśli, mówiąc: „podejrzane"? Co takiego robię?

– Rzeczy, których wcześniej nie robiłaś. Stroisz się, często wychodzisz, jesteś wesoła, podśpiewujesz pod nosem. Nie wiem, co się dzieje, ale się zmieniłaś.

– W jaki sposób?

– Zachowujesz się jak ktoś zakochany, niczym mała dziewczynka.

Doszłyśmy z Parwaną do wniosku, że Szirin musi poznać Saiida. W moim wieku nie wypadało wymykać się z domu ze strachu, że córka mnie z nim zobaczy. Musiałyśmy jednak wymyślić pretekst dla jego wizyty. Po przedyskutowaniu tej kwestii postanowiłyśmy przedstawić go jako przyjaciela rodziny Parwany, który niedawno wrócił do Iranu z zagranicy. Nasze spotkania oficjalnie miały charakter zawodowy. Zupełnie przypadkowo okazało się, że Saiid przetłumaczył kilka artykułów na perski i poprosił mnie o zredagowanie tekstów.

Szirin spotkała Saiida kilkakrotnie. Byłam ciekawa, co o nim myśli, ale nie chciałam wzbudzać jej podejrzeń.

W końcu sama poruszyła ten temat.

– Gdzie ciocia Parwana go spotkała?

– Mówiłam ci już, to przyjaciel rodziny. A dlaczego pytasz?

– A nic… To przystojny mężczyzna w podeszłym wieku.

– W podeszłym wieku?

– Tak, jest bardzo wytworny i uprzejmy – odparła. – Nie pasuje do cioci Parwany.

– Jesteś nieuprzejma. Wszyscy przyjaciele i krewni cioci Parwany zachowują się z godnością.
– A więc dlaczego ona zachowuje się inaczej?
– Jak to inaczej?
– No, jest trochę szalona.
– Powinnaś się wstydzić! – upomniałam córkę. – Nie należy w ten sposób mówić o ciotce. To źle, że jest wesoła, roześmiana i sprawia, że wszyscy czują się przy niej młodo?
– Tak! Kiedy jest w pobliżu, ty stajesz się radosna i spontaniczna, a poza tym nieustannie między sobą szepczecie.
– Jesteś o nią zazdrosna? Nie mogę mieć przyjaciółki?
– Tego nie powiedziałam! Cieszę się, że masz tyle energii i dopisuje ci humor. Mam tylko wrażenie, że ona zapomina, ile ma lat.

W lecie widywaliśmy się przynajmniej co drugi dzień. Na początku września Saiid zaprosił nas do posiadłości wiejskiej, którą kupił na północ od Teheranu, w pobliżu góry Damavand. To był piękny i niezapomniany dzień. Góry sięgały do nieba, a bryza przynosiła nam chłód ze szczytów pokrytych śniegiem. Powietrze było czyste i aromatyczne. Malutkie liście na cienkich gałęziach topól, które otaczały posiadłość, mieniły się niczym cekiny w promieniach słonecznych. Gdy wiatr zawiał mocniej, szum migoczących liści przypominał tysięczny tłum oklaskujący ciebie, życie i piękno natury. Wzdłuż wąskich strumyków kępki petunii zwisały zanurzone we własnym słodkim zapachu. Natomiast drzewa obwieszone były boskimi owocami. W słońcu błyszczały jabłka, gruszki, żółte śliwki i puszyste brzoskwinie. Rzadko zdarzało mi się, abym miała ochotę zatrzymać czas. Tamten dzień należał do takich wyjątków.
Czuliśmy się swobodnie i szczęśliwie w swoim towarzystwie. Zasłona ostrożności i zdystansowania opadła i mogliśmy szczerze ze sobą rozmawiać. Miałam wrażenie, że Parwana jest moją drugą połówką, ponieważ mówiła rzeczy, których ja nie potrafiłam wyrazić słowami. Dzięki wrodzonej wesołości i szczerości rozśmieszała nas. Przy niej nie potrafiłam pohamować śmiechu. Wydawało mi się, że wydobywa się on z najgłębszych obszarów mojego jestestwa i zakwita na mych ustach. Choć nie przywykłam do tego, jak brzmi,

wydawał mi się miły dla ucha. Często zastanawiałam się, czy to naprawdę mój śmiech?

Późnym popołudniem, po długim i orzeźwiającym spacerze, usiedliśmy na tarasie na piętrze, z którego rozciągał się widok na przepiękny zachód słońca. Popijaliśmy herbatę i jedliśmy ciastka, gdy nagle Parwana powiedziała:

– Saiidzie, muszę cię o coś zapytać. Przez te wszystkie lata zastanawiałyśmy się z Masumą, dlaczego zniknąłeś tamtej nocy. Dlaczego nie wróciłeś? Dlaczego nie wysłałeś matki, aby poprosiła o rękę Masumy? Mogliście w ten sposób uniknąć wszystkich problemów, które oboje spotkaliście na swej drodze.

Byłam zdumiona. Jak dotąd unikaliśmy rozmowy o tamtej nocy, ponieważ temat ten wprawiłby mnie w zakłopotanie, a Saiid zapewne poczułby się niezręcznie. Spojrzałam na nią i wykrztusiłam:

– Parwano!

– No co? Wydaje mi się, że poznaliśmy się już na tyle, aby móc rozmawiać o wszystkim, zwłaszcza o rzeczach, które zadecydowały o waszym losie. Saiidzie, nie musisz odpowiadać, jeśli nie chcesz.

– Nie, powinienem to wyjaśnić – odparł. – Prawdę powiedziawszy, od jakiegoś czasu chciałem porozmawiać o tamtej nocy i o wszystkim, co się wydarzyło. Nie chciałem jednak denerwować Masumy.

– Masumo, czy ta rozmowa cię zdenerwuje? – zapytała Parwana.

– Mówiąc szczerze, chciałabym się dowiedzieć… – przyznałam.

– Tamtej nocy, nieświadomy tego, co się dzieje, pracowałem w aptece. Nagle do środka wtargnął Ahmad i zaczął wykrzykiwać przekleństwa. Był całkiem pijany. Doktor Ataii próbował go uspokoić, ale Ahmad go zaatakował. Podbiegłem, aby odciągnąć doktora, lecz Ahmad rzucił się na mnie i zaczął mnie bić. Ludzie z całej okolicy przybiegli zobaczyć, co się stało. Ogarnęło mnie zdumienie i przerażenie. W tamtych czasach byłem tak nieśmiały, że wstydziłem się nawet palić papierosy w miejscu publicznym, nie mówiąc już o wysłuchiwaniu krzyków Ahmada, że sprowadziłem jego siostrę na manowce. Nagle wyciągnął nóż. Ludzie podbiegli do nas i wyciągnęli mnie spod niego. Zanim Ahmad odszedł, zagroził, że jeśli jeszcze raz pojawię się w zasięgu jego wzroku, zabije mnie. Doktor

Ataii polecił mi, abym wziął kilka dni wolnego i poczekał, aż sprawa ucichnie. Poza tym nie było ze mną zbyt dobrze. Ledwo się poruszałem, a jedno oko miałem tak opuchnięte, że przestałem na nie widzieć. Pomimo tego moje obrażenia nie były poważne. Potrzebowałem jedynie kilku szwów na ręce. Niedługo później odwiedził mnie doktor Ataii. Powiedział, że co wieczór Ahmad przychodzi do apteki strasznie pijany i urządza awanturę. Mówił: „Ludzie powstrzymali mnie przed zabiciem tego kundla, ale nikt nie powstrzyma mnie w domu. Zabiję tę bezwstydną dziewczynę i sprawię, że ten łajdak do końca życia będzie ją opłakiwał".

Tymczasem doktor Tabatabaii zdradził doktorowi Ataiiemu, że został wezwany do twojego domu, ponieważ zostałaś ciężko pobita i znajdujesz się w okropnym stanie. Doktor Ataii powiedział mi wówczas: „Dla dobra tej niewinnej dziewczyny wyjedź na kilka miesięcy. Potem sam porozmawiam z jej ojcem i będziesz mógł pójść z matką, aby prosić o jej rękę".

Kilka razy stałem w nocy pod twoim domem, mając nadzieję, że ujrzę cię przynajmniej przez okno. W końcu zrezygnowałem ze studiów, pojechałem do Rezaije i czekałem na wieści od doktora. Myślałem, że się pobierzemy i zamieszkamy z moją matką aż do zakończenia przeze mnie studiów. Czekałem, ale doktor się ze mną nie skontaktował. W końcu wróciłem do Teheranu i poszedłem się z nim zobaczyć. Powiedział mi, że muszę kontynuować studia, że moje życie dopiero się zaczyna i niedługo zapomnę o wszystkim, co się wydarzyło. Na początku myślałem, że umarłaś. Ale potem powiedział mi, że twoja rodzina szybko wydała cię za mąż. Byłem zdruzgotany. Dopiero po pół roku zdołałem dojść do siebie i zacząć życie od nowa.

Chłodne wrześniowe dni zapowiadały nadchodzącą jesień. Parwana szykowała się do wyjazdu do Niemiec, ponieważ jej matka wracała do zdrowia i lekarze uznali, że może podróżować. Siedzieliśmy we trójkę w ogrodzie przy domu Parwany. Owinęłam się cienkim płaszczem.

– Parwano, jeszcze nigdy nie odczuwałam takiego żalu z powodu twojego wyjazdu – przyznałam. – Będę niesamowicie samotna.

– Bóg jeden wie, co naprawdę masz w sercu! – odparła. – We dwójkę od dawna się modlicie i błagacie go, aby się mnie pozbył! Ale od teraz każde słowo, które do siebie wypowiecie, będziecie musieli opisywać mi w liście. Albo mam lepszy pomysł – kupcie dyktafon i nagrywajcie wszystkie wasze rozmowy.

Tym razem nie roześmialiśmy się z Saiidem. Pokręcił głową i powiedział:

– Nie martw się, ja też muszę wyjechać.

Nagle wyprostowałyśmy się z Parwaną na krzesłach, a ja zapytałam zdumiona:

– Gdzie?

– Muszę jechać do Stanów. Zawsze wracam tam na początku lata i spędzam z chłopakami i z Nazy trzy miesiące. W tym roku odkładałem ten wyjazd. Mówiąc szczerze, po prostu nie mam na niego ochoty...

Opadłam na krzesło. Cała nasza trójka zamilkła.

Parwana weszła do środka, aby przynieść herbatę. Saiid wykorzystał okazję i przykrył moją dłoń leżącą na stole swoją dłonią.

– Muszę z tobą porozmawiać przed wyjazdem, ale na osobności – powiedział. – Zobaczmy się jutro na obiedzie w restauracji, w której byliśmy w zeszłym tygodniu. Przyjdę o pierwszej. Proszę, spotkaj się ze mną.

Wiedziałam, co chciał mi powiedzieć. Uczucie, które połączyło nas przed wieloma laty, teraz odżyło. Zdenerwowana i pełna obaw weszłam do restauracji. Saiid siedział przy małym stoliku na końcu sali i wyglądał przez okno. Po tradycyjnym powitaniu zamówiliśmy obiad. Oboje milczeliśmy pogrążeni w głębokiej zadumie. Nie byliśmy w stanie dokończyć posiłku.

Wreszcie zapalił papierosa i powiedział:

– Masumo, teraz zapewne już wiesz, że byłaś moją jedyną prawdziwą miłością. Los postawił na naszej drodze wiele przeszkód. Oboje dużo przeszliśmy. Ale może teraz przeznaczenie chce nam to wszystko wynagrodzić i pokazać swoje drugie oblicze. Wyjeżdżam do Stanów, aby w końcu uporządkować sprawy z Nazy. Dwa lata temu powiedziałem jej, że ma dwa wyjścia: albo wróci do Iranu i zamieszka ze mną, albo dojdzie do rozwodu. Jednak żadne z nas nie zrobiło nic, aby tę sprawę rozstrzygnąć. Teraz moja żona otworzyła restaurację i chyba dobrze sobie radzi. Twierdzi, że życie w Stanach wyszłoby nam na dobre. Tak czy inaczej, musimy w końcu zdecydować, jak rozwiązać tę sytuację. Mam już dość tej niepewności i nieustabilizowanego życia. Gdybym wiedział, że za mnie wyjdziesz, wiele kwestii stałoby się dla mnie jasnych. Mógłbym spokojnie podjąć pewne decyzje i się ich trzymać... Co o tym sądzisz? Wyjdziesz za mnie?

Choć spodziewałam się tego i od pierwszego spotkania wiedziałam, że pewnego dnia zada mi to pytanie, poczułam ukłucie w sercu i zamilkłam. Nawet w myślach nie potrafiłam udzielić mu odpowiedzi.

– Nie wiem.

– Jak to nie wiesz? Po ponad trzydziestu latach nadal nie potrafisz samodzielnie podjąć decyzji?

– Saiidzie, moje dzieci... Co mam im powiedzieć?

– Dzieci? Jakie dzieci? To są dorosłe osoby, które ułożyły sobie życie. Już cię nie potrzebują.

– Ale one bardzo się o mnie martwią. Boję się, że to małżeństwo może je zdenerwować. Ich matka, i to w tym wieku...

– Na miłość boską, choć raz w życiu pomyślmy tylko o sobie. W końcu nam też należy się coś od życia, prawda?

– Muszę z nimi porozmawiać.

– Dobrze, ale jak najszybciej daj mi znać, co postanowiłaś. Wyjeżdżam w następną sobotę. Nie mogę w nieskończoność odkładać tej podróży. Zwłaszcza że najpierw muszę zatrzymać się w Niemczech, aby wziąć udział w spotkaniu biznesowym.

Poszłam prosto do domu Parwany i opowiedziałam jej o wszystkim. Słysząc moje słowa, podskoczyła z krzykiem:

– Zdrajcy! W końcu to zrobiliście. W końcu powiedział, co miał do powiedzenia, ale pod moją nieobecność. Ponad trzydzieści lat czekałam, aby zobaczyć twoją reakcję na jego oświadczyny, a ty mnie zdradziłaś!

– Ale Parwano...

– Nieważne. Wybaczam ci. Ale na miłość boską, musicie się pobrać w ciągu następnych kilku dni, jeszcze przed moim wyjazdem. Muszę być na twoim ślubie. To moje największe marzenie.

– Proszę cię, Parwano, przestań! – krzyknęłam. – Ślub? W moim wieku? Co powiedzą moje dzieci?

– A co mają powiedzieć? Oddałaś im swoją młodość, robiłaś dla nich wszystko. Teraz musisz pomyśleć o sobie. Masz prawo znaleźć kogoś, z kim będziesz mogła się zestarzeć. Myślę, że ucieszą się twoim szczęściem.

– Nie rozumiesz – odparłam. – Boję się, że zawstydzę ich przed ich współmałżonkami. Muszę mieć na uwadze ich honor i reputację.

– Dość! – krzyknęła. – Dość biadolenia o honorze i reputacji. Mam tego po dziurki w nosie! Najpierw martwiłaś się o honor ojca, potem o honor braci, następnie o honor męża, a teraz dzieci... Przysięgam, jeśli wspomnisz o tym jeszcze jeden raz, wyskoczę przez okno.

– Słucham? Przez które okno? Przecież twój dom ma tylko parter.

– Spodziewałaś się, że rzucę się z Wieży Eiffla z powodu lęków i honoru jej ekscelencji? Poza tym twoje zamążpójście nie okryje nikogo hańbą. Wielu ludzi bierze ponownie ślub. Daj sobie szansę, aby przynajmniej końcówkę życia spędzić w spokoju i szczęściu. W końcu jesteś człowiekiem i masz swoje prawa.

Przez całą noc zastanawiałam się, jak przekazać tę wiadomość moim dzieciom. Próbowałam sobie wyobrazić, jak zareagują na moje słowa i co powiedzą. Rozpatrywałam najlepsze i najgorsze scenariusze. Czułam się jak nastolatka, która stoi przed rodzicami i przestępując z nogi na nogę, mówi: „Tak, pragnę go. Chcę go poślubić". Kilka razy chciałam całkowicie porzucić ten pomysł, zapomnieć o Saiidzie i wrócić do poprzedniego życia. Lecz jego dobra i łagodna twarz, mój strach przed samotnością oraz siła dawnej miłości, która pozostała w naszych sercach, powstrzymała mnie przed zrobieniem tego ostatecznego kroku. Odwrócenie się od Saiida byłoby dla mnie niezwykle trudne. Przez całą noc przewracałam się z boku na bok, ale nie podjęłam żadnej decyzji.

Z samego rana zadzwoniła Parwana.

– I co? Powiedziałaś im?

– Nie! Kiedy miałam to zrobić? W środku nocy? Poza tym nie wiem, jak im to przekazać.

– Przestań! Przecież to twoja rodzina. Zawsze miałaś dobry kontakt ze swoimi dziećmi. Nie mów, że nie potrafisz powiedzieć im tak prostej rzeczy.

– Prostej? A co w tym prostego?

– Powiedz najpierw Szirin. Ona jest kobietą, więc najlepiej cię zrozumie. Nie ma w niej tej głupiej żarliwości, którą mają w sobie mężczyźni, gdy chodzi o ich matki.

– Nie potrafię! To zbyt trudne.

– Ja mam jej powiedzieć?

– Ty? Nie! Muszę znaleźć w sobie odwagę, aby zrobić to sama albo będę musiała zrezygnować z tego pomysłu.

– Z czego będziesz musiała zrezygnować? Czyś ty oszalała? Po tylu latach w końcu znalazłaś prawdziwą miłość i teraz chcesz z niej zrezygnować? I to bez istotnego powodu? Może wpadnę do ciebie i razem jej to powiemy? W ten sposób będzie ci łatwiej. Będziemy miały przewagę liczebną… Poradzimy sobie z nią. Jeśli zajdzie taka potrzeba, będziemy mogły nawet jej przyłożyć. Przyjdę do ciebie w południe.

Po posiłku Szirin ubrała się i powiedziała:

– Muszę na chwilę pójść do mojej przyjaciółki Szahnaz. Niedługo wrócę.

– Ale moja droga Szirin, przyszłam cię odwiedzić – powiedziała Parwana. – Gdzie się wybierasz?

– Przepraszam, ciociu, muszę. Robimy razem projekt na zakończenie letniego semestru. Jeśli zrobię to na czas, w następnym semestrze otrzymam tytuł licencjata… Wrócę, zanim obudzicie się z popołudniowej drzemki.

– Nieładnie jest wychodzić, gdy ciocia Parwana przyszła w odwiedziny – zwróciłam uwagę. – Za kilka dni wyjeżdża.

– Ciocia nie jest obcą osobą – odparła Szirin. – Poza tym nie wychodziłabym, gdyby sprawa nie była pilna. Utnijcie sobie krótką drzemkę i zaparzcie herbatę. W drodze powrotnej kupię ulubione ciasto cioci. Usiądziemy na balkonie i będziemy zajadać się słodkościami, popijając herbatę.

Położyłyśmy się z Parwaną na moim łóżku.

– Twoje życie przypomina scenariusz filmowy – powiedziała.

– Tak, z Bollywood.

– A co jest złego w filmach z Bollywood? Hindusi to przecież też ludzie i spotykają ich różne przygody.

– Tak, dziwne przygody. Przygody, które w realnym świecie są mało prawdopodobne.

– Filmy kręcone w innych krajach nie są dużo lepsze ani bliższe rzeczywistości. Jak nazywa się ten wielki Amerykanin?... Arnold. W jednym z filmów zniszczył w pojedynkę całą armię. Albo ten drugi: jednym ciosem karate powala sześciuset ludzi, wyskakuje z samolotu i ląduje na dachu pociągu, a potem skacze na samochód, który wjeżdża na statek, a po drodze spuszcza manto trzystu ludziom. Sam nie ma przy tym nawet zadrapania...

– O co ci chodzi?

– Chodzi mi o to, że Bóg, przeznaczenie jakkolwiek to nazwać, sprawił ci wspaniały prezent. Okazałabyś ogromną niewdzięczność, gdybyś go nie przyjęła.

Siedziałyśmy na balkonie, gdy Szirin wróciła z ciastem.

– Znowu zrobiło się strasznie gorąco – powiedziała, dysząc. – Pójdę się przebrać.

Spojrzałam z rozpaczą na Parwanę, ale ona dała mi znać, abym zachowała spokój i siedziała na miejscu. Kilka minut później Szirin dołączyła do nas. Nalałam jej filiżankę herbaty i zaczęłyśmy rozmawiać. Parwana czekała na odpowiednią chwilę i w końcu powiedziała:

– Moja droga, chciałabyś pójść na wesele?

– Oczywiście! – wykrzyknęła Szirin. – Nie mogę się doczekać porządnego wesela, na którym będą muzyka i tańce. U wuja Mahmuda i Alego tego zabrakło. Ale kto się pobiera? Czy młoda para jest piękna? Nie cierpię brzydkich par. Są fajni?

– Moja droga, używaj poprawnego języka – zwróciłam jej uwagę. – Co oznacza przymiotnik „fajny"?

– „Fajny" oznacza modny i na czasie. To supersłowo. Nie podoba ci się ono tylko dlatego, że używają go młodzi ludzie.

A potem zwróciła się do Parwany:

– Dzięki Bogu, mama nie została naszym profesorem literatury perskiej. W przeciwnym wypadku musielibyśmy się wyrażać strasznie pompatycznie.

– Widzisz, jaki ma cięty język? – Z tym pytaniem zwróciłam się do Parwany. – Ty mówisz jedno słowo, ona odpowiada dziesięcioma.

– Och, przestańcie się kłócić o drobiazgi – przerwała nam Parwana. – Jestem już spóźniona i muszę iść.

– Ależ ciociu, dopiero przyszłam!

– To twoja wina – powiedziała Parwana. – Mówiłam ci, abyś nie wychodziła.

– Nadal mi nie zdradziłaś, czyj to ślub.

– A na czyj ślub chciałabyś pójść?

Szirin pochyliła się i upiła łyk herbaty.

– Nie wiem – odparła.

– Co byś powiedziała, gdyby się okazało, że to ślub twojej matki?

Szirin parsknęła, wypluwając herbatę, padła na kolana i wybuchnęła śmiechem. Spojrzałyśmy po sobie z Parwaną i starałyśmy się uśmiechnąć. Szirin nie przestawała się śmiać. Zachowywała się, jakby przed chwilą usłyszała przezabawny dowcip.

– Co z tobą? – upomniała ją Parwana. – To nie jest śmieszne!

– Wręcz przeciwnie, ciociu. Wyobraź sobie mamę w sukni ślubnej i z welonem, jak idzie w trakcie ceremonii ślubnej z przygarbionym, starym mężczyzną wspierającym się na lasce! A ja musiałabym nieść tren panny młodej! Wyobraź sobie trzęsącego się pana młodego, który drżącymi dłońmi próbuje nałożyć obrączkę na pomarszczony palec panny młodej. Wyobraź to sobie! Przecież to przezabawne.

Upokorzona i zła spuściłam wzrok i zaczęłam wykręcać palce.

– Dość tego! – warknęła Parwana ze złością. – Mówisz tak, jakby twoja matka miała sto lat. Młodzi ludzie są teraz bezczelni i z nikim się nie liczą. Nie musisz się martwić, pan młody nie jest wcale stetryczały. Wręcz przeciwnie, jest dużo przystojniejszy od twojego Faramarza.

Szirin patrzyła na nas zdumiona.

– Nie obrażajcie się! – powiedziała. – Widziałam taką scenę w filmie. Ale co tak naprawdę miałaś na myśli?

– Jeśli twoja matka zdecyduje się wyjść za mąż, może wybierać spośród kilku interesujących mężczyzn.

– Na miłość boską, ciociu, przestań. Moja mama jest damą. Ma dwie synowe, dwójkę wnucząt i wkrótce wyda za mąż jedyną ukochaną córkę. – Następnie zwróciła się do mnie: – A tak przy okazji. Mamo, Faramarz powiedział, że sprawa obywatelstwa kanadyjskiego jest prawie załatwiona. Przyjedzie do Iranu w styczniu w trakcie ferii zimowych i wtedy będziemy mogli urządzić wesele. Potem wyjedziemy.

Chodziło o wesele mojej córki. Musiałam wykazać nieco zainteresowania. Zdołałam jednak pokręcić głową i wydusić z siebie:

– Porozmawiamy o tym później.

– O co chodzi, mamo? Gniewasz się, ponieważ powiedziałam, że jesteś stara? Przepraszam. Ale to wina cioci. Rozśmiesza mnie to, co mówi.

– Dlaczego to cię bawi? – warknęła Parwana. – Na Zachodzie ludzie pobierają się nawet po osiemdziesiątce i nikt się z nich nie śmieje. Wręcz przeciwnie, ich dzieci i wnuczęta cieszą się z ich szczęścia i świętują razem z nimi. Poza tym twoja matka jest nadal młodą kobietą.

– Ciociu, za długo mieszkasz w Niemczech. Przesiąkłaś tamtą kulturą. Tutaj patrzymy na pewne kwestie inaczej. Poza tym gdyby moja mama zdecydowała się wyjść ponownie za mąż, czułabym się zażenowana. Mojej mamie niczego nie brakuje w życiu, aby musiała myśleć o zamążpójściu.

– Jesteś tego pewna?

– Oczywiście! Ma cudowny dom, pracę, wyjeżdża na wycieczki i urlop, Masud zadał sobie wiele trudu, aby załatwić jej emeryturę, a obaj synowie opiekują się nią bardzo troskliwie. Poza tym gdy wyjdę za mąż, przyjedzie do mnie do Kanady, aby pomóc mi zaopiekować się dziećmi.

– Cóż za zaszczyt! – odparła Parwana z oburzeniem.

Nie mogłam już dalej słuchać ich kłótni. Wstałam, zebrałam naczynia i weszłam do domu. Zobaczyłam, jak Parwana mówi coś szybko, a Szirin patrzy na nią spode łba. Po chwili moja przyjaciółka złapała za torebkę i weszła do środka. Gdy zakładała wierzchnie okrycie i chustę, wyszeptała do mnie:

– Powiedziałam jej, że nasze potrzeby nie ograniczają się do potrzeb materialnych i że mamy również potrzeby emocjonalne. Powiedziałam jej również, że mężczyzna, który odwiedził nas kilka razy, oświadczył ci się.

Szirin siedziała na balkonie. Łokcie oparła na stole, a głowę schowała w dłoniach. Gdy Parwana wyszła, wróciłam na balkon. Córka spojrzała na mnie oczami pełnymi łez i powiedziała:

– Powiedz, proszę, że Parwana kłamała. Powiedz, że to nieprawda.

– Co nie jest prawdą? Oświadczyny Saiida? Tak, to prawda. Ale jeszcze nie dałam mu odpowiedzi.

Odetchnęła z ulgą.

– Och, ciocia Parwana przedstawiła to w taki sposób, jakby sprawa była już przesądzona. Ale nie zrobisz tego, prawda?

– Nie wiem. Może.

– Mamo, pomyśl o nas! Wiesz przecież, jak bardzo Faramarz cię szanuje. Nieustannie powtarza, że jesteś uczciwą, przyzwoitą i gotową do poświęceń damą. Według niego jesteś matką, przed którą należałoby klękać. Jak mam mu powiedzieć, że moja matka wzdycha do jakiegoś mężczyzny? Jeśli przyjmiesz jego oświadczyny, zniszczysz nasze wyobrażenie o tobie, które wielbiliśmy przez te wszystkie lata.

– Nie planuję popełnić przestępstwa ani grzechu, abyście mieli powody kwestionować mój charakter – odparłam stanowczo.

Szirin wstała, odepchnęła krzesło na bok i pobiegła do swojego pokoju. Kilka minut później usłyszałam sygnał telefonu oznaczający, że Szirin wybiera jakiś numer. Byłam pewna, że dzwoniła do Masuda. Pomyślałam wówczas: rozpętała się burza.

Godzinę później do mieszkania wszedł Masud z rozpaczą wypisaną na twarzy. Siedziałam na balkonie i udawałam, że czytam gazetę. Szirin zaczęła mu coś szybko opowiadać ściszonym głosem.

Po chwili Masud dołączył do mnie. Miał marsową minę.

– O, witaj! – powiedziałam. – Miło z twojej strony, że przyszedłeś nas odwiedzić.

– Przepraszam, mamo, ale mam tyle pracy, że nie odróżniam już dnia od nocy.

– A to dlaczego, mój drogi? Dlaczego zajmujesz się bezużyteczną pracą administracyjną? Miałeś przecież założyć własną firmę i zająć się sztuką oraz architekturą. Z twoim charakterem nie nadajesz się do papierkowej roboty. Ostatnio bardzo się postarzałeś i już od dawna nie słyszałam twojego śmiechu.

– Za bardzo się w to zaangażowałem. Poza tym ojciec Atefy mówi, że naszym religijnym obowiązkiem jest nieść pomoc.

– Komu nieść pomoc? – zapytałam. – Ludziom. Myślisz, że pracując w swojej branży, nie przysłużyłbyś się w podobnym stopniu naszemu społeczeństwu? Prawdę mówiąc, nie masz żadnego doświadczenia w zarządzaniu. Pomimo tego zaoferowali ci tę posadę, a ty ją przyjąłeś.

– Zostawmy na razie ten temat – powiedział zniecierpliwiony. – Co to za niestworzone historie opowiada Szirin?

– Szirin opowiada wiele niestworzonych historii, o którą chodzi ci tym razem?

W tym samym momencie na balkon weszła Szirin, niosąc tacę z herbatą, i usiadła obok Masuda. W ten sposób chciała jasno dać do zrozumienia, gdzie przebiega linia pomiędzy dwoma frontami.

– Mamo! – krzyknęła tonem pełnym irytacji. – On mówi o mężczyźnie, który ci się oświadczył.

Oboje zdusili śmiech i spojrzeli na siebie z ukosa. Byłam wściekła, ale starałam się nie tracić panowania nad sobą oraz pewności siebie.

– Po śmierci waszego ojca kilku mężczyzn mi się oświadczało.

– Wiem o tym – przyznał Masud. – Niektórzy byli uparci jak osły. Byłaś piękną i spełnioną kobietą. Myślałaś, że nie dostrzegałem łakomych spojrzeń i tego jak za tobą chodzili? Jak inne dzieci w podobnej sytuacji, miałem koszmary, w których wychodziłaś za obcego mężczyznę. Nawet nie wiesz, ile razy w nocy leżałem i wyobrażałem sobie, jak morduję pana Zargara. Jedynie dzięki zaufaniu do ciebie zdołałem zachować spokój. Wiedziałem, że nigdy nas nie opuścisz, aby pójść za głosem serca. Wiedziałem, że jesteś najlepszą i najbardziej ofiarną matką na świecie i zawsze będziesz stawiać nas na pierwszym miejscu. Nie rozumiem, co się teraz stało. Co takiego zrobił ten mężczyzna, że całkiem o nas zapomniałaś?

– Nigdy o was nie zapomniałam i nie zapomnę – powiedziałam. – Poza tym jesteś już dorosłym mężczyzną, więc przestań mówić jak mały chłopiec cierpiący na kompleks Edypa. Gdy byliście młodzi i mnie potrzebowaliście, moim obowiązkiem było poświęcić się dla was. Nie jestem pewna, do jakiego stopnia była to dobra decyzja, ale wiedziałam, że jako mali chłopcy ty i Siamak nie zaakceptowalibyście zbyt szybko obecności ojczyma, nawet gdyby dawał wam dobry przykład i pomagał mi dźwigać trudy życia. Wówczas najważniejsze były dla mnie wasze zadowolenie i szczęście. Ale teraz sytuacja się zmieniła. Jesteście już dorosłymi ludźmi. Wypełniłam swój obowiązek najlepiej jak potrafiłam i teraz już mnie nie potrzebujecie. Nie sądzicie, że w końcu mam prawo, aby pomyśleć o własnym życiu, aby podejmować decyzje dotyczące mojej przyszłości i aby robić to, co sprawi mi przyjemność? Prawdę mówiąc, wam również byłoby łatwiej. Nie musielibyście się zamartwiać o starzejącą się, samotną matkę, która z czasem stanie się bardziej wymagająca i drażliwa.

– Nie, mamo, proszę, nie mów tak – powiedział Masud. – Jesteś dla nas powodem do dumy, naszą chlubą. Dla mnie nadal jesteś najważniejszą osobą na ziemi i do końca życia będę twoim sługą, spełniając twoje zachcianki. Przysięgam, nie odwiedziłem cię w ciągu ostatnich kilku dni, ponieważ byłem niesłychanie zajęty, ale myślałem o tobie.

– Właśnie o tym mówię! – odparłam. – Jesteś żonatym mężczyzną i ojcem, masz masę problemów i obowiązków, więc dlaczego wszystkie twoje myśli mają krążyć wokół matki? Cała wasza trójka powinna skoncentrować się na swoim życiu. Nie chcę być powodem waszych zgryzot, nie chcę być dla was ciężarem. Pragnę, byście wiedzieli, że nie musicie się o mnie martwić, ponieważ nie jestem sama i prowadzę szczęśliwe życie.

– Nie ma takiej potrzeby – stwierdził Masud. – Nie zostawimy cię samej. Z miłości i szacunku do twojej osoby chcemy ci pomagać i w ten sposób choć w niewielkim stopniu wynagrodzić ci to, co dla nas uczyniłaś.

– Mój drogi, ja tego nie chcę! Niczego nie jesteście mi winni. Pragnę spędzić resztę życia z kimś, kto będzie mi w stanie zapewnić spokój i ciszę, o których zawsze marzyłam. Czy naprawdę proszę o tak wiele?

– Mamo, dziwię ci się. Dlaczego nie możesz zrozumieć, że twoje małżeństwo postawi nas w niesłychanie trudnym położeniu?

– Trudnym położeniu? Czy to, co zamierzam zrobić, jest niemoralne i bezbożne?

– Matko, to wbrew tradycji, więc wychodzi na to samo. Gdy ludzie się o tym dowiedzą, skandal wybuchnie niczym bomba. Zdajesz sobie sprawę, że znajdziemy się wówczas w niezwykle kłopotliwej sytuacji? Co powiedzą moi przyjaciele, koledzy z pracy i podwładni? Co gorsza, czy kiedykolwiek będę w stanie spojrzeć w oczy rodzinie Atefy?

A potem zwrócił się do siostry:

– Szirin, pamiętaj, nie możesz o tym wspomnieć w obecności mojej żony.

– A co się stanie, jeśli się dowie? – zapytałam.

– Co się stanie? Straci do ciebie cały szacunek, a jej wyobrażenie o tobie zostanie zburzone. Opowie o tym swoim rodzicom i wszyscy w ministerstwie się dowiedzą.

– No i co z tego?

– Wiesz, co będą mówić za moimi plecami?

– Nie, co powiedzą?

– Powiedzą: „W tym wieku pan kierownik ma nowego ojczyma. Wczoraj wieczorem oddał rękę matki jakiemuś nic niewartemu facetowi". Jak mam żyć z taką hańbą?

Słuchając jego słów, poczułam ucisk w gardle. Nie mogłam wydusić z siebie słowa. Nie mogłam dłużej znieść tego, w jaki sposób mówią o mojej czystej i pięknej miłości. W głowie czułam pulsujący ból. Weszłam do środka, zażyłam kilka tabletek przeciwbólowych i usiadłam w cieniu na kanapie, odchylając głowę do tyłu.

Szirin i Masud rozmawiali jeszcze przez chwilę na balkonie. Masud musiał już wracać, więc oboje weszli do środka. Odprowadzając go do drzwi, Szirin powiedziała:

– To wszystko wina cioci Parwany. Ona jest okropna. Nasza biedna mama nigdy by nie wpadła na taki pomysł. To ona ją do tego namówiła.

– Nigdy nie lubiłem cioci Parwany – przyznał Masud. – Zawsze wydawała mi się zbyt wulgarna. Nigdy nie przestrzega dobrych obyczajów. Podczas odwiedzin w naszym domu próbowała uścisnąć dłoń pana Maghsoudiego! Ten biedny mężczyzna strasznie się zawstydził i zdenerwował. Jestem pewien, że gdyby ciocia Parwana znalazła się na miejscu mamy, już sto razy wyszłaby ponownie za mąż.

Wstałam, zapaliłam małą lampkę i odparłam:

– To nie ma nic wspólnego z Parwaną. Każdy człowiek ma prawo decydować o swoim życiu.

– Tak, mamo, masz takie prawo – przyznał Masud. – Ale czy chciałabyś z niego skorzystać, poświęcając honor i reputację własnych dzieci?

– Rozbolała mnie głowa. Idę do łóżka – odparłam. – Chyba jesteś już spóźniony. Najlepiej będzie, jeśli wrócisz do swojej żony i dzieci.

Pomimo zażycia środków uspokajających w nocy byłam niespokojna i rozdrażniona. W głowie kłębiły mi się sprzeczne myśli. Z jednej strony świadomość, że moje dzieci cierpią, wzbudzała we mnie poczucie winy. Nie mogłam wyrzucić z pamięci widoku zatroskanej i zmęczonej twarzy Masuda oraz łez Szirin. Z drugiej jednak strony pociągało mnie marzenie o wolności. Choć raz w życiu chciałam odciąć się od wszystkich obowiązków i odlecieć w daleki świat. Gdy docierało do mnie, że ponownie mogę utracić miłość Saiida, która była moim największym pragnieniem, ogarniał mnie strach i czułam ból w sercu.

Nadszedł poranek, ale nie miałam siły, aby wstać z łóżka. Telefon dzwonił kilka razy. Odebrała Szirin, ale osoba po drugiej stronie się rozłączała. Wiedziałam, że to Saiid. Martwił się, ale nie chciał rozmawiać z moją córką. Telefon ponownie zadzwonił. Tym razem Szirin przywitała się chłodno, a potem warknęła nieuprzejmym tonem:

– Mamo, to pani Parwana, odbierz.

Podniosłam słuchawkę.

– A więc teraz jestem panią Parwaną! – powiedziała. – Szirin pewnie mnie przeklęła!

– Przykro mi. Proszę, nie bierz tego do siebie.

– Nie zamierzam. Ale powiedz, jak ty się czujesz?

– Okropnie. Nie mogę się pozbyć bólu głowy.

– Czy Masud też się dowiedział? Czy znosi to równie źle jak Szirin?

– Znacznie gorzej.

– Co za samolubne dzieci! Nie zależy im w ogóle na twoim szczęściu. Po prostu nie rozumieją... To przez ciebie. Cały czas się dla nich poświęcałaś i stawiałaś ich na pierwszym miejscu. Zrobili się tak zuchwali, że nie chcą pojąć, że ty także masz swoje prawa. Co zamierzasz zrobić?

– Nie wiem – odparłam. – Na razie muszę dojść do siebie.

– Biedny Saiid się zamartwia. Mówi, że nie odezwałaś się do niego od dwóch dni. Za każdym razem, gdy dzwoni, telefon odbiera Szirin. Nie wie, jak wygląda sytuacja, nie wie, czy może z nią porozmawiać, czy lepiej trzymać się od niej z daleka.

– Powiedz mu, aby przestał dzwonić. Później sama się z nim skontaktuję.

– Masz ochotę na spacer we trójkę dziś po południu? – zapytała Parwana.

– Nie, nie jestem w nastroju.

– Wyjeżdżam za kilka dni, Saiida też niedługo nie będzie.

– Nie mogę. Naprawdę nie czuję się zbyt dobrze – odparłam. – Ledwo mogę ustać na nogach. Pozdrów go ode mnie. Zadzwonię do ciebie później.

Szirin stała oparta o framugę i z wyrazem wściekłości na twarzy przysłuchiwała się rozmowie. Rozłączyłam się i zapytałam:

– Potrzebujesz czegoś?

– Nie...

– Więc dlaczego stoisz tutaj niczym strażnik przy bramie piekielnej?

– Czy pani Parwana nie powinna się już odczepić? Przecież miała wyjechać.

– Uważaj na słowa! – warknęłam. – Powinnaś się wstydzić. Jak można tak mówić o swojej ciotce?

– Jakiej ciotce? Ja mam tylko jedną ciotkę, ciocię Faati.

– Dość tego! Jeśli jeszcze raz wyrazisz się w ten sposób na temat Parwany, doigrasz się! Zrozumiałaś?

– Bardzo przepraszam – odparła Szirin z ironią w głosie. – Nie wiedziałam, że pani Parwana zajmuje tak ważne miejsce w twoim sercu.

– A żebyś wiedziała. Teraz wyjdź. Chcę się położyć.

Około południa zadzwonił Siamak. Zdziwiło mnie to, ponieważ nigdy nie telefonował o tej porze. Szirin i Masudowi musiało się tak śpieszyć z przekazaniem wieści, że nie poczekali nawet, aż Siamak wróci z pracy do domu. Po lodowatym powitaniu powiedział:

– Co to za brednie opowiadają dzieciaki?

– Jakie brednie? – zapytałam.

– Że chcesz się hajtnąć.

Gdy usłyszałam ton mojego syna, poczułam się okropnie. Mimo to odparłam stanowczym tonem:

– Czy to jakiś problem?

– Oczywiście, że tak. Po małżeństwie z kimś takim jak mój ojciec, jak w ogóle możesz wypowiadać imię innego mężczyzny? Zdradzasz jego pamięć. W przeciwieństwie do Masuda czy Szirin nie poczuję się zhańbiony, nie uważam też za dziwne, że kobieta w twoim wieku chce wyjść za mąż. Nie mogę jednak patrzeć spokojnie, jak pamięć po moim ojcu, męczenniku, jest mieszana z błotem. Wszyscy jego uczniowie wzorują się na nas, aby zachować o nim pamięć, a ty chcesz wziąć na jego miejsce jakiegoś przybłędę?

– Czy ty w ogóle słyszysz, co mówisz, Siamaku? Jacy uczniowie? Mówisz o ojcu, jakby był jakimś prorokiem! O twoim ojcu prawie nikt nie słyszał. Dlaczego zawsze się przechwalasz i wyolbrzymiasz jego zasługi? Wiem, że ludzie wokół ciebie zachęcają cię do tego, a ponieważ jesteś łatwowierny, odpowiada ci rola syna bohatera. Ale, kochanie, otwórz oczy. Ludzie uwielbiają tworzyć bohaterów. Wymyślają kogoś wielkiego, aby móc się za nim skryć i aby ten ktoś przemawiał w ich imieniu, a w przypadku zagrożenia stał się ich tarczą, wziął na siebie winę i dał czas na ucieczkę. I to właśnie zrobili z twoim ojcem. Ustawili go na pierwszej linii i oklaskiwali, ale gdy znalazł się w więzieniu, wszyscy uciekli. A po egzekucji zaprzeczali, że kiedykolwiek mieli z nim coś wspólnego. Po tym wszystkim tylko go krytykowali i wyliczali błędy, które popełnił. Czy heroizm ojca wpłynął jakoś na nasze życie? Czy ktoś pukał do naszych drzwi, aby zapytać, jak sobie radzi rodzina bohatera? Ci najodważniejsi i najbardziej nieustraszeni wśród jego przyjaciół ledwo zdołali wymamrotać pozdrowienie, jeśli natknęli się na nas na ulicy. Nie, mój synu, ty nie potrzebujesz idola. Póki byłeś dzieckiem, rozumiałam twoją obsesję, ale teraz jesteś dorosłym mężczyzną i nie musisz być bohaterem ani podążać jego śladami. Stań na własnych nogach i polegaj na własnej inteligencji i wiedzy, aby znaleźć lidera, którego będziesz wspierał, a gdy tylko zauważysz, że zmierza on w niewłaściwym kierunku, wycofaj swój głos. Nie powinieneś zwracać się ku osobie lub ideologii, która wymaga od ciebie ślepego podporządkowania. Nie potrzebujesz mitów. Niech twoje dzieci ujrzą w tobie mężczyznę z silnym charakterem, który będzie je chronił, a nie kogoś, kto tej ochrony potrzebuje.

– Eh, mamo, nigdy nie rozumiałaś wielkości ojca i znaczenia jego walki.

Za każdym razem, gdy zaczynał wyolbrzymiać osiągnięcia Hamida, zamiast słowa „tata" używał słowa „ojciec", jakby to pierwsze było zbyt błahe dla tytana.

– A ty nigdy nie rozumiałeś, ile przez niego wycierpiałam – odparłam. – Synu, przejrzyj na oczy. Bądź realistą. Twój ojciec był dobrym człowiekiem, ale gdy chodziło o rodzinę, miał swoje słabości. Nikt nie jest ideałem.

– Wszystko, co robił mój ojciec, robił dla ludu – upierał się Siamak. – Chciał zbudować socjalistyczne państwo, w którym panowałaby równość, sprawiedliwość i wolność.

– Zgadza się. Ale widziałam, jak państwo, które podziwiał, Związek Radziecki, zostało rozerwane na strzępy już po siedemdziesięciu latach. Jego obywatele cierpieli z powodu zniewolenia. Gdy Związek się rozpadł, płakałam przez wiele dni, a przez wiele miesięcy zastanawiałam się, za co właściwie twój ojciec oddał życie? Nie widziałeś obywateli południowych republik tego supermocarstwa, którzy przybyli do Iranu, rozpaczliwie poszukując pracy? Nie widziałeś, jacy byli brudni, zdezorientowani i obojętni? Czy to za taką ziemię obiecaną oddał swoje życie twój ojciec? Cieszę się, że nie dożył chwili, w której mógłby zobaczyć, co się stało z jego marzeniami.

– Matko, co ty wiesz o polityce i sprawach z nią związanych? Poza tym nie zadzwoniłem, aby się o to spierać. Problemem jesteś ty oraz to, co zamierzasz zrobić. Naprawdę nie mogę pozwolić, aby ktoś zajął miejsce mojego ojca. To wszystko.

I odłożył słuchawkę.

Kłótnia z Siamakiem nie miała sensu. On nie miał problemu ze mną, ale z ojcem, a ja miałam zostać oddana w ofierze temu idolowi.

Tego samego dnia, późnym popołudniem, odwiedzili mnie Masud, Atefa oraz ich uroczy synek, który zawsze przypominał mi o dzieciństwie syna.

Wzięłam wnuka z rąk synowej.

– Witaj, kochana Atefo – powiedziałam. – Już dawno nie widziałam tego blondaska.

– To wina Masuda – odparła. – Ma zbyt wiele pracy. Dzisiaj odwołał spotkanie i wcześniej wrócił do domu. Powiedział, że chce cię odwiedzić, ponieważ nie za dobrze się czujesz. Od dłuższego czasu cię nie widziałam i nudziło mi się w domu, więc zmusiłam go, aby zabrał mnie ze sobą.

– Dobrze zrobiłaś. Tęskniłam za tobą i waszym małym synkiem.

– Przykro mi, że nie czujesz się zbyt dobrze – powiedziała Atefa. – Co ci dolega?

– Tak naprawdę nic. Cierpiałam z powodu okropnego bólu głowy, ale moje dzieci wyolbrzymiły nieco sprawę. Z pewnością nie chciałam sprawiać wam żadnych problemów.

– Proszę, mamo – zaczął Masud – to żaden problem, to nasz obowiązek. Wybacz mi, proszę, że ostatnio cię zaniedbałem i nie zaopiekowałem się tobą, ale byłem bardzo zajęty.

– Nie jestem dzieckiem, żebyś musiał się mną opiekować – odparłam oschle. – Nadal poruszam się samodzielnie, a ty masz żonę i dziecko, o które musisz się zatroszczyć. Nie chcę, abyś zwalniał się z pracy i przychodził tutaj tylko po to, by wypełnić swój obowiązek. Przez to czuję się jeszcze bardziej niezręcznie.

Z lekko zdziwionym wyrazem twarzy Atefa podniosła syna, ponieważ zaczął płakać, i poszła go przewinąć. Wstałam i skierowałam się w stronę kuchni, gdzie zwykle szukałam schronienia. Zajęłam się myciem owoców, dając tym samym czas Szirin na przekazanie Masudowi najświeższych wiadomości oraz zaplanowanie kolejnego ruchu. Atefa szybko wróciła do salonu i rozpaczliwie próbowała się dowiedzieć, o czym tak szepczą w tajemnicy. W końcu, gdy usłyszała wystarczająco dużo, zapytała na głos:

– Kto? Kto wychodzi za mąż?

Zdenerwowany Masud warknął:

– Nikt!

A Szirin pospieszyła mu z pomocą:

– Chodzi o dawną koleżankę mamy, której mąż zmarł kilka lat temu. Pomimo iż ma synowe, zięciów i wnuki, wbiła sobie do głowy, że chce wyjść za mąż.

– Co? – krzyknęła Atefa. – Nie mogę uwierzyć, że niektóre kobiety mogą mieć takie pomysły! Dlaczego nikt im nie powie, że w ich wieku powinny myśleć o dobrych uczynkach, regularnej modlitwie oraz zachowywaniu postów? Powinny zwrócić się do Boga i mieć na względzie przyszłe życie. A im w głowie tylko zachcianki i kaprysy... Niewiarygodne!

Stałam z miską owoców w rękach i słuchałam elokwentnego kazania Atefy. Masud spojrzał na Szirin, ale mojego wzroku unikał.

Postawiłam misę z owocami na stole i powiedziałam:

– Może od razu powiemy tej kobiecie, aby wykupiła sobie miejsce na grób i się w nim położyła?

– Co to za komentarz, mamo? – upomniał mnie Masud. – Życie duchowe daje dużo więcej satysfakcji niż to oparte na dobrach materialnych. W pewnym wieku każdy powinien go doświadczyć.

Widząc, jaki stosunek moje dzieci mają do ludzi w moim wieku, zrozumiałam, dlaczego kobiety nigdy nie lubiły ujawniać, ile mają lat, i strzegły tej informacji niczym największej tajemnicy.

Następnego dnia szykowałam się do odwiedzin u Parwany, gdy do mojego pokoju weszła Szirin w eleganckim stroju.

– Ja też idę – powiedziała.

– Nie ma takiej potrzeby.

– Nie chcesz, abym poszła z tobą?

– Nie! Od kiedy pamiętam, zawsze pilnował mnie jakiś strażnik. A ja tego nie znoszę. Proszę, przestańcie się tak zachowywać. W przeciwnym wypadku ucieknę w góry lub na pustynię, gdzie nikt mnie nie znajdzie.

***

Podczas gdy Parwana pakowała walizkę, opowiedziałam jej o wszystkim, co się wydarzyło.

– To niewiarygodne, jak nasze dzieci szybko chciałyby wysłać nas w zaświaty – stwierdziła. – Dziwię się Siamakowi. Dlaczego nie potrafi tego zrozumieć? Miałaś naprawdę ciężkie życie!

– Matka zwykle mówiła: „Los człowieka jest z góry przesądzony, został przypisany do danej osoby i choćby niebo się rozstąpiło, nie ulegnie on zmianie". Często się zastanawiałam, jaki mam wpływ na moje życie. Czy kiedykolwiek moje przeznaczenie było tylko moje? Czy może zawsze byłam jedynie elementem przeznaczenia mężczyzn, którzy stawali na mojej drodze i w jakiś sposób poświęcali mnie na ołtarzu swoich przekonań i celów życiowych? Mój ojciec i bracia poświęcili mnie dla zachowania honoru, mąż poświęcił mnie dla swych ideologii i planów, a ja teraz płacę cenę za heroiczne poczynania i obowiązki patriotyczne moich synów. Kim byłam? Żoną buntownika i zdrajcy czy bohatera walczącego o wolność? Matką wywrotowca czy ofiarnym rodzicem zwolennika wolności? Ile razy stawiano mnie na piedestale, aby po chwili zepchnąć mnie na bruk? Na żadne z tych rzeczy nie zasłużyłam. To nie z uwagi na moje zdolności i zalety obsypywano mnie pochwałami; to nie przez moje błędy obrzucano mnie obelgami. Mam wrażenie, że nigdy nie istniałam, nigdy nie miałam do niczego prawa. Czy kiedykolwiek żyłam jedynie dla samej siebie? Czy kiedykolwiek pracowałam tylko dla siebie? Czy kiedykolwiek miałam szansę podejmować własne decyzje? Czy ktoś zapytał mnie, czego pragnę?

– Naprawdę straciłaś pewność siebie – stwierdziła Parwana. – Nigdy się nie skarżyłaś. To do ciebie niepodobne. Musisz się im postawić i żyć własnym życiem.

– Wiesz co? Już o tym nie marzę. Nie chodzi o to, że nie mogę tego zrobić. Mogę, ale nie znajduję już w tym przyjemności. Czuję się pokonana. Mam wrażenie, że nic się nie zmieniło przez ostatnie trzydzieści lat. Pomimo ogromnego cierpienia, które znosiłam, nie zdołałam wprowadzić zmian nawet we własnej rodzinie. Oczekiwałam od dzieci, że przynajmniej one okażą mi choć odrobinę współczucia i zrozumienia. Ale nie potrafiły dostrzec we mnie istoty ludzkiej, która ma pewne prawa. Dla nich liczę się jedynie jako matka, która im służy. Jest takie stare powiedzenie: nikt nie chce nas dla nas samych, wszyscy chcą nas dla siebie. Moje szczęście i pragnienia nie mają dla nich żadnej wartości. Na myśl o tym małżeństwie nie czuję już namiętności ani entuzjazmu. Do pewnego stopnia straciłam nadzieję. Ich postępowanie zniszczyło mój związek z Saiidem. Jeśli ludzie, których uważałam za najbliższych, których sama wychowałam i którzy – jak mi się wydawało – mnie kochają, w ten sposób mówią o mnie i o Saiidzie, co dopiero powiedzą obcy ludzie? Zmieszają nas z błotem.

– Do diabła z nimi! – powiedziała Parwana. – Niech sobie mówią, co chcą, a ty nie powinnaś tego słuchać. Bądź silna, decyduj o własnym życiu. Rozpacz w ogóle do ciebie nie pasuje. Musisz się spotkać z Saiidem. Wstań i zadzwoń do tego biedaka. Ze zmartwienia zaczyna tracić rozum.

Po południu Saiid przyszedł do domu Parwany. Nie chciała się już przysłuchiwać naszym rozmowom, więc znalazła sobie inne zajęcie.

– Saiidzie, bardzo cię przepraszam – powiedziałam. – Nie możemy się pobrać. Zostałam potępiona i nie zaznałam w życiu ani szczęścia, ani spokoju.

Saiid wyglądał na zdruzgotanego.

– Moja młodość została zniszczona przez tę nieszczęśliwą miłość – przyznał. – Nawet w najlepszym okresie w głębi serca doskwierały mi smutek i samotność. Nie twierdzę, że nigdy nie zwracałem uwagi na inne kobiety, nie twierdzę, że nigdy nie kochałem Nazy, ale ty jesteś miłością mojego życia. Gdy odnalazłem cię po tylu latach, pomyślałem, że Bóg w końcu obdarzył mnie błogosławieństwem i pod koniec życia chce mi ukazać jego radosną stronę. Ostatnie dwa miesiące, które spędziłem z tobą, były najszczęśliwszym i najspokojniejszym okresem w moim życiu. Teraz, gdy cię zabrakło, jest mi ciężko. Czuję się bardziej samotny niż kiedykolwiek wcześniej. Potrzebuję cię jak nigdy. Błagam, jeszcze raz przemyśl swą decyzję. Nie jesteś już dzieckiem, nie jesteś już szesnastoletnią dziewczyną, która potrzebuje zgody ojca. Możesz decydować o sobie. Nie pozwól, abym znowu się załamał.

Moje oczy były pełne łez.

– Ale co z moimi dziećmi?

– Uważasz, że mają rację?

– Nie. Ich argumenty w ogóle mnie nie przekonują. Przemawia przez nie egoizm i troska o własne interesy. Ale ponieważ w ten sposób myślą, zostanę potępiona przez własne dzieci i przysporzę im zmartwień. Będą zdezorientowane i przybite. Nigdy nie potrafiłam patrzeć, jak cierpią. Jak mogę zrobić coś, przez co poczują się zhańbione, upokorzone i rozżalone? Nie opędzę się od wyrzutów sumienia, mając świadomość, że ich małżonkowie, koledzy z pracy i przyjaciele patrzą na nie z pogardą i lekceważeniem.

– Przez chwilę mogą się tak czuć, ale wkrótce o wszystkim zapomną.

– A jeśli nie? Jeśli ten smutek pozostanie w ich sercach do końca życia? Jeśli moja decyzja zniszczy ich wyobrażenie o mnie?

– W końcu wszystko wróciłoby do normy – przekonywał Saiid.

– A jeśli nie?

– Więc co możemy zrobić? Może taką właśnie cenę przyjdzie nam zapłacić za nasze szczęście?

– Mam pozwolić, aby zapłaciły za nie moje dzieci? Nie, nie mogę.

– Choć raz w życiu pójdź za głosem serca i bądź wolna – powiedział błagalnym tonem.

– Nie, mój drogi Saiidzie… Nie potrafię tego zrobić.

– Odnoszę wrażenie, że używasz swoich dzieci jako wymówki.

– Może masz rację. Straciłam chyba pewność siebie. Wysłuchałam wielu przykrych słów. Nie spodziewałam się, że moje dzieci zareagują aż tak ostro. W tej chwili jestem zbyt zmęczona i przygnębiona, aby podejmować tak ważną decyzję. Czuję się, jakbym miała sto lat. A nie chcę robić czegoś ze zwykłej złośliwości lub by udowodnić swoją siłę. Przykro mi, ale w tych okolicznościach nie mogę udzielić ci odpowiedzi, której oczekujesz.

– Ale znowu się od siebie oddalimy, Masumo.

– Wiem. Mam wrażenie, jakbym popełniała samobójstwo, i to nie pierwszy raz… Ale wiesz, co naprawdę mnie przygnębia?

– Nie!

– Świadomość, iż w obu przypadkach to moi bliscy aranżowali dla mnie taką śmierć.

Parwana wróciła do Niemiec.

Jeszcze kilka razy spotkałam się z Saiidem. Poprosiłam go, aby obiecał mi, że pogodzi się z żoną i zostanie w Stanach. W końcu jakakolwiek rodzina, nawet jeśli nie ma w niej ciepła ani intymności, jest lepsza niż żadna...

Gdy się z nim pożegnałam, ruszyłam do domu. Wiał porywisty, chłodny jesienny wiatr. Czułam zmęczenie. Mój plecak wypełniony samotnością był ciężki, a kroki niepewne i chwiejne. Owinęłam się czarnym swetrem i spojrzałam w górę na szare niebo. Och, przede mną ciężka zima.